DEUX VEUVES POUR UN TESTAMENT

L'INCONNU DU GRAND CANAL

DONNA LEON

DEUX VEUVES POUR UN TESTAMENT

Traduit de l'anglais (États-Unis) par
William Olivier Desmond

L'INCONNU DU GRAND CANAL

Traduit de l'anglais (États-Unis) par
Gabriella Zimmermann

ÉDITIONS FRANCE LOISIRS

Édition du Club France Loisirs,
avec l'autorisation des Éditions Calmann-Lévy

Éditions France Loisirs,
123, boulevard de Grenelle, Paris.
www.franceloisirs.com

DEUX VEUVES POUR UN TESTAMENT
Titre original anglais : *Drawing Conclusions*
Première publication : William Heinemann, Londres, 2011

L'INCONNU DU GRAND CANAL
Titre original anglais : Beastly Things
Première publication : William Heinemann, Londres, 2012

ISBN 978-2-298-09266-0

DEUX VEUVES POUR UN TESTAMENT

Pour Jenny Liosatou et Giulio D'Alessio

« Au nom de Dieu, amen. Moi, George Frederick Handel, considérant les incertitudes de la vie humaine, rédige ici mon testament de la manière suivante… »

1

Après des dizaines d'années passées à traduire des textes – romans, récits, essais – de l'anglais ou de l'allemand vers l'italien, Anna Maria Giusti avait acquis pas mal de notions sur les sujets les plus divers. Sa dernière traduction était un ouvrage américain de conseils sur la meilleure manière d'affronter des émotions conflictuelles. Même si certaines des âneries contenues dans cet ouvrage – qui lui paraissaient encore plus idiotes en italien – l'avaient parfois fait pouffer de rire, d'autres passages lui venaient à l'esprit, alors qu'elle montait l'escalier qui menait à son appartement.

Il est possible de ressentir simultanément deux émotions conflictuelles vis-à-vis d'une même personne. Exactement les sentiments contradictoires qu'elle avait éprouvés pour l'homme qu'elle aimait après avoir rendu visite à sa famille à Palerme. *Même les personnes que nous connaissons bien peuvent nous surprendre lorsqu'elles se retrouvent dans un contexte différent.* « Différent » lui paraissait inadéquat pour décrire Palerme et ce qu'elle y avait vu. « Étranger »,

« exotique » ou encore « bizarre », aucun de ces mots n'exprimait vraiment ce qu'elle avait ressenti, mais alors, comment l'expliquer ? Ne possédaient-ils pas tous un téléphone portable ? N'étaient-ils pas tous bien habillés, n'avaient-ils pas tous eu d'excellentes manières ? Ce n'était même pas une question de langue, car tous parlaient un italien bien plus châtié que celui de sa famille et de ses amis, avec leurs intonations vénitiennes. Et ce n'était pas non plus une question d'argent, car l'aisance de la famille de Nico avait constamment été visible.

Le voyage à Palerme avait eu pour but de la présenter à la famille de Nico, et elle avait cru qu'elle serait logée dans la maison familiale ; mais elle avait couché les cinq nuits à l'hôtel – un hôtel nettement plus étoilé que ce que ses revenus de traductrice lui auraient permis de s'offrir, si jamais on avait cédé à ses instances pour régler la note.

« Non, dottoressa, lui avait répondu le directeur de l'hôtel avec un sourire, monsieur l'avocat s'en est chargé. » Ah, monsieur l'avocat... le père de Nico. Qu'elle avait tout d'abord appelé « dottore », titre honorifique et poli rejeté d'un geste nonchalant de la main, comme si monsieur l'avocat chassait une mouche. Mais elle n'avait pu se résoudre à l'appeler « maître » et s'était contentée du *lei*, le vouvoiement italien, qu'elle avait d'ailleurs employé avec toute la famille.

Nico l'avait avertie que le séjour ne serait pas facile, mais pas suffisamment. Il se montrait plein de déférence pour ses parents : si son comportement n'avait pas été le fait de l'homme qu'elle croyait aimer, elle l'aurait qualifié de servile. Il embrassait la main de sa mère à chaque fois qu'elle entrait dans une pièce et se levait à l'apparition de son père.

Elle avait refusé, un soir, d'assister au repas familial ; Nico l'avait ramenée à l'hôtel, après un dîner au restaurant placé sous le signe du malaise. Il l'avait embrassée dans le hall, puis avait attendu qu'elle soit montée dans l'ascenseur avant d'aller retourner dormir, tel un petit garçon, dans le palazzo de ses parents. Lorsqu'elle lui avait demandé des explications, le lendemain, il lui avait répondu qu'il était le produit de son milieu, et que dans celui-ci les gens se comportaient ainsi. L'après-midi même, lorsqu'il l'avait reconduite à l'hôtel en lui disant qu'il repasserait la prendre à huit heures pour le dîner, elle lui avait souri, lui avait dit au revoir dans le hall et l'avait quitté là. À la réception, elle avait déclaré qu'elle partait. Elle était montée faire ses valises, avait appelé un taxi et laissé un mot pour Nico à la réception. Il ne restait qu'une place en classe affaires sur le vol du soir pour Venise, mais elle paya le prix fort, ce qui compensait en partie, se dit-elle, la note d'hôtel qu'on ne lui avait pas laissé régler.

Sa valise était lourde et claqua lorsqu'elle la laissa tomber sur le palier du premier. Giorgio Bruscutti, le fils aîné de ses voisins, avait une fois de plus laissé ses chaussures de sport devant leur porte. Devant cette preuve qu'elle était bien de retour chez elle, Anna Maria fut presque heureuse. Elle reprit sa valise et la hissa jusqu'au second où elle trouva, comme elle s'y était attendue, deux paquets de journaux soigneusement ficelés : *Famiglia cristiana* et *Il Giornale*. Le signor Volpe, devenu un ardent écologiste avec l'âge, posait toujours les papiers destinés au recyclage sur son palier dès le dimanche soir, alors que le ramassage n'avait lieu que le mardi matin. Elle jubilait tellement devant ces signes d'une vie normale qu'elle ne se fit même pas la remarque que la poubelle était la meilleure place pour ces deux publications.

Le palier du troisième était désert, comme la petite table à gauche de la porte. Ce fut une déception pour Anna Maria : soit elle n'avait reçu aucun courrier depuis son départ – ce qu'elle avait du mal à croire –, soit la signora Altavilla, qui s'occupait de son courrier en son absence, avait oublié de l'apporter.

Sa montre indiquait presque dix heures. Elle savait que la vieille dame se couchait tard : elles s'étaient un jour avoué mutuellement que l'un des charmes de la vie en solitaire était de pouvoir lire dans son lit aussi longtemps qu'on en avait envie. Anna Maria recula d'un ou deux pas pour voir si de la lumière ne filtrait pas par-dessous la porte de l'appartement de la signora Altavilla, mais le palier était trop éclairé pour qu'elle puisse voir s'il y avait ou non un rai de lumière. Elle posa alors l'oreille contre le battant, espérant entendre quelque bruit en provenance de l'intérieur : la télévision, par exemple, aurait pu lui indiquer que sa voisine était encore debout.

Déçue par le silence, elle reprit sa valise et la laissa retomber bruyamment sur le carrelage. Elle tendit l'oreille, mais aucun son ne lui parvint de l'appartement. Elle souleva de nouveau son lourd bagage et s'engagea alors dans l'escalier, laissant intentionnellement la valise heurter encore plus fort la première marche. Elle continua à monter en faisant un tel tapage qu'elle aurait été la première à se scandaliser de ce manque d'égards pour les autres, ou aurait passé la tête par la porte pour voir ce qui se passait.

Une fois sur son palier, elle reposa la valise. Elle ouvrit la porte de son appartement et se sentit envahie d'un sentiment de paix et de plénitude. Tout ce qui était là-dedans lui appartenait ; ici, elle déciderait, sans rien demander à personne, ce qu'elle allait faire, comment et quand. Elle n'avait pas à se plier aux règles de qui que ce soit, n'avait aucune main à embrasser ; à cette seule idée, ses derniers doutes l'abandonnèrent et elle eut la certitude qu'elle avait pris la bonne décision en quittant Palerme, en quittant Nico et en mettant un terme à leur liaison.

Elle alluma, et parcourut automatiquement le séjour des yeux, déduisant de la précision militaire avec laquelle les coussins étaient disposés sur le canapé que la femme de ménage était bien passée. Elle prit sa valise, referma la porte et se laissa envahir par le silence. Anna Maria était chez elle.

Elle ouvrit la fenêtre du séjour et repoussa les volets. L'église San Giacomo dell'Orio s'élevait de l'autre côté du Campo : si l'abside arrondie avait été la proue d'un bateau, elle aurait été dirigée vers ses fenêtres et la collision aurait été imminente.

Elle parcourut l'appartement, ouvrit toutes les fenêtres pour l'aérer, repoussa et assujettit les contrevents. Elle porta sa valise jusque dans la chambre d'amis, la posa sur le lit, puis fit de nouveau le tour des pièces pour fermer les fenêtres ; les nuits d'octobre sont fraîches.

Sur la table de la salle à manger, Anna Maria trouva une note laissée par Luba, la femme de ménage, dans son style curieux, avec, à côté, un formulaire de la poste concernant une lettre recommandée qui n'avait pu être délivrée. *Pour vous c'est venu*, disait la note. Elle étudia le récépissé ; il datait de quatre jours. L'adresse de l'expéditeur était illisible. Elle eut une bouffée d'inquiétude : une administration de l'État avait peut-être découvert une irrégularité quelconque et l'informait qu'elle faisait l'objet d'une enquête.

Le récépissé du deuxième passage, deux jours après, n'était pas là, ce qui signifiait que la signora Altavilla avait signé pour elle et donc que la lettre devait se trouver à l'étage en dessous. Pour en avoir le cœur net, elle reposa le formulaire et alla dans son bureau où, de mémoire, elle composa le numéro de la signora Altavilla. Elle préférait la déranger plutôt que de se tracasser jusqu'au lendemain matin sur le contenu de cette lettre qui se révélerait sans doute, se rassurait-elle, parfaitement anodin.

La signora n'avait toujours pas décroché à la quatrième sonnerie. Anna Maria s'approcha de la fenêtre, l'ouvrit et tendit l'oreille : elle entendit la sonnerie qui continuait. Où pouvait bien se trouver la vieille dame à une heure pareille ? Au cinéma ? Il lui arrivait de sortir avec des amies et elle allait parfois garder ses petits-enfants, même si souvent l'aîné venait dormir chez elle.

Anna Maria raccrocha et retourna dans le séjour. Avec le temps, et alors que presque deux générations les séparaient, des habitudes de bon voisinage s'étaient instaurées entre elles, sans aller jusqu'à une réelle amitié. Elles n'avaient jamais pris un repas ensemble, mais elles se rencontraient de temps en temps dans la rue et avaient un bout de conversation autour d'un café, sans parler de celles, plus nombreuses, qu'elles avaient eues dans l'escalier de l'immeuble. Anna Maria partait parfois travailler comme interprète de conférences et restait donc absente pendant plusieurs jours, sinon, dans certains cas, pendant plusieurs semaines. Et comme la signora Altavilla allait en montagne avec la famille de son fils tous les mois de juillet, Anna Maria avait les clefs de l'appartement pour pouvoir arroser les plantes mais aussi, comme le lui avait dit la vieille dame, « juste au cas où ». Il était également clairement établi qu'Anna Maria, lorsqu'elle rentrait de l'un de ses déplacements, pouvait – devait même – aller chercher son courrier chez la signora Altavilla si celle-ci n'était pas à l'appartement.

Elle prit donc les clefs dans le deuxième tiroir de la cuisine, laissa sa porte ouverte, alluma sur le palier et descendit d'un étage.

Bien que certaine qu'il n'y avait personne, Anna Maria sonna, sans doute par un respect instinctif pour l'intimité de sa voisine. Mais il n'y eut aucune réaction et elle mit la clef dans la serrure. Elle eut du mal à la faire tourner, comme cela arrive souvent. Elle recommença, tirant et poussant en même temps le battant. Sa main abaissa la poignée et la porte récalcitrante s'ouvrit alors toute seule : elle n'avait pas été fermée à clef. Anna Maria se trouva propulsée à l'intérieur.

Elle se dit d'abord que Costanza Altavilla, avec l'âge, avait tout simplement oublié de donner un tour de clef. Et pourquoi n'avait-elle jamais fait poser un blindage avec une serrure qui se referme automatiquement ? « Costanza ? appela-t-elle. *Ci sei* ? » Immobile, elle tendit l'oreille, mais il n'y eut pas de réponse.

Anna Maria s'approcha de la table proche de l'entrée, attirée par la petite pile de courrier – quatre ou cinq lettres, tout au plus, posées sur *L'Espresso* de la semaine. C'est en parcourant les titres des yeux qu'elle prit conscience que la lumière de l'entrée était allumée et que le couloir était éclairé par deux sources lumineuses : la première en provenance de la porte entrouverte du séjour, la seconde de la porte ouverte de la grande chambre juste à côté.

La signora Altavilla avait grandi dans l'Italie d'après-guerre et si son mariage lui avait donné, outre le bonheur, une certaine aisance, elle n'avait jamais perdu les habitudes de frugalité de son enfance. Anna Maria, elle, appartenait à une famille relativement aisée qui profitait du plein essor économique de l'Italie et qui ne lui avait jamais inculqué ces habitudes qu'elle trouvait un peu surannées chez Costanza, comme lorsqu'elle éteignait la lumière en sortant d'une pièce, ou qu'elle portait deux chandails l'hiver pour chauffer moins et manifestait une grande satisfaction lorsqu'il y avait un produit en promo au Billa.

« Costanza ? » lança-t-elle à nouveau, non qu'elle s'attendît à avoir une réponse mais pour ne pas laisser courir son imagination. Dans un geste inconscient pour garder les mains libres, elle posa les clefs sur les lettres et resta un instant immobile, silencieuse, attirée par la lumière en provenance du couloir.

Elle prit une profonde inspiration, fit un pas, puis un deuxième, puis un troisième, et s'arrêta, se sentant incapable d'aller plus loin. Se disant de ne pas être idiote, elle se força à se pencher en avant pour regarder par la porte entrouverte. « Costan… » Elle s'interrompit et porta brusquement une main à sa bouche tandis qu'elle découvrait un avant-bras posé sur le sol. Puis un bras, une épaule, une tête, ou plus exactement une nuque. Et des cheveux blancs portés courts. Cela faisait des années qu'Anna Maria avait l'intention de demander à la vieille dame pourquoi elle ne se faisait pas teindre les cheveux de cette couleur acajou qui semble être de règle pour les femmes de son âge, et si c'était là une autre manifestation de son esprit de frugalité ou simplement parce qu'elle estimait que ses cheveux blancs adoucissaient ses traits et ajoutaient à sa dignité.

Elle regarda la femme immobile, sa main, son bras, sa tête. Et prit conscience qu'elle n'aurait jamais la réponse à sa question.

2

Guido Brunetti, commissaire de police de la ville de Venise, attablé dans un restaurant en face de son supérieur immédiat, le vice-questeur Patta, priait pour que survienne la fin du monde. Il aurait accepté d'être enlevé par des extraterrestres, ou peut-être même de voir des terroristes barbus, le regard avide de sang, faire une violente irruption dans la salle et s'ouvrir un chemin à coups de feu. Le chaos qui en aurait résulté lui aurait permis d'arracher l'arme de l'un d'eux (comme d'habitude, il n'avait pas la sienne sur lui) et d'abattre le vice-questeur et son assistant, le lieutenant Scarpa qui, assis à la gauche de Patta, était en train de donner son avis – négatif – sur la grappa qu'on leur avait offerte à la fin du repas.

« Vous autres, gens du Nord, poursuivit le lieutenant avec un signe de tête condescendant en direction de Brunetti, ne savez déjà pas faire le vin – comment pourriez-vous fabriquer de la grappa ? » Scarpa vida néanmoins son reste d'alcool, mais avec une petite moue dédaigneuse si subtilement calculée que, comme s'en rendit compte Brunetti, elle ajoutait le dégoût au mépris, puis il reposa son verre. Sur quoi il regarda carrément le commissaire, comme pour l'inviter à apporter sa contribution à la conversation, en toute franchise œnologique. Mais Brunetti refusa de se laisser embarquer vers ce territoire et se contenta de terminer son propre verre. Devoir dîner avec Patta et Scarpa aurait bien mérité une deuxième grappa, comme on le lui proposait. Mais s'il en mourait d'envie, il comprit aussi que le repas en serait prolongé d'autant et il résista à l'offre du serveur, tout comme sa clairvoyance l'avait fait résister à l'appât lancé par Scarpa.

Le refus de Brunetti de croiser le fer avait dû aiguillonner le lieutenant, ou alors c'était la grappa (sa deuxième), car il reprit sa diatribe : « Je ne comprends pas pourquoi les vins du Frioul sont… » Mais Brunetti ne sut jamais quels défauts le lieutenant Scarpa allait révéler sur les vins du Frioul, car son téléphone portable venait de sonner. Chaque fois que Brunetti était obligé par ses fonctions de prendre part à une activité sociale – l'invitation à dîner de Patta avait pour but de discuter des candidats à une promotion –, Brunetti n'oubliait jamais de prendre son portable et était souvent sauvé par la générosité de Paola qui l'appelait sous un prétexte quelconque exigeant sa présence immédiate.

« *Si*, répondit-il, déçu de constater que c'était le numéro du central de la questure.

— Bonsoir, commissaire, fit une voix qui lui sembla être celle de Ruffolo. Une dame vient de nous téléphoner de Santa Croce. Elle a trouvé une femme morte dans son appartement. Il y avait du sang et elle nous a donc appelés.

— Dans l'appartement de qui ? demanda Brunetti, non pas parce qu'il était important qu'il le sache tout de suite, mais parce qu'il détestait le manque de clarté.

— Elle a dit que c'était dans son appartement - euh, l'appartement de la dame morte. Il est à l'étage en dessous du sien.

— Et où ça, à Santa Croce ?

— Giacomo dell'Orio, monsieur. L'immeuble juste en face de l'église.

— Qui est sur place ?

— Personne, monsieur. C'est vous que j'ai appelé en premier. »

Brunetti regarda sa montre. Il était presque onze heures. Beaucoup plus tard que l'heure à laquelle il avait espéré que se terminerait ce dîner. « Vois si tu peux trouver Rizzardi pour qu'il se rende sur place. Et appelle Vianello. Il devrait être chez lui. Envoie un bateau le prendre. Et réunis une équipe de scène de crime.

— Et vous, monsieur ? »

Brunetti avait déjà consulté le plan de la ville qu'il avait imprimé dans la tête : « J'aurais plus vite fait à pied. Je retrouverai l'équipe sur place. » Puis autre chose lui vint à l'esprit. « Si par hasard il y a une patrouille dans le secteur, contacte-la et demande-leur d'y aller. Et appelle la femme pour lui dire de ne rien toucher dans l'appartement.

— Elle est retournée dans le sien pour téléphoner, monsieur. Je lui ai demandé de ne pas en bouger.

— Bien. Comment s'appelle-t-elle ?

— Giusti, monsieur.

— Si tu envoies une patrouille, dis-leur que j'y serai dans dix minutes.

— Oui, monsieur », répondit le policier avant de raccrocher.

Le vice-questeur Patta regardait Brunetti avec une curiosité non dissimulée. « Un problème, commissaire ? » demanda-t-il d'un ton qui fit clairement comprendre à Brunetti toute la différence qui existait entre curiosité et intérêt.

« Oui, monsieur. On a trouvé une femme morte à Santa Croce.

— Et c'est vous qu'ils ont appelé ? intervint Scarpa avec une légère pointe de suspicion dans le ton.

— Griffoni n'est pas encore rentrée de vacances, et c'est moi qui habite le plus près, expliqua Brunetti avec dans la voix la neutralité qu'il maîtrisait depuis longtemps.

— Oui, évidemment », dit Scarpa, qui préféra se tourner pour demander quelque chose au serveur.

Brunetti s'adressa à Patta : « Je vais me rendre sur place, vice-questeur. » Il adopta l'expression du bureaucrate débordé qui renonce à contrecœur à ce qu'il a envie de faire pour faire ce qu'il doit faire ; il repoussa sa chaise et se leva. Il laissa à Patta la possibilité d'ajouter un commentaire, mais le vice-questeur garda le silence.

Devant le restaurant, Brunetti laissa à ses pieds le soin de trouver le chemin, sortit son téléphone et composa le numéro de son domicile.

« Est-ce un appel de détresse ? demanda Paola quand elle décrocha.

— Scarpa vient juste de me dire que nous autres, gens du Nord, nous n'y connaissions rien en vin. »

Il y eut un court silence à l'autre bout du fil. « Quelque chose dans ta voix me dit que tu as un sujet de contrariété plus sérieux que ça.

— On vient de m'appeler. Une femme trouvée morte à Santa Croce, du côté de San Giacomo.

— Et pourquoi c'est tombé sur toi ?

— Parce qu'ils ne voulaient probablement pas appeler Patta ou Scarpa.

— L'appel est donc arrivé alors que tu étais avec eux ? Génial !

— Celui qui m'a appelé ne le savait pas. Sans compter que ç'a été pour moi une occasion en or de filer. Je vais aller voir ce qui s'est passé. De toute façon, c'était moi qui habitais le plus près.

— Veux-tu que je t'attende ?

— Non. Je n'ai aucune idée du temps que cela va me prendre.

— Je me réveillerai quand tu arriveras. Et sinon, pousse-moi un bon coup. »

Brunetti sourit à cette évocation et se contenta d'un petit bruit d'acquiescement.

« Il m'est arrivé de passer une nuit blanche », reprit Paola avec une fausse indignation dans la voix – son radar télépathique ayant perçu la nuance précise du petit bruit émis par Guido.

Sauf que la dernière fois remontait à l'incendie de la Fenice, lorsque le vacarme incessant des hélicoptères passant au-dessus de leur toit avait fini par la tirer des abysses où elle se réfugiait toutes les nuits.

« J'espère que ce ne sera pas trop affreux », ajouta-t-elle d'un ton plus conciliant.

Il la remercia, lui souhaita une bonne nuit et remit le téléphone dans sa poche. Il reporta son attention autour de lui. La rue était éclairée pratiquement *a giorno* : encore une largesse des bureaucrates dépensiers de Bruxelles. On aurait pu lire son journal à la lueur des lampadaires. Et de nombreuses vitrines étaient brillamment éclairées, ce qui lui fit penser aux photos satellites de notre planète illuminée vue du ciel, la nuit. Seule l'Afrique noire restait ce qu'elle était.

Au bout de Scaleter Ca'Bernardo il tourna à gauche, contourna le clocher de San Boldo, franchit le pont, puis s'engagea dans la Calle del Tintor et passa devant la pizzeria. À côté, la boutique vendant des sacs à main bon marché était encore ouverte ; une jeune Chinoise, assise derrière le comptoir, lisait un journal chinois. Il n'avait aucune idée de ce que précisait la loi en matière d'heures d'ouverture des magasins, mais il ne pouvait s'empêcher, viscéralement, de trouver anormal le fait de s'engager dans des activités commerciales à une heure pareille.

Quelques semaines auparavant, il avait dîné avec un commandant de la police des frontières qui lui avait appris, entre autres choses, que d'après leurs estimations – ils n'avaient pu faire mieux – entre cinq cent mille et cinq millions de Chinois vivaient actuellement en Italie. Après avoir dit cela, il s'était enfoncé dans son siège pour mieux profiter de la stupéfaction de Brunetti. Puis il avait ajouté : « Si tous les Chinois qui se trouvent en Europe portaient un uniforme, nous serions forcés de constater qu'il s'agit d'une véritable invasion. » Après quoi il était retourné à ses calamars grillés.

Un peu plus loin, il tomba de nouveau sur une boutique éclairée tenue par une jeune Chinoise. De la lumière sortait de l'entrée d'un bar devant lequel se tenaient quatre ou cinq jeunes gens qui fumaient et buvaient. Trois d'entre eux, remarqua-t-il, sirotaient un Coca-Cola – parlez-moi des chaudes nuits vénitiennes…

Il déboucha sur la place, elle aussi inondée de lumière. Des années auparavant – il venait d'obtenir son transfert de Naples –, l'endroit avait eu très mauvaise réputation. Il se rappelait des histoires sur les seringues abandonnées par les drogués qu'il fallait balayer tous les matins, et il avait le vague souvenir d'une jeune femme retrouvée morte d'une overdose sur un banc. Mais la boboïsation du quartier l'avait nettoyé – ou alors, c'étaient les nouvelles façons de se shooter qui avaient rendu les seringues caduques.

Il se tourna vers les bâtiments qui faisaient face à l'abside, sur sa droite. La silhouette d'une femme se détachait devant une fenêtre éclairée, au quatrième étage de l'un d'eux. Résistant à sa première impulsion de lever la main pour la saluer, Brunetti s'avança vers l'immeuble. Il ne vit pas le moindre numéro sur la façade, mais le nom de la locataire du quatrième figurait au-dessus de la sonnette.

Il sonna et l'ouvre-porte cliqueta presque sur-le-champ, comme si la femme s'était approchée de sa porte lorsqu'elle l'avait vu traverser le Campo. Les touristes s'étaient apparemment évaporés, les Vénitiens étaient déjà couchés et elle en avait déduit que ce piéton solitaire devait être un policier.

Il monta les étages, passa devant les chaussures, devant les journaux ficelés ; mais pour un Vénitien, cette tendance à lancer des pseudopodes pour étendre son territoire au-delà des murs qui le confinent était tellement ancrée dans les mœurs que c'est à peine s'il remarqua les objets.

Alors qu'il attaquait la dernière volée de marches, une voix de femme lui parvint de l'étage au-dessus. « Vous êtes de la police ?

— *Si*, signora », répondit-il.

Il sortit sa carte tout en réfrénant son envie de lui répondre qu'elle devrait se montrer plus prudente avant de laisser entrer quelqu'un dans son immeuble. Quand il arriva sur le palier, elle avança d'un pas et lui tendit la main.

« Anna Maria Giusti.

— Brunetti », répondit-il en lui serrant la main.

Il lui montra sa carte, mais c'est à peine si elle y jeta un coup d'œil. Il lui donna la trentaine ; elle était grande et mince, avec un nez aquilin aristocratique et des yeux d'un brun profond. La tension ou la fatigue durcissait ses traits ; il se dit que, détendu, son visage devait avoir une certaine beauté. Elle l'entraîna par le bras dans l'appartement, puis le lâcha et recula d'un pas. « Merci d'être arrivé si vite », dit-elle. Elle regarda derrière lui comme pour vérifier qu'il était bien seul.

« Mes collègues ne vont pas tarder, signora, répondit Brunetti sans chercher à s'avancer davantage dans l'appartement. Pendant que nous les attendons, pouvez-vous me dire ce qui s'est passé ?

— Je l'ignore », répondit-elle, écartant les mains à hauteur de sa taille pour exprimer sa confusion – le genre de geste que font les femmes dans les films américains des années cinquante pour montrer leur désarroi. « Je suis rentrée de vacances il y a environ une heure, et lorsque je suis descendue dans l'appartement de la signora Altavilla, je l'ai trouvée chez elle. Elle était morte.

— Vous en êtes certaine ? » demanda Brunetti, pensant qu'il lui serait psychologiquement plus facile de répondre à cette question qu'à une demande de description de ce qu'elle avait vu.

« J'ai touché le dos de sa main. Il était froid. » Elle pinça les lèvres et regarda au sol. « J'ai pris son poignet. Pour tâter son pouls. Je n'en ai pas trouvé.

— Quand vous nous avez appelés, signora, vous avez mentionné du sang.

— Oui, sur le plancher, près de sa tête. En le voyant, je suis aussitôt remontée chez moi pour vous appeler.

— Autre chose, signora? »

Elle eut un geste en direction du palier comme pour indiquer ce qui se trouvait à l'étage en dessous. « La porte palière était ouverte. » Voyant la surprise se dessiner sur le visage de Brunetti, elle ajouta précipitamment : « Je veux dire qu'elle n'était pas fermée à clef. Elle était fermée, mais pas verrouillée.

— Je vois », dit Brunetti.

Il resta quelques instants silencieux, puis demanda : « Pouvez-vous me dire combien de temps vous êtes partie, signora? »

Le regard qu'elle lui adressa prouvait à quel point elle était intelligente et que la question l'offensait.

« Il s'agit d'exclure des hypothèses, signora », ajouta-t-il d'une voix normale.

Elle répondit un peu plus fort, en détachant davantage les mots. « Je suis descendue dans un hôtel de Palerme, le Villa Igeia. Cinq nuits. Vous pouvez vérifier. » Elle détourna les yeux – comme si quelque chose la gênait, songea Brunetti. « Ce n'est pas moi qui ai payé la note, mais j'ai été enregistrée sous mon nom. »

Brunetti savait que rien ne serait plus facile à vérifier. « Et vous êtes descendue dans l'appartement de la signora Altavilla pour... ? se contenta-t-il de demander.

— Pour prendre mon courrier. »

Elle se tourna et passa dans la pièce derrière eux; c'était un grand espace dégagé, sous un toit en pente, qui, quelques siècles auparavant, était l'ancien grenier de l'appartement. Brunetti la suivit et leva les yeux vers les deux Velux, avec l'espoir d'apercevoir les étoiles, mais la lumière de la ville empêchait de les distinguer.

Elle prit, sur la table, une feuille de papier beige et la tendit à Brunetti. Il reconnut un récépissé de lettre recommandée. « La femme de ménage l'avait laissé en évidence. J'ignorais complètement de quoi il s'agissait et j'ai craint que ce ne soit quelque chose d'important. Je n'avais pas envie d'attendre demain pour le savoir, et je suis donc descendue pour voir si la lettre était là ; la signora Altavilla signe pour moi, dans ces cas-là. »

Devant le regard interrogateur que lui adressa Brunetti, elle enchaîna. « C'est elle qui prend mon courrier quand je ne suis pas là, et soit elle le laisse sur la table le jour de mon retour, devant sa porte, soit je descends le prendre chez elle.

— Et si elle-même n'est pas chez elle à votre retour ? demanda Brunetti.

— Elle m'a confié ses clefs. J'entre chez elle pour le prendre. » Elle se tourna pour faire face aux fenêtres, au-delà desquelles on apercevait l'abside illuminée de l'église. « Je suis donc descendue. Les lettres étaient toujours au même endroit que d'habitude, sur la table à côté de la porte de l'entrée. » Elle parut ne pas savoir qu'ajouter, mais Brunetti attendit.

« Après quoi je suis allée dans la pièce de devant, pour la simple raison que la lumière y était allumée et qu'elle éteint toujours, d'habitude, quand elle quitte une pièce ; j'ai pensé qu'elle ne m'avait peut-être pas entendue. Ce qui est un peu idiot, non ? Et c'est là que je l'ai vue. Et que je lui ai touché la main. Et que j'ai vu le sang. Et que je suis remontée vous téléphoner.

— Ne voulez-vous pas vous asseoir, signora ? » demanda Brunetti avec un geste vers une chaise proche.

Elle secoua la tête tout en s'avançant d'un pas vers le siège. Elle s'assit lourdement et, soudain gagnée par l'épuisement, se laissa aller contre le dossier. « C'est terrible. Comment peut-on… »

On sonna à la porte de l'immeuble avant qu'elle ait pu finir sa phrase. Brunetti alla jusqu'à l'Interphone et entendit Vianello qui s'annonçait, disant qu'il était avec le dottor Rizzardi. Le commissaire déclencha l'ouvre-porte et reposa le combiné. Puis il se tourna vers la femme assise. « Mes collègues viennent d'arriver, signora. Avez-vous refermé la porte à clef ? » ajouta-t-il. Il était obligé de poser la question.

Elle le regarda, la confusion se peignant sur son visage. « Quoi ?

— La porte de l'appartement. Chez la signora Altavilla. L'avez-vous refermée à clef ? »

Elle secoua la tête à plusieurs reprises, l'air d'être si peu consciente de son geste que Brunetti se sentit soulagé quand elle l'interrompit. « Je ne sais pas. J'avais les clefs. » Elle fouilla ses poches mais ne les retrouva pas. « J'ai dû les laisser en bas, sur le courrier. » Elle ferma les yeux, puis, au bout d'un moment, reprit la parole. « Mais vous pouvez entrer. On peut ouvrir depuis l'extérieur. » Elle leva une main pour attirer son attention. « C'était une bonne voisine. »

Brunetti la remercia et descendit rejoindre les autres.

3

Brunetti retrouva Vianello et Rizzardi qui attendaient devant la porte de l'appartement. Il se contenta d'échanger un signe de tête avec Vianello, qu'il avait vu l'après-midi même, et serra la main du médecin légiste. Comme toujours, ce dernier était tiré à quatre épingles, l'air d'un Anglais qui sort de son club. Il portait un costume à rayures bleu foncé qui trahissait discrètement mais indiscutablement la main du bon faiseur. On aurait dit qu'il venait d'enfiler sa chemise juste avant de monter l'escalier, et sa cravate était du genre de celles que Brunetti taxait de « régimentaires », sans très bien savoir ce que cela voulait dire.

Rizzardi venait de passer quinze jours de vacances en Sardaigne, ce qui ne l'empêchait pas d'avoir l'air fatigué, ce que Brunetti trouva troublant. Mais il est délicat de demander à un médecin comment il se porte.

« Ça me fait plaisir de te voir, Ettore. Comment… euh, comment se sont passées ces vacances ?

— Pas une minute tranquille. Nous avions prévu de passer tout notre temps sur la plage, sous un parasol, Giovanna et moi. Juste lire et regarder la mer. Farniente. Mais à la dernière minute, Riccardo nous a demandé si nous n'aimerions pas prendre nos petits-enfants avec nous, et comment dire non? Si bien que nous nous sommes retrouvés avec deux gosses de huit et six ans. » L'expression de ceux qui viennent de subir une agression violente passa brièvement sur le visage de Rizzardi. « J'avais oublié ce que c'était que d'avoir à s'occuper d'enfants.

— Je suppose qu'ils ont passé tout leur temps sous un parasol à lire et à regarder la mer, c'est ça? »

Rizzardi sourit et haussa les épaules. « On était tous les deux ravis, mais c'était épuisant. » Ces politesses échangées, le médecin changea de ton pour passer aux choses sérieuses. « De quoi s'agit-il?

— En rentrant de vacances, la femme qui habite à l'étage au-dessus est descendue chercher son courrier chez sa voisine. Un accord entre elles, elle avait les clefs. Et elle l'a trouvée morte dans l'appartement.

— Et pourquoi a-t-elle appelé la police au lieu de l'hôpital? intervint Vianello.

— Elle a dit qu'elle avait vu du sang, voilà pourquoi. »

La porte, remarqua Brunetti, était d'un modèle ancien en bois, comprenant une poignée métallique, comme on n'en voit presque plus dans une ville où les cambriolages sont devenus monnaie courante. Elle avait été manipulée par la signora Giusti et les empreintes qui avaient pu s'y trouver devaient avoir été plus ou moins effacées, mais Brunetti prit néanmoins soin de ne toucher que l'extrémité de la poignée pour l'abaisser.

Dans l'entrée, il vit sur sa gauche la table avec les clefs posées sur la pile d'enveloppes. La lumière provenait d'une porte ouverte à sa droite et d'une autre au bout du couloir, vers le devant de l'appartement. Il s'avança jusqu'à la première et jeta un coup d'œil dans la pièce, mais il ne vit qu'une chambre avec un lit à une place et une commode.

L'habitude lui fit vérifier l'autre pièce qui donnait sur le couloir, et il ouvrit la porte avec les mêmes précautions que pour celle de l'entrée. Assez de lumière s'y diffusait pour qu'il puisse voir qu'il s'agissait d'une chambre plus petite avec un lit d'une personne, une table de nuit et une commode. La porte donnant sur la salle de bains était entrouverte. Il se tourna pour aller jusqu'à la pièce donnant sur le fond du couloir, vaguement conscient que les hommes de son équipe le suivaient. C'est dans cette dernière pièce qu'il trouva la femme, gisant sur le côté droit, le dos tourné, bloquant la porte avec un pied, un bras tendu, l'autre prisonnier sous elle. Elle était à peine plus grande qu'un enfant et ne devait même pas peser cinquante kilos. À côté de sa tête, il vit une tache de sang, pas tout à fait de la taille d'un CD, qui avait séché et noirci sur le plancher. La tête la cachait en partie. Les cheveux blancs coupés court, le cardigan bleu marine en cachemire épais, le col d'un chemisier jaune, le fin anneau d'or à son annulaire – Brunetti enregistra tout cela d'un coup.

Il estimait être le moins superstitieux des hommes et s'enorgueillissait de respecter strictement la raison, le bon sens et toutes les vertus qu'il associait à un bon fonctionnement de l'esprit. Ce qui, cependant, ne l'empêchait pas d'accepter la possibilité de

« phénomènes moins tangibles » – il n'avait jamais trouvé de meilleure façon de l'exprimer. Quelque chose qui n'était pas visible mais laissait des traces. Et c'était la présence de telles traces qu'il ressentait ici. Cette mort avait été tout sauf paisible. Elle n'avait pas été nécessairement violente ou criminelle : seulement troublée. C'était ce qu'il éprouvait, mais vaguement et de manière passagère, si bien que dès que la sensation eut atteint ses pensées conscientes il la rejeta comme n'étant rien de plus qu'une réaction plus forte que d'habitude à la vue d'une mort soudaine.

Il parcourut rapidement la pièce des yeux, vit divers meubles, deux lampadaires, une rangée de fenêtres, mais la morte à ses pieds l'empêchait de se concentrer sur quoi que ce soit d'autre.

Il retourna dans le couloir. Il ne vit pas Vianello, seulement le médecin légiste qui attendait à quelques pas. « Elle est ici, Ettore », dit Brunetti. Tandis que le médecin approchait, le policier fut attiré par des bruits de pas, en provenance des étages inférieurs. Il y eut ensuite des voix d'hommes, l'une grave, l'autre haute ; puis une porte se referma.

Les bruits de pas reprirent dans l'escalier et bientôt Marillo, l'assistant du technicien du laboratoire, apparut dans l'encadrement de la porte, suivi de deux hommes qui portaient le matériel exigé par leur spécialité. Marillo, un grand Lombard dégingandé, paraissait incapable d'aller au-delà de l'aspect le plus élémentaire des choses ; il prenait tout au pied de la lettre. Il salua Brunetti et s'avança pour permettre à ses hommes d'entrer à leur tour dans l'appartement. Le dernier referma la porte. « Le type, en bas, voulait savoir pourquoi il y avait toute cette agitation », dit Marillo.

Brunetti salua les hommes, mais quand il se retourna, Rizzardi était déjà passé dans le séjour. Il dit aux techniciens que Vianello les aviserait quand ils pourraient prendre leurs photos et commencer la recherche d'empreintes. Il trouva Rizzardi penché sur le corps de la femme, les mains prudemment enfoncées au fond des poches de son pantalon. Il se releva en voyant Brunetti. « Il pourrait tout aussi bien s'agir d'une crise cardiaque. Ou d'un AVC. »

Sans rien dire, Brunetti lui montra la petite flaque de sang ; mais Rizzardi, qui était resté assez longtemps dans la pièce pour l'examiner, montra à son tour un radiateur placé sous une fenêtre, non loin de l'endroit où était étendue la femme. « Elle a pu le heurter de la tête en tombant, observa-t-il. J'en saurai davantage quand j'aurai pu la retourner. » Il s'éloigna du corps d'un pas. « Le mieux est de les laisser prendre leurs photos, d'accord ? »

Avec tout autre médecin, Brunetti se serait impatienté de ce refus de conclure à un acte de violence à la seule vue de la flaque de sang, mais il savait à quel point Rizzardi exigeait de s'en tenir rigoureusement aux causes immédiates d'un décès et de tirer des conclusions qu'une fois les preuves formellement établies. Il était arrivé que le commissaire parvienne à lui faire formuler des hypothèses, mais ce n'était pas facile.

Brunetti s'autorisa alors à regarder autre chose que le médecin et la femme qui gisait à ses pieds. L'ordre régnait dans la pièce, mis à part deux coussins sur le sol et, entre eux, un livre relié en cuir tombé à l'envers. Il y avait un placard, mais ses deux portes étaient fermées.

Le photographe entra. « Marillo et Bobbio s'occupent des empreintes, dit-il, et je peux commencer par elle, si vous voulez. » Brunetti acquiesça et l'homme s'avança vers le corps, manipulant déjà son appareil.

Brunetti le laissa à sa tâche. Il entendit Rizzardi murmurer derrière lui, mais l'ignora et retourna dans le couloir.

Dans la plus grande des chambres, Vianello se tenait devant les tiroirs ouverts de la commode, penché en avant pour examiner des papiers posés sur le dessus. Du bout de l'index, l'inspecteur repoussa de côté la feuille qu'il venait de lire et parcourut la suivante des yeux, puis la repoussa à son tour pour s'intéresser à la dernière.

« C'est une lettre d'une fillette indienne, dit Vianello, réagissant à la présence silencieuse de son supérieur. Adressée à Mamma Costanza. Il doit s'agir d'une de ces ONG qui vous font adopter un filleul.

— Qu'est-ce qu'elle lui raconte ?

— C'est en anglais, dit Vianello avec un geste vers les papiers, et écrit à la main. D'après ce que je comprends, elle la remercie pour son cadeau d'anniversaire et elle lui dit qu'elle a donné tout l'argent à son père pour qu'il puisse acheter du riz à planter pour la prochaine saison. Elle a aussi envoyé son bulletin scolaire et une photo. »

Soigneusement, Vianello aligna les feuilles. « D'après vous, elles sont vraiment honnêtes, toutes ces organisations ?

— Je l'espère, répondit Brunetti. Ou alors, cela voudrait dire que beaucoup d'argent se retrouve depuis longtemps dans de mauvaises poches.

— Vous donnez quelque chose, vous ?

— Oui.

— En Inde ?

— Oui, répondit encore Brunetti, se sentant vaguement gêné. C'est Paola qui s'en occupe.

— Chez nous, c'est aussi Nadia, dit hâtivement l'inspecteur. Sauf que je n'arrive pas à comprendre pourquoi nous donnons de l'argent pour des pays comme l'Inde et la Chine. On ne peut pas ouvrir un journal sans entendre parler de leur puissance économique. Le monde leur appartiendra d'ici dix ans paraît-il. Ou vingt. Alors, pourquoi s'occuper de leurs mioches ? En tout cas, ajouta Vianello après un bref silence, je me pose la question.

— D'après Fazio, répondit Brunetti en faisant allusion à son ami de la police des Frontières, ce que nous devrions nous abstenir de faire, c'est d'acheter leurs vêtements, leurs jouets et leur matériel électronique. Et ça ne peut pas faire de mal d'envoyer deux cents euros pour qu'un gosse aille à l'école, si ? »

Vianello acquiesça d'un signe de tête. « Il faut bien que les gosses mangent, j'imagine. Et qu'on leur achète leurs manuels. » Sur quoi l'inspecteur enleva ses gants et les fourra dans sa poche.

Le photographe se présenta à ce moment-là à la porte de la chambre et dit à Brunetti que le médecin voulait le voir. La morte avait été retournée sur le dos, les bras le long du corps. En la regardant, Brunetti ne retrouva pas l'impression qu'il avait ressentie en voyant le corps pour la première fois. Elle avait les yeux fermés, la bouche ouverte. Mais son esprit n'était plus là. Il n'y avait aucune chance pour qu'un esprit s'attarde auprès de ce corps. On pouvait s'interroger sur ce qu'il était devenu, voire se demander s'il avait existé, mais l'absence de vie ne faisait pas le moindre doute ici.

Juste au-dessus de son sourcil droit, la morte avait une coupure bordée d'un bourrelet de chair enflé et décoloré. La plaie avait laissé couler dans ses cheveux un liquide sombre et épais, ayant la consistance de la cire à cacheter ; la tache de sang sur le sol provenait de là. Le cardigan était déboutonné et le chemisier avait été décentré par le mouvement, laissant voir maintenant une marque oblongue plus sombre au-dessus de sa clavicule gauche.

Inconsciemment, Brunetti rapprocha ses mains, pouce contre pouce et doigts contre doigts. Lorsqu'il jeta un coup d'œil à Rizzardi, il vit que le médecin l'observait.

« Elle aurait eu les yeux injectés de sang », dit Rizzardi, ayant parfaitement compris le message de violence des mains de Brunetti.

Quelqu'un, derrière eux, laissa échapper un long soupir. Brunetti se tourna et vit Vianello, qu'il n'avait pas entendu arriver.

Le commissaire revint à la morte. Une de ses mains était serrée en un poing, comme pétrifiée dans une tentative pour retenir son esprit qui s'enfuyait ; l'autre main, ouverte, relâchée, encourageait ce même esprit à partir.

« Tu pourras t'en occuper dès demain matin ? demanda Brunetti.

— Oui.

— Tu feras la totale ? »

Rizzardi réagit tout d'abord par un soupir. « Voyons, Guido », dit-il à voix basse, d'un ton s'efforçant à la patience.

Le médecin consulta sa montre : il allait devoir indiquer l'heure probable de la mort de la femme dans son certificat de décès, mais il paraissait prendre un temps inhabituel pour en décider. Il se tourna finalement vers Brunetti. « Je ne peux rien faire de plus ici, Guido. Tu auras mon rapport dès que possible. »

Brunetti exprima sa gratitude d'un signe de tête, constata qu'il était presque une heure du matin, et remercia le médecin légiste de s'être dérangé, même s'il savait que celui-ci n'avait pas eu vraiment le choix. Rizzardi se tourna pour partir, mais Brunetti lui posa une main légère sur le bras, sans rien dire.

« Je te passerai un coup de fil dès que j'aurai terminé », dit Rizzardi. Sur quoi il s'écarta de la main de Brunetti et quitta l'appartement.

4

Brunetti referma la porte, peu satisfait de son échange avec Rizzardi et mécontent à l'idée qu'il avait une fois de plus essayé de faire voir au médecin les choses comme il aurait voulu que celui-ci les voie. Avant qu'il ait pu parler à Vianello, il y eut du bruit aux étages inférieurs : une porte qui s'ouvrit, puis on entendit un échange entre des voix masculines. Marillo sortit de la pièce où lui et ses hommes travaillaient. « Le docteur les a appelés il y a un moment pour qu'ils viennent la prendre. C'est sans doute l'équipe. »

Ni Brunetti ni Vianello ne répondirent et les bruits que faisaient les techniciens cessèrent. Tout le monde attendit l'arrivée de ces collègues qui s'occupaient des défunts, chacun étant comme paralysé et rendu silencieux par l'approche des séides de la mort. Brunetti ouvrit la porte palière. Les deux hommes qui se présentèrent paraissaient cependant tout à fait ordinaires, dans leur longue blouse bleue d'aide-soignant de l'hôpital. L'un d'eux portait une civière repliée : chacun savait ici qu'un troisième collègue les attendait en bas, avec le cercueil en plastique noir dans lequel ils placeraient le corps avant de le transporter jusqu'au bateau.

Il y eut un échange de signes de tête et de salutations marmonnées, car tous s'étaient plus ou moins déjà rencontrés dans des circonstances similaires. Brunetti, qui connaissait les deux brancardiers de vue mais ignorait leurs noms, leur indiqua le couloir. Lorsque les deux hommes furent passés dans le séjour, Brunetti, Vianello, Marillo et ses deux aides attendirent, faisant semblant de ne pas prêter attention aux bruits en provenance de la pièce. Moins d'une minute après, les deux brancardiers sortirent avec la civière sur laquelle gisait une forme menue, recouverte d'un tissu bleu foncé. Brunetti fut soulagé de constater que le tissu était propre et bien repassé, même s'il savait que cela n'y changeait rien.

Les deux hommes saluèrent Brunetti au passage d'un signe de tête, et Vianello referma derrière eux. Personne ne dit rien tant qu'on entendit du bruit dans l'escalier. Lorsque le silence retomba, preuve que le corps de la morte avait quitté la maison, personne ne bougea. C'est finalement Marillo qui rompit leur paralysie en invitant ses aides à reprendre leur travail.

Vianello passa dans la plus petite chambre et Brunetti le rejoignit. Le lit était impeccablement fait, le revers du drap posé sur une simple couverture en laine grise sans motifs. Tout semblait être à sa place dans la pièce. Elle avait quelque chose de militaire, ou de monacal, dans sa simplicité. Même les traces laissées par les techniciens à la recherche d'empreintes étaient peu nombreuses.

Brunetti traversa la pièce pour aller inspecter la salle de bains. La personne qui avait rangé la chambre devait être aussi celle qui avait tout disposé ici sur les étagères : des flacons miniatures d'échantillons de shampoing, un petit savon dans son emballage en papier comme on en trouve dans les hôtels; un peigne dans un sachet en plastique; une brosse à dents également dans son emballage. Des serviettes propres et un essuie-main étaient rangés sur un porte-serviettes, juste à côté de la cabine de douche.

Une voix d'homme appela Brunetti par son titre. Lui et Vianello passèrent dans la plus grande des deux chambres, où Marillo se tenait près de l'une des fenêtres. « C'est terminé pour nous, commissaire. »

Le photographe repliait déjà son tripode; il le mit sur son épaule et passa devant Brunetti et Vianello pour rejoindre le couloir.

« Vous avez trouvé quelque chose ? » demanda Brunetti, regardant autour de lui les surfaces poudrées de la pièce, comme s'il avait voulu que Marillo suive son regard et découvre la chose qui rendrait ses recherches fructueuses.

Les restes de poudre répandus un peu partout rappelèrent à Brunetti à quel point il avait du mal à croire qu'on puisse trouver des preuves matérielles fiables, au milieu de toutes les superpositions d'empreintes digitales qui couvraient la moindre surface. Et pourtant, des pièces, il en avait fouillé. De la poudre était tombée dans le tiroir du bas resté ouvert. Il y en avait des traces au milieu du désordre des foulards de soie et des chandails.

« Vous savez que je n'aime pas trop parler de ce genre de choses, monsieur », répondit finalement

Marillo, s'exprimant manifestement à contrecœur. « Tant que je n'ai pas rédigé mon rapport, en tout cas.

— Je le sais, Marillo, je le sais. Et j'estime que c'est de bonne pratique. Mais je me demandais si tu ne pourrais pas me donner plus ou moins une idée sur… comment dire ? sur ce à quoi Vianello et moi devons nous attendre… », il s'interrompit et eut un geste de la main qui englobait la pièce, comme s'il demandait aux poignées de la commode de confier à Marillo les secrets qu'elle détenait.

Le technicien restant, encore à genoux à côté du lit, éteignit la lampe avec laquelle il avait examiné ce qui aurait pu se trouver sous le sommier, se redressa et regarda tour à tour Brunetti et son supérieur. Marillo secoua la tête et se tourna pour partir.

« Allons voyons, Stefano, dit l'homme sans chercher à cacher son agacement. Ils sont de notre bord. Et ça leur fera gagner du temps. » Brunetti se demanda si le technicien n'avait fait qu'utiliser un cliché, ou si on en était au point où il fallait qu'un policier garantisse l'intégrité des autres.

Marillo se raidit, soit parce qu'un de ses subordonnés se permettait de lui parler sur ce ton, soit à l'idée qu'on lui demandait de risquer une opinion plutôt qu'une preuve avérée. « Nous ne faisons que relever les empreintes et prendre des photos, dottore. Ce sont les gens comme vous et Vianello qui sont chargés d'interpréter ce que veulent dire les résultats. » On aurait pu voir dans cette réplique de l'opposition, voire une forme d'obstruction ; mais de la part de Marillo, ce n'était que le rappel de ce qu'il considérait comme ses devoirs et les leurs.

« Oh, pour l'amour du ciel, rétorqua le technicien, toujours agenouillé à côté du lit, nous avons examiné des centaines d'endroits semblables, Stefano, et tu sais aussi bien que moi qu'il n'y a rien de suspect ici. » Il allait continuer quand Marillo le fit taire d'un regard. Du temps avait passé depuis l'instant où Brunetti avait vu le corps et éprouvé sa sensation bizarre ; la remarque du technicien ne faisait que le conforter dans son envie de voir et d'interpréter des faits, pas des impressions. Ce n'était pas un voleur – en tout cas pas de ceux qui cambriolaient les appartements de Venise – qui avait été à l'œuvre ici. Un voleur aurait recherché les objets en or et les bijoux ; il aurait tiré tous les tiroirs, renversé leur contenu, éparpillé celui-ci à coups de pied pour être sûr de tout voir. Mais le tiroir du bas de la commode n'était pas plus en désordre, songea Brunetti, que ne l'était celui de sa fille lorsqu'elle avait fouillé le sien à la recherche d'un chandail particulier. Ou celui de son fils.

Le technicien rompit le silence en s'avançant à quatre pattes pour aller jusqu'à la plinthe détacher le fil de sa lampe de la prise. Il se leva alors sans se presser et enroula bruyamment le fil électrique autour de la poignée, glissant la prise en dessous pour la bloquer. « Je n'ai plus rien à faire ici, Stefano, dit-il sèchement.

— C'est terminé, dans ce cas, constata alors Marillo, du soulagement dans la voix. Je donnerai les photos et les relevés d'empreintes à Bocchese. Il y en a beaucoup, certaines sont parfaitement claires. Il vous fera un rapport, monsieur.

— Merci, Marillo », dit Brunetti.

L'homme regarda Brunetti et hocha la tête d'une manière qui non seulement montrait qu'il était sensible aux remerciements de son supérieur, mais qui exprimait aussi sa gêne de n'avoir pas voulu en dire davantage. Le technicien le suivit jusqu'à la porte où attendait déjà leur collègue, rangeant son appareil photo et son flash dans son sac. Les trois hommes rassemblèrent rapidement le reste de leur matériel et, lorsqu'ils eurent terminé, Marillo se contenta d'un simple « Bonne nuit ». Après quoi, lui et son équipe sortirent en silence de l'appartement.

« Je m'occupe de boucler », dit Brunetti, décidant de retourner dans la petite chambre. Il avait déjà remarqué à quel point elle était modeste ; mais à présent qu'il avait tout le temps de l'examiner, il la trouva littéralement spartiate. Pas un tapis ni même une descente de lit sur le sol. Lequel n'était pas un noble parquet, mais un simple plancher bon marché constitué de courtes lames de bois, une réfection qui devait dater d'une cinquantaine d'années. Sur la table de nuit massive aux pieds épais, à côté du lit, il y avait une petite lampe à l'abat-jour en tissu ocre bordé de glands jaunis par le temps. Une chambre comme il y aurait pu en avoir une chez sa grand-mère – une vraie machine à remonter le temps.

Dans le tiroir du haut à demi ouvert de la commode, il trouva des sous-vêtements féminins dans leur emballage d'origine, des petites culottes blanches toutes simples : trois par paquet, de trois tailles différentes. Un modèle qu'il n'avait jamais vu sur Paola. Il s'agissait d'un article à porter tous les jours pour faire ses courses au supermarché, par exemple, conçu pour être pratique mais nullement affriolant comme de la lingerie de magasin spécialisé. Il y avait également – toujours emballés – des T-shirts en coton blanc, également de trois tailles différentes. Les paquets étaient rangés en deux piles séparées par des mouchoirs en coton blanc.

Il referma le tiroir sans précaution spéciale, n'ayant plus à faire attention à ce qu'il touchait. Le suivant contenait quelques paquets toujours scellés de collants, et six ou sept paires de chaussettes portant encore la bague en papier du fabricant, toutes grises ou noires, une fois de plus de tailles différentes et disposées avec une précision quasi militaire. Quant au tiroir du bas, il contenait des chandails, en coton d'un côté, en laine de l'autre, mais ici les piles avaient été dérangées. Dans ce tiroir, il y avait au moins un peu de couleur : un rouge, un orangé, un autre vert clair, et si aucun n'était neuf, ils avaient été lavés et repassés avant d'être rangés. Deux pyjamas propres, repassés et pliés, étaient posés à droite des chandails avec dans le fond des sachets dégageant un parfum de lavande.

Brunetti referma le dernier tiroir. Il s'approcha du lit, s'agenouilla et regarda dessous, mais il n'y avait rien.

Il entendit Vianello qui entrait dans la pièce. « As-tu trouvé quelque chose d'intéressant dans sa chambre ? lui demanda Brunetti.

— Non. Pas grand-chose. Sauf qu'elle paraissait apprécier la lingerie fine et les chandails de luxe. »

Brunetti se releva et retourna à la commode. Il ouvrit le premier tiroir et montra les paquets de Cellophane. « Ils sont de tailles différentes, et aucun n'a été ouvert. » Vianello vint à côté de lui pour regarder. « Pareil avec les collants, reprit Brunetti. Et pareil avec les chandails, mais là, pas de cachemire. Et il y a en plus deux pyjamas dans le tiroir du bas – tout paraît avoir été lavé et repassé récemment.

— Et quelles conclusions en tires-tu ? demanda Vianello en haussant les épaules. Moi, je n'ai pas la moindre idée.

— Des invités viennent avec leurs vêtements, fit observer Brunetti. Et en particulier avec leurs sous-vêtements », ajouta-t-il, devant le silence de l'inspecteur.

Les deux hommes retournèrent dans la pièce où on avait retrouvé le corps de la femme. Depuis la porte, Brunetti vit que la tache de sang était toujours là et se demanda quel effet elle ferait à la famille, quand elle viendrait et tomberait dessus. Au cours de toutes ces années où il s'était retrouvé au milieu des indices laissés par la mort, il s'était souvent demandé ce que l'on devait ressentir lorsqu'il fallait nettoyer les traces d'une ancienne vie, et comment on pouvait supporter de le faire.

Le corps de la femme n'étant plus là, Brunetti put vraiment examiner la pièce. Elle lui parut alors plus grande. Sur sa droite, il vit une porte coulissante avec, de l'autre côté, une petite cuisine aux placards en bois et un carrelage de type marocain sur les murs.

La pièce était trop petite pour qu'on puisse y manger, et la table, simple rectangle utilitaire entouré de quatre chaises, se trouvait donc dans la pièce principale. Il fallut quelques instants à Brunetti pour prendre conscience du manque presque total de décoration. Il y avait en tout et pour tout un tapis beige en jonc de mer sur le sol et sur les murs, et un crucifix, de taille moyenne, qui paraissait avoir été fabriqué en série dans un pays qui n'était certainement pas chrétien : rien ne justifiait qu'un Christ exsangue ait pu avoir des lèvres aussi roses et arborer un tel sourire.

L'autre côté de la salle était meublé par un canapé marron foncé, qui tournait le dos aux fenêtres donnant sur le Campo et l'abside illuminée de l'église. Sans doute une porte avait-elle dû se trouver à droite du canapé, mais lors d'une des restaurations de l'appartement, quelqu'un avait décidé de la murer. Puis, plus récemment, on s'était servi du renfoncement pour y installer des étagères et en faire une bibliothèque encastrée.

Le petit bureau sur lequel était posée une machine à écrire, à côté du canapé, tournait lui aussi le dos à la fenêtre. Brunetti n'en croyait pas ses yeux. Oui, il s'agissait bien d'une machine à écrire, une ancienne Olympia portable, du genre de celles que ses condisciples trimballaient avec eux quand il était à l'université, des dizaines d'années auparavant. Sa famille n'avait pas eu les moyens de lui en offrir une. Il s'assit devant le bureau et plaça les doigts au-dessus des touches, prenant soin de ne pas les effleurer. Il était obligé de se tordre le cou pour regarder par la fenêtre et, après s'être orienté grâce au clocher de l'église, il se rendit compte que, à la lumière du jour, cette vue, depuis le troisième étage, devait s'étendre loin vers le nord, jusqu'aux montagnes.

Il entendit Vianello qui ouvrait et refermait les tiroirs de la cuisine, puis le souffle d'une porte de réfrigérateur qu'on ouvre. De l'eau coula, un verre tinta. Brunetti trouva ces bruits réconfortants.

Même si des restes de poudre témoignaient que des recherches d'empreintes avaient eu lieu sur le bureau, par habitude Brunetti enfila ses gants et ouvrit l'unique tiroir, au milieu du meuble, pour chercher il ne savait trop quoi. Ce fut un soulagement d'y trouver un peu de désordre : des crayons non taillés, des attaches trombones emmêlées, un stylo sans capuchon, un bouton de manchette solitaire, et un carnet de notes bleu comme en ont souvent les étudiants - vide, comme le sont aussi souvent ceux des étudiants.

Il retira complètement le tiroir et le posa à côté de la machine à écrire. Il se pencha et regarda dans l'évidement, mais rien n'y avait été caché, pas plus que sous le tiroir, quand il le souleva pour voir si un document n'y aurait pas été scotché. Se sentant un peu idiot, d'autant que l'équipe de Marillo avait déjà dû faire tout cela, il s'agenouilla et examina le dessous du bureau sans y trouver quoi que ce soit.

« Qu'est-ce que tu cherches ? fit la voix de Vianello derrière lui.

— Aucune idée, répondit Brunetti en se relevant. Tout est parfaitement rangé.

— Et ce n'est pas bien, en principe ?

— Oui, en principe, admit Brunetti. Mais…

— Mais tu refuses d'accepter l'idée qu'elle ait pu mourir d'une crise cardiaque ou d'un AVC, comme l'a suggéré Rizzardi.

— Je ne refuse rien du tout, protesta sèchement le commissaire, mais tu as vu la marque, comme moi. »

Au lieu de répondre, Vianello laissa échapper un profond soupir qui pouvait signifier tout ce qu'on voulait, sinon rien du tout. Quant à Brunetti, il n'avait pas envie de faire mention de l'impression qu'il avait éprouvée, dans le couloir, de crainte que Vianello n'y voie qu'un moment d'aberration.

« Rien n'indique que quelqu'un a fouillé l'appartement, observa Vianello. Il se tourna vers l'horloge placée à côté du réfrigérateur. Il est presque trois heures, Guido. On pourrait peut-être fermer la porte, poser un scellé et revenir dem… plus tard aujourd'hui ? »

L'heure tardive lui tomba sur les épaules comme un vêtement trop lourd, et la fatigue qu'il avait déjà ressentie avant le dîner avec Patta et Scarpa ressurgit. Il répondit d'un hochement de tête et les deux hommes passèrent dans toutes les pièces pour éteindre les lumières. Ils laissèrent les contrevents ouverts, comme ils les avaient trouvés, d'autant que la lumière en provenance du Campo éclairait suffisamment l'appartement pour qu'ils puissent s'y déplacer sans éclairage. Après avoir pris les clefs sur la table du courrier, Brunetti ouvrit la porte palière et alluma dans la cage d'escalier. Vianello sortit un rouleau d'adhésif rouge et blanc et condamna la porte d'un X géant. Brunetti donna un tour de clef et mit le jeu dans sa poche. Ils n'avaient trouvé aucun carnet d'adresses, rien qu'un téléphone banal sans numéros préenregistrés, et il était maintenant trop tard pour déranger la signora Giusti et lui poser des questions sur la famille de la défunte. Brunetti traversa le palier et commença à descendre l'escalier. « La femme qui habite au-dessus m'a dit qu'elle était restée cinq jours dans un hôtel de Palerme. Je me charge de le vérifier », dit-il.

Vianello eut un mouvement de tête vers la porte de l'appartement en dessous quand ils passèrent devant. « Ils nous ont entendus aller et venir, et s'ils avaient remarqué quelque chose d'anormal, ils seraient probablement venus nous en parler. Mais, ajouta-t-il avant que Brunetti ait pu faire un commentaire, je reviendrai un peu plus tard aujourd'hui pour le leur demander. On ne sait jamais. »

Une fois dehors, l'inspecteur téléphona à la station de Piazzale Roma pour qu'on envoie un bateau le prendre à la station Riva di Biasio. Sachant qu'il irait plus vite à pied, Brunetti serra la main de Vianello et prit le chemin de son domicile.

5

Après une mauvaise nuit, Brunetti se réveilla dans un appartement déserté par tous ; pendant une demi-heure il somnola, se rappelant l'exclamation de la signora Giusti, selon qui la signora Altavilla était « une bonne voisine », se rappelant aussi le liquide épais qui avait coulé dans les cheveux de la bonne voisine en question. Sa mémoire sélective évoqua aussi les réticences de Marillo et la froide minutie avec laquelle Rizzardi avait travaillé. Il s'installa sur le dos et contempla le plafond. Est-ce qu'il aurait aimé qu'on dise cela de lui, que quelqu'un ayant vécu pendant des années dans l'appartement à côté du sien s'en tienne à ça ? Qu'il avait été un bon voisin ? N'y avait-il rien de plus à dire d'une personne que l'on connaissait et fréquentait depuis des années ?

Finalement il se leva et se rendit dans la cuisine en bougonnant. Là, il trouva un mot laissé par Paola. « Arrête de bougonner. La cafetière est sur la cuisinière. Il suffit de brancher. Brioche fraîche sur le comptoir. » Il vit la cafetière et la brioche, brancha l'appareil et alla regarder par la fenêtre en attendant que le café passe. Au nord, les Dolomites étaient clairement visibles – les Dolomites, ces montagnes auxquelles la signora Altavilla avait manifestement tourné le dos et que la signora Giusti devait voir de son quatrième étage.

Brunetti avait beau être fils, petit-fils, arrière-petit-fils et plus encore de Vénitiens, la vue des montagnes l'avait toujours davantage réconforté que celle de la mer. Chaque fois qu'il entendait parler du Grand Quelque chose qui ferait disparaître l'humanité de la Terre, ou des bateaux de plus en plus nombreux chargés de produits toxiques et de déchets radioactifs que la Mafia allait faire couler au large des côtes d'Italie, il évoquait la majestueuse solidité des montagnes. Il n'avait aucune idée du temps qu'il restait à l'humanité, mais il était certain que les montagnes survivraient à tout ce qui pourrait arriver et seraient encore là quand quelque chose d'autre se produirait. Il n'avait jamais confié à personne, pas même à Paola, ces réflexions sur les montagnes et la bizarre consolation qu'elles lui apportaient. Les montagnes lui paraissaient tellement permanentes, comparées à la mer, toujours changeante et visiblement affectée par les agressions dont elle était l'objet ; qui plus est, elle était une victime plus évidente pour les déprédations et les dégâts provoqués par l'homme.

Il en était à évoquer la masse de détritus et de plastique de la taille d'un continent qui flottait au milieu du Pacifique, quand le gargouillis de la cafetière le ramena à une réalité plus modeste. Il se servit une tasse, y ajouta du sucre et prit une part de brioche dans le sachet. Puis, la tasse dans une main, la viennoiserie dans l'autre, il retourna contempler les montagnes. Le téléphone le détourna de sa contemplation. La bouche pleine, il répondit en donnant son nom. « Qu'est-ce que vous fabriquez, Brunetti ? » cria Patta à l'autre bout du fil. Plus jeune, lorsqu'il était davantage provocateur et sujet aux actes de résistance, il aurait répondu qu'il était dans son séjour et prenait son café, mais avec le temps, il était devenu capable d'interpréter la moindre nuance d'une « pattaterie », et il reconnut la question pour ce qu'elle était : le vice-questeur exigeait de savoir pourquoi il n'était pas dans son bureau. Il engloutit ce qui restait de brioche avant de répondre. « Je suis désolé d'être en retard, monsieur, mais j'attends un appel d'un instant à l'autre du dottor Rizzardi.

— Mais pour l'amour du ciel, n'avez-vous pas un portable ? rétorqua Patta.

— Bien sûr que si, monsieur, mais son assistant m'a dit que le docteur risquait de me demander de venir le voir à l'hôpital et j'attendais son appel avant de quitter mon domicile. Si je vais à la questure et dois retourner à l'hôpital, je vais perdre… » Brunetti se rendit compte qu'il se perdait, en effet, mais dans ses explications ; heureusement, Patta l'interrompit à cet instant. « Arrêtez de me raconter n'importe quoi, Brunetti.

— Bien, monsieur », répondit le commissaire, prenant bien soin d'employer le ton avec lequel Chiara avait répondu à Paola, quand celle-ci avait commenté le choix des vêtements de sa fille.

« Rappliquez. Tout de suite.

— Oui, monsieur », répondit Brunetti, raccrochant aussitôt.

Douché, rasé et tout à fait d'aplomb après avoir ingurgité l'équivalent de trois cafés et deux brioches riches en sucre, Brunetti quitta l'appartement en se sentant étrangement joyeux, humeur qui se reflétait partout, par cette superbe journée ensoleillée, où l'automne et la nature s'unissaient pour faire sauter tous les bouchons et offrir à l'humanité des raisons de se réjouir. Humeur qui lui donnait une forte envie de poursuivre à pied, mais Brunetti n'alla pas plus loin que l'arrêt du Rialto pour embarquer sur le Numéro 2, en direction du Lido. Cela ne lui ferait gagner que quelques minutes, mais le ton, dans la voix de Patta, encourageait à se dépêcher.

Il n'avait pas eu le temps d'acheter un journal et il se contenta donc de lire les manchettes autour de lui. Encore un politicien filmé en compagnie d'un transsexuel brésilien. Déclaration du ministre de l'Économie selon qui tout allait bien et irait encore mieux, les informations sur les fermetures d'usines et l'augmentation du chômage n'étant que des exagérations volontaires, une tentative délibérée de la part de l'opposition pour faire peur aux gens et leur inspirer la méfiance. Un homme ayant perdu son emploi s'était fait brûler vif sur la place d'une ville – Trieste, cette fois.

Il leva les yeux lorsqu'il passa à la hauteur de l'université. Il n'y vit rien de neuf. Comme ce serait sympa si un jour, se dit-il, juste au moment où il passait sous ces fenêtres, Paola en ouvrait soudainement une pour le saluer, peut-être crier son nom, lui dire qu'elle l'aimait de tout son cœur et l'aimerait toujours… Et lui ne se démonterait pas, et lui répondrait la même chose. À côté de lui, l'homme tourna la page de son journal et Brunetti revint au quotidien et à ses nouvelles qui n'en étaient jamais vraiment. Un jeune homme avait perdu le contrôle de la voiture de son père, tôt ce matin, et s'était écrasé contre un platane ; un homme se faisant passer pour un inspecteur de la compagnie d'électricité avait dépouillé une vieille femme de sa retraite ; de la viande congelée de supermarché infestée d'asticots...

Il descendit à San Zaccaria et poursuivit par la rive, fasciné par le jeu du vent et des vagues, se sentant plein d'entrain à cette vue. Il franchit la porte de la questure quelques minutes avant dix heures et se rendit directement au bureau de Patta. La secrétaire de son supérieur, la signorina Elettra Zorzi, était à son ordinateur. Elle était parée, telle les lis des champs, d'une blouse qui ne pouvait être qu'en soie, comme l'exigeait un motif or et blanc que tout autre support aurait gâché. « Bonjour, commissaire, lui dit-elle d'un ton cérémonieux quand elle le vit. Le vice-questeur est très impatient d'avoir un entretien avec vous.

— Tout autant que moi, signorina », répondit Brunetti en allant frapper à la porte.

Un « *Avanti !* » sonore fit sourciller le policier et les doigts de la signorina Elettra s'immobilisèrent audessus de son clavier.

« Hou la la ! dit-elle en manière d'avertissement.

— Je ne fais qu'entrer quelques minutes dans la cage aux fauves », répliqua-t-il en anglais, à la grande consternation de la secrétaire.

Il trouva Patta en mode commandant-des-forces-armées, attitude on ne peut plus familière à Brunetti. Le commissaire ajusta donc la sienne et se dirigea vers le siège que lui indiquait Patta, devant son bureau.

« Pourquoi ne m'a-t-on pas appelé, la nuit dernière ? Pourquoi m'avoir laissé dans l'ignorance de ce qui se passait ? » Il y avait une pointe de colère dans le propos, du calme dans le ton, comme il convenait à un commis de l'État ayant un travail difficile à faire et qui ne se sent pas soutenu par ses collaborateurs, en particulier par celui d'entre eux qui se trouvait devant lui.

« Je vous ai informé du décès d'une femme quand je vous ai quitté à la fin du repas, dottore, fit observer Brunetti. Le temps que soient terminées les premières investigations, il était déjà plus de trois heures du matin, et je ne voulais pas vous déranger à cette heure. » Avant que Patta puisse protester, comme il le faisait généralement à ce stade, qu'il n'y avait pas d'heure, de nuit comme de jour, où il n'était pas prêt à assumer les responsabilités de son service, Brunetti ajouta : « Je savais que j'aurais dû le faire, monsieur, mais j'ai estimé que quelques heures n'y changeraient rien et que nous serions l'un et l'autre mieux à même de nous occuper de cette affaire après une nuit de sommeil correcte.

— Comme vous paraissez indiscutablement en avoir eu une », ne put s'empêcher de rétorquer Patta. Brunetti ignora la pique, ou du moins s'abstint d'y réagir, gardant la même expression impassible sur le visage qu'il tournait vers son supérieur.

« Vous ne paraissez avoir aucune idée de qui est cette dame, reprit Patta.

— D'après sa voisine de l'étage au-dessus, il s'agit d'une certaine Costanza Altavilla, dottore », répondit Brunetti, s'efforçant de prendre le ton le plus conciliant possible.

Réussissant avec peine à contenir son exaspération, Patta dit alors : « Elle était la mère de l'ancien vétérinaire de mon fils, voilà qui était cette femme. » Patta garda le silence quelques instants, pour bien faire sentir le poids de ce fait, puis ajouta : « Je l'ai rencontrée une fois. »

Il était rare que Patta laisse Brunetti absolument sans voix, mais avec les années, le policier avait mis au point une tactique pour parer jusqu'à ce genre de situation peu courante. Il adopta son expression la plus sérieuse, hocha dignement la tête à plusieurs reprises, lèvres pincées par la concentration, et laissa échapper un long « Hmmmmm » méditatif. Il ne comprenait pas pourquoi, depuis le temps, Patta tombait à chaque fois dans le piège, comme il y tomba une fois de plus. Son supérieur avait peut-être des trous de mémoire, ou alors était-il incapable de réagir autrement aux manifestations extérieures de la plus extrême déférence – tel un loup alpha incapable d'attaquer un congénère qui se met sur le dos et expose ses parties vulnérables, ventre et gorge.

Brunetti ne pouvait rien répliquer, et il le savait. Pas question de risquer un « Je n'en avais pas conscience », Patta sentirait le sarcasme, pas plus qu'il ne pouvait demander à Patta de lui expliquer une relation dont l'importance allait apparemment de soi. Et s'il tenait à son poste, il ne pouvait pas non plus exprimer sa stupéfaction à l'idée que le fils de Patta avait un vétérinaire et non pas un médecin. Il attendit, tête inclinée de côté, tel un toutou attentif.

« Autrefois, Salvo avait un husky. Ce sont des animaux très délicats, en particulier dans ce climat. Il était infesté d'eczéma à cause de la chaleur. Le dottor Niccolini était apparemment le seul capable d'y remédier.

— Et qu'est-ce qui s'est passé, monsieur? demanda Brunetti, sincèrement curieux.

— Oh, Salvo a finalement dû donner le chien. C'était devenu un trop gros problème pour lui. Mais il a gardé une excellente opinion du vétérinaire et il voudrait certainement que nous fassions tout notre possible pour l'aider. »

Il n'y avait aucun doute : c'était bien de la sympathie pour l'humanité souffrante qu'il décelait dans la voix de Patta.

Même au bout de tant d'années, Brunetti ne savait toujours pas comment prévoir quand Patta, oubliant un instant de se protéger, allait s'abandonner à des sentiments de ce genre. Il se sentait à chaque fois désarmé, poussé à soupçonner qu'en fin de compte on pouvait détecter des traces d'humanité dans l'âme du vice-questeur. Les multiples rechutes de Patta dans son attitude insensible habituelle n'étaient pas venues à bout du désir qu'avait Brunetti d'être détrompé.

« Il est toujours à Venise? » Brunetti se demandait si Patta n'avait pas contacté le fils de la signora Altavilla, mais il n'avait pas envie de poser la question.

« Non, non. Il travaille ailleurs. À Vicenze. Ou à Vérone. J'ai oublié dans quelle ville, exactement.

— Je vois, dit Brunetti avec un hochement de tête, comme s'il comprenait. Et il exerce toujours comme vétérinaire? »

Patta leva la tête, comme s'il venait soudain de détecter une odeur bizarre. « Pourquoi cette question?

— Nous devons prendre contact avec lui. Il n'y avait aucun carnet d'adresses dans l'appartement, et vu l'heure qu'il était, je n'ai pas voulu aller poser la question à la femme qui habite à l'étage au-dessus. Mais s'il est toujours vétérinaire, il sera facile à retrouver dans l'une ou l'autre de ces villes.

— Évidemment que nous devons le contacter, répliqua Patta avec une soudaine irritation de façade, comme si Brunetti s'était opposé à cette idée. J'aurais cru ne pas avoir à vous expliquer une chose aussi évidente, commissaire. » Puis, pour empêcher Brunetti de se lever, il ajouta : « Je tiens à ce que cette affaire soit bouclée rapidement. On ne peut pas laisser les habitants de cette ville s'imaginer qu'ils ne sont pas en sécurité dans leur domicile.

— Effectivement, vice-questeur », dit tout de suite Brunetti, curieux de savoir qui avait suggéré à Patta ce lien entre la mort de la signora Altavilla et l'insécurité dans la ville. « Je vais le chercher et je vais aussi appeler la signora Giusti.

— Qui ça ? le coupa Patta, soupçonneux.

— La femme qui habite à l'étage au-dessus, monsieur. Elle paraissait très bien connaître la défunte.

— Dans ce cas, elle doit savoir comment on peut contacter son fils.

— C'est ce que j'espère, dottore. » Brunetti commença à se lever.

« Qu'envisagez-vous de dire à la presse ? demanda alors Patta d'un ton précautionneux.

— Vous ont-ils contacté, monsieur ? répondit Brunetti en se rasseyant.

— Oui. » Patta scruta un long moment Brunetti, comme s'il les soupçonnait - lui, Vianello et pourquoi pas Rizzardi – d'avoir passé les petites heures restantes de la nuit pendus au téléphone pour parler aux journalistes.

« Qu'est-ce qu'ils vous ont demandé ?

— Ils connaissaient le nom de la signora Altavilla et ils voulaient des informations sur les circonstances de sa mort, les questions habituelles.

— Et que leur avez-vous répondu, monsieur ?

— Que ces circonstances faisaient déjà l'objet d'une enquête et que nous attendions le rapport du médecin légiste pour plus tard dans la journée ou demain. »

Brunetti eut un hochement de tête approbateur. « Dans ce cas, je vais essayer de contacter son fils, monsieur. La voisine saura certainement comment le trouver. » Puis, précédant la question que Patta n'aurait pas manqué de lui poser, il ajouta : « Elle n'était pas en état de nous répondre la nuit dernière, monsieur. Je vais aller l'interroger maintenant.

— À propos de quoi ?

— De la vie que menait cette femme, de son fils, de tout ce qui pourrait nous conduire à nous poser des questions. » Il n'évoqua ni Palerme, ni le fait que Vianello allait faire une enquête de voisinage, redoutant que Patta n'en conclue aussitôt que la signora Giusti était impliquée dans la mort de sa voisine.

« Quelles questions, Brunetti ? Je crois qu'il serait plus prudent d'attendre les résultats de l'autopsie avant d'envisager de poser des questions, comme vous dites, ne pensez-vous pas ? »

Brunetti se sentit presque réconforté de retrouver le Patta habituel, le champion toutes catégories de l'ouverture ciblée de parapluie, capable de faire dévier tout ce qui n'était pas entièrement positif ou flatteur pour lui. « Si cette femme est morte de mort naturelle, nous ne sommes pas concernés, et nous n'avons pas à nous en soucier. »

Comme s'il craignait que la presse n'ait vent de cette remarque et ne lui reproche son manque de cœur, il se corrigea aussitôt pour le bénéfice de cet auditoire supposé en ajoutant : « Professionnellement, je veux dire, bien entendu. Sur un plan humain, sa mort est terrible, comme pour n'importe qui. » Puis, comme s'il était poussé par la voix de son fils : « Et doublement dans le cas précis, étant donné les circonstances.

— En effet », dit Brunetti, résistant à l'envie d'incliner la tête avec respect devant l'opacité sibylline des propos tenus par son supérieur, et gardant quelques instants le silence. « Je crois qu'il n'y a rien à déclarer à la presse pour le moment, monsieur, et certainement pas, en tout cas, tant que Rizzardi ne nous aura pas donné ses conclusions. »

Patta se jeta avidement sur cette incertitude manifestée par Brunetti. « Vous pensez donc qu'il s'agit d'une mort naturelle ?

— Je l'ignore, monsieur », répondit Brunetti, qui ne mentionna pas la marque sur la clavicule de la femme. Si les preuves matérielles plaidaient en faveur d'un crime, il reviendrait à Patta de révéler l'information, réaffirmant ainsi son rôle de protecteur en chef de la sécurité de la ville.

« Quand nous aurons les résultats, il vaudra mieux que ce soit vous qui vous adressiez à la presse, monsieur. Ils prêteront certainement plus d'attention à des informations venant de vous. » Brunetti serra le poing. Même un loup bêta ne serait jamais resté aussi longtemps allongé sur le dos, se dit-il, soudain fatigué de jouer ce numéro.

« Exact », dit Patta, sa bonne humeur retrouvée. Faites-moi savoir ce que Rizzardi aura trouvé dès que vous l'aurez vu. Ah, et trouvez-moi le fils. Il s'appelle Claudio Niccolini. »

Brunetti souhaita une bonne journée au vice-questeur et passa dans le petit bureau de la signorina Elettra, certain que la jeune femme n'aurait aucun mal à trouver un vétérinaire du nom de Claudio Niccolini quelque part en Vénétie.

6

Ce fut encore plus facile qu'il ne l'avait imaginé : la signorina tapa les mots « vétérinaire, Vicenze, Vérone » dans les Pages jaunes et obtint instantanément les coordonnées du cabinet du dottor Claudio Niccolini, effectivement à Vicenze.

Brunetti retourna dans son bureau pour appeler, mais on lui dit que le vétérinaire n'était pas dans son cabinet ce jour-là. Lorsqu'il donna son nom et son titre et expliqua qu'il devait lui parler pour lui annoncer la mort de sa mère, la femme qui lui avait répondu lui apprit que le dottor Niccolini en avait déjà été informé et qu'il était aussitôt parti pour Venise – qu'il devait même y être arrivé, en fait. Il y avait indubitablement, dans sa voix, une note de reproche. Brunetti ne donna aucune explication sur ce délai de la police, se contentant de demander le numéro du téléphone portable du vétérinaire. La femme le lui donna et raccrocha sans faire d'autre commentaire.

Brunetti composa le numéro. Une voix d'homme répondit à la quatrième sonnerie. « *Si?*

— Dottor Niccolini?

— Oui. Qui est à l'appareil ?

— Le commissaire Guido Brunetti, dottore. Permettez-moi tout d'abord de vous présenter toutes mes condoléances. » Brunetti s'interrompit un instant. « J'aimerais vous parler de ce qui s'est passé, si vous voulez bien. » Le policier n'avait aucune idée de sa légitimité dans cette affaire, d'autant qu'il s'était rendu au domicile de la défunte en quelque sorte par défaut et qu'il n'avait reçu aucun mandat officiel pour enquêter sur les circonstances de la mort de la signora Altavilla.

Son correspondant mit longtemps à réagir, et ce fut pour laisser échapper un « Mais pourquoi… » qui n'alla pas plus loin. Après un silence qui se prolongea encore plus que le premier il ajouta, luttant manifestement pour contrôler son malaise : « Je ne savais pas que la police s'en était mêlée. »

Si c'était ce qu'il pensait, autant le lui laisser croire, se dit Brunetti. « Oh, simplement parce que c'est nous qui avons été appelés en premier, dottore », répondit-il d'un ton neutre de bureaucrate. Sur quoi il changea de registre, prenant les accents d'un responsable débordé, en butte à l'incompétence de ses subordonnés. « Normalement, l'hôpital aurait dû envoyer une équipe, mais comme la personne qui a signalé la mort nous a appelés à leur place, nous avons été obligés de nous rendre sur les lieux.

— Ah, je vois, dit Niccolini d'une voix plus calme.

— Puis-je vous demander où vous vous trouvez en ce moment, dottore ?

— À l'hôpital. J'attends de voir le médecin légiste.

— Je suis déjà en route pour m'y rendre, mentit Brunetti sans le moindre effort. Il y a quelques formalités à remplir. Nous pourrons discuter. Je serai sur place dans dix minutes », ajouta-t-il sans se soucier de savoir si Niccolini était d'accord ou pas. Et il raccrocha.

Il quitta tout de suite la vice-questure, sans chercher à joindre Vianello avant, et prit d'un pas vif la direction de l'hôpital. Tout en marchant, il revint non seulement sur les propos qu'avait tenus Niccolini, mais aussi sur son ton. La crainte de voir la police intervenir dans leurs affaires était une réaction naturelle chez tous les citoyens, si bien qu'il aurait sans doute dû s'attendre à la nervosité qu'il avait détectée dans la voix du vétérinaire. S'ajoutait à cela le fait que Niccolini lui parlait de l'hôpital, où le corps de sa mère subissait au même moment une autopsie.

La beauté de la journée le tira de ses réflexions. Il n'aurait eu besoin que de l'odeur âcre des feuilles brûlées pour retrouver le souvenir des journées évanouies de liberté, en automne, lorsque, encore gamins, lui et son frère parcouraient les îles de la lagune, donnant parfois un coup de main aux agriculteurs, lors des dernières récoltes, et immensément fiers de ramener à la maison des sacs remplis des fruits et légumes qu'ils avaient reçus en paiement.

Il traversa le Campo SS Giovanni e Paolo, songeant que la lumière devait être aujourd'hui parfaite à travers les vitraux de la basilique, puis pénétra dans l'hôpital. Le vaste hall d'entrée absorbait presque toute la lumière et, même s'il traversa des cours et des espaces dégagés pour gagner la morgue, se trouver constamment confiné entre quatre murs empêchait de se sentir vraiment à l'air libre.

Un homme se tenait dans la salle d'attente de la morgue. Il était grand, solidement charpenté, avec le corps d'un lutteur en fin de carrière, lorsque les muscles commencent à perdre de leur tonicité sans s'être cependant déjà transformés en graisse. Il leva les yeux à l'entrée de Brunetti, mais parut ne pas remarquer le nouvel arrivant.

« Dottor Niccolini ? » demanda Brunetti en lui tendant la main.

L'homme mit un certain temps à prendre conscience de ce qui se passait, comme s'il lui avait fallu chasser les pensées qui lui occupaient l'esprit avant de pouvoir accepter la présence d'une autre personne. « Oui, dit-il finalement. Vous êtes le policier ? Je suis désolé, j'ai oublié votre nom.

— Brunetti. »

Niccolini serra machinalement la main du commissaire. Sa poignée de main était ferme, mais brève. Brunetti remarqua qu'il avait l'œil gauche légèrement plus petit que le droit, ou placé à un angle différent. Des yeux brun foncé, comme ses cheveux qui commençaient à grisonner aux tempes. Il avait un nez et une bouche curieusement délicats pour un homme de son gabarit, à croire que ses traits avaient été dessinés pour un visage plus petit.

« Je suis désolé de faire votre connaissance dans de telles circonstances, dit Brunetti. Ce doit être très dur pour vous. » Il devrait exister une langue spécialement codée pour ce genre de situation, songea Brunetti, quelque chose qui permette de surmonter sa maladresse.

Niccolini hocha la tête, pinça les lèvres, ferma les yeux puis se détourna vivement, comme s'il venait d'entendre un bruit derrière la porte de la morgue.

Brunetti ne bougea pas. C'est alors qu'il remarqua l'odeur qui régnait dans la pièce, odeur qu'il avait pourtant déjà sentie bien souvent, faite d'un produit chimique qui essayait, sans y parvenir, d'en masquer une autre, fauve, chaude, fluide. Devant lui, sur le mur, était accroché un de ces horribles posters que les hôpitaux ne peuvent s'empêcher de placarder partout ; celui-ci présentait des photos agrandies de ce qui était apparemment des tiques porteuses du virus de l'encéphalite ou de la bactérie de la borréliose.

Obligé de s'adresser au dos de l'homme, Brunetti n'avait que des banalités qui lui venaient à l'esprit. « J'aimerais vous exprimer toute ma sympathie, dottore », lâcha-t-il avant de se rappeler qu'il l'avait déjà fait. L'homme ne réagit pas tout de suite et ne se tourna pas. Finalement, d'une voix douce, torturée, il répondit : « Vous savez, j'ai déjà pratiqué des autopsies. »

Brunetti garda le silence. Le vétérinaire tira un mouchoir de sa poche, s'essuya la figure et se moucha. Lorsqu'il se retourna, il avait un autre visage, comme s'il avait brusquement vieilli. « Ils n'ont rien voulu me dire, ni comment elle était morte et pourquoi il fallait faire une autopsie. Et du coup, je ne peux rien faire d'autre que penser à ce qui est en train de se passer. » Sa bouche se durcit en une grimace et, un instant, Brunetti crut bien que l'homme allait pleurer.

Comme il n'y avait rien d'intelligent à répondre, Brunetti laissa passer quelques instants et, sans rien dire, s'approcha de Niccolini et le prit par le bras. L'homme se raidit, comme si ce contact avait été le prélude d'un coup. Il tourna brusquement la tête et regarda Brunetti avec, dans les yeux, une peur animale. « Venez, dottore, dit le commissaire de son ton le plus apaisant. Vous devriez peut-être vous asseoir une minute. » Toute résistance disparut chez le vétérinaire et Brunetti put le conduire jusqu'à une rangée de chaises en plastique, où il lui lâcha progressivement le bras et attendit de le voir s'asseoir. Sur quoi Brunetti prit une deuxième chaise, qu'il installa de manière à être de trois quarts face à lui.

« C'est la voisine de votre mère, la dame qui habite au-dessus, qui nous a appelés hier au soir. »

Il fallut apparemment un certain temps à Niccolini pour enregistrer ce que Brunetti venait de lui dire. « Elle m'a appelé ce matin, dit-il finalement. C'est pourquoi je suis ici.

— Qu'est-ce qu'elle vous a dit ? »

Les mains de l'homme, presque contre sa volonté, se mirent à se tordre avec un bruit de râpe sec étonnamment fort. « Qu'elle était descendue pour avertir maman qu'elle était de retour et pour prendre son courrier. Et quand elle est entrée, elle… elle l'a trouvée. »

Il s'éclaircit la gorge et détacha soudain ses mains l'une de l'autre pour les glisser sous ses cuisses, comme un écolier pendant un examen difficile. « Sur le plancher. Elle a dit qu'elle avait compris au premier coup d'œil qu'elle était morte. »

Le vétérinaire prit une profonde inspiration, détourna les yeux de Brunetti et reprit son récit. « Elle a dit aussi que quand tout avait été terminé et qu'ils l'avaient emportée – ma mère, je veux dire – elle avait décidé d'attendre pour m'appeler. C'est ce qu'elle a fait. Ce matin.

— Je vois. »

Niccolini secoua la tête comme si Brunetti venait de lui poser une question. « Oui, elle m'a dit que je devais vous appeler – appeler la police. Et quand je l'ai fait, vous – enfin, la personne qui m'a répondu à la questure – m'avez dit que je devais appeler l'hôpital si je voulais savoir quelque chose. » Il ressortit ses mains et les croisa sur ses genoux, où elles restèrent immobiles tandis qu'il les étudiait un instant. « J'ai donc appelé ici. Mais on n'a rien voulu me dire. On m'a seulement demandé de venir sur place. C'est pourquoi j'ai été surpris quand vous m'avez appelé », ajouta-t-il après une brève hésitation.

Brunetti hocha la tête, comme pour suggérer que la police n'était pas impliquée dans l'affaire, tout en se demandant pour quelle raison Niccolini tenait tant à ce que la police ne se mêle pas de la mort de sa mère. Mais quel Italien n'aurait pas réagi de cette façon ? Brunetti essaya de chasser tout soupçon et de ne pas s'attarder sur les méthodes d'une bureaucratie capable de renvoyer un homme dans un tel endroit à un tel moment. « Je vous prie de m'excuser pour cette confusion, dottore. Dans de telles circonstances, ce doit être doublement douloureux. »

Le silence se fit entre les deux hommes. Niccolini se remit à contempler ses mains et Brunetti estima qu'il valait mieux ne rien dire. Les circonstances, le lieu, ce qui se passait dans la salle à côté, toutes ces choses les oppressaient et les poussaient à se taire.

Quelques minutes plus tard, Rizzardi apparut à la porte, sans sa blouse de laboratoire mais en costume cravate. « Ah, Guido, dit-il lorsqu'il vit Brunetti, je voulais justement te... », dit-il en remarquant l'autre homme qui devait être un parent de la femme autopsiée. Sans hésitation, il se tourna vers l'inconnu et dit : « Ettore Rizzardi, médecin légiste, puis il s'approcha, la main tendue. Je suis désolé de vous rencontrer ici, signore. » Brunetti l'avait vu dans cette même situation un bon nombre de fois, mais à chacune on aurait dit que le médecin venait de découvrir à l'instant même ce qu'était le chagrin humain et qu'il voulait faire de son mieux pour réconforter celui qui en était victime.

Niccolini se leva et agrippa la main de Rizzardi. Brunetti vit les lèvres du médecin se pincer, tant l'homme l'étreignait. Rizzardi réagit en se rapprochant et en posant sa main gauche sur l'épaule du vétérinaire. Celui-ci se détendit un peu, aspira brutalement puis serra les lèvres et redressa la tête. Il prit de profondes inspirations par le nez et lâcha alors lentement la main de Rizzardi. « Qu'est-ce qui est arrivé ? » demanda-t-il, presque suppliant. Rizzardi ne parut nullement décontenancé par le ton de Niccolini. « Nous serions peut-être mieux dans mon bureau », suggéra le médecin d'un ton calme. Brunetti leur emboîta le pas, mais alors qu'ils avaient parcouru la moitié du couloir au bout duquel se trouvait le bureau du médecin légiste, Niccolini s'arrêta et dit : « Je crois que j'ai besoin de sortir d'ici. J'étouffe entre ces murs. » Brunetti, comme Rizzardi, se rendit compte que l'homme avait manifestement du mal à respirer et il les conduisit donc à travers le dédale de halls et de cours, jusqu'à l'entrée principale d'où ils sortirent sur le Campo où la splendeur du jour les attendait toujours.

De retour au soleil et dans le monde des vivants, Brunetti fut pris d'une envie presque irrépressible de café – à moins que ce ne soit de sucre. Pendant que le trio descendait les marches basses, devant l'hôpital, Niccolini renversa à nouveau la tête en arrière et laissa le soleil inonder son visage, dans une attitude que Brunetti trouva quasiment rituelle. Ils s'arrêtèrent au pied de la statue de Colleoni, Brunetti lorgnant avec impatience la rangée de cafés, de l'autre côté de la place. Sans explication, Rizzardi s'éloigna soudain en direction de *Rosa Salva*, puis se tourna et leur fit signe de le suivre.

À l'intérieur, Rizzardi demanda un café. Les autres le rejoignirent et commandèrent la même chose au barman d'un signe de tête. Il y avait du monde autour d'eux, les gens mangeaient des pâtisseries, d'autres des tramezzini, ou buvaient du café tandis que quelques-uns en étaient déjà à leur premier *spritz*. Il était merveilleux et en même temps effrayant d'émerger de l'hôpital pour entrer ici, au milieu du sifflement de la machine à café, du claquement des tasses sur les soucoupes, et de se trouver confronté avec un rappel de ce que nous savons tous et qu'il nous déplaît à tous de savoir : que la vie continue, quoi qu'il arrive à l'un ou l'autre d'entre nous. Elle met un pied devant l'autre, sifflant un air joyeux ou sinistre, c'est selon, mais elle met toujours un pied devant l'autre.

Une fois les trois cafés devant eux, sur le bar, Rizzardi et Brunetti déchirèrent leur petit paquet de sucre pour le verser dans leur tasse et remuèrent. Niccolini, lui, regardait sa tasse comme s'il se demandait ce que c'était. Il fallut qu'un autre consommateur qui voulait reposer sa tasse sur le comptoir le bouscule légèrement pour qu'il prenne à son tour son paquet de sucre et le verse dans son café.

Les tasses vides, Rizzardi posa de la monnaie sur le comptoir et les trois hommes retournèrent sur la place. Un petit garçon haut comme trois pommes passa à toute vitesse devant eux sur sa trottinette, poussant du pied et lançant des cris d'excitation sauvages. Un instant plus tard, son père passa au petit trot, hors d'haleine, criant lui aussi : « Marco, Marco, *fermati* ! »

Rizzardi gagna la grille qui entourait le piédestal de Colleoni et s'y adossa, regardant en direction de Barbaria delle Tole, l'église sur sa gauche. Brunetti et Niccolini se mirent l'un à droite, l'autre à gauche du médecin. « Votre mère est morte d'une crise cardiaque, monsieur, dit Rizzardi sans autre préambule, regardant droit devant lui. Cela a dû être très rapide. Je ne sais pas dans quelle mesure elle a pu souffrir, mais de toute façon, je peux vous assurer que ça n'a duré que très peu de temps. »

Derrière eux, les cris incessants de Marco célébraient à leur manière la splendeur du jour et la découverte de la vitesse.

Niccolini prit une profonde inspiration, dans laquelle Brunetti reconnut le soulagement que n'importe qui ressentirait en entendant de telles paroles d'un médecin. Les trois hommes s'abandonnèrent un instant à la voix de l'enfant et au contrepoint de son père.

Puis le vétérinaire s'éclaircit la gorge, mais c'est d'une voix hésitante et rauque qu'il parla. « La signora Giusti – la voisine de ma mère – m'a dit qu'elle avait vu du sang. » Sur quoi il s'arrêta, mais Rizzardi ne réagit pas. « C'est vrai, dottore ? » Brunetti regarda les mains crispées du vétérinaire qui tremblaient légèrement.

Le petit garçon poussa un cri en passant devant eux, et lorsqu'il eut atteint l'autre côté de la place, Rizzardi se tourna vers Brunetti comme pour lui demander d'apporter sa contribution, mais le policier ne lui offrit pas son aide, curieux de savoir comment le légiste allait répondre. Rizzardi posa une main sur le haut de la grille et s'y adossa. « Oui, et il y a une explication matérielle à cet épanchement, mais elle est sans rapport avec la crise cardiaque. » Brunetti observa que le légiste s'était bien gardé de mentionner la marque relevée au cou de la signora Altavilla. Il était exclu qu'il la considère comme dénuée d'intérêt, car dans ce cas Rizzardi en aurait parlé, ne serait-ce que pour la rejeter en tant qu'indice de quelque chose.

Brunetti se tourna vers Niccolini pour voir comment celui-ci allait réagir à cette réponse dilatoire, mais l'homme se contenta d'acquiescer d'un hochement de tête. « Si vous le souhaitez, reprit Rizzardi, je peux essayer de vous expliquer exactement ce qui s'est passé. D'un point de vue médical, en tout cas. » Devant le sourire affable avec lequel Rizzardi accompagna cette proposition, Brunetti comprit que le légiste ignorait la profession qu'exerçait Niccolini, et donc que celui-ci avait une formation médicale ; Rizzardi ne pouvait pas savoir l'effet que son ton un peu condescendant risquait de produire.

C'est d'une voix à peine plus forte qu'un murmure que Niccolini demanda alors : « Pourriez-vous être plus précis sur ce que vous avez appelé une explication matérielle ? »

Ce fut le ton, plus que le contenu de la question, qui éveilla l'attention de Rizzardi. « Il y avait des traces de traumatisme. » Ah, se dit Brunetti, on va en venir à la marque sur le cou.

Niccolini resta un instant songeur. « Il y a toutes sortes de traumatismes », observa-t-il en luttant pour garder un ton calme. Brunetti décida d'intervenir avant que Rizzardi ne se lance dans des explications pour néophyte, ce qui n'aurait fait qu'exaspérer un peu plus Niccolini. « Je crois qu'il serait bon que tu saches que le dottor Niccolini est vétérinaire, Ettore. » Rizzardi ne réagit pas tout de suite, mais il était évident, quand il le fit, que l'information le soulageait. « Ah, dans ce cas il va comprendre », dit-il. Niccolini inspira profondément, puis s'approcha brusquement du légiste, un poing involontairement serré, l'air choqué. Rizzardi s'écarta du grillage et leva les deux mains, paumes ouvertes, dans un geste instinctif pour se protéger. « Dottore, dottore, je ne voulais pas vous offenser », dit-il, avec des mouvements comme s'il tapotait l'air entre lui et Niccolini, jusqu'à ce que ce dernier, stupéfait par son propre comportement, baisse les mains. « Je voulais dire que vous seriez mieux à même de comprendre les aspects physiologiques de ce qui s'est passé. C'est tout. » Il se tut un instant. « Je vous en prie, ne le prenez pas mal », ajouta-t-il d'un ton plus calme.

Niccolini avait-il été tellement bouleversé qu'il aurait vu dans la remarque de Rizzardi une comparaison entre l'anatomie humaine et animale ? Mais comment s'attendre à ce qu'il garde son calme et reste rationnel en présence de l'homme qui venait de pratiquer l'autopsie ?

Le vétérinaire hocha la tête à plusieurs reprises, les yeux fermés, le visage empourpré, puis il regarda

Rizzardi. « Bien sûr, dottore. J'ai mal compris. Tout ça est tellement…

— Je comprends. Tellement terrible. J'ai dû souvent parler à des gens. Ce n'est jamais facile. »

Le silence se fit entre les trois hommes. Un chien sortit d'une des boutiques, à l'autre bout de la place, alla se soulager contre un arbre et retourna dans la boutique. La voix de Rizzardi détourna l'attention de Brunetti du chien. « Je ne peux que vous répéter ceci : votre mère est décédée d'une crise cardiaque. Cela ne fait aucun doute. » Brunetti connaissait assez bien le médecin légiste, depuis le temps, pour savoir que celui-ci disait la vérité, mais comme il le voyait à présent de face, il se rendait compte aussi qu'il y avait quelque chose que Rizzardi ne disait pas.

« Et pour répondre à votre question, dottore, oui, il y avait bien du sang sur place. Le commissaire Brunetti l'a vu, lui aussi. » Niccolini se tourna vers Brunetti pour avoir confirmation ; le policier acquiesça, puis attendit de voir quelle explication allait donner Rizzardi. « Il y a un radiateur à proximité de l'endroit où nous avons retrouvé votre mère, et tout semble indiquer qu'elle l'a heurté dans sa chute. Comme vous le savez, les blessures à la tête saignent normalement beaucoup, mais la mort étant intervenue très rapidement après la crise cardiaque, l'hémorragie a été de courte durée et cela aussi est cohérent avec ce que nous avons observé par ailleurs. » Au fur et à mesure qu'il parlait, Rizzardi retrouvait le langage officiel des rapports et des comptes-rendus.

Apparemment moins oppressé, Niccolini dit : « Mais c'est bien la crise cardiaque qui l'a tuée, n'est-ce pas ? » Combien de fois, se dit Brunetti, va-t-il falloir lui répéter ? « Sans le moindre doute », répondit Rizzardi de son ton le plus officiel, si bien que le léger flottement qu'avait ressenti Brunetti, lorsqu'il avait pensé que le légiste ne disait pas tout, devint pour lui un mensonge flagrant par omission. Le policier n'avait aucune idée de ce que Rizzardi tenait à cacher, mais il était maintenant convaincu qu'il cachait bien quelque chose.

Niccolini s'adossa à la grille, comme l'avait fait Rizzardi avant lui. Un son qui avait tout du cri de guerre les fit sursauter à ce moment-là. Ils se tournèrent comme un seul homme vers l'autre bout de la place, où le jeune Marco décrivait des cercles de plus en plus étroits autour d'un des arbres. Brunetti ne put s'empêcher de mettre ce manège en rapport avec le comportement de Niccolini. Il aurait compris si Niccolini avait eu des manifestations de chagrin ou de douleur, ou s'il avait fondu en larmes. Au cours de sa carrière, il avait également assisté à des réactions inverses – la satisfaction d'un cœur insensible à la mort d'un proche. Niccolini semblait à la fois nerveux et paralysé. Pourquoi donc obliger Rizzardi à répéter son diagnostic, selon lequel la mort avait été naturelle ?

Rizzardi remonta sa manchette pour consulter sa montre. « Je suis désolé, signori, mais j'ai un rendez-vous. » Il tendit la main à Niccolini et le salua poliment. Puis il dit à Brunetti qu'il lui enverrait un rapport écrit dès que possible et de l'appeler s'il avait des questions. C'est en silence que Niccolini et Brunetti regardèrent le médecin traverser la place et disparaître dans l'hôpital.

7

Rizzardi parti, Brunetti demanda à Niccolini, avec un signe de tête en direction de l'hôpital : « Avez-vous encore quelque chose à faire là-dedans ?

— Non, je ne crois pas, répondit le vétérinaire, secouant la tête comme pour chasser cette idée. J'ai signé des papiers à mon arrivée, mais personne ne m'a dit que j'en aurais d'autres à remplir. » Il regarda vers le bâtiment, puis revint à Brunetti. « Je ne pourrai pas la voir avant cet après-midi. À deux heures. » Puis il leva les yeux sur Brunetti et ajouta, comme si celui-ci aurait eu des raisons d'en douter : « C'était une bonne mère… et une femme bien. »

En dépit des années – des dizaines d'années – qu'il avait passées comme policier, Brunetti avait toujours autant envie de croire que cela était vrai de la plupart des gens. L'expérience tendait à lui faire penser qu'ils étaient bons, au moins tant qu'ils ne se retrouvaient pas dans une situation inhabituelle ou difficile, mais que quelques-uns – et même beaucoup, peut-être – changeaient. Brunetti se surprit lui-même en évoquant le Notre Père : *Ne nous soumets pas à la tentation*... Quel discernement, de la part de celui qui avait inventé ça – était-ce le Christ lui-même? – d'avoir pris conscience de la facilité avec laquelle nous étions tentés, de la facilité avec laquelle nous succombions; et qu'il était sage de prier pour que nous soit épargnée la tentation...

« ...Vous pensez qu'ils... », disait Niccolini, et Brunetti reporta son attention sur lui. Mais le vétérinaire n'acheva pas sa phrase. Il leva la main, paume tournée vers le ciel, puis la laissa retomber le long de son corps, comme s'il se résignait à ce que les cieux ne manifestent aucun intérêt pour le sort de sa mère.

Brunetti n'était resté qu'un instant plongé dans ses pensées. Il tenait beaucoup à entendre ce que Niccolini avait à dire, si bien que, après avoir jeté un coup d'œil à sa montre, il lui proposa qu'ils aillent déjeuner ensemble. « Cependant, si vous préférez être seul, ajouta le policier, je comprendrais. » Niccolini le regarda bien en face, puis consulta à son tour sa montre – cela lui prit un certain temps, comme s'il avait oublié ce que signifiaient ces chiffres. « J'ai une heure devant moi », dit-il finalement. Puis il ajouta, jetant un coup d'œil autour de lui sur la place : « D'accord. Sinon, je ne saurais pas quoi faire en attendant, et comme ça le temps passera plus vite. » Il se tourna vers l'établissement où ils avaient pris un café. « Tout est complètement différent.

— Le bar? Ou le Campo? » demanda Brunetti. Mais Niccolini parlait peut-être de la vie, d'aujourd'hui, de demain.

« Tout, je crois. Je ne venais plus que rarement à Venise, depuis quelques années. Seulement pour voir ma mère, et elle habite si près de la gare que je ne vais jamais dans les autres quartiers. » Il regarda une fois de plus autour de lui, à la recherche de quelque chose qui n'aurait pas changé, avec dans les yeux ce même ébahissement qu'on voit dans ceux des touristes, quand ils viennent pour la première fois dans la Sérénissime. Il se tourna et montra l'église des Miracoli. « Je suis allé à l'école à Giacinto Gallina, je connais donc le quartier. Ou plutôt, je le connaissais. Sergio est parti, continua-t-il avec un geste vers l'un des bars, et le patron est maintenant chinois. Et les deux vieux qui tenaient Rosa Salva sont partis aussi… »

Comme encouragé par l'évocation de ce nom, Niccolini se mit à marcher dans la direction du bar. Brunetti lui emboîta le pas, supposant que son invitation avait été acceptée. Par consentement tacite, ils s'installèrent à l'extérieur, choisissant une table sans parasol pour pouvoir mieux profiter de ce qui restait de soleil automnal. Il y avait un menu sur la table, mais ni l'un ni l'autre ne prirent la peine de le consulter. Quand le serveur vint prendre leur commande, Brunetti demanda un verre de vin blanc et deux tramezzini – n'importe lesquels. Niccolini dit qu'il prendrait la même chose.

Les premiers mois durant lesquels la mère de Brunetti avait développé la maladie d'Alzheimer dont elle allait mourir, elle avait été placée dans une maison de retraite médicalisée pas très loin d'ici, sur Barberia delle Tole. Mais Brunetti, en dépit de l'envie qu'il avait de faire parler Niccolini de la signora Altavilla, se refusait à tenter de gagner sa sympathie en lui offrant en gage les souffrances qu'avait vécues la sienne. Ils attendirent en silence, étrangement à l'aise pour deux personnes qui venaient juste de faire connaissance. « Veniez-vous la voir souvent? demanda finalement Brunetti.

— Assez souvent, jusqu'à il y a un an. Puis ma femme a eu des jumeaux, et du coup, c'est ma mère qui a commencé à nous rendre visite.

— À Vicenze?

— À Lerino, exactement. C'est de là que mes parents sont originaires. Elle venait en train, et j'allais la chercher à la gare. » Le serveur arriva avec les verres de vin. Brunetti prit une première gorgée, puis une seconde. Niccolini n'y prêta pas attention et reprit son récit. « Nous avons un autre enfant. Une fille, âgée de six ans. » Brunetti évoqua la joie qu'avait ressentie sa mère quand elle était devenue grand-mère. « Cela devait la rendre très heureuse. »

Niccolini sourit pour la première fois depuis qu'ils s'étaient rencontrés, et parut du coup plus jeune. « Oui, très heureuse. » Sur quoi le serveur arriva avec les sandwichs.

« C'est bizarre, reprit Niccolini, prenant son verre mais ignorant les tramezzini. Elle aura passé toute sa vie avec des enfants, tout d'abord en tant qu'enseignante, puis avec moi et ma sœur, puis de nouveau avec des enfants quand elle a repris l'enseignement une fois que nous avons pu aller à l'école. » Il goûta un peu de vin, puis prit un sandwich et l'examina – sur quoi il le reposa dans l'assiette.

Brunetti venait de prendre une première bouchée de son sandwich. « Qu'est-ce que cela a de bizarre? demanda-t-il.

— Que, quand elle a pris sa retraite, elle se soit arrêtée de s'occuper d'enfants.

— Qu'est-ce qu'elle a fait, à ce moment-là ? »

Niccolini étudia un moment le visage de Brunetti, puis répondit en parlant très lentement, comme s'il avait du mal à trouver les bons mots pour s'exprimer. « Pourquoi tenez-vous à savoir tout cela, commissaire ? »

Brunetti prit une nouvelle gorgée de vin. « Je m'intéresse aux femmes de la génération de ma mère, ou du moins, proche de cette génération », ajouta-t-il avant que Niccolini ait le temps de s'étonner de cet intérêt. Puis il reposa son verre. « Ma mère ne travaillait pas. Elle était femme au foyer et s'occupait de nous, mais une fois, il y a bien longtemps, elle m'a avoué qu'elle aurait aimé être institutrice. Cependant sa famille était pauvre et elle a commencé à travailler dès l'âge de quatorze ans. En tant que domestique. » Il avait parlé sans hésiter, comme s'il reniait toutes ces années pendant lesquelles il avait refusé cette simple vérité et souhaité avoir eu des parents différents, plus riches, plus cultivés. « C'est pourquoi je suis toujours intéressé par les femmes qui ont réussi à faire ce que ma mère avait rêvé de faire. Qui ont su saisir leur chance. »

L'air de ne pas être très convaincu par cette explication, Niccolini poursuivit tout de même. « Elle s'est mise à s'occuper de personnes âgées. Plus âgées qu'elle. En fait, dit-il avec un mouvement du menton, elle a même commencé là-bas. » Tout le monde, à Venise, aurait compris qu'il faisait allusion à la maison de retraite, la Casa di cura, qui ne se trouvait qu'à quelques centaines de mètres d'ici.

« Commencé en faisant quoi ?

— Elle leur rendait visite. Elle les écoutait. Elle les sortait sur le Campo quand le temps s'y prêtait. » Voilà un spectacle qui était devenu familier, dans les rues de Venise : des vieillards minuscules, recroquevillés dans leur fauteuil roulant, une couverture sur les genoux - et même par temps froid –, poussés au soleil par des proches ou des amis ou, de plus en plus souvent, par des femmes d'Europe de l'Est, à en juger par leur aspect –, poussés jusque sur la place pour qu'ils passent encore un peu du temps qu'il leur restait à vivre ailleurs qu'entre les quatre murs d'une chambre minuscule encombrée de leurs souvenirs.

Brunetti se demanda si la mère de Niccolini n'aurait pas fait partie des personnes qui s'étaient occupées de sa propre mère, mais il rejeta tout de suite cette hypothèse comme absurde.

« Par temps de pluie, elle leur faisait la lecture ou les écoutait raconter leur histoire. » D'un geste lent, Niccolini reprit son sandwich. Il mordit dedans et le reposa tout de suite sur le bord de l'assiette. « Elle disait toujours combien ils aimaient raconter ce qu'était la vie, lorsqu'ils étaient plus jeunes, ce qu'ils avaient fait, comment était la ville alors, il y a soixante, soixante-dix ans.

— Les gens n'ont pas besoin d'entrer en maison de retraite pour aimer parler de ça, j'en ai peur », observa Brunetti avec un sourire, pensant aux heures que lui-même avait passées à se lamenter sur les transformations qu'avait subies Venise depuis l'époque où il était jeune homme. « Je crois que cela fait partie du fait d'être vénitien… Ou du fait d'être un être humain. »

Niccolini s'enfonça dans son siège. « Je crois que c'est pire pour les personnes âgées. Les changements sont tellement plus évidents pour eux. » Puis, comme font beaucoup de personnes lorsqu'on évoque ce sujet, il poussa un soupir et agita une main en l'air dans un geste d'impuissance.

« Vous avez dit qu'elle avait commencé ici, reprit Brunetti. Et où a-t-elle été, ensuite ?

— À Bragora. C'est là-bas qu'elle travaillait. Encore. » Il baissa les yeux sur ses mains en prononçant ce dernier mot.

Brunetti se souvenait d'avoir entendu parler de cette maison de retraite, des années auparavant : tout un étage d'un palazzo de Campo Bandiera e Moto, tenu par des religieuses d'il ne savait quel ordre, qui avaient la réputation de demander des prix élevés mais aussi d'offrir les meilleurs soins de toute la ville. Aucun lit n'y était disponible quand il avait voulu y placer sa mère et, depuis, il n'avait jamais repensé à cette institution.

Un nouveau soupir de Niccolini força Brunetti à se tourner vers lui. « Oh, mon Dieu, il va falloir que je leur annonce. » Il devint tout rouge et ses yeux se mirent à briller. Il se pencha en avant et, les coudes sur les accoudoirs de son siège, se cacha la bouche et le nez avec les mains. Brunetti regarda sa montre. Il était presque deux heures.

« Je ne peux pas les appeler. Je ne peux pas leur dire par téléphone », dit Niccolini en secouant la tête. Brunetti demanda avec précaution : « Voulez-vous que j'aille leur parler, dottore ? » Il y eut un éclair dans les yeux du vétérinaire. « Je connais deux des religieuses de l'établissement », se hâta d'ajouter Brunetti. Bon, d'accord, il leur avait parlé une ou deux fois deux ans auparavant, mais d'une certaine manière, il les connaissait. « Ce n'est pas loin de la questure. » Brunetti ne savait trop dans quelle mesure il pouvait ou non insister et ne voulait pas avoir l'air trop intéressé. « Bien entendu, je ne vois aucun inconvénient à ce que vous vous acquittiez en personne de cette tâche. »

Le serveur passa près d'eux et Brunetti en profita pour demander l'addition. Pendant les deux ou trois minutes qui suivirent, le temps que le serveur entre dans le bar et prépare la note, Niccolini ne quitta pas des yeux le verre à demi plein et les sandwichs à peine entamés.

Brunetti paya la note, laissa quelques euros sur la table et repoussa sa chaise. Niccolini se leva. « J'aimerais que vous le fassiez, commissaire. Je ne sais pas si je vais être capable... », mais il n'acheva pas sa phrase, dans l'impossibilité de nommer la chose qu'il ne se sentait pas capable de faire.

« Volontiers », dit Brunetti, se contentant de cette formule de courtoisie. Puis il tendit la main à Niccolini.

Celui-ci la prit et la serra vigoureusement avant de parler. « Ne dites rien, je vous en prie. » Et là-dessus il lâcha la main de Brunetti et traversa le Campo en direction de l'hôpital.

8

Brunetti prit l'un des sandwichs qui restaient dans l'assiette mais, gêné d'être vu mangeant debout, il se rassit pour le terminer. Après quoi il entra dans le bar et commanda un verre d'eau minérale. Ce n'est qu'à cet instant qu'il se rendit compte qu'il avait oublié d'avertir Paola qu'il ne rentrerait pas déjeuner. Il régla son eau et sortit pour l'appeler. Il espéra, tandis qu'il composait le numéro de son domicile, qu'elle comprendrait qu'en un certain sens il avait été pris en otage par les circonstances.

« Paola, dit-il dès qu'elle eut décroché, la maîtrise des événements m'a échappé.

— Comme un certain bar au fenouil cuit au four. »

Bon. Au moins n'était-elle pas en colère. « Avec des pommes de terre nouvelles et des petites carottes, continua-t-elle, impitoyable, et l'une de ces bouteilles de tokay que t'a données ton informateur.

— En principe, tu n'es pas au courant de leur provenance.

— Tu n'as qu'à faire semblant de ne pas m'avoir entendue dire que je connaissais leur provenance. »

Mais il n'avait pas envie de s'en sortir par une simple pirouette. « J'ai pu rencontrer le fils de la femme qui est morte la nuit dernière.

— Ce n'était pas dans le journal, ce matin, mais il y avait déjà un article dans la version en ligne. »

Brunetti, qui était entré à reculons dans l'âge de l'informatique, préférait lire le journal dans sa version papier ; qu'on puisse maintenant lire un quotidien comme le *Gazzettino* sur un ordinateur le mettait très mal à l'aise. « Que vont devenir les gens, quand ils seront confrontés vingt-quatre heures sur vingt-quatre aux articles du *Gazzettino* ? » demanda-t-il à sa femme.

Paola avait moins de mal que Guido à accepter la modernité et à en voir les avantages. « Cela donnera peut-être une chance aux gens de voir ce canard comme le déchet toxique qu'il est, même si on ne l'expédie pas en Afrique, répliqua-t-elle.

— Ah, c'est vrai. Je n'y avais pas pensé. Me voilà la conscience en paix, à présent. Qu'est-ce qu'il disait ? demanda-t-il alors, curieux de savoir comment le journal avait présenté les choses.

— Qu'une voisine l'avait trouvée dans son appartement et que son décès était probablement dû à une crise cardiaque.

— Parfait.

— Cela veut-il dire que ce n'est pas vrai ?

— Rizzardi s'est montré évasif et peu enclin à se prononcer. Je pense qu'il a vu quelque chose, mais il n'a rien voulu dire au fils.

— Et comment est-il, ce fils ?

— Il a l'air d'être quelqu'un de bien, répondit Brunetti, car telle avait été sa première impression. Mais il n'a pas pu me cacher son soulagement lorsqu'il a appris que la police ne s'intéressait pas à la mort de sa mère.

— C'est toi-même qui le lui as dit?

— Oui. Il paraissait ennuyé que je veuille lui parler, et j'ai donc fait passer ça pour de la procédure en disant que c'était nous qui avions été appelés et que nous devions forcément faire un rapport.

— Mais pourquoi serait-il nerveux? Il n'a rien à voir avec ce qui est arrivé. » Devant ce ton catégorique, Brunetti se rendit compte que lui aussi avait rejeté cette possibilité *a priori*. Les variations sur le thème de l'homicide que le monde offrait étaient infinies ; les époux s'entre-tuaient avec une fréquence effrayante, amants et ex-amants vivaient dans un état de guerre larvée et le nombre de femmes ayant tué leurs enfants au cours des années précédentes était effrayant. Mais quelque chose, en lui, refusait toujours l'idée qu'un fils puisse tuer sa mère.

Il laissa son esprit vagabonder quelques instants autour de cette idée. Paola attendit sans rien dire. « Il se peut tout aussi bien que ce ne soit rien, admit-il finalement. Après tout, il vient de vivre un choc terrible et après notre entretien, il devait retourner à l'hôpital pour l'identifier.

— *Oddio !* s'exclama-t-elle. On n'aurait pas pu trouver quelqu'un d'autre?

— C'est un parent qui doit le faire. »

Ils gardèrent quelques instants le silence. Guido le rompit le premier, les tirant tous les deux de leurs réflexions. « Je devrais être à l'heure ce soir.

— Entendu. » Et elle raccrocha.

Le chemin le plus court pour se rendre à la maison de retraite passait devant la questure : il y avait certes d'autres possibilités, mais toutes rallongeaient le parcours. Il pourrait en profiter pour récupérer Vianello au passage et lui parler ainsi, chemin faisant, de Niccolini et du fait que sa présence avait empêché Rizzardi de dire tout ce qu'il avait à dire sur l'autopsie. Il sortit son téléphone et composa le numéro du lieutenant pour le prévenir qu'il passerait le prendre dans cinq minutes. Le soleil avait franchi le zénith et la première ruelle dans laquelle il s'engagea avait déjà commencé à perdre un peu de chaleur.

Comme à chaque fois qu'il empruntait la voie longeant le Rio della Tetta, Brunetti eut le plaisir d'admirer le plus beau pavage de tout Venise. D'une couleur qui hésitait entre rose et ivoire, certaines des dalles faisaient presque deux mètres de long pour un de large, et donnaient une idée de l'effet que cela devait faire de se déplacer dans la ville au temps de sa splendeur. Malheureusement, le palazzo qui s'élevait sur l'autre rive fournissait la preuve matérielle que ces beaux jours étaient bel et bien passés. Il était maintenant à l'abandon : la peinture s'écaillait aux volets du fait des intempéries, des balconnières rouillées contenaient des pots de fleurs d'où retombaient des tiges desséchées depuis longtemps, les vantaux de la porte d'eau pendaient de guingois sur leurs gonds mangés de rouille, les marches envahies de mousse s'enfonçaient dans des espaces caverneux où seuls des rats oseraient s'aventurer. Contemplant le bâtiment, Brunetti y lut le lent déclin de la ville. Un investisseur y aurait vu une occasion à saisir : en faire un atelier pour des architectes étrangers, ou un hôtel, ou un *bed & breakfast*, voire un bordel chinois.

Il franchit le petit pont puis, après avoir tourné une fois à gauche et une fois à droite, il aperçut Vianello devant lui, adossé à une rambarde. Lorsque l'inspecteur le vit, il rejoignit Brunetti. « J'ai parlé aux gens du premier, dit-il. Ça n'a rien donné. Ils n'ont rien entendu, ils n'ont vu personne. Ils n'ont même pas entendu entrer la signora Giusti – en fait, ils n'ont commencé à remarquer quelque chose d'anormal que quand nous sommes arrivés. Pareil avec les gens du second.

— Tu les as crus ?

— Oui, répondit Vianello sans hésiter. Ils ont deux enfants en bas âge et comme fond sonore, c'est difficile à battre. Quant au couple âgé, ils sont tous les deux plutôt durs d'oreille. » Puis il ajouta : « Ils m'ont dit que des personnes venaient parfois passer un moment chez la signora Altavilla. Toujours des femmes. D'après ce qu'ils avaient vu, en tout cas. »

Brunetti lui adressa un regard interrogateur. « C'est tout ce que j'ai pu en tirer, admit Vianello.

— D'après son fils, la signora Altavilla était visiteuse à la maison de retraite de Bragora et j'ai eu envie d'aller parler d'elle aux religieuses. Il m'a expliqué qu'elle y allait pour tenir compagnie aux personnes âgées – ou plutôt pour les écouter.

— Ce qui est beaucoup plus utile, tu ne crois pas ? demanda Vianello.

— Ah bon ?

— J'ai l'impression que plus les gens prennent de l'âge, moins ils s'intéressent à ce qui se passe autour d'eux, moins ils s'intéressent au présent ; c'est au passé qu'ils ont envie de penser, c'est du passé qu'ils ont envie de parler. » Il se tut un instant, mais Brunetti ne le relança pas. « C'est le cas, incontestablement, avec toutes les personnes âgées que je connais ou que j'ai connues : ma grand-mère, ma mère, et même les parents de Nadia. Sans compter que si tu y réfléchis, pourquoi devraient-ils s'intéresser au présent ? Pour la plupart d'entre eux, il n'est rempli que par des problèmes de santé, ou des problèmes d'argent et ils perdent peu à peu leurs forces. Si bien qu'il est beaucoup plus agréable pour eux de passer leur temps dans le passé, et encore plus s'il y a quelqu'un pour écouter leurs histoires. »

Brunetti fut obligé de le reconnaître : il était d'accord. Ses propres parents avaient eu ce type de comportement, même s'ils n'étaient peut-être pas des exemples fiables : son père était revenu de la guerre brisé et déprimé, et sa mère s'était progressivement perdue dans la nuit d'Alzheimer. Il pensa aux parents de Paola, le comte et la comtesse Falier, solidement ancrés dans le présent et curieux de l'avenir – et la théorie de Vianello vola en éclats.

« Est-ce que nous faisons tout ça, demanda alors Vianello, marchant du même pas que Brunetti, à cause de cette marque au cou ? »

Brunetti résista à son envie de hausser les épaules. « Je n'ai jamais vu un Rizzardi aussi peu communicatif. Il a dit au fils qu'elle était morte d'une crise cardiaque – et je suppose donc que c'est vrai – mais il n'a fait aucune allusion à la marque. Et nous n'avons pas pu parler.

— Tu as une idée ? »

— J'aimerais bien en apprendre davantage sur elle, puis voir ce que Rizzardi voudra bien nous apprendre. »

Ils arrivèrent au sommet du pont San Antonin et Brunetti eut un mouvement du menton en direction de l'église. « Chaque fois que nous passions par là, ma mère ne pouvait s'empêcher de me raconter qu'au XIXe siècle – je crois – un rhinocéros, ou peut-être un éléphant, elle changeait de version d'une fois sur l'autre, s'était échappé et avait terminé enfermé dans cette église. »

Vianello s'arrêta et regarda la façade. « Je n'ai jamais entendu cette histoire. Comment un rhinocéros aurait-il pu se balader dans Venise ? Ou bien un éléphant ? » Il secoua la tête, se disant qu'il devait s'agir encore d'une idée farfelue de touriste et s'engagea dans les marches qui descendaient de l'autre côté. « J'ai assisté à des obsèques ici, il y a longtemps, reprit Vianello, s'arrêtant à nouveau pour regarder l'église. Tu ne trouves pas ça bizarre ? Je ne me rappelle même plus qui on enterrait. »

Ils poursuivirent leur chemin, le long de la courbe à droite, et Vianello retourna à ce que Brunetti venait de lui raconter. « C'est le genre d'histoire qui te fait comprendre pourquoi rien n'est jamais clair.

— Celle du rhinocéros ? Tu te demandes si c'est arrivé ou non ? Si c'était un rhinocéros ou un éléphant ?

— Oui. Une fois qu'une histoire a été racontée, il y a toujours quelqu'un pour la croire et la répéter, si bien que des centaines d'années plus tard, les gens la racontent encore.

— Et du coup, elle devient vraie ?

— En quelque sorte », répondit Vianello un peu à contrecœur. Ils marchèrent en silence pendant quelque temps, puis le lieutenant observa : « C'est encore vrai aujourd'hui, n'est-ce pas ?

— Que les histoires ne sont pas fiables ?

— Que les gens en inventent et qu'au bout d'un certain temps il n'y a pas moyen de dire si elles sont vraies ou non. »

Ils s'avancèrent sur la place et le soleil retrouvé les mit de meilleure humeur. Les arbres avaient encore leurs feuilles, des gens étaient assis dessous, sur des bancs, et la vue dégagée leur faisait du bien aux yeux.

Ils traversèrent le Campo sans ajouter un mot. Brunetti ne se souvenait plus très bien où était l'entrée de la maison de retraite, sinon qu'elle se trouvait dans la rangée de bâtiments à droite de l'église. Il s'arrêta sur la première rangée de sonnettes, mais la liste ne comportait que des noms de famille. C'est à la deuxième porte qu'il trouva *Sacra Famiglia*, et il sonna.

Pas loin d'une minute s'écoula avant qu'une voix de femme, vieille et chevrotante, demande qui c'était. « Brunetti, répondit le policier, je suis un ami de la signora Altavilla… » il se retint de continuer à mentir, optant pour un demi-mensonge. « Du fils de la signora Altavilla, je veux dire.

— Elle n'est pas ici, répliqua la voix de femme d'un ton revêche – mais c'était peut-être dû à la déformation du son par l'Interphone. Elle ne vient pas aujourd'hui.

— Je le sais, suora, dit Brunetti. Je souhaiterais parler à la mère supérieure. »

La voix répondit quelque chose que ni lui ni Vianello ne comprirent, mais l'ouvre-porte claqua et le battant s'ouvrit. Ils pénétrèrent dans un vaste hall aux dalles carrées alternées orange et blanc, un motif courant dans les bâtiments de cette époque. Une lumière médiocre, crépusculaire, filtrait des fenêtres grillagées, au fond du hall. Ils délaissèrent l'ascenseur pour emprunter l'escalier à droite. Une femme âgée, toute petite, les attendait devant l'unique porte du premier étage : sa tenue trahissait les vœux qu'elle avait prononcés avant que sa taille et sa manière de se tenir ne trahissent son âge.

Elle hocha la tête en voyant les deux hommes approcher et leur tendit la main. L'un comme l'autre durent baisser le bras pour la lui serrer, ayant presque l'impression d'avoir affaire à un enfant : sa tête arrivait à la hauteur de la poitrine de Brunetti et elle devait la renverser pour les regarder. « Je suis madre Rosa, dit-elle. La mère supérieure. Suora Grazia m'a dit que vous vouliez me parler. » Elle recula dans l'encadrement de la porte pour mieux les voir. « Je dois dire que votre aspect ne me plaît pas. » Rien ne se manifesta sur son visage, cependant, mais son accent trahissait encore plus clairement des origines loin au sud de Venise.

Parmi les a priori que Brunetti nourrissait sur les Méridionaux, enfants compris, il y avait la conviction que ceux-ci arrivaient toujours à identifier un policier. Avec le sourire, il demanda : « Est-ce parce que nous sommes des hommes, parce que nous sommes grands, ou parce que nous sommes des policiers ? »

La mère supérieure recula encore d'un pas et leur fit signe de la suivre, puis elle referma la porte derrière eux. « Je sais déjà que Costanza est morte, et donc qu'un policier qui se présente ici et me raconte qu'il est son ami ment pour obtenir des informations. C'est pourquoi je vous trouve déplaisants. Je me moque bien que vous soyez grands et forts. »

Brunetti se sentit pris d'une sympathie soudaine pour tous ceux qu'il avait si souvent bernés pendant des interrogatoires, et d'admiration pour cette femme qui l'avait si aisément démasqué ; et la manière directe dont elle avait exprimé ses sentiments l'avait impressionné. « Je ne suis pas non plus un ami de son fils, madre, avoua-t-il. Mais je viens de lui parler et il m'avait chargé de vous apprendre la nouvelle. »

La religieuse ne réagit pas à sa franchise mais tourna les talons et les conduisit dans ce qui avait dû être jadis le salon croulant de meubles d'un appartement privé. Vue de dos, elle paraissait encore plus petite et Brunetti remarqua qu'elle ménageait sa jambe droite en marchant. Canapés et fauteuils étaient tapissés d'un lourd velours brun et avaient les pieds sculptés en forme de pattes de lion. En les examinant de plus près, on se rendait compte que nombre de griffes leur manquaient, que la plupart des dossiers présentaient dans le haut une tache graisseuse et que les accoudoirs étaient éraillés et parfois déchirés. Quant à l'énorme tapis qui allait pratiquement d'un mur à l'autre, il présentait d'indéniables signes de calvitie.

La religieuse leur indiqua deux gros fauteuils et s'installa elle-même avec précaution face à eux, sur une dure chaise en bois à dossier droit, prenant soin de laisser sa jambe droite tendue devant elle. Les fauteuils étaient tellement mous, tant ils étaient vieux, que les deux policiers se retrouvèrent avec la tête au niveau de celle de madre Rosa.

Brunetti s'inclina de côté afin de prendre son portefeuille, voulant montrer sa carte officielle, mais elle le précéda d'un geste, disant : « Je n'ai pas besoin de la voir, signore. Je sais reconnaître un policier. »

Brunetti abandonna sa tentative et essaya de se tenir droit, mais il était tellement engoncé dans le siège qu'il se releva pour s'asseoir sur l'un des accoudoirs. « On m'a appelé, hier au soir, quand on a retrouvé le corps de la signora Altavilla, et je suis allé dans son appartement. J'ai eu un entretien avec sa voisine. » La religieuse hocha la tête, soit qu'elle connaissait cette voisine et ses liens d'amitié avec la signora Altavilla, soit qu'elle était au courant du coup de téléphone donné à la police.

« L'autopsie qui a été effectuée ce matin… » Il s'interrompit un instant, voyant les sourcils de la religieuse se froncer. « … suggère qu'elle est décédée d'une crise cardiaque.

— Suggère ? demanda madre Rosa.

— Elle avait une coupure au front, mais le légiste pense qu'elle a pu se la faire pendant sa chute. J'étais sur place, la nuit dernière, et j'ai pu constater qu'elle était tombée à proximité d'un radiateur, ce qui pourrait l'expliquer. » Madre Rosa hocha la tête, manifestant qu'elle avait compris mais pas nécessairement qu'elle le croyait.

Elle fit un geste que Brunetti n'avait pas revu depuis l'école élémentaire : elle passa une main sous son long scapulaire blanc et en retira le chapelet accroché à sa taille. Elle le garda à la main et, tout en regardant Brunetti, se mit à égrener les perles. Priait-elle ou les touchait-elle simplement pour y puiser de la force ou du réconfort, Brunetti n'aurait pu le dire.

Finalement, elle se contenta de demander : « Pourrait l'expliquer? »

Brunetti, comme toujours quand il se faisait surprendre à louvoyer, afficha un sourire détendu. « Nous ne saurons ce qui s'est vraiment passé que lorsque nous aurons examiné les preuves matérielles recueillies dans l'appartement.

— Sauf que vous ne serez probablement pas plus avancés, n'est-ce pas? Vous n'en serez pas certains, en tout cas. »

Vianello n'avait cessé de croiser et décroiser les jambes pendant cet échange et finit par se lever à son tour. Les mains sur les hanches, il fit quelques mouvements d'assouplissement. « Madre, si nous pouvions utiliser ces fauteuils pour interroger les gens, je crois que nous gagnerions énormément de temps. Et que nous aurions beaucoup plus de succès. »

Elle essaya, sans y parvenir, de retenir un sourire. Puis elle les prit tous les deux par surprise en passant sans effort de l'accent du Sud au plus pur vénitien : « *Ti xe na bronsa coverta.* » Les deux hommes affichèrent un même sourire interrogateur, d'autant plus que son jugement était juste : Vianello était tout à fait du genre braises qui couvent sous la cendre. On ne savait jamais quel éclair de lucidité allait en sortir ou quelle idée lumineuse allait jaillir du silence qu'il respectait la plupart du temps.

Elle fit disparaître son sourire comme si elle désapprouvait l'humeur plus légère qui venait de s'établir. Son regard se perdit entre les deux policiers et elle reprit son expression méfiante. « Que voudriez-vous savoir sur Costanza? » demanda-t-elle. En relevant sa garde, elle avait repris quelques années. Son corps se raidit tandis qu'au contraire les traits de son visage donnaient l'impression de s'affaisser sous l'effet de la fatigue.

Vianello imita Brunetti et s'assit sur le large accoudoir de son fauteuil. Il prit son carnet de notes, ouvrit un stylo et se prépara à écrire. « En fait, nous ignorons tout d'elle, madre Rosa, dit Brunetti. Sa voisine et son fils nous en ont dit cependant le plus grand bien.

— Je n'en doute pas. »

Quand il fut clair que la religieuse n'ajouterait rien, le commissaire reprit la parole. « Il y a quelque chose que j'aimerais savoir sur elle. » Il se tut, mais la religieuse garda le silence. « Était-elle appréciée des personnes qui sont ici ? » demanda-t-il avec un geste qui englobait tout le bâtiment.

La religieuse répondit presque tout de suite. « Elle n'était pas avare de son temps. Elle avait pris sa retraite, mais elle était encore relativement jeune et avait sa propre vie, ce qui ne l'empêchait pas de les écouter. Elle en amenait certains en promenade, le long du canal, et même en bateau s'ils en avaient envie. » Brunetti se garda de laisser voir qu'il était surpris par ce soudain accès de loquacité.

Aucun des deux policiers ne réagissant, elle ajouta : « Il lui arrivait parfois de passer la matinée à regarder les bateaux par la fenêtre, pendant qu'ils parlaient, ou à rester assise dans leur chambre à les écouter. Elle les laissait parler pendant des heures et elle faisait toujours attention à ce qu'ils racontaient. Elle leur posait des questions, elle se souvenait de ce qu'ils lui avaient dit lors de ses précédentes visites. » Elle fit le même geste que Brunetti. « Cela les fait se sentir importants, de se dire que quelqu'un se rappellera leurs histoires. »

Brunetti se demanda si elle s'incluait parmi les personnes qui écoutaient leurs histoires et s'en souvenaient, ou si cela l'aurait fait se sentir importante d'avoir quelqu'un pour s'en souvenir.

« Traitaient-elles toutes les personnes de la même manière ? » demanda Brunetti. Il vit qu'elle ne s'était pas préparée à cette question et que celle-ci ne lui plut pas. Elle voyait peut-être d'un mauvais œil que se lient des amitiés avec les gens âgés ; peut-être désapprouvait-elle simplement le principe de telles amitiés.

« Oui. Bien entendu », dit-elle, étreignant son chapelet. Le défilé désinvolte des perles s'était arrêté.

« Donc pas d'amitiés spéciales ?

— Non. Les patients ne sont pas des amis. Elle était au courant de ce genre de risque.

— Quel risque ? demanda Vianello, ne comprenant pas.

— La plupart de nos pensionnaires sont très seuls, répondit madre Rosa. Et nombreux sont ceux dont la famille n'attend que leur mort pour récupérer leur argent ou leurs biens. » Elle attendit un instant, comme pour voir s'ils n'allaient pas être scandalisés qu'une religieuse s'exprime avec une aussi sinistre franchise. Devant leur silence, elle reprit ses explications. « Le risque est qu'ils deviennent trop attachés aux personnes qui les traitent bien. Costanza… » Elle ne termina pas sa phrase et revint à son sujet initial. « Les gens âgés ne sont pas toujours faciles, vous savez.

— Je sais », dit Brunetti, sans cependant faire référence à la façon dont il avait appris cette vérité. Il marqua une courte pause. « Mais – et croyez bien que je dis cela avec tout le respect que je vous dois – vous ne nous avez appris que bien peu de chose sur elle. »

La religieuse eut un sourire pincé. « Je ne devrais pas vous le dire, signore, et j'espère que le Seigneur me pardonnera de l'avoir pensé, mais si vous saviez les problèmes que peuvent nous poser certains de nos pensionnaires, vous me comprendriez peut-être. Il est très facile de se montrer gentil avec des personnes elles-mêmes gentilles, ou qui apprécient qu'on le soit avec elles, mais ce n'est pas toujours le cas. » Elle dit cela avec une résignation fatiguée. Brunetti comprit qu'elle parlait d'expérience, une longue expérience. Il comprit aussi qu'elle n'en dirait pas davantage.

Brunetti et Vianello échangèrent un regard et, d'un accord tacite, se levèrent en même temps. Ils avaient fait tout ce chemin, et la mère supérieure s'était contentée de leur parler de la patience de la signora Altavilla ; et encore, avec une parfaite mauvaise grâce. En ce qui les concernait, ils n'avaient strictement rien appris sur la morte – et donc, paix à son âme. « Merci, madre », dit Brunetti, ne sachant trop s'il devait ou non lui tendre la main. Elle prit la décision pour lui, se contentant de deux hochements de tête, le premier à son intention, le second à celle de Vianello, les mains bien à l'abri sous son scapulaire. Puis elle fit demi-tour et les reconduisit jusqu'à l'entrée.

Elle s'arrêta à la porte. « Vous voudrez bien transmettre toutes mes condoléances à son fils. Je ne le connais pas, mais Costanza m'en parlait de temps en temps, et pour n'en dire que du bien. » Puis, comme si elle répondait à une question des policiers, elle ajouta : « On dirait bien qu'il a hérité de sa redoutable honnêteté.

— Que voulez-vous dire par là, madre? » demanda Brunetti.

La religieuse ne réagit pas aussitôt; elle fit passer son poids d'une jambe sur l'autre et répondit par une question : « Vous avez compris que j'étais du Sud, n'est-ce pas? » Les deux hommes acquiescèrent. « Nous avons une conception de l'honnêteté différente des gens du Nord », dit-elle de manière oblique.

Vianello sourit. « C'est le moins qu'on puisse dire, madre. »

Elle lui fit la grâce de lui rendre son sourire et elle continua en s'adressant à l'inspecteur. « Le fait que nous en ayons une conception différente ne signifie cependant pas que nous n'avons pas, comme vous, le plus grand respect pour l'honnêteté, signori. »

Aucun des deux policiers ne réagit, trop désireux de savoir où cela allait conduire. « Mais nous sommes... » Elle s'interrompit et les regarda tour à tour. « Comment dire cela? Nous sommes plus *parcimonieux* que vous avec la vérité. »

Ceci piqua la curiosité de Brunetti : « Et comment cela se fait-il, madre? »

Une fois de plus, elle recula maladroitement pour mieux les voir. « Cela tient peut-être à ce qu'il nous en coûte davantage qu'à vous d'être honnêtes », répondit-elle. Son accent était devenu soudain plus prononcé. « Si bien que nous en sommes venus à apprécier la réticence, aussi.

— Faites-vous allusion à la signora Altavilla ? voulut savoir Brunetti.

— Oui. Elle considérait qu'on doit toujours dire la vérité, quoi qu'il en coûte. Et j'ai bien l'impression, en me fondant sur ce qu'elle a pu me dire, qu'elle a aussi appris cela à son fils.

— Estimez-vous que c'est une erreur ? demanda Brunetti, plus intrigué que jamais.

— Non, messieurs, répondit madre Rosa avec une esquisse de sourire. C'est un luxe. »

Elle ouvrit la porte, la tint pendant qu'ils la franchissaient et ils entendirent le battant se refermer quand ils arrivèrent à l'escalier.

9

Vianello ne reprit la parole que lorsqu'ils se retrouvèrent dehors, au soleil. « Je ne sais jamais comment je dois réagir dans ce genre de situation, dit-il.

— Quel genre de situation, exactement ? demanda Brunetti, tandis qu'ils entreprenaient de traverser la place en direction de la questure.

— Quand quelqu'un prétend en savoir moins qu'il ne sait. »

Brunetti tourna à gauche, en direction de l'église, et répondit par un grognement qui fit comprendre à Vianello qu'il était d'accord.

« Tout ce baratin sur l'honnêteté », reprit l'inspecteur. Il s'arrêta en haut du pont, s'accouda au parapet et se mit à contempler un bateau amarré au bord du canal. « Il est clair qu'elle en sait davantage – ou en soupçonne davantage – que ce qu'elle veut bien dire. Elle est religieuse et elle pense donc qu'il n'est pas juste de mentionner des soupçons sans fondement, ou de rapporter un commérage. » Puis à voix plus basse, il ajouta : « Même si je n'arrive pas à imaginer un couvent où cela n'arrive pas. » Brunetti attendit la suite. « C'est une Méridionale. Et une religieuse. Cela signifie qu'elle voulait que nous comprenions ou soupçonnions quelque chose, mais qu'elle ne pouvait se contraindre à nous le dire directement. »

Brunetti dut reconnaître qu'il était d'accord. Qui savait ce qui se passait dans la tête d'une religieuse, et de plus, une religieuse venue du Sud ? Ils apprenaient la discrétion dès le premier jour où leur mère leur donnait le sein, et ils n'étaient pas encore adultes qu'ils avaient déjà été maintes fois témoins des conséquences d'une indiscrétion. Il se rappelait le choc qu'avait été pour lui l'enregistrement vidéo d'un crime parfaitement ordinaire à Naples, en plein jour : une première balle, puis une seconde dans la nuque tandis que, autour de la scène, les gens continuaient de vaquer à leurs affaires. Personne n'avait rien vu, personne n'avait rien remarqué. C'était dans leurs gènes : commettre une indiscrétion, ou dire quoi que ce soit qui puisse provoquer des soupçons, c'était non seulement se mettre soi-même en danger, mais aussi tous les membres de sa famille. Telle était la vérité, et peu importait le nombre d'années passées dans un couvent de Venise. Brunetti avait autant de chances de se voir pousser des ailes d'ange et de s'envoler vers le paradis que madre Rosa de parler ouvertement à la police.

« À l'entendre, on finirait par croire que la vérité est un handicap, non ? » dit Vianello en quittant le parapet. Il leva les bras et les laissa retomber, désarçonné. Mais Brunetti n'eut pas le loisir de répondre : son téléphone sonna.

« Guido ? C'est moi, fit la voix de Rizzardi.

— « Merci de m'appeler. »

Sans perdre plus de temps, le légiste continua. « La marque sur sa gorge… (il laissa sa phrase en suspens mais Brunetti ne dit rien)… ça pourrait être celle d'un pouce. »

Brunetti essaya d'imaginer où avaient pu se trouver les autres doigts, si les pouces étaient placés sur la gorge, mais il se contenta de dire : « Ah… pourrait être ? »

Rizzardi ignora la provocation.

« Il y a trois marques peu visibles qui pourraient être des traces d'ecchymoses sur son épaule gauche, et deux autres sur son épaule droite. Et une dernière, pratiquement invisible, devant. »

Brunetti inclina la tête pour coincer le téléphone entre son oreille et son épaule. Puis il mit les deux mains en coupe, pouces en opposition, et replia les autres doigts comme pour serrer. « Les marques sont à la bonne place ? » demanda-t-il, ne jugeant pas nécessaire d'en dire plus à quelqu'un comme Rizzardi. « Oui. Elles ne sont pas incompatibles avec une prise de face.

— Pas incompatibles ? »

Mais Rizzardi ignora la question. « Tu te souviens du cardigan qu'elle portait ?

— Oui.

— Il a pu diminuer une bonne partie de la pression exercée, ce qui expliquerait pourquoi les marques sont si diffuses.

— Pourrait-il s'agir de quelque chose d'autre ? » Brunetti se demanda si la prudence de Rizzardi n'était pas inscrite en lui comme ces accents que l'on n'arrive jamais à perdre. « Dans la bouche d'un avocat de la défense retors, commença Rizzardi (le fait qu'il spécule sur un procès suffit à convaincre Brunetti que la signora Altavilla avait bien été victime de violence, même si le légiste ne voulait pas le dire plus explicitement), ces marques dans son dos pourraient avoir été provoquées par sa chute contre le radiateur ; ou bien elle aurait essayé de se masser la nuque et se serait fait mal elle-même ; ou elle aurait perdu l'équilibre et serait tombée contre la porte en entrant dans l'appartement… »

Brunetti le coupa. « Pas la peine de me dire ce que ça pourrait être, Ettore. Dis-moi ce que c'est. »

Rizzardi réagit comme si Brunetti n'avait rien dit. « Je connais des avocats et tu en connais aussi, Guido, qui seraient capables de te démontrer qu'elle est tombée à cinq reprises contre la porte. »

Brunetti, incapable de cacher sa mauvaise humeur grandissante, rétorqua : « Je suis capable d'imaginer tout seul toutes ces hypothèses, bon sang. Pour l'amour du ciel, dis-moi juste ce qui est arrivé. » S'ensuivit un long silence et Brunetti se dit qu'il avait été trop loin. On ne parlait pas sur ce ton à Rizzardi.

« Quelqu'un l'a prise par-devant et il est possible qu'elle ait été secouée », répondit Rizzardi avec une précision qui surprit le policier. Pas d'hésitation, pas de précautions rhétoriques, pas de compromis. Jamais le légiste n'avait été aussi clair.

« Qu'est-ce qui te le fait dire ?

— Il y a autre chose.

— Quoi donc ?

— Une blessure minuscule entre sa troisième et sa quatrième vertèbre. Avec des traces d'hémorragie dans les muscles et les ligaments autour. »

Brunetti refusa de poser la question, obligeant Rizzardi à conclure lui-même. « C'est ce qui me fait dire qu'on l'a peut-être secouée.

— Ou bien ?

— Ou bien cela aurait pu se produire pendant sa chute. Sa tête a porté très durement contre le radiateur. C'est ce que nous avons constaté la nuit dernière.

— Elle a pu être poussée, observa Brunetti.

— Ça, je ne peux pas l'affirmer. »

Brunetti eut l'impression que Rizzardi venait d'épuiser ses réserves de franchise. Le médecin enchaîna, d'un ton ferme : « De toute façon, rien ne vient changer le fait qu'elle est bien morte d'une crise cardiaque. » Après un silence que Brunetti ne rompit pas, Rizzardi ajouta : « Elle avait un cœur en mauvais état et chez elle un choc quelconque pouvait facilement déclencher une fibrillation. Vous n'auriez pas trouvé du Propafénone dans l'appartement ? » demanda Rizzardi.

Brunetti n'avait pas encore lu le rapport sur le résultat des fouilles ; il évita de répondre à la question en demandant de quoi il s'agissait. « On l'utilise contre la fibrillation. C'est ça qui l'a tuée. Un choc peut la déclencher. »

Si vous mettez le feu à une maison sans savoir qu'une personne est à l'intérieur, êtes-vous coupable de meurtre ? Si vous kidnappez un diabétique et ne lui donnez pas d'insuline, êtes-vous responsable de sa mort ? Et si vous faites peur à une personne dont le cœur est faible ? Rizzardi avait raison, un avocat s'en donnerait à cœur joie. « Je vais vérifier ça. Normalement ils ont tout noté, dit Brunetti, pas entièrement convaincu que ce soit toujours le cas. Il y a autre chose ?

— Non. Son cœur mis à part, elle était en bonne condition physique pour une femme de plus de soixante ans. » Rizzardi observa un silence assez long. « Mais c'était une bombe à retardement, et qu'elle ait été par ailleurs en bonne santé n'y a peut-être rien changé. »

Brunetti coupa son téléphone et le remit dans sa poche. Puis il s'adressa à Vianello. « Elle est bien morte d'une crise cardiaque. Mais il a trouvé des indices laissant à penser que quelqu'un a pu la secouer. Ce qui aurait pu déclencher la crise. »

Vianello afficha une expression admirative. « Tu as réussi à faire dire ça à Rizzardi ? »

Mais le commissaire ne réagit pas à la question. « Il faut qu'on aille voir de plus près dans sa vie. »

Avec presque de la colère dans la voix, Vianello remarqua : « Elle avait l'air d'être quelqu'un de tout à fait bien, pas le genre qu'on menace ou qu'on secoue. Ou qu'on tue. Les gens bien ne devraient jamais mourir comme ça. »

Brunetti resta quelques instants songeur. « Si seulement… »

10

Une fois dans son bureau, Brunetti ne trouva rien – rien, en tout cas, en provenance de l'équipe technique : pas de photos de la signora Altavilla, pas de photos de l'appartement, pas de liste des objets qu'on y avait trouvés. Assis à son bureau, il pensa à certains de ces objets, essayant de voir en quoi ils seraient un reflet de la vie de celle qui les avait possédés.

Ni l'appartement, ni les choses qu'il contenait ne lui avaient donné le moindre indice sur son statut financier. Il y avait eu une époque, plusieurs dizaines d'années auparavant, où connaître l'adresse d'une personne suffisait à résoudre la question. Le quartier San Marco ou un palazzo sur le Grand Canal étaient synonymes de prospérité, tandis qu'un appartement à Castello trahissait des revenus modestes. Puis l'argent s'était mis à couler à flots sur la ville, si bien que le moindre bâtiment, la moindre adresse pouvaient indiquer un immeuble récemment restauré, luxueux jusqu'à l'excès, tandis que ses anciens propriétaires ou locataires se retiraient vers le continent d'où ceux-ci étaient jadis venus, abandonnant Venise à ceux qui pouvaient se l'offrir.

De mémoire, Brunetti parcourut à nouveau les pièces. Il avait vu un mobilier de bonne qualité, certaines des pièces étant même des antiquités. Il y avait peu de livres et peu d'objets décoratifs : il ne se souvenait pas d'avoir vu un seul tableau accroché aux murs. Un domicile, en somme, où dominaient la simplicité et une vie réduite à l'essentiel. Ce qui l'avait le plus frappé avait été la disposition du canapé et de la table : que penser d'une personne qui se détourne, et en détourne les personnes venues lui rendre visite, d'une vue aussi belle que celle qu'on avait des fenêtres sur l'église et les montagnes ? Il savait que tout le monde n'était pas comme lui, accro aux belles choses. Laisser son regard errer sur cette pièce sans charme au lieu de profiter des beautés de la nature ou produites par la main de l'homme était incompréhensible pour Brunetti et il ne pouvait que s'interroger sur une personne pouvant faire un tel choix.

Et que faire de ces paquets de sous-vêtements bon marché encore scellés qu'il avait trouvés dans la commode de la chambre d'amis ? Une femme qui s'offre des chandails en cachemire de la qualité de ceux qu'il avait vus ne porte pas des sous-vêtements aussi modestes, même à son âge. Ou alors, la conception qu'il se faisait des femmes était encore plus erronée qu'elle ne l'était déjà, comme le lui reprochait parfois Paola.

Et pourquoi en trois tailles différentes ? La fille de Niccolini venait rendre visite à sa grand-mère, de temps en temps, mais elle n'était pas encore en âge de porter même la plus petite de ces tailles ; sans compter que, en règle générale, les parents prennent soin de préparer une valise de vêtements de rechange lorsque leur enfant va coucher ailleurs. Des amies qui seraient venues lui rendre visite ? Ou qui lui aurait envoyé leur fille pour un séjour à Venise ? Et que faire aussi des affaires de toilette neuves qu'il avait trouvées dans la salle de bains ? Qui donc peut se préparer à recevoir des visites avec une telle méticulosité ? C'était son domicile, tout de même, pas un hôtel ou un *bed & breakfast*.

Il quitta son bureau et descendit d'un étage. Au cours des années, il avait eu l'occasion de discuter de bien des sujets avec la signorina Elettra, mais jamais encore de lingerie féminine. Elle se tenait bras croisés auprès de sa fenêtre quand il arriva, regardant par-delà le canal la même vue qu'il avait de sa propre fenêtre : la façade de San Lorenzo, qui n'avait pas l'air moins décrépit pour être vue d'un étage plus bas.

Elle se tourna et lui sourit. « Puis-je vous aider en quelque chose, commissaire ?

— C'est possible », dit Brunetti en s'approchant du bureau. Il s'assit sur le bord et croisa les chevilles. La lumière du soleil et de son reflet dans l'eau entrait à flots. D'où il était, il voyait la secrétaire de profil et il se rendit soudain compte que ses traits étaient moins aigus et ciselés que dans l'image qu'il en avait. Son menton se détachait moins nettement, la peau de ses pommettes était moins tendue et il remarqua, aussi, de minuscules pattes-d'oie au coin de son œil. Il détourna son regard pour contempler l'église.

« Avez-vous une idée de ce que peut signifier le fait qu'on trouve, dans la chambre d'amis d'un appartement, des sous-vêtements féminins encore emballés et de trois tailles différentes, en plus ? » Elle le regarda, et il la vit qui fronçait les sourcils, perplexe. « Il y avait également des collants et des chandails, aussi de trois tailles différentes. » Puis, se rappelant à qui il s'adressait et sachant que ce détail devrait compter, il ajouta : « Tout était en coton ordinaire, le genre de choses qu'on trouve dans les supermarchés. »

Elle décroisa les bras, releva le menton et se tourna de nouveau vers l'église. « S'agit-il de l'appartement d'un homme ou de celui où vous avez été appelé la nuit dernière ? demanda-t-elle, tout en continuant à étudier la façade.

— C'est ce que nous avons trouvé dans l'appartement de la signora Altavilla, en effet. Pourquoi cette question ? »

Examinant toujours l'église comme si elle y cherchait une réponse, elle expliqua : « Parce que dans l'appartement d'un homme, cela suggérerait une chose ; dans celui d'une femme, une autre.

— Et qu'est-ce que cela suggérerait, dans l'appartement d'un homme ? » demanda-t-il, ayant cependant l'impression de s'en douter.

Elle se tourna alors vers lui. « Chez un homme, cela pourrait laisser à penser qu'il a prévu ces sous-vêtements pour une femme – ou pour les femmes – qu'il amène chez lui pour une nuit », répondit-elle, s'arrêtant un instant pour juger de son propos. Puis, avec moins de certitude, elle ajouta : « Mais dans ce cas-là, ce ne serait pas de simples sous-vêtements en coton, n'est-ce pas ? Et ils ne se trouveraient pas dans une autre pièce. À moins que le type ne soit particulièrement bizarre. »

Sans doute considérait-elle qu'il n'était pas si bizarre que cela qu'un homme ait en réserve des sous-vêtements féminins chez lui, pourvu qu'ils soient luxueux et rangés dans sa chambre. Brunetti se contenta cependant de demander : « Et chez une femme ?

— Rien n'interdit d'y voir la même explication », répondit-elle, le surprenant par la manière tout à fait naturelle avec laquelle elle avait dit cela. Sur quoi elle sourit. « Mais il est plus vraisemblable que des femmes sont venues chez elle pour des raisons plus prosaïques.

— Et quelles raisons ?

— Par exemple, pour les protéger des hommes qui les auraient invitées à passer la nuit chez eux, répondit-elle d'un ton qui pouvait laisser penser qu'elle parlait sérieusement.

— C'est une vision puritaine des choses.

— Pas forcément. Le plus vraisemblable, continua-t-elle d'une voix égale, c'est d'imaginer qu'elle aidait des réfugiées clandestines et qu'elle les hébergeait pour leur assurer la sécurité, le temps qu'elles trouvent un travail ou un endroit où habiter. » Elle se tut un instant, et il comprit qu'elle envisageait diverses possibilités. « Ou bien voulait-elle les protéger contre d'autres personnes.

— Comme qui ?

— Des hommes qui estimeraient avoir des droits sur ces femmes. Un petit ami, par exemple. Un maquereau. »

Brunetti la regarda sans rien manifester et ne dit rien. Plus il y pensait, plus il trouvait du bon sens à cette interprétation. Pour la mettre à l'épreuve, il demanda : « Croyez-vous qu'elle ait pu organiser cela toute seule ? Parce que dans ce cas, comment les trouvait-elle, comment entrait-elle en contact avec ces femmes ? »

Tel un chevalier se mettant en selle avant d'aller briser sa première lance, la signorina Elettra retourna s'asseoir devant son ordinateur. Elle enfonça quelques touches, étudia l'écran, pianota à nouveau. Brunetti s'était écarté du bureau et tourné pour la regarder faire. Au bout d'un moment, elle agita une main en l'air. « Venez voir ça », dit-elle.

Il se plaça derrière elle et regarda l'écran. Il eut droit au photomontage habituel : une femme au visage qui se détournait du spectateur, l'ombre menaçante d'un homme se profilant derrière elle. ARRÊTONS L'IMMIGRATION ILLÉGALE, lisait-on dessous. Puis, en quelques phrases, on offrait soutien et aide aux femmes qui se trouvaient dans ce cas et on donnait un numéro de téléphone d'urgence. Il ne lut pas tout le texte, mais il releva le numéro sur son carnet.

« Vous vous souvenez de ce qu'a déclaré le président, l'an dernier ? lui demanda la signorina Elettra.

— À ce propos ? répondit-il avec un geste vers l'écran.

— Oui. Vous souvenez-vous du chiffre qu'il a donné ?

— Celui du nombre de victimes ?

— Oui.

— Non, j'ai oublié.

— Moi, pas », et c'est tout juste si Brunetti ne l'entendit pas ajouter qu'elle s'en souvenait parce qu'elle était une femme, et qu'il l'avait oublié parce qu'il était un homme. Mais elle ne dit rien, et le policier ne posa pas la question.

« Voulez-vous que je fasse quelque chose, monsieur ? Que je les appelle ?

— Non », répondit-il un peu trop rapidement. Elle parut surprise par ce refus et par la vivacité avec laquelle il avait été exprimé. « Je vais m'en charger. » Il aurait bien aimé ajouter quelque chose pour atténuer la brutalité de sa réaction, mais cela n'aurait fait qu'attirer un peu plus l'attention dessus.

« Autre chose, commissaire ?

— Non merci, signorina. Le numéro suffira.

— Comme vous voudrez, dottore », répondit-elle, se penchant sur son écran.

Dans l'escalier, Brunetti se trouva assailli par sa mauvaise conscience ; pourquoi avait-il rembarré aussi sèchement la signorina Elettra ? Elle était plus intelligente que la plupart des personnes qui travaillaient à la questure, elle méritait des égards bien plus grands de sa part. Inventive et intelligente, elle avait en outre des notions de droit et elle aurait été le fleuron de n'importe quel département de police qui aurait eu la chance de la compter dans ses rangs comme officier. Mais elle n'était pas officier de police et il ne pouvait la laisser se présenter comme telle lorsqu'elle posait des questions ou requérait des informations par téléphone. C'était déjà assez grave de faire semblant de ne pas voir les multiples actes de cyberpiraterie auxquels elle se livrait – des actes que, d'une certaine façon, il était le premier à encourager. Il y avait une frontière entre ce qu'il pouvait l'autoriser à faire ou pas ; le dilemme de Brunetti était que la frontière en question, loin d'être droite, était au contraire fluctuante et jamais à la même place.

Sur son bureau, posé par il ne savait qui, Brunetti trouva le rapport d'autopsie et celui de l'équipe technique. Il aligna la pile devant lui, prit ses lunettes de lecture et entreprit de les éplucher.

Rizzardi, personnage discret et peu adonné aux manifestations de vanité ou aux vantardises, ne résistait cependant pas à la tentation de montrer, dans deux domaines, qu'il n'était pas n'importe qui : sa tenue vestimentaire et sa prose. Discrets, de couleur subtile, ses costumes et ses manteaux, et même ses imperméables, étaient d'une telle qualité que Brunetti se demandait quelles étaient exactement ses sources de revenus ; quant à sa prose, elle était d'une précision grammaticale parfaite et d'une inventivité dans l'expression que Brunetti ne rêvait même pas de trouver dans les autres rapports qu'il lisait. Le légiste décrivait volontiers un organe comme étant « captif d'un maillage de petites veines » ou parlait de « la forme étoilée » d'une brûlure de cigarette sur une victime de torture. Dans le premier rapport que Rizzardi avait écrit à la demande de Brunetti, où il était question des entailles sur l'estomac de la victime saignée à mort, on pouvait lire : « Les blessures rappellent les peintures de Fontana dans sa période rouge. »

Le rapport sur la signora Altavilla ne contenait cependant pas ce genre de fleurs de rhétorique. Il y analysait l'état du cœur de la défunte et établissait de manière formelle que la mort avait été provoquée par une fibrillation incontrôlable. Il estimait la blessure à la vertèbre et aux tissus proches ainsi que la coupure à la tête compatibles avec une mauvaise chute juste avant la mort. Brunetti mit un instant le rapport du médecin légiste de côté pour prendre celui des techniciens, où il trouva une référence à la présence de sang et de fragments de peau sur le radiateur du salon – un sang du même groupe que celui de la signora Altavilla.

Rizzardi décrivait ensuite une « marque grisâtre » de 2,1 centimètres, à la hauteur de la clavicule de la morte. Quant aux marques sur ses épaules, elles étaient « à peine visibles », une des expressions les plus banales jamais employées par le légiste de l'avis de Brunetti.

Il parcourut rapidement le reste du rapport ; la signora Altavilla avait donné naissance à au moins un enfant ; elle avait eu une fracture au poignet gauche, et elle avait un oignon au pied droit. Rizzardi présentait ces informations sans les commenter. Brunetti ne se faisait pas d'illusions : dans un département de police placé sous l'autorité du vice-questeur Giuseppe Patta, des preuves matérielles aussi peu convaincantes ne pouvaient conduire qu'à une conclusion, la mort naturelle.

Brunetti posa le rapport technique sur celui de Rizzardi et, cette fois, le lut en entier et attentivement. Il y observa une certaine tendance à se garder de toute interprétation. En dehors du sang sur le radiateur, l'examen de la maison n'avait relevé « rien que de très normal dans l'usage domestique ».

C'est à la dernière page qu'arriva le coup de massue qui brisa tout espoir que le commissaire aurait pu nourrir de se voir confier une enquête. Les techniciens avaient trouvé du Propafénone dans l'armoire à pharmacie de la signora Altavilla. La preuve d'un problème cardiaque préexistant était ainsi apportée, validant définitivement le diagnostic posthume, formulé par Rizzardi, d'une mort par fibrillation.

Pensif, Brunetti tapota les deux rapports pour en aligner les feuillets, puis croisa les mains sur la pile. Il étudia ses pouces, remarquant au passage que la manche droite de sa chemise s'effilochait légèrement. Sur quoi il s'en détourna pour regarder par la fenêtre.

Ces rapports allaient plaire à Patta, aucun doute. Mais ils feraient tout aussi plaisir à Niccolini. Non, ce n'était pas le bon mot – *plaisir* était trop fort. Lentement, comme s'il regardait un film en pouvant arrêter ou ralentir la projection à sa guise, Brunetti rejoua dans sa tête sa rencontre avec le vétérinaire.

En réalité, l'émotion qu'il avait manifestée avait été plus précisément du soulagement, émotion que Brunetti avait vue s'afficher sur le visage de tous ceux qui entendaient tomber un verdict de relaxe : *innocent*. Mais de quoi étaient-ils donc innocents ? Ayant une longue expérience de la manifestation de faux sentiments et de la simulation, Brunetti ne doutait pas de l'intensité de la douleur de Niccolini. Il se rappelait encore son expression, quand le vétérinaire avait lâché que lui aussi avait pratiqué des autopsies. En se remémorant cette scène, Brunetti se sentit indigné qu'on ait pu le laisser là, tout seul, alors que l'homme savait ce qui se passait de l'autre côté de la porte.

Il décroisa les mains, composa le numéro interne de la salle des officiers et demanda à parler à l'inspecteur Vianello. « Je crois, lui dit-il quand celui-ci fut en ligne, que nous devrions retourner là-bas pour donner un autre coup d'œil à cet appartement.

— Tout de suite ? demanda Vianello avec une réticence manifeste dans la voix.

— Pourquoi ?

— Parce qu'il est presque sept heures, observa l'inspecteur. On ne pourrait pas remettre ça à demain matin ? » Puis, sans attendre, il ajouta tout de suite, avant d'entendre la réponse : « Je vais appeler la signora Giusti pour l'avertir que nous allons venir – à quelle heure au fait ? »

Brunetti fut tenté de demander à Vianello s'il faisait une suggestion ou donnait un ordre. « Dix heures, ce sera parfait », se contenta-t-il de répondre.

11

Ils empruntèrent le Numéro 1 mais préférèrent s'installer à l'intérieur, où Brunetti résuma pour Vianello ce qu'il y avait dans les rapports de Rizzardi et du labo. Il lui fit aussi un portrait de Niccolini, expliquant comment certaines choses non exprimées paraissaient le mettre mal à l'aise.

Le bateau passa devant la place Saint-Marc et Brunetti ne put s'empêcher de regarder par là. « On ne s'en lasse jamais, pas vrai ? » Mais il ne laissa pas à l'inspecteur le temps de répondre, et changea de sujet. « Qu'avons-nous fait de notre journée, hier ? » À la manière dont il avait posé la question, on aurait pu croire qu'il accusait l'inspecteur de l'avoir rayée du calendrier.

« Hier ? Nous avons marché.

— Quoi ?

— Ce n'est pas comme au cinéma, où on saute dans une voiture et où on fonce sur les lieux du crime, sirènes hurlantes. Tu le sais bien. Nous nous y rendons à pied, nous en revenons à pied. Et ça prend du temps. Quant à la vieille religieuse, même si elle ne nous a rien dit, elle a pris aussi pas mal de temps pour le faire. Nous ne sommes pas à New York, Guido », ajouta-t-il avec un sourire qui montrait l'immense soulagement qu'il éprouvait à cette idée.

Comme pour souligner le propos de Vianello, ils furent brièvement inondés par une explosion de lumière – celle du soleil qui se reflétait sur les fenêtres, côté gauche du canal. Leurs regards se portèrent sur l'origine de ce flamboiement : une rangée de bâtiments beiges, ocre, roses, ou hésitant entre le jaune et le brun, dont les fenêtres s'étiraient en pointes et spirales, repoussant les colonnettes torsadées pour laisser passer plus de lumière. Et à peine visibles à hauteur de l'eau, les énormes dalles de pierre d'où la ville s'élançait vers le ciel.

« On aurait dû demander à Foa de nous y amener », dit Brunetti, encore mal à l'aise à l'idée de la vitesse avec laquelle avait passé la journée, la veille. Ils descendirent à l'arrêt de San Silvestro et continuèrent à pied ; cela leur prendrait autant de temps que s'ils avaient quitté le vaporetto à San Stae, mais au moins se déplaçaient-ils d'eux-mêmes.

Tout en marchant, Brunetti expliqua qu'il voulait revoir l'appartement. « Et parler aux voisins », ajouta-t-il. Ils franchirent le pont à San Boldo, s'engagèrent dans la Calle del Tintor, puis prirent la direction du Campo.

Brunetti n'avait pas changé de veston et les clefs étaient toujours dans sa poche, où il les prit. La plus grosse ouvrait la porte donnant sur la rue, la suivante celle de l'appartement, encore scellée par l'adhésif jaune qu'avait apposé Vianello. Brunetti le décolla, le laissant pendre de côté, et ouvrit la porte.

Une fois à l'intérieur, il remarqua que le courrier était toujours à la même place que la veille. Il l'examina et constata que toutes les lettres, y compris un pli recommandé, étaient adressées à la signora Giusti. Il les glissa dans sa poche. Au cours de la demi-heure suivante, ils ne virent rien de plus que ce qu'ils avaient déjà vu, trouvant seulement des reçus pour des factures payées via la poste et des relevés bancaires remontant sur cinq ans. En les feuilletant, Brunetti ne découvrit rien que de parfaitement normal : sa retraite tombait chaque mois, ainsi qu'un deuxième règlement, peut-être sa pension de veuve. La première somme permettait de conclure qu'elle avait pris une retraite anticipée ; la seconde était plus importante ; le total faisait un revenu permettant à une personne seule de vivre confortablement, d'autant plus qu'elle semblait propriétaire de son appartement puisque Brunetti ne découvrit aucune trace d'un paiement de loyer.

Une chose, cependant, attira l'attention de Brunetti : de petits clous plantés dans les murs, des clous qui avaient perdu leurs tableaux. Il y en avait deux dans le couloir, avec en dessous un rectangle d'une couleur légèrement plus claire, mais à peine, que celle du reste du mur. Dans la chambre d'amis, il vit à nouveau un tableau fantôme avec, au-dessus, le clou toujours planté.

Ils décidèrent d'aller rendre visite à la voisine de l'étage. En quittant l'appartement, Vianello recolla comme il put le scellé pendant que Brunetti, les clefs à la main, attendait de pouvoir verrouiller la porte. Mais avant de remettre le petit trousseau dans sa poche, il le montra à Vianello. « Je me demande ce qu'ouvre la troisième.

— Il y a peut-être un rangement au rez-de-chaussée, proposa l'inspecteur.

— Nous demanderons à la signora Giusti », répondit Brunetti en attaquant l'escalier.

La femme ouvrit sa porte alors qu'ils étaient encore à deux ou trois marches du palier. « Je vous ai entendus circuler en dessous », dit-elle en manière d'accueil – puis elle leur tendit la main et leur souhaita le bonjour. Elle paraissait moins agitée et Brunetti fut surpris de constater qu'elle était loin d'être aussi grande que dans son souvenir. C'était peut-être dû à ce qu'elle se sentait plus détendue, à ses épaules qui retombaient. Elle avait aussi retrouvé un peu de cette beauté que Brunetti n'avait fait que soupçonner la veille.

Le commissaire lui présenta Vianello et elle les introduisit dans l'appartement, dont l'ambiance parut à Brunetti, comme sa propriétaire, plus détendue. Il y avait deux journaux sur la table du séjour, l'un d'eux ouvert sur les pages culturelles, l'autre ayant été manifestement feuilleté, à voir la négligence avec laquelle il avait été refermé. Un verre vide et une assiette avec des pelures de pomme et un couteau complétaient la nature morte. Les coussins du canapé étaient éraillés, et l'un d'eux gisait à terre.

Brunetti fut une fois de plus frappé par la vue spectaculaire qu'on avait sur l'abside de l'église, depuis les fenêtres du séjour ; sous cet angle et de cette hauteur, on aurait dit que l'édifice affrontait la haute mer et fendait les flots vers eux. Le mobilier, soit deux fauteuils et un canapé, était disposé de manière à profiter de la vue sur l'église, le Campo et au loin les montagnes. La traductrice s'assit dans un angle du canapé et leur laissa les fauteuils, de l'autre côté d'une table basse. Elle ne leur demanda pas s'ils voulaient boire quelque chose.

Brunetti sortit le courrier de sa poche et le posa sur la table. La signora Giusti y jeta un coup d'œil mais ne fit pas mine de vouloir le regarder de plus près. D'un signe de tête, elle remercia le policier, une expression retenue sur le visage. Brunetti, qui tenait toujours les clefs à la main, les tendit vers elle. « Il y a une troisième clef sur ce trousseau, signora. Pouvez-vous nous dire ce qu'elle ouvre ? »

Elle secoua la tête. « Aucune idée. Je lui ai moi-même posé la question, quand elle me les a données, et elle a dit que c'était… » Elle se tut un instant et ferma les yeux. « C'est bizarre, ce qu'elle a dit. » Vianello et Brunetti gardèrent le silence pour lui donner le temps de se rappeler. Au bout d'un moment, elle releva la tête vers eux. « Que c'était un endroit astucieux pour cacher une clef. Je ne comprends pas plus que vous ce qu'elle a voulu dire, ajouta-t-elle, mais ce sont ses propres paroles, que c'était un endroit astucieux pour cacher une clef.

— Quand vous a-t-elle confié ce jeu, signora ? »

La question la surprit. « Pourquoi me posez-vous la question ?

— Simple curiosité », répondit Brunetti. Il ignorait depuis combien d'années l'une et l'autre habitaient ici, si bien qu'il ne savait pas davantage combien il leur avait fallu de temps pour avoir assez confiance l'une en l'autre pour se confier les clefs de leurs domiciles.

« J'ai ce trousseau depuis plusieurs années, mais il y a environ deux semaines, elle m'a demandé de le lui rendre pour une journée, prétextant qu'elle voulait en faire faire des doubles. » Elle montra les clefs, comme si son geste allait aider les deux policiers à comprendre. Puis elle se pencha pour les toucher. « Mais regardez-les ; il y a une bleue et une rouge. Ce ne sont que des doubles de qualité médiocre, qui n'ont probablement pas coûté plus d'un euro chacun.

— Et donc ? l'encouragea Brunetti.

— Et donc, pourquoi vouloir faire copier des doubles médiocres quand on possède les originaux ? Quand elle me les a rendues, il y avait la troisième clef et c'est à ce moment-là qu'elle m'a dit que c'était une façon astucieuse de cacher une clef. » Elle les regarda tour à tour, pour voir s'ils ne paraissaient pas aussi intrigués qu'elle l'était elle-même.

« Savait-elle où vous les rangiez ? demanda Brunetti.

— Bien entendu. Au même endroit depuis des années, dit-elle avec un geste vers une porte qui devait donner dans la cuisine. Dans le deuxième tiroir. »

Brunetti se retint de lui dire que c'était justement là où un cambrioleur expérimenté regarderait en premier.

« Avez-vous des locaux, des rangements, au rez-de-chaussée ? En avait-elle un ? »

Elle secoua la tête, rejetant cette idée. « Non, ces locaux appartiennent au magasin de petit matériel électrique, à côté de la pizzeria, et à l'un des restaurants du Campo. »

Brunetti s'aperçut que Vianello avait discrètement ouvert son carnet et prenait des notes.

« Pouvez-vous me donner une idée du genre de vie qu'elle menait, signora ?

— Costanza ?

— Oui.

— Elle était enseignante à la retraite. Je crois qu'elle avait arrêté de travailler il y a cinq ans. Institutrice, exactement, elle s'occupait de petits. Et maintenant, elle va rendre visite aux vieillards dans les maisons de retraite. » Prenant conscience qu'elle avait parlé au présent, elle porta une main à sa bouche.

Brunetti laissa le moment passer avant de poser une nouvelle question. « Avait-elle des invités ?

— Des invités ?

— Des personnes qui venaient loger chez elle. Vous auriez pu les croiser dans l'escalier, ou peut-être vous avait-elle avertie que vous verriez des étrangers, simplement pour que vous ne vous inquiétiez pas.

— Oui, il m'est arrivé de voir des gens dans l'immeuble, des fois. Ils étaient toujours très polis.

— Des femmes ? demanda Vianello.

— Oui, répondit-elle sans s'étonner de la question. Son fils aussi venait lui rendre visite.

— Oui, je sais. Nous nous sommes vus hier, dit Brunetti, intrigué par ses réticences à propos des femmes.

— Comment était-il ?

— Je l'ai trouvé très abattu par ce qui s'est passé. » Ce n'était pas une exagération ; Brunetti estimait qu'il ne faisait que décrire la réalité, derrière la réserve de Niccolini.

« Elle l'adorait. Et elle adorait ses petits-enfants. Et elle aimait aussi beaucoup sa belle-fille », ajouta-t-elle avec un petit sourire.

« Vous en parlait-elle souvent ?

— Non, pas vraiment. Costanza – il faut que vous le sachiez – n'était pas quelqu'un de très communicatif. Ce n'est que parce que nous nous connaissions depuis des années que je suis au courant de tout cela.

— Combien d'années ? » intervint Vianello, brandissant son carnet comme pour suggérer qu'il ne faisait que se plier aux exigences inscrites dans les pages.

« Elle habitait déjà ici quand je suis venue m'installer. Cela remonte à cinq ans. Je crois qu'elle y avait emménagé quelques années auparavant, à la mort de son mari.

— Vous a-t-elle dit pourquoi elle avait déménagé ? demanda Vianello sans lever les yeux de son carnet.

— Son ancien appartement, près de San Polo, était trop grand, m'a-t-elle dit, et quand elle s'y est retrouvée toute seule – son fils était déjà marié, à l'époque –, elle a décidé de prendre quelque chose de plus petit.

— Mais de rester à Venise ? demanda Vianello.

— Bien entendu, répondit-elle, regardant l'inspecteur avec une expression étrange.

— Je voudrais revenir sur un point, dit Brunetti. Celui de ses invitées.

— Les invitées, répéta la traductrice, comme si elle avait complètement oublié qu'on lui avait déjà posé la question.

— Oui, dit Brunetti avec son sourire le plus charmant. Vous n'y avez sans doute pas fait tellement attention, depuis cet étage. Je poserai la question aux gens d'en dessous. Ils auront peut-être remarqué quelque chose. » Il s'éclaircit la gorge, comme s'il se préparait à changer entièrement de sujet.

« Comme je vous l'ai dit, il arrivait parfois que des personnes logent chez elle. Des femmes. De temps en temps.

— Je vois, dit Brunetti, l'air de n'être guère intéressé. Des amies à elle ?

— Je ne sais pas. »

Vianello leva les yeux et observa, un sourire amusé aux lèvres : « Tout le monde a envie de venir séjourner à Venise. À la maison, on n'arrête pas de nous demander d'héberger des fils ou des filles d'amis, et nos enfants ont toujours des copains qu'ils veulent inviter. » Cette histoire parut incongrue à Brunetti vu le jeune âge des enfants de Vianello et le fait que tous les amis de l'inspecteur étaient vénitiens. Elle ne tenait guère debout. Toutefois, apparemment convaincu par sa propre fable, Vianello n'hésita pas à conclure : « C'est probablement de ce genre de visiteurs qu'il s'agissait. » Sur quoi il retourna à son carnet.

« Peut-être », concéda la signora Giusti.

Sentant son hésitation, Brunetti abandonna le ton léger pour parler avec le sérieux que la situation exigeait : « Nous cherchons simplement à comprendre quel genre de femme elle était, signora. Toutes les personnes qui nous ont parlé d'elle nous ont dit que c'était quelqu'un de bien, et je n'ai aucune raison de ne pas le croire. Mais cela ne m'aide pas à la comprendre vraiment. C'est pourquoi tout ce que vous pouvez nous dire sur elle pourrait se révéler utile.

— Mais utile en quoi ? demanda-t-elle sur un ton sec qui surprit Brunetti. Qu'est-ce que vous tenez donc tant à savoir ? Vous êtes de la police, et ça tourne toujours mal quand on a affaire à vous. Depuis que vous êtes arrivés, vous avez mélangé la vérité avec ce que vous pensez que j'aimerais entendre, mais ce que vous ne m'avez jamais dit, c'est pourquoi ces questions sont importantes. » Elle se tut un instant, mais pas pour se calmer, pas plus que pour écouter ce que l'un ou l'autre pourrait avoir à objecter. « J'ai lu les journaux, et ils disent qu'elle est morte d'une crise cardiaque. Si l'information est vraie, je ne vois pas ce que vous faites ici, à poser toutes ces questions.

— Je peux comprendre votre réaction, signora, vous qui habitez le même immeuble », dit Brunetti.

Elle porta les mains à ses tempes et les pressa dessus, comme s'il y avait trop de bruit ou comme si c'était trop douloureux. « Arrêtez, arrêtez, arrêtez ça ! Soit vous me dites ce qui se passe, soit vous sortez d'ici, tous les deux ! » Elle criait presque.

L'expérience que Brunetti avait pu faire de la nature humaine luttait contre ses sentiments d'empathie. La prudence l'emporta. Une fois qu'une personne sait quelque chose, vous ne contrôlez plus cette chose, car celui qui détient l'information est libre d'en faire ce qu'il veut, et ce qu'il veut n'est pas toujours ce que vous voulez, vous – c'est même souvent le contraire.

« Très bien, dit-il, s'obligeant à prendre une posture décontractée, synonyme d'honnêteté. La cause de sa mort est bien une crise cardiaque. Là-dessus, il n'y a aucun doute. Mais nous aimerions exclure la possibilité qu'elle ait été favorisée. »

Ce jargon la fit se hérisser. « Ce qui veut dire, en clair ? »

Brunetti continua calmement, comme s'il n'avait pas remarqué sa réaction. « Cela veut dire que quelqu'un lui a peut-être... » Il marqua une pause, donnant l'air d'essayer d'estimer dans quelle mesure il pouvait lui faire confiance. « ... que quelqu'un lui a peut-être fait peur, ou l'a menacée.

— C'est une enquête officielle ? » demanda-t-elle d'un ton plus calme.

Il préféra dire la vérité. « Non, pas vraiment. C'est peut-être simplement pour la paix de mon esprit, et pour la paix de celui de son fils.

— Cela y change-t-il quelque chose ?

— À quoi ?

— D'un point de vue légal. »

Brunetti ne pouvait lui répondre honnêtement sans parler des marques relevées au cou et dans le dos de la signora Altavilla.

Elle se leva et s'approcha de la fenêtre qui donnait sur le Campo et l'abside en proue de bateau. C'est leur tournant toujours le dos qu'elle reprit la parole. « Depuis le sol, quand je sors sur le Campo, je vois l'église sous un certain angle : massive, clouée au sol. Mais d'ici, elle donnerait presque l'impression d'avoir des ailes. » Elle resta longtemps silencieuse, et Brunetti et Vianello échangèrent un regard.

« La même église, mais un angle différent », ajouta-t-elle, retombant encore un long moment dans le silence. Elle se retourna finalement vers eux pour reprendre la parole. « Comme Costanza. La première fois que j'ai croisé ces femmes, dans l'escalier, j'ignorais complètement qui elles étaient. Je savais seulement que ce n'étaient pas des femmes de ménage car nous avons la même, Luba. Sauf que je ne pouvais pas poser la question à Costanza. Elle était très secrète. Mais ces femmes venaient et je revoyais quelquefois les mêmes. Au début, comme je l'ai dit, je n'y faisais pas vraiment attention. Puis cela a commencé à m'intriguer, mais elles ne faisaient jamais d'histoires, étaient toujours très polies, si bien que j'ai fini par m'y habituer, en quelque sorte.

— Jusqu'à ce que? demanda Brunetti, qui avait senti qu'elle attendait de lui d'être relancée pour continuer son histoire.

— Jusqu'à ce que je trouve l'une d'elles sur les marches - ou plutôt, sur le palier, devant la porte de Costanza. Je montais l'escalier et elle était là, sur le sol. Costanza n'était pas chez elle. J'ai tout d'abord cru qu'elle était ivre ou droguée. Je ne sais pas pourquoi j'ai pensé ça; elles s'étaient toujours montrées très discrètes. » Elle détourna les yeux et Brunetti comprit qu'elle repensait à ce qu'elle venait de dire. « C'est peut-être simplement parce qu'elles avaient toutes l'air pauvres - une réaction due à mes préjugés bourgeois. » Inconsciemment, elle haussa les épaules. « Je n'en sais rien.

Je ne pouvais pas la laisser là, j'ai donc essayé de la faire se lever. Elle gémissait, preuve qu'elle n'était pas inconsciente. C'est alors que j'ai vu ses traits. Elle avait le nez complètement de travers et le devant de sa veste était couvert de sang. Je ne l'ai pas remarqué tout de suite, sur le vêtement noir, et je n'ai vraiment vu son visage qu'après avoir réussi à la faire asseoir. »

La traductrice croisa les bras devant elle et regarda de nouveau les deux policiers. « Je lui ai demandé ce qui était arrivé, et elle m'a expliqué qu'elle était tombée dans la rue. Je lui ai alors dit que j'allais appeler une ambulance pour qu'on la conduise à l'hôpital.

— Était-elle italienne?

— Non. Mais je ne sais pas d'où elle venait. D'Europe de l'Est, je dirais, mais je n'en suis pas certaine.

— Elle parlait italien ?

— Assez, en tout cas, pour comprendre ce que je lui disais et me parler de sa chute. *Cadere. Pavimento.* Dans ce genre-là. Et assez aussi pour comprendre *ospedale.*

— Comment a-t-elle réagi ?

— Elle a paniqué quand j'ai parlé de l'hôpital. Elle m'a pris la main et s'est mise à me supplier, *Prego, prego*, sans s'arrêter. *No ospedale.* Des trucs comme ça.

— Et alors ?

— J'ai entendu une porte s'ouvrir. Celle donnant sur la rue, au rez-de-chaussée. » Elle ferma les yeux, évoquant la scène. « La femme – en fait, c'était encore pratiquement une ado – a encore plus paniqué. Je n'avais jamais vu ça, j'en avais juste lu des descriptions dans les livres. Elle s'est mise à ramper jusque dans l'angle, à croire qu'elle voulait y disparaître. Elle a remonté sa veste sur elle, comme si cela avait pu la cacher ou la rendre invisible. Et elle gémissait.

— Et ensuite ?

— Elle a cessé de gémir ; Costanza est arrivée à ce moment-là et est allée s'agenouiller comme moi à côté d'elle. » Elle les regarda, surprise par quelque chose qui ne lui revenait que maintenant. « Mais elle ne l'a pas touchée. Elle a juste répété son prénom à plusieurs reprises et lui a dit que tout allait bien, qu'il ne fallait pas s'inquiéter.

— Et qu'avez-vous fait ?

— Je me suis relevée et Costanza m'a dit “merci”, exactement comme si je venais de lui tendre une tasse de thé. Mais il était manifeste qu'elle voulait que je les laisse, toutes les deux, et c'est ce que j'ai fait. Je suis remontée dans mon appartement.

— Avez-vous jamais revu la fille ?

— Non, jamais. Puis au bout de quelques mois, il y en a eu une autre, mais je n'ai jamais parlé à aucune. En tout, j'ai dû en revoir encore deux ou trois.

— Est-ce que la signora Altavilla vous a jamais parlé d'elle et de l'incident ?

— Non. Pas un mot. À croire que ce n'était jamais arrivé, et au bout d'un moment c'était l'impression que ça me donnait. Je lui disais bonjour dans l'escalier, ou elle me faisait entrer pour prendre une tasse de thé, ou encore c'était elle qui montait chez moi si je lui proposais. Mais ni l'une ni l'autre n'avons fait une seule fois allusion à l'incident. » La signora Giusti les regarda tour à tour, comme si elle leur demandait de comprendre. « Vous savez comment c'est. Au bout d'un moment, si vous ne parlez jamais de quelque chose qui s'est passé, même si c'est quelque chose d'assez moche, ça finit plus ou moins par disparaître. Non pas qu'on l'oublie, pas du tout, mais on n'y pense plus. »

Brunetti dut reconnaître qu'elle disait vrai. Mais c'est Vianello qui en tira la morale. « Ce n'est que comme ça que la vie peut continuer, en réalité, dit-il, si on y pense un peu. »

Brunetti observait la signora Giusti à cet instant, et leurs regards se croisèrent. Elle acquiesça d'un signe de tête, et Brunetti ne put s'empêcher d'en faire autant. Oui, il n'y avait que de cette façon que la vie pouvait continuer.

12

« Avez-vous compris ce qu'elle faisait ? lui demanda finalement Brunetti.

— Ce n'était pas bien sorcier à deviner, n'est-ce pas ?

— Que voulez-vous dire ?

— Je crois qu'elle utilisait son appartement comme une sorte de refuge pour… eh bien, pour les femmes en danger. Celles qui sont menacées par un petit ami ou un mari, ou dans le cas des femmes venues de l'Est, pour ce que j'en sais, par les hommes qui les possèdent.

— Qui les possèdent ? demanda Vianello.

— Vous êtes policier. Ne me dites pas que vous ne voyez pas ce que je veux dire », répliqua-t-elle, les surprenant tous les deux par son agressivité. Elle continua plus calmement : « Que peuvent-elles être d'autre, sinon des prostituées ? Cette femme, sur le palier… Alessandra ou Alexandra, qui n'était pas italienne et parlait à peine notre langue… Je doute fort qu'elle ait été la femme de quelqu'un. Je sais en revanche qu'elle était terrifiée, terrifiée que celui qui lui avait cassé le nez ne vienne et ne finisse le boulot. C'est probablement pour ça qu'elle a disparu.

— Vous rappelleriez-vous, demanda alors Brunetti, quelque chose que vous aurait dit votre voisine, pendant tout ce temps, depuis cette rencontre avec la femme sur le palier, qui aurait pu vous faire penser qu'elle était elle-même en danger ?

— Je vous l'ai dit, commissaire, répondit-elle d'une voix qui s'efforçait à la patience, Costanza était une personne très secrète. Elle ne m'aurait jamais rien confié de ce genre. Ce n'était ni sa façon de faire, ni son style.

— Et même en plaisantant ? proposa Vianello.

— Les gens ne plaisantent pas avec ce genre de choses », rétorqua-t-elle sèchement.

Brunetti n'était pas du tout de cet avis, ayant eu de multiples preuves de la capacité des êtres humains à plaisanter de n'importe quoi, même des choses les plus terribles. Cela lui semblait d'ailleurs un système de défense parfaitement légitime. Ce pour quoi il était un grand admirateur des Anglais, ou du moins des Anglais qui, avec leur humour pince-sans-rire devant la mort – ils ont même une expression pour le décrire : *gallows humour*[1] –, poussent le défi jusqu'au délire.

« Signora, répondit Brunetti d'un ton destiné à rétablir un climat paisible, avez-vous vous-même tiré ces conclusions ? Je veux dire par là, ajouta-t-il vivement pour ne pas lui laisser le temps de se braquer, que j'aimerais avoir votre sentiment, ou votre impression, sur ce qui pouvait se passer. »

---

1. « Humour noir ». On attribue la paternité de cet humour aux Juifs d'Europe centrale, car c'est un humour très semblable à celui des peuples en butte aux persécutions (toutes les notes sont du traducteur).

Ainsi formulée, la requête du policier la calma. Ses épaules se décontractèrent un peu. « Elle faisait ce qu'elle pensait être juste et essayait d'aider ces pauvres femmes. »

Elle eut un geste (*ne bougez pas*), se leva, quitta la pièce mais revint presque tout de suite, tenant un papier à la main; le reçu bien connu d'une facture réglée à la poste. Elle la tendit à Brunetti et se rassit à sa place.

« *Alba Libera* », lut-il, se demandant ce qu'était cette « Aube libre ».

La traductrice leva une main comme pour dire de ne pas tenir compte de la banalité du titre. « Oui. Ils ont sans doute choisi ce nom pour ne pas trop attirer l'attention.

— Et qui sont-ils? voulut savoir Brunetti; ce n'était pas l'organisation que la signorina Elettra avait trouvée.

— C'est une association à but non lucratif qui s'occupe de femmes », dit-elle en montrant ce qu'il y avait en dessous du titre.

Brunetti réfréna son envie de remarquer que ce n'était pas parce que c'était écrit que c'était vrai. « Et que fait cette association?

— La même chose que faisait Costanza. Aider les femmes en fuite, ou qui essaient de s'enfuir. L'association a un numéro de téléphone, et les membres prennent des tours pour répondre. Et s'ils pensent qu'une femme est vraiment en danger, ils leur trouvent un endroit où se réfugier.

— Et ensuite? » demanda Vianello avec son sens pratique habituel.

La signora Giusti ne réussit pas à contrôler la froideur du coup d'œil qu'elle lui jeta. « Les mettre à l'abri n'est qu'une mesure temporaire. On essaie ensuite de les installer dans une autre ville. Et de leur trouver un travail. » Elle eut l'air de vouloir ajouter autre chose, se reprit, puis dit finalement : « Et parfois, l'association les aide à changer de nom. Légalement. »

Brunetti acquiesça d'un hochement de tête. « Comment ça se passe, pour les donations ? Je veux dire, comment les gens apprennent-ils l'existence de l'association ? »

Elle baissa la tête et se concentra sur ses mains. « J'ai ouvert par erreur une lettre destinée à Costanza, répondit-elle à voix basse. Nous avions pris l'habitude de nous prendre notre courrier dans la boîte, au rez-de-chaussée. Il n'y en a qu'une pour les quatre appartements. Nous ramassons mutuellement nos lettres pour qu'elles ne restent pas mélangées avec celles des autres personnes. Ou soient prises par les enfants. C'est arrivé à plusieurs reprises. Si bien que celle de nous deux qui arrive la première, poursuivit-elle au présent, monte le courrier. Je pose le sien sur son paillasson et elle pose le mien sur la table à côté de sa porte. Mais une fois – il y a un peu plus d'un an, peut-être deux – j'ai gardé par erreur une lettre qui lui était destinée et je l'ai ouverte sans faire attention. Elle contenait un imprimé que j'ai lu entièrement. Des trucs terribles. Il y avait à la fin un récépissé pour un don. » Elle se pencha et toucha celui posé sur la table. « Son nom figurait dessus. »

Elle se tut et regarda à nouveau ses mains, l'air d'une écolière coupable d'une bêtise. « C'est alors que je me suis rendu compte que son nom était aussi sur l'enveloppe.

— Qu'est-ce que vous avez fait ? demanda Vianello.

— J'ai attendu son retour, et quand je l'ai entendue, je suis descendue et je lui ai rendu l'enveloppe en lui expliquant ce qui s'était passé. J'ai eu droit à un regard bizarre de sa part ; je ne suis pas sûre qu'elle m'ait crue, pas vraiment. Sur quoi elle a retiré l'imprimé de l'enveloppe – je l'avais évidemment remis en place pour qu'elle puisse penser que je ne l'avais pas lu – et elle m'a dit que ça m'intéresserait peut-être d'y jeter un coup d'œil. »

Elle les regarda tour à tour. « C'est ce que j'ai fait, et moi aussi je leur envoie de l'argent, maintenant. Environ deux fois par an. Dieu sait qu'ils en ont besoin.

— Je comprends », dit Brunetti. Son estomac gargouilla. Comme toujours dans ce genre de situation, tout le monde fit semblant de ne rien avoir entendu. Il prit alors son portefeuille et en tira une de ses cartes de visite, au dos de laquelle il inscrivit le numéro de son téléphone portable. « C'est mon numéro personnel, signora. Si jamais il vous revenait d'autres détails, ou s'il se passe quelque chose qui à votre avis pourrait m'intéresser, n'hésitez pas à m'appeler. »

Elle posa la carte sur l'accoudoir du canapé sans la regarder et se leva. Elle les reconduisit jusqu'à la porte, leur serra la main en leur souhaitant une bonne journée et referma le battant dès qu'ils furent hors de l'appartement.

« Eh bien ? demanda Vianello tandis qu'ils entamaient la descente de l'escalier.

— Une preuve de plus que les gens ne nous font pas confiance.

— À toi et moi, ou à la police en général? demanda Vianello lorsqu'ils arrivèrent aux dernières marches.

— À la police en général, répondit Brunetti en ouvrant la porte donnant sur la place, où ils retrouvèrent la lumière du jour. Il me semble qu'elle nous a fait confiance, à toi et à moi. Sans quoi elle ne nous aurait jamais parlé de cette association Alba Libera. » Il marqua une pause. « Un peu idiot comme nom, tu crois pas? »

Vianello haussa les épaules. « Parce que tu trouves qu'il est prétentieux? » Brunetti acquiesça d'un signe de tête. « Cela dit, il ne l'est pas davantage que l'*Opus Dei.* »

Vianello éclata de rire et se passa les deux mains dans les cheveux, comme pour chasser les événements de la matinée. « Je vais prendre le 51, dit-il. Ce sera plus rapide. » Brunetti resta un instant interdit, puis il comprit : Vianello n'avait pas envie de le raccompagner en reprenant le chemin par lequel ils étaient arrivés, vers le Rialto, où l'inspecteur aurait pu prendre un Numéro 1 pour Castello. Il avait hâte de rentrer déjeuner chez lui, et la ligne qui contournait l'île jusqu'à l'arrêt Celestia était en effet le moyen le plus rapide.

« À plus tard, alors », dit Brunetti en prenant la direction de son propre domicile. Ses jambes prenant en charge la navigation, il put repenser tranquillement à ce qu'il venait d'apprendre. La Calle Bernardo l'amena jusqu'au Campo San Polo, mais il ne prêtait attention à rien ni à personne, essayant de se représenter la jeune femme au visage ensanglanté recroquevillée sur le palier qu'il avait emprunté quelques instants avant. Il essayait aussi d'imaginer comment elle avait pu s'y retrouver dans cet état, et où elle avait pu aller se réfugier après avoir été prise en charge par la signora Altavilla.

L'existence de l'homme qui avait battu la jeune femme – Brunetti n'avait aucun doute sur le sexe de son agresseur – était la première preuve que le désir d'aider ces malheureuses avait peut-être eu d'autres conséquences, pour la signora Altavilla, que la douceur et l'harmonie. À cette idée et à la manière cynique dont il se l'était formulée, il poussa un grognement involontaire, comme presque toujours lorsqu'il était surpris par sa capacité à imaginer de telles horreurs.

Si son fils avait été au courant des allées et venues de ces femmes, voilà qui aurait pu expliquer sa nervosité. Niccolini avait peut-être mis sa mère en garde contre le fait de les accueillir dans son propre domicile – Brunetti trouvait même difficile d'imaginer qu'un fils ne fasse pas de remontrances à sa mère, dans un cas pareil. Mais le vétérinaire habitait Lerino et la signora Altavilla Venise, et il n'avait aucun contrôle sur ce qu'elle faisait ou pas, ou sur ses invités.

Il se retrouva devant son propre domicile, toujours préoccupé par le récit de la signora Giusti sur les femmes qui venaient séjourner dans l'appartement de sa voisine, revoyant aussi le dottor Niccolini debout devant la porte de la morgue. Avec, en fond sonore permanent, le grondement bas du désir de Patta d'en faire le moins possible pour ne pas agiter l'opinion publique.

Quelqu'un arriva derrière lui et lui dit bonjour. Brunetti se tourna et vit le signor Vordoni, lequel glissa sa clef dans la serrure et poussa le battant, attendant que Brunetti le précède. Brunetti marmonna un remerciement, entra, tint la porte pour le vieux monsieur, la referma en douceur derrière lui et s'affaira devant sa boîte aux lettres pour ne pas avoir à monter avec son voisin.

Comme il l'avait prévu, il n'avait pas de courrier, mais le temps de refermer la boîte à clef et de ranger son trousseau, le signor Vordoni avait disparu. Sur quoi il attaqua l'escalier, indifférent aux bonnes odeurs de cuisine qui l'accueillaient à chacun des paliers. Il ouvrit sa porte et, chatouillé par les arômes de quelque chose qui rappelait la citrouille et de quelque chose d'autre qui évoquait le poulet, il redécouvrit son intérêt pour les odeurs de nourriture et les aliments qui en sont à l'origine.

Paola était à la cuisine, toute son attention portée sur une revue ; parmi les habitudes qu'elle avait prises avec le temps, il y avait celle de lire tout ce qui n'était pas relié dans la cuisine, réservant la lecture des ouvrages à couverture rigide à son bureau et à son lit. « L'université serait-elle en grève ? » demanda-t-il en se penchant sur elle pour l'embrasser. Elle se tourna en même temps, si bien que son baiser atterrit sur l'oreille de Paola et non dans ses cheveux, mais ni l'un ni l'autre n'y prêtèrent attention.

« Non, répondit-elle, mais un seul de mes étudiants est venu au cours, si bien que je l'ai annulé et que je suis rentrée à la maison. » Elle laissa retomber la revue sur la table, toujours ouverte sur l'article qu'elle lisait. Brunetti y jeta un coup d'œil et vit ce qui lui fit l'effet d'être un nuage blanc agité sur la moitié supérieure de la page de gauche. « C'est quoi, ce truc ? » demanda-t-il, prenant la revue, à bout de bras à cause de sa presbytie. Paola lui tendit ses lunettes de lecture. « Des poulets ? » Il examina l'image de plus près. Des poulets. Il laissa tomber la revue sur la table et rendit ses lunettes à Paola. « Et de quoi est-il question ?

— C'est l'un de leurs récits d'horreur habituels, le genre d'article que tu regrettes d'avoir commencé à lire sans que tu puisses pour autant t'arrêter avant la fin. Sur ce qu'on leur fait.

— Aux poulets ? On fait des horreurs aux poulets ? voulut-il savoir, tandis que lui parvenaient les craquements et grésillements du four, indiscutables annonciateurs de ce qui rôtissait à l'intérieur.

— Chiara l'a ramenée à la maison et m'a intimé de lire cet article, répondit Paola, posant la joue dans le creux de sa main. À ton avis, est-ce que cela indique que tu ne les contrôles plus ?

— Quoi donc ?

— Quand au lieu de te demander de lire un article, ils te donnent l'ordre de le faire ?

— Ça se pourrait bien », admit-il. Sur quoi il s'approcha du réfrigérateur, à la recherche de quelque chose qui atténuerait les histoires d'horreur chez les gallinacés. Dans le tiroir du bas, il aperçut quelques bouteilles de Moët & Chandon. « D'où vient ce champagne ? demanda-t-il.

— D'un de mes étudiants.

— Un étudiant ?

— Oui. Il vient de passer son examen avec succès et il m'a fait parvenir ces bouteilles.

— Mais pourquoi ?

— J'ai dirigé sa thèse. Elle était brillante et portait sur l'utilisation de l'imagerie de la lumière dans les derniers romans d'Henry James. » Soudain en alerte rouge, Brunetti se rendit compte que c'était le moment ou jamais d'intervenir. S'il n'agissait pas sur-le-champ, s'il ne l'arrêtait pas, ne la déviait pas, il était bon pour une conférence d'une durée indéterminée sur ce que l'étudiant avait écrit à propos de la manière dont Henry James, dans ses derniers romans, avait utilisé les images liées à la lumière. Considérant qu'il avait dû récemment supporter tout un dîner avec le vice-questeur Giuseppe Patta et qu'il n'avait déjeuné hier que de trois tramezzini (dont un barboté), il décida de ne pas perdre un instant.

« Et combien de bouteilles t'a-t-il envoyées ?

— Quelques caisses. Trois ou quatre, je ne m'en souviens pas exactement. »

Voilà, comme le savait Brunetti, quelles étaient les conséquences d'être née dans une famille de la haute, non seulement issue d'une lignée prestigieuse, mais qui avait hérité en outre d'une grande fortune : on perdait le compte des caisses de champagne qu'un étudiant vous avait envoyées.

« C'est un pot-de-vin, au propre et au figuré, dit-il, prenant son ton de méchant policier.

— Quoi ?

— Un pot-de-vin. Je suis choqué que tu aies accepté. J'espère que tu lui as donné la meilleure note pour sa thèse.

— C'est ce que j'ai fait. Son travail était remarquable. »

Brunetti s'enfouit le visage dans les mains et gémit. Il prit ensuite l'une des bouteilles de champagne et sortit deux flûtes du placard. Il posa les verres sur la table en les entrechoquant, puis commença à défaire l'emballage doré du col et le muselet. Sur quoi il braqua le bouchon sur l'angle le plus éloigné de la pièce et le poussa – provoquant une explosion bruyante qui le réjouit jusqu'au fond du cœur.

Il avait agité la bouteille, si bien que la mousse déborda et coula sur sa main. Il remplit rapidement la première flûte, laquelle déborda à son tour, puis la seconde, qui fit comme la première. Deux petites flaques se formèrent au pied des verres.

« Vite, vite ! » dit-il, tendant un verre à Paola. Il fit tinter le sien contre celui de sa femme, dit « Tchin-tchin ! » et prit une longue rasade. « Ah… », fit-il, en paix avec le monde. À la gorgée suivante, il vida le verre.

« Mais qu'est-ce qui t'arrive ? demanda Paola qui s'était contentée d'une petite gorgée. Qu'est-ce qui te prend ?

— Je détruis une pièce à conviction.

— Tu es fou, Guido », dit-elle, riant cependant jusqu'à ce que les bulles, lui remontant par le nez, la fassent tousser.

Le déjeuner, peut-être à cause des bulles de champagne et des rires, se passa dans la bonne humeur générale. Chiara, arrivée avec Raffi pour se mettre les pieds sous la table, parut satisfaite lorsque sa mère lui eut certifié que le poulet était non seulement bio, mais avait été élevé en liberté et avait eu une vie saine et agréable. Brunetti, farouche partisan de la paix des ménages, se garda bien de demander comment on pouvait juger qu'un poulet avait eu une vie agréable.

Bien entendu, Chiara ne mangea pas de poulet, mais ses principes végétariens furent satisfaits lorsque sa mère lui eut donné ces assurances et elle ne provoqua pas le reste de la famille par des commentaires sur ce qu'il y avait de profondément dégoûtant à consommer de la chair morte. Quant à son frère, Raffi, peu concerné par le bonheur des animaux de basse-cour, il n'en avait que pour la valeur gustative de la volaille.

Plus tard, alors qu'ils étaient dans le séjour pour boire leur café, Brunetti – immensément heureux que Paola ne lui ait posé aucune question sur la signora Altavilla – voulut savoir ce qu'on faisait exactement à ces poulets.

« Pas à celui que nous venons de manger, j'espère que tu l'as compris, dit Paola.

— Ce n'était donc pas un mensonge ?

— Quoi donc ?

— Que le poulet était bio.

— Non, bien sûr que non, rétorqua Paola prête à s'indigner, s'il la provoquait davantage.

— Et pourquoi acheter un poulet bio ?

— Parce que les autres sont bourrés d'hormones, de produits chimiques, d'antibiotiques et Dieu sait quoi encore, et que si j'attrape le cancer, je veux que ce soit pour avoir bu trop de vin rouge, ou englouti trop de beurre, pas pour avoir mangé de la viande industrielle.

— Tu y crois vraiment ? demanda-t-il, curieux mais pas sceptique.

— Plus je lis sur la question, dit-elle en se tournant vers lui sur le canapé, plus je crois que ce que nous consommons est contaminé, d'une manière ou d'une autre. Bon, d'accord, Chiara pousse le bouchon un peu loin, mais elle a raison sur le fond. »

Brunetti ferma les yeux et se laissa glisser dans le canapé. « C'est épuisant, d'avoir à toujours se soucier de trucs pareils.

— Oui, admit Paola. Mais au moins nous vivons dans le Nord, où le risque est plus faible.

— Le risque ?

— Tu as lu comme moi les articles qui racontent ce qui se passe, là-bas en bas. »

Il lui jeta un coup d'œil et la vit qui prenait ses lunettes de lecture ; apparemment peu désireuse de poursuivre sur ce sujet tout de suite après le repas, elle reporta son attention sur le livre qu'elle avait ramené de son bureau.

Il se redressa et ouvrit donc l'ouvrage qu'il avait lui-même commencé, *Les Annales de la Rome impériale* de Tacite, livre qu'il n'avait pas ouvert depuis au moins vingt ans. Et qu'il lisait à présent avec l'attention d'un homme d'une génération plus âgé que la première fois. La sauvagerie d'une bonne partie de ce que décrivait Tacite n'était pas sans rappeler les temps dans lesquels Brunetti vivait lui-même. Un gouvernement enfoncé dans la corruption, tous les pouvoirs concentrés entre les mains d'un seul homme, les goûts des gens et la morale publique avilis jusqu'à en être méconnaissables – comme tout cela lui paraissait familier !

Il s'arrêta sur une phrase : « Les fraudes, contrecarrées lois après lois, recommençaient ingénieusement après chacune. » Il remit le marque-page en place et referma le livre. Il décida de ne pas retourner au travail cet après-midi, et de frauder lui aussi en allant faire une longue balade, peut-être en compagnie de son épouse.

13

Le lendemain matin, Paola lui porta son café au lit avec l'édition du jour du *Gazzettino*, persuadée elle aussi que le journal était moins toxique sous sa forme papier. Brunetti prit une ou deux gorgées de café et reposa la tasse sur la table de nuit pour pouvoir tenir le journal à deux mains. Au cours des dernières années, même le *Gazzettino* avait cédé aux impératifs économiques du temps et réduit son format à celui déjà adopté par la plupart de ses concurrents. Même si cette édition moins volumineuse était plus facile à lire au lit, son ancienne taille, qui exigeait d'écarter complètement les bras, manquait à Brunetti, comme lui manquait aussi le type de caractères dans lequel il avait lu le *Gazzettino* pendant des dizaines d'années. Il se rappelait cependant comment ce vaste déploiement de papier lui avait parfois valu la mauvaise humeur, les coups de coude et les commentaires acerbes d'autres passagers, dans le vaporetto. Et malgré tout, l'encombrant format lui manquait, peut-être parce que c'était précisément cette taille qui faisait de sa lecture un acte quasi public : il n'y avait aucun moyen de faire autrement que d'empiéter sur le territoire de ses voisins pour l'ouvrir. La nouvelle version était devenue une affaire en quelque sorte privée.

On ne parlait pratiquement plus de la mort de la signora Altavilla. Une vieille dame meurt d'une crise cardiaque, vous parlez d'une nouvelle… Si bien que le journal s'était rabattu sur ce qu'il pouvait en tirer de pathos : son veuvage, son fils, ses petits-enfants. Il parcourut la nécrologie et trouva deux insertions, l'une de son fils et de sa famille, l'autre de l'association Alba Libera. Il lut encore deux ou trois articles puis, ayant perdu tout intérêt pour le journal, se leva, se rasa, se doucha et alla rejoindre Paola dans la cuisine, où il la trouva assise devant *La Reppublica* étalée sur la table, menton dans la main. « Je n'ai jamais lu la *Pravda*, évidemment, dit-elle en l'entendant entrer, mais je me demande des fois si tous les autres journaux n'en sont pas de simples variantes.

— C'est bien possible, répondit-il en allant remplir la cafetière au robinet de l'évier.

— Quand j'étais étudiante en Angleterre, j'avais fini par m'habituer à des journaux ayant deux sections – d'une part les informations, d'autre part les éditos. » Elle vit qu'il l'écoutait, et elle prit le journal et le secoua comme si elle avait voulu en faire tomber des miettes. « Tandis que là-dedans, il n'y a aucune différence. Ou plutôt, il n'y a que des éditos.

— L'autre ne vaut pas mieux, observa Guido. Et n'oublie pas que *La Reppublica* a une bonne réputation. »

Elle haussa les épaules, l'air déçu. « J'en attendais mieux.

— Il ne faut pas rêver, dit Guido en posant la cafetière sur la gazinière.

— Je sais bien, mais ça ne m'empêche pas de continuer à espérer. La casserole est dans l'évier », ajouta-t-elle, lui laissant le soin de faire réchauffer le lait. « Il y avait quelque chose sur la mort de cette femme ? » demanda-t-elle tandis que le café passait.

— D'après Rizzardi, elle est morte d'une crise cardiaque, répondit-il, sachant que Paola allait sauter sur cette manière hypocrite de botter en touche.

— Oui, et *La Reppublica* a une bonne réputation.

— Ce qui veut dire ? demanda-t-il, même s'il avait déjà sa petite idée.

— En logique médiévale, devant une erreur, on fait appel à l'autorité – *Magister dixit.* » Il eut un moment de perplexité, mais n'objecta rien. « Tu viens de me dire que c'était une crise cardiaque du même ton que tu m'as dit que *La Reppublica* avait une bonne réputation. Tu cites des autorités, mais tu ne les crois pas. » Guido resta silencieux. « Il y a quelque chose qui te tracasse, et je parierais que c'est la mort de cette femme, ce qui signifie que tu ne crois pas Rizzardi ou, plus vraisemblablement, qu'il a été encore plus jésuite que d'habitude, et que tu le sais. » Elle sourit et lui tendit sa tasse de café pour qu'il la remplisse. « Voilà ce que ça veut dire.

— Je vois », dit-il, remplissant la tasse de Paola, puis la sienne. Il ajouta du lait et du sucre, puis alla s'asseoir en face d'elle. Ce fut à son tour de voir qu'il avait l'attention de Paola. « Elle présentait des traces de bleus au cou et aux épaules. » Il imita le geste de serrer à deux mains.

« Ce n'est pas en serrant les épaules de quelqu'un qu'on peut provoquer une crise cardiaque, que je sache, fit-elle remarquer d'un ton serein, comme si c'était un sujet de conversation parfaitement banal à avoir au petit déjeuner.

— Si, lorsqu'on a affaire à une personne ayant des problèmes de fibrillation cardiaque et qui prend du Propafénone.

— Et c'est quoi le propa-machin ?

— Un médicament contre la fibrillation cardiaque. » Il laissa passer quelques instants avant d'ajouter : « Autrement dit, si on attrape et secoue un peu brutalement une personne au cœur fragile, elle peut se mettre en fibrillation et, d'après Rizzardi, c'est ce qui a pu se passer. Mais il y avait aussi une blessure à une vertèbre. » Se rendant compte qu'il risquait de la lancer sur une fausse piste, il se reprit. « Elle est tombée, en fait, et s'est aussi cogné la tête. Contre un radiateur. Il se peut que la cause de la mort soit là.

— Il se peut ? »

Il eut un regard neutre pour elle et prit quelques gorgées de café. « C'est l'histoire de l'œuf et de la poule, ne put-il s'empêcher de répliquer, avant d'ajouter à contrecœur, la fibrillation. Le reste, c'est de la spéculation.

— La tienne ou la sienne ?

— Les deux. »

Ce fut au tour de Paola de prendre quelques gorgées de café. Finalement, après avoir remué le mélange au fond de la tasse, elle la vida. « Et Patta, qu'est-ce qu'il dit ? »

Brunetti sourit. « Rien de neuf de ce côté. Il ne veut qu'une chose, que ce soit réglé. Je suis sûr qu'il est ravi que l'explication se réduise à une crise cardiaque. Comme ça, on n'en parle plus.

— Mais ce n'est pas ton avis, si ? »

Guido joua quelques instants avec sa tasse. Il se leva, la remplit à nouveau, y ajouta lait et sucre et la vida rapidement. « Je ne sais pas ce qu'il faut en penser. Vraiment pas. Il y a quelque chose dans cette histoire qui me met mal à l'aise. Il semblerait que la signora Altavilla ait recueilli chez elle des femmes qui tentaient d'échapper à un homme dangereux, et la mère supérieure de la maison de retraite où elle travaillait s'est montrée particulièrement discrète sur elle.

— Tu sais pourtant bien, Guido, dit-elle d'un ton patient, qu'un représentant du clergé capable de dire tout bêtement la vérité, ça n'existe pas.

— Tu exagères ! On en trouve quelques-uns, répliqua-t-il plus calmement.

— Oui, quelques-uns.

— Tu ne leur as jamais fait confiance, hein ?

— Et je ne leur fais toujours pas confiance. Mais n'oublie pas que je ne les interroge pas dans les situations où les gens ont tendance à mentir – comme les morts, ou ce qui a pu causer la mort de quelqu'un. Je leur parle juste de la pluie et du beau temps quand j'en rencontre un chez mes parents. La pluie, en particulier, est un sujet fascinant ; il pleut toujours trop ou pas assez. Ils aiment tout ce qui est absolu. Mais ce n'est pas la même chose.

— Les crois-tu, au moins, quand ils parlent de la pluie et du beau temps ?

— Oui, si je suis juste à côté de la fenêtre. » Sur quoi elle se leva et dit qu'elle devait aller à l'université.

Après son départ, Brunetti jeta un coup d'œil au journal qu'elle avait laissé sur la table, mais il n'arrivait pas à se concentrer sur ce qu'il lisait. Il revint alors sur l'échange qu'il avait eu avec Paola, prenant conscience que les remarques qu'il avait faites spontanément reflétaient tout à fait l'impression que lui inspirait la mort de la signora Altavilla. La mère supérieure en savait davantage que ce qu'elle avait dit; quant à l'association Alba Libera, il fallait qu'il en apprenne un peu plus sur elle.

Il passa dans le séjour pour appeler la signorina Elettra à son bureau. Puis il se souvint qu'on était mardi et qu'elle devait encore se trouver au marché du Rialto, pour choisir les fleurs devant orner le bureau du vice-questeur Patta et le sien. Il composa donc le numéro de portable de la jeune femme. Elle lui répondit par un languide « *Si*, commissaire? » et Brunetti fut une fois de plus frappé par l'avantage psychologique injuste dont bénéficiait la personne qu'on appelait, quand elle pouvait voir qui cherchait à la joindre.

« Bonjour, signorina, dit-il d'un ton neutre. J'aimerais que vous fassiez quelque chose pour moi.

— Avec plaisir, signore, dès que je serai de retour au bureau.

— Ah, vous n'y êtes pas? demanda-t-il, feignant la surprise.

— Non, monsieur. Je suis au marché. C'est mardi, vous savez. »

Il était son supérieur. Elle n'était pas à son travail et n'y serait probablement pas avant encore une heure, dans le meilleur des cas. Elle avait probablement réquisitionné une vedette de la police pour faire cette course, ou du moins pris ses dispositions pour qu'une vedette passe la prendre, elle et ses fleurs, et la ramener à la questure en violation flagrante des dispositions sanctionnant ce genre d'abus. Il était de sa responsabilité de la réprimander et de veiller à ce que la chose ne se reproduise pas.

« Si je suis là-bas dans cinq minutes, pourrais-je profiter de la vedette ? demanda-t-il.

— Bien entendu. Ou si vous préférez, je peux demander à Foa de s'arrêter au bout de votre ruelle pour vous y prendre.

— Non, ce serait trop compliqué, se contenta-t-il de répondre. Je vous retrouve devant le fleuriste. »

Il reposa le téléphone, retourna dans la chambre prendre sa veste et quitta l'appartement.

Il ne lui fallut effectivement que quelques minutes pour rejoindre le marché, ce qui l'obligeait à passer tout d'abord par les étals de poissons et leur odeur forte qu'il avait toujours aimée. Après avoir admiré une seiche de belle taille, il vit la signorina Elettra, des gerbes de fleurs dans les bras, juste devant l'étal d'un fleuriste – étal qui n'en était pas un en fait, étant constitué d'un alignement de seaux en plastique d'où jaillissait une profusion de couleurs. Acheter ses fleurs au Rialto plutôt que chez Biancat était la concession faite par la secrétaire à la dernière directive de Patta, exigeant que soit mis un terme à toutes les « dépenses inutiles » de la questure.

Brunetti n'était pas expert en noms de fleurs. Il connaissait les iris pour en avoir souvent acheté à Paola et reconnaissait les œillets et les roses, mais qu'étaient donc ces petites fleurs aux pétales froissés éclatants ? Et celles-ci, toutes rondes, de la taille d'une orange, avec leurs innombrables pétales pointus ? Il identifiait aussi sans peine les glaïeuls, mais il ne les avait jamais aimés ; quant au parfum des lys, il le trouvait écœurant.

« Bonjour, commissaire », lui dit-elle avec un sourire éclatant quand elle le vit approcher. Elle portait une veste en soie bleu cobalt qui se détachait de manière encore plus brillante sur le jaune et le rouge des fleurs qu'elle tenait. Elle tendit trois bouquets à Brunetti, mais à peine débarrassée, la fleuriste lui en déposa d'autres entre les bras. La signorina Elettra dégagea sa main pour tendre quelques billets à la vendeuse. Elle n'eut pas de facture en échange. Deuxième délit de la matinée.

« Matériel de bureau, c'est bien ça ? » dit Brunetti avec un mouvement du menton vers les fleurs qu'elle tenait, essayant d'ignorer celles qu'il avait dans les bras.

« Voyons, commissaire, protesta-t-elle avec un ton de surprise parfaitement imité, vous savez très bien que je ne pourrais plus me regarder dans la glace si je pensais un instant que je manipulais les finances de la questure. » Quand elle comprit que Brunetti avait renoncé à se formaliser, elle ajouta : « Il se trouve que j'avais une facture pour des cartouches de couleur pour l'imprimante. Je vais la présenter – le montant est à peu de chose près le même. »

Il préférait ne pas le savoir. Il ne *voulait* pas le savoir. Parce que, du coup, la fleuriste ne payait pas de taxes sur la vente de ses fleurs ; quelqu'un d'autre avait donné un reçu à la signorina Elettra pour un achat personnel, et la questure réglait une facture des cartouches d'imprimante couleur magiquement transformées en fleurs. Avant de monter sur le bateau et de l'utiliser lui aussi abusivement, Brunetti préféra arrêter le compte des délits.

Foa arriva à ce moment-là et débarrassa les bras de la signorina Elettra. Bien entendu, à l'autre bout du marché, une vedette de la police était amarrée, moteur tournant au ralenti, un policier en uniforme se tenant à la barre. Foa tendit les fleurs à son collègue, sauta dans le bateau et aida la secrétaire à monter. Il prit les fleurs de Brunetti, le laissant embarquer tout seul.

Brunetti tint ouverte la porte de la cabine et suivit la signorina Elettra quand elle entra. Il reprit la parole quand ils furent assis tous les deux, alors que la vedette passait sous le pont du Rialto. « Avez-vous entendu parler d'une association du nom d'Alba Libera, signorina ? »

Ses yeux s'agrandirent, comme sous l'effet d'une révélation. « Mais bien sûr, bien sûr ! Je n'y avais pas pensé.

— Elle en était membre. Ou du moins, elle la soutenait d'une manière ou d'une autre. D'après sa voisine, elle accueillait des femmes à son domicile.

— Voilà qui explique les sous-vêtements », dit la jeune femme.

Brunetti laissa passer quelques secondes. « Avez-vous des informations sur cette association ? » Ses yeux se portèrent vers les bâtiments devant lesquels ils passaient. « Quelques-unes, répondit-elle en se tournant à nouveau vers lui.

— Et puis-je vous demander lesquelles ?

— Oh, rien de plus que ce que vous savez déjà, signore. Elle trouve des endroits où ces femmes peuvent rester en sécurité.

— Des femmes qui courent un danger ?

— Toutes les femmes qui les contactent sont dans ce cas.

— On se contente de leur déclaration ?

— Je suis sûre qu'on demande des preuves.

— Quelles pourraient être ces preuves ?

— Des rapports de police. » Elle se tut quelques instants. « Ou ceux des hôpitaux.

— Je vois. Vous paraissez bien connaître cette association. »

Elle sourit. « Je leur fais une contribution tous les ans. Mais étant donné l'endroit où je travaille, je ne leur ai jamais proposé d'en prendre une chez moi et je ne participe en rien à leurs activités. »

Brunetti acquiesça d'un hochement de tête. « C'est sans doute plus sage. Connaîtriez-vous les personnes qui s'occupent de l'association, par hasard ?

— Oui, répondit-elle sans enthousiasme.

— Pourriez-vous… » Il s'interrompit, ne sachant trop comment formuler sa requête. « Pourriez-vous m'introduire auprès d'elles ?

— Et me porter garante de vous ? demanda-t-elle avec un sourire.

— Oui, quelque chose comme ça.

— Maintenant ?

— Quand nous arriverons à la questure. Savent-elles où vous travaillez ?

— Non, répondit la jeune femme avec un geste de la main pour repousser la question. Simplement que je suis fonctionnaire de la ville.

— C'est mieux comme ça.

— En effet. »

14

Une fois à la questure, alors que Foa et son collègue paraissaient heureux d'aider la signorina Elettra à transporter ses fleurs, Brunetti monta directement dans son bureau. Il y trouva quelques rapports et des documents divers, la plupart portant sur des questions bureaucratiques. Il consacra un certain temps à les examiner.

La seule chose qui éveilla un peu son intérêt concernait une demande d'information, à propos d'une Roumaine qui avait un nom que Brunetti reconnut. Ils l'avaient arrêtée une bonne douzaine de fois, la femme leur donnant à chacune un nom, un âge et un lieu de naissance différents. Elle venait apparemment de refaire surface à Ferrare, où on l'avait arrêtée à la gare alors qu'elle essayait de voler le sac d'une femme policier qui n'était pas en service. Elle avait refusé de donner d'autres informations que son nom, mais elle avait dans la poche la facturette d'un café pris dans un bar de Castello, raison pour laquelle la police de Ferrare contactait celle de Venise et lui envoyait, outre le nom qu'elle avait donné, ses empreintes digitales et sa photo.

Il appela Tomasini, au service des archives, donnant le nom qu'elle avait utilisé à Ferrare et celui qui devait sans doute se trouver dans son dossier. En entendant les deux faux noms, l'archiviste se mit à rire. « Et moi qui croyais que nous en étions débarrassés !

— Nous le sommes, le rassura Brunetti, mais j'ai bien l'impression que c'est Ferrare qui en a hérité. Pourrais-tu leur envoyer une copie du dossier ?

— Pour qu'ils puissent lui envoyer une lettre la sommant d'avoir à quitter le pays d'ici quarante-huit heures ? » demanda Tomasini. Après un instant de réflexion, il reprit, d'un ton tout à fait sérieux : « Je crois que nous devrions nous requalifier en coopérative artistique et demander d'exposer à la Biennale. Il suffit qu'on nous octroie le pavillon italien.

— Qui ça, nous ?

— Tout le monde ici, mais moi en particulier, car j'ai ici tous les documents et les doubles des lettres.

— Et tu en ferais quoi ?

— J'en recouvrirais les murs de tout le pavillon. On en mélangerait quelques milliers et on les collerait sur les murs, toutes ces lettres qui répètent inlassablement aux mêmes personnes qu'étant donné qu'elles sont en situation irrégulière, elles disposent de quarante-huit heures pour quitter le pays. Et nous pourrions l'appeler quelque chose comme *Italia Oggi*. »

Il n'y avait pas la moindre trace d'humour dans la voix de l'archiviste lorsqu'il reprit : « C'est le bon titre, non ? Telle est l'Italie, aujourd'hui. Vous ne croyez pas ? ajouta-t-il devant le silence de Brunetti.

— Fabio, répondit finalement le commissaire d'une voix unie, envoie ce dossier à Ferrare, d'accord ?

— *Si, dottore* », répondit Tomasini.

Les écologistes ne se lassent pas d'affirmer que Venise sera sous l'eau dans un certain nombre d'années ; et si ce nombre d'années reste vague et fluctuant, personne ne remet en question cette prédiction. Et quand, se demanda Brunetti, le pays sera-t-il entièrement enfoui sous les paperasses ? Tous les murs, dans le fond du sous-sol, disparaissaient derrière des classeurs métalliques bourrés de dossiers, partant du sol pour arriver à dix centimètres du plafond. L'*acqua alta* de trois ans auparavant avait détruit tout ce qui se trouvait en dessous d'un mètre, alors que les informations que contenaient les dossiers n'avaient pas encore été numérisées, si bien qu'une partie des archives criminelles avait été complètement détruite. Tomasini tenait peut-être une idée, au fond : les murs de la Biennale auraient du mal à s'orner de quelque chose de plus évanescent que les dossiers du sous-sol.

Son téléphone sonna. « J'ai pu leur parler, commissaire. Voulez-vous que je monte ? lui dit la signorina Elettra.

— Oui, s'il vous plaît. »

Elle arriva précédée par un gros bouquet. « Je crains d'avoir un peu exagéré ce matin, dottore, dit-elle en entrant. J'aimerais en laisser quelques-unes ici, si vous voulez bien. » Les fleurs lui firent penser à des pâquerettes géantes blanc et jaune, et elles égayaient incontestablement la pièce. Elle posa le vase sur son bureau, recula pour étudier l'effet, le reprit et alla finalement le placer sur l'appui de la fenêtre. Satisfaite, elle revint s'asseoir sur l'une des chaises faisant face au bureau du policier.

« J'ai le numéro de portable de la femme qui gère l'association, reprit-elle en déposant un bout de papier sur le bureau. Maddalena Orsoni. C'est une personne très intelligente.

— Intelligente au point de quoi, signorina ?

— Au point qu'elle se demandera pourquoi la police s'intéresse à la signora Altavilla. Et à sa mort.

— Si je lui dis que c'est une enquête de routine ?

— Elle ne vous croira pas, répondit aussitôt la signorina Elettra. Cela fait des années qu'elle traite avec les autorités, avec les services sociaux, avec les hommes que ces femmes ont fuis. Si bien qu'elle est capable de repérer un menteur à dix mètres et il y a toutes les chances pour qu'elle flaire quelque chose.

— Et si je lui dis exactement ce que nous savons de la mort de la signora Altavilla ?

— Commissaire, même moi je vous soupçonne parfois de mentir. »

Un instant, Brunetti envisagea de répliquer quelque chose de salé, puis il renonça et attendit qu'elle poursuive.

« N'oubliez pas, monsieur, que le seul menteur avec qui j'ai des contacts réguliers est le lieutenant Scarpa. Et dans ce domaine, je suis loin d'avoir le talent de Maddalena. » Une fois de plus, avec sa remarque indirecte sur le lieutenant, Brunetti ne sut comment apprécier la tendance de la secrétaire à critiquer ses supérieurs.

« Si vous jugez que je ne devrais pas lui parler, comment voulez-vous que je l'interroge sur la signora Altavilla ? » demanda-t-il, préférant oublier l'allusion à Scarpa.

Elle sourit de la question. « Je crois que nous ne nous sommes pas compris, commissaire. Je ne vous suggère pas de ne pas lui parler. Simplement de ne pas lui mentir. Si vous la traitez honnêtement, elle vous rendra la pareille.

— Vous la connaissez si bien que ça ?

— Non. Mais je connais plusieurs personnes qui, elles, la connaissent bien.

— Je vois », dit-il, préférant ne pas lui demander d'autres précisions. Il tira le bout de papier à lui, tendit vers elle une main pour l'empêcher de partir et composa le numéro.

Une voix de femme répondit après la troisième sonnerie. « *Si ?*

— Signora Orsoni ? Je suis le commissaire Guido Brunetti. » Il lui laissa le temps de demander, comme nombre de personnes l'auraient fait, pourquoi la police l'appelait, mais elle ne dit rien.

« Je voudrais vous parler d'une personne qui a travaillé avec votre association, Alba Libera. » Elle continua de garder le silence. « Costanza Altavilla. »

Cette fois, Brunetti resta déterminé à attendre sa réaction sans la relancer. « De quelle manière puis-je vous être utile, commissaire ? » Elle avait une voix grave qui ne trahissait aucun âge particulier, sans le moindre accent. Elle parlait un italien impeccable.

« J'aimerais m'entretenir avec vous de la signora Altavilla.

— Et dans quel but ? » demanda-t-elle, d'un ton teinté de curiosité.

Brûlant tous ses ponts, Brunetti répondit sans hésiter : « Pour vérifier si nous pourrions avoir des raisons d'examiner de plus près les circonstances de sa mort. »

Elle réagit quelques secondes après par une question : « Cela signifie-t-il que ce qu'a rapporté la presse était faux et qu'elle n'est pas morte d'une crise cardiaque ?

— Non, elle est bien morte d'une crise cardiaque, c'est incontestable. » Il laissa à sa réponse le temps d'être enregistrée avant d'ajouter : « Ce sont les circonstances dans lesquelles cette crise cardiaque s'est produite que je voudrais éclaircir. »

Il jeta un coup d'œil à la signorina Elettra, laquelle faisait de son mieux pour ne pas avoir l'air de s'intéresser outre mesure à la partie de la conversation qu'elle pouvait suivre.

« Et vous aimeriez me parler ?

— Oui.

— Je ne suis pas à Venise en ce moment.

— Quand serez-vous de retour ?

— Sans doute demain.

— Et si je vous disais qu'il est urgent que je vous parle ? demanda Brunetti.

— Je vous répondrais que, moi aussi, ce que je fais est urgent », répondit-elle sans donner davantage d'explications.

Un partout.

« Dans ce cas, je vous rappellerai. » Il avait pris un ton enjoué, presque comme s'il l'invitait à déjeuner.

« Bien. » Et elle raccrocha.

Il reposa le téléphone et regarda la signorina Elettra. « Trop occupée pour me voir.

— On m'a dit aussi qu'elle n'était pas du genre à se sous-estimer, Maddalena. »

15

« Vous avez lu les rapports ? » demanda Brunetti, qui respectait davantage l'habitude qu'elle avait de consulter tous les documents officiels avec attention et scepticisme qu'il n'éprouvait de scrupules devant cet abus de position d'une fonctionnaire civile.

La signorina Elettra acquiesça.

« Et ?

— L'équipe technique a bien travaillé. » Brunetti préféra ne pas faire de commentaires, ce qui encouragea la signorina Elettra à continuer. « Mon attention a surtout été retenue par les marques au cou et sur les épaules, et par le traumatisme de son dos.

— La mienne aussi », dit Brunetti qui préféra garder pour lui ce que Rizzardi lui avait confié à titre privé.

Elle eut un regard sévère, mais dit d'une voix posée : « Quel dommage que ces détails n'aient pas attiré celle du docteur.

— C'est souvent comme ça, reconnut Brunetti.

— En effet. » Il ne put savoir si elle ne faisait que lui répondre ou posait une question sur Rizzardi.

« Vous avez parlé avec les religieuses de la maison de retraite de Bragora. » Il n'y avait aucun doute, cette fois, sur la question.

« C'est exact.

— Et ? demanda-t-elle, montrant qu'elle aussi pouvait jouer les laconiques.

— Et celle qui m'a reçu avait la signora Altavilla en très haute estime. La mère supérieure s'est montrée directe, mais… » Il s'interrompit, ne sachant trop comment présenter ce qu'il savait être un préjugé peu glorieux. Elle ne vint pas à son secours et il fut obligé de poursuivre. « Mais elle est du Sud, et j'ai senti comme certaines…

— Réticences ?

— Oui. Vianello était avec moi.

— En général, son aide est précieuse. Avec les femmes.

— Pas cette fois. Peut-être parce que nous étions deux. Et que nous sommes grands et costauds. »

Elle fronça les sourcils et le regarda comme si c'était la première fois qu'elle le voyait. « Je n'ai jamais pensé à l'un de vous comme étant particulièrement grand et costaud, dit-elle, lui jetant de nouveau un coup d'œil. Mais c'est peut-être vrai. Elle était petite ? »

Brunetti porta une main placée à l'horizontale à hauteur de sa poitrine.

La signorina Elettra acquiesça. Il vit le visage de la jeune femme perdre toute expression, son regard devenir vague, signe que son attention se portait sur quelque chose, comme il avait fini par le comprendre avec le temps. Il attendit donc patiemment qu'elle reprenne la conversation. « J'ai souvent pensé, dit-elle finalement, que les religieuses ont des réactions différentes devant les hommes.

— Différentes… en quoi ?

— Différentes des femmes qui… » ce fut à son tour d'hésiter sur la formule à employer « … des femmes qui les trouvent séduisants.

— Vous voulez dire, de manière romantique ? »

Elle sourit. « Comme cela est dit avec délicatesse, commissaire. Oui, de manière romantique.

— Et quelle est cette différence ?

— Nous avons moins peur d'eux, répondit-elle tout de suite avant d'ajouter : ou peut-être est-ce que nous leur faisons plus facilement confiance, car nous avons une plus grande habitude du fonctionnement de leur cerveau.

— Vous pensez que les femmes nous comprennent ?

— C'est une question de survie pour nous, commissaire. » Elle avait souri en disant cela, mais elle reprit rapidement son sérieux. « C'est peut-être cela la différence, parce que nous vivons au milieu des hommes et que nous avons affaire à eux tous les jours, que nous tombons amoureuses d'eux, que nous rompons avec eux. Je crois que cela doit réduire le sentiment d'étrangeté que nous éprouvons.

— D'étrangeté ? s'écria Brunetti, incapable de cacher son étonnement.

— De différence, en tout cas.

— Et les religieuses ? dit-il, la ramenant au point d'où elle était partie.

— C'est tout un monde d'interactions qui leur est fermé. Appelez cela le flirt, si vous voulez, dottore. Je parle de toutes ces occasions que nous avons de jouer avec l'idée que l'autre personne est séduisante.

— Et d'après vous, les religieuses n'éprouvent pas cela ? » s'étonna-t-il, se demandant exactement en quel sens elle avait employé le terme *jouer*.

Elle eut un petit haussement d'épaules. « Je n'en ai aucune idée, à vrai dire. J'espère pour elles que si, car quand on en arrive à réprimer complètement une tendance pareille, c'est que quelque chose ne tourne pas rond. »

Soudain elle se leva, ce qui le surprit et le laissa sur sa faim.

« Vous avez observé que la mère supérieure vous avait parlé avec réticence, dit-elle, restant debout à côté de sa chaise. Si cela ne tenait pas à son attitude générale vis-à-vis des hommes – et je crois qu'il est vraiment difficile de trouver Vianello menaçant –, c'est peut-être parce qu'elle est méridionale, ou parce qu'il y a quelque chose qu'elle ne veut pas que vous sachiez. Il ne faut surtout pas exclure cette possibilité. » Sur quoi elle lui sourit et partit, laissant Brunetti se demander pourquoi elle n'avait pas dit que lui non plus n'avait rien de menaçant.

Il leva alors les yeux et vit le lieutenant Scarpa à sa porte. Le commissaire fit de son mieux pour cacher son étonnement et le salua. « Bonjour, lieutenant. » Chaque fois qu'il le voyait, c'était plus fort que lui : le mot *reptile* lui venait à l'esprit. Cela n'avait rien à voir avec le physique du lieutenant, qui était plutôt bel homme. Grand et mince, il avait un nez proéminent, des yeux largement écartés, les pommettes hautes. Peut-être cela tenait-il à la sinuosité avec laquelle il semblait se déplacer, avec le fait qu'il ne levait pas assez les pieds en marchant, ce qui provoquait une sorte de flottement ondulant à hauteur de ses genoux.

Il répugnait à reconnaître qu'il attribuait cette image à sa conviction qu'on ne trouvait, dans le cœur et la tête de cet homme, que la froideur glaçante des reptiles ou des espaces interstellaires.

« Asseyez-vous, lieutenant », dit Brunetti, croisant les mains sur son bureau et prenant une attitude polie d'attente. Scarpa s'exécuta. « Je suis venu vous demander votre avis, commissaire, commença-t-il, arrondissant les consonnes à la sicilienne.

— Oui ?

— C'est à propos de deux hommes de mon unité.

— Oui ?

— Alvise et Riverre. »

Le sentiment de danger que ressentit Brunetti n'aurait pas été plus grand si Scarpa avait sifflé. Il adopta un air légèrement intéressé, se demandant ce que ces deux clowns avaient encore pu faire, et répéta : « Oui ?

— Ils sont impossibles, commissaire. Riverre arrive à répondre au téléphone, mais Alvise n'en est même pas capable. » Scarpa se pencha en avant et posa la main sur le bureau de Brunetti, geste qu'il avait sans doute pris l'habitude de faire pour singer la sincérité et l'intérêt.

Brunetti n'aurait jamais pensé être un jour d'accord avec le lieutenant. Riverre, cependant, avait un certain talent pour faire parler les adolescents – sans doute parce qu'il fonctionnait encore comme eux. Mais il n'y avait rien à tirer d'Alvise. Il était, en deux mots, d'une incurable stupidité. Le commissaire se souvenait cependant que, quelques années auparavant, il avait travaillé avec Scarpa sur un projet spécial. Ce pauvre idiot serait-il tombé sur quelque chose de compromettant pour le lieutenant ? Dans ce cas, il avait été trop bête pour s'en rendre compte, sinon toute la questure aurait été au courant le jour même.

« Je ne suis pas sûr d'être entièrement d'accord avec vous, lieutenant, n'hésita cependant pas à dire Brunetti. Même si je ne vois pas très bien pour quelle raison vous avez tenu à me consulter sur cette question. » Si le lieutenant voulait quelque chose, il s'y opposerait – ce n'était pas plus compliqué que ça.

« J'avais espéré que le souci que vous avez de la sécurité de la ville et de la réputation de la police vous donnerait envie de faire quelque chose pour eux. Voilà pourquoi je suis venu vous demander conseil, monsieur, répondit-il.

— J'apprécie tout à fait votre démarche, lieutenant », répondit Brunetti. Puis, se levant brusquement, il ajouta en essayant de prendre un ton désolé : « Mais malheureusement, j'ai un rendez-vous à l'extérieur et je suis déjà en retard. Je ne manquerai cependant pas de penser à vos commentaires et à l'esprit qui les anime. »

Brunetti contourna son bureau et s'arrêta à côté du lieutenant, qui ne put que se lever à son tour. Brunetti le guida hors de son bureau, se tourna pour fermer la porte – chose qu'il faisait rarement – et précéda Scarpa dans l'escalier. Il prit congé du Sicilien d'un signe de tête et traversa le hall sans prendre le temps de dire quoi que ce soit à l'homme de faction, à l'entrée. Dehors, il décida de continuer jusqu'à Bragora, espérant pouvoir s'entretenir avec certaines des personnes âgées avec lesquelles la signora Altavilla s'était liée, convaincu qu'écouter des vieillards parler de leur passé, en dépit des embellissements qu'ils risquaient d'apporter à leurs souvenirs, serait infiniment préférable à un catalogue des âneries de Riverre et Alvise, surtout présenté par le lieutenant Scarpa.

Il décida de prendre le chemin le plus long et franchit donc le pont qui conduisait au Campo San Lorenzo. Il passa devant le panneau sur lequel figurait la date du début des travaux de restauration de l'église, et constata qu'elle n'était plus lisible tant le soleil l'avait délavée. Il ne se rappelait plus quand ils auraient dû commencer – mais c'était à coup sûr une dizaine d'années auparavant. Certains, à la questure, prétendaient que ces travaux avaient vraiment débuté, mais ça remontait à avant sa nomination à Venise et il n'était pas homme à se fier à une rumeur. Au cours des années où il s'était planté devant sa fenêtre pour étudier la place, il avait vu la restauration de la maison de retraite commencer, se poursuivre et même s'achever. Peut-être était-ce plus important que la remise en état d'une église.

Il tourna à droite et à gauche à plusieurs reprises et passa à nouveau devant l'église San Antonin. Puis il suivit la Salizada et se retrouva sur le Campo, où les arbres invitaient les passants à s'asseoir dans leur ombre. Il traversa et alla sonner à la maison de retraite. Il s'annonça et dit qu'il était venu parler à la mère supérieure. Cette fois-ci, une religieuse encore plus âgée que madre Rosa l'attendait en haut de l'escalier. Brunetti donna son nom, entra, et se tourna pour refermer lui-même le battant. La religieuse le remercia d'un sourire et le conduisit dans la pièce où il avait eu son premier entretien avec la mère supérieure.

Aujourd'hui, madre Rosa était assise dans l'un des fauteuils, un livre ouvert sur les genoux. Elle l'accueillit d'un signe de tête et referma son livre. « Que puis-je faire pour vous aujourd'hui, commissaire ? » demanda-t-elle, sans l'inviter à s'asseoir, si bien que Brunetti s'approcha d'elle mais resta debout.

« J'aimerais parler à ceux de vos pensionnaires qui connaissaient le mieux la signora Altavilla.

— Vous devriez comprendre que cette demande n'a guère de sens pour moi. » Comme Brunetti ne réagissait pas, elle enchaîna : « Pas plus qu'en a votre curiosité pour elle.

— Mais cela a du sens pour moi, madre.

— Pourquoi ? »

Avant même de réfléchir il lança : « Je suis curieux des causes qui ont provoqué sa crise cardiaque. Il ne fait aucun doute qu'elle est morte d'une crise cardiaque, ajouta-t-il sans lui laisser le temps de se récrier, et le médecin m'a assuré que cela avait été très rapide. »

Il la vit fermer les yeux et hocher la tête, comme si elle le remerciait de lui avoir donné quelque chose qu'elle désirait. « Mais j'aimerais être certain que cette crise cardiaque a été… n'a pas été provoquée par quelque chose, quelque chose de déplaisant, je veux dire.

— Asseyez-vous, commissaire, dit-elle, attendant qu'il prenne place pour continuer. Vous avez conscience de ce que vous venez de dire, bien entendu ?

— Oui, tout à fait.

— Si ce qui a provoqué sa crise cardiaque – puisse-t-elle reposer en paix – est comme vous dites… *quelque chose de déplaisant*, alors il doit y avoir une raison. Et si vous êtes venu ici parce que vous recherchez cette raison, c'est parce que vous pensez possible de le trouver dans quelque chose qu'elle aura dit à l'une des personnes auprès desquelles elle officiait.

— C'est exact, répondit-il, impressionné par la vitesse à laquelle elle avait compris.

— Et si c'est exact, cette personne peut être elle-même en danger.

— C'est certainement possible aussi, mais je pense que cela dépend beaucoup de ce qu'elle a pu leur dire. Madre, ajouta-t-il, se rendant compte qu'il ne pouvait faire autrement que lui faire confiance, je n'ai aucune idée de ce qui est arrivé et je me sens ridicule de devoir avouer ceci : j'ai l'étrange sentiment que quelque chose ne colle pas dans la manière dont elle est morte. » Conscient d'avoir omis de parler des marques sur le corps de la signora Altavilla, Brunetti se demanda s'il était pire de mentir à une religieuse qu'à une autre personne et conclut que non.

« Cela signifie-t-il que vous n'êtes pas ici, comment dire cela… Que vous n'êtes pas ici officiellement ? » Elle avait l'air contente d'avoir trouvé le bon mot.

« C'est en effet le cas, dut-il admettre. Je voudrais simplement apporter la paix de l'esprit à son fils. » C'était la vérité, mais pas toute la vérité.

« Je vois. » La religieuse le surprit alors en ouvrant son livre et en se plongeant dedans. Brunetti resta assis en silence, tandis que s'égrenaient les secondes, puis les minutes. Plusieurs minutes.

Finalement, elle approcha l'ouvrage de ses yeux et dit, lui donnant l'impression de lire : « Le regard du Seigneur est partout et contemple le mal comme le bien. » Elle le regarda alors au-dessus du livre. « Croyez-vous cela, commissaire ?

— Non, j'ai bien peur que non, madre », répondit-il sans hésiter.

Elle reposa le livre toujours ouvert sur ses genoux et elle le surprit à nouveau, cette fois en disant : « Bien.

— Bien que je l'aie dit, ou bien que je ne le croie pas ? demanda Brunetti.

— Bien que vous l'ayez dit, évidemment. Il est tragique que vous refusiez de le croire, mais si vous m'aviez répondu oui, vous auriez menti, et c'est pire. »

Tel Pascal, elle voyait davantage la vérité par le cœur que par l'esprit. Mais il ne fit aucune allusion au philosophe, se contentant de demander : « Comment avez-vous su que je ne le croyais pas ?

Elle eut le sourire le plus chaleureux qu'il lui avait vu jusqu'à présent. « Je ne suis peut-être qu'une vieille toupie desséchée, commissaire, et je viens peut-être du Sud, mais je ne suis pas idiote.

— Et le fait que je ne sois pas un menteur, quelle conséquence cela a-t-il sur cette conversation ?

— Vous voulez vraiment découvrir si quelque chose de déplaisant – comme vous l'avez dit – n'est pas intervenu dans la mort de Costanza, et étant donné qu'elle était une amie, je m'y intéresse aussi.

— Ce qui veut dire que vous allez m'aider ?

— Ce qui veut dire que je vais vous donner le nom des personnes avec lesquelles elle a passé le plus de temps. Et que ce sera à vous de jouer, commissaire. »

16

Outre leur nom, elle lui donna leur numéro de chambre. Deux femmes et un homme, tous ayant plus de quatre-vingts ans et dont l'un était dans un état mental indifférencié – tel était le terme qu'elle avait employé, « indifférencié ». Brunetti eut l'impression qu'elle préférerait ne pas élucider ce qualificatif, et il se contenta donc de la remercier et de demander s'il pouvait aller leur parler maintenant.

« Vous pouvez essayer. C'est l'heure du déjeuner, le moment le plus important de la journée pour beaucoup de nos pensionnaires. Si bien qu'ils risquent d'avoir des difficultés à se concentrer sur les questions que vous voulez leur poser, du moins tant qu'ils n'auront pas terminé. » Cela lui rappela comment sa mère, au début de son déclin, était devenue obsédée par la nourriture et le fait de manger, ce qui ne l'avait pas empêchée de maigrir en dépit de tout ce qu'elle avalait. Puis elle avait rapidement oublié ce qu'étaient les aliments et il avait fallu lui rappeler de manger, puis presque la forcer.

Elle l'entendit qui soupirait. « Nous le faisons pour l'amour du Seigneur et pour l'amour de nos frères humains. » Il répondit d'un hochement de tête, incapable de parler. « Je ne sais pas dans quelle mesure ils vous aideront s'ils apprennent que vous êtes de la police. Il vaudrait peut-être mieux dire simplement que vous étiez un ami de Costanza.

— Et rien d'autre ?

— Cela devrait suffire. » Elle ne lui rendit pas son sourire, se contentant d'observer : « En un certain sens, c'est vrai, non ? »

Brunetti se leva sans répondre à la question, se pencha et lui tendit la main. La religieuse la serra brièvement. « En sortant d'ici, tournez à gauche, puis à droite au bout du corridor. Vous allez tomber sur la salle à manger.

— Merci, madre. »

Elle hocha la tête et retourna à son livre. Il fut tenté, une fois à la porte, de se retourner pour voir si elle le regardait partir, mais il ne le fit pas.

Brunetti n'eut pas besoin de faire appel à ses talents de policier pour deviner qu'il y avait rôti de porc et pommes de terre sautées au menu : leur odeur l'avait agressé dès qu'il avait mis le pied dans l'immeuble. En passant devant ce qui devait être l'entrée de la cuisine, il se dit que du rôti de porc aux pommes de terre sautées était un excellent repas.

Six ou sept tables, dont la moitié n'accueillait qu'une ou deux personnes, s'alignaient devant les fenêtres donnant sur le Campo. Il compta une douzaine de convives. Il y avait une table de quatre, deux de couples, les autres étant seuls. Aucune table n'était vide. Il y avait des bouteilles de vin et d'eau minérale sur toutes les tables, et la vaisselle paraissait être en porcelaine. Les têtes se tournèrent quand il fit irruption dans la salle à manger, mais bientôt deux jeunes femmes à la peau sombre arrivèrent derrière lui, portant une version simplifiée de la tenue de madre Rosa. Sous le voile de la première, il vit les yeux en amande et le long nez busqué d'une statue toltèque. Les lèvres sculptées dans ce visage d'acajou s'ouvraient dans une zone de peau plus claire qui en faisait ressortir la rougeur naturelle. Brunetti l'étudia jusqu'à ce qu'elle se tourne vers lui, puis fit ce qu'il faisait toujours quand un suspect cherchait à croiser son regard : il laissa ses yeux errer tout autour de la salle, comme si les deux sœurs n'étaient pas là ou ne méritaient pas son attention.

Elles firent rapidement le tour des tables, empilant les assiettes dans lesquelles les pâtes avaient été servies. Quand elles repartirent vers la cuisine, Brunetti vit des traînées vert sombre de pesto, préparation qu'il n'avait jamais aimée. Les sœurs furent tout de suite de retour, portant chacune trois assiettes contenant une tranche de porc, des carottes en rondelles et de pommes de terre sautées. Elles servirent les tables les plus proches, disparurent et revinrent avec d'autres assiettes.

Le bourdonnement des conversations qui s'était arrêté à son arrivée reprit, et les têtes – blanches pour la plupart à deux ou trois exceptions près – se penchèrent sur les assiettes. Bruits de couverts contre la porcelaine, de verres contre des bouteilles – la rumeur habituelle d'une salle à manger commune.

La religieuse qui lui avait ouvert la porte apparut soudain à son côté. « Voulez-vous que je vous les montre, signore ? » Brunetti supposa qu'elle était envoyée par la mère supérieure. « Ce serait très aimable à vous, suora.

— Le dottor Grandesso mange aujourd'hui dans sa chambre, mais la signora Sartori est ici, à la deuxième table, en robe noire, et la signora Cannata est à la table voisine. C'est celle avec les cheveux rouges. »

Brunetti n'eut pas de mal à repérer les deux vieilles dames. La signora Sardi était penchée sur son assiette qu'elle entourait de son bras gauche, à croire qu'elle craignait qu'on ne la lui vole. Il la voyait de profil : une pommette haute, émaciée, mais un double menton imposant qui tremblotait sous sa mâchoire. Son rouge à lèvres, d'un cramoisi violent, débordait de sa bouche. Sa peau, comme celle des personnes âgées qui ne se mettent jamais au soleil, avait une nuance verdâtre qui contrastait avec la noirceur d'encre de cheveux qui descendaient jusque sur ses épaules.

Elle tenait fermement sa fourchette dans sa main déformée et engloutissait les pommes de terre avec détermination. Brunetti remarqua que la viande était arrivée déjà découpée en petits morceaux. Les pommes de terre terminées, elle passa aux carottes qu'elle expédia aussi vivement. Puis elle prit un morceau de pain qu'elle rompit en deux et entreprit de nettoyer son assiette – un morceau de pain pour chaque côté. Après quoi, elle mangea encore deux tranches de pain, se contentant de rester immobile quand il n'y eut plus rien. L'une des sœurs enleva l'assiette vide et eut droit pour cela à un regard mauvais et coléreux.

Brunetti se dirigea vers la table de la femme aux cheveux rouges. Une novice passa devant lui et déposa une portion de tarte aux pommes devant chaque convive de la table. « Signora Cannata ? » demanda Brunetti en s'arrêtant à un mètre.

Elle leva les yeux vers lui et arbora le sourire de celle qui minaude automatiquement en voyant un homme. Elle cligna rapidement des cils et leva une main comme pour tenir Brunetti à l'écart – à croire qu'elle était une adolescente effarouchée par le premier garçon qui lui adressait un compliment. Elle avait un nez fin et délicatement ciselé, et sa peau était tendue et un peu plus claire sous les yeux. Elle avait eu la main lourde avec son mascara comme avec son rouge à lèvres, lequel avait laissé des traces dans sa serviette et s'était infiltré dans les fines ridules qui partaient des deux coins de sa bouche. Elle avait peut-être soixante ans, peut-être plus.

Les autres convives se tournèrent vers le policier. Un homme aux cheveux blancs clairsemés et à la moustache d'un noir suspect, et une femme blonde dont le visage et le haut du buste paraissaient taillés dans un cuir bruni. Un tremblement saccadé caractéristique agitait sa tête et ses mains.

Il leur adressa un signe de tête et leur sourit. « Et vous, vous êtes qui ? demanda l'homme à la moustache.

— Guido Brunetti, répondit-il, prenant soin d'adopter un ton plus retenu pour ajouter, un ami de Costanza Altavilla. »

La femme blonde réussit à contenir un moment ses tremblements et, abaissant le coin de ses lèvres, pencha la tête de côté. « Ah, la pauvre femme », dit-elle, tandis que de son côté l'homme secouait la tête et émettait un claquement de langue. Était-ce donc ce qui nous attendait ? se demanda Brunetti. Est-ce qu'il arrivait un moment, dans notre vie, où la mort des autres ne nous importait pas, où ce que l'on pouvait tout au plus attendre de nous était une sorte de tristesse préfabriquée, manufacturée à la chaîne ? Ce qu'il voyait lui semblait être quelque chose de plus proche de la désapprobation que de la tristesse. Honte à la Mort qui avait montré sa tête à la fenêtre de nos vies ; honte à la Mort de nous avoir rappelé qu'elle rôdait dans les parages et nous attendait.

« Oh, un ami de Costanza, soupira la signora Cannata.

— Surtout de son fils, en réalité. En fait, il m'a demandé de venir prévenir les religieuses, commença-t-il, ne disant un instant la vérité, avant de se remettre à mentir, que parce qu'elle tombait bien. Il m'a aussi demandé, pendant que je serais ici, de voir si je ne pourrais pas rencontrer les personnes dont elle lui avait parlé pour leur dire qu'elle les tenait en grande estime. »

À ces mots, la signora Cannata posa une main ouverte sur sa poitrine, comme pour demander si c'était bien d'elle qu'il s'agissait.

Brunetti arbora un sourire bienveillant. « J'espère pouvoir répéter ce que vous me direz d'elle à son fils, qu'il sache combien elle était appréciée ici. »

L'homme à la moustache trop noire se leva soudain, comme s'il en avait assez de cette conversation dégoulinante de bons sentiments. La blonde l'imita et lui prit le bras. « Nous allons sortir prendre un café », dit-il, s'adressant à Brunetti, ou à la signora Cannata, ou au secrétariat angélique, pour ce que le commissaire en savait. Il eut un signe de tête en direction de Brunetti, ne lui tendit pas la main et se tourna, entraînant la blonde avec lui.

Brunetti se contenta de les ignorer. « Puis-je me joindre à vous, signora ? » Il s'assit dès qu'elle lui eut souri et invité à le faire d'un geste, s'installant à côté d'elle, sur le siège qui était resté vide. Il lui rendit alors son sourire et dit : « Comme vous le comprendrez certainement, signora, son fils est bouleversé par ce qui est arrivé. Vous savez à quel point ils étaient proches. »

Elle prit sa serviette en tissu – la replia sur un coin propre et se tapota délicatement le coin de l'œil gauche, puis du droit. « C'est terrible, dit-elle. Mais je suppose que son fils – il est bien docteur, n'est-ce pas ? – savait qu'elle n'était pas en bonne santé. » Les commissures de ses lèvres s'abaissèrent. « Une crise cardiaque, c'est bien ça ?

— Oui, une crise cardiaque. Au moins la pauvre femme n'a pas souffert, répondit-il, faisant de son mieux pour adopter le ton de piété qui était de mise quand il était enfant.

— Ah, grâce à Dieu. Au moins pour ça. » Elle posa à nouveau la main sur sa poitrine, d'un geste inconscient qui n'avait rien d'artificiel cette fois.

« Son fils m'a dit que vous comptiez parmi les personnes dont elle parlait le plus souvent. Et qu'elle avait toujours eu beaucoup de plaisir à s'entretenir avec vous.

— Oh, c'est très flatteur, dit la signora Cannata. Pourtant, je n'avais pas grand-chose à raconter. Mis à part quand j'étais plus jeune et que mon mari vivait encore. Il était comptable, voyez-vous, et il a travaillé pour beaucoup de personnes importantes à Venise. »

Brunetti posa un coude sur la table et, menton dans la paume, parut être prêt à passer l'après-midi à écouter le récit des nombreux triomphes arithmétiques de l'époux défunt. La signora Cannata ne le déçut pas : son mari avait découvert un important trop-perçu des impôts dans les comptes d'un armateur, aidé une fois un chirurgien célèbre à mettre au point un système de comptabilité privé pour ses patients étrangers et aussi – alors que l'informatique n'était arrivée que tard dans sa vie – avait réussi à créer un programme pour assurer la facturation et la tenue informatisée des comptes de son cabinet.

Brunetti passa en mode réaction automatique, hochant la tête et souriant à chacun des triomphes rapportés, ne voyant pas comment cette veuve aurait pu faire courir un risque à quelqu'un – mis à part celui qu'elle courait elle-même à ennuyer les gens à mort.

« Et depuis combien de temps êtes-vous ici, signora ? » demanda Brunetti.

Son sourire se fit plus pincé. « Oh, je me suis rendu compte il y a quelques années que je serais beaucoup plus libre ici. En compagnie de gens de mon âge. Et non avec ceux de la génération de mon fils, ou plus jeunes encore. Vous savez comment c'est, combien ils peuvent se montrer insensibles, poursuivit-elle, ouvrant de grands yeux, débordants de chaleur humaine, pour donner la preuve de son honnêteté et de sa sincérité. Sans compter que les gens préfèrent la compagnie de leurs pairs, des personnes qui ont les mêmes souvenirs et la même histoire qu'eux. » Elle sourit, et Brunetti hocha la tête avec tellement de conviction dans l'approbation qu'il se réveilla complètement.

« Eh bien, dit-il, se levant en donnant tous les signes de ne le faire qu'à regret, je ne veux pas vous monopoliser plus longtemps, signora. Vous avez été très généreuse avec votre temps et je ne sais trop comment vous remercier.

— Oh, répondit-elle en affichant ce qu'elle imaginait sans doute être un sourire aguichant, une manière de le faire serait de revenir me parler.

— Effectivement, signora », dit Brunetti en lui tendant la main. Elle la lui prit et la retint longtemps dans la sienne ; le commissaire se sentit pris de compassion. « J'essaierai de le faire. »

Elle eut un regard tellement clair qu'il se rendit compte qu'elle ne croyait pas à ce qu'il venait de dire, mais tous les deux décidèrent de continuer à jouer le jeu jusqu'à la fin de la scène. « Je serai ravie de vous revoir », dit-elle, retirant sa main pour la croiser avec l'autre sur ses genoux.

Brunetti sourit. La signora Sartori n'avait pas bougé depuis qu'elle avait fini sa part de tarte, il décida donc de ne pas s'installer à sa table pour le moment. Il quitta la salle et emprunta le corridor en direction de la cuisine. L'une des novices en sortait en portant un grand plateau.

« Excusez-moi, dit-il, sans trop savoir par quel titre l'appeler, pourriez-vous me dire où est la chambre du dottor Grandesso ?

— Oh, tout au fond du hall, signore, côté droit. Dernière porte. » Elle se déplaça et, les mains prises par le plateau, donna un coup de menton pour lui indiquer la direction, comme si elle craignait qu'il n'ait pas bien compris ses instructions.

« Merci. »

Il s'engagea dans le corridor et trouva la dernière porte fermée. Il frappa. Frappa une deuxième fois, puis, comme aucune réponse ne venait, il entrebâilla légèrement le battant et lança dans la pièce : « Dottor Grandesso ? »

Il y eut un bruit. Un mot, ou peut-être un simple grognement, mais incontestablement un bruit humain que Brunetti décida de considérer comme une invitation à entrer. Il crut voir, posée sur les oreillers du lit, une tête de mort. Mais quelques touffes de cheveux étaient disséminées sur le crâne, recouvert d'une peau fine et parcheminée. Une mince et longue forme se dessinait sous les couvertures, et les pieds, à l'autre extrémité, faisaient comme une mitre miniature. Les yeux étaient toujours là, et ils se tournèrent dans sa direction. Ils ne clignèrent pas, ne bougèrent pas, restant simplement ouverts comme un conduit le reliant au cerveau. Brunetti reconnut l'odeur qu'il avait sentie jadis dans la chambre de sa mère.

« Dottor Grandesso ? demanda Brunetti.

— *Si*, répondit-il sans un mouvement de lèvres, avec une voix profonde et sonore qui surprit Brunetti.

— Je suis un ami du fils de la signora Altavilla. Il m'a demandé de venir prévenir les religieuses et de parler à ceux d'entre vous qui connaissiez le mieux sa mère. Si cela ne vous bouleverse pas trop, bien entendu. »

Les yeux clignèrent. Ou, plus précisément, se fermèrent pendant quelques instants. Quand le malade les rouvrit, ils étaient pleins d'émotion et – Brunetti en eut la certitude – de souffrance. « Qu'est-ce qui est arrivé ? » demanda-t-il de la même voix grave.

Tandis qu'il s'approchait du lit, Brunetti sentit les yeux de cet homme le scruter ; la vitalité de son regard contrastait avec ce que le policier voyait du reste du corps. « Elle est morte d'une crise cardiaque, dit-il. D'après les résultats de l'autopsie, la mort a été quasiment instantanée et si elle a souffert, ce ne fut que pendant un bref instant.

— Rizzardi ? »

La question du mourant prit Brunetti par surprise.

« Oui, en effet. Vous le connaissez ? »

Le commissaire n'avait pas envisagé que le titre de dottore s'appliquâ ici à un docteur en médecine.

« J'en ai entendu parler. Du moins, pendant que j'étais en activité. Un homme solide. » Cette fois ses lèvres bougèrent pendant qu'il parla, tandis que ses yeux étudiaient attentivement Brunetti ; mais les plis de son visage gardèrent leur immobilité.

Ce qu'il venait de dire de Rizzardi était à la fois une description et des louanges, prononcées d'une voix qui n'aurait jamais dû pouvoir sortir d'un corps aussi affaibli. Le médecin referma les yeux, et cela suffit à le transformer, à faire disparaître son esprit pour ne laisser à la place qu'une tête ravagée et le fagot de ses membres, sous les couvertures.

Se sentant voyeur, Brunetti détourna les yeux, mais la fenêtre, non loin du lit, donnait sur une ruelle étroite d'où l'on ne voyait qu'un mur et des volets fermés. Il continua néanmoins de regarder ce paysage jusqu'à ce que le malade lui demande : « Vous la connaissiez ? »

Brunetti se tourna et vit que la vie et l'intérêt étaient revenus dans les yeux de Grandesso. « Non. Seulement son fils. J'étais avec lui lorsque Rizzardi… » la voix du policier mourut – il ne savait trop comment finir sa phrase.

« Il m'a demandé de venir à la maison de retraite pour avertir les sœurs, mais elles étaient déjà au courant, reprit Brunetti. Il m'a dit que sa mère était heureuse de venir ici. Après l'entretien que j'ai eu avec la mère supérieure, j'ai décidé d'aller parler avec les personnes dont elle s'était sentie la plus proche.

— Son fils connaissait nos noms ? »

Brunetti crut déceler un espoir dans cette question. Il aurait bien voulu mentir au médecin et lui dire que oui, elle avait parlé à son fils des personnes qui la touchaient le plus, mais il ne put se résoudre à le faire. « Je ne sais pas. C'est la mère supérieure qui m'a donné vos noms quand je lui ai dit que j'aimerais vous parler. »

Le malade tourna la tête en entendant cela, surprenant Brunetti. Mais ses yeux ne se fermèrent pas et il ne perdit pas toute vitalité comme auparavant.

Il redressa la tête et son regard croisa celui de Brunetti. « Qu'est-ce que vous tenez donc à savoir ? » demanda-t-il d'un ton calme.

Qu'avait-il voulu dire ? Un instant, le commissaire envisagea de lui poser la question. Mais le dottor Grandesso soutint son regard et Brunetti comprit que cet homme n'avait pas une minute à perdre. Le médecin avait un rendez-vous, pas avec lui, ni un rendez-vous auquel ni lui ni personne n'auraient envie de se rendre, mais il n'avait pas le choix.

« Je voudrais savoir si quelqu'un aurait eu une raison quelconque de vouloir s'en prendre à elle », dit finalement Brunetti. En s'entendant prononcer cette phrase, un brusque frisson le parcourut, comme si on lui avait demandé de placer une pièce dans la bouche de cet homme pour qu'il acquitte le prix de son voyage vers l'autre monde, ou pire, de le charger d'un fardeau pesant avant son départ.

« Si j'avais la possibilité d'appeler Rizzardi, me dirait-il qu'elle est morte d'une crise cardiaque ?

— Sans aucun doute. » Le regard de Grandesso se fit lointain, comme si lui aussi examinait les volets, de l'autre côté de la ruelle, cherchant ce qu'il allait dire. « Vous n'êtes pas croyant, si ?

— Non.

— Mais vous avez été élevé dans la religion ?

— Oui, dut admettre Brunetti malgré lui.

— Dans ce cas, vous vous souvenez de l'impression que vous ressentiez en sortant du confessionnal, comment vous vous sentiez plus léger, si c'est bien le mot, d'être débarrassé de votre culpabilité et de votre honte. Le prêtre prononçait les paroles, vous disiez vos prières et votre âme était de nouveau pure. »

Brunetti répondit par un hochement de tête affirmatif. Oui, il s'en souvenait, et il était assez fin pour se réjouir d'avoir connu cette expérience.

L'homme devait l'avoir compris car il continua : « Je sais que ça peut paraître bizarre, mais elle avait un don qui me rappelait cela. Elle m'écoutait. Elle restait simplement assise là, me souriait et me tenait parfois la main, et je lui racontais des choses que je n'avais jamais dites à personne depuis la mort de ma femme. » Il disparut derrière ses yeux fermés et reprit tout de suite la parole lorsqu'il revint. « Et même des choses que je n'avais pas dites à ma femme, j'en ai peur. Après quoi, elle me serrait la main et je me sentais soulagé d'avoir finalement pu en parler à quelqu'un. » Le médecin essaya de soulever son bras pour faire un geste, mais il ne l'éleva que de quelques centimètres avant de le laisser retomber. « Elle ne posait jamais de questions, elle ne manifestait jamais de curiosité malsaine, et peut-être était-ce son calme qui me poussait à parler ainsi. Elle ne jugeait pas, non plus, ne manifestait jamais de surprise ou de désapprobation. Elle se contentait de rester assise et d'écouter. »

Brunetti aurait bien aimé lui demander ce qu'il lui avait raconté mais ne put s'y résoudre. Il se dit que c'était par respect pour la situation du médecin, mais il savait que c'était un préjugé d'ordre religieux qui l'empêchait de rompre le sceau du secret de la confession, au moins en présence de l'un des deux protagonistes. « À votre avis, écoutait-elle tout le monde de la même façon ? » demanda-t-il à la place.

Une expression fugitive qui aurait pu être un sourire passa sur le visage de Grandesso : « Tenez-vous à savoir si, à mon avis, tout le monde lui parlait de la même manière ?

— Oui.

— Je l'ignore. Cela devait dépendre de la personne. Mais vous savez bien que les personnes âgées aiment parler et aiment avant tout parler d'elles-mêmes. Moi comme les autres. » Il fit une courte pause. « Je l'ai vue faire avec les autres, et mon impression est que la plupart d'entre elles lui parlaient librement. Et si elles pensaient que Costanza pouvait leur pardonner, eh bien… » Il n'acheva pas sa phrase.

Cette fois, Brunetti ne put résister à la curiosité. « Et vous, le pensiez-vous ? »

Il fit un effort pour bouger la tête, mais ayant échoué, se contenta de répondre que non.

« Pourquoi ?

— Parce que, comme vous, signore, dit le médecin dont le sourire réussit cette fois à atteindre les lèvres, je ne crois pas à l'absolution. »

17

Brunetti se demanda soudain comment il se faisait que ce grabataire confiné dans sa chambre ait pu voir la signora Altavilla en compagnie d'autres personnes. « Est-ce là quelque chose que vous avez vous-même observé, dottore ? »

Grandesso mit quelque temps à lui répondre. « Je n'ai pas toujours été dans cet état, vous savez », dit-il simplement, comme si le temps des explications était passé et que pour lui seuls comptaient les faits, à présent.

Brunetti garda si longtemps le silence que c'est le médecin qui le rompit le premier. « Vous seriez sans doute mieux assis. » Brunetti tira une chaise à côté du lit et s'y installa.

Ce fut comme si c'était Grandesso et non Brunetti qui se détendait. Ses paupières se refermèrent une fois, deux fois, puis se rouvrirent en grand. « Je me trouvais à proximité, quand certaines personnes lui ont confié des choses qu'elles auraient mieux fait de garder pour elles… Les médecins ont l'habitude de garder les secrets, ne vous inquiétez pas », ajouta-t-il, prévenant une éventuelle question du policier. Celui-ci sourit. « Je crois qu'on devait pouvoir vous faire confiance de ce côté, dottore. »

Le médecin esquissa un sourire qui se transforma rapidement en grimace, comme s'il ressentait une vive douleur. Ses mâchoires tressaillirent à plusieurs reprises et Brunetti crut entendre ses dents grincer. Des larmes montèrent aux yeux du mourant et roulèrent sur ses joues. Brunetti se leva à moitié, ne sachant trop s'il devait prendre la main du médecin ou aller chercher de l'aide, mais le visage de l'homme se détendit à ce moment-là. Ses mâchoires se décontractèrent et sa bouche s'ouvrit. Il haleta quelques instants puis se calma, même s'il luttait encore pour inhaler de l'air.

« Est-ce qu'il y a quelque chose que je pourrais... commença Brunetti.

— Non, dit Grandesso entre deux halètements. Ne leur en parlez pas... S'il vous plaît. »

Brunetti fit non de la tête, incapable de répondre.

« Pas l'hôpital... mieux ici... » Les paroles sortaient de sa bouche en courtes rafales entrecoupées de longues respirations. Il ferma de nouveau les yeux. Au bout de quelques secondes, son visage se détendit et le bruit torturant de sa respiration cessa.

Brunetti se demanda si Grandesso n'était pas mort sous ses yeux sans qu'il ne puisse rien faire ; puis il y eut une nouvelle longue inspiration, mais plus calme. Le commissaire resta assis, immobile, et observa le malade jusqu'à ce qu'il soit sûr que celui-ci s'était endormi. Aussi silencieusement qu'il le put, Brunetti se leva alors et battit en retraite vers la porte. Il se glissa dans le corridor mais laissa la porte ouverte de manière à ce qu'on puisse voir l'homme endormi.

Le corridor était désert mais on entendait le claquement des assiettes et le grondement de l'eau venant de derrière la porte fermée de la cuisine. Brunetti s'adossa au mur et resta ainsi quelques minutes.

L'une des novices à la peau sombre sortit alors de la cuisine et s'engagea dans le corridor. Lorsqu'il entendit ses pas, Brunetti se tourna vers elle. « Excusez-moi », dit-il en se décollant du mur.

Elle sourit quand elle le vit. « *Si*, signore ? Comment est-il ? ajouta-t-elle.

— Il se repose. »

Elle s'éloigna et Brunetti dut parler un peu plus fort pour lui demander où il pourrait trouver la signora Sartori, toujours incertain sur la manière de s'adresser à une religieuse en habit de novice. Il ne pouvait lui donner du « ma sœur », et elle avait elle-même renoncé au titre de « mademoiselle ».

« Ah, en principe elle ne reçoit pas de visiteurs, répondit-elle, paraissant mal à l'aise. Il n'y a que son mari qui vient la voir, maintenant. Il dit que cela la bouleverse trop quand d'autres personnes viennent dans sa chambre et il ne veut pas qu'on l'inquiète. »

Brunetti se demanda depuis combien de temps durait ce *maintenant*. « Le fils de la signora Altavilla m'a demandé d'essayer de parler aux personnes dont sa mère était la plus proche pour qu'elles sachent à quel point elles avaient compté pour elle », expliqua-t-il avec le sourire avenant d'un vieil ami de la famille. Il guetta, sur le visage de la novice, l'apparition de signes de sympathie manifestant qu'il était cru et, lorsqu'il les vit poindre, ajouta : « Il avait la conviction qu'elle aurait aimé que toutes ces personnes le sachent.

— Dans ce cas, je suppose qu'il n'y a pas de problème. » Elle s'autorisa un sourire, révélant des dents parfaites, d'une blancheur éblouissante, dont l'éclat contrastait avec sa peau sombre. Brunetti, lui, se demandait comment une pensionnaire de la maison de retraite aurait pu être « inquiétée » par la visite d'une personne comme la signora Altavilla – ou de n'importe qui, d'ailleurs. Il ne laissa cependant pas paraître son incertitude et la jeune femme lui dit qu'elle allait le conduire jusqu'à la chambre de la signora Sartori.

La porte était ouverte et la novice y entra directement sans s'annoncer ni avertir qu'elle n'était pas seule. La femme que Brunetti avait vue manger seule et avec une si grande détermination était à présent assise sur une simple chaise en bois, devant la seule fenêtre de la pièce. Elle contemplait les volets fermés de la fenêtre d'en face, ou peut-être le mur qui l'entourait : son visage était inerte, pour autant qu'il pouvait en juger, car il la voyait de profil. Son rouge à lèvres était toujours aussi vif, elle venait sûrement d'en remettre.

« Signora Sartori, dit la novice, je vous amène un visiteur. » La femme resta figée dans sa contemplation. « Signora Sartori ? Ce monsieur est venu pour vous parler. » Toujours pas de réaction.

Il y eut un bruit derrière eux et, quand ils se retournèrent, ils virent l'autre novice à la peau sombre – celle qui ressemblait à une statue toltèque –, les deux mains soigneusement à l'abri sous son scapulaire. « Sœur Giudetta a besoin de toi à la cuisine », dit-elle. Elle adressa un sourire nerveux à Brunetti, ne sachant trop si elle devait aussi lui dire quelque chose.

Devant cet ordre, les mains de la première novice se crispèrent, elle jeta un coup d'œil à Brunetti, puis un autre à sa compagne pour revenir finalement à la signora Sartori. Le policier prit son air d'homme naturellement habitué à commander. « Très bien. Allez voir sœur Giudetta, je vous attendrai ici », dit-il. Comme pour montrer qu'il avait une patience à toute épreuve et qu'il n'avait pas l'intention de quitter la chambre, il regarda autour de lui, avisa une chaise à la gauche de la porte, non loin de la femme à la fenêtre, et s'y assit.

Devant cette autorité masculine, les deux jeunes femmes – elles n'avaient peut-être même pas vingt ans – acquiescèrent d'un hochement de tête et quittèrent la chambre ensemble, le laissant en compagnie de la signora Sartori. Au bout de dix minutes, Brunetti commença à croire que soit les novices l'avaient oublié, soit elles supposaient qu'il était parti.

Il repensa aux tables, dans la salle à manger. Il s'était assis à la gauche de la signora Cannata, le siège le plus proche de la signora Sartori. Celle-ci aurait pu très facilement suivre leur conversation, surtout dans le silence qui avait suivi le départ des deux autres convives. Mais elle lui avait paru tellement concentrée sur son assiette qu'il ne lui était pas venu à l'esprit, sur le moment, qu'elle pouvait faire attention à autre chose.

Le silence et le temps qui s'écoulaient commencèrent à lui peser, mais il s'efforça de continuer à ne pas bouger et à ne rien dire.

Lorsqu'elle prit la parole, ce fut d'une voix rauque, la voix de quelqu'un qui a perdu l'habitude de parler. « C'était une femme bien. » Cela faisait combien de fois qu'on le lui disait ? songea Brunetti. Il n'avait jamais douté de cela, et rien de ce qu'on lui avait dit aurait pu lui faire penser le contraire. Les événements, cependant, avaient placé la signora Altavilla au-delà de toute critique, si bien qu'importait peu, aujourd'hui, qu'elle ait été ou non quelqu'un de bien ou de savoir qui affirmait qu'elle l'avait été.

« Elle comprenait les choses. Pourquoi les gens font les choses. » Elle s'exprimait dans un dialecte si dru qu'un non-Vénitien aurait eu beaucoup de mal à la comprendre. Elle acquiesçait à ses propres paroles, mécaniquement, mais sans regarder dans la direction de Brunetti. D'une voix entièrement différente elle ajouta, laissant plus ou moins la phrase en suspens : « Il le fallait…

— C'est dur, des fois, de savoir, risqua Brunetti.

— Nous, nous savions, répliqua-t-elle rapidement, sur la défensive.

— Bien entendu. »

Elle se tourna vers Brunetti. « Êtes-vous ami avec lui ? » demanda-t-elle.

Brunetti se contenta d'émettre un bruit qui ne signifiait pas grand-chose. « C'est lui qui vous a envoyé ? » Elle plissa les yeux en lui posant la question, comme pour dire qu'elle était à la fois sur ses gardes et intelligente et verrait tout de suite s'il mentait – mais c'était une mauvaise actrice. La voyant pour la première fois de face, il fut surpris par sa bouche aux lèvres pleines, rebondies. Deux plis verticaux les longeaient ; une troisième ride, horizontale celle-là, au milieu de son menton, lui donnait une tête de marionnette, ressemblance qui ne faisait qu'augmenter l'impassibilité de son regard et ses yeux bleus, étrangement ronds.

« Non, signora, répondit Brunetti, sans avoir la moindre idée de ce dont ils parlaient. Je suis venu vous voir, pour la même raison que je suis venu voir la signora Cannata : pour vous dire combien la signora Altavilla considérait importante son amitié pour vous, combien elle vous aimait. » Sans doute préférait-elle ce qu'elle voyait de l'autre côté de la ruelle, car elle se tourna de nouveau vers sa fenêtre.

Il laissa passer encore un peu de temps. « Vous m'avez dit ce que vous avez fait », reprit-il au bout d'un moment, calmement, d'un ton qui pouvait signifier une question ou un rappel. Ses paroles parurent lui faire l'effet d'un coup, car elle rentra la tête dans les épaules et serra les deux poings contre sa poitrine, mais sans se tourner pour le regarder.

D'un ton parfaitement banal, comme s'il se référait à quelque vieux dicton sur le comportement des enfants, il dit alors : « Je crois que cela nous aide, de pouvoir parler de ce qu'on a fait, et des raisons qu'on a eues de le faire. Oui, cela nous aide à les oublier. » Parler à cette femme donnait à Brunetti l'impression de commander un menu dans une langue qu'il ignorait : il apercevait ici et là un mot familier, mais il n'avait pour autant aucune idée du plat qu'on allait lui servir quand il les aurait prononcés. « Les ennuis arrivent », déclara-t-elle à l'adresse des volets clos, de l'autre côté de la ruelle.

Comme convoqué par cette formule, un homme se présenta à la porte. Plus âgé qu'elle – il avait largement dépassé les quatre-vingts ans –, il était un représentant typique de ces personnages qu'on rencontre dans les bars : petit, trapu, le nez fleuri par des années d'alcoolisme et un peu de travers suite à une vie agitée. Ses cheveux clairsemés, teintés acajou foncé, étaient plus longs sur un des côtés de sa tête et avaient été soigneusement rabattus sur son crâne chauve ; ils étaient maintenus en place par un gel brillant.

Il était entré juste au moment où la signora Sartori avait parlé, comme illustrant son propos. Il s'immobilisa, à la vue de Brunetti toujours assis sur sa chaise à côté de la porte. « Qui êtes-vous ? » demanda-t-il d'un ton coléreux, comme si Brunetti venait de le provoquer et qu'il n'était pas homme à se laisser faire. Le policier ne répondit pas immédiatement, le nouveau venu fit alors quelques pas vers lui et, les pieds bien calés sur le sol pour se donner une base d'où éventuellement lancer une attaque, lança : « Je vous ai demandé qui vous étiez », répéta-t-il.

Les veinules qui décoraient son nez et ses joues devinrent rouges, comme si sa colère venait de leur rendre la vie. « Qu'est-ce que vous fichez ici ? » exigea-t-il de savoir tout en regardant la femme, laquelle était toujours tournée vers la fenêtre. Le visage du nouveau venu se détendit lorsqu'il la regarda mais elle l'ignora et lui-même ne fit aucun mouvement pour se rapprocher d'elle. « Est-ce que vous l'importunez ? »

Brunetti se mit lentement debout et adopta une expression de léger soulagement. Il se pencha pour tirer sur les plis de son pantalon, prenant tout son temps pour montrer qu'il jugeait important qu'ils ne soient pas froissés. « Ah, dit-il, rendant son soulagement plus manifeste, vous êtes sans doute le mari de la signora ; vous pourriez peut-être me donner l'information. »

Le vieil homme resta plus ou moins interloqué. « Pour qui vous prenez-vous pour me parler comme ça ? Et qu'est-ce que vous faites ici ? » Devant le silence de Brunetti, sa voix monta d'un cran. « Vous l'avez importunée ? » Il se rapprocha de la femme, lui faisant un rempart de son corps massif.

Brunetti sortit son carnet de notes de sa poche. « Je n'ai fait que poser une question toute simple, répondit-il, injectant une pointe d'ennui dans son ton. Mais je me suis rendu compte que j'allais devoir m'adresser à quelqu'un d'autre, signore. » Il pinça les lèvres et, sans chercher à cacher son irritation, il ajouta : « Je n'ai rien pu tirer de cohérent de cette dame. » Une expression de colère et de douleur mêlées traversa fugitivement le visage de l'homme. Brunetti mouilla son doigt et tourna quelques pages, s'arrêtant sur une où il avait relevé une liste des professeurs et des matières qu'ils enseignaient en vue d'une réunion parents-professeurs concernant Chiara, qui devait se tenir la semaine prochaine dans son lycée.

« Vous comprenez, j'ai besoin de cette information. Elle concerne les années 1988 et 1989. Nous ne pourrons rien faire tant que nous ne l'aurons pas.

— Allez au diable avec votre 1988 et en enfer avec votre 1989 ! » répliqua le vieil homme, ravi de disposer maintenant d'un sujet de colère précis et d'avoir fait preuve d'une telle subtilité pour l'exprimer.

Brunetti passa de la surprise à l'indignation. Sur quoi il étudia longuement le signor Sartori puis fit un pas dans sa direction. Il n'y avait aucune menace dans son attitude, et si le vieil homme eut un mouvement de recul, il resta néanmoins en position devant sa femme.

Brunetti agita le carnet de notes en l'air entre eux. « Vous voyez ça, signore ? Vous voyez ce carnet ? J'ai toutes ses annuités de travail, mais pas 1988 et 1989, si bien qu'elles ne lui ont pas été créditées. » Exaspéré, Brunetti jeta un coup d'œil à la signora Sartori. « C'est autant de manque à gagner pour elle. » Il avait cherché à donner l'impression que, étant donné la façon dont cet homme l'avait traité, il en était presque content.

« Je lui ai posé la question de ces années », reprit-il en regardant vers la femme avec un air de reproche qu'il tenta de dissimuler, mais sans y parvenir. Il avait fait tout ce chemin pour régler ce problème et il tombait sur une muette, après quoi le mari l'envoyait au diable. « Autant parler à une statue. » Il se pencha en avant et le vieil homme, ce coup-ci, recula d'un pas. « Et vous, vous me faites cette sortie », ajouta Brunetti en colère et la mine dégoûtée.

Le policier respira à fond à plusieurs reprises, comme s'il s'efforçait de se calmer ; mais, comme tous les bureaucrates, il y avait un point au-delà duquel il perdait patience et il venait manifestement de l'atteindre. « Essayez d'aider les gens ! Tout ce qu'on y gagne, ce sont des insultes. »

Tout en faisant grimper sa colère à chaque phrase, Brunetti n'avait cessé de regarder le vieil homme dans les yeux. Certaines parties de son visage s'empourprèrent tandis que son nez et ses joues devenaient livides.

Le signor Sartori jeta un coup d'œil à sa femme pour voir si elle avait suivi cet échange, et Brunetti sentit presque l'odeur de sa peur – sa peur qu'elle ait pu écouter et comprendre ce que son intervention avait provoqué.

Le vieil homme leva les deux mains d'un geste conciliant. « Signore, signore », dit-il sans aucune agressivité, sans la moindre trace de colère. Il afficha un pauvre sourire. « Non, dit Brunetti, refermant sèchement le carnet et le fourrant dans sa poche. Non. Je ne fais vraiment que perdre mon temps avec des personnes comme vous. Ça ne sert à rien de vouloir aider les gens. » Puis élevant la voix, criant presque, il ajouta : « Vous attendrez la notification officielle, comme tout le monde. »

Il fit demi-tour et partit d'un pas rapide vers la porte. Le vieil homme fit un pas hésitant vers lui, mains toujours levées, le suppliant presque. « Mais, signore, je n'avais pas compris. Je ne voulais pas dire… Elle a besoin… » Il bêlait presque, comme si brusquement la perspective d'un remboursement imminent s'éloignait et qu'il dût attendre le bon vouloir d'un bureaucrate.

Brunetti, jouant les indignés avec jubilation, quitta la chambre et s'éloigna rapidement dans le corridor. Il retrouva son chemin jusqu'à la rue et quitta la maison de retraite sans avoir vu une seule des novices ou des sœurs.

18

De retour dans la rue et n'ayant plus à jouer les bureaucrates irrités, Brunetti revint sur l'imprudence de son comportement et se mit à le regretter. Ce numéro au trait trop appuyé ne correspondait à aucune nécessité, mais il avait compris qu'il ne fallait pas que cet homme puisse soupçonner que les autorités s'intéressaient à la maison de retraite et à ses pensionnaires, si bien qu'il avait agi sans réfléchir, cédant à son goût du secret. Sauf que s'il devait un jour avoir officiellement affaire au vieux monsieur la situation pourrait devenir compliquée du fait de la fausse identité qu'il avait assumée devant lui aujourd'hui. Il avait vu des non-lieux prononcés pour moins que ça.

Mais qu'est-ce qui lui prenait, de raisonner en de tels termes ? Il n'avait eu devant lui qu'un vieil homme colérique, et une vieille femme à la lucidité incertaine qui l'avait averti d'ennuis à venir. Mais des ennuis, il en vient toujours.

Le vieil homme, par exemple, en avait pressenti en trouvant un visiteur inconnu dans la chambre de la signora Sartori ; il avait craint que Brunetti ne lui ait posé des questions. Mais qu'avait-il donc pu redouter ? Il avait expliqué qu'il n'avait pu tirer la moindre information de la femme, et la colère de l'homme ne s'était évanouie que devant la possibilité que celle-ci touche des arriérés.

Le commissaire ne s'autorisait que rarement le luxe de détester les personnes qu'il rencontrait dans le cadre de sa vie professionnelle. Il s'en faisait certainement une idée, en retirait des impressions qui pouvaient être parfois très fortes. Il voyait souvent juste, mais pas toujours. Avec les années, il avait fini par reconnaître que les avis négatifs étaient plus déformants que les avis positifs : il était trop facile de céder aux diktats de la détestation.

S'il y avait cependant une chose que Brunetti détestait plus que tout, c'étaient les brutes. Il les haïssait pour les injustices qu'ils commettaient et pour leur besoin de soumettre les autres à leur volonté. Il n'avait perdu son sang-froid qu'une seule fois, au cours de sa carrière, presque vingt ans auparavant, pendant l'interrogatoire d'un homme qui avait tué une prostituée à coups de pied. L'individu s'était fait prendre à cause d'initiales brodées sur le mouchoir qu'il avait utilisé pour essuyer le sang de ses chaussures et avait laissé tomber non loin du corps de la malheureuse.

Par chance, ils étaient trois policiers pour cet interrogatoirc. L'hommc, un comptable, était l'acolyte d'un souteneur qui contrôlait un certain nombre de filles. Lorsqu'on lui demanda d'identifier le mouchoir, il n'avait échappé à personne qu'il en avait un identique qui dépassait de sa pochette. Dès qu'il eut compris les implications et les conséquences de cette histoire de mouchoirs, il avait déclaré – d'homme à homme, on est entre nous, les gars – ravi de faire étalage de sa virilité : « C'était rien qu'une pute. J'aurais pas dû gaspiller un mouchoir brodé pour elle. » Ce fut là que Brunetti, plus jeune et plus impétueux, avait bondi sur ses pieds et s'était jeté sur lui. Ses collègues plus pondérés et plus aguerris étaient intervenus et l'avaient repoussé sans ménagement sur sa chaise pour qu'il assiste sans rien dire au reste de l'interrogatoire.

Les temps étaient bien différents, alors, et son comportement n'avait eu aucune conséquence officielle. Dans le climat actuel, en revanche, si jamais le vieil homme était accusé de quelque délit ou crime, la révélation de la véritable profession de Brunetti serait du pain bénit pour l'avocat de la défense.

Ruminant tout cela, Brunetti revint à la questure, où il se rendit directement dans le bureau de la signorina Elettra. Elle était occupée à lire non pas un magazine, comme la plupart du temps quand elle n'avait rien à faire, mais un livre. Elle glissa un bout de papier entre les pages et referma le volume. « Pas trop de boulot en ce moment ?

— On peut voir les choses comme ça, commissaire, répondit-elle en posant le livre à l'envers à côté de son ordinateur.

— J'ai rencontré une vieille dame aujourd'hui, dit-il en s'approchant du bureau. L'une de celles à qui la signora Altavilla rendait visite à la maison de retraite.

— … Et j'aimerais que vous voyiez ce que vous pouvez trouver sur elle, c'est bien ça ? enchaîna-t-elle, terminant la phrase, mais sans chercher à imiter le ton de Brunetti.

— C'est à ce point évident? demanda-t-il avec un sourire.

— Vous aviez votre expression de prédateur.

— Autre chose?

— En général, vous ne vous limitez pas à une personne, commissaire, et je vais donc me préparer à chercher ce que je peux trouver non seulement sur cette dame, mais sur son mari et les enfants qu'elle a pu avoir.

— Sartori. J'ignore son prénom, et depuis combien de temps elle est pensionnaire à la maison de retraite. Je dirais au moins quelques années. Elle a un mari qui se met en colère très facilement. J'ignore également son prénom et je ne sais pas s'ils ont des enfants.

— Est-elle à la maison de retraite en tant que patiente privée? » demanda la signorina Elettra.

La question laissa Brunetti perplexe. « Aucune idée. » Il repensa à la chambre, mais c'était une chambre parfaitement ordinaire de maison de retraite. Aucun signe de luxe ou d'aisance, et il n'avait remarqué la présence d'aucun objet personnel. « Pourquoi? Qu'est-ce que cela changerait?

— Si elle est là-bas aux frais de l'État, je commencerai par les archives de l'État, mais si elle y est à titre privé, je vais devoir accéder aux archives de la maison de retraite. » Le seul fait d'entendre le terme *accéder* tomber des lèvres de la signorina Elettra induisait chez Brunetti un état proche de celui du lapin hypnotisé par un serpent.

« Et qu'est-ce qui est le plus facile? demanda-t-il, refusant d'utiliser des termes comme accéder ou pénétrer.

— Ah, le système de la maison de retraite, aucun doute, répondit-elle avec la condescendance d'un champion poids lourd confronté à un amateur poids coq.

— Et l'autre ? » Il n'avait pu s'empêcher de poser la question, toujours curieux de savoir l'importance que donnait l'État à la protection et à la précision des informations qu'il détenait sur ses citoyens.

Question qui provoqua un soupir et un mouvement de tête fatigué chez la secrétaire, le tout suivi d'un *ts-ts* désabusé. « Pour ce qui est des systèmes du gouvernement, le problème n'est pas d'y entrer. Dans la plupart des cas, un écolier y parviendrait. C'est d'arriver à trouver l'information.

— Je ne suis pas certain de voir la différence », avoua Brunetti.

Elle ne répondit pas tout de suite, à la recherche d'un exemple simple, à la portée d'une personne peu douée. « Je suppose que c'est comme un cambriolage, commissaire. Il est facile d'entrer dans une maison, en particulier si elle n'est pas fermée à clef. Mais une fois dedans, voilà que vous découvrez que les gens qui y habitent vivent dans le désordre le plus total ; il y a de la vaisselle sale jusque dans la chambre, des vieilles chaussures et des journaux périmés dans la cuisine. » Elle vit qu'il commençait à comprendre. « Et les gens vivent de cette façon depuis que la maison a été construite, si bien qu'avec le temps et avec l'accumulation d'objets nouveaux, ce désordre est devenu un véritable chaos – et que trouver la moindre chose – une cuillère à café, par exemple – exige de fouiller la maison de fond en comble, une pièce après l'autre. »

Non pas qu'il ait eu le besoin de le savoir, mais parce que ses explications ne faisaient que le rendre plus curieux, il demanda : « Et c'est le cas dans tous les services du gouvernement ?

— Non, heureusement, commissaire.

— Quels sont les meilleurs ? voulut-il savoir, sans se rendre compte de l'ambiguïté de sa question.

— Oh, il n'y en a aucun de bon. Disons qu'il y en a qui sont moins mauvais que d'autres. » Elle se rendit compte que la réponse ne le satisfaisait pas. « Il est en général facile de trouver si une personne a fait faire ou non un passeport. Ou si elle a obtenu un permis de port d'arme. Les dossiers de ce genre sont en général bien tenus. Mais il y a d'autres domaines où c'est la confusion la plus totale, et par exemple, il n'y a aucun espoir d'apprendre qui possède un permis de séjour et qui détient un permis de travail, ou de comprendre quels sont les critères pour obtenir l'un ou l'autre. »

Étant donné qu'on était là dans le domaine du ministère pour lequel Brunetti travaillait, ces informations ne furent pas vraiment une surprise pour lui. Il ne put résister à la tentation de demander lequel était le pire.

« Je ne suis pas compétente pour en juger, dit-elle avec une fausse modestie, mais les services où règne le plus de confusion sont ceux qui autorisent les gens à faire ceci ou cela – ou peut-être, vaudrait-il mieux dire, les services chargés de nous protéger. » Brunetti haussa un sourcil intrigué. « Je veux parler de ceux qui sont supposés vérifier, par exemple, qu'une infirmière est bien titulaire de son diplôme, qu'elle a vraiment fait des études d'infirmière. C'est aussi valable pour les médecins, les psychiatres ou les dentistes. »

Elle s'exprimait calmement, tel un archéologue dont les fouilles n'auraient ramené qu'un maigre butin. « La négligence y est terrible. Rien n'est plus facile que d'entrer dans leurs systèmes, mais après, c'est un vrai casse-tête. » Sur quoi elle ajouta, avec sa grâce et sa générosité habituelles : « Pour eux aussi, j'imagine, les pauvres diables. »

Il arrivait que, lors de soirées en famille, les Brunetti regardent un programme de télévision où étaient dénoncés certains des pires cas de négligence de la part des services de l'État. Pour des raisons qui lui échappaient, ses enfants trouvaient l'émission merveilleusement drôle, alors que lui-même et Paola étaient révulsés par la nonchalance avec laquelle ces révélations étaient accueillies par les autorités qui auraient dû empêcher ou détecter ces manquements. Combien de faux médecins ce programme avait-il découverts, combien de guérisseurs qui n'étaient que des charlatans ? Et surtout, combien d'entre eux avaient dû arrêter leur pratique ?

Brunetti s'arracha à ces réflexions. « Je vous serais très reconnaissant pour tout ce que vous pourriez trouver sur elle ou son mari.

— Bien sûr, monsieur », répondit-elle, non sans être soulagée que soit mis un terme à cette discussion sur ses cyber-incursions et les découvertes qu'elle faisait. « Je vais voir ce que je peux faire. Jusqu'à quand je dois remonter ? ajouta-t-elle, toujours pratique.

— Jusqu'à ce que vous tombiez sur quelque chose d'intéressant », répondit-il, essayant d'avoir l'air de plaisanter, sans y parvenir vraiment.

Brunetti retourna dans son bureau. Il se sentit assailli par la faim. Il consulta sa montre et eut la surprise de constater qu'il était largement plus de trois heures. Il appela chez lui, mais personne ne répondit et il raccrocha avant le déclenchement du répondeur. Paola refusait le principe du téléphone portable et les enfants, qui de toute façon devaient déjà être en cours, ne lui auraient été d'aucune utilité. Il y avait bien la possibilité d'appeler Paola à son bureau, mais elle décrochait rarement : ses étudiants savaient où la trouver et quant aux collègues qui avaient quelque chose à lui dire, ils n'avaient qu'à venir frapper à sa porte. Il envisagea d'appeler de nouveau chez lui et de laisser un message, cette fois, mais rien ne pourrait changer le fait qu'il n'était pas rentré déjeuner et qu'il n'avait pas pensé à prévenir Paola. Les enfants en auraient entendu parler pendant trois jours s'ils avaient fait la même chose.

Son téléphone sonna et il répondit par son nom.

« Maddalena Orsoni à l'appareil. Je suis rentrée à Venise plus tôt que prévu. »

Dans la plupart des cas, Brunetti aurait sorti quelque platitude, du genre « J'espère que ce n'est pas pour un problème grave », mais elle ne paraissait pas femme à se complaire dans les clichés et les bons sentiments. « Pourrions-nous nous voir maintenant? » se contenta-t-il donc de demander.

Ni lui ni elle, remarqua-t-il, n'avaient fait allusion au sujet qui les concernait. Fonctionnaire de l'État à la recherche d'informations, il évitait néanmoins, instinctivement, d'être trop explicite au téléphone. Et Venise était la ville idéale pour avoir une conversation tranquille, pour se rencontrer dans la rue comme par hasard et aller prendre un café. Rien ne serait plus facile que de traverser un quartier pour aller boire quelque chose et bavarder.

« *Si*, répondit-elle finalement.

— Un bar ?

— Parfait.

— Je ne sais pas d'où vous appelez, mais moi, je suis à San Lorenzo. Choisissez un endroit qui vous convienne, et je vous y retrouve. »

Elle réfléchit pendant quelques instants. « Il y a un bar, juste au bout de Barbaria delle Tole, Campo Santa Giustina, sur le coin de gauche quand on arrive de SS Giovanni e Paolo. Je peux m'y trouver dans dix minutes.

— Alors on se voit là », répondit-il en raccrochant.

19

Endroit étrange pour un rendez-vous. Y avait-il une place de Venise plus à l'écart de tout que ce Campo Santa Giustina ? Seule une personne voulant aller vers San Francisco della Vigna ou se rendre à l'embarcadère de la Celestia pouvait à la rigueur emprunter cet itinéraire – ou encore quelqu'un comme Brunetti, pour le simple plaisir d'explorer sa ville. Il se souvenait d'y être venu, des années auparavant, à la recherche d'une boutique où, lui avait-on dit, on réparait les poupées. Les grands-parents maternels de Chiara lui avaient offert, pour Noël, une poupée à tête en porcelaine et à robe à paniers, mais la poupée avait perdu un œil. Brunetti ne se rappelait plus s'il avait ou non réussi à la faire réparer, mais il n'avait pas oublié, en revanche, la femme taciturne aux cheveux gris qui tenait la boutique, l'air elle-même aussi mal en point que les poupées qu'on voyait dans la vitrine. Il était repassé par le Campo depuis, mais n'avait jamais fait le détour pour aller voir si de nouvelles estropiées ne se trouvaient pas dans la devanture.

Il lui fallut peu de temps pour arriver sur place. Depuis l'autre côté du Campo, il reconnut la vitrine lugubre du magasin de vêtements d'occasion. Comme la plupart des Italiens de son âge, Brunetti n'aurait jamais acheté des vêtements usagés ; et même n'importe quoi d'usagé, en fait, sauf bien sûr si c'était une antiquité ou une peinture. Mais qui, à moins de se trouver dans une misère extrême, pourrait être tenté par ce qu'on voyait dans cette vitrine ? Brunetti n'avait jamais voyagé dans les pays de l'Est, à l'époque où ils étaient sous le joug communiste, mais il s'imaginait que les vitrines, là-bas et à l'époque, devaient avoir ressemblé à celle-ci : des machins poussiéreux, ternes, couleur de terre, devant lesquels les gens passaient sans regarder.

Il entra dans le bar. Il n'y avait qu'une seule cliente, une femme aux cheveux sombres assise près de la fenêtre. Il s'approcha d'elle. « Signora Orsoni ? » Elle leva les yeux sur lui sans sourire ni tendre la main. « Bonjour, commissaire », répondit-elle avec un mouvement de tête vers la chaise qui lui faisait face.

Il écarta le siège de la table et s'installa. Avant qu'il ait eu le temps d'entamer la conversation, le barman s'approcha et tous deux demandèrent un café. Puis Brunetti se ravisa et commanda un verre de vin blanc avec un panini.

L'homme parti, ils s'étudièrent mutuellement, chacun attendant que l'autre parle le premier. Brunetti avait devant lui une femme dans la cinquantaine ; ses yeux clairs contrastaient de manière frappante avec son teint olivâtre et ses cheveux. Elle n'avait rien fait pour cacher qu'ils grisonnaient, et cela s'ajoutant aux pattes-d'oie qu'elle avait au coin des yeux trahissait son peu d'intérêt pour essayer de paraître plus jeune.

« Je suis en effet Maddalena Orsoni, commissaire. J'ai créé Alba Libera, que je dirige depuis le début.

— Cela remonte à quand ? » demanda-t-il, sans manifester la moindre surprise par une entrée en matière qui faisait l'économie des rituels sociaux habituels dans ce genre de situation.

« Quatre ans.

— Puis-je vous demander ce qui vous a poussée à créer cette organisation ?

— Mon beau-frère a tué ma sœur », répondit-elle. Réponse qu'elle avait certainement dû souvent donner, mais Brunetti la soupçonnait d'être curieuse de l'effet que faisait sa brutale honnêteté. Il accueillit cependant l'information avec un simple hochement de tête, et elle continua. « C'était un homme violent, mais elle l'aimait. Sa violence avait toujours une bonne raison, bien entendu : il avait eu une journée difficile, le repas n'était pas bon, il l'avait vue regarder un autre homme. »

En l'écoutant énumérer tout cela, il se demandait non seulement combien de fois elle avait fait ce récit, mais il se rappelait aussi qu'il avait lui-même souvent entendu des hommes donner les mêmes explications pour justifier leur violence, un viol, un meurtre.

Le barman revint et fit le service. Brunetti ne put se résoudre à toucher son sandwich avec encore dans la tête l'écho des paroles qu'elle venait de prononcer. « Allez-y, mangez », dit-elle en versant du sucre dans sa tasse. Elle remua doucement, regardant le sucre se dissoudre.

L'estomac de Brunetti, peut-être parce qu'il avait sous le nez le substitut au repas qu'il aurait aimé prendre, se mit à gargouiller. Elle sourit, vida sa tasse et la reposa. « Je vous en prie, mangez donc. » Il essaya de s'exécuter, mais le pain blanc industriel, même grillé, n'était pas bon, le fromage (également industriel) n'était pas fondu et le jambon (tout aussi industriel) n'avait aucun goût. C'était tout de même mieux que du carton, songea-t-il. Il reposa le panini sur l'assiette et prit une gorgée de vin blanc. Le vin, au moins, était buvable.

« Dans un premier temps, elle n'a pas voulu appeler la police », reprit la signora Orsoni – et Brunetti prit conscience qu'elle n'avait pas fini de lui raconter l'histoire de sa sœur. « Puis elle a eu peur de le faire. Il lui a cassé le nez, puis un bras, et c'est là qu'elle les a appelés. » Elle le regarda, le jaugea. « Elle n'avait nulle part où aller. » Elle se reprit en voyant l'expression de Brunetti. « Je vivais à Rome, à l'époque, et elle ne m'a jamais rien dit.

— Et le reste de votre famille ?

— Il se réduisait à deux grand-tantes, et elles n'étaient au courant de rien.

— Pas d'amies ?

— Elle était de six ans plus jeune que moi, et nous ne nous sommes jamais trouvées dans la même école. Si bien que nous n'avions pas d'amies en commun. » Elle haussa les épaules. « C'était comme ça. Les femmes ne parlent pas de ce genre de choses.

— Non, en effet, admit Brunetti en prenant une autre gorgée de vin.

— Elle était avocate, continua la signora Orsoni avec un sourire un peu torve, comme si elle lui demandait de bien vouloir croire à ce qu'elle lui racontait, car qui aurait pu imaginer que sa sœur se montrerait aussi stupide ? Lorsqu'elle a finalement appelé la police – après le bras cassé –, ils l'ont arrêté, mais comme il n'y avait plus de place en prison, ils l'ont assigné à domicile. » Elle se tut pour voir comment allait réagir ce représentant des forces de l'ordre, mais Brunetti garda le silence.

« Si bien que c'est elle qui a quitté l'appartement. Elle a obtenu la séparation, mais comme cela ne suffisait pas à l'empêcher de la harceler, elle a obtenu une injonction contre lui. Il ne devait jamais l'approcher à moins de cent cinquante mètres. » La signora Orsoni fit signe au barman et commanda un verre d'eau minérale.

« Elle voulait partir loin – ils vivaient encore tous les deux à Mestre, à ce moment-là. C'était elle qui lui avait laissé l'appartement, mais elle travaillait à Mestre, et… » Brunetti se demanda comment elle allait formuler ce qu'elle avait à dire. Ce genre d'hésitation n'était pas nouveau pour lui. « Et je suppose qu'elle ne se rendait pas compte de ce qu'il était vraiment. » Le barman apporta le verre d'eau. Elle le remercia, en but la moitié et le reposa.

« Un soir, il a sonné à l'appartement où elle s'était réfugiée. Il avait un pistolet et il lui a tiré dessus dès qu'elle a ouvert la porte. Il a fait feu encore trois fois, après quoi il s'est logé une balle dans la tête. » Brunetti se souvenait de l'affaire, qui remontait à quatre ou cinq ans.

« Vous êtes revenue ?

— Vous voulez dire à ce moment-là, quand elle a été tuée ?

— Oui.

— En effet, je suis revenue. Et j'ai décidé de rester et de faire quelque chose de nouveau. Si je pouvais.

— Alba Libera ? »

Entendant peut-être une pointe de scepticisme dans la voix du policier, elle se hâta d'ajouter : « C'est vraiment *l'aube* de la liberté pour la plupart de ces femmes, croyez-moi. » Brunetti ayant acquiescé, elle continua. « Il m'a fallu deux ans pour la mettre sur pied. Je dirigeai déjà une ONG à Rome, et je connaissais donc bien le système, comment obtenir les permis et l'argent de l'État. »

Il fut sensible au fait qu'elle ait employé le terme *argent*, et non pas les euphémismes habituels. Et à présent qu'elle évoquait les procédures de fonctionnement, la colère sous-jacente de son ton avait disparu.

« Ma sœur aurait dû aller habiter dans une autre ville. Elle y aurait trouvé du travail. La loi ne pouvait pas la protéger, mais elle ne voulait pas l'admettre. Elle n'avait nulle part où aller où elle aurait été en sécurité, où elle aurait logé chez des personnes qui auraient pu la protéger. »

Brunetti savait parfaitement que les personnes en danger ont peu de chances d'obtenir la protection de l'État. Le gouvernement actuel faisait tout ce qui était en son pouvoir pour vider de sa substance le programme actuel de protection des témoins ; il y avait trop de gens qui venaient devant les tribunaux déballer des histoires peu reluisantes sur la Mafia. Ces témoins procuraient des informations, au moins, en échange de leur sécurité ; imaginez les chances d'être protégée que pouvait avoir une femme n'ayant rien à offrir à l'État en échange.

« Je crois que ces explications sont suffisantes. Au moins, vous savez pourquoi j'ai créé Alba Libera. Nous avons un certain nombre de maisons, la plupart sur la terre ferme. Ici, à Venise, nous avons quelques personnes prêtes à offrir une chambre aux femmes que nous leur envoyons, sans poser de questions.

— Et elles y sont en sécurité ?

— Plus que de là où elles viennent. Bien plus.

— Toujours ? On ne les retrouve jamais ?

— Cela arrive, dit-elle en repoussant son verre de côté sans le prendre. Le cas s'est produit l'an dernier, près de Trévise. »

Brunetti fouilla dans sa mémoire, mais rien ne lui revint. « Qu'est-ce qui s'est passé ?

— L'ex-petit ami d'une jeune femme a découvert où elle se cachait. Nous n'avons jamais su comment ni grâce à qui. Il est venu à l'adresse et a demandé à lui parler.

— Et alors ? »

Ses traits s'adoucirent, comme pour annoncer que, pour une fois, l'histoire serait moins dramatique. « La vieille dame – elle avait presque quatre-vingt-dix ans – chez qui elle logeait a répondu au personnage qu'elle ne savait pas de quoi il parlait, qu'elle vivait seule, mais elle lui dit aussi qu'il avait l'air d'un garçon charmant, et elle l'a invité à prendre un café. Elle m'a raconté qu'elle l'avait laissé seul dans le séjour pendant qu'elle allait dans la cuisine. »

Elle vit que Brunetti s'inquiétait pour la vieille dame et la jeune femme. « C'est une sacrée coriace, vous savez. Ses parents ont caché un ami juif chez eux pendant toute la durée de la guerre. C'est à l'époque qu'elle a appris les règles élémentaires de sécurité dans ce genre de situation. » Devant l'expression de curiosité de Brunetti, elle s'expliqua : « N'avoir rien avec soi, aucun objet, de son ancienne vie. Pas même des sous-vêtements. Tout ce qu'elles portent doit être mélangé, dans les placards et les tiroirs, aux affaires de la personne qui les héberge. Et chaque fois qu'elles quittent l'appartement, même pour la plus brève des courses, elles doivent laisser à leur chambre l'aspect qu'elle aurait si personne ne l'occupait.

— Juste au cas où ?

— Juste au cas où.

— Et comment ça s'est soldé ?

— Elle a traîné autant qu'elle a pu pour préparer le café et, pendant tout ce temps, elle l'a entendu qui faisait le tour du reste de l'appartement. Chambre d'amis y compris. Quand il est arrivé dans la cuisine, elle lui a offert un café et des biscuits et elle s'est mise à lui parler de ses petits-enfants, lui répétant qu'il avait l'air d'un gendre idéal, et est-ce qu'il était marié – le type en a eu rapidement assez et finalement il a fichu le camp.

— Qu'avez-vous fait, alors ?

— Nous avons envoyé la jeune femme dans une autre ville le soir même.

— Je vois, dit Brunetti. Vous êtes très efficace.

— Il le faut bien. Certains de ces hommes sont très intelligents. Et tous sont violents. »

Elle ne fit aucune nouvelle allusion à sa sœur, et Brunetti lui en fut reconnaissant.

« Et la signora Altavilla ?

— C'est une cousine à elle qui lui a parlé de nous. Nous avons eu un entretien, et elle s'est portée volontaire pour nous aider. Elle était veuve et vivait seule, disposait d'une chambre, et il y avait trois autres appartements dans l'immeuble. » Brunetti eut une expression intriguée. « Ça signifie qu'il y a des allées et venues, des gens qui entrent et sortent.

— Cela remonte à combien de temps ? »

Elle inclina la tête de côté pendant qu'elle fouillait dans sa mémoire. « Entre deux et trois ans, je dirais. Il faudrait que je consulte mes livres.

— Où sont vos bureaux – si je peux vous poser la question ? demanda Brunetti, sachant toutefois qu'il n'aurait aucun mal à le découvrir.

— Pas loin d'ici », dit-elle, l'agaçant par sa réponse inutilement évasive.

Mais Brunetti préféra continuer. « Est-ce qu'un incident similaire à celui que vous venez de me raconter – c'est-à-dire un homme venant chez elle en soupçonnant que sa femme s'y trouverait – est-il jamais arrivé à la signora Altavilla ? »

Elle posa les mains sur la table, doigts entrecroisés. « Elle ne m'a jamais parlé de rien. Nos instructions sont formelles sur ce point, expliqua-t-elle. Le propriétaire des lieux doit nous avertir immédiatement, même s'il s'agit d'un simple soupçon. Sauf, ajouta-t-elle avec un sourire fatigué, que tout le monde n'est pas aussi malin que cette vieille dame.

— Savez-vous si elle aurait pu avoir des inquiétudes à la suite de quelque chose que lui aurait dit l'une de ses invitées ? »

Le sourire de la signora Orsoni devint plus chaleureux. « C'est très délicat de votre part, dit-elle.

— Quoi donc ? demanda Brunetti, un instant interdit.

— De les appeler des invitées.

— C'est ainsi que je les vois, répondit-il simplement, ignorant la tentative de diversion. Donc, est-ce que cela s'est produit ? »

La signora Orsoni redressa le menton et inspira bruyamment. « Non, pas vraiment. Je veux dire, elle n'a jamais fait elle-même état de quelque chose de ce genre. En règle générale, ces femmes sont peu bavardes. » Elle ne lui offrit pas d'autres explications, mais Brunetti soupçonna qu'elle n'avait pas tout dit.

« Mais ?

— Mais une jeune femme qui logeait chez elle m'a dit qu'elle pensait que quelque chose avait bouleversé Costanza.

— Que vous a-t-elle dit, exactement ? » demanda Brunetti, plein de perplexité et de curiosité.

La signora Orsoni se frotta le front, comme pour montrer à Brunetti les efforts qu'elle faisait pour s'en souvenir. « Qu'au début où elle habitait chez Costanza, elle lui avait paru être quelqu'un de très calme ; mais alors qu'elle était là depuis quelques semaines, Costanza était revenue un jour à l'appartement avec l'air inquiet. La jeune femme a pensé que cela passerait, mais son inquiétude semblait persister.

— Où la signora Altavilla était-elle allée ? Sa pensionnaire le savait-elle ?

— Les seuls endroits où se rendait Costanza, pour autant que je le sache, étaient chez son fils et à la maison de retraite, pour parler avec les vieilles personnes.

— Quand la jeune femme vous a-t-elle raconté cela ?

— Au moment de son départ, quand je l'ai accompagnée à l'aéroport. Il y a environ un mois. Elle avait peut-être retrouvé sa sérénité, depuis.

— Et cette jeune femme avait-elle interrogé la signora Altavilla là-dessus ? »

La signora Orsoni posa les mains à plat sur la table. « Vous ne comprenez pas bien la situation, commissaire. Vous appelez ces femmes des invitées, mais ce n'est pas comme ça. Elles sont en fuite. Certaines continuent à travailler, mais la plupart ne bougent pas de leur cachette et passent leur temps à se morfondre sur le sort qui les attend. »

Elle le regarda pour s'assurer qu'elle avait toute son attention. « Ces femmes ont vécu des choses terribles, commissaire. Elles ont été battues et violées, des hommes ont essayé de les tuer. Il leur est difficile de se sentir concernées par les problèmes des autres. » Elle se tut, peut-être pour évaluer dans quelle mesure Brunetti pouvait comprendre cela. « Elles ont du mal à imaginer que les personnes chez qui elles logent – c'est-à-dire des gens qui ont un domicile, un travail, qui n'ont pas de problèmes financiers, qui ne courent aucun danger particulier –, que ces personnes puissent avoir des soucis sérieux. Autrement dit, ce qui est le plus étonnant, ce n'est pas qu'elle n'ait pas cherché à en apprendre davantage sur ce qui inquiétait Costanza, mais qu'elle ait déjà remarqué que quelque chose l'inquiétait. La peur fait se replier les gens sur eux-mêmes. »

Brunetti pensa à la sœur de la signora Orsoni. « Vous avez dit que vous l'avez accompagnée à l'aéroport ? »

Elle ne parut pas surprise que le policier ne se soit pas laissé entraîner ailleurs. « Elle est partie. Je vous l'ai dit.

— Pourquoi ?

— Son mari venait d'être arrêté.

— Pour quel motif?

— Assassinat.

— De qui ?

— De son amant.

— Ah, laissa échapper Brunetti. Et donc ?

— Et donc elle pouvait retourner chez elle. » Au ton de la signora Orsoni, on aurait pu croire que cela semblait un choix simple, sinon évident. C'était peut-être le cas.

« Qui est venu après ?

— Une autre jeune femme, mais elle est repartie avant la mort de Costanza.

— Parlez-moi de cette autre jeune femme, demanda Brunetti.

— Je n'ai pas grand-chose à vous raconter, en réalité. Je ne peux que vous répéter ce qu'elle m'a dit. » Brunetti l'encouragea d'un hochement de tête. « Elle est de Padoue. Inscrite à l'université, en économie. » Elle marqua une pause, mais le policier observa le silence. « Elle appartient à une famille très… traditionnelle. Si bien que lorsqu'elle leur a appris qu'elle avait un petit ami et que celui-ci était de Catane… » Brunetti écoutait, imperturbable. « … ils lui ont carrément dit qu'elle devrait choisir entre eux et lui. » Elle secoua la tête à l'idée de ce comportement d'un autre temps. « Si bien qu'elle a choisi le petit ami et qu'elle est allée habiter avec lui.

— Et comment est-elle entrée en contact avec la signora Altavilla ? » demanda-t-il, ne fût-ce que pour lui montrer que les aventures sentimentales de cette jeune femme et de sa famille traditionnelle ne l'avaient pas détourné de son but.

« Elle a appelé notre bureau de Trévise il y a environ trois semaines. La police venait de lui apprendre qu'elle ne pouvait rien faire pour elle. » Le silence interrogateur de Brunetti la fit continuer. « D'après elle, ses ennuis avaient commencé dès le début. Il était jaloux. Et violent. Il l'avait brutalisée à plusieurs reprises, mais elle avait eu peur d'appeler la police. » Elle soupira et eut un mouvement des épaules et des mains qui trahissait son exaspération.

« Mais cette fois-ci, elle a bien cru qu'il allait la tuer – c'est ce qu'elle leur a dit. Ils étaient dans la cuisine quand c'est arrivé, et pour se défendre, elle lui a jeté dessus l'eau bouillante des pâtes. »

Brunetti trouva que la signora Orsoni racontait cela avec un calme curieux. « Et alors ?

— Elle s'est enfuie du domicile et a appelé la police.

— Et comment ça s'est passé ?

— Ils sont venus à l'appartement pour parler au petit ami mais ils n'ont rien fait.

— Et pourquoi ?

— Parce que c'était parole contre parole. Il leur a expliqué que c'était elle qui avait déclenché la dispute et qu'il n'avait fait qu'essayer de se défendre. » En disant cela, la signora Orsoni avait échoué dans son effort pour cacher son mépris de la police et sa colère contre les préjugés masculins. Quand elle reprit la parole, elle ne put s'empêcher d'exprimer finalement son opinion. « Sans compter qu'elle est une femme et lui un homme. » Brunetti fut surpris qu'elle n'ajoute pas *et un Sicilien*. Mais il continua de rester silencieux. « Comme elle était de Trévise, c'est notre antenne locale qu'elle a appelée. Elles ont estimé qu'elle serait en sécurité à Venise, même si ce n'est pas très loin. »

Après avoir réfléchi un instant à ce qu'elle venait de lui révéler, Brunetti demanda : « C'est la police qui vous a raconté tout ça ? »

Les traits de la signora Orsoni se contractèrent. « J'ai parlé aux personnes de notre antenne de Trévise et c'est elles qui m'ont mise au courant.

— Cela faisait plusieurs années que la signora Altavilla collaborait avec vous, m'avez-vous dit. C'est bien ça ? »

La question déplut à la signora Orsoni, qui finit par répondre que oui.

« Ce faisant, elle prenait elle-même des risques. Des risques théoriques, ajouta-t-il quand il la vit sur le point de protester, mais elle était néanmoins volontaire pour le faire. »

La femme acquiesça, regarda au loin, puis revint sur le policier.

« Vous me dites que cette femme n'est plus ici. D'ailleurs, il n'y avait aucune trace de sa présence dans l'appartement. »

La signora Orsoni acquiesça de nouveau.

« Aurait-elle pu y revenir ? »

D'une voix égale, dépourvue d'émotion, elle répondit : « Elle n'a rien à voir avec la mort de Costanza.

— Comment puis-je en être certain ?

— Parce que je vous le dis.

— Et si je décidais de ne pas vous croire ? »

Tandis qu'il attendait sa réaction, Brunetti vit dans ses yeux qu'elle venait de prendre la décision de partir, puis il entendit le raclement de ses pieds, sous la chaise. Il leva une main pour retenir son attention.

« Votre organisation est relativement bien connue, n'est-ce pas ? » demanda-t-il d'un ton calme.

Elle eut un sourire involontaire devant ce qu'elle prit comme un compliment. « J'aime à le croire.

— Et j'imagine que vous bénéficiez d'un certain soutien de la ville, même s'il est modeste. Sans parler des contributions privées.

— Ils se rendent compte, sans doute, du bien-fondé de notre action.

— Pensez-vous qu'une mauvaise publicité pourrait changer cette image ? » demanda Brunetti du même ton calme.

Il fallut un certain temps à la signora Orsoni pour prendre la mesure de la question. « Que voulez-vous dire ? Quelle mauvaise publicité ?

— Voyons, signora. Inutile de faire semblant avec moi. Le genre de mauvaise publicité qui passerait par le canal des journaux, lorsqu'on y lirait que votre association a placé une femme chez une veuve – une veuve *vénitienne*, ça fera mieux – et que la veuve vénitienne en question est morte dans des circonstances étranges alors que la femme qui résidait chez elle reste introuvable. » Il avait souri en disant cela et gardé une voix chaleureuse, un ton paisible. « Le terme de *risque* a toutes les chances de venir à l'esprit, non ? »

Sur quoi, devenant plus sérieux, il entreprit de relire les événements selon une autre façon de les percevoir, en ajoutant quelques détails pour donner plus de poids à sa démonstration. « Les circonstances de sa mort ne sont pas claires, la police est incapable de retrouver la femme que lui avait confiée Alba Libera. » Il continua, coude sur la table, poing sous le menton. « Voilà le genre de mauvaise publicité à laquelle je fais allusion, signora. »

Elle se leva, et Brunetti crut bien qu'elle allait partir, cette fois. Mais elle resta plantée sur place et le regarda fixement pendant quelques instants. Puis elle prit son téléphone portable et, de son autre main, lui fit signe d'attendre. Elle alla alors se placer près de la porte, jeta un coup d'œil à Brunetti par-dessus son épaule, puis sortit de l'établissement. Elle composa un numéro.

Brunetti commanda un verre d'eau minérale et prit tout son temps pour le boire, repoussant l'assiette contenant le sandwich entamé loin de lui. Quand il reposa son verre vide, elle parlait toujours au téléphone et composait un autre numéro.

Il y avait un exemplaire du *Gazzettino* sur la table voisine, mais Brunetti ne voulait pas l'offenser par une manifestation aussi patente d'impatience. Il tira donc son carnet de notes et écrivit quelques phrases des moments clefs de leur conversation. Plongé dans leur évocation, il ne l'entendit qui revenait près de leur table que lorsqu'elle lui dit : « Elle ne répond pas à son téléphone. »

20

Brunetti se leva pour lui tirer sa chaise. Elle s'assit et posa son portable devant elle. « Je ne comprends pas pourquoi elle ne répond pas. Elle peut voir qui l'appelle. » Brunetti lui trouva un ton forcé, manquant de naturel.

Il se rassit, et s'aperçut que son verre était vide lorsqu'il tendit la main pour le prendre. Il le repoussa de côté. « Oui, bien sûr », dit-il. Il regarda l'affreux morceau de sandwich, puis revint sur la signora Orsoni. Il resta silencieux, le visage fermé.

« Elle m'a appelée, dit finalement la signora Orsoni.

— Qui, elle ? » demanda Brunetti. La femme ne répondit pas, et il reposa sa question. « Qui vous a appelée, signora ?

— La signora… Costanza. Elle m'a appelée.

— Que vous a-t-elle dit ?

— Elle… elle m'a dit qu'elle lui avait parlé. » Elle jeta un coup d'œil à Brunetti, vit qu'il ne comprenait pas et précisa : « À son petit ami.

— Le Sicilien ? Comment l'avait-il retrouvée ? »

Elle posa les coudes sur la table, se prit la tête à deux mains et la secoua par deux ou trois fois, gardant les yeux baissés. « Il l'a retrouvée, parce qu'elle l'avait appelé de chez Costanza et que lorsque lui-même a rappelé, plus tard, c'est Costanza qui a répondu. En donnant son nom. Il lui a demandé s'il pouvait lui parler. » Brunetti dut faire le tri parmi les pronoms, mais il paraissait clair que la pensionnaire de la signora Altavilla avait été assez stupide pour appeler son petit ami sur le téléphone de l'appartement ; petit ami qui avait certainement vu le numéro s'afficher sur son portable. Rien n'était plus facile pour lui, alors, que de rappeler pour vérifier que c'était bien là qu'elle logeait.

« Il l'a menacée ? »

Elle porta ses mains croisées à son front, comme pour le protéger puis se cacha les yeux. Elle répondit non d'un mouvement de tête sec.

« Qu'est-ce qu'il voulait ? »

Au bout de quelques secondes elle répondit : « Il voulait simplement lui parler. Elle n'avait qu'à choisir l'endroit, il irait la rejoindre. Il était d'accord pour la retrouver même dans un poste de police ou à la terrasse du Florian, dans n'importe quel endroit public où elle se sentirait en sécurité. » Elle se tut, mais garda toujours les mains croisées sur le front.

« Et elle l'a fait ?

— Oui », répondit-elle, les yeux toujours cachés.

Se rendant compte que le lieu de la rencontre était sans importance, il demanda une fois de plus : « Qu'est-ce qu'il voulait ? »

Elle posa les mains sur la table et serra les poings. « Il lui a dit qu'il voulait la mettre en garde. »

La formule étonna Brunetti. Il essaya d'anticiper l'explication. Est-ce que ce jeune homme se faisait une idée délirante, à la sicilienne, de l'honneur personnel et ne voulait pas que cette vieille femme se retrouve au milieu d'un tir croisé ? Ou cherchait-il à lui faire croire quelque chose concernant la jeune femme qu'elle avait accueillie chez elle ?

« Et la suite ?

— D'après elle, c'est ce qu'il a fait : il l'a mise en garde.

— En garde contre lui-même ? » l'interrompit Brunetti, pensant toujours à son scénario.

La signora Orsoni eut une évidente réaction de surprise. « Non, contre elle.

— Contre la jeune femme ? Contre celle que la signora Altavilla logeait chez elle ?

— Oui. »

Tel un joueur de rugby qui fait une feinte, Brunetti hésita un bref instant et partit soudain dans l'autre direction. « Mais qu'est-ce qu'il lui a dit ? »

Au bruit de la porte qui s'ouvrait, elle détourna les yeux. Deux hommes entrèrent dans le bar. Ils restèrent un moment sur le seuil, puis un troisième individu les rejoignit, et jeta une cigarette allumée dans la rue avant d'entrer. Les trois hommes allèrent s'accouder au bar et commandèrent des cafés. Leurs grosses voix, amicalement bourrues, remplissaient la salle. Des ouvriers faisant une pause.

« Signora ?

— Que la fille était une voleuse et qu'elle devait la chasser de chez elle. » La signora Orsoni était visiblement très affectée d'avoir à le répéter. Brunetti pouvait le comprendre : la signora Orsoni avait consacré sa vie et son énergie à sauver des femmes qui étaient parfois en danger de mort. Et maintenant, voilà qu'on lui disait qu'elle avait fait confiance à une femme malhonnête.

« Qu'est-il arrivé ? »

Elle parut prise au piège, et elle ne répondit pas tout de suite. « C'était vrai.

— Et comment le savez-vous ?

— Il lui a montré des copies d'articles de journaux et même des rapports de police. » Devant sa surprise, elle ajouta inutilement : « Elle lui avait donné rendez-vous en bas, dans le Campo.

— Et qu'y avait-il dans ces rapports ?

— Que c'était son mode opératoire. Elle s'installait dans une ville et s'arrangeait pour avoir une liaison avec un homme. Elle allait habiter chez lui ou il venait habiter chez elle. Puis elle provoquait une dispute entre eux et s'arrangeait pour qu'il devienne violent. Et quand la police arrivait… » Elle porta les poings à ses yeux, soit de honte, soit pour ne pas voir l'expression qu'affichait Brunetti. « … il a dit que le plus efficace, c'était quand les voisins appelaient eux-mêmes la police. » D'une voix tendue et sans prendre de précautions oratoires elle continua : « Elle se faisait passer pour la victime, la police entrait alors en contact avec une association d'aide aux victimes de violences conjugales, on la plaçait chez des gens où elle restait jusqu'à ce qu'elle ait sa propre clef et sache ce qu'il y avait de valeur dans la maison. Après quoi elle disparaissait en emportant tout ce qu'elle pouvait porter. »

Tandis que la voix de la signora Orsoni s'étouffait d'indignation, Brunetti entendit le cliquetis des tasses, des rires cordiaux, puis le bruit des pièces qui tombent ; après quoi la porte s'ouvrit et les ouvriers s'en allèrent.

Elle reprit la parole dans le silence retrouvé du bar. « Il a raconté tout cela à Costanza, il lui a montré les rapports de police et il l'a suppliée de le croire.

— Et les brûlures ? » demanda Brunetti. Mais elle ne comprit pas l'allusion. « L'eau bouillante qu'elle lui avait jetée ? »

Elle fit aller et venir un ongle dans l'une des profondes rainures qui striaient la table. « Costanza m'a dit qu'il boitait encore, mais lui-même n'en a pas parlé. »

Elle se leva, alla au bar et en revint avec deux verres d'eau minérale. Elle en posa un devant lui et se rassit à sa place.

« Et cela remonte à quand, signora ? »

Elle vida la moitié de son verre et le reposa sur la table. Elle regarda longuement Brunetti avant de répondre. « La veille du jour où Costanza est morte.

— Comment êtes-vous si bien au courant ? demanda-t-il, ignorant pour le moment le verre posé devant lui.

— Comme je vous l'ai dit, Costanza m'a appelée en rentrant chez elle. Elle venait de s'entretenir avec cet homme et elle m'a demandé de venir chez elle – elle l'a presque exigé. » Sa respiration s'accéléra à nouveau. « J'y suis allée et elle m'a fait lire les articles et les procès-verbaux de la police.

— Et l'homme, où est-il allé ?

— Il lui avait dit qu'il était simplement venu pour la mettre en garde et lui montrer le danger, après quoi il l'avait remerciée de l'avoir écouté et il était reparti. C'était tout. Il lui suffisait de constater qu'elle l'avait cru. Il lui a dit que beaucoup de gens avaient du mal à lui faire confiance parce qu'il était sicilien. » Elle s'autorisa alors, comme Brunetti lui-même, un long moment de silence. « Il lui avait fait l'effet de quelqu'un de bon », ajouta-t-elle finalement.

Devant son air chagrin, Brunetti eut le bon sens de ne pas insister, se contentant de demander : « Et ensuite ?

— Costanza m'a demandé d'appeler la femme et de lui dire que j'avais à lui parler.

— Vous l'avez fait ?

— Bien sûr que je l'ai fait ! dit-elle, prise d'une brusque colère. Je n'avais pas le choix, il me semble. » Elle se reprit avant de continuer. « Je lui avais trouvé un petit boulot. Elle tenait compagnie à une vieille dame. Elle n'avait rien à faire, en réalité, seulement lui préparer son déjeuner et être là au cas où il se passerait quelque chose.

— Je vois, dit Brunetti.

— Je lui ai donc demandé de revenir tout de suite vers quatre heures et elle a dit d'accord.

— Et ?

— Elle est revenue. Je lui ai dit que j'étais obligée de la faire aller dans une autre ville.

— Elle vous a crue ? »

La signora Orsoni haussa les épaules. « Je ne sais pas.

— Qu'est-ce qu'elle a fait ?

— Elle est allée dans sa chambre et elle a préparé ses affaires.

— Vous l'avez accompagnée ?

— Non. Nous sommes restées dans le séjour, Costanza et moi ; le temps qu'elle aille faire sa valise. »

Elle parut vouloir ajouter quelque chose, mais l'expression qu'elle lut sur le visage de Brunetti parut l'en dissuader.

« Elle n'a rien soupçonné ? demanda le policier.

— Aucune idée. Peu m'importe.

— Bon. Elle fait sa valise. Et ensuite ?

— Elle a dit au revoir à Costanza, elle lui a rendu sa clef et nous avons quitté l'appartement.

— Et ?

— Nous avons pris le vaporetto jusqu'à la gare et nous sommes allées ensemble au guichet pour prendre son billet. Je lui ai demandé alors où elle voulait aller.

— Elle a donc dû comprendre que vous étiez au courant, à ce moment-là.

— Je suppose que oui. » Cette manière évasive de répondre provoqua une bouffée d'irritation chez Brunetti. « Et ?

— Elle a pris un billet pour le dernier train pour Rome. Il part un peu avant sept heures et demie.

— L'avez-vous vue monter dans le train ?

— Oui.

— Avez-vous attendu le départ du train ? »

Elle ne fit aucun effort pour cacher son irritation grandissante. « Bien sûr, je l'ai fait ! Mais elle a très bien pu descendre à Mestre, pour ce que j'en sais.

— Mais elle avait rendu la clef.

— Costanza n'a même pas eu besoin de la lui demander, rétorqua-t-elle, ajoutant avec presque de la satisfaction, mais elle avait très bien pu faire faire un double. »

Brunetti ne commenta pas la remarque. « Comment s'appelle-t-elle ? »

Il la vit qui hésitait. Il l'amènerait à la questure, se dit-il, si elle refusait de répondre. En attendant, il ajouta : « Et le nom du Sicilien ?

— Gabriela Pavon et Nico Martucci.

— Merci, dit Brunetti en se levant. Si j'ai besoin d'autres informations, je vous appellerai pour vous demander de venir à la questure.

— Et si je refuse ? »

Brunetti ne prit pas la peine de lui répondre.

21

Brunetti fut soulagé d'en avoir terminé avec elle et put enfin s'avouer que, depuis le début, elle ne lui avait guère inspiré de sympathie. Ses demi-vérités, ses manœuvres dilatoires et ses tentatives de le manipuler l'avaient agacé ; pis encore, elle ne paraissait concernée par la mort de la signora Altavilla que dans la mesure où c'était une source de culpabilité pour elle, et/ou un danger potentiel pour son association au nom ridicule, Alba Libera. Comme elles se souciaient peu des gens, en fin de compte, ces personnes qui prétendaient aider l'humanité…

Il rumina tout cela sur le chemin de retour jusqu'au moment où, tout d'un coup, il prit conscience que la lumière du jour avait baissé. Il consulta sa montre et constata avec surprise qu'il était presque cinq heures. Ça n'avait pas de sens de retourner à la questure, mais il ne changea cependant pas de direction. Une fois arrivé sur place, il se rendit dans le bureau de la signorina Elettra et la trouva une fois de plus plongée dans un livre – et apparemment toujours le même. Elle leva les yeux quand elle l'entendit entrer, referma le bouquin et le repoussa de côté. « Vous avez l'air de quelqu'un qui ramène du travail à la maison, lui dit-elle avec un sourire.

— Je viens juste de parler avec la responsable d'Alba Libera.

— Ah, Maddalena. Qu'est-ce que vous en pensez? demanda-t-elle. Son ton parfaitement neutre ne trahissait absolument pas quel était son propre avis.

— J'en pense qu'elle aime aider les gens, répondit Brunetti avec la même neutralité dans la voix.

— Ce qui est un désir parfaitement louable, n'est-ce pas? » s'autorisa à suggérer la secrétaire.

Brunetti se demanda lequel, le premier, allait renoncer à ce petit jeu et donner son opinion. « Elle me rappelle un peu ces héroïnes de romans anglais du XIXe siècle, qui sont tellement attachées à l'amélioration morale des classes sociales inférieures », lâcha la signorina Elettra. Brunetti pensa que son cynisme avait fini, au bout de dix ans, par déteindre sur elle - puis il se rendit compte que la signorina Elettra avait ses propres réserves en la matière.

Soudain agacé de ce petit jeu, Brunetti revint à son sujet. « L'une des femmes qu'elle a aidées était logée chez la signora Altavilla jusqu'à la veille de sa mort. Mais il s'avère que la femme en question avait déjà séjourné chez des particuliers dans des circonstances similaires…

— Et avait fichu le camp en emportant les couverts en argent? dit la signorina Elettra en plaisantant.

— Justement, quelque chose comme ça. »

Il vit la stupéfaction se peindre sur le visage de la jeune femme et en fut ravi.

« Son nom? demanda-t-elle.

— Gabriela Pavon, mais je doute beaucoup que ce soit son vrai nom. Et l'homme qu'elle était supposée fuir s'appelle Nico Martucci – un Sicilien. C'est très certainement son vrai nom. Il habite à Trévise. » Elle avait tout de suite commencé à écrire les noms. « Ne prenez pas cette peine. J'ai un ami à Trévise qui pourra me mettre au courant. Autant de temps de gagné. »

Il commença à se tourner pour partir, elle lui montra une pile de papiers, sur le coin de son bureau. « J'ai trouvé un certain nombre de choses à propos de la signora Sartori et de l'homme avec qui elle vit.

— Ils ne sont donc pas mariés ?

— Non, si j'en crois les dossiers de la maison de retraite. L'intégralité de la pension de retraite qu'elle touche va directement à l'institution et son compagnon, Morandi, paie le reste. » Voyant la surprise de Brunetti, elle ajouta : « Il n'est pas obligé de le faire, puisqu'ils ne sont pas mariés, mais il le fait tout de même. » Brunetti évoqua l'homme au visage rougeaud qu'il avait rencontré dans la chambre de la signora Sartori.

« Qu'est-ce que ça coûte ? voulut-il savoir. Il pensait à ce que lui et son frère avaient dû payer pour leur mère, pendant toutes ces années.

— Deux mille quatre cents euros par mois, dit-elle. C'est l'une des meilleures maisons de retraite de la ville, ajouta-t-elle quand elle le vit soulever les sourcils. De toute façon, ce sont les tarifs actuels, conclut-elle avec un geste de la main.

— Et à combien s'élève sa pension ?

— Six cents euros. Elle a pris une retraite anticipée et elle n'a donc pas droit au taux maximum.

— Et celle de Morandi ? demanda-t-il avant de faire le calcul.

— Cinq cent vingt euros. » À elles deux, leurs pensions ne couvraient pas la moitié de ce que coûtait la maison de retraite.

L'homme ne lui avait pas fait l'effet d'être bien riche ; elle non plus d'ailleurs, dut reconnaître Brunetti. Si Morandi était bien l'homme qu'il lui avait paru être, un retraité bien obligé de payer pour tout ce qui est indispensable, à commencer par le loyer et la nourriture, où trouvait-il les fonds pour la maison de retraite ?

Elle rassembla les documents et les lui tendit. Il y en avait nettement plus que trois ou quatre, et il s'en étonna, se demandant ce que ces deux vieilles personnes avaient bien pu faire, au cours de leur vie.

« Qu'est-ce qu'on trouve là-dedans ? » demanda-t-il en brandissant la liasse, exagérant son geste.

La signorina Elettra adopta sa mine la plus sibylline pour répondre. « On ne peut pas dire qu'ils aient mené une existence particulièrement calme. »

Pour la première fois de la journée, peut-être, Brunetti se laissa aller à sourire. Il agita de nouveau les papiers. « Je vais y jeter un coup d'œil. » Elle acquiesça d'un hochement de tête et retourna à son ordinateur. Une fois dans son bureau, il composa le numéro de son domicile.

Paola répondit par un *Si* tellement peu avenant que même le plus téméraire des télévendeurs aurait battu en retraite.

« Et la voix de la tourterelle se fait entendre dans nos campagnes, ne put-il s'empêcher de répliquer.

— Dottor Brunetti, dit-elle d'un ton toujours aussi sec, tu ne vas pas te mettre à me citer la Bible, maintenant.

— Je lis le Cantique des cantiques en tant que littérature, pas comme un texte sacré.

— Et tu le transformes en provocation.

— Ne faisant par là que me conformer à une tradition apologétique chrétienne vieille de deux mille ans.

— Tu es un personnage pervers et barbant. » Elle avait parlé d'un ton plus léger et il sut que le danger était passé.

« Le personnage pervers et barbant souhaiterait t'inviter à dîner quelque part.

— Et tu renoncerais à un *turbanti di soglie*[1], à déguster dans la paix de ton foyer, au milieu de la joie et de l'harmonie familiale ? répliqua-t-elle, sans qu'il puisse savoir si c'était l'idée de sa présence au repas ou le menu qui l'avait fait changer d'humeur.

— J'essaierai d'être à l'heure.

— Très bien. » Il crut qu'elle allait raccrocher mais elle ajouta : « Je suis contente à l'idée que tu seras là. » Sur quoi elle coupa la communication et Brunetti eut l'impression que non seulement la température de la pièce venait de s'élever, mais qu'il faisait mystérieusement plus clair. Plus de vingt ans, et elle pouvait encore lui faire cet effet-là, songea-t-il. Il secoua la tête, chercha le numéro de téléphone de son ami de Trévise et l'appela.

---

1. Ces « filets de sole roulés » ont beaucoup intrigué les lecteurs anglophones de Donna Leon. « Soglia » est le terme ancien pour « sogliola », « sole » en italien.

Comme il s'en était douté, le nom de la femme n'était pas Gabriela Pavon ; la police de Trévise put lui donner les six autres pseudonymes utilisés par la femme dont les empreintes digitales se trouvaient partout dans l'appartement qu'elle avait partagé avec son petit ami sicilien, mais pas son véritable nom de famille. Le Sicilien – Brunetti se dit qu'il devait arrêter de l'appeler ainsi – enseignait la chimie dans un lycée technique, son casier judiciaire était vierge et la police le considérait comme la victime d'un délit, sinon d'un crime. La femme avait bel et bien disparu et l'ami de Brunetti s'était résigné à admettre qu'on n'en entendrait plus parler jusqu'au jour où elle commettrait le même délit ailleurs dans le pays.

Brunetti lui expliqua la tentative qu'elle avait prévu de faire à Venise et son ami lui demanda, sans conviction, de lui transmettre son rapport, « même si ça n'y changera rien. Elle n'a rien fait de répréhensible, chez toi ».

Quand il raccrocha, Brunetti revint à la pile de documents que lui avait donnée la signorina Elettra. La signora Maria Sartori était née à Venise quatre-vingts ans auparavant. Benito Morandi, lui, avait quatre-vingt-trois ans. Le prénom de l'homme frappa Brunetti ; il comprenait trop bien pour quelle raison une famille avait pu baptiser ainsi son fils, à l'époque. Mais la vue de ces deux noms éveilla quelque chose chez Brunetti, comme si Ginger venait de retrouver inopinément son Fred. Ou Bonnie son Clyde. Il détourna les yeux des papiers, concentré sur sa mémoire, et suivit le cours sinueux de ses souvenirs. Il y avait une personne âgée, dans l'histoire, mais pas l'un d'eux ; une troisième personne, à une époque où eux-mêmes étaient plus jeunes. Un souvenir qui datait d'avant son entrée dans la police, d'avant sa rencontre avec Paola et tout ce qui s'en était suivi. Sa mère s'en serait souvenue, se surprit-il à penser, sa mère telle qu'elle avait été, jadis.

Il composa le numéro du portable de Vianello. « Tu es en bas ? demanda-t-il quand l'inspecteur eut décroché.

— Oui.

— Monte une minute, tu veux bien ?

— J'arrive. »

La méditation peut être utile. Brunetti alla jusqu'à la fenêtre et regarda de l'autre côté du canal, laissant les noms rouler dans son esprit, espérant qu'à force de les réunir et de les séparer ils réveilleraient le souvenir.

C'est dans cette attitude que le trouva Vianello, mains serrées dans le dos, perdu dans la contemplation de la façade de l'église ou de l'échafaudage de trois étages devant sans doute à l'intention des chats errants.

Vianello alla s'asseoir sur l'une des chaises placées devant le bureau de son supérieur. Et attendit sans dire un mot. Brunetti parla sans se retourner. « Maria Sartori et Benito Morandi. » Il n'entendit de Vianello que le bruit de ses semelles sur le plancher, quand il étira ses grandes jambes pour croiser les chevilles. Encore un peu de temps passa puis le lieutenant soupira – la mémoire lui était revenue. « Mme Reynard », dit-il, se permettant un sourire pour avoir été le premier.

N'importe quel Vénitien, ou du moins un Vénitien de leur âge, aurait fini par se le rappeler. Avec le nom que venait de donner Vianello, le souvenir de l'affaire était revenu à Brunetti. Mme Marie Reynard, une Française à la beauté légendaire, était venue s'installer à Venise avec son époux il y avait… presque un siècle. *Presque un siècle !* songea Brunetti. Le couple y avait vécu cinq ans, puis le mari était mort de manière spectaculaire. Un accident – de voiture, de bateau ou d'avion, Brunetti ne se le rappelait plus. Accident qui avait aussi entraîné la perte de l'enfant qu'elle portait, ajoutant à son chagrin. À l'issue de sa convalescence, Mme Reynard, en veuve inconsolable, s'était mise à vivre cloîtrée dans son palazzo du Grand Canal.

Il avait oublié quand il avait entendu parler de cette histoire pour la première fois, mais Brunetti n'était pas encore entré au lycée que Mme Reynard était déjà une légende – car tel est le destin des épouses inconsolables, du moins quand elles sont belles et riches. On disait que la mystérieuse Française ne quittait jamais son palazzo, ou alors seulement la nuit, pour parcourir les rues, silencieuse et en larmes ; ou bien qu'elle recevait chez elle un prêtre avec lequel, drapée dans ses voiles de veuve, elle récitait sans fin des chapelets pour le salut de l'âme de son défunt mari ; ou bien encore qu'elle vivait dans la réclusion la plus complète, crucifiée par son chagrin. Deux choses restaient constantes : elle était belle, elle était riche.

Puis, il y avait moins de vingt ans, âgée de cent ans, elle mourut au terme d'un veuvage de trois quarts de siècle. Et on apprit alors que son avocat – personnage resté étonnamment absent des diverses légendes – héritait du palazzo et de tout ce qu'il contenait, ainsi que des terres, des investissements et des rentes d'un brevet pour une technique qui rendait les fibres de coton plus solides et résistant mieux aux fortes températures. Des fibres de coton, ou de laine, ou de soie, selon la version, mais toujours est-il que ce brevet se révéla infiniment plus rentable que le palazzo et le reste.

« Bien sûr, bien sûr », marmonna Brunetti, tandis que les minuscules marionnettes qui s'agitaient dans sa mémoire se mettaient en ordre et que Maria trouvait son Benito : car les témoins qui avaient contresigné le testament de Mme Reynard, Maria Sartori et Benito Morandi, avaient fait l'objet de spéculations et de commérages pendant des mois, à Venise. Tous les deux employés de l'hôpital, ils n'avaient jamais eu auparavant de rapports avec la vieille dame mourante ; et comme ils ne figuraient pas parmi les bénéficiaires du testament, on jugeait qu'ils étaient étrangers à l'affaire. Brunetti retourna à son bureau.

« N'avait-elle pas des parents en France ? » demanda Vianello.

Brunetti fouilla parmi les souvenirs et récupéra celui qu'il cherchait : « Non, aucun, mais des gens au courant de sa fortune ont essayé de se faire passer pour ses héritiers. » Il chercha encore un peu. « Ils étaient français, c'est exact. »

Ils gardèrent tous les deux le silence pendant quelques instants, rassemblant leurs souvenirs. « Il me semble qu'il y a eu une vente aux enchères, dit l'inspecteur.

— Oui, l'une des dernières grandes ventes dans ce genre. Après sa mort. Ils ont tout vendu. » Puis, comme c'était à Vianello qu'il parlait et qu'il pouvait lui confier ce genre de choses, il ajouta : « Mon beau-père m'a raconté que tous les collectionneurs de la ville étaient là. Ou plutôt, tous les collectionneurs de Vénétie. Lui-même a acheté deux pages d'un carnet de dessins de Giovannino de Grassi. » Vianello secoua la tête ; le nom ne lui disait rien.

« XIVe siècle. Le musée de Bergame possède un carnet de dessins complet de lui – des peintures d'oiseaux, d'animaux, un alphabet fantaisiste. » Le comte Falier conservait les dessins dans un carton, loin de la lumière. Brunetti écarta les mains d'une vingtaine de centimètres. « Ce ne sont que des pages détachées, à peu près de cette taille. Superbes.

— Ils ont beaucoup de valeur ? demanda Vianello, toujours très pragmatique.

— Je ne sais pas exactement. Mais je dirais que oui. D'après mon beau-père, la plupart des collectionneurs sont venus à la vente à cause de la collection de dessins qu'avait laissée son mari ; ce n'était pas comme aujourd'hui, on ne pouvait pas regarder par Internet tout ce qui allait être mis en vente. Il disait qu'il y avait toujours des surprises, sauf que ce jour-là, la surprise fut qu'il n'y avait que peu de dessins. Il a tout de même réussi à récupérer ces deux-là.

— Quel dommage pour Cuccetti, hein ? » observa Vianello. À la surprise de Brunetti, l'inspecteur se souvenait du nom de l'avocat qui avait raflé la mise.

« Quoi ? Qu'il soit mort si peu de temps après ? Deux ans, je crois ?

— Oui, il me semble. Avec son fils. C'était le fils qui conduisait, pas vrai ?

— En état d'ivresse. Mais l'affaire a été étouffée. » Tous les deux ne savaient que trop comment ce genre de choses se passait. « Cuccetti avait pas mal d'amis influents.

— Le testament n'a jamais été contesté, n'est-ce pas ? demanda Vianello.

— Seulement par les Français, mais ça n'a pas tenu vingt-quatre heures. » Se penchant sur son bureau, Brunetti prit la liasse de papiers que la signorina Elettra lui avait donnée. « Voilà ce qu'elle a trouvé. » Il lut la première page, puis la tendit à Vianello. Ni l'un ni l'autre ne jugea utile de faire des commentaires, ils étudièrent les documents, dans un silence amical.

Maria Sartori avait été infirmière, tout d'abord à l'hôpital du Lido puis à l'hôpital civil de Venise, où elle avait terminé sa carrière. Elle était à la retraite depuis près de vingt-cinq ans. Jamais mariée, elle avait vécu à la même adresse que Benito Morandi pendant l'essentiel de sa vie adulte. Elle avait eu, à la même banque que lui, un compte sur lequel n'entraient et sortaient que des sommes modestes. Elle n'avait jamais eu besoin d'être hospitalisée, et elle n'avait jamais eu maille à partir avec la police. Et c'était tout. Il n'était question ni de joies, ni de chagrins, ni de rêves, ni de déceptions, dans ces pages. Plusieurs dizaines d'années de vie professionnelle, retraitée et occupant maintenant une chambre dans une maison de retraite privée, payée par sa pension et une contribution de son compagnon.

La photo de sa carte d'identité était jointe au dossier. Brunetti eut du mal à reconnaître la signora Sartori dans cette femme aux traits doux qui regardait le monde depuis le cliché en noir et blanc : il ne pouvait pas s'agir, vraiment pas, de la vieille dame au visage creusé de rides profondes qu'il avait vue à la maison de retraite. Il résista à la tentation de murmurer à cette figure plus jeune à quel point elle avait vu juste : les ennuis arrivaient.

Après avoir tendu les feuillets concernant la signora Sartori à Vianello, Brunetti s'intéressa à son compagnon. Morandi avait porté les armes pendant la Seconde Guerre mondiale. Brunetti fut tout d'abord pris de doute, mais il fit le calcul et se rendit compte que c'était tout juste possible.

Le père de Brunetti avait souvent fait allusion au chaos qui avait régné pendant ces épouvantables années, et il ne lui paraissait donc pas incroyable qu'un garçon de quinze ans ait pu s'engager vers la fin du conflit. Mais Brunetti lut alors les états de service de Morandi, selon lesquels il aurait servi en Abyssinie, en Albanie et en Grèce, où il aurait été blessé et rapatrié en Italie, puis rendu à la vie civile.

« Ce n'est pas possible ! » s'exclama Brunetti, faisant sursauter Vianello qui se tourna pour le regarder. Si la date de naissance du dossier était correcte, Morandi aurait eu douze ans lorsqu'on l'avait envoyé en Grèce, et seulement seize quand l'Italie s'était rendue aux Alliés. Il avait du mal à croire que des parents puissent accepter de gaieté de cœur que leur fils à peine adolescent suive l'autre Benito dans ses guerres.

Quelques années après son retour – ou du moins après la date donnée par le document établissant ses états de service –, Morandi avait trouvé un emploi sur le port de Venise et l'avait occupé pendant plus de dix ans, sans que soit précisé le poste qu'il occupait, simplement décrit comme celui d'un « travailleur manuel ». Il avait été licencié sans explication.

Quelques années plus tard, il avait été engagé dans les équipes d'entretien de l'hôpital civil. Brunetti se pencha pour récupérer la feuille que Vianello venait de poser sur le bureau. À cette date, la signora Sartori travaillait déjà à cet hôpital. Morandi avait occupé le poste de concierge et de personnel d'entretien pendant plus de vingt ans et pris, il y avait environ vingt ans, une retraite qui ne lui donnait droit qu'à une maigre pension.

Brunetti reconnut le sceau du ministère de la Justice sur les trois pages suivantes ; on y énumérait les relations de Morandi avec les forces de l'ordre, avec lesquelles il avait eu des différends à plusieurs reprises. On l'avait arrêté une première fois, alors qu'il avait la trentaine, pour contrebande de cigarettes. Cinq ans plus tard, pour avoir vendu des objets volés dans les cargaisons qui transitaient par le port ; il avait eu droit à un an de prison avec sursis. Sept ans plus tard, il avait agressé et sérieusement blessé un collègue de travail, mais sa victime ayant finalement retiré sa plainte, les poursuites avaient été abandonnées. On l'avait enfin mis sous les verrous pour avoir résisté à la police, alors qu'il était pris en flagrant délit avec des objets volés chez un receleur de Mestre. Mais il y avait eu un vice de forme dans la procédure, si bien que son affaire s'était terminée par un non-lieu au bout de cinq ans. C'est alors que le signor Morandi semblait être passé dans le camp des anges, car la police n'avait plus jamais entendu parler de lui depuis qu'il était entré à l'hôpital. Les dernières feuilles de son dossier concernaient ses relations avec le fisc. Au moment où il avait pris sa retraite, le signor Morandi avait acheté un appartement dans le quartier de Saint-Marc, sans avoir à faire d'emprunt. Une note manuscrite de la signorina Elettra précisait que Morandi et la signora Sartori, qui jusqu'ici avaient eu des adresses séparées, avaient emménagé quelques mois après dans l'appartement en question.

Son compte en banque, que cet achat n'avait apparemment affecté en rien, présentait le même profil que celui de la signora Sartori : des dépôts et des retraits modestes et, depuis l'achat de l'appartement de Saint-Marc, un règlement mensuel de frais de copropriété. Frais qui avaient augmenté avec les années pour atteindre aujourd'hui quatre cents euros, somme manifestement disproportionnée avec sa modeste retraite.

Les habitudes financières du signor Morandi avaient changé depuis le jour où la signora Sartori était entrée à la maison de retraite. Un mois avant le paiement de la première facture, son compte avait été crédité d'un dépôt de près de quatre mille euros. Depuis lors, tous les trois ou quatre mois, un dépôt variant entre quatre mille et cinq mille euros était effectué sur son compte ; chaque mois, mille deux cents euros passaient de ce compte à celui de la maison de retraite.

C'était tout, apparemment. Brunetti parcourut à nouveau le dossier pour vérifier les dates et constata que, bien que l'appartement ait été acheté après le moment où Morandi avait pris sa retraite, la signora Sartori avait continué à travailler à l'hôpital. Le policier ne voyait pas comment deux personnes avec un aussi petit salaire avaient pu réussir, même en unissant leurs forces, à mettre assez d'argent de côté pour l'achat d'un tel appartement : étant donné l'absence de tout emprunt et le salaire médiocre de celle qui continuait à travailler, la chose paraissait même à peu près impossible. Ni la brève rencontre que Brunetti avait eue avec Morandi, ni ce que lui avaient appris ces documents ne suggéraient que le comportement du personnage était caractérisé par une grande prudence financière.

Brunetti se leva et s'approcha de la fenêtre, reprenant son étude des deux façades sur lesquelles elle donnait. Il connaissait assez bien la signorina Elettra pour savoir que toutes les informations qu'elle s'était procurées étaient dans le dossier qu'elle lui avait donné : ne pas le faire – il fut frappé par le mot qui lui vint à l'esprit – aurait été tricher. Il poursuivit sa contemplation, attendant que Vianello finisse sa lecture et propose ses propres commentaires.

Le commissaire en profita pour faire quelques réflexions sur la question de la retraite. Dans d'autres pays, lui avait-on dit, les gens voyaient dans la retraite l'occasion de migrer vers des climats plus chauds et d'entamer un chapitre entièrement nouveau dans leur vie, où ils apprendraient une langue étrangère, feraient de la plongée sous-marine ou s'initieraient à la taxidermie. Vision des choses totalement étrangères à la culture de son pays. Les gens qu'il connaissait, ceux qu'il avait pu observer tout au long de sa vie, ne souhaitaient rien de plus, lorsqu'ils prenaient leur retraite, que de s'installer encore plus confortablement dans leur foyer et leurs habitudes, élaborées au cours de dizaines d'années, le seul changement étant qu'ils n'allaient plus travailler tous les matins ; tout au plus envisageaient-ils de faire quelques voyages, mais pas souvent, ni très loin. Il ne connaissait personne ayant déménagé au moment de la retraite ou ayant envisagé de changer d'adresse.

Qu'est-ce donc qui expliquait la soudaine acquisition, à la fin d'une existence de travail, d'un nouvel appartement par le signor Morandi ? Était-ce une erreur de la signorina Elettra ? Il s'en voulut aussitôt de penser une chose pareille.

« Pourquoi diable a-t-il acheté cet appartement ? lança Vianello depuis l'autre côté de la pièce.

— Et avec quels fonds ? répondit Brunetti. Il n'est même pas fait mention d'un emprunt. »

Vianello se pencha pour poser une main sur les papiers. « Il n'y a rien là-dedans qui pourrait laisser penser que Morandi a passé sa vie à économiser pour s'offrir l'appartement de ses rêves. » Brunetti alla se rasseoir et composa le numéro de la signorina Elettra.

« Oui, commissaire ?

— L'inspecteur et moi sommes très curieux de savoir comment le signor Morandi s'est arrangé pour acheter son appartement », dit-il.

Elle laissa passer quelques instants avant de répondre par une question : « Avez-vous remarqué la date de l'achat ? »

Brunetti se tordit le cou pour coincer le téléphone contre son épaule afin de se servir de ses deux mains pour feuilleter la liasse de documents. Quand il eut trouvé le bon, il dit : « Trois mois après qu'il a pris sa retraite. Je ne vois pas en quoi c'est significatif.

— Vous devriez peut-être regarder à quelle date est morte Mme Reynard. »

Il trouva la copie du certificat de décès et constata que Morandi avait acheté l'appartement exactement un mois après la mort de la Française. Comme ne lui parvenait ni commentaire ni question, la signorina Elettra demanda : « Avez-vous vu à qui il a acheté l'appartement ? »

Il regarda. « À une certaine Matilda Querini », dit-il. Devant l'expression perplexe de Vianello, il brancha le haut-parleur du téléphone et reposa le combiné. Mais il ne fit toujours pas de commentaire.

« Vous-même et l'inspecteur vous ne vous souvenez pas de l'affaire, n'est-ce pas ?

— Tout ce que je sais, c'est que le signor Morandi et la signora Sartori ont signé le testament en tant que témoins et que Cuccetti a hérité de tout.

— Ah... dit-elle en laissant mourir le mot.

— Racontez-moi.

— Matilda Querini était la femme de Cuccetti.

— Ah, sa femme... Est-elle encore en vie ?

— Non. Elle est morte il y a six ans.

— Riche ?

— Sans limites.

— Et où est allée sa fortune ? Le fils tué dans l'accident était enfant unique, non ?

— D'après la rumeur, elle l'aurait laissée à l'Église. La rumeur dit vrai. J'ai un ami qui travaille au bureau du Patriarche de Venise. Je l'ai appelé pour lui poser la question et il m'a dit que c'était de loin le plus gros legs qu'on leur ait jamais fait.

— Vous a-t-il dit à combien il se montait ?

— J'ai pensé qu'il ne serait pas très poli de le demander. » Vianello ne put retenir un petit gémissement.

« Si bien que... ? demanda Vianello, sachant pertinemment qu'elle n'aurait pas laissé un tel détail de côté.

— Si bien que j'ai demandé à mon père. La fortune de Mme Reynard ne se trouvait pas dans sa banque, mais il connaît le directeur de celle où les fonds étaient placés et il lui a posé la question.

— Je me demande si j'ai envie de le savoir.

— Sept millions d'euros, à quelques centaines de milliers près. Sans parler du brevet d'invention et des huit appartements – au moins huit.

— À l'Église ? »

Vianello, en entendant cela, se prit la tête dans les mains d'un geste mélodramatique et la secoua violemment de droite à gauche.

« Et oui », répondit-elle.

Une idée lui vint alors à l'esprit. « Avez-vous jeté un coup d'œil sur les comptes de Cuccetti et de son épouse ? » Pour elle, ce geste était un délit. Pour lui, savoir qu'elle l'avait commis sans le dénoncer était un délit.

« Évidemment.

— Laissez-moi deviner… dit Brunetti, incapable de résister à l'envie de faire un peu le malin, il n'y a eu aucune rentrée d'argent, ni sur un compte ni sur l'autre après la vente – c'est ça ?

— Rien. Bien sûr, elle a pu donner l'appartement à Morandi par pure bonté d'âme, observa-t-elle d'un ton qui excluait *a priori* une telle possibilité.

— La réputation de Cuccetti rend cette hypothèse improbable, vous ne croyez pas ?

— En effet. Mais cela rend aussi sa décision de tout léguer à l'Église… » Elle s'interrompit, cherchant comment formuler au mieux ce qu'elle voulait dire.

« Grotesque ? lui suggéra Brunetti.

— Ah », dit-elle, appréciant la justesse de son choix.

22

Brunetti rapporta à Vianello le début de la conversation qu'il venait d'avoir avec la signorina Elettra. « Ça ne devrait pas me faire rire, dit-il – gardant cependant son sérieux – mais l'idée que tout ce que ce salopard de grippe-sou a volé durant sa misérable existence s'est finalement retrouvé dans les poches de l'Église est… » Lui non plus ne termina pas sa phrase, se contentant d'un hochement de tête résigné, mi-admiratif, mi-étonné. « Qu'on les aime ou pas, il faut reconnaître qu'ils sont les meilleurs.

— Les prêtres ?

— Les prêtres. Les religieuses. Les évêques et les archevêques, tous. La soupière n'est pas sur la table qu'ils ont déjà le museau dedans. Ils ont fini par l'avoir, à la fin, et ils ont tout pompé. Mes compliments à notre sainte mère. » Il secoua la tête d'une manière que Brunetti interpréta comme de l'admiration, même si c'était à contrecœur.

Jugeant qu'il n'avait rien à opposer à ce sentiment, Brunetti suggéra qu'ils seraient beaucoup mieux chez eux, au milieu de leur famille, opinion à laquelle

Vianello se rallia sans hésiter. Ils quittèrent la questure ensemble, prenant chacun une direction différente dès la porte franchie.

Brunetti décida de marcher, ayant besoin de sentir cette liberté que l'on éprouve à suivre, dans une ville, un itinéraire bien connu. Sa mémoire et son imagination apaisées par le rythme de la marche, les noms de Cuccetti et Reynard vinrent flotter dans son esprit. Le premier ne lui procurait qu'un vague sentiment de dégoût, le second était synonyme de pathétique et de perte irréparable.

Il s'arrêta au pied du Rialto et évoqua les itinéraires possibles. La perspective de rentrer chez lui en longeant une rive avec moins de foule le tentait, mais il décida néanmoins de passer chez Biancat et d'acheter des fleurs pour Paola – cela faisait une éternité qu'il ne l'avait pas fait. Il tomba sur une boutique fermée. Ayant eu l'idée de ces fleurs, il se sentit irrité presque jusqu'à l'exaspération de ne pas pouvoir en ramener à Paola. Dans la vitrine il regarda, à peine visibles derrière le vitrage embué, les iris qu'il aurait aimé acheter dans leur cylindre en plastique blanc ; il les trouvait d'autant plus beaux qu'ils étaient inaccessibles. « Voilà qui est parfaitement humain », marmonna-t-il en se détournant pour s'engager dans sa ruelle. Il était à l'heure. Sa ponctualité remplacerait les fleurs.

Brunetti n'était pas un homme de foi, du moins pas au sens où il imaginait l'existence d'un être suprême qui se serait soucié des faits et gestes des hommes. En tant que policier, il en savait lui-même pas mal sur ces faits et gestes – au point d'espérer qu'ils consterneraient assez la divinité pour qu'elle envisage de chercher ailleurs des espèces plus engageantes. Il lui arrivait cependant parfois, de manière inattendue, de se sentir submergé par un sentiment sans limites de gratitude, accompagné d'une immense stupéfaction. Ce soir-là, cela le prit au moment où il montait les dernières marches conduisant à son appartement. Il était en bonne santé, il n'était, pour autant qu'il pouvait en juger, ni fou ni violent, il avait une femme qu'il aimait, deux enfants sur lesquels il avait misé tous ses espoirs de bonheur terrestre. Et jusqu'à aujourd'hui, le malheur, la souffrance, les privations, la maladie – tout cela était resté au-delà du cercle de feu qui, aimait-il à penser, les protégeait. Ce qu'il voyait comme une manifestation de superstition primitive le retenait d'exprimer ouvertement sa gratitude, car le faire aurait été inviter un désastre à se produire. Si ce n'était que penser ainsi était également fou et primitif.

Il entra, accrocha son veston à la gauche de la porte et se dirigea vers la cuisine. Un *turbanti di soglie*, effectivement, ou alors son nez comme Paola étaient des menteurs. Elle se tenait devant la table, mains posées de part et d'autre du journal sur lequel elle était penchée.

Il arriva derrière elle et l'embrassa dans le cou. Elle l'ignora. Il ouvrit le placard à sa droite et en retira deux verres. Puis il alla prendre une autre bouteille de Moët mise au frais dans le tiroir à légumes du réfrigérateur ; quelle chance, se dit-il, d'être l'époux d'une femme à laquelle on offrait d'aussi délicieux pots-de-vin. Il défit l'enveloppe du col, enleva le muselet et, posant ses pouces de part et d'autre du bouchon, fit sauter celui-ci à travers la pièce. Même cettc petite explosion ne suscita ni réaction, ni commentaires.

Il remplit lentement les deux verres, attendant que la mousse diminue pour les compléter, une fois, deux fois, puis il mit un bouchon sur la bouteille et rangea celle-ci dans la porte du frigo. Il poussa l'un des verres vers elle, jusqu'à ce qu'il touche le bord du journal, prit le sien et le fit cliqueter contre le premier. « Tchin-tchin », dit-il de sa grosse voix chaleureuse.

Elle continua à l'ignorer et tourna une page. Il dut retenir le verre de Paola, que le mouvement du papier avait failli déséquilibrer. « Cela réjouit le cœur d'un homme, d'être accueilli au sein de sa famille avec les marques d'affection auxquelles il est habitué, dit-il en prenant une gorgée de champagne. Ah, ces effusions chaleureuses, ce sentiment d'intimité familiale et de bien-être que l'on ne trouve que dans son foyer, entouré et révéré par les personnes que l'on chérit le plus… »

Elle tendit la main, prit le verre et but une première gorgée. Elle tourna la tête vers lui. « Encore du Moët?

— Tu as gagné, dit-il en portant un toast.

— Je croyais qu'on devait le garder pour une occasion spéciale? dit-elle, étonnée mais pas fâchée.

— Et quoi de plus spécial que de retourner auprès de ma chère épouse et d'être accueilli avec la tendresse et l'amour – sous lesquels font rage les feux de la passion – qui ont caractérisé notre union pendant vingt ans et des poussières? » Il s'efforça d'arborer le sourire le plus idiot possible.

Elle posa son verre sur le journal – sur la photo, exactement, de l'homme qui venait de déclarer aujourd'hui sa candidature à la mairie de Venise.

« Si tu t'es arrêté en chemin pour descendre quelques *ombre*, Guido, j'ai bien peur que ce champagne soit gaspillé.

— Non, ma douce. J'ai volé jusqu'à la maison sur les ailes de l'amour, tellement impatient de te retrouver et d'être submergé par ta tendresse que je n'ai pas un instant pensé à m'arrêter. »

Elle prit une autre gorgée de champagne et montra la photo. « Peux-tu imaginer ça ? Il va rester ministre et être maire en même temps.

— Quels jours nous réservera-t-il ? demanda Brunetti. Les lundis, mercredis et vendredis ? Et le gouvernement de Rome aura les mardis, les jeudis et les samedis ? » Il prit une gorgée de Moët. « C'est une insulte à la fois à la nation et à la ville, voilà ce que doit en penser une personne normale. »

Elle haussa les épaules. « Le dernier avait bien gardé son poste à Bruxelles et continuait à enseigner à l'université, non ?

— Nous sommes dirigés par une race de héros », déclara Brunetti, ouvrant à nouveau le réfrigérateur.

« Crois-tu que si l'on vide assez la bouteille, ça les fera disparaître ? » demanda-t-elle. Sur quoi elle finit son verre et le lui tendit.

Il versa, attendit, versa encore. « Seulement un petit moment, et ils vont tous rappliquer, comme des cafards… mais au moins, nous pourrons les regarder à travers les bulles de champagne. »

Elle demanda alors : « D'après toi, est-ce qu'il y a sur terre un pays où on méprise les hommes politiques autant que chez nous ? » Il remplit son propre verre avant de répondre. « Ce dont je suis sûr, c'est que mis à part les pays scandinaves et la Suisse, c'est presque partout pareil. » Sensible à la légère provocation de la fin de sa phrase, elle le relança. « Mais ? »

Brunetti étudia un instant la photo du journal. « Mais nous avons davantage de raisons de les mépriser, j'en ai peur. » Il prit une longue gorgée. « Je me demande souvent sur quelle planète ils croient habiter. » Elle referma le journal et le repoussa. « Ils parlent une langue incompréhensible, ne connaissent pas d'autre passion que l'avidité et...

— Si tu dois faire la liste de leurs passions, n'oublie pas celle qu'ils semblent avoir en ce moment pour les transsexuels, la coupa-t-il, voulant être précis et espérant lui rendre sa bonne humeur, même si rien ne garantissait que la question des transsexuels puisse le faire.

— Leur sens moral est tel qu'à côté ce transsexuel qui est mort récemment – je n'arrive pas à me rappeler son nom, pauvre fille – aurait l'air d'être Mère Teresa.

— Comparaison que beaucoup de croyants pourraient trouver offensante », observa Guido.

Paola donna à cette remarque toute l'attention qu'elle méritait. « Tu as raison. Même moi je la trouve offensante. Je me suis laissé emporter. »

Il se pencha sur elle et l'embrassa sur la bouche. « Je sais, ma chère, et ça fait partie des choses qui font que tu m'as volé mon cœur.

— Oh, arrête, Guido, dit-elle en lui tendant son verre. Ressers-moi, que j'aille ensuite mettre l'eau à chauffer pour les pâtes. »

Il fit ce qu'elle lui demandait, puis il l'aida à mettre le couvert, ayant appris avec plaisir que les enfants mangeraient avec eux. La vie nous joue tout de même de ces tours, pensa-t-il en repliant les serviettes à côté des assiettes. Lorsque Raffi avait été en âge de manger pour la première fois à table, en en fichant autant par terre que ce qu'il enfournait, pas très sûr de ce qu'il fallait faire d'une fourchette, Brunetti n'avait rien vu là de charmant, seulement que cela le distrayait de sa propre assiette. Et voilà que, quelques années plus tard, il se prenait à souhaiter que ce même garçon – un expert dans le maniement de la fourchette, à présent – prenne le temps de manger avec eux plutôt que d'aller chez un ami. Cela n'avait strictement rien à voir avec la conversation de son fils, avec son humour, sa manière de voir les choses, se rendait compte Guido. Simplement, cela lui gonflait le cœur, de les avoir ici tous les deux, de les voir, de les entendre, sachant qu'ils étaient en sécurité, au chaud, bien nourris.

« Quelque chose ne va pas ? demanda Paola derrière lui.

— Hein ? fit Guido en se retournant.

— Tu restes planté là à contempler la table, et je me demandais si quelque chose n'allait pas, dit-elle, intriguée.

— Non. Rien. Je réfléchissais.

— Et si on tapait encore un coup dans la bouteille avant que les enfants arrivent ? »

Dans un réflexe quasi pavlovien, Brunetti se tourna vers le frigo. « L'élégance de ta pensée est à la hauteur de celle de ton langage », dit-il.

Elle sourit et lui tendit une fois de plus son verre. « Tel est le destin d'une personne qui habite avec deux adolescents. »

Il restait assez de champagne pour que les adolescents en question puissent en avoir un verre avant le repas.

« Qu'est-ce que nous fêtons ? demanda Raffi en prenant le sien.

— On n'a pas besoin d'avoir quelque chose à fêter pour boire du champagne », lui répondit sa sœur, du ton de celle qui a laissé derrière elle une piste de jéroboams. Elle leva à son tour son verre, le fit tinter contre celui de Raffi et prit une gorgée. Raffi regardait son verre sans avoir l'air de vouloir y goûter. « Je ne comprends pas ce qu'on trouve au champagne. »

Paola posa une première assiette de *turbanti* devant lui, une deuxième devant Chiara et alla en préparer deux autres pour Guido et elle. « Qu'est-ce que tu ne comprends pas ? demanda-t-elle une fois assise et après avoir pris une gorgée, comme pour tester le produit.

— Pourquoi les gens en sont fous, pourquoi ils trouvent ça tellement bon », expliqua Raffi. Il reposa le verre devant son assiette et prit sa fourchette.

« Le snobisme, lui répondit Chiara, la bouche pleine.

— Chiara », lui dit Paola sur un ton d'avertissement. L'adolescente porta une main à sa bouche d'un geste coupable. Elle se servit d'eau minérale, en prit une gorgée et reposa sa fourchette. « Le snobisme », répéta-t-elle. Brunetti, étudiant son visage, constata qu'aux rondeurs de l'enfance commençaient à succéder les traits plus accusés de l'adulte et que, du coup, elle ressemblait de plus en plus à sa mère.

« Et qu'est-ce que ça veut dire ? demanda Raffi, davantage intéressé par son assiette que par ces considérations.

— C'est une façon d'impressionner les gens. Pour montrer à quel point on est chic, à quel point on a bon goût. Ce que les gens font tout le temps, d'ailleurs, avec tout et n'importe quoi. Les voitures, les vêtements, les choses qu'ils prétendent aimer.

— Mais pourquoi dire qu'on aime quelque chose quand on ne l'aime pas ? » s'étonna Raffi. Brunetti crut déceler une réelle perplexité dans la voix de son fils, lui faisant se demander sur quelle planète, à son insu et à celui de Paola, leur rejeton avait vécu toutes ces dernières années.

Chiara posa sa fourchette et, le menton dans la paume de la main, regarda son frère. Il l'ignora. Finalement, c'est elle qui reprit la parole. « C'est la raison pour laquelle tu veux une paire de Tod's et pas des chaussures quelconques. »

Raffi continua de manger sans rien dire.

« La raison pour laquelle les parents de mes copines pensent tous qu'il n'y a que les Maldives ou les Seychelles pour partir en vacances », insista-t-elle.

Raffi remplit son verre d'eau, délaissant le champagne. Il but son eau, posa son verre, repoussa sa chaise et pivota pour faire face à sa sœur. Puis il leva un pied et le tendit vers elle. « Achetées au marché de Lignano cet été pour dix-neuf euros », déclara-t-il fièrement en faisant tourner son pied pour bien montrer la chaussure. « C'est pas une Tod's, c'est pas une marque. » Il rebaissa son pied et reprit sa position à table. S'emparant de sa fourchette, il se remit à manger.

Déconfite, Chiara regarda tour à tour ses deux parents. Si elle avait été un garçon, l'affaire se serait peut-être terminée plus ou moins en bagarre, sur quoi Guido serait intervenu pour protéger le plus petit.

Alors pourquoi, lorsque les combats se déroulaient à coups de paroles, laissait-on le ou la plus faible se débrouiller tout seul ?

Brunetti s'était bagarré plusieurs fois, pendant son enfance et son adolescence, mais cela s'était toujours résumé à l'échange de quelques horions et à beaucoup de bousculades. Il ne se souvenait même pas d'avoir jamais été blessé, ou d'avoir blessé quelqu'un, et aucune de ces bagarres ne lui avait laissé un souvenir bien clair. Il se rappelait cependant l'après-midi où Geraldo Barasciutti, assis à ses côtés en classe de maths, s'était moqué de lui quand il avait commis une erreur de grammaire, mélangeant vénitien et italien.

« Hé, qu'est-ce qui t'arrive ? Ton père décharge les bateaux sur les quais ? » lui avait demandé Geraldo en lui donnant un coup dans les côtes. En fait, Geraldo plaisantait, car ces confusions entre les deux langues étaient chose courante chez les enfants. Mais la pointe avait piqué au vif un Brunetti en quête d'identité – il était déjà obligé de porter les vêtements et les souliers usagés de son frère aîné –, car son père, effectivement, avait à une époque travaillé sur les quais et gagné sa vie en déchargeant des bateaux. Cette remarque était le plus mauvais souvenir que Guido avait gardé de son enfance. Ses études universitaires, son statut de commissaire de police, l'influence et la richesse de la famille de sa femme, tout cela pouvait être remis en question par le souvenir de ces paroles, lancées par plaisanterie, et de la douleur ressentie parce qu'elles étaient vraies.

« Le plus étrange, dit alors Guido, tendant son verre vers Raffi mais parlant pour défendre la position de

Chiara, est que je ne pourrais probablement pas faire la différence entre ça et le prosecco que nous buvons tous les jours.

— *Tous les jours ?* demanda Paola tandis que Guido échangeait un sourire avec sa fille.

— Le prosecco que nous buvons d'habitude », dit-il, corrigeant sa formule. Il termina son champagne, prit la bouteille vide et alla en chercher une autre dans le réfrigérateur. Il choisit finalement le prosecco de tous les jours et le rapporta sur la table.

« Ce que votre père est en train de faire, dit Paola pendant que Guido s'affairait avec la bouteille, est un bel exemple de démarche scientifique. Il est hors de question pour lui de ne pas soumettre sa remarque à la méthode expérimentale.

— Laquelle ? demanda Raffi. Sur la différence entre le champagne et le prosecco ou celle sur le fait d'en boire tous les jours ?

— D'une pierre deux coups », dit Guido, réponse qui fut suivie d'une bruyante détonation.

23

Le lendemain matin, réveillé tôt, Guido prépara le café. Pendant que celui-ci passait, il alla jusqu'à la fenêtre du fond avec l'espoir que les montagnes seraient visibles, mais elles se dissimulaient dans les brumes. C'est les yeux perdus sur ce paysage évanescent qu'il repensa à l'étrange affaire de Mme Reynard. Il n'avait aucun moyen d'apprendre, si ce n'est en leur demandant directement, pour quelle raison Sartori et Morandi en étaient arrivés à contresigner le testament. Et comment se faisait-il qu'une femme de l'âge de la Française – sans même parler de sa fortune – se soit retrouvée dans un hôpital public et non pas dans une clinique privée ?

Les gargouillis de la cafetière le tirèrent de ses réflexions. Il remplit une tasse, versa du sucre et ajouta du lait froid, ayant la flemme de le faire réchauffer. Puis il retourna à ses pensées. Comment se faisait-il que les orbites de ces quatre personnages se soient croisées dans une chambre d'hôpital : une riche héritière mourante, l'avocat qui héritait, les témoins du testament olographe qui désignait l'avocat comme héritier ?

Tels deux anges tombés du ciel, une infirmière et un concierge au casier judiciaire ayant perdu sa virginité avaient été les témoins d'un document attestant le transfert de plusieurs millions. Étrange constellation. Et quelle était la taille de l'appartement que l'un de ces deux témoins avait acheté très peu de temps après ?

Puis ses pensées se reportèrent sur la femme qui avait logé chez la signora Altavilla. Brunetti se rappelait, avec une certaine culpabilité, qu'il avait commencé par soupçonner non pas cette femme mais son petit ami, le professeur de chimie qui avait eu le courage de venir avertir la signora Altavilla qu'elle avait un coucou dans son nid. Le Méridional.

Regardant, sur le mur de la cuisine, la reproduction d'une peinture représentant le Grand Canal quelques siècles auparavant, il pensa alors à l'appartement de la signora Altavilla tel qu'ils l'avaient trouvé. Et c'est en regardant la reproduction que lui revint le souvenir des clous veufs de leur tableau, chez la vieille dame. Il alla chercher son portable dans son veston et composa le numéro de Niccolini.

« Commissaire, je voulais justement vous appeler aujourd'hui même, dit le vétérinaire.

— À quel propos, dottore ? demanda Brunetti.

— À propos de l'appartement de ma mère. Certaines choses ont disparu, dit Niccolini, apparemment plus perplexe qu'en colère.

— Comment vous en êtes-vous aperçu, dottore ?

— J'y suis allé hier. Avec un ami. Juste pour voir. Il m'a accompagné pour… », sa voix mourut, mais Brunetti, au souvenir de ce qu'il avait lui-même constaté dans l'appartement, décida qu'il valait mieux laisser le vétérinaire trouver une formule.

« Pour m'aider. »

Ce que Brunetti pouvait parfaitement comprendre.

« Pouvez-vous me dire ce qui a disparu ? le relança le policier.

— Trois dessins. Tous des petits formats.

— C'est tout ?

— Il me semble. Mais je n'ai pas fait d'inventaire.

— Ils étaient où, ces dessins ?

— L'un d'eux était dans la chambre d'amis et les deux autres dans le couloir, juste à côté de la chambre.

— Ils étaient de qui ?

— Le premier était un Corot. Les deux autres des Salvator Rosa. Petits, mais de bonne qualité. »

Le vétérinaire garda longtemps le silence. Quand il reprit la parole, ce fut d'un ton mal assuré, hésitant : « Il me semblait que je devais vous en parler. Ça veut peut-être dire quelque chose. »

Brunetti remercia l'homme et raccrocha.

Il resta un bon moment assis à regarder la reproduction, puis il finit son café, mit la tasse dans l'évier et alla prendre une douche.

Quarante minutes plus tard, il se retrouvait à l'embarcadère de San Lorenzo. Accoudé sur la barrière, il regarda passer les bateaux tout en se demandant comment il pourrait convaincre Patta de déclencher une enquête officielle sur la mort de la signora Altavilla. Il imagina la statue de la justice avec son bandeau sur les yeux tenant sa balance à la main. Il y avait d'un côté une simple possibilité, et de l'autre le tapage médiatique que provoquerait l'assassinat d'une femme dans son domicile. Pendant toutes ces années, il avait fini par comprendre les mécanismes qui régissaient l'esprit de son supérieur, et il savait que le premier obstacle était la perspective de la mauvaise image que l'affaire donnerait à la ville et le second, son impact sur le tourisme.

« Et les conséquences pour le tourisme ? » s'exclama un Patta scandalisé, une demi-heure plus tard, inversant l'ordre anticipé par Brunetti sans pour autant le surprendre. Par un effort de volonté manifeste, le vice-questeur s'était contenu jusqu'à ce que son insubordonné subordonné ait fini d'exposer ses hypothèses délirantes. « Qu'est-ce que nous allons raconter à ces gens ? Qu'ils ne sont pas en sécurité même chez eux, mais qu'ils ne s'en fassent pas et prennent du bon temps ? »

Brunetti, très au fait des excès rhétoriques et des contradictions de son supérieur, s'interdit de lui faire remarquer que, lorsque les touristes étaient à Venise, ils n'étaient pas chez eux et que donc la sécurité de leur domicile n'était pas une question pertinente. Il hocha la tête d'une manière, espérait-il, qui donnait l'impression qu'il écoutait sagement.

Il s'attacha aussi à regarder Patta droit dans les yeux, car le vice-questeur détestait qu'on détourne son attention de lui, premier pas sur le chemin de la désobéissance, il n'en doutait pas – et fit tout ce qu'il fallait pour incarner un personnage confronté à une opposition rationnelle. « Oui, je vois bien ce que vous voulez dire, vice-questeur, dit-il. J'espère simplement que le dottor Niccolini… » Il n'acheva pas sa phrase, comme si ce qu'il pensait était écrit sur un tableau noir et qu'il l'effaçait.

« Qu'est-ce qu'il vient faire ici ? demanda Patta, tout de suite soupçonneux.

— Rien, monsieur », répondit Brunetti, évasif. Il se demandait s'il devait se sentir ennuyé ou mortifié par son comportement.

« Quoi, le dottor Niccolini ? demanda Patta d'un ton froid, exactement celui que Brunetti avait cherché à provoquer.

— C'est justement ça, monsieur. Il est docteur. C'est comme ça qu'il s'est présenté à l'hôpital et c'est comme ça que Rizzardi s'est adressé à lui. » C'était n'importe quoi, comme le savait Brunetti mais cela aurait pu être vrai, ce qui suffisait.

« Oui, et alors ?

— On lui a demandé d'identifier le corps de sa mère. » À la manière dont le commissaire avait ajouté cela, on aurait pu penser qu'il sous-entendait quelque chose que la délicatesse l'empêchait de formuler.

« On ne montre aux gens que le visage, observa Patta qui, soudain pris d'un doute, demanda, c'est bien ça, non ? »

Brunetti hocha affirmativement la tête. « C'est bien ça, monsieur, en effet.

— Qu'est-ce que cela signifie ? » Le ton pouvait paraître menaçant, mais Brunetti, habitué, y reconnut de l'incertitude.

Le commissaire se força à étudier ses mains, qu'il avait sagement croisées sur ses genoux, puis regarda Patta droit dans les yeux, toujours la meilleure tactique quand il voulait lui mentir. « On a dû lui montrer les marques, vice-questeur. Et comme ils pensaient qu'il était médecin, ils lui ont expliqué ce qu'elles étaient, ajouta-t-il avant que Patta puisse l'interrompre. Ou du moins, ce qu'elles pourraient être. »

Patta resta un moment songeur. « Vous pensez que Rizzardi a vraiment pu faire ça ? s'étonna-t-il, incapable de dissimuler son déplaisir à l'idée que le médecin légiste ait pu dire la vérité à quelqu'un.

— Il a dû penser que c'était la moindre des choses, ayant affaire à un collègue.

— Mais il n'est qu'un simple vétérinaire ! » s'exclama Patta, furieux. Non seulement c'était méprisant, mais il oubliait l'affaire du chien de son fils et les nombreuses fois où il avait suggéré que les aptitudes professionnelles de ce vétérinaire dépassaient celles des médecins de l'hôpital civil.

Brunetti acquiesça mais préféra garder le silence. Assis tranquillement en face de Patta, il le voyait qui étudiait les pour et les contre et évaluait les possibilités. Niccolini représentait une variable inconnue ; il exerçait hors de la province de Venise et pouvait donc avoir un poids politique ignoré du vice-questeur. Les vétérinaires travaillent pour les agriculteurs, lesquels sont proches de la Lega, une force politique qui gagne en puissance. En dehors de ça, Brunetti n'avait pas assez d'imagination pour suivre tous les méandres des scénarios fantaisistes que pouvait envisager Patta.

D'un ton résigné qui trahissait un manque total d'enthousiasme, le vice-questeur dit finalement : « Je vais demander à un magistrat d'autoriser quelque chose. » Une idée traversa soudain son beau visage et il prit même le temps d'ajuster sa cravate. « Oui, nous devons aller au fond des choses. Dites à la signorina Elettra ce que vous souhaitez que je lui demande. Je m'en occuperai. »

Brunetti se souvint alors du passage dans lequel Dante voit les voleurs transformés en lézards et les lézards en voleurs, sans pouvoir assister à la transformation elle-même tant qu'elle n'était pas achevée. Voleur un instant, lézard le suivant. Ainsi Patta était-il passé de partisan de la paix à n'importe quel prix à justicier implacable, prêt à mobiliser les forces de l'ordre pour rechercher la vérité. Tels les pécheurs de Dante, il retombait au sol sous la forme de son opposé, se levait et s'en allait sans même un regard derrière lui.

« Je vais lui en parler tout de suite, monsieur, si vous voulez bien.

— Oui, l'encouragea Patta. Elle saura trouver le magistrat qui convient le mieux. L'un des jeunes, j'imagine. »

Brunetti se leva et prit congé de son supérieur.

La signorina Elettra ne manifesta ni surprise ni joie en apprenant que le vice-questeur venait de changer son fusil d'épaule. « Je pense à un jeune magistrat, en effet. Il est très bien, dit-elle avec le sourire calculateur qu'elle aurait pu avoir en demandant un poulet bien rebondi à son volailler. Il manque un peu d'expérience, et il sera donc… plus ouvert aux suggestions. » Telle était sans doute, pensa Brunetti, la méthode que le Vieux de la Montagne employait pour manipuler ses apprentis assassins avant de les envoyer en mission suicide.

« Quel âge a-t-il ? demanda Brunetti.

— Pas encore trente ans. » Elle avait répondu comme si *trente ans* avait été une expression tirée d'une langue étrangère dont elle ne connaissait que vaguement le sens. Puis elle reprit un ton beaucoup plus sérieux pour demander : « Que voulez-vous qu'il vous autorise à faire ?

— Je veux avoir accès aux archives de l'hôpital civil pour la période où Mme Reynard y a été patiente ; aux fiches des employés pour cette même période, si un tel dossier existe ; parler à Morandi et à la signora Sartori ; pouvoir consulter les déclarations de revenus des deux et tous les documents concernant la vente de l'appartement de l'épouse de Cuccetti à Morandi, ainsi que tout ce qui concerne le testament de la veuve pour voir ce qu'elle a laissé et à qui. » Il y avait déjà largement de quoi faire avec ça, se dit Brunetti.

Ayant pris note de ses requêtes, elle leva les yeux sur lui. « Je dispose déjà de certaines de ces informations, mais il me suffira de changer les dates : j'aurai l'air de les avoir obtenues après la signature du mandat par le magistrat. » Elle jeta un coup d'œil sur ce qu'elle avait écrit et le tapota du bout de son stylo. « Il ne sait probablement pas comment on doit s'y prendre, pour obtenir ces renseignements. Je me dis que je pourrais éventuellement lui faire quelques suggestions pour l'aider.

— Des suggestions », répéta Brunetti.

Le regard qu'elle lui adressa aurait jeté tout autre homme à ses genoux. « Voyons, commissaire », fut tout ce qu'elle dit. Puis elle prit son téléphone.

Ce fut réglé en quelques minutes, et la secrétaire du magistrat, avec laquelle la signorina Elettra s'entretint amicalement, promit que les mandats seraient à la vice-questure dès le lendemain matin. Brunetti ne chercha pas à connaître le nom du juge, sachant qu'il verrait sa signature au bas du mandat, le lendemain.

Au fond, songea-t-il devant la vitesse et l'efficacité avec lesquelles avaient été accordées ses requêtes, pourquoi en irait-il autrement dans le système judiciaire que dans les autres institutions, publiques ou privées ? On accordait une faveur à la personne dont la demande s'accompagnait d'une recommandation ; et plus était puissante la personne qui faisait celle-ci, plus étroite était l'amitié liant les assistants qui s'occupaient des détails de procédure, plus rapidement cette demande était accordée. Besoin d'un lit à l'hôpital ? Il valait mieux avoir un cousin médecin dans l'hôpital en question, ou un cousin ayant pour conjoint ce médecin. Un permis pour restaurer un hôtel ? Un problème avec la Commission des Beaux-Arts pour envoyer une peinture de votre appartement de Rome à votre appartement à Londres ? Il suffisait que la bonne personne glisse un mot à l'oreille du bon haut fonctionnaire ou à celle de quelqu'un à qui ce haut fonctionnaire devait un service, et la voie se dégageait rapidement.

Brunetti se retrouva, une fois de plus, prisonnier de ses contradictions. En l'occurrence, le fait que la signorina Elettra ait fait du système judiciaire de la ville son fief personnel tournait à son avantage – et se rassurait-il, à celui du bien public. Mais dans des organismes où des personnes… comment dire ? d'une probité moins grande, exerçaient des responsabilités, le résultat n'aurait peut-être pas été aussi salutaire.

Il chassa ces pensées, remercia la secrétaire pour son aide et retourna dans son bureau.

Il y était encore, continuant à lire et à griffer de ses initiales des documents divers et des rapports, lorsque la signorina Elettra vint lui parler. « J'ai trouvé l'homme de mes rêves », dit-elle en entrant. Brunetti mit un peu de temps avant de saisir qu'il s'agissait du jeune magistrat.

« Je suppose qu'il a profité de votre expérience des particularités de Venise. »

Elle sourit et acquiesça avec grâce. « Sa secrétaire lui a parlé de moi en bien avant de me le passer au téléphone, reconnut-elle.

— Après quoi, vous l'avez convaincu de ne pas se formaliser de la légalité douteuse de certaines des choses que vous lui avez demandé d'autoriser, c'est ça ? » Elle parut presque blessée par la remarque – ou du moins, celle-ci la poussa à faire cette réponse : « Je ne suis pas certaine qu'il existe encore dans ce pays une légalité qui ne soit pas douteuse.

— Quoi qu'il en soit, signorina, il me tarde de savoir ce que vous l'avez persuadé d'autoriser.

— Tout, répondit-elle avec un ravissement non dissimulé. Je crois que ce jeune homme va se révéler une mine d'or pour nous. »

Brunetti pensa à l'avertissement écrit au-dessus des portes de l'enfer et fut un instant tenté de renoncer à sa progression sur un territoire où la légalité n'était plus douteuse, mais carrément absente ; l'hypocrisie, cependant, ne comptait pas parmi ses défauts. Il appréciait aussi le fait qu'elle ait employé le pluriel, si bien qu'il sourit et répondit : « Je tremble à l'idée de ce que vous pourriez lui demander d'autoriser. »

Elle eut l'air un peu déçue et ne le cacha pas. « Jamais je ne vous compromettrais en quoi que ce soit, dottore.

— Vous prendriez tout sur vos épaules ? » s'étonna-t-il, sachant que c'était de toute façon impossible.

Le silence de la signorina Elettra l'obligea finalement à reconnaître comme une réalité que, depuis des années, elle faisait pour lui des requêtes qui excédaient largement ses responsabilités. Mais comment poser la question sans avoir l'air de l'accuser ?

« À qui les réponses à ces requêtes doivent-elles être envoyées ?

— Au vice-questeur, monsieur », répondit-elle simplement. Un instant, il se la représenta en train de rendre des comptes à un juge ; les cheveux sévèrement tirés en arrière, elle n'aurait pas le moindre maquillage, pas le moindre bijou sur elle ; il la voyait aussi assez bien avec une tenue tout à fait sage, jupe bleu marine démodée tombant à mi-mollet, des chaussures à talons plats. Risquerait-il de l'affubler de lunettes ? Elle aurait les yeux baissés modestement devant la majesté de la loi ; ses paroles seraient mesurées, et elle éviterait soigneusement les plaisanteries et les provocations. Il se demanda (il s'était déjà posé la question) si elle n'avait pas, par hasard, un deuxième prénom ringard du genre Clotilde ou Cunégonde. Et c'est Patta qui se retrouverait le dindon de la farce.

« Vous lui feriez un truc pareil ?

— Voyons, dottore, dit-elle en prenant un ton offensé. Vous devez me reconnaître sensible aux affections humaines, ou aux faiblesses humaines, si vous préférez. »

À la vérité, Brunetti avait toutes les raisons de lui reconnaître cette sensibilité, et c'est très directement qu'il lui posa la question suivante : « Mais si quelque chose allait de travers, vous laisseriez Patta se débrouiller tout seul ? »

Elle parvint à avoir l'air sincèrement choquée, puis déçue qu'il ait pu penser à lui poser une telle question. « Ah, dit-elle, laissant la voyelle s'étirer, je ne pourrais plus me regarder dans la glace si je faisais ça. Sans compter que vous n'imaginez pas le temps qu'il me faudrait pour former la personne envoyée pour le remplacer. » Au moins, pensa Brunetti, voilà qui changeait des noirceurs de l'hypocrisie ambiante. « Et je dois avouer, ajouta-t-elle avec une pointe de mauvaise humeur, qu'avec le temps, j'ai fini par le trouver presque sympathique. »

Brunetti se rendit compte, avec étonnement, qu'il partageait probablement son sentiment.

Après lui avoir laissé tout le temps de réfléchir à ce qu'elle venait de dire, elle ajouta, avec le sourire : « Sans compter que toutes les requêtes sont envoyées au nom du lieutenant Scarpa. »

Brunetti ne manqua pas de remarquer l'utilisation de la voix passive. C'était un trait de génie. « Si bien que tout laisse à penser que le lieutenant a commis des abus de pouvoir pendant toutes ces années ? Demander des informations sans l'ordre d'un magistrat… ajouta-t-il, rêveur, ne jugeant pas nécessaire de commenter la piste de preuves électroniques qu'il avait sans aucun doute laissée derrière lui.

— Il a également cassé des codes de banque, pillé les informations de Telecom, parcouru les dossiers confidentiels sur les citoyens des divers organismes de l'État, et volé des copies des relevés bancaires des gens. » Elle avait l'air tout à fait scandalisée par l'ampleur de la perfidie de Scarpa.

« Je suis choqué », dit Brunetti. Et il l'était : il fallait un esprit réellement machiavélique pour élaborer un piège aussi sophistiqué. « Et toutes ces requêtes ont pour origine son adresse courriel ? » Il se demandait de plus quel labyrinthe tortueux elle avait pu créer pour récupérer les réponses.

Elle eut une légère hésitation, puis elle sourit. « Le lieutenant s'imagine être le seul à connaître le mot de passe de son compte. Je ne voulais pas qu'il ait la corvée de lire les réponses, continua-t-elle, la voix plus douce, mais le regard toujours aussi froid, si bien qu'elles sont transférées automatiquement sur l'un des comptes du vice-questeur. » Le prénom *Giorgio* vint à l'esprit de Brunetti : Giorgio, l'ami de la signorina Elettra auquel elle faisait si souvent allusion, le cyber-génie des cyber-génies. Mais la discrétion prévalut et il ne prononça pas ce prénom à haute voix ni ne demanda si le vice-questeur avait connaissance de ce compte.

« Étonnant, tout de même, que le lieutenant ait l'imprudence d'utiliser sa propre adresse pour obtenir ces informations », observa le commissaire. Il pensa à Riverre et Alvise qui, du coup, se trouvaient à l'abri.

« Sans doute se croit-il trop intelligent pour être pris, suggéra-t-elle.

— C'est très déraisonnable de sa part », répondit Brunetti, se souvenant des nombreuses fois où Scarpa avait tenté de prouver sa supériorité intellectuelle à la signorina Elettra. « Comment a-t-il pu ne pas se rendre compte que c'était dangereux ? Comment a-t-il pu penser qu'il pourrait toujours s'en tirer ? ajouta-t-il en voyant le sourire qu'affichait la signorina Elettra au fur et à mesure qu'il comprenait l'étendue des dégâts.

— Parfois, le lieutenant met ma patience à l'épreuve », conclut la secrétaire avec un sourire glacial qui fit chaud au cœur de Brunetti.

24

Comme si l'expérience nouvelle de travailler dans le cadre de la loi lui donnait des ailes, la signorina Elettra obtint les informations manquantes avant midi le lendemain. Elle monta aussitôt dans le bureau de Brunetti et, si elle essaya bien d'incarner la justice aux yeux bandés lorsqu'elle posa les papiers sur son bureau, elle ne réussit pas à déguiser sa satisfaction d'avoir accompli sa tâche dans des délais aussi brefs. « C'est tellement facile que je me demande si je ne vais pas chercher une autre approche », dit-elle.

Cette vantardise n'échappa pas à Brunetti. « Mais je n'attends que ça, signorina », répondit-il d'un ton amène. Il étudia le premier document, copie d'un texte manuscrit rédigé d'une main plus qu'hésitante, tremblotante, et suivi d'une signature illisible. Signature encadrée de deux autres.

« Vous devriez peut-être jeter un coup d'œil sur le deuxième document, monsieur. » Ce qu'il fit. Il s'agissait du certificat de décès de Mme Marie Reynard.

Brunetti n'avait jamais pu savoir si la signorina Elettra préférait lui expliquer les choses ou le laisser les découvrir par lui-même. Il décida de gagner du temps. « Et à quoi suis-je censé m'intéresser ?

— Aux dates, monsieur. »

Il revint au premier document et constata qu'il avait été rédigé quatre jours avant la date du décès. Il le montra du doigt. « C'est donc là le fameux testament ? » Pas étonnant qu'il ait provoqué autant de remous : seul un expert graphologue aurait pu déchiffrer ces griffonnages.

« La dernière page est une transcription, monsieur. Elle a été faite par trois personnes différentes qui ont toutes donné à peu de choses près la même version.

— À peu de choses près ?

— Rien d'important. C'est du moins ce que disent les autres papiers. »

Brunetti prit donc cette troisième feuille et lut que Marie Reynard, saine d'esprit sinon de corps, laissait tous ses biens, comprenant des comptes en banque, des comptes d'investissement, des maisons, des appartements et des brevets industriels, ainsi que tous ses biens meubles, à l'avocat Benevento Cuccetti ; que ce testament annulait et rendait caducs tous les testaments qui auraient été faits avant cette date et était l'expression de son désir le plus absolu et une décision irrévocable.

« Beau mélange de poésie et de droit, observa Brunetti.

— Et beau mélange de biens meubles et immeubles, aussi », ajouta la signorina Elettra. Brunetti s'intéressa alors à la transcription, laquelle était suivie d'une liste détaillée de comptes en banque, de propriétés et de bicns divers.

« Qu'avez-vous appris d'autre ?

— L'appartement vendu à Morandi est situé derrière la basilique, dernier étage, cent quatre-vingts mètres carrés.

— Si la propriétaire était bien la femme de Cuccetti, c'est qu'il ne faisait pas partie des biens de la succession Reynard.

— En effet. Elle l'avait depuis dix ans quand elle l'a vendu.

— Prix déclaré ?

— Cent cinquante mille euros. Il vaut probablement plus de dix fois ce prix aujourd'hui.

— Et il valait déjà trois fois plus cher à l'époque de la vente », commenta Brunetti. Puis il revint à ce qui lui importait. « On peut s'étonner que personne, au service des impôts, n'ait remis ce prix en question : c'est une sous-estimation flagrante. » Elle haussa les épaules. Un homme disposant de la richesse et de l'entregent de Cuccetti s'était certainement tiré de passes plus délicates au cours de sa vie – et à qui le fisc pouvait-il faire une fleur, sinon à maître Cuccetti ?

Vianello s'encadra dans la porte. « Signorina ? Le vice-questeur voudrait vous parler. »

Aucun des trois ne se demanda pourquoi Patta n'avait pas tout simplement utilisé son téléphone. Mais de cette façon, tous prendraient bonne note que le vice-questeur pouvait envoyer Vianello faire une commission, obliger la signorina Elettra à interrompre ce qu'elle faisait pour venir dans son bureau, et bien faire comprendre à Brunetti que c'était pour lui qu'elle travaillait et que c'était à lui qu'allait sa loyauté. Elle les laissa et Vianello, sans y être invité, alla s'asseoir devant le bureau de Brunetti.

« J'ai jeté un coup d'œil dans les textes de loi, dit Brunetti avec un geste du pouce vers la bibliothèque, située derrière lui, où s'alignaient des livres de droit civil et criminel. Et les délais de recours sont épuisés. Les faits sont prescrits depuis des années.

— Pour quel délit ?

— Falsification d'un document officiel. En l'occurrence, un testament.

— C'est un détail que j'ignorais, dit Vianello, soulignant le mot *détail*.

— Ce qui veut dire ?

— Que si je l'ignorais, il y a peu de chances pour que quelqu'un comme Morandi l'ait su, tu ne crois pas ?

— Ce qui veut dire ? »

Vianello posa une cheville sur l'autre et croisa les bras, avachi sur sa chaise. Puis il parla, mais avec une telle lenteur que Brunetti eut l'impression de l'entendre assembler les pièces du puzzle au fur et à mesure. « Ce qui veut dire qu'une manière de comprendre ce qui s'est passé consiste à supposer que la signora Sartori a dit quelque chose à la signora Altavilla sur ce qu'elle et Morandi avaient fait, quoi que ce soit. À propos du testament, bien entendu. »

Brunetti intervint. « Par exemple, qu'ils savaient que c'était un faux quand ils l'ont contresigné ?

— Par exemple.

— Madre Rosa m'a parlé de la *redoutable honnêteté* de la signora Altavilla, ou quelque chose comme ça », dit le commissaire, plus très sûr de l'adjectif employé par la religieuse, même s'il l'avait trouvé curieux, sur le moment. « Si bien que si la signora Altavilla avait appris quelque chose de la signora Sartori, elle a très bien pu aller demander des comptes à Morandi.

— Pour l'obliger à avouer ? »

Brunetti réfléchit quelques instants à cette hypothèse avant de répondre. « J'y ai pensé, mais avec quel objectif ? La vieille dame était morte, Cuccetti et son fils étaient morts aussi. Toute la succession a disparu, puisque c'est l'Église qui a récupéré l'ensemble de ce qu'il en restait. Elle a peut-être voulu sauver sa réputation… ou sauver son âme. » Comment savoir ? Les gens peuvent croire à des choses plus étranges.

« Morandi n'est pas le genre d'homme à avoir des problèmes de conscience, dit abruptement Vianello. Ou à se soucier de sa réputation. » L'inspecteur préféra ne pas épiloguer sur la question de l'âme.

« Tu serais surpris.

— Surpris de quoi ?

— De l'importance que lui accordent des gens de la part de qui on ne s'y attendrait pas.

— Mais ce type n'a aucune éducation, il a un casier long comme le bras, c'est un voleur avéré ! protesta Vianello, incapable de cacher son étonnement.

— On croirait que tu décris une partie des membres du Parlement », répliqua Brunetti. Il avait eu l'intention de ne faire qu'une plaisanterie, mais il se sentit mal à l'aise à l'idée qu'il disait vrai. Cependant, il avait mis le doigt sur un point important : même la pire des canailles voulait être perçue comme meilleure qu'elle n'était. Sinon, comment l'hypocrisie aurait-elle pu atteindre des sommets aussi délirants ?

Il repensa à sa rencontre avec Morandi. Le vieil homme avait été pris par surprise, en le voyant dans la chambre de la signora Sartori, et avait réagi sans réfléchir. Mais dès qu'il avait compris que Brunetti était un représentant de l'État, venu dans le cadre de ses fonctions – et en l'occurrence, pour aider la signora Sartori –, ses manières s'étaient adoucies. Brunetti pensa à son propre père et à ses manifestations de violence : même dans les pires moments, il était toujours resté respectueux de l'autorité et des personnes dont l'opinion comptait pour lui. Il avait toujours traité sa femme avec respect, s'efforçant d'obtenir la même chose d'elle. Les traditions ont la vie dure.

C'est Vianello qui le tira de ces réflexions. « Tu as peut-être raison, dit-il un peu à contrecœur.

— À propos de quoi?

— Qu'il tient à ce qu'on ait une bonne opinion de lui. Tu m'as dit qu'il se montrait protecteur vis-à-vis de cette femme?

— Oui, apparemment.

— Mais protecteur parce qu'il ne voulait pas que tu lui parles, ou parce qu'il ne voulait pas que tu la perturbes? »

Brunetti dut réfléchir quelques instants avant de répondre. « Je dirais qu'il y a un peu des deux, mais davantage du second.

— Et pourquoi?

— Parce qu'il l'aime, répondit Brunetti, se souvenant de la manière dont Morandi la regardait. C'est la raison la plus évidente. Parmi les choses que m'a fait remarquer un jour Paola, il y a notre tendance à traiter par le mépris les émotions des personnes simples. Comme si les nôtres étaient d'essence supérieure.

— Et l'amour est toujours l'amour?

— Je crois que oui. » Brunetti devait encore lutter contre sa répugnance à accepter pleinement ce fait, comme Paola semblait le faire spontanément. Il y voyait une faiblesse fondamentale de son humanité. Il changea complètement de sujet. « Mais dans ce cas, d'où provient l'argent ? » Voyant Vianello interloqué, il ajouta : « L'argent qui va sur son compte, en plus de sa pension.

— C'est un mystère. À moins qu'il ne vende de la drogue, dit Vianello, pensant plaisanter.

— À plus de quatre-vingts ans, c'est en effet qu'il vend quelque chose. Il ne va certainement pas cambrioler les maisons et il est trop âgé pour travailler. Et depuis la mort de Cuccetti et de toute la famille de l'avocat, tout étant allé à l'Église, il n'y a personne qu'il peut faire chanter. »

Vianello sourit et ne put s'empêcher de répliquer : « J'ai toujours apprécié ta vision réconfortante de la nature humaine, Guido. » L'emploi des fleurs de la Rhétorique serait-il par hasard contagieux ? se demanda Brunetti. Dix ans auparavant, Vianello n'aurait jamais été capable d'en cueillir une pareille. Brunetti était ravi.

« Donc il vend quelque chose, continua-t-il comme si l'inspecteur n'avait rien dit. Et si tel est bien le cas, s'il ne vole plus sur les quais, il s'agit peut-être de quelque chose que les Cuccetti lui ont donné quand il a contresigné le testament, ou quand il a obtenu l'appartement.

— Ou de quelque chose qu'il a volé autrefois », ajouta Vianello comme pour apporter, lui aussi, sa petite contribution à la définition de la nature humaine.

Cette possibilité laissa Brunetti mal à l'aise. « Il a fait la connaissance de la signora Sartori quand il est allé travailler à l'hôpital, après quoi nous n'en avons plus entendu parler.

— Ou bien il a continué mais ne s'est pas fait prendre.

— Il n'est pas très intelligent. Il se serait fait prendre, insista Brunetti. Regarde le nombre de fois où il a été arrêté.

— Oui, mais il s'en est toujours assez bien sorti. Peut-être a-t-il menacé des gens, ou leur a-t-il fait peur.

— S'il avait été quelqu'un de violent, ou de dangereux, cela figurerait dans son casier. Nous le saurions.

— C'est possible. L'amour peut faire faire aux gens des choses plus étranges que les assagir.

— L'amour peut rendre meilleur aussi, trouva bon de dire Brunetti.

— À t'entendre, on croirait que tu le prends pour saint Paul, dit Vianello, amusé par cette comparaison peu vraisemblable. Voilà qu'il est en route pour aller voler la machine à radiographier de l'hôpital, qu'il voit la signora Sartori dans son uniforme blanc d'infirmière, et qu'il tombe à terre devant cette vision – et quand il se relève, il est un autre homme ? »

Brunetti en eut peut-être assez des envolées rhétoriques de l'inspecteur. « N'es-tu pas un homme meilleur depuis que tu as épousé Nadia ? » demanda-t-il, le prenant par surprise.

Vianello décroisa les jambes, les recroisa. Il avait l'air tellement mal à l'aise que Brunetti crut bien qu'il allait s'écrier « joker » et refuser de répondre. Mais finalement l'inspecteur hocha la tête et sourit. « Je vois ce que tu veux dire… oui, c'est possible.

— La tentation a peut-être été tout simplement trop forte : un appartement contre deux signatures au bas d'un testament. » *Paris vaut bien une messe*, avait dit un roi de France, comme s'en rappela tout à coup Brunetti. Craignant que Vianello ne comprenne pas l'allusion, il garda la citation pour lui. Vianello sourit. « Il n'y a pas un saint qui a dit, *Mon Dieu, rends-moi chaste, mais pas tout de suite* ?

— Augustin, je crois. » Le sourire de Vianello s'élargit. « Sauf que cela ne nous dit toujours pas d'où vient l'argent, n'est-ce pas ? »

Ils retournèrent la question dans tous les sens pendant un moment, essayant de trouver une explication aux dépôts d'argent qui revenaient régulièrement. « Mais au fait, pourquoi mettre cet argent à la banque ? s'étonna Vianello. Il faut être insensé pour laisser des traces pareilles.

— Ou ne pas avoir la moindre idée de la facilité avec laquelle on peut remonter ce genre de piste. » S'entendant parler, Brunetti décida de regarder à nouveau la liste des dépôts. Il sortit de son tiroir le dossier des relevés bancaires de Morandi et l'ouvrit. Faisant glisser le doigt le long des colonnes de chiffres, il constata que les deux premiers dépôts avaient été faits sous forme de chèques.

Il composa le numéro de la signorina Elettra et, pendant qu'il attendait qu'elle décroche, il entendit Vianello qui murmurait : « On ne peut pas être idiot à ce point. »

Il expliqua à la secrétaire ce qu'il voulait qu'elle trouve. « Oh, c'est merveilleux, répondit-elle, je peux le faire légalement, cette fois », dit-elle, l'air d'être aussi ravie que s'il lui avait dit de prendre congé pour le reste de l'après-midi.

Ne sachant trop si c'était ou non une provocation, Brunetti se contenta de répondre : « C'est toujours enrichissant de faire des nouvelles expériences. » Et il raccrocha.

25

Même si la signorina Elettra avait réussi à trouver l'ensemble des relevés bancaires de Morandi en moins de vingt minutes, Brunetti se garda bien d'en conclure que cette facilité la reconvertirait aux procédures légales.

Les dépôts, le premier de quatre mille euros, le deuxième de trois mille, provenaient de chèques signés par Nicola Turchetti, nom qui disait quelque chose à Brunetti. Vianello était retourné dans la salle des officiers, et le commissaire devait donc se creuser la tête tout seul pour retrouver qui était ce Turchetti. Puisque rien ne lui venait à l'esprit, il tira l'annuaire du téléphone du tiroir du bas de son bureau et l'ouvrit à la lettre T.

Curieusement, le seul fait de voir le nom écrit suffit à réveiller les souvenirs de Brunetti. Turchetti était un marchand de tableaux qui, tel un Janus des arts, avait une double réputation : son expertise était reconnue de tous ; sa probité dans les transactions l'était nettement moins. Pour autant que le savait Brunetti, personne n'avait jamais déposé plainte contre lui. On mentionnait cependant souvent son nom lorsqu'il était question de pratiques discutables en affaires, de manière positive par ceux qui trouvaient des raretés dans sa boutique, de manière négative par ceux qui se posaient des questions sur l'origine de certaines de ses acquisitions. Le beau-père de Brunetti ne tenait compte ni de l'une ni de l'autre opinion, et toujours client de Turchetti, avait acquis chez lui, au cours des années, un certain nombre de peintures et quantité de dessins.

Au fait, les dessins… Brunetti repensa à la mythique vente Reynard et aux dessins qui n'avaient jamais été mis aux enchères, à la grande déception de nombre de collectionneurs rêvant de compléter leur tableau de chasse. Il n'y aurait donc pas eu d'inventaire ? Ou bien, comme cela était le plus vraisemblable, cet inventaire aurait-il été effectué sous le contrôle de maître Cuccetti ? Le palazzo Reynard était à présent un hôtel, et les objets qu'il avait contenus jadis étaient depuis longtemps passés entre les mains d'amateurs avides. L'avocat étant allé retrouver Mme Reynard là où elle l'avait précédé, ils n'avaient rien pu emporter avec eux.

L'annuaire étant posé ouvert devant lui, Brunetti composa le numéro de téléphone. Une secrétaire, à l'accent romain nonchalant que Brunetti n'aimait pas, répondit. Il lui donna son nom mais pas son titre, et lorsque la demoiselle lui expliqua que le signor Turchetti était très occupé, il y ajouta le nom de son beau-père – alors les eaux se fendirent et son appel fut transféré sur-le-champ au propriétaire de la galerie.

« Ah, dottor Brunetti, le comte Orazio m'a souvent parlé de vous, fit une voix profonde.

— Et lui m'a aussi souvent parlé de vous, répliqua Brunetti, dégoulinant d'affabilité.

— En quoi puis-je vous être utile ? demanda Turchetti après une brève hésitation.

— Je me demandais si vous auriez le temps de me parler de l'un de vos clients.

— Bien entendu, lequel ? voulut savoir Turchetti, s'exprimant avec aisance.

— Je vais passer vous voir et nous en parlerons, vous voulez bien ? » Et sans attendre de réponse, il reposa le téléphone et quitta son bureau.

Il emprunta le Numéro 1, descendit à Accademia et tourna à gauche dans la direction du Guggenheim. Il trouva la galerie avant le premier pont, prit le temps d'étudier les œuvres en vitrine et entra. La salle d'exposition était vaste mais basse de plafond, inconvénient corrigé par un effet d'optique, un éclairage de leds tournées vers le plafond. La lumière en provenance des reflets du soleil sur le canal contribuait à augmenter cet effet.

La secrétaire n'était pas là. « Ah, dottor Brunetti », dit Turchetti en s'approchant, main tendue. *Robuste* était le qualificatif qui décrivait le mieux cet homme, qui paraissait d'autant plus trapu qu'il n'était pas très grand. Aurait-il eu dix centimètres de plus, l'énergie et la vivacité de ses mouvements l'auraient rendu imposant ; mais chez lui, elles donnaient plutôt une vague impression d'agressivité, comme si d'avoir à rester confinées dans un volume aussi réduit les obligeait à chercher un autre moyen de s'échapper. Il avait un visage large, des yeux sombres et un nez légèrement dévié vers la gauche, accentuant l'impression de pugnacité.

Il arborait un sourire agréable et accueillant très naturel ; Brunetti, cependant, ne put s'empêcher d'y voir le réflexe bien conditionné d'un vendeur. Sa poignée de main était ferme mais ne cherchait nullement à s'imposer. Il avait des revers surpiqués à la main. « En quoi puis-je vous aider, dottore ? » demanda-t-il.

Avant de répondre, le policier jeta un coup d'œil autour de lui dans la galerie. Sur le mur de gauche, il vit un petit portrait de sainte Catherine d'Alexandrie, la tête tournée de côté, les yeux levés dans l'attente du martyre et de la béatification, une main traîtresse et protectrice placée sur l'unique rangée de perles, à son cou. Elle était déjà affublée de sa couronne de martyre, mais celle-ci était aussi décrédibilisée par une rangée de perles. Sa main droite reposait négligemment sur la roue de son martyre, la palme qu'elle tenait prête à glisser de ses doigts. Alors, ma fille, ce sera la terre ou le ciel ? Les plaisirs d'ici-bas ou le salut ? Captée dans un moment d'indécision absolue, elle contemplait un rayon de lumière en provenance d'un angle supérieur du tableau, trahissant son incertitude de tout son être.

« Elle est ravissante, vous ne trouvez pas ? » demanda Turchetti. Il se déplaça d'un pas pour être en face de la peinture. « Son départ va me rendre malade », ajouta-t-il, à croire que la jeune femme aurait été capable de prendre elle-même la décision de relever ses jupes et de sortir de la galerie.

Puis le marchand d'art se détourna du tableau pour faire face à Brunetti. « Vous vous intéressez à l'un de mes clients ?

— En effet. Benito Morandi. »

Au plissement de ses yeux et à la légère contraction de sa bouche, comme devant un goût désagréable, il était évident que ce nom disait quelque chose à Turchetti. « Ah. » Ce soupir pouvait aussi bien trahir de la confusion que la reconnaissance, ce qui, dans un cas comme dans l'autre, lui donnait le temps de réfléchir à ce qu'il allait répondre. Brunetti, qui n'était que trop familier avec cette tactique, attendit tranquillement sans rien dire, le visage impassible.

« Si nous allions nous asseoir ? » suggéra le galeriste. Il fit demi-tour et se dirigea vers son bureau. Brunetti le suivit, s'installa sur l'une des chaises réservées aux clients et jeta un nouveau coup d'œil autour de lui, mais aucune des autres peintures exposées ne le captiva autant que la sainte Catherine. Turchetti s'assit sur le bord de son bureau, bras croisés ; puis, prenant conscience que cela le faisait largement dominer son visiteur, il s'assit sur l'autre chaise, face à Brunetti. « Votre beau-père, reprit Turchetti, m'a dit quelle profession vous exerciez. »

Brunetti ne put qu'admirer avec quelle exquise sensibilité l'homme avait évité de prononcer le mot *policier*. Il acquiesça.

« Et que vous étiez un homme avec un certain... comment exprimer cela ? » Le marchand d'art s'interrompit, à la recherche du terme le plus flatteur. Brunetti, pour sa part, résista à l'envie de lui dire que peu importait comment il le décrirait, du moment qu'il consentait à lui parler de Benito Morandi, mais il se contenta d'incliner la tête de côté, plus ou moins comme la sainte Catherine et d'une manière qui, espérait-il, suggérerait une légère curiosité et non un ravissement angélique.

« Sens de la justice ? Est-ce là l'expression que je cherchais ? »

Brunetti pensa que oui et hocha de nouveau la tête.

Turchetti renouvela son sourire. « Très bien, dans ce cas. » Il s'enfonça un peu dans son siège et croisa les jambes, suggérant que, maintenant que les préliminaires étaient terminés, ils pouvaient commencer à parler. « Le signor Morandi est plutôt un de mes fournisseurs qu'un de mes clients, en réalité. Il me vend de temps en temps quelque chose. »

Brunetti sourit en entendant une vérité universellement admise et que tout le monde connaissait déjà. Autrement dit, Turchetti devait se souvenir, sinon regretter, d'avoir signé des chèques à Morandi. Avait-il manqué de liquide ? Avait-il eu besoin d'un délai de paiement ? Ou avait-il payé en chèque pour avoir le temps d'authentifier son achat ? Ou d'en vérifier la provenance ?

« Et quoi donc ? demanda Brunetti.

— Oh, des choses diverses.

— Quelles choses ? »

Le galeriste répondit sans manifester de surprise devant le ton de Brunetti. « Un dessin, de temps en temps.

— Quels dessins ? »

Pendant que Turchetti réfléchissait à ce qu'il allait répondre, Brunetti sortit son carnet de sa poche. Il l'ouvrit à la page comportant les noms des professeurs de Chiara et fit mine de consulter la liste.

Il n'eut pas à répéter sa question. « Oh, ce sont des œuvres d'artistes mineurs, dont vous n'avez probablement jamais entendu parler.

— Essayez, pour voir. »

Le sourire de Turchetti resta toujours aussi gracieux. « Johann von Dillis, Friedrich Salathé, par exemple », dit-il en prononçant le prénom du second comme s'il avait longtemps fréquenté Goethe et Heine.

Brunetti avait entendu parler du premier mais pas du second, ce qui ne l'empêcha pas de hocher la tête et de prendre les deux noms en note comme s'il les connaissait. Son beau-père n'avait jamais fait allusion à l'un ou l'autre artiste, mais en tant qu'amateur d'art passant beaucoup de temps dans les galeries, il en avait peut-être vu des dessins ; Turchetti lui en avait peut-être montré ici même, et Brunetti pourrait ainsi avoir une idée du prix auquel ils étaient revendus.

« Et les autres ? » demanda Brunetti.

Nouveau sourire de Turchetti. « Il faudrait que je consulte mes registres. Cela remonte à tellement longtemps.

— Pourtant, le dernier achat ne remonte qu'à... » Tournant les pages de son carnet, Brunetti essaya de se rappeler ce qu'il y avait sur les papiers que lui avait donnés la signorina Elettra. « Environ trois mois. »

Si Turchetti avait été un poisson, Brunetti l'aurait vu se tortiller pour s'échapper de l'hameçon de manière à se faire aussi peu mal que possible. Le galeriste ne se mit pas exactement à chercher l'air à la manière d'un poisson, mais il inspira longuement deux fois de suite. « Pour gagner du temps, commissaire, vous pourriez peut-être me dire ce que vous voulez savoir, dit-il finalement.

— Simplement ce qu'il vous a vendu et leur valeur. »

Avec un sourire qui aurait été aguicheur, adressé à une femme, le galeriste demanda : « Vous ne voulez pas savoir combien je lui en ai donné ? »

Brunetti sentit l'envie de l'envoyer dans les cordes, mais Turchetti ignorait que, comme Morandi avait consciencieusement déposé l'argent sur un compte bancaire, le policier le savait déjà. Sans doute devait-il être impossible à un marchand d'art d'imaginer qu'on puisse vendre quelque chose et déposer ensuite l'argent à la banque.

« Non, signor, dit Brunetti, sans donner son titre à Turchetti, je voudrais simplement savoir quelle est leur valeur.

— Est-ce que vous vous contenterez d'une simple estimation ? » demanda très directement Turchetti, ne prenant plus la peine de parler de ses registres. Brunetti avait assez souvent entendu des prêtres parler d'indulgences, pendant son enfance, et il n'ignorait donc pas la grande plasticité de la notion de valeur.

« Je vous en prie, répondit Brunetti.

— Le Dillis valait dans les quarante mille ; le Salathé un peu moins.

— Et les autres ? le relança Brunetti après un coup d'œil sur la liste des profs de Chiara.

— Il y avait quelques gravures : des Tiepolo, qui ne pouvaient pas valoir plus de dix ou douze mille. Je crois qu'il y en avait six ou sept.

— Vous ne lui avez pas offert un prix pour le lot ?

— Non, répondit Turchetti, incapable de dissimuler davantage son irritation. Il tenait à les apporter l'un après l'autre. » Puis il ajouta, avec une pointe d'autosatisfaction : « Il s'imaginait qu'il en tirerait davantage de cette façon. » À son ton, il était clair que Morandi s'était fait des illusions.

Brunetti refusa de lui donner la satisfaction d'une réponse. « Et quoi d'autre ? demanda-t-il.

— Vous voulez tout savoir ? » demanda Turchetti avec un étonnement parfaitement maîtrisé.

Sans se presser, Brunetti accrocha le stylo au carnet et referma celui-ci. Puis il regarda Turchetti. « Je ne me suis peut-être pas bien fait comprendre, signore. J'ai une liste, qui comporte des sommes et des dates, et je voulais savoir ce qu'il a donné en échange des sommes en question.

— Et je suppose que vous avez un mandat pour exiger de moi ces informations ? » demanda Turchetti. Il ne souriait plus du tout, à présent.

« Non seulement je peux en avoir un quand je veux, mais mon beau-père s'intéresse aussi à la question. »

Le galeriste fut incapable de cacher sa surprise comme de déguiser son inquiétude. « Qu'est-ce que cela veut dire ?

— Qu'il me suffirait de lui suggérer que la provenance attribuée à certains objets de cette galerie est contestable, et je suis sûr qu'il ne manquera pas d'appeler ses amis pour leur demander s'ils ont entendu dire la même chose. » Il attendit un instant, puis ajouta : « Et je suppose qu'eux-mêmes appelleraient d'autres amis. Et ainsi de suite. » Brunetti retrouva alors le sourire et rouvrit son carnet de notes, se penchant dessus. « Quoi d'autre ? »

Turchetti, avec une précision que Brunetti trouva exemplaire, lui donna une liste de dessins et de gravures, avec les dates approximatives et les prix. Le policier releva tout, dans l'espace à droite des noms des professeurs de Chiara, et attaqua pour finir une page blanche. Lorsque Turchetti se tut, Brunetti ne trouva pas nécessaire de lui demander s'il n'avait pas oublié quelque chose.

Il referma le carnet de notes, remit le stylo dans sa poche et se leva. « Vous les avez tous revendus ? » demanda-t-il, même si la question n'était pas indispensable. Ces œuvres appartenaient maintenant à ceux qui les possédaient, et même la justice ne pourrait en ordonner la restitution, car à qui seraient-elles revenues ?

— Non. Il m'en reste deux. » Brunetti vit le galeriste commencer à dire quelque chose, se retenir, puis finalement céder à son premier mouvement. « Pourquoi ? Dois-je vous en donner une ? »

Brunetti fit demi-tour et quitta la galerie.

26

« Tiens, tiens, tiens… » Plongé dans ses réflexions, Brunetti revenait vers le pont de l'Accademia. Le Dillis valait quarante mille euros et ce pauvre idiot de Morandi n'en avait obtenu que quatre mille – mais pourquoi parler de Morandi comme d'un pauvre idiot ? Parce que le Salathé valait presque autant et qu'il avait accepté de le laisser pour trois mille à Turchetti ? Lecteur des auteurs grecs et romains, il connaissait leur opinion sur la justice, le bien et le mal, le bien commun et le bien personnel ; il avait aussi étudié ces questions chez les Pères de l'Église. Il connaissait les règles, mais chaque fois qu'il était face à un cas précis, il se retrouvait embourbé dans les circonstances particulières qui l'entouraient, prenant fait et cause ou non pour les gens en fonction de ce qu'ils pensaient ou ressentaient et non pas dans le respect des règles supposées nous gouverner.

Morandi avait autrefois été un voyou, mais depuis que Brunetti avait vu le regard protecteur de cet homme pour la femme solitaire, près de sa fenêtre, il ne pouvait croire que celui-ci avait voulu l'empêcher de parler et non pas, avant tout, qu'on ne vienne pas troubler le peu de paix dont elle jouissait.

Il attendit le Numéro 2, regardant sans les voir les passants qui franchissaient le pont. Des bateaux passaient dans les deux sens ; l'un d'eux était rempli jusqu'aux sabords par les effets personnels, et peut-être les espoirs, de toute une famille qui déménageait. Pour aller à Castello ? Retourner à San Marco ? Un chien noir hirsute se tenait sur une table en équilibre précaire sur des cartons, à la proue du bateau, la truffe pointée vers l'avant telle une impavide figure de proue. C'est fou comme les chiens aiment les bateaux. Est-ce parce qu'ils sont à l'air libre, un air chargé des multiples odeurs qu'ils sentent en passant ? Il ne savait plus si les chiens avaient une bonne acuité visuelle ou s'ils ne voyaient que de près – ou si, encore, cela ne dépendait pas de la race. Celle du chien noir hirsute était des plus indéterminées : on y trouvait du bergamasque, du labrador, de l'épagneul et du chien courant. Mais l'animal était de toute évidence heureux, et peut-être était-ce tout ce qu'un chien pouvait demander et tout ce que Brunetti devait savoir sur lui.

L'arrivée du vaporetto interrompit ses réflexions, sans pour autant chasser Morandi de son esprit. *Les gens ne changent pas*… Combien de fois avait-il entendu sa mère le répéter ? Elle n'avait jamais étudié la psychologie, pauvre femme. En fait, elle n'avait guère fait d'études, mais cela ne l'empêchait pas d'avoir un esprit logique et de pouvoir faire preuve de finesse. Devant un exemple de comportement inhabituel, elle faisait parfois remarquer que c'était simplement une manifestation du véritable caractère de la personne. D'ordinaire, les gens nous surprennent, songea-t-il, quand ils font le mal, lorsque quelque sombre impulsion se libère et les conduit, eux et d'autres, à la ruine. Et comme il est facile, alors, de trouver dans leur passé des symptômes de leur méchanceté passés inaperçus… Mais comment fait-on pour détecter des symptômes de leur bonté ?

Arrivé à son bureau, il consulta de nouveau l'annuaire et y trouva Morandi. À la huitième sonnerie, l'appel bascula sur un répondeur, où une voix d'homme l'invita à le joindre sur son portable. Brunetti recopia le numéro et le composa aussitôt.

« *Si*, répondit la voix d'homme.

— Signor Morandi ?

— *Si. Chi è ?*

— Bonjour, signor Morandi. Guido Brunetti à l'appareil. Nous nous sommes parlé il y a deux jours, dans la chambre de la signora Sartori.

— Ah, le monsieur pour la pension ? » demanda Morandi. Brunetti crut déceler un espoir renouvelé et de la courtoisie dans le ton.

Il ne répondit pas à la question. « J'aimerais vous parler de nouveau, signor Morandi.

— À propos de la pension de Maria ?

— Entre autres choses », répondit Brunetti sans se compromettre davantage. Il s'attendait à une question, à une manifestation d'inquiétude sur ce que pouvait être cette autre chose. Mais rien ne vint.

Au lieu de cela, Morandi demanda : « Quand pouvons-nous nous voir ? Vous voulez que je vienne à votre bureau ?

— Non, signor Morandi. Je ne veux pas vous déranger. Nous pourrions peut-être nous rencontrer à proximité de votre domicile.

— J'habite derrière San Marco, expliqua Morandi, ignorant que Brunetti en savait beaucoup plus, sur son domicile, que son adresse. Je dois être à la maison de retraite à cinq heures et demie. Nous pourrions peut-être nous retrouver dans le secteur ?

— Sur la place ? proposa Brunetti.

— Entendu. Merci, signore, dit le vieil homme. Dans un quart d'heure ?

— Parfait. » Et Brunetti raccrocha. Il avait largement le temps, et il passa donc d'abord par le service des pièces à conviction avant de prendre la direction du Campo. Le soleil de cette fin d'automne lui chauffait la nuque, pour son plus grand plaisir.

Le vieil homme était assis sur un banc, en face de la maison de retraite. Penché en avant, il jetait des miettes à une volée de moineaux qui sautillaient autour de ses pieds. Seigneur, allait-il se laisser séduire par une poignée de miettes lancées à des oiseaux affamés ? Il se raidit intérieurement et s'approcha du banc.

Morandi l'entendit arriver, jeta tout ce qui lui restait aux moineaux et se leva lentement. Il sourit, l'air d'avoir oublié – ou de ne pas vouloir se rappeler – les premiers moments de leur rencontre précédente, et tendit la main. Brunetti la prit et fut surpris de la trouver aussi molle. Il se rendit compte, une fois près de lui, qu'il était beaucoup plus grand que Morandi ; il voyait la peau rose de son crâne sous les mèches de cheveux sombres collées en travers dessus. « On s'assoit ? » proposa Brunetti.

Le vieil homme, s'appuyant d'une main sur le banc, se rassit laborieusement. Brunetti en fit autant, laissant un certain espace entre eux, et les oiseaux se mirent à grouiller de nouveau aux pieds de Morandi. D'un geste machinal, il mit la main dans sa poche et en tira des graines qu'il lança loin devant lui. Apeurés par le mouvement du bras, certains des oiseaux s'envolèrent pour se reposer au milieu des graines vers lesquelles les autres avaient préféré sautiller. Sans se disputer ni se chamailler, ils se remirent à picorer à toute vitesse.

« Je viens ici presque tous les jours, expliqua Morandi après avoir lancé un coup d'œil à Brunetti. Ils me connaissent, maintenant. » Les oiseaux se rapprochèrent une fois de plus, mais il s'adossa au banc et croisa les bras. « C'est fini. Je dois parler à ce monsieur, à présent. » Les moineaux se mirent à pépier et à protester ; ils attendirent un moment, puis l'abandonnèrent tous d'un seul coup avec l'arrivée d'une dame aux cheveux blancs de l'autre côté du Campo.

« Je dois tout d'abord vous dire, signor Morandi, commença Brunetti qui jugeait qu'il était temps de libérer sa conscience, que je n'étais pas venu pour une histoire de pension de retraite.

— Vous voulez dire qu'elle ne va pas avoir l'augmentation ? demanda l'homme, qui se redressa et se tourna vers Brunetti.

— Il n'y avait pas d'erreur : les années litigieuses avaient bien été prises en compte.

— Alors, il n'y aura pas d'augmentation ? répéta Morandi, n'arrivant pas à croire ce qu'il entendait.

— J'ai bien peur que non, signore », répondit Brunetti en secouant la tête.

Les épaules du vieil homme s'affaissèrent et il s'adossa de nouveau au banc. Son regard se perdit vers l'autre bout du Campo que le soleil de l'après-midi faisait miroiter. Mais on aurait dit qu'il contemplait plutôt un terrain vague ou un désert.

« Je suis désolé de vous avoir donné un faux espoir », reprit Brunetti. Se tournant un peu, Morandi posa une main sur le bras de Brunetti et le serra faiblement. « Ça ne fait rien, fiston. Elle n'a jamais été suffisante et ça, depuis le début. Cette fois, nous pouvions espérer un peu. » Il regarda Brunetti et essaya de sourire. Le policier vit les mêmes petites varicosités, le même nez en patate, les mêmes cheveux ridicules, mais il se demanda néanmoins où était passé l'individu qu'il avait vu à la maison de retraite, car celui-ci n'était certainement pas le même.

Les sentiments qui l'animaient alors, que ce soit la colère, la peur ou autre chose, avaient disparu. Sur le banc public, il n'y avait plus qu'un vieil homme qui prenait le soleil. Morandi avait peut-être seulement réagi à la manière d'un garde du corps qui cherche à défendre celui ou celle qu'il a mission de protéger ; en dehors de ça, il se satisfaisait de prendre le soleil sur son banc et de jeter des miettes aux petits oiseaux.

Mais dans ce cas, que fallait-il penser de son casier judiciaire ? Au bout de combien de temps un tel casier perdait-il toute signification ?

« Vous êtes de la police ? demanda Morandi, surprenant Brunetti.

— Oui. Comment l'avez-vous deviné ? »

Le vieil homme haussa les épaules. « Quand je vous ai vu la première fois, dans la chambre, c'est ce que j'ai pensé tout de suite, et maintenant vous me dites que vous n'étiez pas venu pour la pension. Ça m'a fait réfléchir.

— Oui, mais pourquoi serais-je un policier ? »

Morandi lui jeta un coup d'œil. « J'ai toujours pensé que vous viendriez un jour, tôt ou tard. » Il haussa les épaules et posa les mains à plat sur ses cuisses. « Mais je n'aurais pas cru que ça vous prendrait tant de temps.

— Pourquoi ? Cela fait combien de temps ?

— Depuis qu'elle est morte.

— Et qu'est-ce qui vous faisait penser que nous viendrions un jour ? »

Morandi étudia ses doigts, puis regarda Brunetti, puis de nouveau ses doigts. C'est d'une voix adoucie qu'il reprit la parole. « À cause de ce que j'ai fait. » Sur quoi il raidit ses coudes et se pencha en avant, toujours en appui sur ses cuisses. Mais il n'était pas prêt à se lever, comme le voyait Brunetti : il regardait le sol. Soudain les oiseaux s'abattirent à ses pieds et se mirent à pépier avec insistance en tournant la tête vers lui. Le policier eut l'impression que Morandi ne les voyait pas.

Avec un effort visible, le vieil homme se redressa contre le banc. Puis il regarda sa montre et se leva précipitamment. Brunetti en fit autant. « C'est l'heure. Il faut que j'aille la voir. Son docteur vient à cinq heures, et les bonnes sœurs m'ont dit que je pourrais la voir après. Mais seulement quelques minutes. Pour qu'elle ne s'inquiète pas de ce qu'il aurait pu lui dire. »

Il se tourna et prit la direction de la maison de retraite, de l'autre côté du Campo. Le bâtiment n'avait qu'une entrée et Brunetti aurait très bien pu attendre Morandi sur leur banc, mais il emboîta le pas à Morandi, lequel parut ne pas le remarquer, ou ne pas s'en formaliser.

Cette fois-ci, par déférence pour l'âge de l'homme et alors qu'il détestait l'impression d'être prisonnier dans une cage, Brunetti prit l'ascenseur avec lui. La Toltèque les attendait à l'étage. Elle sourit à Morandi, adressa un signe de tête à Brunetti et prit le vieil homme par le bras pour le faire entrer dans l'institution.

Laissé seul, Brunetti alla se réfugier dans une petite salle d'attente qui donnait sur la façade. Assis sur une chaise branlante, il prit la seule revue posée sur la table, *Famiglia cristiana*. Il fut contraint de devoir choisir entre la leçon de catéchisme du pape et une recette de tarte salée au jambon et au fromage. C'est au moment où il fallait la mettre au four qu'il entendit un bruit de pas.

L'une des mèches de Morandi s'était décollée de son crâne et pendait sur son épaule. Il regarda Brunetti, de la stupéfaction dans les yeux. « Pourquoi ils se croient obligés de dire la vérité ? » demanda-t-il en entrant, d'un ton à la fois rageur et désolé. Brunetti se leva vivement et alla prendre l'homme par le bras pour le piloter jusqu'au canapé trop rembourré.

Morandi s'assit au milieu, serra le poing et frappa le coussin à plusieurs reprises, à côté de lui. « Les toubibs ! Qu'ils aillent tous au diable ! C'est tous des fils de pute ! » À chaque phrase, son visage s'empourprait davantage, tandis que son poing s'abattait sur le coussin ; il ressemblait de plus en plus à l'homme que Brunetti avait vu la première fois, dans la chambre de la signora Sartori.

Finalement vidé de ses forces, il se laissa aller contre le dossier du canapé et ferma les yeux. Brunetti retourna à sa chaise, prit la revue, la referma et la posa sur la table. Il attendit, se demandant quel Morandi rouvrirait les yeux : le saint François au cœur tendre, ou l'ennemi enragé des médecins et des bureaucrates ?

Du temps passa, et Brunetti en profita pour bâtir un scénario. Morandi s'était attendu à ce que la police vienne lui demander des comptes après la mort de la signora Altavilla ; mais pour quelle raison, sinon la culpabilité qu'il ressentait ? Au souvenir des bleus sur le cou de la signora Altavilla, Brunetti étudia les mains du vieil homme, des mains larges et épaisses, des mains de travailleur manuel. Si la vue d'un étranger dans la chambre de la signora Sartori ou l'idée qu'un médecin puisse dire la vérité pouvaient le propulser dans de tels accès de colère, comment avait-il pu réagir devant… devant quoi, au juste ? Quelle forme avait pu prendre la redoutable honnêteté de la signora Altavilla ? L'avait-elle incité à faire l'aveu de leur aide dans l'affaire du testament de Mme Reynard, sans prendre en considération les conséquences sur la signora Sartori ?

Un autre scénario lui vint à l'esprit. Et si le testament de Mme Reynard n'avait pas été falsifié ? Si cette écriture tremblotante était bien celle de la centenaire, si elle avait réellement voulu que son avocat – qui avait certainement dû se montrer aussi courtois et d'une aide aussi précieuse que Lucifer lui-même – hérite de tout ? Que Cuccetti ait été un menteur et un escroc aux yeux de la moitié des Vénitiens ne signifiait rien, si la très vieille dame avait sincèrement voulu qu'il soit son héritier. Faudrait-il que seuls ceux qui font le bien soient récompensés ?

Mais alors pourquoi l'appartement à San Marco, pourquoi le Dillis, les Tiepolo, le Salathé ? Brunetti regarda Morandi, qui paraissait s'être endormi, et fut pris d'une furieuse envie de le saisir par les épaules et de le secouer jusqu'à ce qu'il lui dise la vérité.

27

Silencieusement pour ne pas réveiller Morandi, Brunetti retira de sa poche le porte-clefs de la signora Altavilla – l'objet qu'il était allé retirer du service des pièces à conviction avant de quitter la vice-questure. S'aidant de son ongle, il fit glisser la troisième clef – celle qui ne correspondait à aucune porte – le long de l'anneau. La pièce métallique était serrée et il eut un peu de mal, mais la clef finit par tomber dans la paume de sa main. Il se pencha alors en avant et la déposa sur la cuisse du vieil homme. Après quoi il rangea les deux clefs restantes dans sa poche, s'enfonça dans son siège et croisa les bras.

Se sentant indiscret de regarder son voisin dormir, il se tourna vers la fenêtre qui donnait sur le canal et les maisons de l'autre côté, et se mit à méditer sur les singes. Il avait lu un article qui relatait une expérience scientifique visant à évaluer le sens inhérent de la justice chez une espèce de singes vivant en groupes dont Brunetti avait oublié le nom. Une fois que tous les membres du groupe avaient pris l'habitude de recevoir une récompense identique pour la même action, ils se mettaient en colère si l'un d'entre eux recevait une récompense plus importante que les autres. La cause de leur agitation avait beau n'être rien de plus qu'un morceau de concombre et un raisin, ils donnaient à Brunetti l'impression de réagir de manière très humaine : une récompense imméritée les fâchait, alors même qu'ils n'avaient rien perdu eux-mêmes. Si l'on ajoutait à cela un soupçon de tromperie ou de vol de la part du gagnant du raisin, le sentiment de frustration devenait plus fort. Dans le cas de maître Cuccetti, il n'y avait jamais eu qu'un soupçon de magouille, rien de plus, même si sa récompense avait été infiniment plus considérable qu'une grappe de raisin. Assez de temps avait passé, cependant, pour qu'il ne puisse y avoir de poursuites légales, même si l'on pouvait prouver qu'il y avait eu une escroquerie. Même en établissant la preuve flagrante qu'il avait volé le raisin, il était impossible de l'obliger à le rendre.

Morandi n'avait pas été surpris de voir arriver un policier ; pour lui, la police ne pouvait que venir lui demander des comptes après ce qu'il avait fait. Était-ce à cause du testament de Mme Reynard ? Parce qu'il avait été voir la signora Altavilla ? Parce qu'il avait essayé de la raisonner, elle et son intraitable honnêteté ? Ou parce qu'il l'avait bousculée, et fait tomber, ayant vu ou non le radiateur ?

Des gens sonnaient de temps en temps à la porte et la Toltèque allait leur ouvrir, mais tous avaient leur sujet de préoccupation et aucun ne prit la peine de jeter un coup d'œil dans le salon. De toute façon, qu'auraient-ils vu dans la pièce ? L'un des pensionnaires de la maison de retraite, ayant un moment oublié ses soucis – et n'était-ce pas son fils, assis à côté de lui ?

« Qu'est-ce que vous voulez ? » demanda Morandi d'une voix atone.

Brunetti se tourna et le vit parfaitement réveillé, tenant la clef à la main. Il la frottait entre ses doigts, comme s'il s'était agi d'une pièce de monnaie dont il évaluait l'authenticité.

« J'aimerais que vous me parliez de cette clef.

— C'est donc vrai qu'elle l'avait, dit Morandi, résigné.

— Oui. »

Le vieil homme secoua la tête, ses regrets évidents. « J'étais certain qu'elle l'avait, mais elle m'a dit qu'elle n'était pas là.

— Elle n'y était pas.

— Comment ça ?

— Elle l'avait donnée à quelqu'un d'autre.

— À son fils ?

— À une amie.

— Oh, dit Morandi, toujours aussi résigné. Elle aurait mieux fait de me la rendre.

— Vous lui avez demandé ?

— Bien sûr. C'est pour ça que je suis allé la voir. Pour qu'elle me la rende.

— Mais ?

— Mais elle n'a pas voulu. Elle m'a dit qu'elle savait ce que c'était et que je n'avais pas le droit de l'avoir, ni d'avoir le reste.

— Je vois, dit Brunetti. C'est la signora Sartori qui l'avait mise au courant ? »

Morandi s'ébroua, un peu à la manière d'un chien. D'abord par la tête pour gagner progressivement les épaules et une partie de ses bras. Deux autres mèches de cheveux se détachèrent de son crâne et vinrent se poser sur le col de son veston. Impossible de savoir si c'était la question elle-même ou la réponse qu'on attendait qu'il essayait de rejeter ainsi. Une fois le mouvement arrêté, il garda le silence.

« Je suppose que la signora Sartori a dû le lui dire », reprit Brunetti du même ton résigné que Morandi. À croire qu'il venait de suivre dans sa tête un cheminement tortueux qui ne pouvait mener qu'à cette conclusion.

« Qui lui a dit quoi ? demanda le vieil homme, la voix ralentie par la fatigue, pas par le soupçon.

— Ce que vous et la signora Sartori aviez fait. »

Comme s'il venait brusquement de prendre conscience du désordre de ses cheveux, Morandi remit délicatement en place les mèches égarées, les posant l'une après l'autre sur le dôme rose de son crâne. Il les tapota et garda la main dessus, l'air d'attendre un signal lui disant qu'elles adhéraient à la surface.

Il abaissa finalement la main et, quand il parla, évita de regarder Brunetti. « Elle n'aurait pas dû lui en parler. Je veux dire, Maria n'aurait pas dû lui en parler. Mais depuis que… depuis que ce truc lui est arrivé, elle ne fait plus attention à ce qu'elle raconte et elle… » Sa voix mourut, il se tapota machinalement et inutilement les cheveux, puis regarda Brunetti comme s'il s'attendait une réaction. « Elle dérive, ajouta-t-il finalement.

— Qu'est-ce que disent les médecins ?

— Oh, les docteurs », répondit Morandi avec colère et un geste de la main vers l'arrière. « Un médecin a dit que c'était juste une petite attaque, l'autre que c'était peut-être le début de la maladie d'Al... quelque chose. C'est juste l'âge. Et l'angoisse.

— Je suis désolé. Elle mérite de vivre en paix. »

Morandi sourit et inclina la tête à ce compliment que lui-même ne méritait pas. « Oui, elle le mérite. C'est la femme la plus merveilleuse du monde. » Sa voix chevrota de manière audible. Brunetti attendit. « Je n'ai jamais rencontré personne comme elle.

— Vous devez très bien la connaître pour lui être autant dévoué, signore. »

Mais le vieil homme avait incliné la tête et le policier ne voyait que son crâne rose strié par les mèches aplaties. Le rose devint peu à peu plus foncé. « Elle est tout pour moi. »

Brunetti laissa passer quelques secondes avant de répondre. « Vous avez de la chance.

— Je le sais, dit Morandi, le tremblement de nouveau audible dans sa voix.

— Depuis combien de temps la connaissez-vous ?

— Depuis le 16 juillet 1959.

— J'étais encore gamin, observa Brunetti.

— J'étais déjà un homme. » Puis à voix plus basse, il ajouta : « Un type qui n'était pas très bien et qui n'était pas très sympathique.

— Mais vous l'avez pourtant rencontrée », l'encouragea Brunetti.

Morandi releva la tête et Brunetti revit le sourire étrangement enfantin. « Oui... à trois heures et demie de l'après-midi.

— Vous avez de la chance de vous souvenir aussi bien de cette journée », dit Brunetti, surpris de ne pas se rappeler la date à laquelle il avait rencontré Paola. Il se souvenait de l'année, et qu'elle était dans la bibliothèque ainsi que du sujet de la dissertation qu'il devait rédiger ; si bien que, s'il allait fouiller dans les archives de l'université, il pourrait certainement trouver au moins le mois. Quant au jour, il ne fallait pas y penser. L'idée de le demander à Paola le gênait : si jamais elle-même s'en souvenait, il aurait l'air malin. Cela dit, elle pouvait tout aussi bien réagir en le traitant d'idiot sentimental de vouloir se rappeler ce genre de détails, en quoi elle aurait sans doute raison. Ce qui faisait de Morandi un idiot sentimental, supposait-il.

« Comment l'avez-vous rencontrée ? »

La question et le souvenir qu'elle évoquait firent sourire Morandi. « Je travaillais comme portier à l'hôpital et on m'avait demandé d'aller dans une chambre pour aider à mettre un malade sur une civière. Il devait aller en radiographie, ou quelque chose comme ça. Maria était déjà là, et elle aidait l'infirmière. » Son regard se perdit sur le mur, derrière Brunetti. Peut-être revoyait-il la chambre de l'hôpital. « Mais elles étaient toutes les deux des femmes menues et ne pouvaient pas y arriver toutes seules. Je leur ai dit de sortir de mon chemin, j'ai soulevé le patient et je l'ai mis sur la civière. Elles m'ont remercié, Maria a souri et… je suppose que… » Il n'alla pas plus loin mais il continua de sourire. « Je l'ai su tout de suite, vous savez », reprit-il. Il s'adressait d'homme à homme à Brunetti, même si Brunetti pensait que les femmes l'auraient mieux compris que les hommes. « … que c'était la bonne. Et depuis tout ce temps, ça n'a pas changé.

— Vous avez de la chance », répéta Brunetti, qui croyait sincèrement qu'un homme ou une femme capable de passer des dizaines d'années pétri de cette conviction avait effectivement de la chance. Mais pourquoi, dans ce cas, ne s'étaient-ils jamais mariés ? Il se rappelait sa première impression quand il l'avait pris pour un voyou, et il se demanda si l'homme n'aurait pas eu une famille peu recommandable logée quelque part. Paola faisait souvent allusion à la Mrs Rochester[1] que certains hommes avaient dans leur grenier. Morandi en aurait-il une ?

« Je le crois, dit Morandi, tenant toujours la clef.

— Depuis combien de temps la signora Sartori est-elle ici ? » demanda Brunetti avec un geste vague de la main tout autour de lui – aussi innocemment que s'il n'avait pas eu sur son bureau la liste, consultable d'un coup d'œil, des paiements au noir qui permettaient de régler sa pension.

« Voilà trois ans. »

Trois ans, cela correspondait à la date du premier chèque de Turchetti déposé sur le compte de Morandi.

« C'est une excellente maison de retraite, dit Brunetti. Elle a de la chance d'être là. » Pas question pour lui d'évoquer ce qu'il avait vécu avec sa mère. « Je sais qu'il y en a d'autres, dans la ville, qui ne prennent pas aussi bien soin de leurs pensionnaires que les bonnes sœurs d'ici. » Comme Morandi ne réagissait pas, le policier ajouta : « J'ai entendu parler d'histoires arrivées dans d'autres endroits.

1. L'épouse folle recluse dans un grenier, dans *Jane Eyre*.

— Oui, nous avons eu beaucoup de chance, répondit tout à fait sérieusement le vieux monsieur – sans mordre à l'hameçon ou l'ayant évité.

— J'ai entendu dire que c'était très cher.

— Nous avions mis un peu d'argent de côté », répondit Morandi.

Brunetti se pencha et reprit la clef des mains du vieil homme. « C'est là qu'ils sont ? » demanda-t-il en la tenant en l'air. Morandi ne répondant pas, Brunetti glissa la clef dans sa poche. Morandi posa la main droite sur la cuisse à l'endroit où s'était trouvée la clef, puis la gauche sur l'autre cuisse. Il regarda le policier, son visage avait pâli. « C'est elle qui vous l'a dit ? »

Ne sachant pas si Morandi faisait allusion à la signora Sartori ou à la signora Altavilla, Brunetti fit une réponse évasive. « Peu importe qui, n'est-ce pas, signore ? Le fait est que j'ai la clef et que je sais où ils sont.

— Ils n'appartiennent à personne, protesta le vieil homme. Ils sont tous morts, tous ceux qui auraient pu les vouloir.

— Comment vous les êtes-vous procurés ?

— Ils étaient chez la vieille dame française. Dans un panier pour la lessive. »

— Je vois. Mais vous, comment avez-vous mis la main dessus ? » À la manière dont la question était formulée, Morandi comprit que le *vous* était un pluriel.

« Maria ignorait tout de cette affaire. Cela ne lui aurait pas plu. Pas du tout. Elle ne m'aurait pas laissé les prendre.

— Oh, je comprends, je comprends. » Il se demanda combien de fois il aurait encore à employer cette formule, en entendant proférer une affirmation qui avait peu de chances d'être vraie. Cela faisait des dizaines d'années que Morandi les avait en sa possession, et elle n'aurait pas été au courant ?

« C'est Cuccetti qui me les a donnés. Le soir même du jour où nous avons été témoins, pour le papier. » Brunetti remarqua que Morandi ne pouvait se résoudre à parler d'un *testament*. « C'est moi qui l'ai obligé, reprit Morandi, avec de la colère dans la voix.

— Pourquoi ?

— Parce que je n'avais aucune confiance en lui. » Le ton, cette fois, était définitif.

« Et l'appartement ? demanda Brunetti, ne voulant pas poursuivre sur la question de l'honnêteté de l'avocat.

— C'était ce qu'il m'avait promis si nous acceptions de signer. Il ne m'inspirait pas confiance, au début comme par la suite. Je savais comment il était. Il allait me donner l'appartement, et il trouverait ensuite un moyen de me le reprendre. Un moyen légal. Il était avocat, on ne doit pas l'oublier », ajouta Morandi comme s'il avait dit qu'un oiseau était un vautour.

Brunetti, qui s'y connaissait en matière d'avocats, hocha la tête.

« Et à cause de ça, je lui ai dit ce que je voulais.

— Mais comment connaissiez-vous leur existence et ce qu'ils valaient ?

— La vieille dame aimait bien bavarder avec Maria, et c'est elle qui lui en a parlé, qui lui a dit qu'ils avaient beaucoup de valeur, et Maria me l'a répété. » Puis il ajouta vivement, craignant que Brunetti ne fasse une mauvaise interprétation : « Non, ce n'est pas ce que vous pensez. C'est juste quelque chose qu'elle m'a dit, quand elle parlait de son travail, et des malades, et ce qu'ils lui racontaient. » Il détourna les yeux un instant, comme s'il était gêné que le policier puisse penser du mal de la signora Sartori. « C'était mon idée, pas la sienne. Elle ignorait ce que je faisais des dessins, elle n'a jamais su que je les avais. »

Peu charitable, Brunetti se demanda comment elle était au courant, pour la clef.

« Qu'est-ce qu'a dit Cuccetti ?

— Qu'est-ce qu'il pouvait dire ? répliqua Morandi, le ton dur. La vieille dame n'allait pas durer bien longtemps. N'importe qui pouvait s'en rendre compte, expliqua-t-il, et je savais donc qu'il fallait faire vite. »

Brunetti ne commenta pas cet aveu que Morandi venait de faire sur lui-même sans s'en rendre compte.

« Je lui ai dit que je ne signerais rien du tout tant qu'ils ne me les auraient pas donnés. »

La manière dont le vieil homme racontait son histoire rappela au policier que Morandi était un ancien voyou. Sa voix se durcissait, ses yeux se plissaient et sa bouche se serrait à l'évocation de ces souvenirs. Brunetti était quant à lui impassible.

« La vieille dame a finalement eu une crise – je ne me rappelle plus trop de quoi. Des problèmes respiratoires, je crois. Et il a paniqué, Cuccetti. J'imagine qu'il est allé les prendre chez elle et qu'il les a ramenés à l'hôpital où il les a cachés dans son placard.

— Mais pourquoi aurait-il fait ça ? »

Morandi répondit sur-le-champ. « Si jamais on lui avait posé la question, il pouvait toujours dire que Mme Reynard lui avait demandé de les amener pour les revoir une dernière fois. » À la façon dont il hocha la tête, il était clair que Morandi jugeait cette initiative particulièrement habile. « Mais elle ne les a pas vus. Elle était complètement gaga à ce moment-là. » Brunetti pensa de nouveau aux lézards de Dante et à leurs incessants changements de forme qui les faisait retourner de façon inéluctable à ce qu'ils avaient été jadis.

« Alors vous avez signé ? demanda Brunetti.

— Oui.

— Et c'est aussi la signature de la signora Sartori ? »

Morandi rougit de nouveau, bien plus fort que les fois précédentes. Toute sa combativité disparut et il eut l'air d'un ballon qui se dégonfle. « Oui, dit-il, la tête baissée, attendant le prochain coup de Brunetti.

— Qu'est-ce que vous lui avez raconté ? »

Morandi ouvrit la bouche pour répondre mais une quinte de toux nerveuse l'en empêcha. Il se pencha un peu plus sur ses genoux et resta dans cette position jusqu'à ce que sa toux se soit calmée. Puis il se redressa, s'adossa au canapé et ferma les yeux. Brunetti était bien décidé à ne pas le laisser se rendormir, cette fois, et était prêt, au besoin, à lui enfoncer un coude dans les côtes. Mais Morandi rouvrit les yeux. « Je lui ai dit que j'avais vu Mme Reynard l'écrire. Qu'elle l'avait rédigé de sa propre main, en ma présence et en celle de Cuccetti.

— Qui est-ce qui l'a vraiment écrit ? »

Morandi haussa les épaules. « Je ne sais pas. Il était sur la table quand je suis entré dans la chambre. » Il se tourna vers Brunetti, sans chercher à cacher son désir de croire à ce qu'il allait dire. « Elle avait très bien pu l'écrire elle-même, pas vrai ? »

Brunetti ne répondit pas à la question. « Dans ce cas, n'importe qui aurait pu le contresigner, observa-t-il d'un ton égal. Mais c'est vous et la signora Sartori qui l'avez fait. »

Morandi hocha de nouveau la tête et se cacha les yeux de la main droite, comme si la perspicacité du policier rendait trop difficile de voir les choses en face. Brunetti vit des larmes couler entre les doigts du vieil homme.

Morandi resta un moment dans cette position, puis, s'inclinant pesamment d'un côté, retira un énorme mouchoir blanc de sa poche. Il s'essuya les yeux, se moucha, replia le mouchoir avec soin et le remit dans sa poche.

Morandi reprit son récit comme si Brunetti n'avait pas fait sa dernière observation. « Elle est morte quelques jours plus tard. Trois ou quatre. Puis Cuccetti a fait enregistrer le testament, et il a fallu répondre aux questions du notaire. J'ai dû expliquer à Maria qu'elle devait dire qu'elle avait vu Mme Reynard signer, sans quoi nous aurions des ennuis.

— Et elle l'a dit? Elle vous croyait?

— Oui. À ce moment-là.

— Mais après?

— Après, elle a commencé à avoir des doutes.

— À cause de l'appartement?

— Non, je lui avais dit que c'était l'héritage d'une tante. Qu'elle vivait à Turin et qu'elle était morte à peu près en même temps. C'est l'explication que j'ai donnée à Maria.

— Et pour ça, elle vous a cru?

— Oui. Bien sûr. » Devant l'expression qu'eut Brunetti, il reprit, d'une voix qui suppliait presque : « Je vous en prie. Vous devez comprendre que Maria est quelqu'un d'honnête. Elle était incapable de mentir et n'imaginait pas que les autres puissent mentir... En fait, je ne lui avais jamais menti, jusque-là. Je l'ai fait parce que je voulais qu'on ait un foyer bien à nous dont on puisse être fiers. Pour y vivre ensemble. » Combler un désir lui rendait les choses faciles, se prit à penser Brunetti.

« Qu'avez-vous fait des dessins ? » Brunetti commençait à en avoir assez, assez de devoir se demander lequel des deux Morandi répondait à ses questions.

« Je les ai mis à la banque », répondit le vieil homme avec un geste vers la poche de Brunetti, comme s'ils s'y étaient trouvés.

Brunetti se retint de se taper le front et de crier : « Bien sûr, bien sûr ! » Les gens comme Morandi n'habitent pas de vastes appartements près de Saint-Marc, et les pauvres n'ont pas de coffre à la banque, en général. Pourtant, qu'est-ce que cette clef ouvrait, sinon un coffre de banque ? « Quand est-ce qu'elle a pris la clef ? »

Morandi eut une mimique d'écolier qui reçoit une légère réprimande. « Il y a une semaine. Vous vous souvenez, le jour où il a fait si chaud ? »

Brunetti se rappelait même qu'ils en avaient profité pour dîner sur la terrasse, mais que ce coup de chaleur n'avait pas duré.

« Je suis allé fumer une cigarette sur le Campo. J'avais laissé mon manteau dans sa chambre. Elle a dû en profiter pour prendre la clef. Je ne m'en suis aperçu qu'en arrivant chez moi, mais il était trop tard pour revenir à la maison de retraite, et quand je lui ai posé la question, le lendemain, elle m'a répondu qu'elle ne savait pas de quoi je parlais.

— Savait-elle à quoi correspondait cette clef? »

Morandi secoua la tête. « Non, je ne sais pas, je ne sais pas. J'avais toujours cru jusqu'ici qu'elle ne savait rien, qu'elle n'avait pas compris ce qui s'était passé. Pour l'appartement. Et pour les dessins. » Il adressa un long regard à Brunetti et ajouta, son état de confusion perceptible dans chacun de ses mots : « Mais elle avait dû comprendre, vous ne croyez pas? Si elle a pris la clef… c'est qu'elle avait dû savoir… pendant toutes ces années… Non? » Entre chaque phrase, il attendait de Brunetti une réaction qui ne venait pas; et il y avait une note de désespoir dans sa voix, à l'idée qu'il allait devoir réviser l'image qu'il se faisait de Maria comme d'une sainte.

Brunetti ne trouvait rien à dire. Les gens savent beaucoup plus de choses, en réalité, qu'ils ne pensent ou n'admettent en savoir.

« Il faut me rendre cette clef, lâcha tout d'un coup Morandi. Il me la faut.

— Pourquoi? demanda Brunetti, qui se doutait de la réponse.

— Pour payer les factures. » Le vieil homme regarda autour de lui, dans la pièce, et passa une main sur le velours du canapé. « Vous savez comment sont les maisons de retraite publiques, vous en avez vu. Je ne peux pas la mettre là-dedans. » À cette idée, il se remit à pleurer mais sans en avoir conscience, cette fois. « On n'en voudrait pas pour son chien. »

Brunetti, qui n'y avait pas mis sa mère, ne dit rien.

« Il faut bien les payer. Je ne peux pas la faire changer, maintenant, pas pour aller dans une de ces maisons. » Il étouffa un sanglot qui le prit par surprise, ainsi que Brunetti. Puis Morandi se mit péniblement debout et se dirigea vers la porte. « J'en peux plus d'être à l'intérieur. » Et il alla prendre l'ascenseur.

28

Brunetti n'avait pas d'autre choix que de le suivre, mais il prit l'escalier, cette fois, et arriva avant lui. L'expression de Morandi s'adoucit quand il vit le policier en sortant de la cabine, et c'est ensemble qu'ils s'avancèrent dans la lumière de la fin d'après-midi. Le vieil homme retourna vers le même banc et, en quelques minutes, les oiseaux modifièrent leur trajectoire pour venir se poser non loin de ses pieds, après quoi ils se rapprochèrent en sautillant. Mais il n'avait plus rien à leur donner et ne parut même pas les remarquer. Brunetti s'assit à son tour, laissant un certain espace entre eux. Morandi sortit de sa poche du papier à cigarette et du tabac à rouler. Avec maladresse, faisant tomber du tabac sur ses genoux et ses chaussures, il réussit à rouler une cigarette et à l'allumer. Il tira trois longues bouffées puis s'adossa au banc, ignorant les oiseaux qui eux-mêmes ignorèrent les débris de tabac qui tombaient autour d'eux. Ils tournaient leur petite tête vers lui, mais leurs pépiements indignés ne firent aucune impression sur lui. Il tira encore à plusieurs reprises sur sa cigarette, jusqu'à avoir la tête entourée d'un nuage de fumée – sur quoi il fut pris d'une nouvelle quinte de toux. Finalement, il jeta son mégot, l'air dégoûté, et se tourna vers Brunetti.

« Maria ne me laisse pas fumer dans la maison, expliqua-t-il avec quelque chose comme de la fierté.

— Pour votre santé ?

— Oh, j'aimerais bien », répondit-il en détournant tout de suite la tête. Il parcourut alors la place des yeux, autour de lui, à croire qu'il cherchait s'il n'y aurait pas quelqu'un que la fumée incommoderait. « Il faut que vous me rendiez cette clef, signore. » Il avait cherché à prendre un ton raisonnable, mais c'était le désespoir que celui-ci exprimait. Puis il tenta un sourire amical qui se dissipa peu à peu.

« Il en reste combien ? » demanda Brunetti.

Morandi plissa les yeux et voulut se rebiffer : « Qu'est-ce que vous croyez… » Puis il y renonça et se tut. Il croisa les doigts, enfonça les deux mains entre ses genoux et se pencha en avant. Il remarqua alors les moineaux. Sans manifester la moindre crainte, ceux-ci sautillèrent plus près encore, pépiant en direction du visage qui leur était familier. Morandi glissa une main dans sa poche et en retira quelques dizaines de graines qu'il laissa tomber entre ses pieds. Les moineaux se jetèrent dessus.

La tête penchée, comme s'il s'intéressait aux oiseaux, il répondit : « Sept.

— Vous savez de quoi il s'agit ?

— Non, répondit Morandi, secouant la tête. Je suis allé dans les galeries et les musées pour en voir d'autres. On me laisse entrer gratuitement, aujourd'hui, à cause de mon âge. Mais je n'arrive pas à me rappeler ce que je vois, et les noms ne signifient rien pour moi. » Il décroisa les doigts et écarta les mains pour exprimer son ignorance et sa perplexité. « Je suis bien obligé de faire confiance au type qui me les achète.

— Et qui vous dit ce qu'ils valent », ajouta Brunetti.

Morandi acquiesça d'un hochement de tête. « Oui. Il a été hospitalisé alors que Maria travaillait encore. C'est elle qui m'a parlé de lui. Et je me suis souvenu de lui quand… quand j'ai été obligé de les vendre.

— Vous lui faites confiance ? »

Morandi le regarda et Brunetti vit un éclair d'intelligence dans son regard lorsque le vieil homme répondit : « Je n'avais pas tellement le choix, vous ne croyez pas ?

— Vous auriez peut-être pu vous adresser à quelqu'un d'autre, non ?

— C'est une vraie mafia, affirma Morandi sans la moindre hésitation. Allez chez l'un ou allez chez l'autre, ça revient au même. Ils vous grugent tous.

— Il y en a peut-être qui vous grugeraient moins », suggéra Brunetti.

Morandi repoussa cette possibilité d'un haussement d'épaules. « À l'heure actuelle, répondit-il, l'air tout à fait sûr de lui, ils savent tous qui je suis et de qui je suis la chasse gardée.

— Qu'est-ce que vous allez faire, quand il n'y en aura plus ? »

Morandi baissa la tête pour contempler les oiseaux qui se bousculaient encore à ses pieds, se tournant vers lui pour quémander des graines. « Quand il n'y en aura plus, il n'y en aura plus. » Il avait parlé d'un ton résigné, et Brunetti attendit patiemment qu'il continue. « Je pourrais en tirer assez pour tenir encore deux ans.

— Et alors ? » insista Brunetti, aussi entêté qu'un bouledogue.

Le vieil homme soupira. « Qui sait ce qui peut arriver en deux ans ?

— Et qu'est-ce que vous ont dit les médecins ? demanda Brunetti avec un mouvement de tête vers la maison de retraite.

— Et vous, pourquoi vous me posez la question ? répliqua Morandi en reprenant son ton incisif.

— Parce que vous m'avez paru tellement inquiet quand vous en avez parlé.

— Et ça suffit pour vous donner envie de le savoir ? » À la manière dont il avait posé la question, on aurait pu croire qu'il était anthropologue et venait de découvrir une forme totalement nouvelle de comportement humain.

« Elle m'a fait l'effet d'une femme qui a eu bien assez de difficultés dans sa vie, se risqua à dire Brunetti. Je ne voudrais pas qu'elle en ait encore. »

Les yeux de Morandi se portèrent vers les fenêtres du deuxième étage de la maison de retraite, probablement, estima Brunetti, celles de la salle à manger, là où il avait vu la signora Sartori pour la première fois. « Oh, on en connaît toujours plus, dit Morandi. Toujours plus, toujours plus et c'est la fin – et là c'est terminé. » Il se tourna vers Brunetti. « Vous ne croyez pas ?

— Je ne sais pas, fut tout ce que le policier trouva à répondre, en dépit du temps qu'il avait pris à le faire. J'espérais qu'elle pourrait connaître un peu de paix. »

Morandi sourit en entendant ce mot, mais ce n'était pas un sourire bien gai. « Nous n'en avons pas eu depuis que nous sommes installés à l'appartement.

— Celui de San Marco ? »

Morandi hocha la tête et une de ses mèches de cheveux se déplaça. « Avant les choses n'allaient pas si mal. On travaillait tous les deux, on parlait, et je crois qu'elle était heureuse.

— Et pas vous ?

— Oh, répondit-il, cette fois avec un vrai sourire, je n'ai jamais été aussi heureux de toute ma vie.

— Mais ensuite ?

— Ensuite, Cuccetti m'a proposé l'appartement. Nous étions en location quelque part du côté de Castello. Quarante et un mètres carrés en rez-de-chaussée. Nous étions comme des sardines. Mais des sardines heureuses. »

Il prit une nouvelle et profonde inspiration par les narines et se mit debout. « Il nous a parlé de l'appartement que nous pourrions avoir : plus de cent mètres carrés, dernier étage, deux salles de bains. À l'entendre, on aurait dit qu'il parlait d'un château, ça paraissait merveilleux. » Il regardait Brunetti comme s'il voulait que celui-ci, qui n'avait aucune idée de ce que signifiait vivre en couple dans quarante et un mètres carrés, puisse imaginer ce que cela représentait pour eux. Brunetti acquiesça. « J'ai donc dit que j'étais d'accord à Cuccetti. Et j'ai convaincu Maria de le faire aussi parce qu'il y avait besoin de deux témoins. C'est à ce moment-là que j'ai pensé aux dessins de la vieille dame. Elle en avait parlé à Maria. » Il inclina la tête légèrement de côté et demanda, clairement intéressé par la réponse : « Est-ce que c'est à cause de ça que les choses ont mal tourné, d'après vous ? Parce que je me suis montré cupide et que j'ai dit à Cuccetti que je voulais en plus les dessins ?

— Je ne sais pas, signor Morandi. Je ne peux pas porter un jugement de cette nature.

— Pour Maria, c'est à partir de là que les choses ont commencé à mal tourner. Mais elle ne sait pas pourquoi. » Il y avait une note de désespoir dans la voix du vieil homme. « Si bien que peu importe ce que j'en pense ou ce que vous en pensez. Elle sait qu'il est arrivé quelque chose de mal. » Morandi secoua la tête, poursuivant machinalement son mouvement, comme si sa culpabilité se renouvelait à chaque oscillation.

« Qu'est-ce qui s'est passé quand vous êtes allé voir la signora Altavilla ? » demanda Brunetti.

Les mouvements de sa tête s'arrêtèrent. Il regarda Brunetti et croisa les bras sur sa poitrine comme pour montrer qu'il en avait assez et ne dirait plus rien. Mais à la surprise du policier, il répondit. « Je suis allé lui parler pour essayer de lui faire comprendre que j'avais besoin de la clef. Je ne pouvais pas lui parler des dessins, elle aurait été capable de tout raconter à Maria, et alors Maria aurait su ce que j'avais fait.

— Et elle ne le savait pas ?

— Oh non, absolument pas, rien, répondit-il vivement. Elle ne les a jamais vus. Quand Cuccetti me les a donnés, j'ai été directement à la banque. Je paye la location du coffre en liquide, une fois par an. Maria n'avait aucun moyen d'être mise au courant. » Cette seule possibilité mit une note d'effroi dans sa voix.

« Mais elle connaissait pourtant l'existence de la clef, non ?

— Maria n'est pas idiote.

— Je n'en doute pas.

— Elle savait que cette clef était importante, même si elle ignorait à quoi elle servait. Et donc elle l'a prise et l'a donnée à la signora Altavilla.

— Vous savez que c'est elle ? »

Morandi acquiesça.

« C'est elle qui vous l'a dit ?

— Oui.

— Quand ? Pourquoi ?

— Elle a commencé par refuser de parler. Mais comme je vous l'ai dit, elle était incapable de mensonge. Au bout d'un moment, elle m'a avoué qu'elle l'avait prise. Mais elle n'a pas voulu dire ce qu'elle en avait fait.

— Comment l'avez-vous découvert ? »

Morandi se mit à scruter la façade de l'immeuble comme un marin scrute la nuit pour y repérer un phare. Ses lèvres s'étirèrent et il émit un grognement de souffrance animale. Il se pencha de nouveau en avant et se cacha la figure avec les mains. Et cette fois, il se mit à sangloter comme sanglote un enfant, de manière hachée et brusque, tout espoir d'un bonheur futur enfui.

Brunetti ne put le supporter. Il se leva et marcha jusqu'à l'église, où il resta planté devant la plaque rappelant que Vivaldi y avait été baptisé. Les minutes passèrent. Il lui semblait entendre encore les sanglots, mais il ne put se résoudre à se retourner. Après avoir relu l'inscription encore une fois, le policier alla se rasseoir à sa place sur le banc.

Morandi prit soudain Brunetti par le poignet. « Je l'ai frappée. » Il avait le visage marbré de rouge, il hoquetait encore, sous l'effet de son accès de chagrin, et répéta, comme si cet aveu pouvait l'absoudre de sa faute. « Je l'ai frappée. Je ne l'avais jamais fait. Pas une fois pendant toutes ces années que nous avons passées ensemble. » Brunetti détourna les yeux, ce qui ne l'empêcha pas d'entendre la suite. « C'est là qu'elle m'a dit qu'elle lui avait donné la clef. »

Il tira sur le poignet de Brunetti jusqu'à ce que le policier se tourne vers lui. « Vous devez comprendre. Il me fallait absolument cette clef. On ne vous laisse entrer que si vous l'avez, et il fallait bien que j'aie l'argent pour la maison de retraite. Ou alors, c'était dans le public qu'elle irait. Mais je ne pouvais pas lui dire, parce que alors j'aurais dû tout lui expliquer. » Il serra un peu plus le poignet de Brunetti pour donner plus de force à ce qu'il disait. Il voulut reprendre la parole, mais une quinte de toux l'en empêcha. « Et alors, elle ne m'aurait plus respecté », finit-il par dire dans un murmure.

Brunetti repensa soudain au récit qu'avait fait la signora Orsoni des justifications que son beau-frère donnait à tous ses actes de violence. Et voilà qu'il entendait raconter la même histoire. Ou peut-être pas ? De la main droite, il détacha un à un les doigts de Morandi qui l'agrippaient. Et pour être bien compris, il prit la main du vieil homme et la lui posa sur la cuisse. « Qu'est-ce qui s'est passé quand vous êtes allé voir la signora Altavilla ? » Morandi parut interloqué. « Je vous l'ai dit. Je lui ai demandé la clef. » Prenant sans doute conscience du désordre de sa coiffure, il se passa la main sur la figure et repoussa les mèches qui retombèrent sur son col. « Demandé ? »

Morandi ne manifesta aucune surprise devant cette question ni devant le ton sur lequel elle avait été posée. « Très bien, dit-il à contrecœur, je lui ai dit de me donner la clef.

— Sinon? »

Il tressaillit. « Il n'y a pas eu de sinon. Elle avait la clef, je voulais qu'elle me la donne, et si elle ne voulait pas, qu'est-ce que je pouvais y faire?

— Vous auriez pu la menacer. »

Il y eut de la stupéfaction mêlée de confusion dans l'expression qu'eut Morandi, et Brunetti estima que ce n'était pas simulé. « Mais c'est une femme ! »

Le policier se retint de lui faire remarquer que la signora Sartori était aussi une femme et que cela ne l'avait pas empêché de la frapper. D'un ton calme, il préféra demander : « Qu'est-ce qui s'est passé ? » Morandi regarda de nouveau le sol, et Brunetti vit une rougeur de gêne envahir le crâne du vieil homme. « Vous l'avez frappée ? » demanda-t-il, se retenant d'ajouter, *elle aussi*.

Les yeux baissés, tel un enfant tentant d'échapper à une réprimande, Morandi secoua la tête à plusieurs reprises. Brunetti refusa de se laisser manipuler par le silence obstiné de l'homme et répéta sa question. « Vous l'avez frappée?

— Non, pas vraiment, répondit Morandi dans un souffle, la voix presque inaudible.

— Qu'est-ce que cela veut dire?

— Je l'ai attrapée. » Il jeta un bref coup d'œil à Brunetti et retourna à la contemplation du sol. Brunetti garda le silence. « Elle m'a dit de partir, que je pouvais bien dire ce que je voulais, que rien ne lui ferait changer d'avis. Et elle est allée vers la portc.

— Qu'est-ce qu'elle voulait faire de cette clef? »

Morandi tourna un visage inexpressif vers Brunetti. « Je ne sais pas. Elle ne me l'a pas dit. » La seule personne pouvant avoir accès au coffre était le porteur de la clef, accompagné d'un représentant de la banque ayant la seconde clef. Pour que toute autre personne l'utilise, il fallait un mandat d'un tribunal, mandat que l'on ne pouvait obtenir que s'il y avait la preuve d'un délit. Mais après tant d'années, il y avait prescription pour un délit de ce genre.

Morandi aurait pu dire à la banque qu'il l'avait perdue. Cela aurait pris du temps, mais il aurait eu finalement accès au coffre et à son contenu. La possession de la clef ne prouvait rien : elle ne conférait aucun pouvoir, aucune autorité à qui la détenait, car seule la personne autorisée pouvait ouvrir le coffre. La signora Altavilla ne le savait pas et, apparemment, Morandi ne le savait pas non plus. Ses menaces ne valaient rien.

« Qu'est-ce qui s'est passé, alors ? » demanda Brunetti, inflexible. Cela prit du temps. Mais Morandi ignorait qu'il n'était pas obligé de répondre.

« Elle s'est dirigée vers la porte, dit-il finalement, et j'ai essayé de l'arrêter. » Tout en parlant, Morandi leva ses deux mains en coupe. « Je l'ai appelée par son nom, et quand elle s'est retournée, je lui ai mis les mains sur les épaules. Mais quand j'ai vu son visage, je me suis souvenu de ma promesse. J'ai desserré mes mains, mais elle s'est dégagée elle-même. Et elle est allée ouvrir la porte.

— Et vous ? »

D'une voix encore plus douce, Morandi répondit : « J'avais honte de moi, vous ne pouvez pas savoir. D'abord je frappe Maria et ensuite je porte les mains sur cette femme. Je ne la connaissais même pas, et j'avais les mains sur ses épaules.

— C'est tout ce que vous avez fait ? » insista Brunetti. Morandi se cacha les yeux de la main. « J'avais tellement honte que je n'ai même pas été capable de m'excuser. Elle a ouvert la porte, elle m'a dit de sortir, il n'y avait rien que je pouvais faire. » Il tendit la main vers Brunetti mais, se souvenant de ce qui s'était passé quand il l'avait touché, la première fois, il la retira. « Je peux vous dire quelque chose ?

— Oui.

— Je me suis mis à pleurer dans l'escalier. J'avais frappé Maria, j'avais fait peur à cette pauvre femme. J'ai attendu d'arrêter de pleurer, derrière la porte de l'immeuble, avant de sortir. Après avoir frappé Maria, je m'étais promis juré de ne plus jamais rien faire de mal pendant tout le reste de ma vie, et voilà que je venais de recommencer. Alors je me suis dit que si j'aimais vraiment Maria comme je le prétendais, je ne referais jamais une chose pareille pour le reste de ma vie. » Il s'arrêta, comme surpris par ses propres paroles et regarda Brunetti avec un sourire embarrassé. « Même s'il ne me reste pas longtemps à vivre. » Son sourire disparut. « Et je me suis promis de ne plus jamais mentir, et de ne jamais faire quoi que ce soit qui déplairait à Maria.

— Mais pourquoi ?

— Je vous l'ai dit : parce que j'avais tellement honte de ce que j'avais fait.

— Mais que pensiez-vous qu'il allait arriver, si vous teniez vos promesses ? »

Morandi posa son index droit sur le dessus de sa cuisse et appuya à plusieurs reprises, attendant à chaque fois que le petit creux disparaisse.

« Qu'allait-il arriver, signor Morandi ? » répéta Brunetti.

Le vieil homme continua son geste machinal, attendant le bon moment. « Parce que peut-être, finit-il par répondre, si elle le savait, elle m'aimerait.

— Vous voulez dire qu'elle vous aimerait de nouveau ? »

L'étonnement de Morandi fut total : Brunetti put le lire dans le manque d'expression de ses yeux, lorsque l'homme se tourna vers lui. « Non. Qu'elle m'aime. Elle ne m'a jamais aimé. Pas vraiment. Quand nous nous sommes rencontrés, elle avait presque quarante ans et elle a accepté de vivre avec moi. Mais elle ne m'a jamais aimé. Pas vraiment », répéta-t-il. Les larmes revinrent et tombèrent sur sa chemise, mais Morandi n'y fit pas attention. « Pas de la manière dont je l'aimais, moi. » Il s'ébroua encore une fois à la manière d'un chien. « Nous sommes les deux seuls à le savoir », reprit-il en effleurant le bras de Brunetti. Il retira vivement sa main, comme si elle l'effrayait. « Maria ne le sait pas, ou elle ne sait pas que je le sais. Mais je le sais. Et maintenant, vous le savez aussi. »

Brunetti n'avait aucune idée de la façon dont il devait réagir devant ces terribles vérités et leurs conséquences encore plus terribles. Et ce n'était ni dans la façade de l'église, ni dans celle de la maison de retraite qu'il allait trouver la réponse.

Il se leva. Prit le vieil homme par le bras et l'aida à se lever. « Je vais vous raccompagner chez vous, si vous voulez. »

29

Il fallut aider le vieil homme à grimper l'escalier. Brunetti prit prétexte de son désir d'admirer la vue qui, depuis le dernier étage, devait donner sur le campanile et la basilique. Tenant l'homme solidement par le coude, il faisait halte à chaque palier, évoquant pour cela une vieille blessure au genou qui le ralentissait. Une fois au dernier étage, Morandi se sentit tout fier de s'en être apparemment mieux sorti qu'un homme plus jeune, tandis que Brunetti était soulagé que le vieil homme n'ait pas eu à faire état de ses infirmités.

Morandi ouvrit la porte et s'effaça pour laisser entrer son invité. Sachant que l'homme vivait seul dans l'appartement depuis trois ans, Brunetti s'était préparé à y trouver du désordre, sinon pire, mais absolument pas à ce qu'il découvrit. Le soleil de la fin de l'après-midi entrait à flots dans le couloir, en provenance de la pièce du fond. Il faisait briller le carrelage au poli parfait, ce *cotto Veneziano* que l'on trouve rarement à un tel étage, même dans les palazzi ct qui, de plus, paraissait ici authentique. Il était aujourd'hui impossible à reproduire et difficile à réparer. Le plafond n'était pas particulièrement haut, mais l'entrée était grande et le couloir d'une largeur exceptionnelle.

« Vous pourrez voir la basilique depuis cette pièce », dit Morandi en s'engageant dans le couloir, laissant Brunetti le suivre. Il n'y avait aucun mobilier contre les murs et aucune porte donnant sur les autres pièces. Brunetti jeta un coup d'œil dans l'une d'elles et constata qu'elle était parfaitement vide, même si l'éclat de la lumière passait par les fenêtres et faisait briller le sol. Au bout de quelques instants, Brunetti prit conscience du froid qui régnait dans l'appartement, un froid qui donnait l'impression de s'infiltrer par les murs et le sol.

La vue, depuis la dernière pièce, était effectivement magnifique, mais il s'y trouvait si peu de mobilier – une table et deux chaises – qu'elle donnait le sentiment d'un logement inoccupé, n'attendant que la visite d'un acheteur éventuel. Par les fenêtres, se détachaient les dômes arrondis de Saint-Marc, avec leur faîtage s'élançant vers le ciel, faits d'une croix venant percer de minuscules boules ; au-delà, on apercevait, de dos, les anges ailés qui donnaient sur le bacino. La voix de Morandi s'éleva derrière le policier. « Maria restait des heures à admirer la vue, depuis cette fenêtre. Ça la rendait heureuse. Au début. » Il vint se tenir près de Brunetti, et ensemble, ils regardèrent les symboles de la puissance de Dieu et de l'État. Brunetti fut frappé par la majesté que ces symboles avaient jadis pu avoir et n'avaient plus.

« Signor Morandi, demanda-t-il, continuant à le vouvoyer sans faire la moindre concession grammaticale du fait des choses que le vieil homme lui avait révélées, me disiez-vous la vérité, lorsque vous avez affirmé avoir décidé de mener une vie meilleure ?

— Oh, oui, répondit aussitôt Morandi, du ton qu'ont les enfants quand ils répètent leur catéchisme.

— C'est fini, les mensonges ?

— C'est fini. »

Brunetti pensa à ces casse-tête qu'on proposait aux élèves. L'un d'eux mettait en scène une poule, un chou et un renard que l'on devait faire passer d'une rive à une autre ; ou bien un autre où il était question de neuf perles sur une balance, ou encore celui de l'homme qui répondait toujours par un mensonge. Il s'en souvenait vaguement, mais les solutions ne lui revenaient pas. Si Morandi mentait toujours, son affirmation qu'il ne mentirait plus jamais était aussi un mensonge, non ?

« Pouvez-vous me jurer, sur la tête de Maria Sartori, que vous n'avez fait que poser les mains sur les épaules de la signora Altavilla, et que vous ne lui avez pas fait mal, ni blessée ? »

Morandi, à côté de lui, ne bougea pas. Puis, faisant penser à un pratiquant de tai-chi, sans tension dans les bras, il leva lentement les mains, paumes tournées vers le sol, jusqu'à hauteur de ses épaules. Mais au lieu de les ramener à lui pour se préparer à pousser contre une force quelconque, il les posa sur une présence invisible. Brunetti vit ses doigts se contracter, et Morandi vit que Brunetti avait vu le mouvement.

Le vieil homme baissa les mains. « C'est tout ce que j'ai fait. Je ne lui ai pas fait mal.

— Qu'est-ce qu'elle portait ? Et où vous teniez-vous ? »

Morandi ferma les yeux, sollicitant sa mémoire pour évoquer la scène. « Nous nous trouvions dans son entrée. Juste devant la porte. Je vous l'ai déjà dit. Elle ne m'a pas laissé entrer dans l'appartement – seulement de trois ou quatre pas depuis la porte. » Il se tut un instant et inclina la tête. « Je ne me rappelle pas ce qu'elle portait. Un chemisier, je crois. Un truc jaune, de toute façon. »

Ce fut au tour de Brunetti de faire appel à sa mémoire et d'évoquer la morte chez elle, sur le plancher de son séjour. Un gros chandail bleu et, dessous, un chemisier d'un jaune éclatant. « Seulement ça ? demanda-t-il.

— Oui. Je me rappelle même que je me suis dit qu'elle aurait dû porter quelque chose de plus chaud. La soirée était fraîche. »

Comme s'il remarquait seulement maintenant le vide qui régnait dans l'appartement, Brunetti demanda : « Où est passé le reste du mobilier ?

— Oh j'ai dû le vendre, aussi. Il y a une *badante* qui vient s'occuper de Maria tous les après-midi pendant trois heures : elle la lave, elle lui brosse les cheveux et elle prend soin de son linge. Ça me revient d'autant plus cher que la maison de retraite exige qu'elle soit déclarée, si bien que j'en ai pour le double, avec les taxes. »

Le vent s'était levé et s'engouffrait dans la Piazza ; il agitait les drapeaux, de l'autre côté de la basilique, les faisant apparaître et disparaître brusquement, comme s'ils leur adressaient des signes. « Qu'est-ce que vous allez faire, signor Morandi ?

— Oh je vais tout vendre, petit à petit, en espérant que je pourrai continuer à payer autant qu'elle durera.

— Les médecins ont-ils fait un pronostic ? »

Morandi haussa les épaules, l'allusion aux médecins ne provoquant plus de colère en lui, à présent. « Le pancréas, se limita-t-il à répondre.

— Et ensuite?

— Oh, je n'y ai même pas pensé », répondit Morandi. Brunetti le crut. « Il suffit que je sois là aussi longtemps qu'elle, pas vrai? »

Brunetti se sentit incapable de répondre à une question pareille. « Et ça? » demanda-t-il avec un geste qui englobait l'appartement, un appartement qui avait appartenu à la signora Cuccetti et qui était passé à Morandi, sur quoi les époux Cuccetti étaient morts. « Vous pourriez le vendre. » Morandi ne put cacher sa stupéfaction. « Mais si jamais Maria revenait à la maison, même pour quelques jours, avant de… ? » Le vieil homme jeta un coup d'œil à Brunetti. Il souriait. Du menton, il indiqua le panorama. « Elle voudrait le revoir, alors…

— Il doit valoir très cher.

— Oh, ça m'est bien égal », répondit Morandi, comme s'il s'agissait d'une paire de vieux souliers ou d'une pile de journaux ficelés avec soin pour aller dans la bonne poubelle. « Maria n'a pas de parents et je n'ai qu'un neveu, de mon côté. Il est parti pour l'Argentine il y a cinquante ans et depuis je n'ai jamais eu de nouvelles de lui. » Il se tut, l'air de réfléchir, et Brunetti garda le silence. « J'imagine qu'il va revenir à l'État. Ou à la ville. Je m'en fiche. C'est sans importance. » Il parcourut la pièce des yeux, étudia un instant les poutres du plafond et retourna au panorama. Les drapeaux s'agitaient de plus en plus et Brunetti avait l'impression d'entendre les rafales du vent qui forcissait.

C'est finalement Morandi qui reprit la parole. « Je n'ai jamais aimé cet endroit, voyez-vous. Je n'ai jamais eu l'impression d'y être chez moi. Je travaillais comme un chien pour payer le loyer, quand nous étions à Castello, mais j'avais au moins l'impression qu'il m'appartenait. Qu'il nous appartenait. Mais ici, c'est comme si ça avait été trop facile ; comme si je l'avais trouvé, ou volé à quelqu'un. Et il ne m'a valu que des ennuis, en fin de compte. Ce sera très bien qu'il aille à quelqu'un d'autre.

— Où logez-vous ? » demanda Brunetti, conscient que la question était idiote quand on la posait au domicile de son interlocuteur.

Mais Morandi comprit sans la moindre difficulté. « Je passe le plus clair de mon temps dans la cuisine. C'est la seule pièce que je chauffe. Avec ma chambre, mais je ne fais qu'y dormir. » Il se détourna, comme s'il s'apprêtait à faire visiter le reste de l'appartement à Brunetti. Celui-ci le laissa s'éloigner de quelques pas et, profitant de ce que le vieil homme avait le dos tourné, sortit la clef de sa poche et la posa sur la table, à côté de la fenêtre.

Brunetti l'appela et, lorsque Morandi revint lentement vers la fenêtre, il eut un geste de la main. « Merci de m'avoir permis d'admirer cette vue, signore. Elle est splendide.

— Splendide, oui », répondit Morandi sans faire attention à la main de Brunetti car son regard parcourait les dômes, les drapeaux et les nuages échevelés qui filaient maintenant vers l'ouest. « Vous ne trouvez pas que c'est triste, tous ces tracas que nous nous donnons pour nos maisons, pour les rendre belles à l'intérieur, quand les parties les plus belles sont là-dehors et que nous ne pouvons rien y changer ? » Cette fois, ce fut lui qui eut un geste vers la basilique, sa main englobant non seulement l'église, mais un passé et une gloire qui n'étaient plus.

L'INCONNU DU GRAND CANAL

Pour Fabio Moretti et Umberto Branchini

Va tacito e nascosto,
quand'avido è di preda,
l'astuto cacciator.
E chi è a mal far disposto,
non brama che si veda
l'inganno del suo cor.

Quand il veut saisir sa proie,
le rusé chasseur
s'avance sans bruit et en tapinois.
Et celui qui est disposé à mal agir
ne désire pas que l'on découvre
la fourberie de son cœur[1].

Giulio Cesare
Hændel

1. Traduction extraite du dossier pédagogique *Jules César*, Opéra de Lille, avril 2007.

1

L'homme était couché, calme, aussi calme qu'un morceau de viande sur un étal de boucher, aussi calme que la mort elle-même. Malgré le froid qui régnait dans la pièce, il n'était couvert que d'un drap fin en coton, qui lui laissait le cou et la tête libres. Vue à une certaine distance, sa poitrine semblait démesurément haute, comme si son dos prenait appui sur une sorte de support, disposé sur toute la longueur. Si cette forme blanche était une crête de montagne enneigée et l'observateur un randonneur fatigué et obligé, après une longue journée de marche, de la franchir, il y a fort à parier qu'il préférerait marcher tout le long du corps, afin d'entreprendre l'ascension au niveau des chevilles et non pas de la poitrine. L'ascension serait en effet trop pénible et trop raide, et qui sait à quelles difficultés il se heurterait lors de la descente sur l'autre versant?

Vue de côté, la hauteur anormale de la poitrine sautait aux yeux, et si depuis le sommet le randonneur pouvait contempler l'homme, c'était le cou qui attirait l'attention. Le cou – ou peut-être, pour être plus précis, l'absence de cou. En effet, ce cou était une grosse colonne, descendant des oreilles aux épaules, sans marquer le moindre rétrécissement; il était aussi large que la tête.

Le nez aussi attirait l'attention, même si on le devinait à peine de profil. Il avait été écrasé et était maintenant de travers; des égratignures et de fines éraflures dessinaient des motifs sur sa peau. La joue droite était griffée et meurtrie. Le visage était entièrement gonflé, et la peau, blanche et flasque. Sous les pommettes, la chair s'affaissait en un arc concave. Cet homme, plus livide que la mort, devait avoir passé sa vie entre quatre murs.

Il avait les cheveux foncés et une barbe coupée court, qu'il avait peut-être laissée pousser pour essayer de cacher le cou, mais elle ne faisait pas illusion longtemps. On détectait presque instantanément l'imposture, car la barbe suivait la ligne de la mâchoire et descendait le long de ce cou-colonne, comme si elle ne savait où s'arrêter. Elle semblait en avoir dévalé la pente pour mieux s'échapper sur les côtés, tant sa blancheur s'accentuait de part et d'autre.

Il avait les oreilles étonnamment délicates, quasi féminines, où des boucles d'oreilles n'auraient pas déparé, si ce n'était la barbe. Sous l'oreille gauche, juste après la ligne de démarcation des poils, et placée à un angle de trente-trois degrés, s'étendait une cicatrice rose de trois centimètres de long et de la largeur d'un crayon. La peau y était rêche, comme si quelqu'un avait recousu la blessure à la hâte ou sans le moindre soin, parce que c'était un homme et qu'un homme ne se soucie guère d'une cicatrice.

Il faisait froid dans la pièce et le seul bruit que l'on y percevait était le lourd sifflement de la climatisation. On ne voyait ni monter ni descendre l'épaisse poitrine de l'homme, qui ne bougeait pas non plus pour lutter contre ce froid incommodant. Il gisait là, nu sous son drap, les yeux clos. Il n'attendait pas, car il était désormais au-delà de l'attente, tout comme il était au-delà de tout retard ou de toute ponctualité. On pourrait être tenté de dire que l'homme était, tout simplement. Mais ce serait inexact, car il n'était plus.

Deux autres formes étaient allongées, couvertes de la même manière, dans cette pièce, placées plus près des murs : l'homme barbu était au milieu. Si quelqu'un qui passe sa vie à mentir dit qu'il est un menteur, dit-il la vérité ? S'il n'y a personne de vivant dans une pièce, la pièce est-elle vide pour autant ?

Une porte s'ouvrit à l'autre bout ; un homme grand et mince, en blouse blanche, la tint ouverte, le temps qu'un autre homme passe devant lui. Le premier lâcha la porte ; elle se referma lentement, en émettant un doux petit clic, comme une goutte d'eau, qui résonna dans cette salle froide.

« Le voici, Guido », dit le dottor Rizzardi, placé derrière Brunetti, commissaire de police de la ville de Venise. Brunetti s'arrêta, tel notre randonneur, et regarda la crête blanche de l'homme. Rizzardi s'approcha de la table où gisait le mort.

« Il a reçu trois coups de couteau en bas du dos, avec une lame très fine. Moins de deux centimètres de large, je dirais, et l'auteur était ou très fort, ou franchement verni. Il y a deux petits hématomes à l'avant du bras gauche, dit Rizzardi, en s'arrêtant près du corps. Et de l'eau dans les poumons. Donc il était vivant quand il a été mis à l'eau. Mais l'assassin ayant touché une artère, il n'avait aucune chance de s'en sortir. Il a perdu tout son sang en quelques minutes. » Puis Rizzardi continua, d'un ton lugubre : « Avant de se noyer. » Sans laisser le temps à Brunetti de lui poser la question, le médecin légiste déclara : « Ça s'est passé hier, après minuit, je pense. Comme son corps est resté dans l'eau, je ne peux pas être plus précis. »

Brunetti s'arrêta à mi-chemin de la table ; ses yeux allaient et venaient du mort au médecin légiste. « Que lui est-il arrivé au visage ? » demanda-t-il, imaginant combien il serait difficile de l'identifier, voire tout simplement de regarder une photo de cette figure abîmée et gonflée.

« Je suppose qu'il est tombé en avant sous l'effet des coups de couteau. Il a été probablement trop surpris pour tendre les mains et amortir la chute.

— Est-ce que tu pourrais prendre une photo ? s'enquit Brunetti, ne sachant si Rizzardi pourrait masquer une partie des dégâts.

— Tu as l'intention de la montrer à des gens ? »

Brunetti n'apprécia pas spécialement cette réponse, mais c'en était une. Au bout d'un moment, le médecin légiste assura : « Je ferai ce que je pourrai.

— Autre chose ? le pressa Brunetti.

— Je dirais qu'il est proche de la cinquantaine, plutôt en bonne santé, que ce n'est pas quelqu'un qui travaille de ses mains, mais je ne peux pas en dire plus.

— Pourquoi a-t-il un aspect aussi bizarre ?

— Tu parles de sa poitrine ?

— Et de son cou, ajouta Brunetti, captivé par son épaisseur.

— C'est ce qu'on appelle la maladic de Madelung. J'ai lu des choses là-dessus, et je me souviens qu'on en parlait dans mes cours de médecine, mais je ne l'avais encore jamais vue concrètement.

— Qu'est-ce qui la provoque? » demanda Brunetti, qui vint se poster près du mort.

Rizzardi haussa les épaules. « Qui sait? » Comme s'il venait d'entendre lui-même ces mots de la bouche d'un médecin, il enchaîna : « C'est souvent lié à l'alcoolisme, à l'usage de la drogue, bien que ce ne soit pas le cas ici. Il ne buvait pas, pas du tout, et je n'ai vu aucune trace de drogue. Tous les alcooliques ne contractent pas cette maladie, Dieu soit loué, mais la plupart des hommes qui en souffrent – et ce sont presque toujours des hommes – sont des alcooliques. Il semble que personne ne comprenne vraiment pourquoi cela se produit. »

Rizzardi fit un pas vers le cadavre et désigna une bosse à l'arrière du cou : « C'est de la graisse. Elle s'accumule ici, précisa-t-il en pointant la petite boule. Et ici. » Il indiqua, sous le vêtement blanc, un semblant de seins. « Ça commence vers la trentaine ou la quarantaine, et ça se concentre sur la partie supérieure du corps.

— Tu veux dire que ça ne fait que s'agrandir? s'enquit Brunetti, qui essayait d'imaginer ce processus.

— Oui. Parfois, ça gagne le haut des jambes, aussi. Mais dans son cas, la déformation n'a pris que sur le cou et la poitrine. » Il se tut un instant, plongé dans ses pensées, puis il spécifia : « Elle les transforme en barriques, ces pauvres diables.

— C'est une maladie courante?

— Non, pas du tout. Je pense que la littérature médicale n'a répertorié que quelques centaines de cas. On ne sait pas grand-chose, en fait, à son sujet.

— D'autres éléments ?

— Il a été traîné sur une superficie rugueuse », affirma le médecin légiste, en menant Brunetti au bout de la table et en soulevant le drap. Il lui montra l'arrière du talon du mort, où la peau était égratignée et abîmée. « Il y a des traces en bas du dos, aussi.

— Des traces de quoi ?

— Quelqu'un l'a empoigné sous les épaules, puis l'a tiré sur le sol, je dirais. Il n'y a pas de gravier dans la blessure, donc c'était probablement un sol en pierre. Il n'avait qu'une chaussure, un mocassin. Ce qui laisse supposer que l'autre lui a été retirée. »

Brunetti recula vers la tête de l'homme et baissa les yeux vers le visage barbu. « Il a les yeux clairs ? » demanda-t-il.

Rizzardi le regarda, manifestement surpris. « Bleus. Comment le sais-tu ?

— Je ne le sais pas.

— Alors pourquoi cette question ?

— Je pense l'avoir déjà vu quelque part. »

Il regarda l'homme fixement, son visage, sa barbe, cette large colonne en guise de cou. Mais la mémoire lui fit défaut ; il n'était sûr que de ses yeux.

« Puisque tu l'as déjà vu, tu te souviens de lui, non ? » Le corps de cet homme répondait à la question de Rizzardi.

Brunetti fit un signe d'assentiment. « Je sais, mais si j'essaie de me rappeler, il ne me revient rien de précis. » Cette incapacité à se remémorer une vision aussi exceptionnelle dérangea Brunetti plus qu'il ne voulut bien l'admettre. L'avait-il vu en photo, à l'identité judiciaire, ou dans un livre ? Il avait feuilleté cet abominable ouvrage de Cesare Lombroso quelques années plus tôt : cet homme lui évoquait-il un de ces « criminels-nés »?

Cependant, les planches de Lombroso étaient en noir et blanc; les yeux se seraient-ils donc révélés clairs ou foncés? Brunetti fouilla dans sa mémoire, les yeux rivés au mur. Mais aucun souvenir n'émergea, aucune image précise d'un homme aux yeux bleus.

Au contraire il fut assailli, jusqu'à en suffoquer, d'images de sa mère qu'il n'avait pas convoquées, affalée dans son fauteuil, le fixant de ses yeux vides, incapable de le reconnaître.

« Guido? » entendit-il et il découvrit le visage familier de Rizzardi. « Tout va bien? »

Brunetti s'efforça de sourire et répondit : « Oui. J'étais juste en train d'essayer de me rappeler où j'avais bien pu le voir.

— N'y pense plus, ça reviendra tout seul », lui suggéra Rizzardi. « Ça m'arrive tout le temps. Quand le nom de quelqu'un m'échappe, je commence à égrener les lettres de l'alphabet et souvent, quand je trouve l'initiale de son nom, il me revient en mémoire.

— C'est l'âge? demanda Brunetti avec une indifférence étudiée.

— Je pense, répondit Rizzardi avec légèreté. J'avais une mémoire incroyable quand je faisais médecine, sans ça tu ne t'en sors pas, avec tous ces os, ces nerfs, les muscles...

— Les maladies, renchérit Brunetti.

— Oui, les maladies. Mais rien que de se souvenir de toutes ces parties du corps, déclara le médecin légiste, en se tapotant de haut en bas, c'est déjà une prouesse. » Puis, d'un ton plus pensif : « Mais ce qu'il y a à l'intérieur, ça tient carrément du miracle.

— Tu as dit miracle ? railla Brunetti.

— Façon de parler. Mais c'est quelque chose de merveilleux. »

Rizzardi dévisagea son ami et dut voir en lui quelque chose qui lui plut ou lui inspira confiance, car il continua : « À bien y réfléchir, les choses les plus ordinaires – soulever un verre, lacer ses chaussures, siffler… – sont de petits miracles en soi.

— Alors, pourquoi fais-tu ce que tu fais ?

— Quoi donc ? Je ne comprends pas.

— Pourquoi travailles-tu avec des gens une fois la source du miracle tarie ? » dit Brunetti, faute de pouvoir mieux l'exprimer.

Après un long silence, Rizzardi finit par reconnaître : « Je n'y avais jamais réfléchi en ces termes. » Il baissa les yeux, retourna ses mains et observa ses paumes un moment. « C'est peut-être parce que ce que je fais me montre comment fonctionnent les choses, ces choses qui rendent ces miracles possibles. »

Comme en proie à une gêne soudaine, Rizzardi joignit les mains et précisa : « Les hommes qui l'ont amené ici ont dit qu'il n'avait pas de papiers sur lui. Aucune forme d'identification. Rien.

— Des vêtements ? »

Rizzardi haussa les épaules. « Ils l'ont amené nu. Tes hommes doivent avoir tout apporté au labo. »

Brunetti émit un petit bruit en signe d'approbation, ou de compréhension, voire de remerciement. « Je vais y aller et jeter un coup d'œil. Le rapport que j'ai lu dit qu'ils l'ont trouvé vers six heures. »

Rizzardi secoua la tête. « Je ne sais rien de tout cela, juste que c'était le premier aujourd'hui. »

Surpris – c'était Venise, après tout –, Brunetti demanda : « Combien y en avait-il d'autres, là-bas ? »

Rizzardi fit un signe de tête en direction des deux autres silhouettes entièrement drapées, de l'autre côté de la salle. « Ces vieux, là-bas.

— Quel âge ?

— Le fils dit que son père avait 93 ans, sa mère 86.

— Qu'est-ce qui s'est passé ? Brunetti avait lu les journaux, ce matin-là, mais aucun ne mentionnait leur mort.

— Un des deux a fait du café hier soir. La cafetière était dans l'évier. La flamme s'est éteinte, mais pas le gaz. C'était un vieux modèle de gazinière, où il faut une allumette. Les voisins du dessus ont senti l'odeur et ont appelé les pompiers, et lorsqu'ils sont arrivés, l'air était saturé de gaz. Ils étaient morts tous les deux sur le lit, avec les tasses et les soucoupes près d'eux. »

Face au silence de Brunetti, Rizzardi déclara : « Heureusement que ça n'a pas explosé.

— Drôle d'endroit pour boire son café », nota Brunetti.

Rizzardi lui lança un regard perçant. « Elle avait la maladie d'Alzheimer et il n'avait pas les moyens de la placer en maison, ajouta-t-il. Leur fils a trois enfants et vit dans un deux-pièces, à Mogliano. »

Brunetti ne dit mot.

« Le fils m'a raconté, continua Rizzardi, que son père avait dit qu'il ne pouvait plus s'occuper d'elle, pas comme il l'aurait voulu.

— Quand a-t-il dit cela ?

— Il a laissé un billet, disant qu'il ne voulait pas que les gens croient qu'il était en train de perdre la mémoire et qu'il avait oublié de fermer le robinet du gaz. » Rizzardi s'éloigna du cadavre, en direction de la porte. « Il touchait une retraite de 512 euros et elle, 508 euros. Avec un loyer de 750 euros par mois.

— Je vois », dit Brunetti.

2

Ils suivirent le couloir dans un silence complice. Les pensées de Brunetti oscillaient entre la terreur chronique que lui inspirait le sort de sa mère et le miracle énoncé par Rizzardi. En fait, qui était mieux placé que lui pour en parler, puisqu'il le touchait des doigts tous les jours ?

Il réfléchissait au billet que le vieil homme avait laissé à son fils, des mots provenant du fin fond d'une chose si terrible à ses yeux qu'il ne pouvait même pas la nommer. Ce choix d'en finir avec la vie avait été délibéré et le vieil homme l'avait fait pour tous les deux. Mais d'abord, il avait préparé le café.

Il se tourna vers Rizzardi : « Est-ce que cette maladie de Marlung – si on l'a soigné – peut m'aider d'une manière ou d'une autre à l'identifier ?

— Madelung, rectifia Rizzardi automatiquement. Tu pourrais envoyer une demande officielle d'information aux hôpitaux qui ont des centres préposés aux maladies génétiques, en donnant une description de l'individu. » Puis, après un moment de réflexion, le docteur ajouta : « En supposant qu'on la lui ait diagnostiquée, toute la question est là. »

En repensant à l'homme allongé sur la table, Brunetti demanda : « Mais comment le contraire serait-il possible ? Tu as vu son cou, la taille de ce cou ! »

Devant la porte de son bureau, Rizzardi se tourna vers Brunetti : « Guido, il y a partout des gens avec des symptômes de maladies graves tellement ostensibles que les cheveux des médecins se dresseraient sur leur tête à leur vue.

— Et alors ?

— Et ils se disent que ce n'est rien, que ça partira comme c'est venu s'ils le traitent par le mépris. Ils arrêteront de tousser, ou de saigner, que cette tache sur leur jambe va disparaître.

— Et puis ?

— Et puis parfois, ça s'en va, et parfois non.

— Et si ça ne s'en va pas ?

— Eh bien, c'est moi qui les vois », dit Rizzardi d'un ton sinistre. Il se secoua comme si, à l'instar de Brunetti, il voulait aussi se libérer de certaines pensées et il précisa : « Je connais une femme à Padoue qui pourrait s'y connaître en Madelung. Je vais l'appeler. C'est probablement là qu'irait consulter un patient de la Vénétie. »

Et en dehors de la Vénétie ? se demanda Brunetti, mais il ne dit rien au médecin légiste. Au contraire, il le remercia et l'invita à descendre prendre un café au bar.

« Non, merci. Ma vie est submergée de journaux et de rapports, comme la tienne du reste, et j'ai décidé de gâcher le restant de la matinée à les lire et les écrire. »

Brunetti accepta sa décision d'un signe de tête et se dirigea vers l'entrée principale de l'hôpital. Avoir été en bonne santé toute sa vie ne suffisait pas à contrer les effets de l'imagination ; Brunetti se voyait souvent être atteint de maladies auxquelles il n'avait pas été exposé et dont il ne manifestait aucun symptôme. Paola était la seule personne à qui il s'était confié, même si sa mère, lorsqu'elle pouvait encore savoir les choses, le savait aussi, ou tout au moins s'en était doutée. Paola voyait bien l'absurdité de telles inquiétudes : parler de craintes serait un bien grand mot, car il n'était jamais totalement persuadé de souffrir de ces diverses affections.

En bon malade imaginaire, il rejetait avec dédain des choses banales, comme une simple maladie de cœur, ou une misérable grippe. Il plaçait la barre plus haut, en s'octroyant le virus du Nil occidental, ou une méningite. Une fois, il alla jusqu'à la malaria. Le diabète, pourtant absent du terrain familial, était un vieil ami qui lui rendait fréquemment visite. Il savait bien quelque part que ces maladies lui évitaient de voir dans ses trous de mémoire le signe avant-coureur du véritable objet de ses craintes. Il préférait ressasser toute la nuit les symptômes bizarres de la dengue plutôt que d'entendre la sonnette d'alarme lorsqu'il n'arrivait plus à se souvenir du numéro de portable de Vianello.

Brunetti pensa de nouveau à « l'inconnu au gros cou », tel qu'il l'avait surnommé. Puisqu'il avait bien les yeux bleus, cela signifiait que Brunetti devait l'avoir vu quelque part, ou en photo.

En pilote automatique, il continua à marcher en direction de la questure. En traversant le rio di San

Giovanni, il observa l'état des eaux où les algues proliféraient depuis peu et pénétraient plus profondément au cœur de la ville. Il consulta le plan qu'il avait en tête et vit qu'elles remonteraient le rio dei Greci, avec la venue de la marée, sûrement assez forte pour les propulser vers la riva degli Schiavoni, voire dans les entrailles de la ville.

Il remarqua ensuite ces taches mouvantes qui flottaient vers lui à marée haute. Il se souvenait d'avoir vu, dix ans plus tôt, des bateaux à nez plat, équipés d'une écope frontale, qui sillonnaient la lagune en s'enfonçant dans de gigantesques amoncellements d'algues. Qu'étaient-ils devenus, ces étranges petits bateaux, tout simples et chétifs, mais d'une voracité ô combien utile ? La semaine précédente, il avait traversé le pont ferroviaire, flanqué de vastes îles composées d'algues flottantes. Les bateaux les contournaient ; les oiseaux les évitaient ; toute vie dépérissait à leur contact. Personne d'autre ne les avait donc remarquées, ou les gens feignaient-ils de ne pas les voir ? La juridiction des eaux de la lagune était-elle divisée entre différentes autorités en conflit – la ville, la région, la province, la magistrature aux Eaux ? –, des autorités morcelées, mais si étroitement mêlées, qu'elles réussissaient à bloquer la moindre initiative ?

Tout en marchant, Brunetti laissait libre cours à ses pensées. Lorsqu'il croisait des personnes qu'il avait déjà rencontrées, il les reconnaissait parfois sans se souvenir qui elles étaient précisément. Souvent, cette reconnaissance purement visuelle s'accompagnait de l'aura émotionnelle – il ne lui venait pas d'expression plus appropriée – qu'elles avaient imprimée dans sa mémoire.

La vision de l'« inconnu au gros cou » – il fallait qu'il cesse de l'appeler ainsi – avait suscité un certain malaise chez lui, car l'aura émotionnelle née du souvenir de la couleur de ses yeux était imprégnée d'un je-ne-sais-quoi qui lui donnait envie de l'aider. Il ne comprenait pas bien pourquoi. Peut-être l'avait-il croisé quelque part et que lui ou quelqu'un d'autre n'avait pu lui venir en aide, mais Brunetti ne parvenait plus désormais à distinguer si ce sentiment avait surgi quelques heures plus tôt en regardant l'homme, ou s'il était plus ancien.

Ces idées tournaient encore dans sa tête lorsqu'il entra à la questure et se dirigea vers son bureau. Au moment d'attaquer la dernière volée de marches, il revint sur ses pas et pénétra dans la salle commune des policiers en uniforme. Pucetti était assis devant l'ordinateur, les yeux rivés sur l'écran, et pianotait sur les touches. Brunetti s'arrêta juste dans l'encadrement de la porte. Pucetti aurait parfaitement pu être sur une autre planète, tant il était absorbé.

Brunetti regardait son corps se tendre davantage encore, sa respiration se faire plus courte. Le policier marmonnait quelque chose entre ses dents, peut-être à son ordinateur. De façon inopinée, le visage de Pucetti, puis son corps, se détendirent. Il retira ses mains du clavier, fixa l'écran un moment, leva la main droite et, tendant son index, il enfonça une seule touche à la manière d'un pianiste de jazz qui, par cette note finale, va mettre le public à ses pieds.

La main de Pucetti s'écarta vivement du clavier et resta suspendue à hauteur des oreilles, les yeux toujours sur l'écran. Il se leva d'un bond, les deux bras tendus au-dessus de la tête, à l'instar de ces athlètes victorieux qui trônent dans la rubrique sportive du journal. « Je t'ai eu, espèce de salaud ! » cria le jeune agent, agitant ses poings au-dessus de sa tête et balançant son corps d'avant en arrière. Ce n'était pas vraiment une danse de guerre, mais on n'en était pas loin. Alvise et Riverre, debout de l'autre côté de la pièce, se tournèrent, manifestement surpris.

Brunetti avança de quelques pas dans la pièce. « Qu'est-ce que tu as fait, Pucetti ? » demanda-t-il, puis ajouta : « Qui as-tu eu ? »

Pucetti, rayonnant et exhalant un mélange de jubilation et de triomphe qui le rajeunissait de dix ans, se tourna vers son supérieur. « Ces salauds à l'aéroport », dit-il, en ponctuant son affirmation de deux uppercuts qu'il lança en l'air, au-dessus de sa tête.

« Les bagagistes ? » s'enquit Brunetti, même si sa question était superflue. Il y avait presque dix ans qu'il enquêtait sur eux et procédait à leurs arrestations.

« Oui ». Pucetti ne put restreindre ses cris de joie sauvages et esquissa deux autres pas de danse victorieuse.

Alvise et Riverre, intrigués, s'avancèrent vers eux.

« Qu'est-ce que tu as fait ? » demanda Brunetti.

Pucetti rapprocha délibérément ses pieds et baissa les mains. « J'ai obtenu… », commença-t-il puis, jetant un coup d'œil aux autres policiers, il précisa, d'une voix qui avait perdu de son enthousiasme : « quelques informations sur l'un d'entre eux, monsieur ».

Toute trace d'excitation s'effaça du comportement de Pucetti ; Brunetti saisit l'allusion et répondit avec une indifférence calculée. « Bon, voici une bonne chose de faite. Il faudra que tu m'en touches un mot un de ces jours. » Puis, s'adressant à Alvise : « Tu pourrais venir dans mon bureau un instant ? » Il ne savait absolument pas ce qu'il allait dire à Alvise, tant ce dernier était incapable de comprendre quoi que ce soit, mais Brunetti avait saisi qu'il devait empêcher les deux officiers de police de prêter attention aux propos de Pucetti, ou de leur attribuer une quelconque importance.

Alvise salua et lança un regard à Riverre non dénué de suffisance. « Riverre, dit Brunetti, est-ce que tu pourrais descendre et demander à l'homme en faction si mon paquet est arrivé ? » Pour parer à l'inéluctable, il ajouta : « S'il n'est pas encore arrivé, ce n'est pas la peine de te déranger pour venir me le dire. Il arrivera demain. »

Riverre aimait se voir confier des missions, et dans la mesure où elles étaient simples et expliquées clairement, il parvenait habituellement à les accomplir. Il salua aussi et gagna la porte. Brunetti regretta de ne pas avoir pensé à une requête qui les aurait fait sortir tous les deux de la pièce. « Viens avec moi, Alvise. »

Alors qu'il commençait à reconduire Alvise vers la porte, Pucetti reprit place à l'ordinateur et tapota sur son clavier ; Brunetti vit l'écran se noircir.

3

Brunetti monta l'escalier au côté d'Alvise, non sans relever l'ironie de la situation, car avoir une conversation avec ce policier était souvent aussi épuisant que de grimper une colline. Il s'efforçait de monter au même rythme que l'agent qui allait plus lentement, de manière à ne pas souligner davantage leur différence de taille. « Je voulais te demander, improvisa Brunetti lorsqu'ils arrivèrent tout en haut, dans quel état d'esprit sont nos hommes, à ton avis ?

— Leur état d'esprit, monsieur ? » répéta Alvise avec une très vive curiosité. Pour montrer sa bonne volonté, il lui adressa un sourire nerveux, lui laissant entendre qu'il répondrait dès qu'il aurait véritablement compris.

« Est-ce qu'ils se sentent bien dans leur travail, est-ce qu'ils se sentent bien ici ? » demanda Brunetti, aussi confus sur le sens de ses propos que l'était Alvise, qui luttait pour garder le sourire.

« Comme tu en connais beaucoup depuis si longtemps, je me disais qu'ils t'ont peut-être parlé.

— De quoi, monsieur ? »

Brunetti se demanda quel individu, en pleine possession de ses moyens, irait faire des confidences à Alvise, ou lui demanderait son avis sur n'importe quel sujet. « Ou peut-être as-tu entendu des rumeurs ? » Brunetti n'avait pas plus tôt fini de prononcer ces paroles qu'il s'en mordit les doigts : Alvise aurait pu les prendre comme une invitation à espionner ses collègues et en prendre ombrage, même s'il y avait aussi peu de chances qu'Alvise pût s'offenser que de déceler un sens caché dans une phrase.

Alvise s'arrêta devant la porte de Brunetti.

« Vous voulez dire, est-ce qu'ils se plaisent ici, monsieur ? »

Brunetti afficha un sourire attendri : « Oui, c'est une bonne façon de voir les choses, Alvise.

— Je pense que certains d'entre nous se plaisent ici et d'autres non, monsieur », énonça-t-il avec sagesse, puis il s'empressa d'ajouter : « Je fais partie de ceux qui se plaisent ici, monsieur. Vous pouvez en être certain. »

Tout en continuant à sourire, Brunetti affirma : « Oh, je n'en ai jamais douté, mais j'étais curieux de savoir ce qu'il en est des autres et j'espérais que tu le saurais. »

Alvise rougit. Puis il bredouilla : « Je suppose que vous ne voulez pas que je dise aux gars que vous m'avez posé cette question, n'est-ce pas ?

— En effet, il vaut sans doute mieux ne pas en parler. »

Alvise devait s'attendre à cette réponse, car son visage ne trahit pas le moindre signe de déception. D'une voix particulièrement affable, Brunetti enchaîna : « Autre chose, Alvise ? »

Le policier mit ses mains dans les poches de son pantalon, regarda ses chaussures, comme s'il allait y trouver la question à poser : « Est-ce que je peux le dire à ma femme, monsieur ? Que cette question, vous me l'avez posée à moi ? » Il souligna inconsciemment le dernier mot.

Brunetti dut faire un effort pour ne pas prendre Alvise par les épaules et lui donner une accolade. « Bien sûr, Alvise. Je suis certain que je peux lui faire confiance autant qu'à toi.

— Oh, beaucoup plus, monsieur », rétorqua Alvise, qui ne croyait pas si bien dire. Puis, brusquement : « Est-ce qu'il est gros ce paquet, monsieur ? »

Un instant décontenancé, Brunetti répéta, tout simplement : « Le paquet ?

— Celui qui doit arriver, monsieur. Si c'est le cas, je pourrai aider Riverre à le monter.

— Ah oui, bien sûr », fit Brunetti, fier comme le champion de foot du lycée auquel un camarade propose de lui tenir les chevilles pendant qu'il fait ses abdominaux. « Non, merci, Alvise », lui répondit-il rapidement. « C'est très gentil de ta part, mais il s'agit juste d'une enveloppe contenant quelques dossiers.

— Très bien, monsieur. Mais je pensais que c'était bien que je vous le demande. Au cas où. Où il aurait été lourd, disons.

— Merci encore », et Brunetti ouvrit la porte de son bureau.

À la vue de l'ordinateur sur sa table, Brunetti chassa définitivement de son esprit toute préoccupation pour Alvise et sa susceptibilité. Il s'en approcha, partagé entre la nervosité et la curiosité. On ne lui avait rien dit : il y avait si longtemps qu'il avait demandé à avoir son propre ordinateur qu'il avait à la fois oublié sa requête et la possibilité que celle-ci se concrétise un jour.

Il vit affiché sur l'écran la consigne suivante : « Choisissez un mot de passe et confirmez-le. Puis appuyez sur "Entrer". Si vous voulez enregistrer le mot de passe, appuyez deux fois sur "Entrer". » Brunetti s'assit et étudia les instructions, les relut et examina leur signification. Signorina Elettra – ce ne pouvait être qu'elle – avait organisé tout cela, elle avait sans aucun doute configuré l'ordinateur, entré tout ce dont il aurait besoin et avait installé un système rendant toute intrusion impossible. Il commença par prendre en considération les options : tôt ou tard, il aurait besoin de conseils, il finirait par se mettre tout seul dans la gueule du loup. Et elle, le cerveau de l'affaire, serait la seule capable de l'aider. Il ignorait si elle aurait besoin de son mot de passe pour démêler la pagaille qu'il aurait causée. Mais il s'en moquait. Il pressa deux fois le bouton « Entrer ».

L'écran clignota. S'il s'attendait à un quelconque message laissé par la demoiselle, il allait être déçu : seule apparut sur l'écran la liste habituelle des programmes disponibles pour lui. Il ouvrit ses comptes e-mail, le compte officiel de la questure et son compte personnel. Le premier ne présentait rien d'intéressant ; le second était vide. Il tapa l'adresse professionnelle de signorina Elettra, puis juste le mot « *Grazie* » et l'envoya sans signer. Il attendit le petit bruit annonçant sa réponse, mais rien ne vint.

Brunetti, fier d'avoir appuyé sur ce second « Entrer » sans y avoir réfléchi par deux fois, fut frappé de constater combien la technologie avait colonisé les émotions humaines : donner à quelqu'un son mot de passe revenait aujourd'hui à donner la clef de son cœur. Du moins, de sa correspondance. Ou de son numéro de compte bancaire. Il connaissait celui de Paola, l'oubliait tout le temps, et l'avait donc noté dans son carnet d'adresses à James : madamemerle, pas de majuscules, tout attaché, un choix perturbant.

Il se connecta à Internet et fut étonné par la rapidité de la connexion. Mais sans aucun doute, il la trouverait bientôt normale, puis même carrément lente.

Il saisit le nom exact de la maladie, Madelung, et se retrouva instantanément confronté à toute une série d'articles en italien et en anglais. Il choisit le premier et parcourut pendant vingt minutes les symptômes et les traitements proposés, complétant juste un peu les informations que Rizzardi lui avait données. Presque toujours des hommes, presque toujours des alcooliques, presque toujours sans possibilité de soins, avec une très forte concentration de cette maladie en Italie.

Il ferma le navigateur et décida de s'occuper d'affaires qu'il n'avait pas entièrement réglées : il appela la salle des policiers et demanda à Pucetti de monter. Lorsque le jeune homme arriva, Brunetti lui indiqua d'un geste la chaise en face de son bureau.

Avant de s'asseoir, Pucetti jeta un coup d'œil, qu'il ne put dissimuler, à l'ordinateur de Brunetti. Ses yeux croisèrent ceux de son supérieur puis retournèrent à l'ordinateur, comme s'il avait du mal à les associer. Brunetti refréna son envie de sourire et de dire au jeune agent que, s'il faisait bien ses devoirs et rangeait bien sa chambre, il le laisserait jouer avec. Il se contenta de lâcher : « Je t'écoute. »

Pucetti ne feignit pas de ne pas comprendre. « Celui que nous avons arrêté trois fois – Buffaldi – a fait deux croisières en première classe ces deux dernières années. Il a une nouvelle voiture, qu'il laisse au garage de Piazzale Roma. Et sa femme a acheté un nouvel appartement l'an passé au prix déclaré de 250 000 euros, mais au prix réel de 350 000. » Pucetti leva un doigt pour chacun de ces faits, puis joignit les mains et les posa sur les genoux : il n'avait rien d'autre à ajouter.

« Comment as-tu obtenu ces informations ? » lui demanda Brunetti.

Le jeune homme baissa les yeux sur ses mains jointes. « J'ai vérifié ses relevés de compte.

— J'aurais pu m'en douter, Pucetti », dit Brunetti calmement. « Comment as-tu eu accès à ces informations ?

— Tout seul, monsieur, répondit Pucetti d'un ton ferme. Elle ne m'a pas aidé. Pas du tout. »

Brunetti soupira. Si un cambrioleur enlève à la lime une couche de peau pour sensibiliser le bout des doigts de son apprenti, ou lui montre comment faire sauter une serrure, qui est tenu pour responsable de l'ouverture du coffre-fort ? Chaque fois que Brunetti utilisait ses outils de cambrioleur pour ouvrir une porte, quelle était la part de responsabilité du voleur qui lui avait appris à s'en servir ? Et, ayant lui-même transmis son savoir à Vianello, qui devait porter le chapeau chaque fois que l'inspecteur parvenait à ouvrir une porte ?

« Avoir pris la défense de signorina Elettra est louable, Pucetti, et ton habileté, la preuve de ses talents de pédagogue. » Il s'abstint de sourire. « Mais ma question était d'un ordre plus pratique, en fait : qu'est-ce que tu as ouvert, et quelles informations as-tu dérobées ? »

Pucetti dominait sa fierté et sa gêne face au mécontentement apparent de son supérieur. « Les relevés de sa carte de crédit, monsieur.

— Et l'appartement ? » demanda Brunetti, se gardant de faire remarquer que la plupart des gens n'achètent pas d'appartements avec leurs cartes de crédit.

« J'ai trouvé le notaire qui s'est occupé de la vente. »

Brunetti attendait, évitant prudemment tout trait d'ironie.

« Et je connais quelqu'un qui travaille dans son bureau, ajouta Pucetti.

— Qui donc ?

— Je préférerais ne pas le dire, monsieur, dit Pucetti, les yeux rivés sur ses genoux.

— C'est tout à ton honneur, répliqua Brunetti. Cette personne a confirmé la différence de prix ? »

À ces mots, Pucetti leva les yeux. « Elle n'était pas bien sûre, monsieur, mais elle m'a dit que lorsqu'ils ont discuté de la vente avec le notaire, ils n'ont pas caché que la différence de prix serait d'au moins 100 000 euros.

— Je vois. » Brunetti laissa passer quelques minutes, pendant lesquelles Pucetti regarda deux fois l'ordinateur, comme pour en mémoriser le nom et les dimensions. « Et où est-ce que tout cela nous mène ? »

Pucetti leva les yeux, où brillait un regard fervent. « Ce n'est pas suffisant pour rouvrir l'enquête ? Il gagne environ mille cinq cents euros par mois avec ce boulot. D'où vient le reste de l'argent ? Il a été filmé en train d'ouvrir des valises et d'en tirer des choses : des bijoux, des appareils photo, des ordinateurs. » Il fit une pause, comme s'il ne lui appartenait pas de répondre à ces questions.

« Le film n'a pas servi de preuve au dernier procès, comme tu le sais, Pucetti, et nous ne sommes pas encore en mesure de dire que le simple fait de posséder de grosses quantités d'argent prouve qu'il ait été volé. » Brunetti garda son calme, imitant la voix de l'avocat de la défense lors de la dernière accusation de vol à l'encontre des bagagistes. « Il pourrait avoir gagné à la loterie, ou sa femme. Il pourrait avoir emprunté l'argent à des membres de sa famille. Il pourrait l'avoir trouvé dans la rue.

— Mais vous savez que c'est faux, monsieur, plaida Pucetti. Vous savez ce qu'ils fabriquent, lui et beaucoup d'autres.

— Entre ce que je sais et ce qu'un procureur peut prouver dans une cour de justice, il y a une différence, Pucetti », rétorqua Brunetti, non sans une note de réprimande dans la voix. « Et je te conseille vivement d'en tenir compte. » Il vit le jeune homme ouvrir la bouche pour protester, mais il éleva la voix pour l'arrêter. « En outre, je veux que tu retournes à ton bureau et que tu effaces soigneusement toutes les traces que tu aurais pu laisser au cours de ton enquête sur les finances de signor Buffaldi. » Et sans laisser le temps à Pucetti d'opposer la moindre objection, il ajouta : « De même que tu as réussi à les trouver, de même quelqu'un d'autre pourrait très bien s'apercevoir de ton passage et cette information rendrait signor Buffaldi intouchable pour tout le restant de sa carrière.

— Il est déjà plutôt intouchable, non ? » siffla Pucetti, frisant la colère.

Cela suffit à mettre le feu aux poudres. Pour qui se prenait ce garçon impétueux, qui s'imaginait pouvoir changer les choses ? Comme il l'était lui, il y a des décennies de cela, juste après avoir prêté serment à la police et décidé de s'adonner corps et âme à la justice. Ce souvenir calma Brunetti : « Pucetti, nous sommes dans ce système et nous n'avons pas le choix. Le critiquer est aussi vain que de le louer. Tu sais, et je sais, combien nos pouvoirs sont limités. »

Comme si une force supérieure l'empêchait de résister, Pucetti répliqua : « Mais elle, alors ? Elle trouve des choses, et vous vous en servez bien. » Brunetti se rendit compte, une fois de plus, de l'ardeur qui animait Pucetti.

« Pucetti, j'ai vu la tête que tu as faite lorsque je t'ai dit d'effacer tes traces : tu sais pertinemment que tu en as laissé. Si tu n'arrives pas à les éliminer, demande à signorina Elettra de t'aider à le faire. Je ne veux pas que cette affaire se complique encore.

— À moins que vous n'utilisiez ce… », dit Pucetti d'une voix haut perchée.

En le foudroyant du regard, Brunetti poursuivit, la gorge serrée : « J'avais cette information, Pucetti. Je l'ai depuis qu'ils ont réservé leurs billets pour les croisières et acheté leur voiture, et leur maison. Donc retourne à ton bureau et efface tes traces et ne t'avise jamais plus de faire quelque chose de ce genre à mon insu, sans mon autorisation.

— Qu'est-ce qui fait la différence ? » demanda Pucetti, sur le ton de quelqu'un qui cherche véritablement à comprendre, et non pas à prendre une revanche, dans un esprit sarcastique. « La manière dont on l'obtient ? »

Jusqu'à quel point lui faire confiance ? Comment éviter que Pucetti ne les entraîne dans un bourbier judiciaire, tout en l'encourageant à prendre des risques ? « Elle, elle ne laisse pas de traces ; toi, si. »

Brunetti décrocha et composa le numéro de signorina Elettra. Lorsqu'elle répondit, il lui dit : « Signorina, je sors prendre un café. Pourriez-vous monter dans mon bureau le temps que je revienne ? Pucetti doit apporter quelques changements à la recherche qu'il a faite et je me demande si vous ne pourriez pas l'aider. » Il marqua unc pause pendant qu'elle lui répondait, puis ajouta : « Bien sûr, j'attendrai que vous montiez. » Il raccrocha et resta à la fenêtre, jusqu'à son arrivée.

4

Brunetti, qui avait déjà bu trois cafés et n'en voulait plus, descendit au labo à la recherche de Bocchese et de toute information possible sur l'homme qui avait été trouvé ce matin-là. Il entra et vit deux techniciens près d'une longue table, placée au fond de la pièce. L'un sortait des objets d'une boîte en carton, les mains recouvertes de gants en caoutchouc, pendant que l'autre semblait pointer sur une liste au fur et à mesure que le premier présentait un nouvel objet. Celui aux mains gantées fit un pas sur la gauche à l'entrée de Brunetti, ce qui empêcha ce dernier de pouvoir distinguer ces objets.

Bocchese était assis à son bureau dans un coin de la pièce, la tête penchée sur une feuille de papier où il paraissait dessiner. Le chef du labo ne leva pas la tête au bruit des pas qui s'approchaient et Brunetti remarqua que sa calvitie s'était agrandie ces derniers mois. Enveloppé dans une tunique blanche informe, Bocchese avait tout d'un moine du Moyen Âge. Arrivé à sa hauteur, Brunetti se ravisa : il n'était pas en train d'enluminer l'initiale d'un texte biblique, mais de dessiner une fine lame de couteau.

« Est-ce celle qui l'a tué ? » s'enquit Brunetti.

Bocchese changea la façon de tenir son crayon, les doigts plus proches de la pointe, pour ombrer le dessous de la lame. « C'est ce que décrivait le rapport de Rizzardi », dit-il en soulevant la feuille de papier, pour leur permettre à tous deux de l'examiner. « Elle fait presque vingt centimètres de long et quatre de large près du manche. » Puis il ajouta, du ton tranchant de l'expert : « C'était donc un couteau ordinaire, pas un couteau suisse. Un de ceux qu'on trouve dans toutes lcs cuisines, je dirais.

— Et le bout de la lame ?

— Très étroit. Mais c'est normal avec les couteaux, non ? Il fait environ deux centimètres de large sur une bonne partie. » Il tapota la gomme fixée au bout du crayon contre la pointe de la lame dessinée. Il ajouta ensuite quelques lignes, en courbant le côté coupant de la lame vers le sommet. « Le rapport dit que les tissus, en haut des coupures, ont été à l'évidence écorchés, probablement au moment où l'on a extrait le couteau, expliqua-t-il. Les coupures étaient plus larges en haut, mais c'est toujours le cas avec ce genre de blessure. » Il redonna quelques coups de gomme sur son dessin. « C'est ce que nous sommes en train de chercher.

— Tu n'as pas dessiné le manche, observa Brunetti.

— Bien sûr que non, répliqua le technicien, en posant sa feuille sur le bureau. Il n'y a rien dans le rapport qui puisse me donner une idée de son aspect.

— Cela change quelque chose de ne pas savoir ?

— Tu veux dire pour identifier quel genre de couteau c'était?

— Oui. Je suppose que oui. »

Bocchese posa la paume de la main sur le papier, juste à l'extrémité la plus large de la lame, comme pour l'envelopper, indépendamment du type de manche qu'il aurait pu y avoir. « Il doit mesurer au moins dix centimètres de long », dit-il, en gardant la main bien à plat sur la feuille. « Comme la plupart des manches », et il ajouta : « Y compris ceux des épluche-légumes », remarque hors de propos qui surprit Brunetti.

Il enleva la main et regarda Brunetti pour la première fois. « Il faut au moins dix centimètres pour pouvoir avoir la moindre prise. Pourquoi est-ce que tu m'as posé cette question?

— Parce qu'il a bien fallu qu'il le porte et que si la lame fait vingt centimètres et le manche dix, ça ne devait pas être bien commode de circuler avec.

— Plié dans du papier journal, dans un étui à ordinateur, dans un porte-documents; ça entrerait même dans une chemise en papier kraft en le mettant en biais, précisa Bocchese. Qu'est-ce que ça change?

— On ne se promène pas avec un couteau de cette longueur-là sans une bonne raison. Il faut réfléchir à la manière de l'avoir sur soi sans que personne ne le voie.

— Ce qui laisse supposer qu'il s'agit d'un acte prémédité?

— À mon avis, oui. Il n'a pas été tué dans une cuisine, ou dans un atelier, ou n'importe où ailleurs où aurait pu traîner un couteau, n'est-ce pas? »

Bocchese haussa les épaules.

« Qu'est-ce qu'on peut en tirer ? demanda Brunetti, en s'appuyant d'une hanche contre le bureau et en croisant les bras.

— On ne sait pas où ça s'est passé. Le rapport de l'ambulance dit qu'il a été trouvé dans le rio del Malpaga, juste derrière le Giustinian. Celui de Rizzardi dit qu'il avait de l'eau dans les poumons, donc il a pu être poignardé n'importe où et jeté à l'eau après, puis avoir dérivé à cet endroit. » À la vue des petites imperfections invisibles dans son dessin, Bocchese reprit son crayon et ajouta une autre ligne légère sous la lame, à mi-hauteur.

« Ce n'est pas facile, dit Brunetti.

— Quoi donc ?

— De faire glisser un corps dans un canal.

— Depuis un bateau, ça pourrait déjà être plus facile, nota Bocchese.

— Mais dans ce cas, il y a du sang dans le bateau.

— Les poissons saignent bien.

— Mais les bateaux de pêche ont des moteurs et les moteurs ne sont pas autorisés après huit heures du soir.

— Les taxis, eux, le sont, rétorqua Bocchese.

— Les gens ne vont pas aller louer des taxis pour jeter des corps à l'eau », dit Brunetti tranquillement, familier qu'il était des manières de Bocchese.

Après une seconde d'hésitation, le technicien lança : « Pourquoi pas un bateau sans moteur ?

— Ou la porte d'eau d'une maison.

— Sans voisins fouineurs.

— Un canal tranquille, un endroit où il n'y a pas de voisins, fouineurs ou autres », proposa Brunetti, en commençant à consulter la carte qu'il avait en tête.

Puis il dit : « Rizzardi suppose que ça s'est passé après minuit.

— Un homme prudent, ce docteur.

— Trouvé à six heures, spécifia Brunetti.

— "Après minuit", dit Bocchese. Cela ne veut pas dire qu'il ait été jeté à l'eau à minuit.

— On l'a trouvé où, derrière le Giustinian ? demanda Brunetti, car il avait besoin de la première coordonnée pour sa carte.

— À la fin de la calle Degolin. »

Brunetti émit un petit bruit en signe de reconnaissance, jeta un coup d'œil sur le mur derrière Bocchese et se mit en marche mentalement sur un improbable sentier circulaire. Rayonnant à partir de ce point fixe, il se voyait enjamber les canaux d'un *ramo*[1] à un autre, tout en cherchant, mais en vain, à se souvenir des bâtiments qui avaient des portes et des marches descendant dans l'eau.

Après un moment, Bocchese suggéra : « Il vaut mieux demander à Foa pour les marées. Il doit le savoir. »

Brunetti y avait pensé aussi. « Oui, c'est ce que je vais faire. » Puis il demanda : « Est-ce que je peux jeter un coup d'œil à ses effets personnels ?

— Bien sûr. Ils devraient être secs, maintenant. » Bocchese passa de l'autre côté de la table, où les deux hommes continuaient à faire la liste des objets sortis de la boîte, les contourna et ouvrit la porte d'un débarras situé à leur gauche. À l'intérieur, Brunetti fut frappé par la chaleur et par l'odeur : fétide, rance, un mélange de terre et de moisi, et de choses abandonnées.

1. « Branche ». Ruelle sans issue, donnant le plus souvent sur un canal.

Sur un étendoir d'un modèle courant étaient soigneusement pliés une chemise et un pantalon, des sous-vêtements d'homme et une paire de chaussettes. Brunetti se pencha pour les examiner de plus près et ne remarqua rien de particulier. En dessous se trouvait une seule chaussure, marron, plus ou moins de la pointure de Brunetti. Sur une petite table se trouvaient une alliance en or, une montre en métal avec une chaînette extensible en métal aussi, quelques pièces de monnaie et un trousseau de clefs.

Brunetti prit les clefs sans même se demander s'il pouvait y toucher. Quatre d'entre elles avaient l'air de clefs de portes ordinaires ; une autre était beaucoup plus petite et la dernière portait le sigle VW, que le fabricant apposait sur toutes ses clefs. « Il a donc une voiture, conclut Brunetti.

— Comme environ quarante millions de personnes, répliqua vivement Bocchese.

— Donc je ne dirai rien sur les portes de la maison ou sur celle de la boîte aux lettres, dit Brunetti avec un sourire.

— Quatre maisons ?

— J'en ai deux pour chez moi. Comme la plupart des maisons en ville. Plus deux autres pour mon bureau.

— Je sais bien, dit Bocchese. C'était une provocation.

— Je l'avais remarqué. Et la plus petite ? Est-ce que ça peut bien être une clef de boîte aux lettres ?

— Possible, admit Bocchese, sur un ton laissant entendre que le contraire était tout aussi possible.

— Et sinon ?

— D’un petit coffre-fort sans prétention ; d’une boîte à outils ; d’un cabanon ; d’une porte de jardin ou de cour et j’en passe.

— Il y a quelque chose de gravé sur la bague ?

— Rien. Faite en série – en vente partout.

— Les vêtements ?

— La plupart *made in China* – qu’est-ce qui ne l’est pas, aujourd’hui ? – mais la chaussure est italienne : Fratelli Moretti.

— Drôle de mélange : des vêtements *made in China*, avec des chaussures de prix.

— Peut-être que quelqu’un les lui a données, imagina Bocchese.

— Est-ce qu’on t’a déjà donné une paire de chaussures, à toi ?

— Il faut que j’arrête de te provoquer, c’est ça ? demanda le technicien.

— Ça ne serait pas mal.

— D’accord. Tu veux que j’émette une hypothèse à voix haute ?

— Ça ne serait pas mal non plus.

— J’ai jeté un coup d’œil à ce qu’il portait et ça ne me donne pas l’impression qu’il était en bateau. Ses vêtements sont propres : pas d’essence, pas de goudron, aucune de ces taches caractéristiques. Même sans moteur, il y a toujours des choses sales sur une embarcation.

— Et donc ?

— Donc je ne pense pas qu’il ait été tué dans l’eau, mais plutôt dans la rue, ou dans une maison, et qu’il a été jeté dans le canal après les coups de couteau. Quiconque l’a fait croyait qu’il était mort ou était si sûr de son acte qu’il savait qu’il n’avait aucune chance de s'en sortir et le *rio* était juste une manière de se débarrasser du corps. Peut-être pour avoir plus de temps pour sortir de la ville, ou peut-être pour qu'il dérive loin du lieu du crime. »

Brunetti acquiesça. Il avait aussi réfléchi à la question. « Un homme couché dans une barque reste visible depuis le quai.

— On va chercher des fibres, pour voir s'il était couvert ou enveloppé dans quelque chose. Mais je ne crois pas que ce soit le cas, déclara Bocchese en indiquant la chemise, en simple coton blanc, le genre de vêtement que n'importe qui pourrait porter.

— Pas de veste, hein ?

— Non. Il portait juste une chemise et un pantalon, répondit Bocchese. Mais il devait avoir un pull-over. Il faisait trop froid la nuit dernière pour sortir sans rien.

— À moins qu'on ne l'ait tué chez lui ? » insinua Brunetti. C'était à son tour de s'amuser aux dépens de son interlocuteur : il voulait que Bocchese donne son approbation avant de lui faire remarquer que la plupart des gens ne se promenaient pas chez eux avec leurs clefs dans les poches.

« Oui, concéda Bocchese, mais sans grande conviction.

— Mais ?

— Le rapport de Rizzardi dit qu'il était atteint de la maladie de Madelung. Il n'a pas encore envoyé les photos, mais je m'en étais déjà aperçu. Il est possible que quelqu'un l'ait vu ici. Ou à l'hôpital, ils devraient le connaître.

— Peut-être », dit Brunetti, sans être bien certain qu'on puisse reconnaître ce visage meurtri sur la photo. Bocchese se montrait coopératif, donc il décida de ne pas refaire allusion aux clefs.

« Rien d'autre ? s'enquit Brunetti.

— Non. Si je trouve quoi que ce soit, ou s'il me vient une autre idée à l'esprit, je te le ferai savoir, d'accord ?

— Merci. » Bocchese avait mentionné la maladie de l'homme, persuadé que si on le croisait, on ne pouvait plus l'oublier. Brunetti se demanda si cette règle valait aussi pour un marchand de chaussures. « Est-ce que tu peux m'envoyer un e-mail avec des infos sur la chaussure ? »

5

De retour dans son bureau, Brunetti trouva signorina Elettra toujours assise devant son ordinateur. Elle leva les yeux lorsqu'il entra et sourit. « J'ai presque fini, commissaire. Comme j'étais ici, j'en ai profité pour télécharger quelques documents en plus, comme ça c'est fait.

— Oserais-je vous demander comment vous avez réussi à me procurer cette petite merveille, signorina ? » s'enquit-il en se penchant, les deux mains posées sur le dossier de la chaise.

Elle leva un doigt pour lui intimer l'ordre d'attendre et reporta son attention sur le clavier. Elle était en vert, ce jour-là ; une robe de laine légère qu'il ne lui avait encore jamais vue. Elle portait rarement cette couleur : peut-être avait-elle fait ce choix en l'honneur du printemps ; même l'Église avait fait de la couleur verte le symbole ecclésiastique de l'espoir. L'air de rien, il la regardait travailler, impressionné de la voir absorbée à ce point. Il aurait pu être n'importe où, elle ne faisait pas attention à lui. Était-ce le programme, ou le fait de travailler sur le nouvel ordinateur qui la captivait autant ? Et comment quelque chose d'aussi étranger au flux chaotique de la vie pouvait-il exercer une telle attraction sur une femme comme elle ? Les ordinateurs n'arrivaient pas à susciter l'intérêt de Brunetti. Bien sûr, il s'en servait et il était content de savoir le faire, mais il préférait, et de loin, lancer cette Diane chasseresse, toute de vert vêtue, à la poursuite d'un de ces jeux trop insaisissables pour ses capacités limitées. Il lui était tout bonnement impossible de s'enthousiasmer pour ce concept et il n'avait vraiment aucune envie de passer des heures et des heures assis devant son écran, à examiner ce qu'il pouvait ordonner à son ordinateur d'exécuter pour lui.

Brunetti était suffisamment en accord avec son temps pour réaliser combien il était ridicule de cultiver un tel rejet et du coup à quel point ceci ralentissait, certaines fois, son rythme de travail. N'en avait-il pas déjà fait les frais lors de l'enquête sur la manifestation contre les quotas laitiers européens qui avait bloqué l'autoroute près de Mestre deux jours durant, l'automne précédent ? Comme signorina Elettra était en congé à l'époque, il lui avait fallu attendre deux jours avant d'apprendre que les hommes qui avaient mis le feu aux voitures coincées par le blocus des agriculteurs étaient des petites frappes de Vicence, de minables criminels urbains qui n'avaient probablement jamais vu une vache de leur vie. Et ce n'est aussi qu'à son retour qu'il avait pu savoir qu'ils étaient en outre les cousins du chef de l'association provinciale des agriculteurs, le meneur de la révolte.

Son supérieur, le vice-questeur Patta, lui avait enjoint de surveiller les protestataires au cas où les violences viendraient à gagner le pont menant à Venise et s'étendraient à leur territoire. Les carabinieri, gigantesques insectes casqués et équipés de boucliers en Plexiglas, de masques et de bottes noires cirées, avançaient en masse compacte, leurs jambes transformées en tiges scintillantes, leurs boucliers formant une seule et unique ligne, prête à contrer tout mouvement d'humeur de la part des agriculteurs.

Et il était là, l'« inconnu au gros cou », jaillissant de manière involontaire dans la mémoire de Brunetti. Il se tenait en face du commissaire, au milieu du groupe placé de l'autre côté de la route bloquée, où il tournait autour des voitures arrêtées et regardait les agriculteurs et les policiers, situés de part et d'autre de la ligne de démarcation de la chaussée. Brunetti se souvint de son cou taurin et de son visage barbu, et des yeux clairs qui observaient les deux rangées d'hommes prêts à s'affronter avec une sorte de mélange de confusion et d'exaspération, mais l'attention de Brunetti fut ensuite captée par une explosion de violence : la manifestation avait basculé dans le vandalisme.

« … les nombreuses faveurs dont nous gratifie une Europe bienfaisante. » Il entendit ces mots dans la bouche de signorina Elettra et tourna les yeux vers elle.

« De quelle façon particulière, signorina ? demanda-t-il.

— Les fonds alloués à Interpol pour enrayer la falsification des marchandises protégées par des brevets provenant de tout pays de l'Union européenne », dit-elle avec le sourire qu'elle affichait lorsqu'elle s'apprêtait à fondre sur sa proie. Brunetti fut parcouru d'un frisson à l'idée des autorisations de brevets qui dans certains pays devaient sortir à flots des bureaux.

« Je croyais que le NAS[1] s'occupait de tout cela, lâcha-t-il.

— Oui, ils le font, du moins en Italie. » Elle effleura son clavier d'une tendre caresse, puis s'empressa d'enlever quelques grains de poussière éparpillés sur l'écran. Elle ajouta ensuite d'un ton vif, en le regardant bien droit dans les yeux : « Il paraît qu'il y a une petite clause, vers la fin du décret ministériel, prévoyant que des entités locales soient habilitées à faire des demandes de fonds complémentaires. »

Conscient du tour conventionnel que pouvaient prendre parfois leurs conversations, il demanda : « Des fonds dans quel but, signorina ?

— Afin d'aider la recherche au niveau local pour... », commença-t-elle. Un soupir s'exhala calmement de ses lèvres et elle garda une main en l'air. L'autre, telle la langue d'une chatte qu'on a trop longtemps empêchée de lécher son petit dernier, se mit à frôler les touches et son regard se porta sur l'écran. Elle tapa une question en silence.

Brunetti fit le tour du bureau et s'assit. Pendant quelques secondes, elle leva et baissa les yeux de Brunetti à l'ordinateur, puis elle lut : « ... au niveau local pour assurer que tous les efforts de la part du ministère compétent, afin d'enquêter et d'empêcher la contrefaçon de produits brevetés, soient lancés et soutenus par des fonds complémentaires, conformément au Règlement bla-bla-bla, sous-section bla-bla-bla, en

1. *Nuclei Antisofisticazioni e Sanità* (cellules pour la protection de la santé).

référence complémentaire au décret ministériel bla-bla-bla du 23 février 2001.

— En admettant que tout cela ait un sens, qu'est-ce que cela signifie concrètement? s'enquit Brunetti.

— C'est un nouveau râtelier où les petits malins peuvent se goinfrer, monsieur », expliqua-t-elle simplement, les yeux toujours sur l'écran, comme s'ils se repaissaient de l'interprétation de ces mots. « En substance, cela signifie que nous sommes libres d'employer l'argent comme nous le voulons, tant que nous nous assignons le but d'enquêter et d'empêcher la fabrication de ces produits.

— Ce qui donnerait certainement à l'agence censée enquêter et freiner la production toute latitude de dépenser l'argent comme elle l'entend.

— Pas idiots, ces types à Bruxelles, remarqua-t-elle.

— C'est-à-dire?

— C'est-à-dire que c'est un cadeau de plus qu'on fait à ces bureaucrates à l'imagination débordante. » Puis, après une pause visant sans doute à conférer du poids à ce qui allait suivre, elle ajouta : « Ou assez persévérants pour parcourir les quatre cent douze pages du décret avant de dénicher cet alinéa spécial.

— Ou à ceux auxquels les petits copains suggèrent en douce où il vaut mieux pour eux diriger leur attention?

— Dois-je déceler ici les propos d'un eurosceptique, monsieur?

— Effectivement.

— Ah », murmura-t-elle. Puis, comme si c'était plus fort qu'elle, elle lui posa la question fatidique :

« Mais cela ne vous empêchera pas de garder l'ordinateur ?

— Difficile de ne pas grogner devant une auge », répliqua Brunetti.

Elle le regarda et écarquilla les yeux de bonheur. « Je crois que je n'ai jamais entendu d'explication plus pertinente à l'échec de notre système politique, monsieur. »

Brunetti attendit un instant pour savourer de nouveau le plaisir d'avoir enrichi de sens les silences entre leurs paroles. Signorina Elettra appuya sur quelques touches, puis comme elle s'apprêtait à se mettre debout, Brunetti leva une main pour l'arrêter. « Vous souvenez-vous des problèmes qu'il y a eus sur l'autoroute, l'an passé ? » Mesurant combien sa question était vague, il précisa : « Avec les agriculteurs ?

— Pour la question des quotas laitiers ?

— Oui.

— Quel est le rapport, monsieur ?

— Un homme a été tué ce matin. Je viens juste de parler avec Rizzardi. » Elle hocha la tête pour montrer que la questure avait déjà eu vent de cette nouvelle. « Quand je l'ai vu – l'homme, pas Rizzardi –, il m'a semblé familier, et je viens de me souvenir que c'était sur l'autoroute que je l'ai aperçu.

— C'était un de ceux qui protestaient ?

— Non. Il était de l'autre côté de l'autoroute ; sa voiture était une de celles qui étaient bloquées par la manifestation. Je l'ai vu là, debout, avec d'autres gens coincés comme lui.

— Et vous vous êtes souvenu de lui ?

— Quand vous lirez le rapport de Rizzardi, vous comprendrez pourquoi, dit Brunetti.

— Que puis-je faire pour vous, monsieur?

— Contactez les carabinieri. C'était Lovello à Mestre qui était chargé de cette affaire. Voyez s'ils ont des photos ou peut-être même une vidéo. » Il y avait eu un tel déferlement de violence contre la police et les carabinieri les dernières années que certains commandants avaient insisté pour que l'on filme toute action à risque de débordements.

« Et vérifiez aussi Televeneto, ajouta-t-il. Une équipe était sur place, donc il se pourrait qu'ils aient quelques documents là-dessus : voyez s'ils peuvent vous en procurer une copie.

— Est-ce qu'il y avait aussi la RAI[1]?

— Je ne sais plus. Mais les gens du coin savent, eux, si les grands manitous s'étaient pointés. Si c'est le cas, voyez si vous pouvez leur demander de vous envoyer des copies de tout ce qu'ils ont pu filmer aussi.

— Il est comment, cet homme?

— Il est très grand, il est très large au niveau des épaules et du cou. Avec une barbe : il la portait, à l'époque. Cheveux foncés, yeux clairs. »

Elle fit un signe d'assentiment. « Merci, monsieur. Je leur dirai tout cela, ils pourront ainsi trier les images avant de me les envoyer.

— Bien, bien.

— Il a reçu des coups de couteau, n'est-ce pas? demanda-t-elle.

— Oui. Mais Rizzardi a dit qu'il avait de l'eau dans les poumons. Ils l'ont trouvé dans un canal.

— Il s'est noyé?

1. Radio télévision italienne. Chaîne d'État.

— Non, il est mort des coups de couteau.

— Quel âge avait-il ?

— La quarantaine.

— Le pauvre », fit-elle, et Brunetti ne put qu'être d'accord.

6

Il ne lui restait plus que Patta à voir. À la seule idée de devoir traiter avec son supérieur, Brunetti se sentait dans la peau d'un nageur qui aurait mal calculé ses longueurs et réaliserait tout à coup qu'il en a encore dix à faire dans une eau refroidissant à la vitesse grand V. Donc, comme tout athlète en compétition qui se respecte, Brunetti avait étudié les performances de son rival. Patta démarrait en flèche, n'avait aucun scrupule à barrer le chemin aux autres participants tant qu'il y arrivait, mais manquait de résistance et finissait souvent par prendre du retard sur les longues distances. Malheureusement, quelles que soient les secondes qu'il pouvait perdre dans une course, vous pouviez être sûr de le voir apparaître à la cérémonie des prix et que rien ne l'empêcherait de grimper sur le podium au moment de la remise des médailles.

Un homme avisé en vaut deux, mais être avisé ne servait pas à grand-chose quand l'adversaire était le vice-questeur Giuseppe Patta, suprême cadeau de la Sicile aux forces de l'ordre italiennes. Il était depuis plus de dix ans en poste à Venise, bafouant ainsi la règle qui veut que les hauts fonctionnaires de la police soient mutés au bout de quelques années de service. Le fait que Patta soit indéboulonnable avait toujours intrigué Brunetti, jusqu'au jour où il avait compris : les seuls policiers systématiquement transférés loin des localités où ils se battaient contre le crime étaient ceux dont les efforts étaient couronnés de succès, et notamment dans leur lutte contre la Mafia. Parvenir à arrêter les pontes d'un clan crapuleux dans une grande ville garantissait à coup sûr une mutation dans un trou perdu du Molise ou de la Sardaigne, où l'on recensait pour tout crime un vol de bétail ou le trouble à l'ordre public pour état d'ivresse.

D'où sans doute la longévité professionnelle de Patta à Venise, où le nombre croissant de preuves de l'infiltration de la Mafia ne l'incitait aucunement à redoubler d'efforts pour la combattre. Les maires arrivaient et partaient, tous promettant de soigner les maux que leurs prédécesseurs avaient ignorés ou encouragés. La ville était de plus en plus sale, les hôtels proliféraient et les loyers augmentaient; le moindre centimètre carré de pavé était loué pour y installer le plus vil étal de pacotille, même si les vagues de promesses, censées balayer toutes ces plaies, étaient de plus en plus spectaculaires. Et, encalminé et bien à l'abri de la déferlante, se trouvait donc notre vice-questeur Giuseppe Patta, ami de tous les hommes politiques qu'il avait pu croiser sur son chemin, visage quasi permanent des forces de l'ordre de la ville.

Cependant, Brunetti, en homme tolérant et modéré qu'il était, s'était entraîné à prendre davantage en compte les qualités de son supérieur que ses défauts, si bien qu'il finit par admettre qu'il n'y avait au fond aucune preuve tangible que Patta fût à la solde d'une organisation criminelle ; il n'avait jamais ordonné qu'on maltraite un prisonnier ; à la limite, il aurait pu croire à la culpabilité irréfutable d'un suspect à l'aise dans ses baskets. S'il avait été juge, Patta aurait sûrement été du genre réfléchi, toujours prêt à soupeser la situation sociale de l'accusé. Au regard du monde, se répétait Brunetti, tout cela n'était pas bien méchant.

Signorina Elettra était assise à son ordinateur, dans l'antichambre du bureau de son supérieur, et sourit à Brunetti à son arrivée. « Je me suis dit que je devrais faire un rapport au vice-questeur, expliqua-t-il.

— Il appréciera la distraction, fit-elle d'un ton sérieux. Son plus jeune fils vient d'appeler pour lui annoncer qu'il a raté son examen.

— Le moins brillant de ses enfants ? s'enquit Brunetti, s'efforçant de ne pas traiter le garçon d'idiot.

— Ah, commissaire, vous m'obligez à établir une distinction qui va au-delà de mes facultés », dit-elle d'un air impassible et d'une voix grave.

Quelques années plus tôt, Roberto Patta avait manqué se faire arrêter à plusieurs reprises. Seule la position de son père l'avait sauvé in extremis. Toutefois, après l'accident de voiture qu'il avait eu un matin à l'aube et qui avait coûté la vie à sa fiancée, il avait cessé de tremper dans des affaires de stupéfiants. Comme on lui avait évité d'être soumis à l'alcootest et au dépistage de drogues pendant quasiment la journée entière ayant suivi l'accident, les deux tests s'étaient révélés négatifs. Cependant, la mort de la jeune femme semblait avoir brisé quelque chose en lui et il avait renoncé – si l'on en croit les rumeurs qui circulaient à l'intérieur de la questure – à ses vieux démons et consacrait ce qui lui restait d'énergie à finir sa maîtrise pour devenir comptable.

C'était une tentative vouée à l'échec. Brunetti le savait ; Patta aussi, probablement, mais le garçon persévérait, passant ses examens année après année, les ratant systématiquement et se résolvant chaque fois à réviser davantage et à les repasser, sans prendre vraisemblablement le temps de réfléchir et de comprendre que les concours d'État – sauf si la divine providence venait à lui octroyer son diplôme – seraient encore plus difficiles. Plusieurs policiers, dont les enfants étaient dans la même classe que lui, se faisaient l'écho de ses efforts et, au fil des ans, l'opinion générale au sein de la questure avait basculé : l'image de l'enfant gâté et du père négligent avait cédé la place à celle d'un jeune bosseur, malgré ses limites, et d'un père dévoué. Le côté mystérieux de tout cela – la paternité avait toujours été enveloppée de mystère pour Brunetti – était le dévouement de Patta vis-à-vis de ses deux fils et son souhait qu'ils réussissent dans la vie par leurs propres mérites, idée qui s'était forgée en lui suite à l'accident.

« Combien de temps lui a-t-il parlé ? demanda Brunetti.

— Environ une heure », répondit-elle et elle ajouta, en changeant de ton : « Son père était au téléphone, donc Roberto m'a appelée et m'a demandé de le lui passer. » Elle pinça les lèvres en signe de résignation. « Il m'a dit ce qui s'était passé. Il pleurait.

— Ça lui fait quel âge, maintenant, vous le savez ?

— Vingt-six, je pense.

— Mon Dieu, il n'y arrivera jamais, vous ne croyez pas ?

— Sauf si quelqu'un s'arrange avec les examinateurs.

— Il ne le fera pas? s'enquit Brunetti, en indiquant du menton la porte du bureau de Patta.

— Il l'a fait dans le passé. Il ne le fera plus.

— Et pourquoi?

— Dieu seul le sait. Ce ne serait pourtant pas difficile. Il a su cultiver les bonnes relations ces dix dernières années.

— Peut-être qu'ils ignorent qui est son père, suggéra Brunetti.

— C'est possible, répondit-elle, manifestement non convaincue.

— Alors, c'est vraiment vrai? » s'écria Brunetti, étonné que des parents ne fassent pas une entorse à la règle pour venir en aide à leur enfant.

Brunetti traversa la pièce et frappa à la porte de Patta.

« *Avanti !* » fut la réponse, et Brunetti entra.

Patta semblait avoir pris un coup de vieux depuis la veille. C'était encore un bel homme : musclé, les épaules larges, avec un visage qui ne demandait qu'à être immortalisé dans le bronze ou la pierre. Mais, sous ses pommettes, il avait les joues légèrement creuses ce matin-là, détail que Brunetti n'avait encore jamais remarqué, et il avait la peau tendue et un teint presque terreux.

« Bonjour, monsieur le vice-questeur », dit Brunetti en s'approchant du bureau.

— Oui, qu'y a-t-il? demanda Patta, comme si un serveur s'était avancé vers sa table alors qu'il était en pleine conversation.

— Je voulais vous parler de l'homme qui a été trouvé près du Giustinian ce matin, monsieur.

— Le noyé ?

— Il doit y avoir une confusion dans le rapport, monsieur », précisa Brunetti, en restant à une certaine distance du bureau de Patta. « Il y avait de l'eau dans ses poumons : c'est dans le rapport de Rizzardi. Mais il a reçu des coups de couteau avant d'avoir été mis à l'eau. Trois coups.

— Il s'agit donc d'un meurtre ? s'informa Patta, d'une voix qui enregistrait bien les faits, mais était dénuée de tout intérêt ou curiosité.

— Oui, monsieur.

— Vous devriez prendre un siège, Brunetti, dit Patta, comme s'il venait de prendre soudain conscience que l'homme en face de lui était encore debout.

— Merci, monsieur. Brunetti s'assit, en veillant à ne faire aucune vague avant d'être en mesure de flairer l'humeur de Patta.

— Pourquoi quelqu'un lui aurait-il donné des coups de couteau et l'aurait jeté à l'eau ? »

Brunetti s'abstint de répondre que, s'il savait pourquoi, il irait illico arrêter la personne qui l'avait fait, en leur épargnant ainsi une bonne dose de temps et d'efforts.

« Avez-vous réussi à l'identifier ? demanda Patta avant que Brunetti ait pu répondre à sa première question.

— Signorina Elettra est en train d'y travailler, monsieur.

— Je vois », dit Patta, qui en resta là. Le vice-questeur se leva brusquement et se dirigea vers la fenêtre. Il laissa son regard errer si longtemps dehors que Brunetti finit par se demander s'il ne devait pas lui poser une question pour attirer de nouveau son attention. Patta ouvrit la fenêtre et laissa entrer un souffle d'air frais, puis il la ferma et regagna sa chaise. « Vous la voulez, cette enquête ? » lui demanda-t-il en s'asseyant.

Vu les options à la disposition de Brunetti, la question était on ne peut plus ridicule. Il avait le choix entre les bagagistes de Pucetti, l'augmentation prévisible des pickpockets, que le printemps et les fêtes de Pâques amèneraient inévitablement en ville, l'histoire sans fin des récoltes illégales de palourdes, ou un meurtre. Mais doucement, tout doucement, il s'admonesta. Ne jamais faire savoir à Patta ce que l'on est en train de penser et ne jamais, au grand jamais, lui faire savoir ce que l'on veut. « S'il n'y a personne d'autre de libre pour suivre cette affaire, monsieur, je pourrais passer la question de Chioggia – c'était tellement mieux que de dire la pêche illicite des palourdes – aux policiers en uniforme. Deux d'entre eux sont de là-bas et ils pourraient probablement, avec l'aide de leur famille, trouver qui creuse les fonds pour ramasser les fruits de mer. » Huit ans d'université pour faire la chasse aux pêcheurs clandestins de mollusques.

« Parfait. Prenez Griffoni avec vous : ça pourrait lui plaire un meurtre, histoire de voir autre chose. » Même après toutes ces années, Patta parvenait encore à le surprendre. Mais il le surprenait aussi en ne sachant pas certaines choses. « Elle est à Rome, monsieur : pour ce fameux cours sur les violences conjugales.

— Ah oui, c'est vrai, c'est vrai, fit Patta avec le geste d'un homme si occupé qu'il ne peut tout avoir en tête.

— Vianello ne traite aucun dossier particulier en ce moment.

— Prenez qui vous voulez, déclara Patta de manière spontanée. Nous ne pouvons tolérer un tel fait.

— Non, monsieur. Bien sûr que non.

— Il est inadmissible que quelqu'un vienne dans cette ville et se fasse assassiner. » Patta parvint à adopter un ton indigné, mais il était impossible de déceler si ses émotions étaient suscitées par ce qui était arrivé à cet homme, ou par les conséquences néfastes que ce fait divers pouvait avoir sur le tourisme. Brunetti ne chercha pas à en avoir le cœur net.

« Je m'en charge, alors, monsieur.

— Oui, allez-y. Tenez-moi au courant au fur et à mesure.

— Bien sûr, monsieur », lui confirma Brunetti. Il regarda furtivement Patta, qui était déjà plongé dans la lecture d'un des journaux ouverts devant lui. Brunetti sortit du bureau sans souffler mot.

7

Il referma la porte derrière lui. En réponse au regard de signorina Elettra, Brunetti l'informa : « Il m'a demandé de me charger de l'affaire. »

Elle sourit. « Demandé, ou vous l'avez encouragé ?

— Non, c'est lui qui l'a suggéré. Il m'a même dit de recruter Griffoni. »

Les paroles de Brunetti éteignirent le sourire d'Elettra. Il continua, comme s'il n'avait rien décelé de spécial dans la réaction de sa collègue lorsqu'il avait prononcé le nom de la vamp de la questure. « Il avait oublié qu'elle est à Rome, naturellement. Donc j'ai demandé Vianello et il n'y a pas vu d'objection. »

Le calme étant revenu, Brunetti décida d'enfoncer le clou et lui posa la question qui lui avait traversé l'esprit tandis qu'il était avec Patta. « N'y a-t-il pas un nouveau règlement, une sorte de statut limitant le nombre de réinscriptions à l'université ? » Même Patta ne méritait pas d'être victime, après toutes ces années, des conséquences de cette farce.

« Il est question de changer la réglementation, ce qui les obligerait à arrêter au bout d'un certain temps, expliqua-t-elle, mais cela m'étonnerait qu'on le mette en application. »

Parler de choses normales semblait lui avoir rendu sa bonne humeur ; pour la conserver, Brunetti lui demanda : « Pourquoi ? »

Elle se tourna complètement vers lui et posa son menton dans la main avant de lui répondre. « Imaginez ce qui se passerait si chacun se rendait à l'évidence et que l'on se mettait à renvoyer des centaines de milliers de ces étudiants. » Comme il s'abstint de tout commentaire, elle poursuivit : « Il faudrait qu'ils admettent – et leurs parents avec – que ce sont des chômeurs et qu'il y a de fortes chances qu'ils le restent. » Avant que Brunetti n'intervienne, elle formula l'argument qu'il s'apprêtait à énoncer : « Je sais bien que n'ayant jamais travaillé, ils ne figureraient pas dans les statistiques comme des individus ayant perdu leur emploi. Mais ils devraient affronter le fait, et leurs parents aussi, qu'ils sont quasi inadaptés au marché du travail. » Brunetti lui adressa un bref signe d'assentiment. « Donc, tant qu'ils sont inscrits à la fac, les statistiques officielles peuvent les ignorer et eux, par ricochet, peuvent ignorer le fait qu'ils n'auront jamais d'emplois. » Il crut qu'elle avait fini, mais elle enchaîna : « C'est un énorme réservoir de jeunes qui vivent sur le dos de leurs parents pendant des années et ne suivront aucune formation valable.

— Comme quoi ? » s'enquit Brunetti.

Elle leva la main et la passa dans les cheveux. « Oh, je ne sais pas, moi. La plomberie. La menuiserie. Quelque chose d'utile.

— Au lieu de quoi ?

— Le fils d'un de mes amis a fait des études de gestion dans le domaine des arts pendant sept ans. Le gouvernement coupe le budget des musées et de l'art chaque année, mais lui, c'est ce diplôme-là qu'il s'apprête à passer.

— Et alors?

— Et alors, avec un peu de chance, il obtiendra un emploi comme gardien de musée, mais il le refusera avec dédain. C'est un garçon brillant et il aime cette matière, et pour ce que j'en sais, il serait parfait pour un véritable poste dans un musée. Sauf qu'il n'y en aura pas. »

Brunetti songea à son fils, inscrit en première année, et à sa fille, qui allait bientôt entrer à l'université. « Cela signifie-t-il que mes enfants vont se heurter au même avenir? »

Elle ouvrit la bouche pour dire quelque chose, mais se garda bien de le faire. « Allez-y, dit Brunetti. Crachez le morceau. »

Il vit le moment où elle se lancerait. « La famille de votre femme fera jouer ses relations, ou les amis de votre beau-père veilleront à ce qu'on leur procure un emploi. »

Brunetti se dit qu'elle n'aurait jamais tenu de tels propos quelques années plus tôt et que, vraisemblablement, elle ne l'aurait pas fait non plus à présent s'il ne l'avait pas provoquée avec son allusion à la Griffoni. « Comme tout enfant issu d'une famille influente? » Elle fit un signe de tête affirmatif.

Se remémorant tout à coup ses opinions politiques, il lui demanda : « Vous n'y opposez pas votre veto? » Elle haussa les épaules, puis dit : « Que je le fasse ou non, cela ne changera rien.

— Cela vous a-t-il aidée pour votre emploi à la banque ? » demanda-t-il en se référant au travail qu'elle avait quitté, une dizaine d'années plus tôt, pour entrer à la questure, un choix qu'aucun de ses collègues n'avait jamais compris.

Elle enleva le menton de sa main et répondit : « Non, mon père ne m'a pas aidée. En fait, que je travaille dans une banque était la dernière des choses qu'il voulait. Il a essayé de m'en dissuader.

— Alors qu'il en dirigeait une ?

— Exactement. Il me disait que ça lui avait montré à quel point ça pourrit l'âme de travailler avec l'argent et de ne penser qu'à l'argent, tout le temps.

— Mais vous l'avez fait quand même ? » Brunetti s'étonnait de se voir engagé dans ce genre de conversation avec elle : leurs échanges personnels étaient habituellement filtrés par l'ironie ou le louvoiement.

« Pendant un certain nombre d'années, oui.

— Jusqu'à quand ? » s'enquit-il, en se demandant s'il n'était pas en train de mettre au jour le secret qui intriguait la questure depuis des années, tout en sachant que, même si elle venait à se confier, cela resterait entre eux.

Son sourire changea et lui en rappela un célèbre, celui du chat du Cheshire, qui s'évanouit au milieu des branches d'un arbre. « Jusqu'à ce que ça ait commencé à pourrir mon âme.

— Ah, fit Brunetti, conscient que c'était la seule réponse qu'il obtiendrait et qu'il ne voulait probablement pas en savoir plus.

— Y a-t-il autre chose, signore ? Sans lui laisser le temps de répondre, elle ajouta : Ils ont envoyé les photos et la vidéo de la manifestation. »

Brunetti ne put cacher son étonnement. « Si vite ? »

Elle lui adressa un sourire tout aussi miséricordieux que celui d'une madone de la Renaissance. « Par ordinateur, monsieur. Ils sont dans votre courrier. » Elle jeta un coup d'œil par-dessus son épaule, observa quelques secondes le mur derrière lui, puis précisa : « J'ai un ami qui travaille au bureau central de la santé pour la Vénétie. Je peux lui demander de vérifier s'il existe un fichier centralisant tous les cas répertoriés de cette maladie de…

— Madelung, compléta Brunetti. Au regard qu'elle lui lança, il comprit que la précision était superflue.

— Merci », dit-elle, pour lui montrer qu'elle ne lui en voulait pas, puis enchaîna : « Il se peut qu'il y ait des chiffres pour la Vénétie, si des gens sont actuellement sous traitement pour ça.

— Rizzardi m'a dit qu'il appellerait quelqu'un qu'il connaît à Padoue », l'informa Brunetti, espérant lui épargner ainsi cet effort.

Elle fit un petit bruit en signe de dédain. « Ils pourraient exiger une requête officielle. C'est souvent le cas, avec les médecins », énonça-t-elle sur le ton d'un biologiste en train de parler d'un ordre inférieur d'insectes. « Cela pourrait prendre des jours. Si ce n'est plus. » Brunetti apprécia qu'elle glisse discrètement sur le fait que son ami serait en mesure d'accélérer les choses.

« Il était sur la voie en provenance du sud quand je l'ai vu, dit-il soudain.

— Autrement dit ?

— Il pouvait descendre du Frioul. Pourriez-vous demander à votre ami s'ils ont aussi le même genre de dossier ?

— Bien sûr, acquiesça-t-elle d'une voix aimable. Les hommes qui bloquaient la route protestaient contre les nouveaux quotas laitiers, n'est-ce pas? Contre une baisse de la production?

— Oui.

— Des âpres au gain doublés d'idiots, déclara-t-elle avec une emphase qui le surprit.

— Vous semblez bien sûre de vos propos, signorina, remarqua-t-il.

— Certes. Il y a trop de lait, il y a trop de fromage, il y a trop de beurre et il y a trop de vaches.

— Par rapport à quoi?

— Par rapport au simple bon sens », répliqua-t-elle avec fougue, et Brunetti se demanda quelle corde sensible il venait de toucher.

Paola cuisinait à l'huile, et pas au beurre ; le moindre verre de lait le rendrait malade ; ils ne mangeaient pas tant de fromage que cela et les préceptes de Chiara avaient fait disparaître depuis longtemps toute viande de bœuf de leur table, si bien que Brunetti était – en termes de comportement – plutôt du côté de signorina Elettra, sur ce sujet. Ce qui lui échappait, cependant, c'était le pourquoi d'une réaction aussi vive, mais il n'avait pas envie de rester là pour en discuter.

« À la moindre information de votre ami, vous me tenez au courant, n'est-ce pas?

— Bien sûr, commissaire », dit-elle avec sa cordialité habituelle, et elle retourna à son ordinateur. Brunetti décida d'aller jeter un coup d'œil aux images de la victime dans les films qu'on leur avait envoyés sur les incidents de l'automne précédent.

Il grimpa les marches jusqu'à son bureau, en ayant bien présent à l'esprit qu'il avait maintenant accès à tout fichier vidéo inséré dans son nouveau système.

Il ouvrit sa messagerie et trouva le lien. Après quelques secondes, il vit sur l'écran le rapport original et les notes des différents policiers présents sur les lieux. Après lecture de ces documents, il n'eut aucun mal à ouvrir le fichier contenant les vidéos de la police et celles de la chaîne de télévision. Dans le premier extrait, il vit les flammes dévorer le monospace portant le logo de Televeneto, et comprit pourquoi la chaîne tenait tant à coopérer.

Brunetti regarda les deux premiers extraits des films de la police, de quelques secondes seulement, mais aucun signe de notre homme, puis un autre encore, sans plus de succès. L'homme apparut enfin dans le quatrième. Il se tenait, comme dans son souvenir, au bord de l'îlot directionnel qui séparait les sections nord et sud de l'autoroute. Il ne resta sur l'écran qu'un temps très bref, où l'on aperçut sa tête, son cou et son torse caractéristiques devant une voiture rouge arrêtée au milieu de la chaussée. Près de lui se tenaient trois hommes et une femme, qui regardaient droit devant eux. La caméra fit un panoramique arrière pour montrer une rangée d'hommes casqués en train de marcher à l'unisson, leurs boucliers transparents formant une seule et même ligne compacte. Fin de la vidéo. Brunetti mit la suivante. Cette fois, la caméra filmait par-derrière l'alignement des carabinieri qui s'approchaient du groupe chaotique d'agriculteurs et rompaient les rangs pour encercler une voiture en flammes. Les images suivantes semblaient avoir été filmées par un portable, mais aucune source n'était spécifiée : elles pouvaient aussi bien appartenir à un agent de police qu'à un badaud dont on avait confisqué le téléphone. On y voyait un homme en train de lancer un seau rempli d'un liquide marron sur un carabiniere et de le frapper directement à la poitrine. Le carabiniere rétorquait par un coup de matraque sur l'avant-bras du manifestant, ce qui faisait valser le seau et éclabousser le contenu, avant de disparaître sur la droite. L'homme se penchait en avant, se tenant le bras avec l'autre main et se faisait plaquer au sol par deux carabinieri. Fin de la vidéo.

Brunetti tapa l'adresse de Pucetti et lui fit suivre l'e-mail avec les extraits de vidéos en pièces jointes, éteignit son ordinateur et descendit l'escalier, pour partir à la recherche de cet homme.

8

Brunetti s'arrêta à l'entrée de la salle préposée à la brigade des officiers de police et jeta un coup d'œil circulaire. Vianello, adossé à la porte, était en train de parler à Dondini, la nouvelle recrue. Pucetti, tête baissée, semblait aussi peu sensible à ce qui se passait autour de lui qu'aux papiers éparpillés devant lui, et sur son visage Brunetti pouvait lire, à livre ouvert, le résultat de leur dernier échange. Brunetti prenait un malin plaisir à percevoir la préoccupation du jeune homme : cela leur épargnerait à tous deux beaucoup de problèmes à l'avenir s'il apprenait à enfreindre les règles, voire la loi, avec davantage de discrétion.

« Pucetti, l'appela-t-il en entrant. J'ai une faveur à te demander. » Il se dirigea vers le bureau du jeune homme et fit signe à Vianello de se joindre à eux dès que possible.

Pucetti fit un bond, mais n'adressa pas de salut à son supérieur. « J'ai trouvé l'homme qui était dans le canal ce matin. Est-ce que tu as lu le rapport? demanda Brunetti.

— Oui, monsieur.

— Il y a une série de vidéos sur les incidents avec les agriculteurs qui ont eu lieu sur l'autoroute l'an passé. Il était là.

— Vous voulez dire que nous l'avons arrêté ? s'informa Pucetti avec un étonnement mal dissimulé. Et personne ne s'en souvenait ? » Son ton laissait entendre implicitement que *lui* s'en serait sûrement souvenu, mais Brunetti passa outre.

« Non. Il était là, en simple spectateur. Il n'y a pas de photo d'identité judiciaire, dit Brunetti. On le voit, dans une vidéo, debout sur le côté de la route, en train de regarder le spectacle. »

Pucetti ne put cacher son intérêt.

« Ton aide me serait précieuse », dit Brunetti avec un sourire. Le jeune homme, à l'instar d'un chien de chasse ayant entendu un coup de sifflet familier, se mit quasiment à pointer.

Vianello les rejoignit et demanda : « Qu'est-ce que tu as trouvé ?

— Une vidéo avec l'homme sur lequel Rizzardi a travaillé ce matin, répondit Brunetti, en déplorant le choix du verbe dès qu'il l'entendit dans sa bouche. Il s'est fait coincer sur l'autoroute lors de la manifestation des agriculteurs l'an dernier. » Il informa Pucetti qu'il venait juste de lui envoyer un e-mail et précisa : « J'aimerais que tu voies s'il est possible d'imprimer certains photogrammes.

— C'est un jeu d'enfant, monsieur, dit Pucetti avec ce ton zélé que Brunetti lui connaissait bien. Il est dans lequel ?

— Dans le quatrième extrait. C'est l'homme avec une barbe foncée ; des épaules et un cou très épais. J'aimerais que tu voies s'il est possible de faire un arrêt sur image pour obtenir un portrait fiable ». Sans laisser le temps à Pucetti de poser la moindre question, Brunetti ajouta : « Impossible de montrer une photo de lui dans l'état où il est. »

Pucetti examina l'ordinateur des officiers, une machine qui était là depuis des années. « Ce serait beaucoup plus facile si je pouvais y travailler chez moi, avec mes propres appareils, monsieur, expliqua-t-il sans agacement, mais souhaitant visiblement qu'on ne le tienne pas en laisse.

— Alors vas-y. Si quelqu'un devait te poser des questions, dis que ça fait partie de l'enquête sur le meurtre. »

La seule personne susceptible de l'interroger était le lieutenant Scarpa, la Némésis des policiers en uniforme, l'assistant et ombre errante de Patta, ses yeux et ses oreilles. Dans un vieux réflexe de ne rien communiquer au lieutenant, Brunetti rectifia : « Non, si on te demande quoi que ce soit, dis plutôt que je t'ai envoyé à San Marco chercher des papiers au commissariat.

— Je resterai le plus vague possible, monsieur », promit Pucetti d'un ton sérieux. Brunetti surprit le sourire fugace de Vianello.

« Bien. » Se tournant vers l'inspecteur : « Il y a encore d'autres choses à voir. » Il regarda sa montre pour lui faire signe que c'était l'heure d'aller boire un café.

Le temps que Vianello retourne à son bureau et prenne sa veste, Pucetti avait disparu. Sur le chemin du bar au ponte dei Greci, Brunetti parla à Vianello de l'autopsie, de l'étrange maladie de cet homme et de sa certitude – confortée par la vidéo – qu'il l'avait déjà vu.

Brunetti entra le premier dans le bar. Mamadou, l'homme de confiance du propriétaire, fit un signe d'assentiment lorsqu'ils passèrent devant lui pour gagner l'arrière-salle. Quelques minutes plus tard, il apparut avec deux cafés et deux verres d'eau, accompagnés de quatre pâtisseries sur une assiette. Il les disposa sur la table et retourna au comptoir.

Brunetti prit un croissant. C'était bientôt l'heure du déjeuner, mais depuis son réveil, il avait déjà vu le corps d'un homme assassiné ; avait tancé vertement Pucetti, son élément préféré au sein des policiers en uniforme ; avait été gratifié d'une conversation personnelle avec signorina Elettra ; et pour finir, avait été servi par un Noir vêtu d'une longue tunique blanche. « D'ici qu'on prenne notre retraite, signorina Elettra ira travailler en robe de bal avec un diadème sur la tête et Mamadou servira déguisé en poulet », fit-il remarquer à Vianello en mordant dans son croissant.

Vianello but une gorgée de café, prit un pain au raisin en forme de serpent et observa : « D'ici qu'on parte à la retraite, on sera une colonie de la Chine et les enfants de Mamadou seront profs à l'université.

— Elle me convient bien, la seconde partie, dit Brunetti, mais pour le reste, tu t'es remis à lire tes bouquins catastrophe, Lorenzo ? »

Vianello eut la gentillesse de sourire, comme toujours. Signorina Elettra et lui étaient les deux écolos notoires de la questure, même si Brunetti avait récemment noté que leurs rangs grossissaient à vue d'œil. En outre, il s'était passé pas mal de temps depuis qu'il avait entendu des gens les traiter de talibans de l'écologie. Foa avait demandé que l'on tienne compte du rendement énergétique du carburant lors de l'achat de tous les nouveaux bateaux de police ; plus d'erreur dans le tri des ordures, dans les poubelles placées à chaque étage, tellement on craignait les foudres de signorina Elettra, et même le vice-questeur Patta s'était résolu à prendre, à l'occasion, les transports publics.

« À propos, continua-t-il, signorina Elettra était plutôt véhémente ce matin sur la question des vaches, je l'ai freinée à temps dans son élan. Qu'est-ce que tu en penses, toi, de tout ça ? »

Vianello prit une seconde pâtisserie, d'un aspect plutôt sec, recouverte d'éclats de noisettes. « L'époque de Heidi est révolue, Guido, dit-il en mordant dedans.

— C'est-à-dire ? demanda Brunetti, tenant son second gâteau en l'air.

— C'est-à-dire qu'il y a trop de vaches et que nous n'avons plus les moyens de les garder ou de les élever, ni même de les manger.

— Qui est ce "nous" ? demanda Brunetti en mordant un coup.

— "Nous", les gens du monde développé – euphémisme pour le monde riche – qui mangeons trop de viande de bœuf et trop de produits laitiers.

— Tu te fais du souci pour ta santé ? s'enquit Brunetti en lui coupant la parole, inquiet tout à coup de son taux de cholestérol, qui avait toujours été le cadet de ses soucis, et curieux de savoir où et quand Vianello et signorina Elettra tenaient leurs conciliabules.

— Non, pas vraiment, affirma Vianello soudain sérieux. Mais je pense à ces pauvres diables dans ce que l'on n'est plus autorisé à appeler pays arriérés, dont on abat les forêts pour que l'industrie agroalimentaire augmente la production de viande à vendre aux gens riches qui ne devraient de toute façon pas en manger. » Il vit que sa tasse de café était vide et but une gorgée d'eau. Puis il étonna Brunetti : « Je n'ai plus envie de remuer toutes ces idées. Parle-moi plutôt de cet homme. »

Brunetti sortit un stylo de la poche de sa veste et prit une serviette pour reproduire grosso modo le dessin que Bocchese avait fait de l'arme du crime, en prenant soin de bien courber la pointe de la lame. « Voilà le genre de couteau qui l'a tué. Il mesure environ vingt centimètres de long, il est très étroit. Il lui en a donné trois coups. En bas du dos, au côté droit. Le rapport – je ne l'ai pas encore lu – dira exactement ce qu'il a coupé, mais Rizzardi dit qu'il est mort vidé de son sang.

— Dans l'eau ? questionna Vianello, reposant son gâteau dans l'assiette.

— Il est resté en vie encore assez longtemps pour avaler de l'eau, mais pas assez longtemps pour se noyer. Bocchese et moi avons discuté du lieu où cela a pu se produire et comment cela a pu se faire. Ou bien il était dans un bateau, ce qui ne me paraît pas plausible – trop de risques d'être vu, et Bocchese dit qu'il n'y a aucune tache sur ses vêtements. Ou bien ça s'est passé dans une maison et ils l'ont fait glisser par la porte d'eau, ou alors, peut-être que c'est arrivé à la fin d'une *calle* qui donne sur l'eau et ils n'ont eu qu'à le jeter dans le canal.

— De grandes chances d'être vu, dans tous les cas, remarqua Vianello. Ou entendu.

— Moins depuis une maison, à mon avis. Moins de chances aussi que quelqu'un entende. »

Vianello regarda fixement par la fenêtre du bar, les yeux rivés sur les passants, réfléchissant à toutes les possibilités. Après quelques instants, il revint à Brunetti : « Oui, une maison me paraît plus plausible. As-tu une idée du lieu ?

— Je n'ai pas encore vu Foa », répondit Brunetti, en se rappelant qu'il fallait qu'il le fasse au plus vite. « Le corps a été trouvé vers six heures derrière le Giustinian, dans le rio del Malpaga. Foa devrait pouvoir calculer… » Brunetti ne put se résoudre à employer l'expression « la dérive », il la trouvait terrible, et la remplaça par « le point d'origine ».

Cette fois, Vianello ferma les yeux et Brunetti le vit faire exactement la même chose que lui : se remémorer la carte vieille de dizaines et dizaines d'années que l'inspecteur avait en tête et parcourir les alentours, en vérifiant les canaux et, autant que possible, la direction qu'y suivait le courant. Il ouvrit les yeux et regarda Brunetti. « On ne sait pas si la marée montait ou descendait.

— C'est pour cette raison que je dois parler à Foa.

— Bien. Lui, il le saura », conclut Vianello en s'arrachant de leur antre. Il gagna le comptoir, paya et attendit que Brunetti le rejoigne. Puis ils rentrèrent ensemble à la questure, gardant tous deux leurs yeux sur les mouvements de l'eau du canal qui coulait à leur droite et se demandant dans quel sens allait la marée lorsque le cadavre fut jeté à l'eau.

9

De retour à la questure, Brunetti regarda sa montre et vit qu'il était une heure passée ; s'il partait tout de suite, il pourrait encore arriver à temps à la maison pour manger un bout. Les événements de la journée recommençaient à tourbillonner dans son esprit, teintés cette fois par un excès de caféine et de sucre : pourquoi s'était-il empiffré de deux gâteaux alors qu'il savait qu'il était censé rentrer chez lui ? N'était-il qu'un gosse lamentable, incapable de résister à la tentation des friandises ?

Il se tourna vers Vianello et lui dit : « Je reviens après le déjeuner. Je parlerai à Foa à ce moment-là.

— Il n'est de service qu'à quatre heures, en tout cas. Tu as largement le temps. »

Brunetti, avec ses deux croissants qui lui gargouillaient dans l'estomac, décida de rentrer à pied, mais changea aussitôt d'avis et remonta la riva degli Schiavoni pour aller prendre un vaporetto.

Il ne s'était pas écoulé cinq minutes qu'il regrettait déjà sa décision. Au lieu de traverser tranquillement, avant d'affronter l'inévitable chaos du Rialto, le campo Santa Maria Formosa et le campo Santa Marina quasiment vides, il s'était engouffré tout seul dans le flot grouillant de touristes. En prenant à droite sur la *riva*, il subit la vague déferlante, même si elle était plus lente que toutes les vagues qu'il avait pu voir dans sa vie.

Comme tout homme doué de bon sens, il s'échappa vers l'arrêt du vaporetto, prit le Numéro 1 et trouva une place à l'intérieur, sur la gauche. Il pouvait se laisser assaillir par la beauté de la ville en toute impunité. Le soleil surgissant de la calme superficie du *Bacino* l'obligea à cligner des yeux lorsqu'ils passèrent devant la Dogana fraîchement rénovée et l'église de la Salute. La visite de cette douane magnifiquement restaurée l'avait vivement ému, mais le contenu de l'exposition l'avait consterné.

À quel moment s'était opéré ce subtil changement dans l'ordre des choses ? se demanda-t-il. À quel moment la trivialité a-t-elle été promue au rang de l'art et qui était autorisé à se prononcer sur la question ? Pourquoi la banalité pouvait-elle susciter un intérêt chez le spectateur et où, Seigneur, où la pure et simple beauté s'en était-elle allée ? « T'es qu'un vieux chnoque, Guido », marmonna-t-il entre ses dents. L'homme devant lui se retourna, ahuri. Brunetti l'ignora pour mieux admirer les édifices défilant à sa gauche.

Ils dépassèrent un *palazzo* où un de ses amis lui avait proposé de lui vendre un appartement six ans plus tôt, en lui assurant qu'avec cette affaire il pourrait faire fortune : « Tu le gardes juste trois ans et tu le revends à un étranger. Tu deviendras millionnaire. »

Brunetti, dont l'éthique se résumait à un monosyllabe, avait refusé cette offre parce que tirer profit de la spéculation foncière le mettait mal à l'aise, tout comme l'idée d'être redevable à quelqu'un d'avoir gagné facilement un million d'euros. Ou même 10 euros, ça ne change rien.

Ils longèrent l'université et Brunetti la regarda, doublement attendri : sa femme y travaillait et son fils y était maintenant inscrit. Raffi avait choisi, à la grande joie de Brunetti, de faire des études d'histoire, non pas l'histoire antique, si chère à son père, mais l'histoire de l'Italie moderne qui, bien qu'elle fascinât Brunetti tout autant, lui inspirait le désespoir.

Arrivé à San Silvestro, il interrompit sa comparaison obsédante entre l'Italie d'il y a deux mille ans et celle d'aujourd'hui. Il ne lui fallut que quelques minutes pour ouvrir la porte de son immeuble et grimper la première volée de marches. À chaque palier, Brunetti sentait s'alléger le poids qu'il avait sur l'estomac et il était sûr que, le temps d'arriver à son appartement, il aurait brûlé toutes les calories de ses croissants et serait prêt à rendre justice à tout ce qu'il pouvait bien rester du déjeuner.

Lorsqu'il entra dans la cuisine, il trouva ses enfants assis à leur place, leur repas encore intact. Paola était juste en train de lui préparer une assiette, remplie de ce qui ressemblait à des tagliatelles avec des escalopes. Retournant aux fourneaux, elle annonça : « J'étais en retard aujourd'hui : il a fallu que je voie un étudiant. Donc on a décidé de t'attendre. » Puis, comme pour l'empêcher de lui attribuer des pouvoirs occultes, elle ajouta : « Je t'ai entendu entrer. »

Il se pencha pour embrasser ses deux enfants sur la tête, et comme il prenait place, Raffi lui demanda : « Tu sais des choses sur la guerre dans le Haut-Adige ? » Notant la surprise de Brunetti à cette question, il ajouta : « Pendant la Première Guerre mondiale.

— Tu en parles comme si c'était aussi vieux que la guerre contre Carthage, dit Brunetti avec un sourire, en dépliant sa serviette et l'étendant sur ses genoux. Ton arrière-grand-père a combattu pendant cette guerre, ne l'oublie pas. »

Raffi était assis en silence, les coudes sur la table et le menton appuyé sur ses doigts repliés, un geste qu'il tenait de sa mère. Brunetti jeta un coup d'œil en direction de Chiara, assise les mains jointes sur les genoux ; combien de temps lui avait-il fallu pour les éduquer ainsi ?

Paola revint à table, posa son assiette et s'assit. « *Buon appetito* », s'exclama-t-elle, en prenant sa fourchette.

Habituellement, cette injonction donnait le coup d'envoi à Raffi qui sprintait sur son premier plat à une vitesse qui stupéfiait encore ses deux parents. Mais aujourd'hui, il ignora la nourriture : « Tu ne me l'avais jamais dit. »

Brunetti avait souvent ressassé les histoires de son grand-père à la guerre, au plus grand désintérêt de ses enfants. « Eh bien, il y était, se limita-t-il à dire en commençant à tourner quelques nouilles avec sa fourchette.

— Il s'est battu là-bas ? s'enquit Raffi. Dans le Haut-Adige ?

— Oui. Il y a passé quatre ans. Il a combattu dans la plupart des batailles, sauf une fois, je crois, où il a été blessé et soigné à l'hôpital de Vittorio Veneto.

— On ne l'a pas renvoyé chez lui ? » demanda Chiara qui prenait la conversation en marche.

Brunetti secoua la tête. « On ne renvoyait pas les hommes blessés en convalescence chez eux.

— Pourquoi ? s'informa-t-elle, la fourchette en équilibre au-dessus de son assiette.

— Parce qu'on savait qu'ils ne repartiraient plus à la guerre.

— Pourquoi ? répéta-t-elle.

— Parce qu'ils savaient qu'ils mourraient. » Avant qu'elle puisse rétorquer que leur arrière-grand-père n'était pas tout à fait mort, puisqu'ils étaient en train de parler de lui à table, Brunetti expliqua : « La plupart d'entre eux y ont perdu la vie ; des centaines de milliers, ils savaient bien qu'ils avaient très peu de chances de s'en sortir.

— Il y a eu combien de morts ? » demanda Raffi.

Brunetti n'avait pas lu beaucoup de livres d'histoire moderne, et lorsqu'il lisait ceux sur l'histoire italienne, il préférait lire des traductions de livres écrits dans d'autres langues, tant il se méfiait de la coloration que risquaient de prendre les récits italiens, de par leur allégeance politique ou historique. « Je ne connais pas le chiffre exact. Mais plus d'un demi-million. » Il reposa sa fourchette et but une gorgée de vin, puis une deuxième.

« Un demi-million ? répéta Chiara, consternée par ce chiffre. Comme si tout commentaire ou question étaient parfaitement vains, elle ne pouvait que redire : Un demi-million ?

— En fait, je crois qu'il y en a eu encore plus. Peut-être six cent mille, mais tout dépend de l'auteur que tu lis. » Brunetti prit une autre gorgée de vin, reposa son verre et précisa : « Sans compter les civils, je pense.

— Jésus Marie Joseph », murmura Raffi.

Paola lui lança un regard perçant, mais il était clair à tout un chacun que c'était sous l'emprise de l'étonnement, et non pas par blasphème, qu'il avait proféré ces mots.

« C'est douze fois Venise », constata Raffi d'un filet de voix plein de stupeur.

Brunetti, dans son désir de clarté, pour ne pas dire de clarté statistique, énonça : « Comme il ne s'agissait que d'hommes jeunes, entre 16 et 25 ans plus ou moins, ça fait encore bien plus que ça. Cela a failli dépeupler une bonne partie de la Vénétie de la génération suivante. » Après un moment de réflexion, il ajouta : « Ce qui fait vraiment beaucoup. » Il lui revint alors en mémoire les moments où, enfant, il entendait sa grand-mère paternelle bavarder avec ses amies, sur un sujet qui revenait régulièrement sur le tapis : la chance qu'elles avaient eue de pouvoir épouser un homme – tout bon ou mauvais qu'il fût – alors que tant de leurs amies n'avaient jamais pu trouver de mari. Et il songea aux monuments aux morts qu'il avait vus dans le Nord, en remontant près d'Asiago et au-dessus de Merano, avec leurs listes de noms des « Héros de la Nation » ; c'étaient souvent de longues énumérations d'hommes, portant le même nom de famille, tous morts dans la neige et la boue, dont la vie avait été pulvérisée pour gagner un mètre de terre stérile ou décrocher une médaille, censée décorer la poitrine d'un général.

« Cadorna », dit-il, nommant le commandant suprême de cette bataille tombée dans l'oubli.

« On nous a dit que c'était un héros », affirma Raffi.

Brunetti ferma les yeux un moment.

« Tout au moins, c'est ce qu'on nous a dit au lycée, qu'il avait tenu en respect les envahisseurs autrichiens. »

Brunetti eut du mal à réprimer son envie de lui demander si ces mêmes professeurs chantaient les louanges de ces troupes courageuses d'Italiens qui avaient réprimé les envahisseurs éthiopiens ou libyens. Il se contenta de dire : « L'Italie avait déclaré la guerre à l'Autriche.

— Pourquoi ? s'enquit Raffi avec insistance, comme s'il ne pouvait pas le croire.

— Pourquoi les pays déclarent-ils la guerre ? intervint Paola en leur coupant la parole. Pour conquérir du terrain, pour extraire des ressources naturelles, pour conserver leur pouvoir. » Brunetti s'étonna qu'il fût si embarrassant pour les parents d'expliquer les mécanismes de la sexualité à leurs enfants. N'était-il pas bien plus délicat, en fait, de leur expliquer les mécanismes du pouvoir ?

« Tu parles de la guerre offensive, je suppose. Pas comme la Pologne, la dernière fois ? s'assura-t-il.

— Bien sûr que non. Ou la Belgique, ou la Hollande, ou la France. Elles ont été envahies et elles se sont défendues. » Elle regarda les enfants et confirma : « Et votre père a raison : nous avons effectivement déclaré la guerre à l'Autriche.

— Mais pourquoi ? insista Raffi.

— J'ai toujours imaginé, d'après mes lectures, que c'était pour récupérer les terres que les Autrichiens avaient prises, ou qui leur avaient été données, par le passé, répondit Paola.

— Mais comment peut-on savoir à qui elles appartiennent ? » demanda Chiara.

Voyant leurs assiettes vides – Raffi avait réussi à parfaitement finir la sienne pendant une pause éclair au cours de la conversation –, Paola imita le geste d'un arbitre de football montrant le carton jaune. « J'implore votre indulgence, à chacun d'entre vous, supplia-t-elle en les regardant un à un. J'ai passé ma matinée à tenter, mais apparemment en vain, de défendre l'idée que certains livres sont meilleurs que d'autres, donc je ne suis pas en mesure de supporter une seconde conversation sérieuse, en tout cas pas à cette table, pas pendant mon déjeuner. Alors je suggère qu'on change de sujet et qu'on passe à un argument plus frivole et stupide, comme la liposuccion ou la break dance. »

Raffi commença à protester, mais Paola le réduisit au silence en décrétant : « Il y a du ragoût de calmars, avec du fenouil au four pour Chiara et une tarte aux fraises, mais n'en auront que ceux qui se soumettront à ma volonté. »

Raffi pesa les différentes options qui s'offraient à lui. Sa mère faisait toujours plus de fenouil qu'on ne pouvait en manger et on était en pleine saison des fraises. « Ma seule joie dans la vie, décréta-t-il en prenant son assiette et en s'apprêtant à la mettre dans l'évier, c'est de me soumettre corps et âme à la volonté de mes parents. »

Paola se tourna vers Brunetti. « Guido, toi qui as lu tous les Latins : qui était-ce, déjà, cette déesse qui donna naissance à un serpent ?

— Aucune d'entre elles, me semble-t-il.

— C'est donc qu'elles nous en ont laissé l'apanage, à nous autres humains. »

10

Vu ce que Brunetti était parvenu à régler à la questure cet après-midi-là, il aurait très bien pu passer le reste de la journée chez lui. Foa, apprit-il à quatre heures, avait été choisi pour accompagner le questeur et une délégation du Parlement venus visiter le chantier du MOSE[1] – ce gouffre qui engloutissait l'argent et qui sauverait, ou pas, la ville de l'*acqua alta*[2] – puis ils iraient ensuite dîner à Pellestrina. Voilà pourquoi il n'y a jamais personne à Rome pour voter, marmonna Brunetti dans sa barbe, après avoir reçu ce coup de fil. Il savait qu'il pouvait facilement appeler le bureau de la magistrature aux Eaux et les interroger sur les marées, mais il préférait que toute information précise, quant à la nature de son enquête, ne sorte pas des murs de la questure.

---

1. Acronyme dérivant de *Modulo Sperimentale Elettromeccanico* (module expérimental électro-mécanique) ; jeu de mots avec Mosè, désignant Moïse en italien.

2. Ou « hautes eaux », marées exceptionnelles envahissant la ville de Venise à certaines saisons.

Il s'entretint brièvement avec Patta : en l'absence du questeur, c'était lui qui avait parlé aux journalistes et leur avait assuré, comme à l'accoutumée, qu'ils étaient en train de suivre différentes pistes. Tout portait à croire que l'arrestation de l'assassin était imminente. Le mois précédent avait été fort maigre – peu de grands crimes dans la région – et la presse, qui n'avait rien eu à se mettre sous la dent, ne pouvait donc pas ne pas saisir cette aubaine. Et comme ce serait croustillant pour les lecteurs de pouvoir se repaître cette fois d'une victime mâle, ça changeait un peu ; l'honneur était aux dames depuis le début de l'année : un meurtre par jour en Italie, généralement par l'ancien petit copain ou l'ex-mari, et le meurtrier – d'après les journaux – était la sempiternelle victime d'un *raptus di gelosia*, le crime passionnel, l'excuse qui constituerait à coup sûr l'argument majeur de la défense. Si Brunetti devait un jour perdre son calme et blesser Scarpa volontairement, il invoquerait sûrement le *raptus di gelosia*, même s'il serait bien en peine de trouver une bonne raison d'être jaloux du lieutenant.

Pucetti appela après six heures pour expliquer qu'il avait eu un problème technique, mais qu'il venait de réussir à isoler quelques photogrammes de la première vidéo et qu'il était sûr de pouvoir les imprimer plus ou moins dans l'heure qui suivait. Brunetti lui dit que cela pouvait attendre le lendemain matin.

Il résista à l'envie impérieuse d'appeler signorina Elettra et de lui demander ce qu'avait donné son entretien avec son ami au bureau de la Santé. Il était sûr qu'elle le joindrait dès qu'elle aurait du nouveau, mais il était malgré tout très impatient.

Bloqué sur place, Brunetti tapa « vaches » sur son clavier, se demandant ce que Vianello et signorina Elettra pouvaient bien reprocher à ces pauvres bêtes. Sa famille était vénitienne aussi loin que l'on pouvait remonter, et même bien au-delà, ce qui fait qu'il n'y avait aucun souvenir atavique d'un arrière-grand-ceci ou d'un arrière-grand-cela ayant gardé une vache dans l'étable derrière la maison, et donc aucune explication à la sympathie qu'elles lui inspiraient. Il n'en avait jamais trait une seule ; tout au plus se rappelait-il avoir touché le museau d'affables bovins, à l'abri derrière une barrière, quand ils allaient marcher à la montagne. Paola, encore plus urbaine que lui, avouait qu'elles lui faisaient peur, mais Brunetti n'avait jamais pu le comprendre. C'étaient, à son avis, de parfaites machines à lait : l'herbe entrait d'un côté et le lait sortait de l'autre, il en avait toujours été ainsi.

Il choisit un article au hasard et le lut. Après une heure, c'est un Brunetti bien secoué qui éteignit son ordinateur, joignit les mains en forme de clocher et y appuya les lèvres. C'était donc cela et voilà pourquoi Chiara, végétarienne par intermittence, qui aurait pu à la rigueur succomber à la tentation d'un poulet rôti, refusait catégoriquement de manger de la viande de bœuf. Tout comme Vianello et signorina Elettra. Il se demanda comment il avait pu ignorer tout cela. Sûrement que tout ce qu'il venait de lire était de notoriété publique ; pour certains, c'était même le b.a.-ba.

Il se considérait comme quelqu'un de cultivé, mais cela, par contre, il ne le savait pas. Que l'on détruisait la forêt équatoriale pour en faire des pâturages : bien sûr, il le savait. Les histoires de vache folle et de fièvre aphteuse lui étaient familières aussi, on en parlait, et puis on n'en parlait plus. Sauf que ces histoires n'avaient jamais disparu.

Brunetti combla cette lacune en parcourant le long compte rendu d'un fermier d'Amérique latine qui avait suivi un programme d'élevage dans une université aux États-Unis. Il brossait le tableau d'animaux qui venaient au monde malades, qui étaient gardés en vie uniquement à coups de doses massives d'antibiotiques, rendus fertiles par des doses d'hormones tout aussi généreuses et qui mouraient malades comme ils étaient nés. L'auteur terminait l'article en déclarant qu'il ne mangerait jamais de viande de bœuf, sauf s'il s'agissait d'une bête à lui et dont il aurait supervisé la croissance et l'abattage. De même que Paola avait trop entendu parler de livres ce jour-là, de même Brunetti se dit soudain qu'il avait trop lu sur les bovins. Peu avant sept heures, il quitta son bureau, descendit l'escalier et laissa un mot à Foa où il lui demandait des informations sur les marées, puis il sortit de la questure ; il prit le chemin de la maison, en prenant finalement le campo Santa Maria Formosa, qui n'était plus bondé. Le campo San Bortolo était bien animé, mais il n'eut aucun mal à le traverser et il n'y avait pas non plus trop de monde sur le pont.

Il arriva dans un appartement vide avant sept heures et demie, enleva sa veste et ses chaussures, gagna sa chambre et récupéra son exemplaire des pièces d'Eschyle – il ne savait pas ce qui l'avait poussé à s'y replonger – et s'affala sur le canapé dans le bureau de Paola, impatient de lire un livre dépourvu de tout risque de sensiblerie – juste la sombre vérité humaine – et impatient de parler de la question des vaches avec elle.

Agamemnon, occupé à saluer sa femme après des années et des années d'absence, lui dit que le discours de bienvenue qu'elle avait prononcé, tout comme son éloignement, n'avaient que trop duré et Brunetti sentit les cheveux se dresser sur sa tête à la sottise de cet homme, lorsqu'il entendit la clef de Paola dans la serrure. Comment réagirait-elle, se demanda-t-il, s'il devait la tromper, la couvrir de honte et amener une nouvelle amante dans leur foyer? Elle en ferait moins que Clytemnestre, soupçonna-t-il, et sans le moindre recours à la violence physique. Mais il ne douta pas un instant qu'elle s'évertuerait à le détruire par le verbe et par la puissance de sa famille, et il était sûr qu'elle le laisserait nu comme un ver.

Il l'entendit poser quelques sacs de commissions près de la porte. En accrochant sa veste, elle verrait la sienne. Il l'appela par son nom et elle répondit de même, lui disant qu'elle serait là dans une minute. Il entendit le frémissement des sachets en plastique et ses pas battant en retraite vers la cuisine.

Elle ne le ferait pas par jalousie, il le savait, mais à cause de son orgueil blessé et d'une sensation d'honneur trahi. Son père aurait juste un coup de fil à passer pour le faire muter dans un village de Sicile en plein marasme et infesté par la Mafia; il lui suffirait d'une seule journée pour effacer tout signe de sa présence dans l'appartement. Y compris ses livres. Et elle ne prononcerait jamais plus son nom; peut-être avec les enfants, qui sauraient pertinemment qu'il vaudrait mieux ne pas le nommer ou ne pas poser de questions sur lui. Pourquoi le fait de savoir tout cela le rendait-il si heureux?

Elle arriva, avec deux verres de prosecco à la main. Il avait été si inquiet à l'idée de leur séparation et de sa vengeance qu'il n'avait pas entendu le bouchon sauter, même si c'était un bruit aussi beau que la musique à ses oreilles.

Paola lui tendit un verre et donna de petites tapes sur ses genoux jusqu'à ce qu'il relève ses pieds et lui fasse de la place. Il but une gorgée. « Mais c'est du champagne !

— Je sais, confirma-t-elle, en prenant une gorgée à son tour. Je me suis dit que je méritais une récompense.

— Pour quelle raison ?

— Parce que je supporte des insensés.

— Volontiers ? »

Elle émit un grognement de mépris. « Parce que j'écoute leurs inepties et fais semblant d'y prêter attention, ou que je fais semblant de penser que leurs idioties sont dignes d'une discussion.

— L'histoire des bons livres ? »

Elle rejeta les cheveux en arrière d'une main, se gratta nonchalamment la nuque. De profil, c'était la même femme que celle qu'il avait rencontrée et aimée il y a vingt ans. Quelques cheveux blancs se mêlaient à ses cheveux blonds, mais on les distinguait à peine, sauf de tout près. Le nez, le menton, la courbe des lèvres n'avaient pas changé. Si on la regardait de face, il le savait, elle avait bien quelques petites rides autour des yeux et aux coins de la bouche, mais elle faisait encore tourner les têtes dans la rue, ou dans les dîners.

Elle inspira profondément et se laissa tomber contre le canapé, en veillant à ne pas renverser une seule goutte de vin. « Je ne sais pas pourquoi je m'embête encore à enseigner », dit-elle et Brunetti ne lui fit pas remarquer que c'était parce qu'elle aimait ça. « Je pourrais m'arrêter. Nous sommes propriétaires de la maison et tu gagnes assez d'argent pour nous entretenir. » Et si les choses venaient à se compliquer, se garda-t-il d'ajouter, ils pourraient toujours mettre en gage leur Canaletto accroché à la cuisine. Laisse-la parler, laisse-la décompresser.

« Qu'est-ce que tu ferais, tu resterais sur ton canapé toute la sainte journée en pyjama, à bouquiner ? »

Elle tapota son genou de la main libre. « Alors comme cela, tu m'empêcherais de m'installer à demeure sur mon divan, c'est ça ?

— Mais qu'est-ce que tu *ferais* ? » demanda-t-il, soudain sérieux.

Elle but une autre gorgée, puis répondit : « C'est bien là le problème, naturellement. Si *tu* démissionnais, tu pourrais toujours devenir vigile et faire des rondes toute la nuit en collant des petits papiers aux portes des maisons et des magasins pour montrer que tu es bien passé. Mais moi, qui est-ce qui viendra me demander de parler du roman anglais, hein ?

— Effectivement, approuva-t-il.

— Alors autant vivre », conclut-elle en le désarçonnant. Mais il avait tellement envie de parler des vaches qu'il ne lui demanda pas de développer.

« Qu'est-ce que tu sais, toi, sur cette histoire de vaches ?

— Oh, mon Dieu. Tu ne vas pas t'y mettre aussi », dit-elle en s'enfonçant dans le canapé, la main sur les yeux.

11

« Qu'est-ce que tu veux dire par “Tu ne vas pas t'y mettre aussi”, demanda-t-il, même si ce qu'il tenait réellement à savoir, c'était qui elle mettait dans le lot.

— Comme je te l'ai déjà dit au moins trente-six mille fois ces dernières années : ne fais pas ton petit malin avec moi, Guido Brunetti », assena-t-elle d'un ton exagérément sévère. « Tu sais exactement qui c'est : Chiara, signorina Elettra et Vianello. Et vu ce que tu as dit, ça ne m'étonnerait pas que les deux derniers déclarent sous peu la questure zone sans-viande. »

Les lectures qu'il avait faites cet après-midi-là incitaient Brunetti à penser que ce n'était peut-être pas un mal. « C'est juste la frange la plus extrême, bien que d'autres gens là-bas commencent aussi à réfléchir à la question, avança-t-il.

— Si tu mettais un jour les pieds dans un supermarché et que tu regardais ce que les gens achètent, tu ne dirais pas cela, crois-moi. »

Les quelques fois où il avait fait cette expérience, Brunetti avait été – se l'avoua-t-il – sidéré par ce que les gens achetaient, vu qu'il y avait de grandes chances qu'ils ingèrent ces produits. Il avait si rarement fait les courses de tous les jours qu'il hésitait sur la nature de certains des articles vendus et ne comprenait pas bien si c'étaient des produits à consommer, ou servant à des fins domestiques, comme récurer les éviers, par exemple.

Il se souvint que, enfant, on l'envoyait acheter parfois une livre de haricots noirs. Il les rapportait à la maison dans le cylindre en papier journal dont l'épicier les avait enveloppés. Maintenant, ils arrivent dans des sacs en plastique transparents, fermés par une torsade dorée et il faut les acheter par kilos. Sa mère allumait le feu avec le journal, alors que le plastique et la torsade finissent aujourd'hui à la poubelle après avoir joui de leur quart d'heure de liberté hors des rayons.

« Nous ne mangeons plus autant de viande qu'auparavant, remarqua-t-il.

— C'est seulement parce que Chiara est trop jeune pour partir de la maison.

— Tu crois qu'elle partirait vraiment ?

— Elle arrêterait plutôt de manger.

— Elle est convaincue à ce point ?

— Oui.

— Et toi ? » demanda-t-il. C'était Paola, après tout, qui établissait chaque jour les menus.

Elle finit sa coupe de champagne et frotta le verre entre ses mains, comme si elle espérait en faire jaillir des étincelles.

« J'aime de moins en moins ça, finit-elle par dire.

— À cause du goût, ou à cause de ce que tu as lu sur la question ?

— Les deux, mon capitaine.

— Tu ne vas pas arrêter d'en cuisiner, hein?

— Bien sûr que non, gros bêta. » Puis, en lui tendant son verre : « Surtout si tu vas me chercher encore un peu de champagne. »

Il s'exécuta aussitôt et, tout en allant à la cuisine, il voyait danser dans sa tête des côtelettes d'agneau, du veau cuit au marsala et du poulet rôti.

Le lendemain matin, sur le chemin de la questure, Brunetti s'arrêta dans un bar pour prendre un café et lire le compte rendu du *Gazzettino* sur le corps trouvé dans le canal, suivi d'une brève description de l'homme et de la mention de son âge probable. Dans son bureau, il apprit que l'on n'avait signalé aucun porté disparu dans la ville ou dans la région environnante. Quelques minutes plus tard, Pucetti était à sa porte. Ou bien le jeune homme avait réussi à placer une puce dans l'oreille de Brunetti ou, plus vraisemblablement, l'agent en faction avait appelé Pucetti au téléphone dès l'arrivée de son supérieur.

Brunetti lui fit signe d'entrer ; Pucetti posa une photo du mort sur son bureau. Brunetti ignorait comment il avait réussi à isoler juste un photogramme, mais la photo faisait vraiment naturelle et montrait l'homme en train de regarder en face de lui, le visage complètement détendu. C'était un tout autre homme, comparé au cadavre gisant maintenant dans la chambre mortuaire de l'hôpital civil.

Brunetti fit un grand sourire et hocha la tête en signe d'approbation. « Bien joué, Pucetti. C'est lui, c'est bien l'homme que j'ai vu.

— J'ai fait des copies, monsieur.

— Bien. Scanne celle-ci et envoie-la au *Gazzettino*. Aux autres journaux, aussi. Et va voir si quelqu'un en bas le reconnaît.

— Oui, monsieur. » Pucetti laissa la photo sur la table de Brunetti et sortit.

Dans son bureau, signorina Elettra avait porté ce jour-là son dévolu sur le jaune, une couleur peu facile à porter. C'était mardi, jour des fleurs au marché, si bien que son bureau – et très probablement celui de Patta aussi – en était rempli, une touche de raffinement qu'elle avait introduite à la questure. « Elles ne sont pas jolies, mes jonquilles ? » demanda-t-elle à Brunetti qui entrait, en lui indiquant un quadruple bouquet posé sur le rebord de la fenêtre.

Les premiers frémissements du printemps auraient autrefois poussé un Brunetti encore célibataire à répliquer qu'elles étaient loin d'être aussi jolies que la personne qui les avait apportées, mais ce Brunetti se contenta de répondre : « Effectivement, puis il demanda : Et quelle débauche de couleur a transfiguré le bureau du vice-questeur ?

— Le rose. Je l'adore et il le déteste. Mais il a peur de se plaindre. » Elle regarda dehors un instant, puis revint à Brunetti et dit : « J'ai lu un jour que le rose, c'est le bleu marine de l'Inde. »

Cela lui prit un moment, mais Brunetti finit par rire de bon cœur. « C'est beau, fit-il, en pensant combien Paola apprécierait.

— Êtes-vous ici pour le mort ? s'enquit-elle, reprenant soudain son sérieux.

— Oui.

— Ça n'a rien donné du côté de mon ami. Peut-être que Rizzardi aura plus de chance.

— Peut-être vient-il d'une autre province, suggéra Brunetti.

— C'est possible, convint-elle. J'ai envoyé la demande habituelle aux hôtels, pour savoir s'il leur manque un client.

— Et alors ?

— Juste un Hongrois qui s'est retrouvé à l'hôpital pour une crise cardiaque. »

Brunetti pensa au vaste réseau d'appartements en location et de chambres d'hôtes qui maillait la ville entière. Beaucoup n'étaient pas déclarés ; ils échappaient ainsi à tout contrôle et aux impôts et n'indiquaient pas à la police qui était chez eux. Si un client ne revenait pas, quelle probabilité y avait-il que les propriétaires signalent son absence à la police, ce qui attirerait l'attention des autorités sur leurs opérations illicites ? Il était tellement plus simple d'attendre quelques jours puis de garder, en lieu et place de la location non payée, tout ce qu'avait laissé le client qui avait pris la poudre d'escampette, et on tirait un trait.

Au début de sa carrière, Brunetti croyait encore que tout citoyen digne de ce nom et respectueux de la loi, ayant appris par la presse le meurtre d'un homme dont la description était si proche de l'homme gisant dans la pièce n° 3, qui donnait sur le jardin, aurait pris contact avec la police. Mais les dizaines d'années passées au milieu des prévarications et des demi-mensonges auxquels les honnêtes citoyens étaient par trop enclins l'avaient guéri de telles illusions.

« Pucetti a une photo tirée d'une des vidéos. Il va l'envoyer à différents journaux et demander si quelqu'un le reconnaît, dit Brunetti. Mais je suis d'accord avec vous, signorina : les gens ne se volatilisent pas. »

12

Brunetti trouva Vianello dans la salle des policiers ; il était au téléphone. À la vue du commissaire, un grand soulagement se dessina sur son visage. Il dit quelques mots, haussa les épaules, en ajouta quelques autres et raccrocha.

Brunetti s'approcha de lui et lui demanda : « C'était qui ?

— Scarpa.

— Qu'est-ce qu'il veut ?

— Causer des ennuis. C'est son sport favori, je pense. »

Brunetti acquiesça et enchaîna : « Quelle sorte d'ennuis, cette fois ?

— Une histoire de reçus de carburant. Tu crois que Foa pourrait en acheter pour son bateau à lui et le mettre sur le compte de la police ? » Vianello marmonna quelque chose entre ses dents, que Brunetti fit semblant de ne pas avoir entendu. « Il n'y a pas un passage dans la Bible où on reproche aux autres des choses qu'on ne voit pas dans ses propres yeux ?

— Oui, il y a bien quelque chose dans ce genre, admit Brunetti.

— Foa est obligé d'aller chercher Patta pour l'emmener dîner à Pellestrina, et le ramener chez lui en cas de mauvais temps, et Scarpa chicane parce que Foa vole du carburant ? » Puis il assena : « Tous des timbrés. »

Brunetti, qui l'approuvait sur ce point aussi, lui dit : « Foa n'est pas un type à faire ça. Je connais son père. » Tous deux savaient qu'une telle affirmation suffisait à cautionner l'intégrité de Foa. « Mais pourquoi il s'en prend à Foa, maintenant ? » s'étonna Brunetti. Le comportement de Scarpa était souvent confus, et ses motivations toujours inexplicables.

« Peut-être qu'il a un cousin à Palerme qui sait conduire un bateau et qui cherche un emploi, suggéra Vianello. Il est mal barré s'il doit naviguer ici. »

Brunetti avait envie de lui demander si sa dernière remarque était à double sens, mais il préféra lui demander de sortir et d'aller s'asseoir sur la rive avec lui, et de discuter en regardant passer les bateaux.

Assis sur le banc, avec le soleil printanier qui leur chauffait le visage et les cuisses, Brunetti donna à Vianello la chemise contenant les photos. « Pucetti te l'a montrée, celle-ci ? »

Vianello fit signe que oui. « Je vois ce que tu veux dire pour le cou », dit-il en la lui rendant, puis il revint à leur premier sujet et lui demanda : « Jusqu'où tu crois qu'il pourrait aller, Scarpa ? »

Brunetti leva ses paumes dans un geste d'impuissance. « Dans ce cas précis, je pense qu'il est juste en train d'essayer de causer des ennuis à quelqu'un que tout le monde aime bien, mais je crois qu'il n'y a rien à comprendre avec des gens comme Scarpa. » Puis il ajouta : « Cette année, Paola donne un cours sur la nouvelle et dans l'une d'elles, on voit un sale type – il s'appelle carrément le désaxé – qui, après avoir exterminé une famille tout entière, y compris la vieille grand-mère, est tranquillement assis, en train de dire quelque chose du genre : "La méchanceté, y a qu'ça d'vrai[1]." » Comme pour conforter cette vérité, deux mouettes commencèrent à se battre au-dessus du quai pour une même proie en poussant des cris rauques.

« Je t'assure, quand Paola m'a lu ce passage, continua Brunetti, ça m'a fait penser à Scarpa. Tout ce qu'il aime, c'est la méchanceté.

— Tu veux dire qu'il *aime* ça, au sens littéral du terme ? » s'exclama Vianello.

Avant que Brunetti ne pût répondre, leur champ de vision fut perturbé sur la gauche par l'apparition d'un énorme paquebot de croisière – de huit ? neuf ? voire dix ponts ? Il traînait docilement derrière un vaillant remorqueur, mais comme l'amarre en fil d'acier qui les reliait plongeait mollement dans l'eau, cela trompait les apparences et il n'était pas aisé de comprendre lequel des deux bateaux propulsait l'autre et lequel décidait de leur direction. Quelle parfaite métaphore, songea Brunetti : c'était comme si le gouvernement faisait entrer la Mafia au port pour la mettre hors service et la détruire, mais que le bateau qui semblait chargé de cette opération avait, et de loin, le plus petit moteur ; l'autre pouvait donc à tout moment donner

1. Librement traduit de *A Good Man is Hard to Find*, de Flannery O'Connor (*Les braves gens ne courent pas les rues*).

un bon coup sur le câble et rappeler à son bon souvenir de quel côté était le pouvoir.

« Et alors ? enchaîna Vianello.

— Oui, je crois que c'est vraiment ce qu'il aime, conclut Brunetti. Il y a des gens comme ça. Pas d'extase mystique, pas de Satan, pas d'enfance malheureuse ou de déséquilibre chimique dans le cerveau. Pour certaines personnes, la méchanceté, il n'y a que ça de vrai.

— C'est pour cela qu'ils continuent sur leur lancée ?

— Ça doit être ça, tu ne crois pas ? demanda Brunetti en guise de réponse.

— Mon Dieu, soupira Vianello. Puis, après avoir été coupé par le combat incessant des mouettes, il déclara : Je n'aurais jamais voulu croire une chose pareille.

— Évidemment.

— Et c'est nous qui en avons hérité ?

— Tant qu'il n'ira pas trop loin ou qu'il ne négligera pas trop son boulot.

— Et le cas échéant ?

— Alors on se débarrassera de lui.

— Ça a l'air simple, à t'entendre.

— Ça pourrait l'être.

— J'espère », soupira Vianello avec cette sincérité que la plupart des gens réservent à la prière.

« Pour revenir à notre homme – je ne comprends toujours pas pourquoi personne ne l'a signalé comme disparu. Les gens ont bien des familles, pour l'amour du ciel.

— C'est peut-être encore trop tôt », affirma Vianello.

Mais Brunetti restait sceptique et précisa : « La photo devrait sortir dans les journaux demain. Avec un peu de chance, quelqu'un nous appellera. » Il ne dit pas à Vianello qu'il avait longtemps hésité à la faire paraître, car la victime y avait tout d'un cadavre et bien peu d'un homme. « Il se pourrait que quelqu'un réagisse à celle de Pucetti.

— Et d'ici là ? » demanda l'inspecteur.

Brunetti se pencha et prit la chemise, la ferma et lui dit, en se mettant en route : « Allez viens, on va acheter des chaussures. »

La boutique des Fratelli Moretti à Venise est située à proximité du campo San Luca, ce qui est très pratique. Cela faisait une génération entière que Brunetti admirait leurs chaussures, mais en fait, il n'en avait jamais acheté. Ce n'était pas à cause du prix – tout était devenu cher à Venise – si bien que... Brunetti dut s'avouer qu'il n'y avait aucune raison spéciale à cela : tout simplement, il n'était jamais entré et s'était toujours contenté de lorgner la vitrine, sans trop savoir pourquoi. Il prit ce prétexte pour emmener Vianello au magasin et ils s'arrêtèrent devant pour regarder les chaussures pour hommes. « J'aime bien celles-ci », dit Brunetti, en désignant une paire de mocassins, ornés de glands marron foncé.

« Si tu les achètes, nota Vianello qui avait évalué la qualité du cuir, et si les choses tournent mal, tu pourras toujours les faire bouillir et vivre de ce bouillon de bœuf pendant quelques jours.

— Très drôle », fit Brunetti en entrant.

Une femme robuste, la responsable de la boutique, jeta un coup d'œil à leurs insignes et étudia la photo de l'homme mort, mais secoua la tête : « Il se peut que Letizia le reconnaisse », et elle leur indiqua l'escalier menant à l'étage supérieur. « Elle est occupée avec des clients, mais elle descendra dans une minute. » En attendant, Brunetti et Vianello tournicotaient dans la boutique ; Brunetti jeta un second coup d'œil aux mocassins.

Letizia, plus jeune et plus mince que l'autre femme, arriva, précédée d'un couple de Japonais, les bras chargés de quatre boîtes de chaussures. Elle ne devait pas être loin de la trentaine ; quelques épis fantaisistes pointaient dans ses cheveux blonds coupés court à la garçonne et son visage sortait de l'ordinaire grâce à son regard manifestement intelligent.

Brunetti attendit qu'elle ait fini et raccompagné les clients, avec lesquels elle échangea de profondes courbettes, qui ne semblaient pas du tout forcées de sa part.

Lorsque Letizia les rejoignit, la directrice lui expliqua qui ils étaient et ce qu'ils attendaient d'elle. Le sourire de Letizia exprima son intérêt, pour ne pas dire sa curiosité. Brunetti lui tendit la photo.

À la vue du visage du mort, elle déclara : « C'est l'homme de Mestre.

— De Mestre ? s'enquit Brunetti.

— Oui. Il était ici – oh, il doit y avoir deux mois de cela –, il voulait acheter une paire de chaussures. Je crois qu'il voulait des mocassins.

— Qu'est-ce qui fait que vous vous souveniez de lui, signorina ?

— Eh bien, commença-t-elle en lançant un coup d'œil furtif vers sa responsable qui était en train d'écouter, je ne veux pas dire du mal de nos clients, pas du tout, mais c'est parce qu'il était tellement bizarre.

— Du fait de son comportement ? demanda Brunetti.

— Non, pas du tout. Il était très agréable, très poli. C'était à cause de son apparence. » À ces mots, elle regarda de nouveau vers l'autre femme, comme si elle lui demandait la permission de tenir de tels propos. La directrice pinça les lèvres, puis hocha la tête.

Visiblement soulagée, Letizia poursuivit. « Il était très gros. Pas gros comme le sont les Américains. Vous savez, tous hors norme, et grands. C'étaient seulement son torse et son cou qui étaient vraiment gros. Je me souviens m'être demandé quelle devait être la taille de ses chemises et comment il pouvait en trouver une avec un col assez grand pour lui. Mais le reste était normal. » Elle observa le visage de Brunetti, puis celui de Vianello. « Il doit avoir aussi terriblement de mal à s'acheter un costume, maintenant que j'y pense : il a des épaules et une poitrine énormes. La veste doit faire deux ou trois tailles de plus que le pantalon. »

Avant qu'ils ne puissent réagir à ses remarques, elle ajouta : « Il a essayé une veste en daim, donc j'ai vu qu'il avait les hanches d'un homme normal. Ses pieds l'étaient aussi ; il chaussait du 43. Mais le reste était tout… oh, je ne sais pas comment dire, tout était atrocement gonflé.

— Vous êtes sûre que c'est bien lui ?

— Absolument.

— Qu'il est bien de Mestre ? intervint Vianello.

— Oui. Il a dit qu'il était en ville pour la journée et qu'il avait essayé d'acheter des chaussures dans notre magasin à Mestre, mais ils n'avaient pas sa pointure, donc il avait pensé venir jeter un coup d'œil ici.

— Vous aviez les chaussures en question ? s'informa Brunetti.

— Non, répondit-elle, manifestement déçue. Nous n'avions que la pointure au-dessus et la pointure en dessous. Nous n'avions sa pointure qu'en marron, mais il n'en voulait pas, il ne les voulait qu'en noir.

— Est-ce qu'il en a acheté d'autres ? demanda Brunetti, en espérant que ce soit le cas et en espérant plus vivement encore qu'il ait payé avec une carte de crédit.

— Non. C'est exactement ce que je lui ai suggéré, mais il m'a dit qu'il les voulait en noir parce qu'il en avait déjà une paire marron et qu'il aimait bien ce modèle. » Ce doit être les chaussures qu'il portait quand il a été tué, pensa Brunetti, en souriant à la jeune femme pour l'encourager à continuer.

Mais elle avait fini. « Et la veste en daim ?

— Elle ne lui allait pas aux épaules », expliqua-t-elle. Puis, d'une voix plus douce : « J'étais désolée pour lui quand il l'a essayée et qu'il ne pouvait même pas enfiler l'autre bras dans la manche. » Elle secoua la tête, avec une évidente empathie pour lui : « D'habitude, nous surveillons les gens qui essaient des vestes en daim, pour éviter qu'ils ne les volent. Mais lui, je n'ai pas pu. Ça l'a presque surpris, en un sens, mais il était triste, vraiment triste de ne pas pouvoir la passer.

— Il n'a rien acheté du tout ? s'enquit Vianello.

— Non. J'aurais aimé qu'il trouve une veste à sa taille, quand même. » Puis, pour éviter tout malentendu : « Pas parce que je voulais absolument vendre quelque chose mais juste pour qu'il puisse en trouver une qui lui aille, le pauvre.

— Est-ce qu'il a dit clairement qu'il habitait à Mestre ? » insista Brunetti.

Elle regarda sa collègue, comme pour lui demander de lui rappeler ce qu'il avait bien pu dire et l'induire à penser qu'il était de là. Elle pencha la tête sur le côté, vraiment à la manière d'un oiseau. « Il a dit qu'il y avait acheté quelques paires, ce qui m'a fait supposer qu'il devait y habiter. Après tout, d'habitude on achète ses chaussures là où on vit, non ? »

Brunetti fit un signe d'assentiment, en se disant que d'habitude on n'a pas la chance de tomber sur des vendeuses aussi aimables, où qu'on aille acheter ses chaussures.

Il les remercia toutes deux, elle et sa directrice, donna sa carte à Letizia et lui demanda de l'appeler si elle venait à se souvenir de toute autre chose que l'homme aurait pu dire.

Comme ils se dirigeaient vers la porte, Letizia émit un petit bruit. Ce n'était pas un mot, tout juste un son aspiré. « C'est l'inconnu retrouvé dans l'eau ?

— Oui. Pourquoi me posez-vous cette question ? »

Elle fit un signe vers lui et Vianello, comme si leur présence, ou leur apparence, était déjà une réponse en soi, mais elle précisa : « Parce qu'il semblait inquiet, pas seulement triste. » Avant que Brunetti ne lui fasse remarquer qu'elle avait passé ce fait sous silence, elle poursuivit : « Je sais, je sais, j'ai dit qu'il était agréable et gentil. Mais par-dessous tout cela, il y avait quelque chose qui le préoccupait. Je pensais que c'était à cause de la veste, ou parce que nous n'avions pas les chaussures qu'il voulait, mais il y avait autre chose. »

Une personne douée d'un tel esprit d'observation n'avait pas besoin d'être éperonnée, donc Brunetti et Vianello gardèrent le silence et attendirent.

« D'habitude, quand les gens attendent que je leur apporte quelque chose – une autre pointure, ou une autre couleur –, ils regardent différentes chaussures autour d'eux, ils se lèvent et se promènent dans le magasin, ou ils vont jeter un coup d'œil aux ceintures. Mais lui, il restait simplement là, assis, à regarder fixement ses pieds.

— Avait-il l'air malheureux ? » demanda Brunetti.

Cette fois, elle mit plus de temps à répondre. « Non, maintenant que vous me le demandez, je dirais qu'il semblait tracassé. »

13

Brunetti et Vianello décidèrent de déjeuner ensemble, mais tous deux eurent un mouvement de recul à l'idée de manger dans un rayon de dix minutes autour de la place Saint-Marc.

« Comment on a pu en arriver là ? demanda Vianello. Avant, on pouvait bien manger partout en ville, franchement partout. C'était plutôt bon et ça ne te coûtait pas les yeux de la tête.

— C'était quand, avant Lorenzo ? »

Vianello ralentit pour y réfléchir. « Environ dix ans. » Puis il ajouta, avec un brin de surprise dans la voix : « Non, ça fait beaucoup plus longtemps, pas vrai ? »

Ils passaient devant l'endroit où se trouvait autrefois la librairie Mondadori, juste à quelques centaines de mètres des arcades donnant accès à la Piazza San Marco, et n'avaient toujours pas décidé où aller déjeuner. Ils furent soudain engloutis dans le flot de touristes qui fourmillaient et les coinçaient contre les vitrines du magasin. Devant eux, près de la place, cette vague aux tons pastel s'ouvrit en deux et déferla, sans tenir compte des schémas naturels suivis par les marées. Aveugle, se hâtant lentement et sans but précis, elle s'écoulait de l'extérieur à l'intérieur de la place et semblait n'avoir ni début ni fin.

Vianello se tourna vers Brunetti et plaqua sa main sur le front. « Je ne peux pas, dit-il. Je ne peux pas traverser la Piazza. On va prendre le bateau. » Ils tournèrent à droite et se frayèrent avec peine un chemin jusqu'à l'embarcadère. De longues files serpentaient à partir du guichet et les plates-formes flottantes s'enfonçaient dans l'eau sous le poids des gens qui attendaient l'arrivée des vaporetti.

Un bateau n° 1 arriva sur la droite et la queue avança d'un pas ou deux, même si elle n'avait nulle part où aller, si ce n'est direct dans l'eau. Brunetti sortit sa carte officielle de son portefeuille et contourna rapidement la barrière qui bloquait l'entrée du passage réservé aux passagers qui descendaient. Vianello le suivit. Ils n'avaient pas fait trois pas qu'un *marinaio* leur cria après depuis le point d'amarrage, leur faisant signe de revenir en arrière et de sortir.

Les deux hommes l'ignorèrent et s'approchèrent ; Brunetti exhiba sa carte. Lorsqu'il la vit, le matelot s'excusa platement et recula d'un pas pour leur permettre de monter sur le ponton. Il était jeune, comme la plupart d'entre eux aujourd'hui, petit et au teint mat, mais parlant vénitien. « Tout le monde essaye de truander et je suis obligé de crier pour les faire revenir. Un de ces jours, je vais en frapper un. » Mais le sourire qui accompagnait ses mots en démentait la possibilité.

« Les touristes ? demanda Brunetti, surpris que ces derniers fassent preuve d'un tel esprit d'initiative.

— Non, nous, monsieur, dit l'homme, désignant les Vénitiens. Les touristes sont comme des moutons, en vérité : ils sont très gentils, et la seule chose à faire avec eux, c'est de leur dire où aller. Les mauvais, en fait les pires, ce sont les vieilles dames : elles se plaignent des touristes, mais la plupart d'entre elles voyagent gratuit, si elles sont assez vieilles, ou resquillent de toute manière, si elles sont plus jeunes. » Comme pour le conforter dans son propos, une vieille femme arriva derrière Brunetti et Vianello et, les ignorant tous les trois, les poussa pour leur passer devant et alla se planter juste à l'endroit où les passagers étaient censés débarquer.

Le marin de service attacha le bateau à la bitte d'amarrage puis attendit, la main sur la porte coulissante, et pria la vieille femme de se mettre sur le côté pour laisser les passagers sortir ; indifférence totale. Il le lui demanda de nouveau, mais elle ne bougea pas d'un pouce. À la fin, cédant à la pression et aux murmures de mécontentement des gens bloqués derrière lui, il ouvrit la barrière et la masse s'engouffra. La vieille femme fut ballottée d'un côté et de l'autre comme un morceau d'épave sous la pression et les coups des épaules, des bras et des sacs à dos.

Elle leur rendit verbalement la pareille, en vomissant une kyrielle d'injures dans un vénitien teinté de l'accent de Castello, le quartier où se dirigeait le bateau. Elle maudit les ancêtres des touristes, leurs mœurs sexuelles et leur état de saleté jusqu'à ce que, le passage enfin libéré et le pont enfin dégagé, elle pût entrer dans la cabine et prendre place, au milieu d'un nuage de plaintes marmonnées contre les mauvaises manières de ces étrangers qui venaient gâcher la vie de l'honorable peuple vénitien.

Une fois que le bateau se fut éloigné du quai, Brunetti fit glisser les portes de la cabine, ce qui coupa le son de sa voix. Vianello finit par dire : « C'est une vieille bique, mais elle a raison au moins sur un point. »

Brunetti n'était pas en état de débattre sur ce point, désormais si sensible qu'on en entendait parler à tous les coins de rue. « On va où, alors ? » reprit-il, comme si la réaction de Vianello face à la masse de touristes n'avait pas brisé le fil de leur conversation.

« On n'a qu'à aller au Lido manger du poisson », suggéra l'inspecteur avec la gaieté d'un gamin en train de sécher ses cours.

Andri était juste à dix minutes à pied de l'arrêt de Santa Maria Elisabetta et le propriétaire, un ancien camarade de classe de Vianello, leur trouva une table dans le restaurant bondé. Il leur apporta d'office un demi-litre de vin blanc et un litre d'eau minérale et il annonça à Vianello qu'il avait une salade de crevettes, des artichauts crus au gingembre et de la soupe de poisson. Vianello acquiesça ; Brunetti acquiesça.

« Bon, alors Mestre », enchaîna Brunetti.

Avant que Vianello ne puisse formuler une phrase, le propriétaire était revenu avec du pain. Il le posa sur la table, leur demanda s'ils voulaient quelques fonds d'artichauts et disparut dès qu'ils lui eurent dit oui.

« Je n'ai pas envie de me retrouver au beau milieu d'une querelle territoriale avec cette histoire, dit finalement Vianello. Tu connais les règles mieux que moi. »

Brunetti approuva. « Je pense que je vais adopter la tactique de Patta et partir du principe qu'avoir envie de faire quelque chose te donne le droit de le faire. » Il leur versa à tous les deux du vin et de l'eau, et en but un grand verre. Il ouvrit un paquet de *grissini* et en mangea un, puis un autre – il avait faim. « Mais par correction, je vais les appeler et les prévenir que nous allons venir voir si quelqu'un dans le magasin de chaussures reconnaît l'homme sur la photo. »

Vianello se servit quelques gressins.

Le propriétaire revint avec les artichauts, les posa et repartit aussitôt. Il était treize heures et l'endroit était plein. Les deux hommes étaient heureux de constater qu'il était rempli de gens du cru ; il y avait trois tables avec de nombreux ouvriers couverts de poussière et portant des vêtements épais et de grosses chaussures.

« Tu crois qu'il y a des endroits où tout le monde est prêt à coopérer ? » s'enquit Vianello.

Brunetti finit son premier artichaut et posa sa fourchette. « C'est une question rhétorique, Lorenzo ? » lui demanda-t-il, en sirotant son vin.

L'inspecteur rompit un morceau de pain et le sauça dans l'huile d'olive au fond de son assiette. « Ils sont bons. Je les aime bien sans ail. » Apparemment, c'était bien une question rhétorique.

« On y va en voiture, on sera de retour en un rien de temps. »

Le propriétaire remplit leurs assiettes vides de salade, avec quelques fins artichauts et une bonne quantité de toutes petites crevettes, parsemés de copeaux de gingembre.

« Si personne ne le reconnaît au magasin, on demandera aux gars là-bas de nous donner un coup de main », proposa Brunetti.

Vianello opina du chef et piqua quelques crevettes.

« J'appelle Vezzani et je lui dis qu'on passera le voir après le magasin. »

Si Mestre n'avait pas eu son centre-ville, petit mais attractif, tout Vénitien obligé d'aller s'y installer aurait vécu ce changement comme une tragédie, ou tout au moins, c'est ce que Brunetti avait toujours pensé. « Tomber de son piédestal », comme Aristote l'avait écrit, en établissant ses règles. Ainsi les rois devenaient-ils des mendiants aveugles ; les reines assassinaient leurs enfants ; les puissants mouraient pour des causes perdues ou finissaient leurs jours dans une misère noire. Si Mestre avait été un bas quartier, avec juste des gratte-ciel surgissant au milieu de la plus pure désolation ; si Mestre avait ressemblé davantage à Milan et moins à Venise, être forcé, ou choisir d'aller y vivre, après avoir connu la Sérénissime, aurait vraiment été une catastrophe. Cependant, même si tout exil restait une source de chagrin, pour ne pas dire de désespoir, le centre-ville était tout de même une consolation.

Le magasin de chaussures respirait autant l'élégance que sa boutique sœur à Venise et Brunetti y avait retrouvé les mêmes modèles et le même schéma d'organisation : une femme plus âgée, de toute évidence la responsable, et une plus jeune qui les accueillit avec un sourire. Brunetti, rompu aux codes de la préséance, alla vers celle qui devait être la directrice et se présenta. Elle ne sembla pas surprise par son arrivée ; visiblement, elle avait déjà reçu un coup de fil de Venise.

« Je voudrais vous demander, et à votre collègue aussi, de bien vouloir regarder la photo d'un homme et me dire si vous le reconnaissez.

— C'est vous qui êtes allés dans l'autre magasin ? s'enquit la plus jeune en traversant la boutique, ce qui lui valut un regard perçant de la part de sa supérieure.

— Oui, répondit Brunetti. La vendeuse nous a dit que cet homme voulait s'acheter des chaussures chez vous, mais que vous n'aviez pas sa pointure. » Il savait qu'elles étaient au courant que l'homme en question était le cadavre retrouvé dans le canal et elles savaient qu'il le savait, donc personne ne souffla mot.

La femme plus âgée, émaciée, et dotée d'une poitrine qui ne semblait pas avoir été placée là par mère nature, demanda à voir la photo. Brunetti la lui tendit. « Oui », dit-elle. Elle la passa à la jeune femme et croisa les bras sous *cette* poitrine.

À la vue du mort, la jeune femme déclara : « Oui, il est venu ici quelquefois. La dernière fois, c'était il y a environ deux mois.

— Est-ce vous qui l'avez servi, signorina ? demanda Brunetti.

— Oui. Mais nous n'avions pas sa pointure et il ne voulait rien d'autre. »

Puis, se retournant vers l'autre femme : « Vous souvenez-vous de lui, signora ?

— Non. Nous voyons passer tellement de clients ici », répondit-elle, et juste à ce moment-là entrèrent deux femmes, les bras chargés de paquets. Sans prendre la peine de s'excuser, la responsable se dirigea vers elles et leur demanda ce qu'elle pouvait faire pour elles.

Brunetti s'adressa à la plus jeune – tout juste sortie de l'enfance : « Y a-t-il un, ou plusieurs détails dont vous vous souveniez, signorina? Vous avez dit qu'il était déjà venu chez vous? »

Brunetti gardait toujours l'espoir d'un achat payé avec une carte de crédit. La jeune femme réfléchit un instant, puis confirma : « Oui, à plusieurs reprises. En fait, un jour il est venu avec une certaine paire de chaussures aux pieds et il a acheté les mêmes. »

Brunetti lança un regard à Vianello, qui avait l'art et la manière d'inciter les gens à répondre. L'inspecteur prit la parole : « Vous souvenez-vous de quelque chose de spécial chez lui, signorina? Ou vous a-t-il frappée d'une façon particulière?

— Vous voulez dire le fait qu'il avait autant grossi et qu'il était si triste?

— Ah bon? » fit Vianello, feignant la plus vive préoccupation.

Avant de répondre, elle sembla se remémorer les fois où cet homme était venu au magasin. « Oui, il avait pris du poids : je l'avais remarqué, même sous sa veste d'hiver, et il n'a rien dit, en vérité, qui aurait pu me laisser penser qu'il était seul ou triste, ou quelque chose comme ça. Mais c'est l'impression qu'il donnait; il gardait le silence et ne faisait pas très attention à ce qui l'entourait. » Puis, afin de clarifier les choses pour tous deux, elle précisa : « Il a essayé environ huit paires de chaussures; il y avait des boîtes partout autour de lui, par terre et sur la chaise à côté. Quand il a eu fini, sans en avoir trouvé qui fassent l'affaire, il m'a dit – je suppose qu'il devait avoir mauvaise conscience que je sois allée lui en chercher autant, et c'est sans doute pour cela d'ailleurs que je me souviens de lui –, il m'a dit qu'il allait m'aider à les remettre dans les boîtes. Mais il a rangé une chaussure noire avec une marron, ce qui fait que quand il n'en est resté plus qu'une noire, et que la seule boîte qu'il restait contenait une marron, nous avons dû rouvrir toutes les boîtes et y mettre les bonnes chaussures. Il était vraiment gêné et s'est excusé. »

Elle y songea un instant et affirma : « Personne ne s'embête jamais avec cela, vous savez. Les gens essaient dix, quinze paires de chaussures et s'en vont sans même dire merci. Donc, pour une fois qu'on me traitait avec respect, je dois dire que j'ai bien apprécié.

— Vous a-t-il dit son nom ?

— Non.

— Ou dit quoi que ce soit sur lui, que vous puissiez vous rappeler ? »

Elle sourit à ces mots. « Il a dit qu'il aimait les animaux.

— Pardon ? s'étonna Brunetti.

— Oui, c'est ce qu'il a dit. Pendant que je m'occupais de lui, une femme est entrée, une de nos clientes habituelles. Elle est très riche : il suffit de la regarder pour s'en apercevoir – avec sa manière de s'habiller, et tout le reste, et sa façon de parler. Mais elle a un adorable vieux chien qu'elle a pris à la SPA. Je lui ai demandé un jour d'où il venait, elle m'a dit qu'elle prenait toujours ses chiens à la SPA et qu'elle demandait toujours les plus vieux. On pourrait s'attendre à ce qu'une femme comme elle ait envie d'en avoir un, oh, je ne sais pas, une de ces petites choses peu ragoûtantes qui viennent s'asseoir sur vos genoux, genre caniche, ou quelque chose comme ça. Mais elle a pris ce petit bâtard, qui est peut-être croisé avec un briquet, mais impossible de dire ce qu'est l'autre moitié. Elle l'adore, et le chien l'aime vraiment. Du coup, ça ne me dérange pas plus que ça qu'elle soit si riche. » À cette réflexion, Brunetti se demanda si la révolution était plus imminente qu'il ne le pensait.

« Et pourquoi a-t-il dit qu'il aimait les animaux ? intervint Vianello.

— Parce que quand il a vu le chien, il a demandé à la femme quel âge il avait et lorsqu'elle lui a dit qu'il avait 11 ans, il lui a demandé si elle lui avait fait faire un examen pour l'arthrite. Elle lui a dit que non, à quoi il a répliqué qu'à son avis, vu comment le chien marchait, il en avait. De l'arthrite.

— Qu'est-ce que la femme a dit ?

— Oh, elle l'a remercié. Je vous l'ai dit : elle est très gentille. Puis, quand elle est partie, je lui ai posé des questions et il m'a dit qu'il aimait les animaux, surtout les chiens, et qu'il s'y connaissait un peu.

— Rien d'autre ? la pressa Brunetti, réalisant que c'était là une information précieuse pour la suite.

— Non, je dirais juste que c'est un homme agréable. Les gens qui aiment les animaux le sont habituellement, vous ne croyez pas ?

— Oui », approuva Vianello. Brunetti se contenta de hocher la tête.

La directrice était encore occupée avec les deux femmes ; toutes les trois étaient entourées de montagnes de boîtes et, devant elles, le sol était jonché de chaussures.

« Est-ce que votre collègue lui a parlé ? demanda Brunetti.

— Oh non. Elle suivait signorina Persilli. » Devant leur regard interrogateur, elle précisa : « La femme au chien. »

Brunetti sortit son portefeuille et lui donna sa carte. « Si quelque chose d'autre vous revient à l'esprit, signorina, je vous en prie, appelez-moi. »

Ils s'apprêtaient à regagner la porte lorsqu'elle les rappela. « C'est vraiment l'inconnu ? Le mort de Venise ? »

Dans un élan de franchise qui le surprit, Brunetti se retourna : « Je pense que oui. » Elle contracta sa bouche en une petite grimace et secoua la tête à cette nouvelle. « Donc si quelque chose devait vous revenir à l'esprit, appelez-nous, s'il vous plaît, cela pourrait nous aider.

— Ça me ferait plaisir de pouvoir vous aider », leur assura-t-elle.

Brunetti la remercia à nouveau et il sortit du magasin avec Vianello.

14

« Un homme atteint de la maladie de Madelung, qui aime les animaux et connaît bien les chiens », synthétisa Vianello, en retournant à la voiture.

Plus pragmatique, Brunetti suggéra : « On va en parler à Vezzani. Il devrait être rentré de Trévise à cette heure-ci. » Il était allé au magasin de chaussures avec le vif espoir, pour ne pas dire l'espérance de découvrir le nom de l'homme et son identité. Il était bien embarrassé, à présent, de constater qu'il avait trop anticipé le moment où il entrerait dans le bureau de Vezzani avec le nom de la victime en main. Cette possibilité s'étant envolée, il se résolut à faire la seule chose possible, et par laquelle ils auraient dû commencer : aller à la questure de Mestre et solliciter leur coopération.

Il s'installa sur le siège avant de la voiture et demanda au chauffeur de l'y emmener. Ce dernier lui rappela d'attacher sa ceinture et Brunetti, qui trouvait stupide de la mettre pour un si court trajet, s'exécuta tout de même. Il était largement quatre heures passées et la circulation lui paraissait plutôt dense, même si Brunetti était un piètre expert en matière de trafic routier.

À l'entrée du bâtiment, il montra sa carte officielle et annonça qu'il avait rendez-vous avec le commissaire Vezzani. Ils avaient fait partie, quelques années plus tôt, de la même équipe d'investigation pour l'affaire des bagagistes de l'aéroport - enquête que Pucetti menait encore –, avaient surmonté ces épreuves ensemble et en étaient sortis tous deux plus sages, plus pessimistes, et édifiés sur les limites qu'un bon avocat pouvait repousser pour défendre son client.

L'agent de service appela l'ascenseur et leur spécifia que le bureau du commissaire se trouvait au troisième étage. Vezzani était originaire de Livourne, mais il y avait si longtemps qu'il vivait en Vénétie qu'il en avait adopté les inflexions chantantes et il avait confié à Brunetti, pendant une de leurs pauses lors d'un interminable interrogatoire avec deux hommes accusés de vol à main armée, que ses enfants parlaient à leurs copains dans la variante mestrine du vénitien.

Vezzani se leva pour accueillir ses hôtes. C'était un homme grand, élancé, aux cheveux prématurément gris, coupés très court dans le vain espoir, sans doute, d'en dissimuler la couleur. Il serra la main de Brunetti et lui donna une tape amicale sur le bras et tendit la main à Vianello, avec qui il avait déjà travaillé aussi.

« Tu sais qui c'est ? demanda-t-il une fois qu'ils furent assis.

— Non. On a parlé aux femmes du magasin de chaussures, mais on n'est pas très avancés. Tout ce que l'une d'entre elles nous a appris, c'est qu'il aimait les chiens et qu'il connaissait bien les animaux. »

Même si pour Vezzani il était incongru de tenir de tels propos lors d'un achat de chaussures, il s'abstint d'en faire la remarque : « Et cette maladie dont tu m'as parlé ?

— La déformation de Madelung. Elle affecte les alcooliques ou les toxicos, mais Rizzardi a dit qu'il n'y avait aucun signe prouvant que cet homme buvait ou se droguait.

— Donc ça lui est juste tombé dessus ? »

Brunetti hocha la tête, se remémorant le cou épais et le torse bombé de la victime.

« Je peux voir la photo ? » demanda Vezzani.

Brunetti la lui tendit.

« Tu as dit que c'est Pucetti qui l'a prise ? s'enquit Vezzani.

— Oui.

— J'ai entendu parler de lui. » Puis, sur un ton différent, Vezzani ajouta : « Comme j'aimerais bien en avoir quelques-uns comme lui par chez moi.

— Ça se passe donc si mal, ici ? »

Vezzani haussa les épaules.

« Ou tu ne veux pas le dire, en fait », rectifia Brunetti.

Vezzani rit, mais d'un rire nerveux. « Si je voyais une offre d'emploi pour des services de ronde à Caltanissetta, ça me tenterait bien, crois-moi.

— Pourquoi ? »

Vezzani se frotta la joue droite de la paume de la main : sa barbe était si fournie que, malgré l'heure qu'il était, Brunetti pouvait déjà percevoir le bruit du grattement. « Parce qu'il ne se passe pas grand-chose et qu'en plus, même quand ça arrive, on ne peut pas faire grand-chose. » Puis, comme si le sujet était assommant,

Vezzani se leva d'un bond et prit la photo avec lui : « Je vais descendre et la montrer aux jeunes. On verra bien si quelqu'un le reconnaît. » Brunetti se leva aussi et se dirigea vers un tableau d'affichage où étaient épinglées des notices portant le sceau du ministère de l'Intérieur. Les mêmes notes et rapports de service que ceux qu'il voyait entrer et sortir de son bureau. Peut-être qu'il pourrait mettre les leurs dans des mallettes, les amener à la gare et les laisser sans surveillance quelques minutes jusqu'à ce qu'on les vole. C'était le moyen le plus efficace de les éliminer. Devait-il le suggérer à Patta ? Il les parcourait des yeux, en imaginant la conversation avec son supérieur.

Vezzani revint rapidement. « Il est vétérinaire », déclara-t-il.

Tel un médium, Brunetti récita, en écho à la voix de la jeune femme du magasin de chaussures : « Il aime les animaux et connaît bien les chiens. » Puis il demanda : « Qui te l'a dit ?

— Un de nos hommes. Il l'a vu à l'école de son fils. » Vezzani pénétra davantage dans la pièce. « Ils avaient organisé une sorte de journée portes ouvertes où les parents sont invités pour parler aux enfants de leurs métiers. Il m'a dit qu'ils le font chaque année et l'année dernière, ce type a dit qu'il était véto et qu'il s'occupait d'animaux.

— Il en est sûr ? »

Vezzani hocha la tête.

« Il s'appelle comment ?

— Il ne s'en souvient pas, il a dit qu'il avait entendu juste la fin de son discours. Mais comme on n'invite que les parents à s'exprimer ce jour-là à l'école, la direction de l'établissement te le dira.

— C'est quelle école ?

— San Giovanni Bosco. Je peux les appeler, proposa Vezzani en se dirigeant vers son bureau. Ou on peut y aller et parler avec eux. »

La réaction de Brunetti fut immédiate. « Je ne veux pas me présenter là-bas avec une voiture de police, surtout si son fils y est encore élève. Les gens parlent toujours trop et ce n'est pas comme ça qu'il doit apprendre la vérité sur son père. »

Vezzani fut d'accord avec lui et Vianello, dont les enfants étaient encore scolarisés et qui, comme ses collègues, exerçait une profession à risque, opina du chef.

Vezzani donna rapidement son coup de téléphone et, après être passé par deux bureaux différents, il apprit le nom de la victime. C'était le docteur Andrea Nava ; son fils était bien inscrit à l'école, mais il y avait eu des problèmes familiaux et le père n'était pas venu à la dernière réunion des parents. Oui, il y avait bien participé l'année précédente, où il avait parlé des animaux domestiques et avait expliqué quelle était la meilleure manière de s'en occuper. Il avait invité les élèves à amener leurs animaux avec eux pour illustrer son intervention. C'était celle qui avait eu le plus de succès auprès des enfants et c'était vraiment dommage que le docteur Nava n'ait pas pu revenir cette année.

Vezzani nota l'adresse et le numéro de téléphone inscrits dans la liste des contacts de l'élève, remercia la personne au bout du fil sans lui expliquer pourquoi la police cherchait son père et raccrocha.

« Alors ? l'interrogea Vezzani, en les regardant l'un après l'autre.

— Mon Dieu, qu'est-ce que je déteste ça, marmonna Vianello.

— Ton homme était sûr de lui ? voulut savoir Brunetti.

— Absolument, répondit Vezzani. Puis, après une pause, il demanda : Est-ce qu'on appelle d'abord ?

— C'est loin d'ici ? » s'enquit Brunetti, en indiquant le papier dans la main de Vezzani.

Il y jeta un second coup d'œil. « C'est clairement à l'autre bout de la ville.

— Alors on appelle », décida Brunetti, qui n'avait pas envie de se retrouver bloqué dans les embouteillages, pour découvrir finalement que l'épouse, ou bien la fiancée, ou encore la compagne, ou qui que ce soit d'autre avec qui les hommes partagent leur vie aujourd'hui, n'était pas à la maison.

Vezzani décrocha, hésita un instant, puis tendit le combiné à Brunetti. « Parle-leur toi. C'est la tienne, d'enquête. » Il tapa le code d'accès à la ligne extérieure et composa le numéro.

Une voix de femme répondit à la troisième sonnerie. « Allô, dit-elle, sans se présenter.

— Bonjour, signora, commença Brunetti. Pourriez-vous me dire si c'est bien la maison du dottor Andrea Nava ?

— Qui êtes-vous, je vous prie ? demanda-t-elle d'une voix peu chaleureuse.

— Je suis le commissaire Guido Brunetti, signora. De la police de Venise. »

Puis, après un silence que Brunetti ne jugea pas excessivement long, elle demanda : « Quel est l'objet de votre appel ?

— Nous essayons de localiser le dottor Nava, signora et c'est le seul numéro que nous ayons de lui.

— Comment l'avez-vous trouvé ?

— C'est la police de Mestre qui nous l'a donné, répondit-il, en espérant qu'elle ne demande pas pour quelle raison la police de Mestre détenait ce contact.

— Il ne vit plus ici.

— Puis-je vous demander à qui ai-je l'honneur, signora ? »

Cette fois, le silence fut excessivement long. « Je suis sa femme, précisa-t-elle.

— Je vois. Serait-il possible de venir vous parler, signora ?

— Pourquoi ?

— Parce que nous avons besoin de vous parler de votre mari, expliqua Brunetti, comptant sur ce ton sérieux pour la préparer à la suite.

— Il n'a rien fait, n'est-ce pas ? s'assura-t-elle, avec plus de surprise que d'inquiétude dans la voix.

— Non.

— Alors de quoi s'agit-il ? Brunetti put percevoir une irritation croissante dans le ton.

— Je préférerais vous parler en personne, si vous permettez, signora. » La conversation n'avait que trop traîné en longueur et il était maintenant impossible pour Brunetti de lui dire les choses au téléphone.

« Mon fils est là », lui apprit-elle.

Cela glaça Brunetti et le coupa net dans son élan. Comment distraire un enfant pendant que vous annoncez à sa mère que son mari est mort ? « Il y aura un de mes hommes avec moi, signora », énonça-t-il, sans expliquer ce que cela pouvait bien changer à l'affaire.

« Dans combien de temps pensez-vous arriver ?
— Dans vingt minutes, lança Brunetti au hasard.
— D'accord, je serai là, dit-elle, en guise de conclusion à leur entretien.
— Puis-je vérifier votre adresse, signora ?
— Via Enrico Toti, 26. Est-ce bien l'adresse que vous avez ?
— Oui, confirma Brunetti. Nous sommes chez vous dans vingt minutes », lui redit-il en la remerciant et raccrocha.
Puis, se tournant vers Vezzani : « Vingt minutes ?
— Même pas. Tu veux que je vienne ?
— Deux d'entre nous ça suffit, je pense. Je vais prendre Vianello avec moi, parce qu'on a déjà fait ce genre de choses ensemble. »
Vezzani se leva. « C'est moi qui vous emmène. Tu peux dire à ton chauffeur de disposer. Comme cela, il n'y aura pas de voiture de police garée dehors. » Voyant Brunetti sur le point de protester, il précisa : « Je n'entrerai pas avec vous. J'irai prendre un café de l'autre côté de la rue en vous attendant. »

15

Le numéro 26 était l'un des premiers de toute une rangée de duplex, bâtis le long d'une route qui partait d'un petit groupe de magasins à la périphérie de Mestre. Ils dépassèrent la maison ; Vezzani se gara une centaine de mètres plus loin. Lorsque les trois hommes sortirent de la voiture banalisée, Vezzani repéra un bar de l'autre côté de la rue. « Je vous attends là », dit-il.

Brunetti et Vianello suivirent l'alignement des maisons et grimpèrent les marches du numéro 26. Ils virent deux portes et deux sonnettes, sous lesquelles il y avait des fentes surmontées du nom des habitants. L'une, à l'inscription délavée par le soleil, portait les noms de « Cerulli et Fabretti » ; l'autre, qui venait d'être écrite à la main et était encore foncée, indiquait « Doni ». Brunetti appuya sur cette sonnette-là.

Quelques secondes plus tard, un garçon aux cheveux bruns, d'environ 8 ans, leur ouvrit la porte. Il était mince, avait les yeux bleus, et une expression étonnamment sérieuse pour un enfant de son âge. « Êtes-vous les policiers ? » demanda-t-il. Dans une main, il brandissait une espèce d'arme futuriste en plastique : un pistolet à rayons, peut-être. De son autre main pendait un ours en peluche élimé, avec le ventre tout râpé.

« Oui, c'est nous, dit Brunetti. Comment tu t'appelles ?

— Teodoro », répondit-il et il s'écarta de la porte en disant : « *Mamma* est au salon. » Ils demandèrent la permission d'entrer ; le garçon referma la porte derrière eux. À la fin d'un couloir qui semblait couper la maison en deux, ils pénétrèrent dans une pièce donnant sur un jardin où régnait un chaos invraisemblable. Dans ce genre de banlieue, Brunetti s'attendait à voir des jardins d'une rigueur militaire, avec des fleurs et des légumes poussant en ligne droite, et où l'on élague et nettoie à tour de bras, sans se soucier de la saison. Celui-ci, en revanche, avait l'air négligé et la vigne y envahissait ce qui avait dû être autrefois des haies de buissons ou des plates-bandes soignées. Des rames en bois, qui avaient soutenu les tomates et les haricots, étaient aujourd'hui affaissées et englouties, suite à la lente invasion des vignes et des ronces, comme si le jardin avait été abandonné à la fin de l'été et n'avait pas suscité le moindre intérêt au retour du printemps.

Cependant, la pièce où le garçon les mena contrastait nettement avec ce désordre. La plus grande partie du sol en marbre était recouverte d'un tapis de Hériz tissé à la machine ; devant un divan bleu foncé, accolé au mur, se trouvaient une table basse avec des magazines minutieusement empilés, ainsi que deux fauteuils, couverts d'un imprimé à fleurs dominé par le même ton que le divan, et sur les murs, des gravures encadrées d'une corniche foncée, du genre de celles que l'on achète dans les magasins de meubles.

L'enfant entra en disant : « Voilà les policiers, *mamma.* » La femme se leva à leur arrivée et fit un pas vers eux, les mains sur les hanches. Elle était d'une taille moyenne, mais la rigidité de sa posture la faisait plus grande qu'elle ne l'était. Elle devait être proche de la quarantaine, avec des cheveux bruns tombant sur les épaules. Ses lunettes rectangulaires accentuaient le côté anguleux de son visage. Sa jupe lui arrivait juste en dessous des genoux ; son haut gris pouvait être en soie.

« Merci, Teodoro », dit-elle. Elle fit un signe de tête en leur direction : « Je suis Anna Doni. » Son visage s'adoucit, mais elle ne sourit pas.

Brunetti fit les présentations et la remercia d'avoir accepté de les recevoir.

Le garçon dévisagea les adultes en train de discuter. Sa mère se tourna vers lui : « Tu devrais aller faire tes devoirs, maintenant. »

L'enfant aurait voulu protester, mais préféra ne pas faire d'histoires. Il hocha la tête et quitta la pièce sans un mot, en emportant à la fois son arme et son ami.

« Je vous en prie, messieurs », dit la femme, en leur indiquant le divan. Elle s'assit dans un fauteuil, puis se leva à moitié pour rajuster sa jupe.

« J'aimerais que vous me disiez pourquoi vous êtes venus.

— C'est au sujet de votre mari, signora », précisa Brunetti. Il se tut un instant, mais elle ne posa aucune question. « Pourriez-vous me dire quand vous l'avez vu, ou que vous avez eu de ses nouvelles, pour la dernière fois ? »

Au lieu de répondre, elle demanda : « Vous savez que nous sommes séparés ? »

Brunetti fit signe que oui comme s'il était parfaitement au courant, mais ne l'interrogea pas à ce propos. Elle finit par dire : « Je l'ai vu il y a un peu plus d'une semaine, lorsqu'il a raccompagné Teodoro à la maison. » En guise d'explication, elle ajouta : « Il a le droit de visite et il peut prendre Teo un week-end sur deux et l'emmener dormir chez lui. » Enfin elle appelait son enfant par son diminutif, songea Brunetti.

« S'agit-il d'une séparation à l'amiable, signora ? » demanda Vianello en s'immisçant brusquement dans la conversation, pour signaler à Brunetti qu'il avait décidé de jouer le rôle du « bon flic », en cas de besoin.

« C'est une séparation, rétorqua-t-elle de manière laconique. J'ignore dans quelle mesure cela peut se passer à l'amiable.

— Combien de temps avez-vous été mariée, signora ? » s'enquit Vianello, avec la plus vive empathie pour ce qu'elle venait de dire. Puis, comme pour lui suggérer qu'elle avait le droit de refuser de répondre, il ajouta : « Pardonnez-moi mon indiscrétion. »

À ces mots, elle se bloqua. Elle décroisa les mains et saisit les bras du fauteuil. « Je pense que cela n'a que trop duré, messieurs, déclara-t-elle d'un ton soudain péremptoire. Il est temps de me dire de quoi il s'agit et je déciderai ensuite à quelles questions répondre ou non. »

Brunetti avait espéré pouvoir retarder le plus possible le moment de le lui apprendre, mais désormais, il n'avait plus le choix. « Si vous avez lu les journaux, signora, commença-t-il, vous savez que l'on a retrouvé à Venise un corps dans un canal. » Il marqua une pause assez longue pour qu'elle puisse mieux saisir ce qui allait suivre. Elle s'agrippa aux accotoirs de son fauteuil et fit un signe de tête affirmatif. Sa bouche s'ouvrit comme si l'air autour d'elle s'était brusquement transformé en eau et qu'elle n'arrivait plus à respirer.

« Il semble que l'homme ait été assassiné. Tout porte à croire que cet homme soit votre mari. »

Elle s'évanouit. Pendant toutes ses années dans la police, Brunetti n'avait encore jamais vu personne perdre connaissance. Il avait vu deux suspects, un homme et une femme qui avaient fait semblant, tour à tour, de tomber dans les pommes, mais les deux fois, il avait immédiatement deviné qu'ils étaient juste en train d'essayer de gagner du temps. Mais elle, elle s'était vraiment évanouie. Elle avait les yeux révulsés et sa tête tomba sur le dossier de la chaise. Puis, comme un pull posé négligemment sur un meuble, elle glissa par terre, à leurs pieds.

Brunetti réagit plus vite que Vianello ; il poussa son fauteuil sur le côté et s'agenouilla près d'elle. Il attrapa un des coussins sur le divan et le plaça sous sa tête puis – seulement parce qu'il l'avait vu faire dans les films – il saisit sa main et lui prit le pouls. Il battait, lentement et régulièrement ; sa respiration semblait normale, comme si elle s'était simplement endormie.

Brunetti regarda Vianello, qui se tenait au-dessus de lui. « Est-ce qu'on appelle une ambulance ? » s'inquiéta l'inspecteur.

Signora Doni ouvrit les yeux et tendit une main pour remettre en place ses lunettes. Elle regarda tout autour d'elle, comme si elle ne savait plus très bien où elle était. Il se passa une bonne minute avant qu'elle ne leur dise : « Aidez-moi à m'asseoir, s'il vous plaît. »

Vianello s'accroupit de l'autre côté de la femme et, ensemble, ils l'aidèrent à se relever, en la tenant comme si elle risquait de faire une nouvelle syncope. Elle les remercia et attendit qu'ils la lâchent, puis elle s'enfonça dans son fauteuil, en prenant appui d'une main.

« Voulez-vous boire quelque chose ? » demanda Brunetti, question qui sonnait à ses oreilles comme tout droit sortie d'une comédie romantique.

« Non, dit-elle. Je me sens bien. J'ai juste besoin de rester un instant assise tranquillement. »

Les deux hommes s'éloignèrent à ces mots et allèrent à la fenêtre contempler le jardin à l'aspect si désolé. Ils étaient disposés à attendre un bon moment les premiers mots ou les premiers sons que la femme émettrait.

Elle finit par dire : « Je vais tout à fait bien, maintenant. »

Ils retournèrent vers le divan. « S'il vous plaît, ne le dites pas à Teo », les pria-t-elle.

Brunetti fit un signe d'approbation et Vianello secoua la tête, tous deux lui signifiant la même chose.

« Je ne sais pas comment… à propos de son père », commença-t-elle, d'une voix de plus en plus hésitante. Elle respira à fond plusieurs fois et Brunetti réprima son envie de lui demander à nouveau si elle voulait quelque chose à boire. « Dites-moi ce qui s'est passé », dit-elle.

Il n'y avait aucun moyen de maquiller la vérité pour la rendre plus supportable. « Votre mari a reçu des coups de couteau et a été jeté dans un canal. Son corps a été trouvé lundi matin à l'aube et il a été transporté à l'hôpital. Il n'avait aucun papier sur lui : c'est pourquoi cela nous a pris autant de temps pour vous trouver. »

Elle opina du chef plusieurs fois, puis prit en considération tout ce qu'elle venait d'entendre. « Il n'y avait aucune description physique dans les journaux, souligna-t-elle. Ni mention de sa maladie.

— Nous avons donné à la presse les seules informations dont nous disposions, signora.

— Je l'ai lue, s'écria-t-elle en colère. Mais elle ne mentionnait pas la maladie de Madelung. Il est impensable que votre médecin légiste n'ait pas détecté une affection de ce genre. » Elle avait fait le choix de ne pas l'écouter ou de ne pas le croire, réalisa Brunetti lorsque sa voix finit par céder au sarcasme. Puis, s'adressant plus à elle-même qu'à eux, elle dit : « Si j'avais vu cela, j'aurais appelé. » Brunetti ne le mit pas en doute.

« Je suis désolé, signora. Désolé que vous l'ayez appris de cette manière.

— Il n'y a pas de bonne manière de l'apprendre, répliqua-t-elle froidement, et voyant la réaction de Brunetti, elle ajouta : Y en a-t-il une ?

— Depuis combien de temps souffrait-il de cette maladie ? lui demanda-t-il par pure curiosité.

— C'est difficile à dire, répondit-elle. Au début, il pensait qu'il était juste en train de prendre du poids. Rien n'y faisait : même s'il mangeait très peu, il n'arrêtait pas de grossir. Cela a continué pendant au moins un an. Alors il s'est renseigné auprès d'un ami. Ils étaient allés à l'université ensemble, mais

Luigi a continué ses études de médecine, j'entends de médecine humaine. Il lui a dit ce que c'était, à son avis, mais au début, nous ne l'avons pas cru. Nous ne pouvions pas le croire, en fait : Andrea n'avait jamais bu plus d'un ou deux verres de vin au dîner, souvent même pas, si bien que cela nous semblait impossible. » Elle changea ses jambes de place et tourna sur sa chaise.

« Et puis, il y a environ six mois, on lui a fait une biopsie et un scanner. Et le diagnostic était sans appel. » D'une voix neutre, elle assena : « Il n'y a aucun traitement, ni aucuns soins pour cela. » Puis, avec un sourire amer, elle continua : « Mais on n'en meurt pas. Ça fait de vous une vraie barrique, mais ça ne vous tue pas. »

Elle effaça son sourire amer des lèvres et dit : « Mais vous n'êtes pas venu pour parler de cela, n'est-ce pas ? »

Brunetti essaya d'évaluer jusqu'où il pouvait pousser ses questions et décida de courir le risque de lui parler en toute franchise. « Effectivement, signora. » Il marqua une pause, puis demanda : « Y a-t-il quelqu'un qui pouvait vouloir du mal à votre mari ?

— À part moi, vous voulez dire ? » spécifia-t-elle sans la moindre once d'humour. Brunetti fut décontenancé par sa remarque et, regardant Vianello, il vit que l'inspecteur l'était tout autant.

« À cause de votre séparation ? » s'enquit Brunetti.

Elle regarda par la fenêtre, observant le chaos dans le jardin. « À cause de ce qui a causé la séparation, lâcha-t-elle enfin.

— C'est-à-dire ? demanda Brunetti.

— Le plus vieux cliché du monde, commissaire. Une collègue de travail, de dix ans de moins que lui. » Puis, avec une réelle rancœur, elle rectifia : « Ou que moi, ce qui est sans doute plus proche de la vérité. » Elle regarda Brunetti droit dans les yeux, comme pour suggérer que lui aussi vivait avec une femme et qu'il attendait simplement le bon moment pour en faire autant.

« Il vous a quittée pour elle ? s'informa Brunetti.

— Non. Il avait une liaison avec elle et lorsqu'il me l'a raconté – je suppose que le mot juste ici est "avoué"–, il m'a dit que lui ne voulait pas, que c'était elle qui l'avait séduit. » Tel un thermomètre sur lequel le soleil matinal commence à briller, sa voix devenait plus âpre au fur et à mesure qu'elle parlait.

Brunetti attendit. Ce n'était pas le moment qu'un homme coupe une femme en plein discours.

« Il m'a dit qu'à son avis, elle avait voulu le piéger. » Elle leva brusquement une main et fit un geste, comme si elle voulait chasser cette femme, son mari, ou encore le souvenir de ses paroles. Puis, basculant dans l'amertume, elle proclama : « Ce n'est pas la première fois qu'on entend un homme faire une telle déclaration, n'est-ce pas ? »

Vianello se glissa dans la conversation et demanda, de sa voix de « bon flic » : « Vous avez dit qu'il vous l'a raconté, signora. Pourquoi l'a-t-il fait ?

— Il m'a dit que la femme allait me contacter pour m'en parler, donc il voulait être le premier à le faire. » Elle leva la main et se frotta le front plusieurs fois. « À me le dire, voilà. »

Elle posa un regard inexpressif sur l'inspecteur, puis se tourna vers Brunetti. « En fait, il ne m'a pas quittée pour elle, commissaire. C'est moi qui lui ai dit de s'en aller.

— Et il est parti ?

— Oui. Il est parti le jour même. Ou, plus exactement, le lendemain. » Elle resta tranquillement assise un moment, pensive. « Nous devions nous mettre d'accord sur ce que nous allions dire à Teo. » Puis, d'une voix plus douce, elle ajouta : « Je ne pense pas qu'il y ait grand-chose à leur dire – aux enfants – pas vraiment. »

Brunetti eut envie de savoir ce qu'ils avaient dit à leur fils, mais ne pouvant justifier cette question, il préféra lui demander : « Quand cela est-il arrivé ?

— Il y a trois mois. Nous avons parlé tous deux à nos avocats et signé les papiers.

— Et qu'est-ce que cela impliquait, signora ?

— Vous voulez dire, de divorcer ?

— Oui.

— Bien sûr. » D'un ton plus lent et beaucoup plus songeur, elle précisa : « Pas à cause de cette liaison ; je vous prie de bien le comprendre. Mais parce qu'il ne l'assumait pas, parce qu'il a joué les victimes. » Puis, d'une voix bouillonnante de colère, elle s'exclama, un bras en travers de sa poitrine et la main saisissant son épaule comme pour contenir sa rage : « Je hais les victimes. Je hais les gens qui ne sont pas capables d'assumer leur infamie et qui en reportent la responsabilité sur quelqu'un ou quelque chose d'autre. » Elle tenta de se taire, mais elle perdit la bataille : « Je hais cette forme de lâcheté. Les gens ont des aventures. Ce n'est pas nouveau. Mais pour l'amour du ciel, au moins qu'ils l'admettent. Et n'allez pas en faire porter le chapeau à quelqu'un d'autre. Il suffit de dire que vous l'avez fait et si vous en êtes désolé, dites que vous en êtes désolé, mais n'allez pas rendre responsable quelqu'un d'autre de votre faiblesse ou de votre stupidité. »

Elle s'arrêta, épuisée, non pas tant peut-être par son emportement que par le contexte : elle était en présence de deux parfaits étrangers, après tout, des policiers, de surcroît, venus lui annoncer la mort de son mari.

« En admettant que vous ne soyez pas la personne responsable, signora, enchaîna Brunetti avec le plus ténu des sourires, en espérant que son ironie la détournerait du pli que la conversation semblait avoir pris, avez-vous une idée de qui aurait pu vouloir du mal à votre mari ? »

Elle soupesa sa question et son visage s'adoucit : « Avant de vous répondre, laissez-moi vous dire une chose. »

Brunetti fit un signe d'assentiment.

« Les journaux ont dit que l'homme – Andrea – a été trouvé lundi matin à Venise », affirma-t-elle, mais c'était en fait une question.

Brunetti y répondit par un « Oui ».

« J'étais ici avec ma sœur, cette nuit-là. Elle avait amené ses deux enfants, et nous avons dîné ensemble, puis ils ont tous dormi ici. »

Brunetti s'autorisa un coup d'œil en direction de Vianello et vit que le « bon flic » hochait la tête. La voix de signora Doni happa son attention : « Quant à votre autre question, je ne vois personne. Andrea était un… » Elle s'arrêta ici, prenant peut-être conscience que l'heure était venue de faire son éloge funèbre. « C'était quelqu'un de bien. » Elle prit trois profondes inspirations et continua : « Je sais bien qu'il avait des problèmes au travail, ou à cause de son travail. C'est seulement pendant les derniers mois où nous étions encore ensemble que j'ai réalisé cela ; c'est quand il était... »

Sa voix diminua jusqu'à devenir inaudible et Brunetti attendit qu'elle fît le tri dans ses souvenirs. Puis elle recommença à parler. « Il se peut qu'il se soit senti coupable de ce qu'ils étaient en train de faire. Mais il y avait peut-être autre chose. » Elle fit une longue pause. « Nous ne nous sommes pas beaucoup parlé les mois qui ont précédé son aveu.

— Où travaille-t-il, signora ? » demanda Brunetti, très gêné de constater qu'il s'était exprimé au présent. Surtout ne pas chercher à réparer la gaffe, ce serait pire.

« Son bureau n'est pas loin d'ici. Mais deux jours par semaine, il travaille ailleurs. » Inconsciemment – ou peut-être influencée par Brunetti –, elle avait aussi parlé au présent.

Pour Brunetti, le travail d'un vétérinaire devait être plutôt standardisé ; il se demandait à quelle autre activité le docteur Nava pouvait bien s'adonner, à part s'occuper de sa clientèle privée. « Travaillait-il comme vétérinaire pour cet autre emploi aussi ? »

Elle fit signe que oui. « On le lui a proposé il y a environ six mois. Avec la crise financière, il y avait moins de patients à sa clinique. Ce qui est surprenant, en fait, car les gens habituellement sont prêts à tout pour leurs animaux et ne regardent pas à la dépense. » Elle tordit les mains, en ce geste classique de désespoir, et Brunetti se demanda si elle avait un emploi ou si elle restait à la maison pour s'occuper de leur fils. Et si c'était le cas, que deviendrait-elle, maintenant?

« Ce qui fait que lorsque cette proposition s'est présentée, il l'a acceptée, expliqua-t-elle. Nous avions le crédit pour la maison à rembourser, les frais pour la clinique, sans compter ses traitements médicaux. » Face à leur surprise, elle précisa : « Andrea devait faire tout cela dans le privé. Le temps d'attente pour un scanner à l'hôpital était de plus de six mois. Et il payait aussi de sa poche toutes les visites des spécialistes. C'est la raison pour laquelle il avait accepté cet emploi.

— Qui consistait en quoi, signora?

— À travailler à l'abattoir. Les abattoirs doivent avoir un vétérinaire sur place. Pour vérifier si les bêtes sont en assez bonne santé pour être utilisées.

— Comme viande, vous voulez dire? » s'enquit Vianello.

Elle fit oui de nouveau de la tête.

« Deux jours par semaine? demanda Brunetti.

— Oui. Le lundi et le mercredi. Ce sont les jours où les éleveurs les amènent. Il s'était arrangé avec la clinique pour ne pas avoir à y être le matin, son personnel pouvait très bien accepter des patients en cas de besoin. » Elle s'arrêta sur ces mots, s'écoutant en train de décrire tout ce processus. « Cela ne vous paraît pas bizarre de parler de "patients", quand il s'agit d'animaux? » Elle sourit et secoua la tête. « C'est fou, en fait.

— De quel abattoir s'agit-il, signora? s'informa Brunetti.

— Celui de Preganziol », répondit-elle et elle ajouta, comme si cela y changeait quelque chose : « C'est seulement à un quart d'heure en voiture. »

Brunetti revint à sa réflexion sur ce que les gens étaient capables de faire pour leurs animaux : « Parmi les propriétaires d'animaux domestiques qui consultaient votre mari, y a-t-il eu quelqu'un qui se soit fâché contre lui ?

— Vous voulez dire, si quelqu'un l'a menacé ?

— Oui.

— Il ne m'a jamais rien dit d'aussi grave, même si quelques personnes l'ont accusé de ne pas avoir fait tout son possible pour sauver leur bête. » Elle dit cela d'un ton neutre et l'impassibilité de son visage laissait deviner ce qu'elle pensait de ce comportement.

« Est-il possible que votre mari vous ait dissimulé quelque chose de cette teneur ? demanda Vianello.

— Vous voulez dire pour que je ne m'inquiète pas pour lui ? » C'était une simple question, dénuée du moindre brin de sarcasme.

« Oui.

— Non, pas avant que les choses tournent mal. Il me disait tout. Nous étions… » commença-t-elle, puis elle s'interrompit pour trouver le mot approprié, « … très proches. Mais il ne m'a jamais rien dit de tel. Il a toujours aimé son travail là-bas.

— Les soucis que vous évoquiez étaient donc liés à l'autre emploi, signora ? » demanda Brunetti.

Ses yeux semblèrent dévier de leur cap et elle porta son attention vers le jardin négligé, où il n'y avait pas le moindre signe de vie. « C'est à ce moment-là que son comportement a commencé à changer. Mais c'était à cause de… d'autres choses, dirais-je.

— Est-ce là qu'il a rencontré cette femme ? » Brunetti avait imaginé, pour une raison ou une autre, que c'était une personne qui travaillait dans son cabinet.

« Oui. Je ne sais pas ce qu'elle y fait : ça ne m'intéressait pas de savoir quel était son emploi.

— Connaissez-vous son nom, signora ?

— Il avait la délicatesse de ne jamais le prononcer », déclara-t-elle avec une colère mal réprimée. « Tout ce qu'il m'a dit, c'est qu'elle était plus jeune. » À ces derniers mots, sa voix devint aussi dure que l'acier.

« Je vois. Quelle impression vous a-t-il faite, la dernière fois que vous l'avez vu ? »

Il la vit se remémorer cette rencontre et il observait les émotions qui jaillissaient sur son visage. Elle inspira profondément, pencha la tête sur le côté pour ne plus avoir les deux hommes dans son champ de vision : « C'était il y a dix jours environ. » Elle prit encore quelques longues inspirations et son bras croisa de nouveau sa poitrine pour ancrer sa main sur son épaule. Elle finit par dire : « Il avait la garde de Teo ce week-end-là et, lorsqu'il l'a ramené, il m'a dit qu'il voulait me parler. Il m'a dit qu'il y avait quelque chose qui l'inquiétait.

— À quel propos ? » demanda Brunetti.

Elle lâcha sa main et la joignit à celle sur ses genoux. « J'ai supposé que c'était à propos de cette femme, alors je lui ai dit que je ne voulais rien entendre. »

Elle s'arrêta et tous deux purent lire dans les souvenirs que lui éveillaient ces mots. Aucun d'eux ne parla cependant et elle reprit la parole. « Il m'a dit qu'il se passait des choses qui ne lui plaisaient pas et qu'il voulait m'en parler. » Elle regarda Vianello, puis Brunetti. « C'était le pire qu'il ait jamais fait, la plus lâche de ses actions. »

On entendit un bruit provenant d'ailleurs dans la maison et elle se leva à moitié de son fauteuil. Mais le bruit cessa et elle se rassit. « Je savais ce qu'il voulait me dire. À propos d'elle. Que peut-être ça ne se passait pas si bien que ça et qu'il était désolé. Mais je n'y ai pas prêté attention. À ce moment-là. Je ne voulais pas l'écouter, donc je lui ai dit que tout ce qu'il avait à me dire, il pouvait le dire à mon avocat. »

Elle reprit son souffle et continua. « Il m'a dit que ce n'était pas vraiment à propos d'elle. Il ne l'appelait pas par son nom. Il disait "elle". Comme si c'était la chose la plus naturelle du monde pour lui de me parler d'elle. Chez moi. » Pendant son discours, elle les avait dévisagés tour à tour, mais à présent, elle se concentrait sur ses mains, qu'elle gardait jointes sur ses genoux. « Je lui ai dit qu'il pouvait partir.

— Et il est parti, signora ? demanda Brunetti après un long silence.

— Oui. Je me suis levée et je suis sortie de la pièce, puis je l'ai entendu quitter la maison et sa voiture démarrer. C'est la dernière fois que je l'ai vu. »

Brunetti, qui était en train de regarder les mains de la femme, fut surpris lorsqu'il aperçut la première larme. Elle rebondit sur le dos de sa main et disparut dans le tissu de sa jupe, puis une autre larme, et une autre encore, puis elle se leva et sortit rapidement de la pièce.

Au bout d'un moment, Vianello dit : « Dommage qu'elle ne l'ait pas écouté.

— Pour elle, ou pour nous ?

— Pour elle. »

16

Il ne leur restait qu'à attendre son retour. Ils discutaient à voix basse sur ce qu'elle avait dit et sur les pistes que leur ouvraient ces propos.

« Il faut que l'on trouve cette femme et que l'on comprenne ce qui se passait », déclara Brunetti.

Le regard de Vianello était facile à décrypter.

« Non, pas ça », spécifia Brunetti en secouant la tête. « Elle a raison : c'est un cliché, et un des plus éculés. Je veux savoir s'il y avait autre chose que cette liaison qui le tracassait.

— Tu ne crois pas que ça suffit pour préoccuper un homme marié ? » demanda Vianello. Brunetti ne savait trop jusqu'à quel point la question de Vianello ne reflétait pas les critiques de signora Doni.

« Bien sûr que si, lui concéda Brunetti. Mais la plupart des hommes mariés qui ont une maîtresse ne finissent pas forcément en flottant dans un canal avec trois coups de couteau dans le dos.

— Certes », reconnut Vianello. Puis, en indiquant d'un signe de tête la porte que signora Doni avait franchie, il dit : « Si j'avais affaire à quelqu'un comme elle, je crois qu'une liaison me perturberait terriblement.

— Qu'est-ce que ferait Nadia ?

— Elle prendrait mon pistolet et me descendrait, probablement », répondit Vianello avec un petit sourire où perçait un brin de fierté. « Et Paola ?

— On habite au quatrième étage. Et on a une terrasse.

— Une petite maligne, ta femme. Est-ce qu'elle laisserait un mot sur l'ordinateur sans le signer ?

— J'en doute. Ce serait trop évident. » Se piquant au jeu, il continua à y réfléchir. « Elle dirait probablement à la ronde qu'il y avait pas mal de mois que j'étais déprimé et que j'avais parlé d'en finir.

— Qui est-ce qu'elle irait convaincre de se ranger de son côté et de dire qu'ils te l'ont entendu dire aussi ?

— Ses parents. » Brunetti se ravisa aussitôt : « Non, seulement son père. Sa mère ne mentirait pas. » Une idée lui traversa l'esprit et il affirma, avec un plaisir manifeste sur son visage comme dans sa voix : « Je ne crois pas qu'elle mentirait à mon sujet. Je pense qu'elle m'aime bien.

— Et pas son père ?

— Oui, mais d'une manière différente. » Brunetti savait qu'il était impossible de mettre des mots sur cette sensation, mais avoir pris soudainement conscience de l'estime de la comtesse lui mettait du baume au cœur.

Les pas de signora Doni résonnèrent dans le couloir et ils se levèrent lorsqu'elle pénétra dans la pièce. « Je voulais aller voir ce que faisait Teo, expliqua-t-elle. Il sait qu'il se passe quelque chose de grave et il est inquiet.

— Vous lui avez dit que nous sommes des policiers ? » demanda Brunetti, même si le garçon les avait désignés de cette manière.

Elle le regarda droit dans les yeux. « Oui. Je pensais que vous viendriez en uniforme, donc je ne voulais pas qu'il soit surpris », enchaîna-t-elle rapidement, comme si elle s'était attendue à cette question. Peut-être encouragée par leur silence, elle finit par aborder la question délicate : « J'ai pris peur lorsque vous m'avez interrogée sur Andrea parce qu'il appelait habituellement une ou deux fois dans la semaine, et là, j'étais sans nouvelles depuis son départ. » Elle posa les paumes de ses mains sur les cuisses et les observa. « En fait, je savais ce que vous alliez me dire. »

Sans tenir compte de cette réflexion, Brunetti poursuivit : « Vous nous avez dit que son comportement avait changé après avoir commencé l'autre travail. » Brunetti, qui savait que c'était là un point sensible, chercha à se frayer un chemin au milieu des émotions inextricables de la femme. « Vous avez dit que vous étiez proches tous les deux, signora. » Il marqua une pause, pour lui laisser le temps d'intégrer cette affirmation. « Vous souvenez-vous combien de temps après avoir débuté là-bas il a commencé à montrer les premiers signes d'inquiétude ? »

Il comprit, à la raideur de sa bouche, qu'elle avait quasiment atteint les limites de cet entretien. Elle reprit la parole et toussota : « Il n'est pas resté longtemps, là-bas ; peut-être un mois. Mais c'est alors que la maladie a empiré. Il s'était mis à moins manger pour essayer de perdre du poids et cela l'a rendu grincheux, je dois dire. » Elle se renfrogna à ce souvenir. « Je ne pouvais rien lui faire manger, à part des légumes et des pâtes, du pain et un peu de fruits. Il disait que ça marcherait. Mais ça ne servait à rien : il continuait à grossir.

— N'a-t-il jamais évoqué le moindre problème ? Autre que sa maladie ? »

Elle avait visiblement perdu son calme ; Brunetti s'efforça alors d'adopter une attitude plus détendue, qu'il espérait contagieuse.

« Il n'aimait pas ce nouvel emploi. Il disait que c'était dur de mener les deux de front, surtout maintenant que la maladie s'était aggravée, mais il ne pouvait pas le quitter car nous avions besoin de ces revenus supplémentaires.

— Ce devait être un lourd fardeau pour un homme qui n'était pas en bonne santé », nota Vianello, avec bienveillance.

Elle le regarda et sourit. « Andrea était comme ça, dit-elle. Il se faisait du souci pour les gens qui travaillaient pour lui à la clinique. Il se sentait responsable et ne voulait pas mettre la clef sous la porte. »

Brunetti ne tiqua pas à cette remarque. Par le passé, avant de bien connaître le cœur humain, il aurait pointé du doigt la dissonance entre son comportement envers son mari et ces réflexions, mais le temps avait érodé son besoin de cohérence ; maintenant il ne l'exigeait pas à tout prix et n'en condamnait plus l'absence. Elle était en proie aux plus vives émotions et Brunetti se doutait que la plus forte devait être le remords, et non pas la colère.

« Pourriez-vous nous dire où se trouve sa clinique, signora ? » demanda-t-il. Vianello sortit un carnet de sa poche.

« Via Motta 145. C'est seulement à cinq minutes d'ici. » Brunetti eut l'impression qu'elle était mal à l'aise. « Ils m'ont appelée hier et m'ont dit qu'Andrea n'était pas allé travailler. Je leur ai dit que je ne…, que je ne savais pas où il était. » Comme toute personne n'ayant pas l'habitude de mentir, elle baissa les yeux sur ses mains et Brunetti la soupçonna de leur avoir répondu à eux aussi que c'était le cadet de ses soucis.

Elle s'efforça de le regarder et continua. « Il vivait dans un petit appartement au deuxième étage de l'immeuble. Dois-je les appeler et les prévenir de votre arrivée ?

— Non, merci, signora. Je préfère y aller sans être annoncé.

— Pour voir si quelqu'un essaye de s'échapper en apprenant que vous êtes de la police ? » lança-t-elle, d'un ton mi-figue, mi-raisin.

Brunetti sourit. « Quelque chose dans ce genre. Avec votre mari absent depuis deux jours et nous qui débarquons en plus sans animaux dans les bras, il y a de fortes chances qu'ils devinent qui nous sommes au premier coup d'œil. »

Elle mit un moment à comprendre qu'il était en train d'en rajouter. Elle se garda de sourire.

« Y a-t-il autre chose ?

— Non, signora », et Brunetti conclut, de manière très formelle. « Je voudrais vous remercier de nous avoir accordé si généreusement votre temps. » Et en tant que père, il déclara : « J'espère que vous trouverez la meilleure façon de le dire à votre fils », en utilisant inconsciemment le possessif italien au pluriel.

« Oui, c'est bien cela.

— Quoi donc ?

— C'est bien notre fils à tous les deux. »

Vezzani les attendait au bar, où il regardait à la télé une de ces émissions sur la cuisine qui passent l'après-midi, avec le *Gazzettino* ouvert sur la table devant lui, et une tasse à côté.

« Un café ? » proposa-t-il.

Ils hochèrent la tête ; Vezzani fit un signe au garçon et commanda deux cafés et un verre d'eau. Ils vinrent s'asseoir à sa table. Il replia le journal et le lança sur la quatrième chaise vide. « Qu'est-ce qu'elle vous a dit ?

— Qu'il avait une liaison avec une femme au travail », lui apprit Brunetti.

Vezzani ouvrit la bouche en un « Oh » de surprise et leva les deux mains. « Eh bien, qui n'a déjà entendu une telle histoire ? Mais où va-t-on ? » Le serveur s'approcha avec les cafés et un verre d'eau pour Vezzani.

Ils burent puis Vezzani, d'un ton plus sérieux, demanda : « Quoi d'autre ?

— Il travaillait aussi dans un abattoir, commença Vianello.

— Celui de Preganziol ?

— Oui, confirma Brunetti. Il y en a d'autres ?

— Je crois qu'il y en a un à Trévise, mais c'est une autre province. Preganziol, c'est le plus près par rapport à nous. »

Vezzani demanda : « Pourquoi ont-ils besoin d'un véto dans un abattoir ? Pas pour sauver la vie des animaux, que je sache.

— Non, pour vérifier qu'ils sont en bonne santé, et j'imagine qu'il doit aussi s'assurer qu'ils sont abattus dans de bonnes conditions, expliqua Brunetti. Il y a des directives européennes à ce sujet.

— Trouve-moi une seule activité sans réglementation européenne et tu gagnes un prix », plaisanta

Vezzani, en faisant semblant de porter un toast et il but une gorgée d'eau. Puis, son verre encore en l'air : « Il avait des problèmes avec ses clients ?

— Sa femme dit que non, répondit Brunetti. Elle a dit que certaines personnes n'étaient pas contentes de la façon dont leurs animaux étaient traités. Mais le problème n'est pas là.

— J'ai entendu des gens proférer des horreurs, intervint brusquement Vianello. Certains seraient capables des pires violences contre ceux qui font du mal à leurs bêtes. Je pense qu'ils sont idiots, mais je n'ai pas d'animaux domestiques, donc peut-être que ça m'échappe.

— Ça semble vraiment exagéré, approuva Vezzani, mais je n'arrive plus à comprendre les gens. S'ils vous tuent parce que vous avez abîmé leur voiture, énonça-t-il, en se référant à une affaire récente, imaginez de quoi ils seraient capables si vous faites du mal à leur teckel.

— Tu sais où est la clinique ? » demanda Brunetti. Il posa quelques pièces sur la table et se leva. « Via Motta 145. Il paraît que c'est là qu'il vivait aussi. »

Vezzani, debout, leur dit : « Oui, je connais cet endroit. Allons leur parler. »

Autrefois, la clinique devait être une résidence de banlieue de deux étages, assez grande pour deux familles. De chaque côté se trouvaient des maisons identiques, entourées chacune d'une vaste étendue de gazon. Lorsqu'ils ralentirent, ils purent entendre un chien aboyer derrière le bâtiment et un autre qui lui faisait écho : une voix humaine s'éleva ; une porte claqua, puis le silence.

Vezzani eut du mal à se garer. Il avança d'une centaine de mètres environ, mais les places de stationnement étaient rares. C'est donc cela, se demanda Brunetti, que de vivre sur la *terraferma*[1] ? Il se tourna vers Vianello, assis à l'arrière ; les deux hommes s'échangèrent un regard, mais aucun des deux ne pipa mot.

Vezzani émit un bruit trahissant son irritation et s'engagea dans un rond-point, pour revenir à la clinique. Il se gara du mauvais côté de la rue, juste en face. Il sortit un ticket en plastique du pare-brise, le posa sur le tableau de bord et sortit de la voiture, en claquant la portière derrière lui. Brunetti et Vianello sortirent, mais sans claquer les leurs.

Les trois hommes remontèrent le petit bout de trottoir jusqu'à la porte d'entrée. Sur un côté, une plaque en métal portait le nom de Clinica Amico Mio[2], avec en dessous les horaires d'ouverture. Dott. Andrea Nava y figurait en qualité de directeur.

Vezzani ouvrit la porte sans sonner ; Brunetti et Vianello le suivirent à l'intérieur. Il n'y a donc vraiment pas moyen, se dit Brunetti, d'éliminer l'odeur des animaux. Il l'avait déjà sentie chez des amis qui avaient des animaux domestiques, dans les appartements de gens qu'il avait arrêtés, dans des bâtiments abandonnés, et une fois, dans un magasin d'antiquités où il était allé interroger un témoin. Il avait l'impression que cette odeur âcre et riche en ammoniaque pénétrerait ses vêtements et persisterait des heures

1. « Terre ferme ». Manière vénitienne de désigner le continent.
2. « Clinique Mon Ami ».

encore après son départ. Et Nava avait vécu quelque temps dans un appartement au-dessus.

L'entrée était très lumineuse. Le sol était couvert de linoléum gris, et sur le côté se trouvait un bureau, où était assis un homme jeune portant une blouse blanche de labo. « Bonjour, dit-il en souriant. Que puis-je faire pour vous ? »

Vezzani se mit à l'écart pour permettre à Brunetti de s'approcher de lui. Le garçon ne devait pas avoir 18 ans et respirait la bonne santé et le bien-être. Brunetti remarqua ses deux rangées de dents parfaites, ses yeux marron si grands qu'ils lui évoquèrent la description de « Héra aux yeux de vache », même si c'était un garçon au teint rose qu'il avait devant lui.

« Nous cherchons le responsable, dit Brunetti en lui souriant en retour, impossible de faire autrement.

— Est-ce pour un animal ? » demanda le jeune homme, sans que rien dans le ton ne laisse entendre s'il attendait une réponse affirmative. Il se pencha sur le côté pour regarder autour d'eux.

« Non, dit Brunetti, en effaçant son sourire. C'est à propos du dottor Nava. »

À ces mots, le sourire du garçon suivit le même chemin que celui de Brunetti. Il étudia les policiers de plus près, comme s'il cherchait à savoir quel bon vent les amenait. « L'avez-vous vu ? finit-il par demander.

— Je pourrais peut-être parler au responsable ? » s'enquit Brunetti.

Le garçon se leva, soudain pressé. « C'est signora Baroni, en fait, leur apprit-il. Je vais la chercher. » Il s'éloigna d'eux brusquement et ouvrit une porte juste derrière lui. La laissant ouverte, il descendit un petit couloir et entra dans une pièce sur la droite.

Des bruits d'animaux parvenaient de cette porte : des aboiements et un bruit de tous les diables, difficile à identifier.

Moins d'une minute plus tard, une femme fit son apparition. Laissant aussi la porte ouverte derrière elle, elle s'approcha de Brunetti qui était le plus près d'elle. Bien qu'on pût lire, sur son visage, qu'elle avait une génération de plus que le réceptionniste, rien ne le laissait deviner à l'aisance et à la fluidité de ses mouvements.

« Clara Baroni, dit-elle, en serrant la main de Brunetti et en faisant un signe de tête aux autres. Je suis l'assistante du dottor Nava. Luca m'a dit que vous étiez venu parler de lui. Savez-vous où il est ? »

Gêné par la situation, Brunetti trouvait que cette pièce, où ils étaient plantés tous les quatre comme des piquets, était loin d'être le contexte idéal pour ce qu'il avait à dire, mais il ne voyait pas d'alternative. « Nous venons de parler à l'épouse du dottor Nava », commença-t-il, et il ajouta, au cas où ce serait encore nécessaire : « Nous sommes de la police. »

Elle acquiesça, l'encourageant à continuer.

« Le docteur a été tué. » Il ne put trouver une façon plus douce de le dire.

« Comment ? demanda-t-elle, le visage blêmissant sous le choc. Dans un accident ?

— Non, signora. Pas dans un accident, répondit Brunetti de manière évasive. Il n'avait aucune pièce d'identité sur lui, c'est pour cela qu'il nous a fallu tout ce temps pour remonter jusqu'à lui. » Pendant que Brunetti lui parlait, elle détourna les yeux et se mit à regarder dans le vide. Elle s'agrippa d'une main au bureau du réceptionniste. Aucun des policiers ne souffla mot.

Après un moment qui parut interminable, elle se remit droite et revint vers Brunetti. « Pas dans un accident ? s'enquit-elle de nouveau.

— Apparemment non, signora », dit Brunetti.

Comme un chien sortant de l'eau, elle s'ébroua de tout son corps et demanda d'une voix ferme : « Mais alors, comment ?

— Il a été victime d'un crime. »

Elle se mordit la lèvre supérieure. « Est-ce l'homme de Venise ?

— Oui », répondit Brunetti, se demandant pourquoi elle ne les avait pas contactés, si elle avait eu ce soupçon. « Pourquoi posez-vous cette question, signora ?

— Parce que nous sommes sans nouvelles de lui depuis deux jours et même sa femme ne savait pas où il était.

— Nous avez-vous appelés, signora ?

— La police ? » demanda-t-elle sans chercher à masquer son étonnement.

Brunetti avait envie de lui demander qui d'autre, mais il s'en abstint et lui répondit par un simple « oui ».

Comme si elle réalisait à cet instant qui étaient les trois hommes debout dans la pièce, elle suggéra : « Peut-être devrions-nous aller dans mon bureau. »

Ils la suivirent le long d'un couloir, où l'odeur des animaux était de plus en plus forte, et ils entrèrent dans une pièce sur la droite. Le réceptionniste était assis sur une chaise à dossier droit, appuyée contre un mur, avec un lapin noir et blanc sur les genoux.

Le lapin n'avait qu'une oreille, mais, mis à part ce détail, il était bien replet et avait le poil brillant. Un gros chat gris dormait au soleil, sur le rebord de la fenêtre placée derrière eux. Il ouvrit un œil à leur entrée, puis le referma.

À leur arrivée, le garçon se pencha et posa le lapin par terre, puis sortit sans rien dire. Le lapin bondit sur Vianello et renifla le bas de son pantalon, fit la même chose avec Vezzani, puis avec Brunetti. Non content de cela, il bondit sur signora Baroni et se dressa sur ses pattes postérieures, contre sa jambe. Brunetti fut surpris de voir que ses pattes de devant arrivaient bien au-dessus de ses genoux.

Elle s'inclina et le prit, en disant : « Allez, viens, Livio. » L'animal se blottit confortablement au creux de ses bras. Elle alla s'asseoir derrière son bureau. Vianello prit appui contre le rebord de la fenêtre, laissant aux commissaires les deux chaises en face du bureau. Dès que signora Baroni s'assit, le lapin en profita pour s'endormir dans son giron.

Comme si le fil de la conversation n'avait pas été interrompu, la femme expliqua, en grattant machinalement d'une main le ventre du lapin : « Je n'ai pas appelé parce que, à part aujourd'hui, Andrea n'a été absent qu'un seul jour. Je voulais rappeler sa femme, et puis vous êtes arrivés. » Son attention se détourna du lapin et elle regarda les trois hommes tour à tour, comme pour s'assurer qu'ils l'écoutaient bien et qu'ils avaient compris. « Et puis, quand vous avez dit qu'il a été victime d'un crime, j'ai tout de suite pensé évidemment à l'homme de Venise.

— Pourquoi "évidemment", signora? » demanda Brunetti d'un ton affable.

Elle recommença à caresser le lapin qui semblait s'être transformé en un bout d'étoffe, aux pattes écartées. « Parce que l'article disait que l'homme n'avait pas été identifié et qu'Andrea avait disparu de la circulation, que vous êtes des policiers et que vous êtes ici. C'est pourquoi j'en suis arrivée à cette conclusion. » Elle passa le lapin, qui refusait de sortir de son état comateux, sur son autre genou : « Ai-je tort ? »

Brunetti déclara : « Nous n'avons toujours pas pu l'identifier de manière définitive, et il s'empressa d'ajouter : Il y a désormais peu de doute, mais nous avons besoin d'une identification formelle. » Il lui dit qu'il avait oublié de le demander à l'épouse de Nava, mais c'était faux.

« Qui doit y procéder ? s'informa-t-elle.

— Quelqu'un qui le connaissait bien.

— Est-ce que ce doit être forcément un parent ?

— Pas nécessairement, non.

— Sa femme est la personne la plus appropriée, non ?

— Oui. »

Signora Baroni prit le lapin, le secoua pour lui redonner un semblant de conscience et le posa doucement à ses pieds. Il bondit jusqu'au mur derrière elle, s'étendit par terre et se rendormit aussitôt. Elle se tenait bien droite sur sa chaise et, croisant le regard de Brunetti, elle proposa : « Puis-je m'en charger ? J'ai travaillé avec lui pendant six ans.

— Oui, bien sûr. Pourquoi ?

— Ce serait trop dur pour Anna. »

Brunetti fut surpris, mais soulagé que l'on épargne au moins cela à l'épouse de Nava.

Signora Baroni semblait savoir beaucoup de choses sur la vie à la fois personnelle et professionnelle de Nava. Oui, elle était au courant de leur séparation ; oui, elle pensait qu'il n'était pas content de son travail à l'abattoir. Elle soupira à cette évocation et ajouta que Nava avait clairement spécifié que, même s'il trouvait ce travail fort pénible, il se sentait obligé de le garder pour pouvoir, entre autres, assura-t-elle, garantir son salaire ici. À ces mots, elle ferma les yeux un moment et se frotta le front.

« Il disait que c'était une boutade, bien sûr, précisa-t-elle en regardant Vianello. Mais ce n'en était pas une. »

Brunetti demanda : « A-t-il raconté des choses sur son travail, là-bas, signora ? »

Elle se pencha et prit le lapin endormi, qui n'ouvrit pas les yeux. Elle se mit à caresser son unique oreille et finit par leur apprendre : « Il ne me l'a jamais dit, mais je pense qu'il y avait autre chose que le travail qui le tracassait.

— Une idée de ce que cela pouvait être ? » demanda Brunetti.

Elle haussa les épaules, ce qui dérangea le lapin. Il sauta de nouveau par terre, mais cette fois, il avança jusqu'à un radiateur et se coucha à côté.

« Je suppose que c'était une femme. C'est souvent le cas, n'est-ce pas ? »

Aucun ne pipa mot.

« Il n'en a jamais parlé, si c'est ce que vous voulez savoir. Et je ne lui ai rien demandé, parce que je ne voulais pas savoir. Ça ne me regardait pas. »

Puis elle leur expliqua en quoi consistait son travail : prendre les rendez-vous ; envoyer des échantillons aux laboratoires et relever les résultats pour chacun des animaux ; envoyer les factures et tenir les comptes ; aider à l'occasion pour les examens et les soins. Luca et un autre assistant, qui n'était pas là ce jour-là, étaient chargés d'accueillir les patients, de donner à manger aux animaux et d'aider le docteur Nava pour les protocoles ; non, il n'avait jamais été menacé par le moindre client, même si certains ont beaucoup souffert à la mort de leurs animaux domestiques. Au contraire, la plupart des gens se rendaient compte du mal qu'il se donnait pour leurs bêtes et, du coup, ils l'aimaient bien.

Oui, il vivait à l'étage au-dessus, depuis trois mois à peu près. Lorsqu'elle sut qu'ils avaient les clefs et qu'ils voulaient jeter un coup d'œil à son appartement, elle leur dit qu'elle n'y voyait pas d'inconvénient.

Elle les conduisit à une porte, à l'autre bout du couloir : « Comme c'était au départ une seule et unique maison, on entre chez lui par ici. »

Brunetti la remercia et ouvrit la porte avec une clef du trousseau qu'il avait trouvé dans la poche de Nava et qu'il avait sorti de la salle des preuves. Au sommet de l'escalier se trouvait une autre porte, non verrouillée, qui s'ouvrait sur un vaste espace dégagé sur toute la longueur du bâtiment, comme si les constructeurs d'origine s'étaient arrêtés avant de le diviser en deux pièces séparées. Dire que c'était à peine meublé serait un euphémisme : en face d'un canapé deux places, on voyait par terre un petit téléviseur et, devant lui, toujours par terre, une pile bien rangée de DVD. Il y avait une table en bois devant la fenêtre qui donnait sur l'arrière du bâtiment et permettait de voir les maisons d'en face. À gauche de cette fenêtre, une plaque de cuisson électrique à deux feux, dont l'émail était abîmé à force d'avoir été récuré, était posée sur une étroite table en bois. Des casseroles propres étaient accrochées au-dessus d'un petit évier. Sur le sommet d'un petit réfrigérateur, il y avait une coupe en céramique pleine de pommes.

Sous l'avant-toit, à l'arrière de la pièce, s'étendait un lit simple, où la couverture et les draps avaient été tirés avec une précision militaire. À l'opposé, le long de l'autre mur, se trouvait un autre lit avec une couverture au motif de Mickey bordée avec soin, et quelques peluches.

Une armoire en carton prenait appui contre le mur arrière. Brunetti vit quelques costumes et un pardessus dont le poids avait plié la tringle en forme de U. En dessous, quelques paires de petites baskets et, à leur droite, trois paires de chaussures plus grandes, dont deux, remarqua Brunetti, étaient des mocassins bruns ornés de glands et usés jusqu'à la corde. Des chemises blanches, enveloppées dans du plastique, étaient empilées sur une étagère disposée au-dessus de la tringle de la penderie. L'étagère inférieure portait des sous-vêtements soigneusement pliés et des vêtements d'enfant.

La salle de bains était tout aussi spartiate que le reste de l'appartement et Brunetti fut frappé par sa propreté. En fait, ne traînaient ni tasses vides ni vêtements sales ou emballages d'aliments ni même d'assiettes à laver, ou de ces détritus que Brunetti associait au domicile de gens abandonnés, ou seuls.

La table de chevet de l'homme était jonchée de quelques magazines et quelques livres. Brunetti les parcourut du regard. Il y avait un livre sur le végétarisme et, collée à l'intérieur, une photocopie de la liste des meilleures combinaisons de céréales et légumes censées produire des protéines et des aminoacides. Il y avait aussi la version papier d'un article sur l'empoisonnement au plomb et un manuel vétérinaire sur les maladies des bovins. Brunetti les feuilleta rapidement, regarda deux photos et reposa cet ouvrage.

Les deux autres policiers firent le tour de l'appartement, mais aucun ne s'arrêta pour rapporter quelque chose d'intéressant, ou pour signaler un objet, ou quelque chose d'incongru. Dans la salle de bains il n'y avait que du savon, des rasoirs et des serviettes de toilette. Dans la commode au pied du lit se trouvaient des sous-vêtements masculins propres et pliés et, dans le tiroir du bas, des serviettes propres et des draps.

Aucun signe de désordre produit par la présence permanente d'un enfant. Seuls les vêtements donnaient quelques indications sur les occupants des lieux : selon toute probabilité, un homme d'une certaine taille et un petit garçon.

« Tu penses que c'était sa façon à lui de vivre, ou que quelqu'un est passé par là ? » se résolut à demander Brunetti.

Vezzani haussa les épaules, hésitant à répondre. Vianello jeta encore un long coup d'œil circulaire : « Ça me fait mal de le dire, mais je pense qu'il vivait vraiment comme ça.

— Le pauvre », commenta Vezzani. Sur quoi, n'ayant rien trouvé à rajouter, ils sortirent de l'appartement.

17

Les hommes convinrent qu'il était plus sage d'aller à l'abattoir le lendemain matin, aux heures d'ouverture. Pendant que Vezzani roulait sur le pont en direction de Piazzale Roma, Brunetti regardait, sur sa droite, le vaste complexe industriel de Marghera. Il ne songeait pas à la dose quotidienne de poison mortel que crachaient ces cheminées, mais à l'abattoir et au fait que l'aube était le moment le plus propice aux morts violentes. Le KGB ne venait-il pas chercher les gens au cœur de la nuit, profitant que les sens de leurs victimes fussent émoussés par le sommeil ?

La sonnerie du téléphone de Vianello le tira de ces réflexions et l'inspecteur, installé à l'arrière de la voiture, annonça : « C'était Foa. Il dit qu'il ne peut pas venir nous chercher. Il est bloqué en bas de chez Patta, il attend qu'il descende avec sa femme. Il doit les emmener à Burano.

— Encore une affaire de police, aucun doute là-dessus », commenta Vezzani, prouvant que la réputation de Patta s'était répandue jusqu'à la questure de Mestre.

« Si la police doit mener une enquête sur un restaurant, c'en est bien une », affirma Vianello. Brunetti lui dit de rappeler au chauffeur personnel de Patta qu'il attendait toujours le rapport sur les marées de la nuit du meurtre de Nava. Vianello lui transmit le message et referma son téléphone d'un coup sec.

« Eh, les gars, est-ce que vous vous rendez compte de la chance que vous avez ? » commença Vezzani.

Brunetti se tourna vers lui et demanda : « De travailler pour Patta ? »

Vezzani rit. « Non, de travailler sur Venise. Il n'y a guère de crime valant la peine qu'on en parle. » Sans leur laisser le temps de protester, il ajouta : « Je ne parle pas de ce Nava, mais en général. Les pires criminels sont les hommes politiques, mais comme on ne peut rien faire contre eux, ils ne comptent pas. Donc, qu'est-ce que vous avez, finalement ? Quelques cambriolages, quelques touristes à qui on a volé le portefeuille ? Le type qui a tué sa femme et qui vous appelle pour avouer son crime ? Si bien que vous passez la journée à lire des circulaires pondues par ces idiots de Rome, ou à attendre que le prochain ministre de l'Intérieur soit arrêté, comme cela vous vous retrouvez avec un nouveau chef et de nouvelles circulaires, ou vous descendez prendre un café dans la rue et vous vous asseyez au soleil pour lire le journal. » Il débita cette tirade sur le ton de la plaisanterie, mais Brunetti le soupçonnait de penser chacun de ses mots.

Brunetti jeta un coup d'œil furtif au rétroviseur, mais il vit juste l'épaule gauche de Vianello. D'un ton neutre, il énonça : « Les gens prient bien pour la pluie. Nous pourrions peut-être prier pour un meurtre. »

Vezzani détourna les yeux de la route et regarda rapidement Brunetti, mais il ne put rien décrypter, ni sur son visage, ni dans sa voix.

À Piazzale Roma, Brunetti et Vianello descendirent de la voiture et se penchèrent pour serrer la main à Vezzani, puis Brunetti déclara que c'était un de leurs chauffeurs qui les conduirait à l'abattoir le lendemain matin. Vezzani ne prit pas la peine de protester, leur dit au revoir et partit.

Brunetti regarda Vianello, qui haussait les épaules.

« Si c'est sa façon de voir, on ne peut rien y faire », philosopha Brunetti.

Vianello le suivit vers l'embarcadère du Numéro 1. L'inspecteur aurait pu rentrer plus vite chez lui en prenant le Numéro 2. Brunetti y vit donc le signe que Vianello voulait continuer à discuter avec lui.

Ils croisaient les gens qui venaient en sens inverse en toute hâte; la plupart gardaient leur gauche, mais certains serpentaient plus près de l'eau pour passer plus vite et arriver quelques secondes plus tôt aux autobus qui les emmenaient sur le continent.

Ils passèrent devant les taxis dansant sur l'eau. Vianello finit par dire : « Je peux le comprendre, quelque part. Après tout, nos *calli* ne sont pas jalonnées de prostituées et on ne nous appelle jamais pour aller inspecter les usines des Chinois et y arrêter tout le monde. Ni leurs bordels, d'ailleurs.

— Et on n'a pas affaire à des gens saouls au volant, renchérit Brunetti.

— Ça, ça relève de la police routière, Guido », rectifia Vianello, avec un semblant de reproche.

Imperturbable, Brunetti ajouta : « Ni pour des incendies criminels. Les gens ne mettent pas le feu aux usines.

— C'est parce qu'on n'en a plus. Que du tourisme », répliqua Vianello démoralisé, accélérant le rythme de ses pas au son du vaporetto qui approchait. L'inspecteur exhiba sa carte à la jeune femme en uniforme sur le bateau en train de s'amarrer.

La porte coulissante se referma derrière eux et ils allèrent s'asseoir à l'intérieur. Ni l'un ni l'autre ne pipa mot jusqu'au moment où ils passèrent sous le pont des Scalzi. « Tu crois qu'il est jaloux ? » lança Vianello.

Sur la gauche, ils virent l'église de San Geremia glisser vers eux et l'instant d'après se dresser, sur la droite, la façade à colonnes du musée d'Histoire naturelle.

« C'est plutôt normal, tu ne crois pas ? » répliqua Brunetti.

Ce n'est qu'en arrivant à la porte de son appartement que Brunetti mesura à quel point il était fatigué. Il se sentait comme une toupie qu'on aurait fait tourner dans tous les sens, toute la sainte journée. Il en avait trop appris et avait trop bougé ; et tout ce qu'il voulait, maintenant, c'était s'asseoir tranquillement et dîner en écoutant sa famille discuter de sujets autres que la criminalité ou la mort. Il avait envie d'une soirée paisible, dans la plus douce des harmonies.

Tout ardent que fût son souhait, il ne coïncidait pas avec celui de sa chère et tendre. Il s'en aperçut au premier coup d'œil et à la manière dont elle lui dit bonsoir lorsqu'il entra dans son bureau.

« Ah, te voilà », dit-elle avec un large sourire, sans doute trop enjoué pour être honnête. « Je voulais te poser une question d'ordre juridique. »

Brunetti s'assit d'abord sur le canapé, puis lui dit : « Après huit heures du soir, je ne travaille plus qu'en qualité de consultant privé et je tiens à être rétribué pour mon temps et pour toute information que je pourrais fournir.

— En prosecco ? »

Il enleva ses chaussures d'un coup de pied et s'étendit de tout son long. Il tapota le coussin jusqu'à ce que la forme lui convienne et s'allongea. « À moins que ce ne soit une question sérieuse ou non rhétorique ; dans ce cas, j'exige d'être rétribué en champagne. »

Elle enleva ses lunettes, les plaça au creux des pages du livre qu'elle était en train de lire et sortit de la pièce. Brunetti ferma les yeux et se remémora sa journée, à la recherche d'un détail reposant à garder à l'esprit jusqu'au retour de Paola. Il revit l'ours en peluche dans la main de Teo, avec la fourrure de son estomac tout élimée, tant il l'avait frotté ou mâchonné. Brunetti se vida la tête de toute autre image et se concentra sur le nounours, qui lui rappela ceux que ses enfants avaient aimés, puis sur le sien dont il se souvenait encore, même s'il ne savait plus qui lui avait offert et ce qu'il était devenu : mystères qui s'étaient évaporés depuis bien longtemps de sa mémoire.

Le cliquetis des verres le ramena de son enfance à la vie adulte. Il ouvrit alors les yeux et la bouteille de Moët et Chandon, dans la main de sa femme, facilita grandement la transition.

Elle remplit le second verre et s'approcha du canapé. Il enleva ses pieds pour lui faire de la place et prit la coupe qu'elle lui offrait. Il la tendit vers la sienne et eut un grand plaisir à entendre le cliquetis des verres, puis il but la première gorgée. « Très bien, dit-il lorsqu'elle vint s'asseoir près de lui. Je t'écoute. »

Elle essaya de lui lancer un regard surpris, mais comme il ne changea pas d'expression, elle renonça à sa tentative et but un peu de son vin. Elle s'enfonça dans le canapé et laissa sa main gauche tomber sur son mollet. « Je veux savoir si c'est un crime de savoir qu'il se passe quelque chose d'illégal et de ne pas le dénoncer. »

Il prit une autre gorgée, s'abstint de la distraire en lui faisant des compliments sur son champagne et prit sa question en considération. Tout comme il avait fait réapparaître l'ours en peluche de Teo, il convoqua le droit pénal qu'il avait étudié à l'université.

« Oui et non, finit-il par dire.

— Et à quel moment est-ce un crime ?

— Par exemple, si tu es un agent de la fonction publique, tu es tenu d'informer les autorités.

— Et d'un point de vue moral ?

— Je ne suis pas expert en morale, assena Brunetti, en retournant à son champagne.

— Est-il juste d'empêcher un crime d'être commis ?

— Tu veux que je te dise oui.

— Je veux que tu dises oui.

— Oui. » Puis Brunetti précisa : « Au plan moral. Oui. »

Paola y réfléchit en silence, puis elle se leva et retourna remplir leurs deux coupes. Elle revint, toujours silencieuse, lui tendit la sienne et se rassit. Conformément à son habitude, longue de dizaines et dizaines d'années, elle posa sa main gauche sur sa jambe.

Elle s'appuya contre le dossier du canapé, croisa les jambes et prit une autre gorgée. Tandis qu'elle contemplait le tableau - le portrait d'un naturaliste anglais portant une aigrette -, qu'ils avaient trouvé il y a bien longtemps, bizarrement, à Séville, elle dit : « Tu ne me demandes pas où je veux en venir ? »

Il regarda sa femme, et non pas le naturaliste ni son aigrette, et répondit : « Non.

— Pourquoi ?

— Dans l'immédiat, parce que j'ai eu une longue journée, que je suis très fatigué, et que je n'ai plus un millimètre carré de mon cerveau ou de mon cœur pour y faire entrer le moindre souci supplémentaire. Et qu'à la manière dont tu me poses la question, ça me paraît tout à fait possible.

— Et à plus ou moins longue échéance, pourquoi ne veux-tu pas en entendre parler ?

— Parce que si ça doit causer des soucis, je le saurai tôt ou tard, donc tu n'as pas besoin de m'en parler maintenant. » Il se pencha vers elle et posa sa main sur la sienne. « Là, vraiment je ne peux pas, Paola. »

Elle tourna sa paume, serra celle de Brunetti très fort et dit : « Alors, je vais commencer à préparer le dîner, d'accord ? »

18

Brunetti se réveilla plusieurs fois dans la nuit; il réfléchissait à la question de Paola et essayait de deviner ce que cela signifiait : qu'était-elle en train de mijoter? Car il se doutait bien qu'elle était en train de mijoter quelque chose. Après toutes ces années d'expérience, il savait en détecter les signes avant-coureurs : une fois, elle avait commencé en lui demandant ce qu'il pensait de ses missions; elle les prenait trop à cœur et se mettait en quête de faits concrets plutôt que de concepts et d'idées abstraites, et semblait perdre son sens de l'humour et son goût de l'ironie. Au fil des ans, elle avait eu plusieurs poussées de zèle, qui avaient d'ailleurs été une source de problèmes. Brunetti flairait qu'il y en avait une autre dans l'air.

Chaque fois qu'il se réveillait, il sentait plus fort que jamais la présence du bloc inerte posé à ses côtés et ne cessait de s'émerveiller du don qu'avait Paola de sombrer dans les bras de Morphée, quoi qu'il pût advenir autour d'elle. Il pensait aux nuits blanches qu'il avait passées à s'inquiéter pour la famille, ou pour son travail ou encore pour son avenir, ou celui de la planète, ou simplement à cause de ses problèmes de digestion, alors que près de lui reposait ce monument à la paix et à la tranquillité, dénué de tout mouvement, doué tout juste de respiration.

Il se réveilla de nouveau un peu avant six heures ; inutile d'essayer de retourner se coucher. Il descendit à la cuisine et se prépara un café, chauffa le lait et revint au lit.

Comme il avait fini *Agamemnon* et qu'il avait besoin d'une pause avant de continuer cette saga familiale désormais familière, Brunetti fit ce qu'il faisait souvent dans ce cas : il ouvrit au hasard les *Méditations* de Marc Aurèle, à l'instar des chrétiens fervents auxquels on préconisait de consulter la Bible de cette manière. C'était un peu comme jouer aux machines à sous, il devait bien l'avouer : parfois, il en sortait d'ineptes sentences, qui ne rimaient à rien et ne l'enrichissaient pas le moins du monde. Mais parfois, les mots coulaient vers lui comme un fleuve de pièces, qui débordait du bac de cette machine à sous et s'étalait à ses pieds.

Il ouvrit le livre II et trouva ceci : « Il arrive bien difficilement qu'on soit malheureux pour ne pas savoir ce qui se passe dans le cœur des autres ; mais il est impossible qu'on ne le soit, si l'on ignore ce qui se passe dans son propre cœur[1]. » Il leva les yeux et regarda par la fenêtre. Le rideau, qui n'était tiré qu'à moitié, laissait entrer la lumière, non pas de l'aube

1. Livre II, chapitre 8, *Réflexions morales de l'empereur Marc Antonin, avec des remarques de Mr. & Mad. Dacier*, Amsterdam, chez Jean Wolters, 1710.

qui pointait, mais de l'éclairage public qui enveloppait la ville tout entière.

Il prit en considération les mots du sage empereur, puis il songea à Patta, sur lequel il y avait beaucoup à dire, dont le fait qu'il était indéniablement heureux. Or, s'il y avait quelqu'un sur cette planète qui n'était vraiment pas conscient des mouvements de son âme, c'était bien le vice-questeur Patta.

Même si cet ouvrage s'était révélé incapable d'opérer une nouvelle combinaison gagnante, Brunetti ne se découragea nullement et ouvrit le Livre XI. « Il n'y a ni voleur, ni tyran de la volonté[1]. » Cette fois, il referma le volume et le posa près de lui. Il prêta de nouveau attention à la lumière provenant de la fenêtre et à la maxime qu'il venait de lire : ni l'une ni l'autre ne pouvaient l'éclairer. Les ministres étaient arrêtés à une fréquence effroyable ; le chef du gouvernement lui-même se vantait, en plein cœur d'une crise financière de plus en plus grave, de n'avoir aucun souci pécuniaire et de posséder dix-neuf maisons ; le Parlement était devenu une véritable honte publique. Mais où était donc la foule en colère, pourquoi ne descendait-elle pas dans la rue ? Qui se levait au Parlement pour discuter du pillage pur et simple du pays ? Par contre, si une jeune fille vierge venait à être tuée, le pays entier devenait fou ; si l'on venait à égorger quelqu'un, la presse en parlait des jours et des jours. De quelle volonté le peuple pouvait-il encore jouir, qui n'ait été réduite en cendres par la télévision et la vulgarité galopante de l'administration actuelle ? Oh que oui, un voleur peut bel et bien voler

1. Livre XI, chapitre 36, *ibid.*

votre volonté. « Et il ne s'est pas gêné, d'ailleurs », s'entendit-il dire à haute voix.

Brunetti, en proie à un mélange de rage et de désespoir – la dernière émotion saine laissée aux citoyens –, repoussa les couvertures et sortit du lit. Il resta un bon moment sous la douche, s'accordant le luxe de se raser dessous, sans se préoccuper de la quantité d'eau consommée, de l'énergie dépensée pour la chauffer, ni du fait qu'il était en train de se servir d'un rasoir jetable. Il était fatigué de prendre soin de la planète : qu'elle prenne soin d'elle toute seule, pour une fois.

Il retourna dans sa chambre et se choisit un costume-cravate, mais se rappelant où il devait aller avec Vianello ce matin-là, il remit le costume dans la penderie, enfila un pantalon en velours côtelé marron et une grosse veste en laine. Il chercha en bas de l'armoire sa paire de chaussures bateau, avec leurs épaisses semelles en caoutchouc gaufré. Il n'avait pas vraiment d'idée claire sur la tenue appropriée pour visiter un abattoir, mais il savait qu'un costume ne l'était pas.

Il était sept heures et demie lorsqu'il quitta la maison. Il fut pénétré par l'air tonifiant du matin, promesse d'air pur et de douce chaleur à venir. C'étaient vraiment les plus belles journées de l'année, avec les montagnes parfois visibles depuis la fenêtre de sa cuisine et les nuits suffisamment fraîches pour aller chercher une seconde couverture dans l'armoire.

Il marcha, s'arrêta pour acheter le journal – *La Repubblica* et non pas la presse locale – puis alla chez Ballarin prendre un café et un croissant. La pâtisserie était pleine, mais pas encore bondée, si bien que la plupart des gens pouvaient encore trouver une place au comptoir. Brunetti amena son café à la petite table ronde, plaça le journal à gauche de sa tasse et étudia les gros titres. Une femme de plus ou moins son âge, et aux cheveux couleur acajou, posa sa tasse pas très loin de la sienne, étudia les mêmes gros titres en sirotant son café, puis elle se tourna vers lui et dit, en vénitien : « C'est à vomir, n'est-ce pas ? »

Brunetti leva son croissant et le secoua en signe d'impuissance. « Que pouvons-nous faire ? » lui vint-il spontanément aux lèvres, avant de se remémorer les mots de Marc Aurèle. Le voleur lui aurait-il donc volé sa volonté pendant le bref trajet entre sa maison et le bar ? Ainsi, faisant passer sa première remarque pour une fioriture rhétorique, il la regarda droit dans les yeux : « Si ce n'est voter, signora. »

Elle le toisa comme si elle avait été arrêtée dans la rue par un des patients de l'asile du Palazzo Boldù, un fou furieux, prêt à lui révéler le Secret de la Création. Dégoûté par sa propre lâcheté morale, Brunetti se sentit forcé d'ajouter : « Et leur faire l'aumône, si on les croise dans la rue. »

Elle prit ces réflexions en considération et, semblant satisfaite que cet homme ait si vite recouvré ses esprits, elle posa la tasse dans la soucoupe et la rapporta au comptoir. Elle lui sourit, lui souhaita une bonne journée, paya et sortit.

Arrivé à la questure, Brunetti alla directement à la salle des policiers, mais personne de l'équipe du jour n'était encore arrivé. Dans son bureau, il vérifia s'il y avait de nouveaux dossiers, mais sa table était comme il l'avait laissée la veille. Il se servit de son nouvel ordinateur pour jeter un coup d'œil aux autres journaux, mais il n'y avait rien de plus sur l'homme assassiné ni sur l'avancée de l'enquête et ils n'avaient même pas pris soin de publier la photo qui leur avait été envoyée. La nouvelle que le corps en décomposition, découvert deux jours plus tôt dans un trou peu profond près de Vérone, était celui d'une femme qui avait été portée disparue depuis trois semaines, suscitait beaucoup plus d'intérêt que notre victime. Elle était jeune et jolie sur la photo, si bien que sa mort avait jeté l'autre aux oubliettes.

L'arrivée de Vianello coupa court à ses réflexions. « L'assistant de Foa attend », dit-il, puis il ajouta, en guise d'explication : « Il n'est pas de service avant cet après-midi. Il y a une voiture à Piazzale Roma. » Brunetti remarqua que l'inspecteur avait lui aussi réfléchi à leur destination du jour ; il portait un jean qui avait dû subir mille et un lavages, une veste en cuir marron et une paire de chaussures tout terrain.

Brunetti jeta un coup d'œil sur son bureau, se demandant s'il y avait quelque chose à prendre avec lui, mais il ne vit rien. Procrastiner lâchement ; sa recherche n'avait que ce but : procrastiner lâchement. « Bien. On y va », dit-il et ils descendirent prendre le bateau.

Il leur fallut une heure pour arriver à Preganziol, avec d'abord l'accumulation de voitures et d'autobus apparemment immobilisés à Piazzale Roma, puis l'intense circulation sur le Ponte della Libertà et dans la banlieue de Mestre. Ils ne purent atteindre leur vitesse de croisière qu'après être descendus sous la bretelle de raccordement et s'être engagés sur l'autoroute n° 13.

Ils passèrent devant le porche des villas Fürstenberg et Marchesi et se mirent à rouler parallèlement à la voie ferrée. Ils ralentirent pour traverser Mogliano Veneto et longèrent une autre villa ; le nom défila trop vite pour que Brunetti pût le lire. Le chauffeur ne regardait ni à droite, ni à gauche ; à la place de la villa, il aurait pu y avoir un chapiteau de cirque ou un réacteur atomique : rien ne pouvait le distraire de son volant. Ils traversèrent un petit ruisseau, croisèrent une autre villa, puis le chauffeur tourna à droite, emprunta une route étroite à deux voies et finit par s'arrêter devant ce qui avait tout l'air d'être une zone industrielle.

C'était un monde de béton qui s'étalait sous leurs yeux, avec des barrières fermées par des chaînes, des bâtiments anonymes et des camions qui allaient et venaient. La plupart des édifices, nus, étaient constitués de rectangles dépourvus d'enduits, avec des toits plats et très peu de fenêtres, chacun entouré d'une aire en ciment taché et la plupart clôturés. Seuls les lettrages sur quelques camions et le kiosque ouvert à tout vent, où des ouvriers étaient en train de boire du café et de la bière, apportaient une touche de gaieté à l'ensemble.

Le chauffeur se tourna pour parler à Brunetti. « Nous voilà arrivés, monsieur », annonça-t-il en indiquant un portail percé dans l'enceinte de métal qui entourait un des bâtiments. « Là, sur la gauche. » Alors seulement Brunetti avisa la trace d'une grosse cicatrice luisante qui ne pouvait résulter que d'une brûlure ; elle partait au-dessus de son œil gauche et s'élargissait en montant, jusqu'à atteindre la largeur de trois doigts, puis disparaissait sous le bord du chapeau.

Brunetti ouvrit la portière. Dès qu'il posa le pied à terre, il entendit un bruit : un grondement venant de loin, qui aurait pu provenir de crécelles et de hochets, ou des ébats d'amants passionnés, voire d'un hautbois mal joué. Cependant, Brunetti savait ce que c'était et, s'il ne l'avait pas su, la puissante odeur de fer lui aurait indiqué ce qui se passait derrière ces portes.

Pendant le trajet en voiture, Vezzani avait appelé Brunetti et lui avait dit que, comme le directeur n'était pas là, il avait expliqué à son assistante que deux policiers de Venise étaient en route. C'est elle qui les accueillerait. Lorsque Brunetti rapporta ce message à Vianello, l'inspecteur répéta : « Elle », en haussant les épaules.

Le chauffeur klaxonna plusieurs fois : Brunetti doutait qu'on l'eût entendu. Mais après quelques secondes, comme dans un film, apparut un nouveau son, plus dur et plus mécanique que l'autre, et les deux battants du portail commencèrent à s'ouvrir vers l'intérieur.

Brunetti attendit que la porte s'immobilise pour décider s'il retournait à la voiture, ou franchissait le seuil. L'odeur métallique s'accentua. Les portails et le cliquetis du mécanisme qui les propulsait s'arrêtèrent en même temps, ne laissant percevoir que le bruit de fond, maintenant plus fort. Un couinement aigu, qui devait provenir d'un porc, domina tous les autres bruits, puis prit fin aussi vite qu'il avait commencé, comme si le son s'était bloqué contre un mur. Cependant, le niveau sonore ne baissa pas pour autant : on aurait pu croire aux cris d'une cour d'école, où les enfants sont tout excités de pouvoir sortir jouer, mais il n'y avait rien d'enjoué dans ce brouhaha. Et personne ne risquait de sortir.

Brunetti se tourna vers la voiture juste au moment où Vianello quittait son siège arrière et s'apprêtait à le rejoindre. Quelque chose ne tournait pas rond et, lorsque Brunetti regarda par terre et vit que le sol était recouvert de gravier, il réalisa que les bruits de pas de Vianello étaient recouverts par les sons provenant des portails ouverts.

« J'ai dit au chauffeur d'aller prendre un café et qu'on l'appellera quand on aura fini », déclara l'inspecteur. Puis, en réponse à l'expression de Brunetti, il ajouta, d'un ton neutre : « Quelle odeur ! »

Tandis qu'ils se dirigeaient vers l'entrée, Brunetti s'étonnait de sentir les gravillons rouler sous ses pieds, sans entendre le bruit de ses pas. Lorsqu'ils franchirent le seuil, une porte s'ouvrit dans le bâtiment juste à leur droite, un grand rectangle construit en blocs de ciment, couvert d'un toit en panneaux d'aluminium. Une petite femme s'arrêta un moment dans l'embrasure de la porte, puis descendit les deux marches et alla à leur rencontre, mais le bruit de ses pas était également étouffé par les sons provenant de derrière elle.

Ses cheveux noirs coupés très court lui donnaient un côté masculin rapidement tempéré par sa poitrine généreuse et sa jupe fort cintrée à la taille. Elle avait de belles jambes, remarqua Brunetti, et un sourire calme et accueillant. Lorsqu'elle les rejoignit, elle leva la main et la leur tendit, d'abord à Vianello, qui était plus proche d'elle, ensuite à Brunetti, puis elle recula d'un pas pour mieux voir ces deux hommes, bien plus grands qu'elle.

Elle indiqua le bâtiment et partit dans sa direction, parlant en vain, puisque chaque mot était inéluctablement couvert par le bruit.

Ils gravirent l'escalier avec elle et la suivirent dans le bâtiment, où le bruit diminua et s'estompa davantage encore lorsque la femme passa derrière eux pour fermer la porte. Ils se trouvaient maintenant dans un petit vestibule strictement utilitaire d'environ deux mètres sur trois, au sol en ciment. Les murs étaient en Placoplâtre blanc et nus. Le seul objet dans la pièce était une caméra vidéo suspendue au plafond et pointée sur la porte, où ils se tenaient debout. « Oui, dit-elle, à la vue du soulagement lisible sur leur visage, c'est plus tranquille ici. Sans cela, nous deviendrions tous fous. » Elle approchait des 30 ans, mais ne les avait pas encore, et elle dégageait la grâce d'une femme à l'aise dans son corps et sans complexes.

« Je suis Giulia Borelli, l'assistante du dottor Papetti. Comme je l'ai expliqué à votre collègue, le dottor Papetti est à Trévise ce matin. Il m'a demandé de vous aider de mon mieux. » Elle esquissa un sourire, de ceux que l'on réserve aux visiteurs ou aux clients potentiels. Combien de femmes aimeraient travailler dans un abattoir ? se demanda Brunetti.

Puis, avec un regard de curiosité non dissimulée, elle demanda : « Vous êtes vraiment de la police de Venise ? » Sa voix était curieusement grave pour une si petite femme et elle possédait le rythme musical de la Vénétie.

Brunetti confirma. En s'approchant, il vit les taches de rousseur éparpillées sur son nez et ses joues ; elles contribuaient à son impression générale de bonne santé. Elle passa les doigts de sa main droite dans les cheveux. « Venez dans mon bureau, nous pourrons parler », suggéra-t-elle.

L'odeur riche en fer s'était aussi atténuée à cet endroit. Était-ce dû à la climatisation? se demanda Brunetti et, si c'était le cas, comment ce devait être en hiver, où cette partie du bâtiment était chauffée? Ils la suivirent; ils franchirent une porte et prirent un couloir qui conduisait à l'arrière du bâtiment. Il se rendait compte combien ses sens avaient été malmenés et saturés depuis qu'il était sorti de la voiture. Son ouïe et son odorat avaient été tellement surchargés de sensations qu'ils n'étaient plus aptes à percevoir le moindre nouveau son ou la moindre nouvelle odeur, alors que la vacuité de la pièce et du corridor avait aiguisé sa vision.

Signorina Borelli ouvrit une autre porte et leur céda le pas pour les laisser entrer. Cette pièce, aussi, était quasiment nue. Il y avait un bureau avec un ordinateur et quelques papiers dessus, quatre chaises et c'est tout. Plus dérangeante encore était l'absence de fenêtres : toute la lumière provenait de multiples rangées de néons au plafond qui créaient un éclairage terne et sans texture, privant la pièce de toute impression de profondeur.

Elle s'assit derrière le bureau, les laissant prendre place en face d'elle. « Votre collègue m'a dit que vous vouliez parler du dottor Nava », énonça-t-elle d'une voix neutre. Elle se pencha, en tendant son corps vers eux.

« Effectivement, répliqua Brunetti. Pourriez-vous me dire quand il est venu travailler ici?

— Il y a environ six mois.

— Et pour quelle fonction? » s'enquit Brunetti, en évitant aussi bien l'emploi du présent que du passé et espérant le faire avec naturel. Vianello sortit son carnet et commença à prendre des notes.

« Pour inspecter les bêtes qui nous sont amenées.

— Dans quel but ?

— Pour vérifier si elles sont en bonne santé.

— Et si ce n'est pas le cas ? »

Signorina Borelli sembla surprise à cette question, comme si la réponse allait de soi. « Alors elles ne sont pas abattues. L'éleveur les reprend.

— D'autres fonctions ?

— Inspecter une partie de la viande. » Elle recula au fond de sa chaise et leva un bras qu'elle passa derrière elle, sur sa gauche. « Elle est réfrigérée. Évidemment, il ne peut pas l'inspecter entièrement, mais il vérifie des échantillons et décide si elle est propre à la consommation.

— Et si elle ne l'est pas ?

— Alors elle est détruite.

— Comment ?

— On la brûle.

— Je vois. D'autres fonctions encore ?

— Non.

— Combien de jours par semaine est-il ici ? » demanda Brunetti, comme s'il ne détenait pas déjà cette information de l'épouse de la victime.

« Deux. Le lundi et le mercredi matin.

— Et les autres jours ? Que fait-il ? »

Même si cette question la déstabilisa, elle répondit sans hésiter : « Il a un cabinet privé. La plupart des vétérinaires en ont un. » Elle sourit et haussa les épaules, puis ajouta : « Ce n'est pas facile de vivre avec ce qu'ils gagnent ici.

— Mais vous ne savez pas où ?

— Non », dit-elle avec regret, puis elle précisa : « Mais c'est probablement dans nos documents, avec son dossier de candidature. Je pourrais facilement vous le trouver. »

Brunetti leva une main, à la fois pour la remercier et décliner son offre. « Pouvez-vous m'éclairer sur la manière dont les choses se passent ici ? Je veux dire, comment se fait-il qu'il inspecte les animaux seulement sur deux jours ? » Il écarta les mains pour marquer sa perplexité.

« C'est très simple, en fait », dit-elle, avec une expression que l'on choisit habituellement pour commencer à expliquer quelque chose qui n'est pas simple. « La plupart des éleveurs amènent leurs animaux ici la veille de l'abattage ou le jour même. Cela leur fait économiser l'argent qu'ils dépenseraient pour les garder et les nourrir. Le dottor Nava les inspecte le lundi et le mercredi et ils sont traités après. » Elle fit une pause pour voir si Brunetti la suivait et Brunetti lui adressa un signe d'assentiment. Mais il ne faisait pas que la suivre ; il réfléchissait aussi au verbe « traiter ».

« Et s'il ne les voit pas ? » intervint Vianello, en recourant aussi à ce temps présent délibérément trompeur.

Elle leva les sourcils, soit parce qu'elle découvrait que l'inspecteur pouvait parler, soit à cause de la question elle-même. « Cela ne s'est jamais produit auparavant. Par chance, son prédécesseur a accepté de venir et d'assurer les inspections jusqu'au retour du dottor Nava. »

Impassible, Brunetti demanda : « Et le nom de son prédécesseur ? »

Elle ne put dissimuler sa surprise. « Pourquoi voulez-vous le savoir ?

— Au cas où il s'avérerait nécessaire de lui parler.

— Meucci. Gabriele Meucci.

— Merci. »

Signorina Borelli se redressa, comme si elle pensait que c'était fini, mais Brunetti continua : « Pourriez-vous me donner le nom des autres personnes avec lesquelles le dottor Nava est en contact ici ?

— À part moi et le directeur, le dottor Papetti, il y a le chef des équarrisseurs, Leonardo Bianchi. Il se peut qu'il connaisse d'autres gens, mais nous sommes ceux avec lesquels il a affaire le plus souvent. »

Elle sourit, mais son sourire avait perdu de sa force. « Je pense qu'il est temps que vous m'expliquiez pourquoi vous me posez toutes ces questions, commissaire. Peut-être que je regarde trop la télévision, mais d'habitude, c'est le genre de conversation qui se tient lorsque quelqu'un est mort et que la police essaie d'obtenir des informations sur le défunt. »

Vianello gardait la tête penchée sur son carnet, en laissant le soin à son supérieur de répondre.

« Nous avons de bonnes raisons de croire que le dottor Nava a été victime d'une agression », rétorqua Brunetti, enfreignant la règle de ne lâcher les informations qu'à petites doses.

En cet instant précis, comme pour donner plus de mystère à cette expression, un bruit aigu pénétra dans la pièce, faisant fi de l'isolation phonique censée la protéger de la réalité qui se déployait au-delà de ces murs. Contrairement au long cri précédent, celui-ci ne sortit pas uniformément ; il s'agissait de trois petits coups, comme ceux des vaporetti ordonnant d'abandonner le navire. Il y eut trois autres cris, étouffés cette fois, puis l'animal qui les avait produits fut forcé d'abandonner le navire, et le bruit cessa.

« Est-il mort ? » demanda signorina Borelli, visiblement secouée.

Troublé par l'objet de sa curiosité, Brunetti laissa s'écouler quelques secondes avant de répondre. « Nous pensons que oui.

— Qu'est-ce que cela signifie : vous pensez que oui ? » s'enquit-elle sur un ton insistant, en les regardant l'un après l'autre. « Vous êtes de la police, bon sang. Si vous, vous ne le savez pas, alors qui peut le savoir ?

— Nous n'avons pas encore d'identification formelle, répondit Brunetti.

— Cela signifie-t-il que vous allez me demander d'en faire une ? » s'informa-t-elle en colère et d'un ton outragé, suscité par la dernière remarque de Brunetti.

« Non, lui assura calmement Brunetti. Nous avons déjà trouvé quelqu'un pour le faire. »

Elle se pencha subitement en avant, sa tête tendue comme un serpent prêt à attaquer et dit : « Vous êtes des gens sans cœur, n'est-ce pas ? Vous me dites qu'il a été victime de violences, et le fait que vous soyez ici signifie qu'il est mort et le fait que vous me posiez ces questions signifie que quelqu'un l'a tué. » Elle se frottait les paupières en parlant et semblait avoir du mal à finir certains mots.

Vianello leva les yeux de son carnet et observa les traits de signorina Borelli.

Elle appuya les coudes sur le bureau et enfonça le visage dans ses mains. « On trouve quelqu'un de bien et c'est à lui que ça arrive. » Brunetti ne savait comment interpréter ce « quelqu'un de bien », car sa voix ne laissait rien transparaître. Jugeait-elle Nava comme un homme compétent, ou comme un homme d'honneur ?

Après un bref instant, et sans avoir encore complètement retrouvé ses esprits, elle assena : « Si vous avez d'autres questions, vous pouvez les poser au dottor Papetti. » Du plat de la main, elle tapa le bureau et le bruit sembla la calmer. « Que voulez-vous d'autre ?

— Serait-il possible de jeter un coup d'œil à vos équipements ?

— Vous ne voulez pas, dit-elle sans réfléchir.

— Pardon ? fit Brunetti.

— Vous ne voulez pas voir ce que nous faisons ici, quand même ? » Elle s'exprima d'un ton parfaitement paisible et raisonnable. « Personne ne le fait. Croyez-moi. »

Peu de remarques auraient pu aussi fortement exhorter Brunetti à aller voir ce qui s'y passait.

« Nous, si », rétorqua-t-il et il se leva.

19

Vu le soin que Vianello et Brunetti mirent à protéger leurs vêtements, ils auraient très bien pu se rendre en smoking à l'abattoir. Devant l'insistance de Brunetti pour voir où avait travaillé le dottor Nava, signorina Borelli appela l'équarrisseur en chef, Leonardo Bianchi et lui demanda de les retrouver dans les vestiaires. Puis elle les fit sortir de son bureau, descendre un couloir en ciment, monter un escalier et entrer dans une pièce spartiate qui rappelait à Brunetti celles des lycées dans les films américains : des casiers en métal s'alignaient le long des murs et, au milieu, il y avait une table abîmée et marquée par des brûlures de cigarettes et des coulées de liquide épais et sec. Sur les bancs gisaient des exemplaires froissés de *La Gazzetta dello Sport*, tout comme des chaussettes abandonnées et des gobelets vides.

Ils traversèrent la pièce en silence et, menés par Giulia Borelli, ils avancèrent vers un des casiers. Elle sortit un trousseau de sa poche et prit une petite clef pour ouvrir le cadenas. Elle enfonça la main et en retira une combinaison en papier blanc pliée, de celles que portent les hommes de la brigade du crime, la secoua pour l'ouvrir et la tendit à Brunetti, et en tendit une autre à Vianello. « Enlevez vos chaussures. »

Brunetti et Vianello obéirent. Le temps qu'ils remettent leurs chaussures, elle avait trouvé deux paires de couvre-chaussures en plastique transparent. Elle les passa sans souffler mot à Brunetti. Vianello et lui les glissèrent sur leurs pieds, puis arrivèrent les couvre-chefs en plastique transparent, semblables à ceux que Paola porte dans la douche, qu'ils mirent sur leurs cheveux.

Signorina Borelli les toisa, sans rien dire. La porte opposée à celle qu'ils avaient franchie s'ouvrit et un grand homme barbu entra dans la pièce. Il portait une longue blouse grise qui avait été blanche autrefois : il y avait de grandes taches rouges sur le devant et sur les côtés. Brunetti fixa ses pieds, content qu'elle leur ait donné ces surchaussures.

L'homme, sans doute l'équarrisseur en chef, fit un signe de tête à signorina Borelli et regarda les deux hommes avec indifférence. Elle s'abstint de les présenter. « Venez avec moi, messieurs », dit l'homme. Brunetti et Vianello suivirent Bianchi vers la porte. Lorsqu'il l'ouvrit, ils recommencèrent à entendre des cris et des hurlements, ainsi que des bruits sourds et métalliques.

Il les guida dans un étroit couloir, en direction d'une porte située à peu près à 5 cinq mètres d'eux. Brunetti percevait très nettement le bruit de frottement que produisait sa combinaison de sécurité et la sensation de glissement sous ses pieds lorsque ses chaussures bougeaient dans leurs protections en plastique. Il baissa les yeux pour détecter le type de revêtement du sol ; c'était le meilleur moyen pour pouvoir calculer son degré d'adhérence. Il hésita l'espace d'une seconde devant une trace de sang, une empreinte de semelle qui leur montrait le chemin. Il écarta rapidement son pied droit sur le côté et descendit à pas lourds, de manière à éviter de marcher sur l'autre empreinte, en réalisant trop tard que cela ne changeait rien, en fait ; il le faisait juste pour conjurer le sort.

Brunetti lança un rapide coup d'œil derrière lui ; il aperçut le visage tendu de Vianello et retourna rapidement son attention sur le dos de Bianchi. Un frisson le parcourut : le bruit croissant avait annihilé tous les autres sens et l'avait empêché de sentir le froid. Vianello émit un bourdonnement à peine audible. Le bruit et le froid s'intensifiaient au fur et à mesure qu'ils s'approchaient de la porte. Bianchi s'arrêta devant et posa sa main sur la barre en métal. Il suffisait de la pousser vers le bas pour ouvrir la porte.

Il fixa Brunetti, regarda Vianello derrière lui, sans mot dire, mais sa question se lisait dans ses yeux. Brunetti douta un instant de la pertinence de tout cela, mais l'épouse de Nava avait bel et bien dit qu'il se passait ici des choses qui préoccupaient le vétérinaire.

Brunetti leva le menton, ce qui pouvait être perçu comme un signe de commandement ou d'encouragement. Bianchi s'écarta de lui, poussa la barre vers le bas et ouvrit la porte. Ils furent submergés par le bruit, le froid et la lumière. Les cris et les hurlements, les bruits sourds et les gémissements se mélangèrent en une cacophonie moderne qui n'agressa pas que leur simple ouïe. La majorité des sensations acoustiques sont neutres. En vérité, les bruits sont tous les mêmes : leur caractère menaçant vient des circonstances. L'eau qui coule, elle aussi, n'est rien de plus que ce flux. Mais une baignoire qui déborde, ou un torrent qui dévale la montagne : c'est le contexte qui fait toute la différence. Décomposez une symphonie et l'air se remplira de bruits étranges, sans liens ni suite. Un cri de douleur, cependant, est toujours le même, qu'il provienne d'un animal à deux ou quatre pattes, et une voix humaine qui s'élève en colère engendre la même réaction, quelles que soient la langue où elle s'exprime ou la personne à qui elle s'adresse.

La puissance des stimuli émis aux autres sens eut raison de ses méditations : l'odeur, aussi violente qu'un coup de poing, provoqua un haut-le-cœur chez Brunetti et ses yeux cherchèrent à fuir la couleur rouge, dans toutes ses nuances. Son esprit chercha une diversion mentale pour échapper à cet environnement. Il songea à William James : oui, William James, le frère de l'homme que sa femme aimait plus que tout et dont il gardait le vague souvenir de ce qu'il avait écrit, il y a plus de cent ans : l'œil humain est toujours attiré vers des choses qui bougent, vers une autre chose que Brunetti avait oubliée, et vers le sang.

Brunetti chercha à brandir ces mots devant lui, comme un bouclier. Ils se tenaient sur une passerelle grillagée, protégée des deux côtés par des rambardes et perchée à au moins trois mètres au-dessus de la zone de travail qui s'étendait sous leurs pieds. Comme il voyait sans trop voir, et percevait les choses une fois sur deux, il supposa, étant donné tout l'espace vide en dessous d'eux, que la tournée touchait à sa fin. Six ou sept hommes, avec de longues vestes en caoutchouc blanc, des bottes et des casques jaunes, allaient et venaient en bas, dans les cabines en ciment et faisaient des choses, avec des couteaux et des instruments pointus, à des porcs et des moutons ; d'où le bruit. Les animaux tombaient aux pieds de ces hommes, mais certains parvenaient à s'enfuir, s'écrasant contre les murs avant de glisser et de s'écrouler. D'autres, blessés et en sang, et incapables de se relever, continuaient à s'agiter dans tous les sens, leurs pieds tapant contre le sol et les murs, pendant que les hommes esquivaient leurs sabots.

Certains moutons, remarqua Brunetti, étaient protégés des lames de couteau par leur épaisse toison et il fallait les frapper à coups redoublés sur la tête avec ce qui ressemblait à des baguettes métalliques, terminées par des crochets. Les crochets étaient utilisés parfois dans d'autres buts, mais Brunetti regarda ailleurs avant de pouvoir en être sûr, même si les gémissements qui suivaient toujours le moment où il détournait les yeux ne lui laissaient aucun doute sur ce qui était en train de se passer.

Tandis que les moutons faisaient des bruits sourds – des grognements et des bêlements –, Brunetti fut frappé par le fait que les porcs émettaient des sons que lui ou Vianello auraient pu produire, s'ils s'étaient retrouvés en bas à leur place et non en hauteur. Quant aux veaux, ils mugissaient.

L'odeur pénétra ses narines : ce n'était pas seulement celle, âcre, du sang, mais aussi la puanteur envahissante des abats et des excréments. Juste au moment où Brunetti en prenait conscience, jaillit un bruit d'eau, et il remercia inconsciemment le ciel. Il en chercha la source et vit sous eux l'un des hommes en blanc laver au jet une cabine vide, avec une sorte de pompe à incendie. L'employé était debout, jambes écartées, la meilleure posture pour contrecarrer la force de l'eau qu'il répandait sur le sol de la cabine, et agitait ce flot en avant et en arrière, de manière à tout laver et tout évacuer par une grille ouverte dans le ciment.

Les parois de la cabine étaient en fil barbelé, si bien que l'eau ruisselait vers celle d'à côté, en emportant, dans un tourbillon, le sang qui coulait du groin et de la bouche d'un porc couché contre un mur. Il grattait le sol des pieds, dans la vaine tentative de s'éloigner de l'homme qui se tenait debout, au-dessus de lui. Cet homme se servait de sa perche en métal, et lorsque Brunetti regarda derrière lui, le porc semblait avoir pris son envol et montait vers eux, peut-être pour quitter à tout jamais cet endroit et continuer son chemin – qui sait où ? Brunetti tourna la tête lorsque le corps de l'animal, qui se contractait nerveusement, arriva près de lui, attaché au bout d'une chaîne en acier par un crochet planté dans son cou. Brunetti chercha Vianello, le trouva, mais avant qu'ils ne puissent parler, une éruption soudaine éclaboussa de rouge la poitrine de l'inspecteur. Vianello, abasourdi, jeta un coup d'œil en bas et leva une main pour essayer d'enlever ce rouge, mais il ne put achever son geste : sa main retomba sur le côté et il regarda Brunetti, le visage dénué d'expression.

Un bruit de manivelle ramena leur attention vers le porc qui se raidissait et s'éloignait d'eux à présent, pour gagner le double battant en plastique d'une large porte à l'autre bout de la pièce. Lorsqu'il vit le corps du porc pousser la porte, puis disparaître, Brunetti abandonna son idée saugrenue d'intervenir ou de sauver la bête condamnée.

Brunetti se racla la gorge et tapa sur l'épaule de Bianchi. « Où est-ce qu'ils vont, une fois sortis d'ici ? » demanda-t-il par-dessus les bruits métalliques et les cris.

L'équarrisseur indiqua l'arrière du bâtiment et partit dans cette direction. Brunetti, veillant à ne pas perdre des yeux le dos de l'homme, suivait, et Vianello, sidéré, traînait derrière eux. Au bout de la passerelle, ils parvinrent à une épaisse porte en métal, dotée d'une poignée horizontale, en métal aussi. Bianchi l'ouvrit et la franchit si rapidement qu'il sembla à peine ralentir son pas. Les deux autres le suivirent et c'est Vianello qui referma la porte derrière eux.

Brunetti se demanda dans un premier temps s'ils avaient réussi à s'échapper de cet endroit et s'ils n'étaient pas en quelque sorte au cœur d'une forêt, même s'il n'avait pas le souvenir d'avoir vu des arbres derrière le bâtiment. Il faisait nuit ; la lumière s'insinuait comme dans un bois au petit matin. Il aperçut une étendue remplie de formes qui semblaient monter vers le ciel. Des buissons, peut-être, ou de jeunes peupliers tout couverts de feuilles ? Certes, ils n'étaient pas assez grands pour être des arbres adultes, mais ils étaient épais ; il en conclut qu'il s'agissait de buissons. Les trois hommes se séparèrent et chacun se mit à marcher de son côté.

S'ils étaient dehors, la lumière du jour avait changé, et il faisait plus froid. Les yeux de Brunetti s'habituèrent progressivement à la faible lueur et les contours des buissons ou des arbres devinrent plus distincts. Il crut voir tout d'abord des feuilles d'automne, jusqu'à ce qu'il s'aperçût que le rouge était des muscles, et le jaune, des filons de graisse. Vianello et lui s'en étaient totalement remis à leur guide Bianchi et ils l'avaient suivi sans réfléchir au milieu des quarts de bœufs, de porcs et de moutons ; les bêtes étant suspendues sans tête, on ne pouvait les distinguer qu'à leur taille, et qui pouvait faire la différence entre un mouton et un petit veau ? Rouges et jaunes, et avec leurs nombreux filons de graisse blanche.

Vianello craqua le premier. Il passa devant Brunetti, ne s'inquiétant plus du tout de Bianchi et de ce que lui ou n'importe qui d'autre pouvait penser, et chancela tel un ivrogne devant la porte. Il la poussa en vain, puis la tambourina violemment deux fois et finit par lui donner un coup de pied. L'équarrisseur, surgissant au milieu de ce bosquet de cadavres, tira une poignée que Vianello ne pouvait deviner dans l'obscurité et la porte s'ouvrit. Dans l'autre pièce, éclairée d'une plus forte lumière, Brunetti regardait Vianello s'éloigner, une main au niveau de son épaule, prêt à s'accrocher à la rambarde en fil de fer de la passerelle au cas où il ne pourrait plus continuer.

Se forçant à marcher lentement et fixant des yeux le dos de Vianello qui battait en retraite, Brunetti franchit la porte, mais n'attendit pas que Bianchi le rejoigne. Il se dirigea vers l'autre extrémité de ce passage, en émettant le même bourdonnement que Vianello qui, comprenait-il à présent, parvenait à couvrir partiellement les bruits provenant d'en dessous. Il sentit quelque chose près de lui, à sa hauteur, semblant aller à la même allure. Brunetti s'arrêta un moment, mais se ressaisit rapidement et continua à marcher, les yeux droit devant lui, et sans succomber à la tentation de regarder ce qui flottait à ses côtés.

Il trouva Vianello, affaissé sur un des bancs du vestiaire, un bras sorti de sa combinaison de protection, l'autre oublié, ou coincé à l'intérieur : tel un héros de l'*Iliade*, brisé par la défaite, l'armure à moitié tailladée pendouillant le long du corps, avec l'ennemi sur le point de l'achever et de le dépouiller de tout. Brunetti s'assit à côté de lui, puis se pencha en avant et posa ses avant-bras sur ses cuisses, et demeura ainsi, les yeux rivés sur ses chaussures. Vus depuis la porte, on aurait dit deux sportifs d'âge moyen et bizarrement habillés, épuisés par le match et attendant que leur coach vienne commenter leurs performances.

Mais aucun signe du coach Bianchi. Brunetti s'inclina, fit glisser les surchaussures en plastique et les fit valser d'un coup de pied sur le côté, puis il se mit debout et tâtonna pour ouvrir la fermeture Éclair de sa combinaison. Il en sortit les bras, la descendit en dessous des genoux et s'assit de nouveau pour l'enlever vite fait par-dessus ses chaussures. Comme il n'y avait rien d'autre à faire, il la ramassa et tenta négligemment de la plier, puis il la laissa tomber tout simplement sur le tas déposé sur le banc à côté de lui.

Se tournant vers Vianello, Brunetti remarqua qu'il n'avait pas bougé d'un pouce. « Viens, Lorenzo. Le chauffeur nous attend dehors. »

Avec la langueur d'un homme endormi ou évoluant sous l'eau, Vianello libéra son autre bras et se servit des deux mains pour se relever. Il descendit d'un coup sec la combinaison, sans se rendre compte qu'il n'avait pas tiré la fermeture Éclair jusqu'en bas. Elle restait bloquée à la taille et aux hanches, et même s'il poussait dessus de toutes ses forces, elle lui résistait.

« La fermeture Éclair, Lorenzo », dit Brunetti, en la lui montrant, mais hésitant à l'aider. Vianello comprit. Il s'assit aussi, d'abord pour enlever ses chaussures, ensuite pour faire glisser la combinaison par-dessus ses pieds, puis pour se chausser de nouveau. Il eut un moment de confusion avant de saisir qu'il devait enlever les protections en plastique avant de remettre ses chaussures, mais une fois qu'il l'eut réalisé, il en finit rapidement. Il roula sa combinaison en boule et comme Brunetti, il la laissa sur le banc, à côté de celui où il s'était assis.

« Bon, dit Vianello, on y va. »

Comme Bianchi et signorina Borelli continuaient à briller par leur absence, les deux hommes rebroussèrent chemin et gagnèrent l'entrée. Lorsqu'ils sortirent, le soleil inonda leur corps, leur tête, leurs mains et même leurs pieds, avec une générosité et une grâce qui rappelaient à Brunetti les gravures qu'il avait vues d'Akhenaton recevant la bénédiction radieuse d'Aton, le dieu du soleil. Ils se tenaient là, aussi silencieux que des statues égyptiennes, pendant que le soleil les purifiait des miasmes et de l'air fétide du bâtiment.

Peu après, ils virent la voiture surgir juste devant eux ; ni l'un ni l'autre ne l'avait entendue arriver, tant leurs oreilles bourdonnaient encore du vacarme de l'abattoir.

Le chauffeur baissa la vitre. « Alors, prêts à partir ? »

20

Cette fois, tous deux montèrent à l'arrière de la voiture. Même s'il ne faisait pas spécialement chaud, Brunetti et Vianello baissèrent les vitres et s'assirent, la tête appuyée contre le siège, pour laisser l'air les envelopper. Le chauffeur, conscient qu'il se passait quelque chose qui lui échappait, garda le silence mais eut la présence d'esprit d'appeler la questure avec le téléphone de la voiture et de demander qu'un bateau vienne les chercher à leur arrivée à Piazzale Roma.

Sur le chemin du retour, ils traversèrent une paisible campagne, qui se préparait à accueillir l'abondance de l'été. Les arbres portaient leurs premiers bourgeons verts prêts à se métamorphoser, comme par magie, en feuilles. Brunetti rendit grâce à la nature pour cette verdure et ses promesses. Les oiseaux – Brunetti les reconnut mais ne put les nommer – étaient perchés au milieu des pousses vertes, et se racontaient les uns les autres leur vol récent vers le nord.

Ils ne remarquèrent pas les villas cette fois, seulement les voitures qui venaient en sens inverse et celles qui les doublaient, pour se retrouver dans la file devant eux. Ils ne parlèrent pas non plus ; ni entre eux, ni au chauffeur. Ils laissèrent le temps au temps, sachant que le temps effacerait certains de ces souvenirs. Brunetti prêta de nouveau attention au paysage. Comme c'était joli, pensait-il. Quelles jolies choses poussaient ici : des arbres, de la vigne, qui se réveillaient tout juste du sommeil de l'hiver ; même l'eau, coulant dans le fossé sur le côté de la route, aiderait bientôt les plantes à retrouver la frénésie de la vie.

Il se retourna pour voir les voitures qui suivaient et ferma les yeux. Après un bref instant, la voiture s'arrêta et le chauffeur lui dit : « Nous voici arrivés, commissaire. » Brunetti ouvrit les yeux et aperçut le guichet de l'ACTV et, par-delà, l'eau et l'embarcadère du vaporetto n° 2.

Vianello était déjà en train de sortir de l'autre côté de la voiture lorsque Brunetti remercia le chauffeur et ferma la portière doucement. Il était content de voir Vianello dire quelque chose au conducteur. L'inspecteur sourit, frappa légèrement du plat de la main le toit du véhicule et se dirigea vers l'eau.

Ils descendirent les marches et prirent sur la gauche, où ils virent l'assistant de Foa en train de parler avec un chauffeur de taxi, tout en gardant les yeux sur l'endroit où ils étaient censés apparaître. À la grande surprise de Brunetti, le jeune homme était exactement le même que quelques heures plus tôt. Le chauffeur porta la main à sa casquette, mais ce pouvait être aussi bien un geste de reconnaissance amicale qu'un salut officiel : Brunetti espérait que ce soit le premier.

Le chauffeur s'avança pour lui tendre le *Gazzettino* de ce matin-là, plié et coincé derrière le volant. Mais Brunetti avait besoin d'horizon, de couleur, de beauté et de vie, et pas des lignes serrées de mots imprimés, si bien qu'il n'esquissa pas le moindre mouvement pour le prendre et le conducteur se pencha pour mettre le moteur en marche.

« Ne passe pas derrière la gare. Remonte le Grand Canal. » Même si ce trajet prenait plus de temps, il leur évitait de longer la route d'où ils verraient les cheminées de Marghera ; il leur évitait aussi de passer entre l'hôpital et le cimetière. Brunetti et Vianello choisirent tous deux de rester sur le pont au soleil sans échanger un mot. Il dardait ses rayons sur eux, réchauffant leur tête et les faisant transpirer sous leurs vestes. Brunetti sentait sa chemise moite coller à son dos, et même de légères gouttes perler juste au-dessus de sa tempe. Comme il avait oublié ses lunettes de soleil, il se fit, tel un capitaine au long cours du XVIIIe siècle, une visière de la main et regarda au loin. Et il vit non pas un atoll tropical, entouré de plages immaculées, ni même les eaux tumultueuses du cap de Bonne-Espérance, mais le pont de Calatrava, emmailloté de langes à cette époque, avec des touristes à manches courtes se penchant sur le côté pour photographier le bateau de la police. Il leur sourit et leur fit un signe de la main. C'est en silence que tous trois passèrent sous ce pont, puis sous le suivant et les autres encore, et qu'ils contournèrent la basilique et San Giorgio, sur la droite. Quel effet cela doit faire, essayait d'imaginer Brunetti, de voir tout cela pour la première fois ? Avec un regard vierge ? Il songea que cette débauche de beauté était à l'opposé de ce qu'il venait de vivre à Preganziol, même si chacune de ces expériences submerge et bouleverse le spectateur à sa façon.

Le chauffeur fit glisser la vedette sur le quai face à la questure, sauta avec la corde d'amarrage à la main et la noua au-dessus du taquet. Au moment où Brunetti sortait du bateau, le conducteur commença à lui dire quelque chose, mais le moteur se mit soudainement à éructer et Brunetti sauta sur le pont. Le temps qu'il coupe le moteur, Brunetti et Vianello étaient déjà à l'intérieur du bâtiment.

Brunetti ne savait que dire à Vianello : il ne se souvenait pas de s'être retrouvé dans cette position, même si l'expérience qu'ils venaient de partager était si intense qu'elle rendait futile tout commentaire, ou quasiment toute conversation future. C'est l'agent en faction qui mit fin au malaise, en disant : « Commissaire, le vice-questeur veut vous voir. »

Il se sentit presque soulagé à l'idée de devoir parler à Patta : l'inévitable pénibilité de cet entretien lui garantissait le retour à la vie ordinaire. Il jeta un coup d'œil à Vianello : « Je vais lui parler et après je viendrai te chercher et on descendra au bar. » Retrouver d'abord la vie ordinaire et, ensuite, jouir de la compagnie des gens de tous les jours.

Comme signorina Elettra n'était pas à son bureau, Brunetti frappa à la porte de Patta sans connaître à l'avance le degré, ou la cause, de l'irritation de son supérieur. Il n'avait aucun doute sur l'état d'esprit du vice-questeur : ce n'était que dans les moments de grave contrariété avec ses subordonnés qu'il daignait ordonner, au rez-de-chaussée, de dire à Brunetti d'aller le voir dès son retour. Avant d'affronter cette rencontre, Brunetti, tel un gymnaste prêt à bondir pour attraper les anneaux, prit plusieurs profondes inspirations et se prépara au mieux à sa prestation.

Il frappa à la porte d'un geste ferme, afin de rendre ce bruit le plus viril possible : trois coups rapides, annonçant son arrivée. Brunetti interpréta le cri qu'il obtint en réponse comme une invitation à entrer. Patta était vêtu en gentleman-farmer. Son supérieur était allé résolument trop loin dans sa recherche de la perfection vestimentaire, car il était paré ce jour-là d'une véritable veste de chasseur : un tweed marron clair, plutôt long et coupé près du corps avec, sur l'épaule droite, la pièce de rigueur en daim marron et, à l'opposé, sur la gauche, une seule poche. En dessous se trouvaient des poches à rabat, aisées à déboutonner, afin de faciliter l'accès aux cartouches. Patta portait cette veste avec une chemise blanche à fins carreaux et sa cravate en soie verte était couverte de petits moutons jaunes qui rappelaient à Brunetti ceux de la mosaïque située derrière le maître-autel de la basilique de Sant'Apollinare in Classe de Ravenne.

À l'instar de saint Thomas, qui ne put croire à la résurrection du Christ tant qu'il n'eut mis sa main dans la blessure au flanc de son Seigneur, Brunetti ressentait une urgence irrépressible à aller poser sa joue sur la pièce en daim marron cousue sur l'épaule de Patta, car cette pièce était la preuve, toute ridicule fût-elle, de l'existence du monde. Encore meurtri par le spectacle de l'après-midi, l'esprit de Brunetti avait besoin, en cet instant, de se prouver que la vie ordinaire, en vérité, tout ce qui faisait la vie, était encore là, et quelle meilleure preuve que cette tenue grotesque ? Ici se trouvait un Patta en train de parler au téléphone, ici se trouvait la consistance, ici se trouvait la Preuve. Le vice-questeur leva les yeux, prononça quelques mots et raccrocha.

Brunetti résista à la tentation de se pencher et de regarder sous le bureau pour voir si le vice-questeur avait aux pieds ce qu'il imaginait être, d'après ses lectures de romans anglais, de « solides chaussures de marche ». Parvenu aux côtés de son supérieur, il dut faire un effort pour ne pas céder à l'irrépressible envie de le remercier de le rappeler à la vie : « Di Oliva a dit que vous vouliez me parler, monsieur. »

Patta prit le *Gazzettino*, le journal que Brunetti avait renoncé à lire dans le bateau. « Avez-vous vu cela ? » demanda Patta. « Non, monsieur, répondit Brunetti. Ma femme m'a fait lire *L'Osservatore romano* cette semaine. » Il allait ajouter que c'était le seul journal qui lui donnait un compte rendu quotidien des audiences du Saint-Père, tout comme *The Times* donnait l'agenda de la famille royale, mais il ne savait pas très bien – n'ayant plus lu ce journal depuis des décennies – si c'était encore vrai, ni si sa gratitude lui permettait de continuer à asticoter Patta. Il se contenta donc, en véritable mauviette, de hausser les épaules et allongea le bras pour saisir le journal.

Patta le surprit en le lui tendant gentiment : « Asseyez-vous et lisez-le. C'est à la page cinq. Puis dites-moi quel était le mobile. »

Se hâtant d'obéir, Brunetti s'assit, ouvrit le journal et trouva rapidement le gros titre : « L'inconnu, trouvé dans le canal, serait un vétérinaire de la région. » L'article donnait le nom de Nava et son âge et précisait qu'il vivait à Mestre, où il dirigeait une clinique vétérinaire privée. Il rapportait aussi qu'il était séparé de sa femme et qu'il avait un fils. La police qui enquêtait sur sa mort envisageait l'hypothèse d'une vengeance personnelle.

« *Vendetta privata ?* s'enquit Brunetti en levant les yeux.

— C'est précisément ce que je voulais vous demander, commissaire », répliqua Patta d'un ton sarcastique qui s'arrêta juste avant de passer au regard sadique. « D'où vient donc cette idée ?

— De sa femme, de ses parents, ou de toute personne avec laquelle le journaliste s'est entretenu, ou peut-être parce que ça sonnait bien à ses oreilles. Dieu seul le sait. » Brunetti soupesa un instant la possibilité, plus ou moins avisée, de lui suggérer que ce pouvait être aussi tout simplement une rumeur circulant à la questure, mais comme la vie est longue, il eut la sagesse de se taire.

« Vous refusez de répondre ? demanda Patta, d'une voix neutre.

— Monsieur le vice-questeur, répondit Brunetti du ton le plus calme et le plus raisonnable possible, peu importe d'où ils tirent cette idée. » Connaissant les failles et les sombres recoins du cerveau de Patta, Brunetti enchaîna : « Si on y réfléchit, "une vengeance personnelle" est une bien meilleure idée que celle d'une agression fortuite. » Il prenait bien soin de garder ses yeux sur le journal et de tenir ces propos sans prêter attention à Patta, comme s'il s'était engagé dans une vaine spéculation. Probablement que cela n'avait aucune importance, pour Patta, qu'un homme ait reçu des coups de couteau et qu'il ait été jeté dans un canal, dans la mesure où c'était quelqu'un de la région. Mais s'il s'était agi d'un touriste, le crime l'aurait dérangé, et si la victime avait été un touriste venant d'un riche pays européen, qui sait quels moyens le vice-questeur aurait mis en œuvre.

« Possible », admit Patta à contrecœur ; Brunetti prit sa réponse pour un : « Vous avez probablement raison ». Il replia le journal et le posa devant Patta. Il affecta un air pressé, mais obéissant.

« Qu'avez-vous fait ? finit par demander Patta.

— J'ai parlé à sa femme. Sa veuve.

— Et alors ? » s'enquit Patta, mais sur un tel ton que Brunetti décida que ce n'était pas le bon jour pour poursuivre cette joute oratoire avec lui.

« Elle m'a dit qu'ils étaient séparés ; qu'il n'était pas question qu'elle demande le divorce. Il avait une liaison avec une collègue. Pas à sa clinique, mais à l'abattoir où il travaillait : juste à la sortie de Preganziol. » Il fit une pause pour permettre à Patta de poser des questions, mais son supérieur opina simplement du chef. « Sa femme dit qu'il était tracassé.

— Pour d'autres raisons que cette liaison ?

— C'est ce qu'il semblerait, d'après ce qu'elle dit, ou à la façon dont elle le dit. Je voulais me faire une idée de cet endroit. » Brunetti ne put en exprimer davantage.

« Et donc ?

— Ce n'est pas un bel endroit : on y tue les animaux et on les découpe », expliqua Brunetti sans prendre de gants. « J'ai parlé à la femme qui devait être sa maîtresse. »

Avant qu'il ne puisse continuer, Patta lui coupa la parole : « Vous ne lui avez pas dit que vous étiez au courant de leur liaison, n'est-ce pas ?

— Non, monsieur.

— Que lui avez-vous dit ?
— Qu'il était mort.
— Comment a-t-elle réagi ? »
Brunetti avait déjà pris le temps de réfléchir à cette question. « Elle était en colère que nous ayons mis si longtemps à le lui dire, mais elle n'a rien dit de spécial sur lui.

— Elle n'avait aucune raison de le faire, je suppose », répliqua Patta. Puis, se montrant remarquablement sensible à la réaction de Brunetti, il se hâta d'ajouter : « De son point de vue, bien sûr. » Mais le naturel revenant au galop, il demanda d'un ton insistant : « Qu'est-ce que peut bien faire une femme à travailler dans un endroit pareil ?

— Je ne sais pas, monsieur », affirma Brunetti, même si ces mots faisaient écho à ses propres pensées.

« Je n'ai pas l'impression que vous ayez glané beaucoup d'informations », nota Patta, avec un malin plaisir.

Au contraire, Brunetti n'en avait que trop mais il ne voulait discuter de cette question ni avec Patta ni avec personne. Il se contenta de lui jeter un regard plein de gravité : « Vous avez raison, monsieur le vice-questeur. Je n'ai pas beaucoup appris sur son activité là-bas, ni sur ce que cette femme pouvait bien y manigancer. Si elle manigançait quelque chose. » Il se sentit soudain trop fatigué et, même si cela lui coûtait de l'admettre, il avait en plus trop faim pour se quereller avec Patta. Il s'autorisa à regarder par la fenêtre de son bureau, celle qui donnait sur le même *campo* que le sien.

Il eut soudain envie de demander à Patta s'il avait déjà perçu la vue depuis sa fenêtre comme la métaphore de ce qui les différenciait. Ils regardaient tous deux la même chose, mais comme le bureau de Brunetti se trouvait à l'étage supérieur, il avait la plus belle vue. Non, sans doute était-il plus sage de ne pas poser cette question à Patta.

« Bien, alors prenez cette affaire en main », déclara Patta de la voix qu'il utilisait lorsqu'il lui fallait devenir un meneur d'hommes et mettre en place d'urgence une action dynamique.

De par sa longue expérience, Brunetti savait que c'était la voix qui exigeait le plus haut degré de déférence, si bien qu'il répondit : « *Sì, dottore* » et s'en alla.

En bas, Vianello était à son bureau. Il ne lisait ni ne parlait avec ses collègues, et n'était pas non plus au téléphone. Il était assis, immobile et en silence, apparemment captivé par la surface plane de son bureau. Lorsque Brunetti entra, les autres hommes présents dans la pièce le dévisagèrent d'un air gêné, presque comme s'ils craignaient de le voir coffrer Vianello pour un méfait ou un autre.

Brunetti s'arrêta au bureau de Masiero et lui demanda, du ton le plus normal, s'il avait réussi à obtenir des informations sur les voitures cambriolées au parking municipal de Piazzale Roma. Le policier lui apprit que, la veille, trois des vidéos du parking avaient été sabotées et qu'on avait ouvert six voitures par effraction.

Bien qu'il ne fût pas impliqué dans cette enquête et n'eût pas le moindre intérêt pour la question, Brunetti continua à interroger l'agent de police, en parlant plus fort que d'habitude. Pendant que Masiero lui énonçait sa théorie, à savoir que les vols devaient être l'œuvre de quelqu'un qui y travaillait ou y garait sa voiture, Brunetti surveillait du coin de l'œil Vianello, qui ne bougeait toujours pas et gardait le silence.

Brunetti s'apprêtait à suggérer de cacher ou de masquer les caméras, lorsqu'il perçut un mouvement du côté de Vianello qui vint à ses côtés. « Oui, un café, voilà ce qu'il me faut. »

Sans dire un mot de plus à Masiero, Brunetti quitta la salle des policiers et précéda Vianello dans l'escalier, puis le long du quai qu'ils remontèrent jusqu'au bar, au pied du pont. Ni l'un ni l'autre n'avait grand-chose à dire, même si Vianello fit remarquer, d'une voix terne, qu'il serait probablement plus facile de tout simplement vérifier l'emploi du temps des gens qui travaillaient au garage les nuits des vols. Et, continua-t-il, il ne serait pas bien compliqué non plus de vérifier sur l'ordinateur la liste de ceux qui s'étaient servis de leur passe pour garer ou sortir leur voiture les nuits en question.

Ils entrèrent dans le bar et, unis dans la faim, ils étudièrent les *tramezzini* proposés au comptoir. Mamadou demanda ce qu'ils voulaient. Brunetti en commanda un à la tomate et aux œufs et un à la tomate et mozzarella. Vianello dit qu'il voulait la même chose. Tous deux prirent du vin rouge et emportèrent leurs verres dans la petite salle au fin fond du café.

En un clin d'œil, Mamadou revint avec les sandwiches. Vianello les ignora et but la moitié de son vin ; tout comme Brunetti, qui fit ensuite un signe à Mamadou, en levant son verre et en indiquant celui de Vianello.

Il reposa son verre et prit un des *tramezzini*, au hasard. Quand on a faim, on se dépêche, on ne tergiverse pas. Moins de mayonnaise que dans ceux de Sergio, constata Brunetti dès la première bouchée, et c'était tant mieux. Il finit son verre et le tendit à Mamadou qui était revenu sur ces entrefaites.

« Et alors ? finit par dire Brunetti, une fois le serveur reparti avec les verres vides.

— Qu'est-ce qu'il a dit, Patta ? » demanda Vianello, puis il sourit au regard de Brunetti. « Alvise t'a vu entrer dans son bureau.

— Il m'a dit de continuer, sans spécifier ce qu'il voulait dire. Je suppose qu'il voulait dire l'affaire Borelli.

— Je ne pense pas qu'une femme ait envie de travailler dans un tel endroit », dit Vianello, en faisant écho à son opinion et à celle de Patta, tout en parvenant à la rendre plus acceptable. Puis l'inspecteur le surprit en racontant : « Mon grand-père était paysan.

— Je croyais qu'il était vénitien », dit Brunetti, comme si les deux choses étaient incompatibles.

« Pas jusqu'à ses vingt ans environ. Il est arrivé ici juste avant la Première Guerre mondiale. C'est le père de ma mère. Sa famille mourait de faim dans une ferme dans le Frioul, ce qui fait qu'ils ont pris le fils du milieu et l'ont envoyé travailler à la ville. Mais il a grandi dans une ferme. Je me souviens, quand j'étais petit, il me racontait comment c'était de travailler pour un seigneur et maître. Le propriétaire de la ferme passait à cheval chaque jour et comptait les œufs, ou tout au moins les poules, et il exigeait des œufs en plus, s'il n'avait pas eu le nombre qu'il estimait lui revenir. » Vianello regarda par la fenêtre du bar les gens qui montaient et descendaient le pont. « T'imagines : ce type possédait la plupart des fermes de la région et il passait son temps à compter les œufs. » Il secoua la tête à cette pensée et ajouta : « Il me disait que la seule chose qu'ils pouvaient faire, parfois, c'était de boire un peu du lait qui reposait pendant la nuit. »

Émù à ce souvenir, Vianello posa son verre sur la table ; il avait oublié ses sandwiches. « Il m'a dit qu'un de ses oncles est mort de faim. Ils l'ont trouvé dans sa grange, un matin d'hiver. »

Brunetti, qui avait entendu ce genre d'histoires quand il était enfant, ne posa aucune question.

Vianello regarda Brunetti dans les yeux et sourit. « Mais ça ne sert à rien, n'est-ce pas, de parler de tout cela ? » Il prit un de ses sandwiches, mordit dedans du bout des dents, comme pour se rappeler ce que c'était que manger, apparemment le trouva bon et finit le *tramezzino* en deux bouchées. Et il fit un sort à l'autre aussi.

« Elle m'intrigue, cette Borelli, reconnut Brunetti.

— Signorina Elettra trouvera tout ce qui existe à son sujet », observa Vianello, récitant pour la énième fois l'un des sept piliers de la sagesse de la questure.

Brunetti finit son vin et reposa son verre. « Patta n'aimerait pas qu'il s'agisse d'un vol », dit-il en en récitant un autre. « Allez, on y retourne. »

21

Le fait d'avoir pu s'asseoir et parler autour d'un verre de vin, en mangeant un morceau, les avait soulagés et requinqués, et en sortant du bar, ils eurent l'impression que leurs vestes étaient enfin débarrassées de cette odeur persistante. Tandis qu'ils longeaient le quai, Brunetti déclara qu'il demanderait à signorina Elettra de jeter un coup d'œil sur la vie de signorina Borelli. Vianello proposa de voir ce qu'on pouvait trouver sur Papetti, le directeur de l'abattoir, en partant à la fois de sources officielles et « d'amis du continent », peu importe de qui il s'agissait. Une fois à la questure, l'inspecteur entra dans la salle des policiers et Brunetti monta au bureau de Patta.

Signorina Elettra était à son ordinateur, les bras levés au-dessus de la tête, les mains jointes. « J'espère que je ne vous dérange pas », dit Brunetti en entrant.

« Pas du tout, dottore », répondit-elle en baissant les bras, mais en continuant à remuer les doigts. « Je suis restée assise derrière cet écran toute la journée et je crois bien que j'en suis lassée. »

Si son fils lui avait dit qu'il était lassé de manger, ou Paola qu'elle était lassée de lire, Brunetti n'en aurait pas été plus étonné. Il voulait lui demander si elle était lassée de…, mais il ne parvenait pas à trouver le mot désignant de manière adéquate ce qu'elle faisait tout le temps. Fouiner ? Farfouiller ? Violer la loi ?

« Est-ce que vous préféreriez faire autre chose ? demanda-t-il.

— Est-ce une question de politesse, ou une vraie question, signore ?

— Je crois que c'en est une vraie », affirma Brunetti.

Elle passa la main dans les cheveux : « Je crois que si j'avais eu à choisir une profession, j'aurais aimé être archéologue.

— Archéologue ? » répéta Brunetti. Le rêve secret de tant de gens qu'il connaissait.

Elle afficha son sourire et son ton les plus mondains. « Bien sûr, seulement à condition de faire des découvertes sensationnelles et de devenir très, très célèbre. »

Mis à part Carter et Schliemann, songea Brunetti, peu d'archéologues avaient connu la gloire.

Refusant de la croire sur ce point, il demanda, sur un ton éminemment sceptique : « Seulement pour la renommée ? »

Elle resta un long moment à réfléchir en silence, puis elle sourit et avoua : « Non, pas vraiment. J'aurais aimé découvrir de jolis petits objets, bien sûr – c'est la seule chose qui fasse connaître les archéologues –, mais ce que j'aimerais vraiment savoir, c'est comment les gens vivaient au quotidien et jusqu'à quel point ils étaient comme nous. Ou différents, en fait. Même si je ne suis pas sûre que ce soit l'archéologie qui nous renseigne là-dessus. »

Brunetti, qui pensait que ce n'était pas, effectivement, le rôle de l'archéologie et que la littérature avait beaucoup plus à dire sur l'aspect et la vie des gens, fit un signe d'assentiment. « Qu'est-ce que vous regardez dans les musées ? Les belles pièces, ou les boucles de ceinture ?

— Toute la question est bien là, répondit-elle. Parmi les objets quotidiens, il y en avait de tellement beaux que je ne sais jamais quoi regarder. Les boucles de ceinture, les épingles à cheveux, même les assiettes en argile. » Elle y songea un instant et ajouta : « Ou peut-être que nous les considérons comme beaux uniquement parce qu'ils sont faits à la main. Nous avons tellement l'habitude de voir des choses produites en série que nous disons qu'ils sont beaux seulement parce qu'ils sont tous différents les uns des autres et que nous en sommes venus à donner plus de valeur à ce qui est fait artisanalement. »

Elle eut un petit rire et poursuivit : « Je les soupçonnerais pour la plupart d'être prêts à échanger leur belle tasse en argile contre un pot de confiture en verre avec un couvercle, ou leurs peignes en ivoire gravés à la main contre une douzaine d'aiguilles faites à la machine. »

Pour montrer son approbation, il surenchérit : « Probablement qu'ils seraient prêts à vous donner tout ce que vous demanderiez en échange d'une machine à laver. »

Elle rit de nouveau. « *Je* donnerais n'importe quoi en échange d'une machine à laver. » Puis, reprenant son sérieux, elle ajouta : « Je soupçonne que la plupart des gens – en tout cas les femmes – seraient disposés à renoncer à leur droit de vote en échange d'une machine à laver. Moi la première, Dieu le sait. »

Au début, Brunetti pensait qu'elle plaisantait, en exagérant comme à son habitude, mais il réalisa qu'en fait, pas du tout.

« Vous le feriez vraiment? demanda-t-il, ayant peine à le croire.

— Pour voter dans ce pays? Absolument.

— Et dans un autre? »

Cette fois, elle se passa les deux mains dans les cheveux et baissa la tête, comme si les noms des pays du monde s'étalaient à la surface de son bureau. Finalement, elle leva les yeux et, sans une once de badinage dans la voix, avoua : « Je crains que oui. »

Comme aucune réplique ou commentaire ne lui vint à l'esprit, il poursuivit : « Il y a quelques petites choses que j'aimerais que vous trouviez, signorina. »

Instantanément, elle cessa d'être l'effigie de la démocratie à l'agonie et retrouva son efficacité habituelle. Il lui donna le nom de Giulia Borelli et lui expliqua son rapport avec l'homme assassiné et son emploi à l'abattoir. Même s'il ne doutait pas des capacités de Vianello, ou à peine, Brunetti n'oubliait pas que signorina Elettra était le maître et Vianello seulement l'apprenti; ainsi lui donna-t-il aussi dans la foulée les noms de Papetti et Bianchi, lui expliquant qui était chacun d'eux.

« Est-ce que la presse va nous traquer avec cette histoire, d'après vous? demanda-t-il.

— Oh, maintenant qu'ils ont arrêté l'oncle, plus personne n'écrit, plus personne n'appelle. » Son allusion au meurtre qui était en train de secouer le pays était claire : un meurtre advenu au sein d'une famille très unie, dont les membres livraient des versions différentes des histoires sur les victimes et les accusés. Il ne se passait pas un jour sans que la liste des auteurs du délit n'augmente ou ne diminue ; la presse et la télévision regorgeaient de gens disposés à être interviewés. Chaque jour fournissait aussi une nouvelle photo d'un membre de cette famille, au visage empreint de tristesse, arborant un portrait de la douce et jeune victime ; puis, le lendemain, les révélations d'un autre parent encore faisaient passer celui qui avait exhibé la photo du rang de proche du défunt à celui de suspect.

Cette histoire agrémentait l'arôme du café dans les bars ; il était impossible de prendre un bateau sans en entendre parler. Au début de l'affaire, qui avait éclaté un mois plus tôt, lorsque la jeune femme avait été portée disparue, le policier en Brunetti voulait aller sur les pontons et crier : « C'est quelqu'un de sa famille », mais son professionnalisme lui imposa un silence des plus rigoureux. Maintenant, lorsque le fait divers revenait sur le tapis, et cela arrivait un peu partout, il refusait de feindre la surprise aux nouvelles découvertes et faisait de son mieux pour changer de sujet.

Ainsi, même avec signorina Elettra, il prit garde à ne pas engager cette conversation et lui dit plutôt : « Si la presse appelle, passez-leur le vice-questeur, d'accord ?

— Bien sûr, commissaire. »

Il avait été cassant, certes, mais il ne voulait pas s'engouffrer dans une discussion sur ce crime. Il était troublé par le fait que, pour beaucoup de gens, les meurtres n'étaient plus qu'une sorte de jeu barbare, auquel on ne pouvait répondre que par un humour douteux. Peut-être que cette réaction relevait tout simplement de la pensée magique et que les gens espéraient conjurer le sort par l'hilarité, en empêchant que cela ne se reproduise, ou n'atteigne celui qui a ri.

Ou peut-être était-ce une tentative pour dissimuler ou nier ce que révélait ce meurtre : la famille italienne, très unie, était autant une antiquité que ces boucles de ceinture et ces assiettes en argile faites à la main. Comme elles, elle avait été fabriquée à une époque plus simple, avec des matériaux solides et pour des gens qui attendaient des choses plus simples de la vie. Mais aujourd'hui, les contacts et les plaisirs sont produits en masse et sont de mauvaise qualité, et il en va de même pour la famille qui se rend et chante en chœur à la messe avec assiduité. On sauve les apparences, mais tout ce qu'il en reste n'est qu'un souvenir fantomatique.

« Je serai dans mon bureau », déclara Brunetti, qui ne voulait pas rester là, ni poursuivre aucun des sujets de conversation qu'ils avaient abordés. Arrivé dans son bureau, il installa sa chaise au bout de la table, à l'endroit où il avait placé son ordinateur qu'il ne pouvait s'empêcher de voir comme celui de signorina Elettra.

Il n'aurait pas supporté d'en apprendre davantage sur les opérations dont il avait été témoin ce matin-là, mais il était curieux d'en savoir plus sur l'industrie agroalimentaire. Sa curiosité lui fit arpenter les corridors de Bruxelles et de Rome et parcourir la prose impénétrable des différents décideurs en matière de règlements agricoles, dénués de tout visage.

Quand il en fut lassé, Brunetti décida de mettre à l'épreuve son talent d'enquêteur en s'occupant de

Papetti, le directeur de l'abattoir de Preganziol, et ses recherches le surprirent par leur facilité. Il découvrit qu'Alessandro Papetti n'était pas un fils de la terre, aux mains calleuses et doté d'un attachement à l'agriculture et à tout ce qui pouvait toucher aux bovins, mais le rejeton d'un avocat de Trévise qui avait passé une maîtrise en économie d'entreprise à l'Université de Bologne. Il avait exercé son premier emploi, ce qui était assez compréhensible, au sein du cabinet de son père, où il avait passé dix ans comme conseiller fiscal pour les clients de ce dernier. Quatre ans plus tôt, il avait été nommé directeur de l'abattoir.

Peu de temps après sa nomination, Papetti avait donné une interview à *La Tribuna*, le quotidien de Trévise, qui avait publié une photo où il posait avec sa femme et trois jeunes enfants. Il expliquait que les agriculteurs étaient l'âme de la nation, et qu'elle reposait tout entière sur les épaules de ces hommes.

Brunetti ne parvint pas à trouver d'informations sur Bianchi et les dossiers de l'édition du *Gazzettino* de Trévise ne rapportaient que brièvement la nomination de signorina Borelli, advenue trois ans plus tôt, à ses fonctions à l'abattoir. Signorina Borelli, expliquait-on, qui était titulaire d'une maîtrise en marketing et tourisme, avait quitté son poste au secteur comptabilité de Tekknomed, une petite société pharmaceutique de Trévise, pour commencer ce nouvel emploi.

Trévise et Trévise, songea Brunetti. Mais qu'est-ce qu'elle a, cette ville ?

Il changea machinalement de sites et chercha le Bottin de cette commune. En quelques secondes, Tekknomed apparut sur l'écran. Il composa le numéro et, à la troisième sonnerie, une jeune femme à la voix cristalline lui répondit.

« Bonjour, signorina, dit Brunetti. Ici le bureau de maître Papetti. Nous essayons de vous envoyer un e-mail depuis une demi-heure, mais il nous revient sans arrêt. Si bien que je me suis permis de vous appeler au cas où vous auriez un problème avec votre serveur. » Puis, en injectant une dose d'inquiétude dans la voix : « Bien sûr, cela pourrait provenir du nôtre, mais le vôtre est le seul avec lequel cela nous arrive, donc j'ai pensé vous appeler pour vous en informer.

— C'est très aimable à vous, signore. Ne quittez pas, j'en ai pour une minute, le temps de vérifier. À qui vouliez-vous l'envoyer ? »

Comme il s'attendait à cette question, Brunetti répondit : « Au service comptabilité.

— Une minute, s'il vous plaît. »

Pendant qu'il attendait en ligne, bien content de son stratagème, Brunetti entendit un clic et quelques notes d'une musique mièvre.

Elle fut rapidement de retour et dit : « Ils ont demandé si vous l'envoyez bien à l'adresse que vous utilisez toujours : conta@Tekknomed.it ?

— Absolument, confirma Brunetti, d'un ton confus. Je vais réessayer et nous verrons ce qui se passe. S'il me revient, je vous rappelle, entendu ?

— Très bien. C'est très aimable à vous, signore. Peu de gens prendraient la peine de nous appeler pour nous prévenir.

— C'est la moindre des choses que nous puissions faire pour nos clients », répliqua Brunetti.

« Bingo ! » dit Brunetti en raccrochant. Mais sa prudence habituelle reprit vite le dessus : « Bingo ? »

22

« Ça pourrait être une coïncidence », répondit avec insistance Vianello à Brunetti qui lui expliquait que Tekknomed – où signora Borelli avait travaillé – était un client du cabinet du père de Papetti.

« Elle a fait des études de marketing et de tourisme, Lorenzo. Et maintenant, elle est son assistante dans un abattoir, pour l'amour du ciel. Tu peux me dire comment c'est possible ?

— De quoi tu vas aller l'accuser, Guido ? D'avoir changé d'emploi et d'avoir une liaison ?

— C'est toi qui l'as dit », assena Brunetti, se rendant compte à quel point son argument était faible et spécieux. « Elle a changé d'emploi après avoir travaillé pour une société où était impliqué son nouveau patron. »

Vianello le regarda longuement avant de répondre. « Nous sommes à une époque où il faut inventer sa vie de toutes pièces, Guido : c'est toi qui m'as toujours dit ça. Il y a des jeunes qui sont bardés de diplômes, dans n'importe quelle matière, et qui sont déjà bien contents d'avoir un emploi, quel qu'il soit. Elle a probablement reçu une proposition alléchante et accepté de le suivre dans ce nouveau poste. » Comme Brunetti ne répondait pas, Vianello demanda : « Parmi tous tes amis, combien ont des enfants qui ont trouvé du travail ? La plupart de ceux que je connais sont chez eux, assis devant leur ordinateur toute la sainte journée et doivent demander à leurs parents leur argent de poche pour le week-end. »

Brunetti leva une main pour l'arrêter. « Je sais tout ça. Tout le monde le sait. Ce n'est pas de ça que je parle. Ici on a affaire à une femme qui avait, selon toute probabilité, un bon emploi…

— Ça, on ne le sait pas.

— D'accord, mais on peut le vérifier. Et même si c'était un bon emploi, elle l'a quitté pour aller faire quelque chose d'autre.

— Pour un salaire plus élevé. Pour un meilleur emploi du temps. Pour être plus près de chez elle. Parce qu'elle détestait son vieux patron. Pour avoir plus de vacances. Un bureau à elle. Une voiture de fonction. » Vianello se tut pour offrir à Brunetti la possibilité de répondre, mais comme il ne la saisit pas, l'inspecteur poursuivit : « Tu veux que je te donne d'autres raisons pour lesquelles elle pourrait avoir changé d'emploi ?

— Il y a quelque chose de bizarre dans tout ça », répliqua Brunetti, ce qui sonnait, même à ses propres oreilles, comme les propos d'un enfant têtu qui ne veut pas lâcher le morceau.

Vianello leva les bras au ciel. « D'accord, d'accord, ça peut paraître bizarre qu'elle ait renoncé à un emploi pareil, mais tu ne peux que faire ce constat. On n'a pas assez d'informations pour comprendre ce qui s'est passé. On n'a même *aucune* information. Et on n'en aura pas tant qu'on ne trouvera rien d'autre sur elle. »

C'était le prétexte dont Brunetti avait besoin. Il se leva, en disant : « Je vais aller lui demander de jeter un coup d'œil. »

Il venait d'atteindre la porte lorsque Vianello lui dit, du ton le plus naturel qui soit : « Ce n'est pas pour lui déplaire » et il se leva pour regagner son bureau.

Vingt minutes plus tard, Vianello dut interrompre sa lecture du *Gazzettino*, car Brunetti lui demanda de monter le voir. À l'arrivée de son assistant, Brunetti lui déclara : « Elle l'a fait. » Il s'abstint de dire à Vianello que signorina Elettra aussi avait trouvé le changement d'emploi de signorina Borelli suspect – disons, pas vraiment suspect, mais en tout cas notable – et lui rapporta juste qu'elle avait dit que cela pourrait lui prendre un peu de temps pour repérer et avoir accès à ses fiches d'emploi. Le fait que sa collègue ait utilisé de tels mots rappela à Brunetti qu'il s'était passé pas mal de temps depuis qu'ils ne s'étaient plus souciés, ni lui ni Vianello, de savoir comment signorina Elettra s'y prenait : ils attendaient simplement le résultat de ses opérations et étaient heureux de procéder de cette manière. S'ils hésitaient à lui poser directement la question, c'était sans doute parce que ses recherches étaient à la limite de la légalité. Brunetti chassa ces pensées en se donnant une légère secousse : à la prochaine information, il s'interrogerait sur le sexe des anges.

Vianello observa, de cette voix que Brunetti lui connaissait bien lorsqu'il voulait suggérer bien plus qu'il n'en disait : « Tu sais, on n'a pas avancé d'un pouce sur la question de savoir pourquoi quelqu'un aurait voulu le tuer. » Combien de temps, se demandait Brunetti, allait mettre l'inspecteur avant d'évoquer un vol ayant mal tourné ?

« Il est venu à Venise », affirma Brunetti, revenant à l'une des rares certitudes qu'il avait. Le rapport final de Rizzardi, que tous deux avaient lu, disait seulement que la victime, hormis sa maladie de Madelung, était en bonne santé pour un homme de son âge. Il avait dîné quelques heures avant sa mort et consommé une petite quantité d'alcool. La digestion était en cours au moment du décès, avait écrit le médecin légiste, qui avait ajouté que le temps que le corps avait passé dans l'eau avait effacé tout signe d'activité sexuelle. Vu la température de l'eau, le médecin légiste ne pouvait que donner une estimation de l'heure de la mort, advenue probablement entre minuit et quatre heures du matin.

Même si le nom et la photo de Nava figuraient dans les journaux ce jour-là, avec la demande que toute personne détenant des informations sur lui téléphone à la police, il n'y eut aucun appel.

Vianello prit une profonde inspiration. « Le type avant lui s'appelait Meucci, n'est-ce pas ? » demanda-t-il.

Brunetti mit un moment à saisir où voulait en venir son collègue et à saisir qu'il était en train de parler du prédécesseur de Nava à l'abattoir. « Oui. Gabriele, je crois. » Il retourna à son ordinateur, conscient qu'il imitait le mouvement circulaire de signorina Elettra lorsqu'elle regagnait le sien. Il se retint, juste à temps, de dire qu'à son avis ce ne serait pas difficile de trouver Meucci, s'il y avait, comme il l'espérait, une liste de ce type de praticiens, ou une association qui les regroupait tous.

Il finit par trouver le médecin dans les Pages jaunes, à la rubrique « vétérinaires ». Le cabinet du Dr Gabriele Meucci était répertorié dans le quartier de Castello. Le numéro ne lui dit rien, il ne put le localiser que grâce au *Calli, Campielli e Canali*[1] au fin fond de Castello, sur le quai de San Giuseppe.

« Je suppose que les gens là-bas doivent aussi avoir des animaux », dit Vianello en guise de commentaire sur l'emplacement. Pour tous deux, c'était aussi loin du centre-ville, pour ne pas parler de Sant'Elena, que d'aller en Patagonie. « Plutôt éloigné de Preganziol, dirais-je », ajouta Vianello.

Lorsqu'il éteignit son ordinateur, Brunetti remarqua que sa main gauche tremblait. Il se demandait quelle pouvait en être la cause, même si, en serrant ses poings un certain nombre de fois, il parvint à l'arrêter. Il posa sa paume à plat sur le bureau et pressa dessus, puis la souleva de quelques centimètres : elle continuait à trembler.

« Je crois qu'on devrait rentrer chez nous, Lorenzo, dit-il, les yeux rivés sur sa main et non pas sur Vianello.

— Oui », approuva l'inspecteur, qui se tapota les genoux des mains et se leva. « J'ai eu ma dose pour aujourd'hui. »

Brunetti voulait répondre quelque chose, faire un commentaire – même sous forme de plaisanterie ou d'ironie –, mais les mots refusaient de lui venir aux

1. Ouvrage répertoriant toutes les rues, les places et les canaux de la ville, la « Bible » des Vénitiens.

lèvres. Des événements aussi choquants que ceux qu'ils avaient vus, avait-il toujours entendu dire, laissent une trace durable qui vous change une personne en profondeur. Et pas qu'un peu. Il avait été horrifié et dégoûté, mais il savait que cela ne l'avait pas changé, pas vraiment. Brunetti ne savait pas si c'était une bonne chose, ou non.

« On pourrait se retrouver demain matin, devant son bureau, suggéra-t-il à Vianello.

— À neuf heures ?

— Oui. En supposant qu'il travaille à cette heure-là.

— Et si ce n'est pas le cas ?

— Eh bien, on ira prendre un café et un croissant, on regardera les bateaux un moment et on ira au boulot en retard.

— Seulement si vous insistez, commissaire », dit Vianello.

Lorsqu'il s'extirpa de la questure, Brunetti sentit sur ses épaules tout le poids accumulé pendant la journée et il aurait aimé, l'espace d'un instant, vivre dans une ville où il serait possible d'appeler un taxi sans avoir à payer 60 euros, quelle que soit la durée de la course. C'était la première fois, pour autant qu'il s'en souvînt, qu'il trouvait qu'il habitait trop loin pour rentrer à pied ; il descendit donc lentement vers l'arrêt de San Zaccaria et attendit le numéro 1.

Il serra son poing gauche dans la poche, essaya de ne plus penser à sa main et résista à l'envie pressante de la sortir et de la regarder. Il avait un abonnement mensuel, donc il n'eut pas besoin de prendre son portefeuille et d'en extraire son titre de transport.

Le bateau arriva, il monta, entra dans la cabine et s'assit. Dès que le vaporetto s'éloigna de l'embarcadère, la curiosité de Brunetti l'emporta et il sortit sa main de la poche. Il écarta ses doigts à plat sur sa cuisse, mais au lieu de les regarder, il tourna ses yeux vers l'ange volant au-dessus de la coupole de San Giorgio, encore visible dans la lumière qui déclinait rapidement.

Il ne sentit aucun tremblement contre sa cuisse, mais avant de vérifier, il souleva ses doigts d'un centimètre au-dessus de sa jambe et les garda ainsi quelques secondes, tout en continuant à consulter l'ange, placé là depuis des siècles. Il finit par regarder ses doigts, qui étaient immobiles. Il les relâcha et les reposa sur sa cuisse.

« Il y a tellement de choses », marmonna-t-il dans sa barbe, sans trop savoir ce qu'il voulait dire par là. La jeune femme à côté de lui sursauta, se tourna et le regarda, puis retourna à ses mots croisés. Elle n'a pas l'air d'être italienne, pensa-t-il, même s'il ne l'avait aperçue que brièvement. Française, peut-être. Pas américaine. Et pas italienne. Elle était assise dans un bateau remontant le Grand Canal, les yeux sur ses mots croisés, dont les lettres étaient trop petites pour lui permettre d'en déchiffrer la langue. Brunetti se retourna vers l'ange, pour voir s'il avait un commentaire à faire à ce propos, mais il n'en fit pas ; Brunetti se remit alors à observer les façades des édifices sur la droite.

Lorsqu'il était enfant, ils nageaient dans ce *rio* et dans beaucoup d'autres canaux. Il se souvint qu'il plongeait dans l'eau aux Fondamente Nuove et qu'un de ses camarades de classe avait nagé un jour de la

Giudecca aux Zattere parce qu'il n'avait pas envie d'attendre le bateau dans la nuit avancée. Lorsque le père de Brunetti était petit, il attrapait des seiches le long du quai de Sacca Fisola, mais c'était avant que les installations pétrochimiques, de l'autre côté de la lagune, ne transforment complètement Marghera. Et avant qu'elles ne transforment également les seiches.

Il descendit à San Silvestro, traversa le passage couvert, puis il prit sur la gauche, résolu à rentrer chez lui ; tout ce qu'il voulait, c'était un verre de vin et manger quelque chose pour l'accompagner. Des amandes, peut-être : quelque chose de salé. Et un vin blanc sans bulles : du pinot grigio. Voilà.

Il était tout juste entré dans l'appartement qu'il entendit Paola l'appeler de la cuisine. « Si tu as envie d'un verre, il y a quelque chose à grignoter au salon. La bouteille est ouverte. Je te l'apporte. »

Brunetti accrocha sa veste et suivit sa suggestion comme si ça avait été un ordre. Lorsqu'il arriva au salon, il fut surpris de voir que les lumières étaient allumées et fut encore plus surpris de voir, en regardant par la fenêtre, qu'il faisait presque nuit noire. Sur le bateau, inquiet pour sa main, il ne s'était pas rendu compte que l'obscurité était tombée.

Sur la table basse, devant le canapé, étaient posés deux verres de vin, un bol d'olives noires, un d'amandes, quelques gressins et une assiette avec de petits morceaux de ce qui semblait être du parmesan. « Reggiano[1] », dit-il à voix haute. Sa mère, même à l'époque où sa famille avait connu les pires moments

1. De la région d'Émilie-Romagne, comptant Reggio Emilia parmi ses provinces.

de misère, refusait d'acheter autre chose que du parmigiano reggiano. « Mieux vaut rien que quelque chose de pas bon », disait-elle et c'est ce qu'il pensait toujours.

Paola entra dans la pièce, une bouteille de vin à la main. Il leva les yeux vers elle et dit : « Mieux vaut rien plutôt que quelque chose de pas bon. »

La longue expérience qu'avait Paola du code sibyllin de Brunetti la fit sourire. « Je présume que tu parles du vin. »

Il leva les deux verres pendant qu'elle versait le vin, puis il s'assit à côté d'elle sur le canapé. Du pinot grigio : il avait épousé une femme capable de lire dans les pensées. Il piqua quelques amandes et les mangea, une par une, savourant pleinement le contraste entre le sel, l'amertume des amandes et le vin.

Sans crier gare, le souvenir de l'entrée de l'abattoir couvert de gravier lui revint brusquement en mémoire et il crut sentir l'odeur à nouveau. Il ferma les yeux et prit une autre gorgée de vin ; il força son esprit à se concentrer sur le goût du vin, le goût des amandes, et la douce présence de sa femme à ses côtés. « Raconte-moi ce que tu leur as appris, aujourd'hui », dit-il, en enlevant ses chaussures d'un coup de pied et se penchant en arrière.

Elle prit une longue gorgée de vin, grignota un gressin et mangea un des copeaux de fromage. « Je ne suis pas sûre de leur avoir appris grand-chose, commença-t-elle, mais je leur ai demandé de lire *Les Dépouilles de Poynton*.

— C'est celui sur la femme, avec toute cette histoire compliquée ? » question pertinente qui le fit passer d'un sibyllin à un philistin.

« Oui, mon cher » dit-elle, et elle leur versa à tous deux une autre rasade de vin.

— Comment ont-ils réagi ? » demanda-t-il, soudain curieux.

Il avait lu ce livre, même si c'était en traduction – il préférait James en traduction – et l'avait bien aimé.

« On dirait qu'ils n'arrivent pas à comprendre qu'elle aimait les choses qu'elle possédait parce qu'elles étaient belles, et non pas pour leur valeur marchande. Ou qui avaient de la valeur, mais pour des raisons autres que matérielles. » Elle sirota son vin. « Mes étudiants ont du mal à saisir le sens de toute action humaine qui ne soit pas motivée par un profit financier.

— Il y a beaucoup de gens comme ça autour de nous », répliqua Brunetti, en prenant une olive. Il la mangea, cracha le noyau dans sa main gauche qui, remarqua-t-il, était parfaitement assurée. Il mit le noyau dans une petite soucoupe et en prit une autre.

« Et ils aiment les mauvais… ils aiment des personnages différents de ceux que j'aime… rectifia-t-elle.

— Il y a une femme vraiment désagréable dans ce roman, n'est-ce pas ? demanda-t-il.

— Il y en a même deux » précisa-t-elle et elle annonça que le dîner serait prêt dans dix minutes.

23

Lorsque Brunetti sortit de chez lui, le lendemain matin, il tombait une pluie fine. En prenant le vaporetto à Rialto, il vit que le niveau de l'eau était haut, même s'il n'avait reçu aucun message sur son portable le prévenant de l'*acqua alta*. Ces deux dernières années avaient vu davantage de hautes marées, à des moments inhabituels, et même si la plupart des gens – et tous les pêcheurs – pensaient que c'était le résultat des interventions brutales du projet MOSE à l'entrée de la lagune, les sources officielles niaient ce fait catégoriquement.

Foa, le chauffeur de la questure, frisait l'apoplexie chaque fois que l'on abordait le sujet. Il avait appris les mouvements des marées en même temps que l'alphabet et il connaissait aussi bien le nom des vents qui traversaient l'Adriatique que les prêtres les noms des saints. Sceptique dès le début, il avait observé, pendant des années, la croissance du monstre en métal et avait vu toutes les protestations balayées par le flot des jolis subsides européens, envoyés pour sauver la Perle de l'Adriatique. Ses amis pêcheurs lui parlaient des nouveaux tourbillons qui agitaient violemment la mer comme la lagune, et des conséquences des dragages pharaoniques qui avaient été effectués les dernières années. Personne, déplorait Foa, n'avait daigné consulter les pêcheurs. Au contraire, les experts – Brunetti se souvenait d'avoir vu une fois Foa cracher après avoir prononcé ce mot – avaient pris les décisions et d'autres experts obtiendraient, cela ne faisait aucun doute, les contrats pour la construction.

Pendant une décennie entière, Brunetti avait lu dans la presse « oui » puis il avait lu « non », et tout récemment, il avait lu qu'il fallait rallonger les délais pour trouver les fonds, ce qui retardait encore le projet de trois ans. En tant qu'Italien, il pariait que cela s'avérerait un énième projet de construction, servant de râtelier aux amis des amis ; en tant que Vénitien, il se désespérait de voir que ses concitoyens aient pu tomber si bas.

Toujours songeur, il sortit du bateau et se dirigea vers le fin fond de Castello. Il hésitait de temps en temps, car il y avait des années qu'il ne s'y était pas rendu ; donc, au bout d'un moment, il s'arrêta pour réfléchir et laissa ses pieds le conduire. La vision de Vianello, vêtu d'un imperméable et appuyé contre la rambarde métallique du quai, lui mit du baume au cœur. Le voyant s'approcher, Vianello indiqua de la tête la porte devant lui : « Sur la plaque, il y a écrit que le cabinet ouvre à neuf heures, mais je n'ai encore vu personne. »

Une carte imprimée, protégée par une pellicule en plastique, indiquait le nom du vétérinaire et les heures d'ouverture.

Ils se tinrent l'un à côté de l'autre quelques minutes, puis Brunetti suggéra : « On n'a qu'à aller voir s'il est déjà là. »

Vianello s'écarta de la rambarde et le suivit. Brunetti sonna et, après quelques instants, il essaya d'ouvrir la porte qui céda facilement. Ils entrèrent, gravirent deux marches et arrivèrent dans une petite entrée qui conduisait à son tour vers une cour à ciel ouvert. Une pancarte à leur gauche portait le nom du docteur et une flèche indiquait l'autre côté de la cour.

Autant la pluie s'était montrée gênante à l'extérieur, autant ici elle gratifiait l'herbe fraîche du patio de son affable douceur. Même la lumière semblait différente ; plus étincelante, en quelque sorte. Brunetti déboutonna son imperméable ; Vianello en fit autant.

Si cette cour avait fait partie d'un monastère, il se serait agi du plus petit monastère de la ville. Le jardin était entouré d'allées couvertes, mais qui ne faisaient pas plus de cinq mètres de long, à peine assez d'espace, se disait Brunetti, pour permettre à un homme de réciter son chapelet. Il aurait tout juste fini sa première dizaine de grains qu'il se retrouverait déjà au point de départ, mais il aurait été immergé dans la beauté et la tranquillité, tout au moins s'il avait eu la sagesse de les contempler.

Les feuilles d'acanthe des chapiteaux étaient consumées par le temps et les siècles avaient émoussé les cannelures des fûts des colonnes entourant le jardin. Naturellement, cela ne s'était pas produit pendant les années où ces colonnes s'étaient trouvées dans cette cour protégée ; qui sait d'où elles venaient et à quel moment elles avaient bien pu arriver à Venise ? Soudain, Brunetti vit sur un des chapiteaux une chèvre lui sourire : comment *cette* colonne avait-elle pu se retrouver là ?

Vianello s'arrêta devant une porte en bois verte avec le nom du docteur sur une plaque en laiton, attendit que Brunetti le rejoigne et l'ouvrit : à l'intérieur, une pièce semblable à toutes les salles d'attente que Brunetti avait connues. À l'opposé, ils virent une autre porte en bois, qui était fermée. Des rangées de chaises en plastique étaient alignées le long de deux murs ; à la fin de l'une d'elles se trouvait une table basse avec deux piles de magazines. Brunetti se pencha pour voir s'il y avait les exemplaires habituels de *Gente* et *Chi*[1]. À moins que les starlettes et les aristocrates de seconde zone n'aient tous été remplacés ici par des chats, des chiens, voire par un pathétique cochon rose, coiffé d'un bonnet de Père Noël.

Ils étaient assis l'un en face de l'autre. Brunetti regarda sa montre. Quatre minutes plus tard, une vieille femme entra, traînant un très vieux chien si dégarni de poils à différents endroits qu'il ressemblait à ces peluches qu'on trouvait dans les greniers des grands-parents. La femme les ignora et se laissa tomber sur la chaise la plus éloignée de Vianello ; le chien s'écroula à ses pieds avec un bruyant soupir et tous deux entrèrent aussitôt en transe. Curieusement, on n'entendait que la respiration de la femme.

Il s'écoula un certain temps, mesuré par les ronflements de cette dernière, avant que Brunetti ne se lève et aille frapper à l'autre porte. Il attendit que Vianello le rejoigne, frappa de nouveau et l'ouvrit.

1. Revues hebdomadaires, avec une partie actualité consacrée aux stars et aux célébrités.

Dans la pièce, derrière un bureau, Brunetti aperçut la moitié supérieure de l'homme le plus obèse qu'il eût jamais vu de sa vie. Il était affalé dans son fauteuil en cuir et avait l'air de dormir, la tête penchée sur la gauche, mais pas complètement à cause des plis du cou et des joues. Il avait peut-être la quarantaine, mais l'absence de rides sur son visage dissimulait son âge.

Brunetti s'éclaircit la gorge, mais cela n'eut aucun effet sur l'homme endormi. Il s'approcha plus près et sentit l'odeur âcre de la fumée de cigarette, mélangée à celle de la boisson qu'il avait bue tard dans la nuit, ou aux premières heures du jour. Les mains de l'homme s'accrochaient à sa vaste poitrine ; le pouce droit, l'index et le majeur étaient tachés de nicotine sur toute la première phalange. La pièce, bizarrement, ne sentait pas la fumée, mais le tabac froid : les vêtements de l'homme dégageaient la même odeur et, soupçonna Brunetti, ses cheveux et sa peau aussi.

« Dottore », dit doucement Brunetti, ne voulant pas qu'il se réveille en sursaut. L'homme continuait à ronfler légèrement.

« Dottore », répéta Brunetti plus fort.

Il l'observait, guettant un mouvement de ses yeux : ils étaient profondément enfoncés dans son visage, comme s'ils s'étaient rétractés sous la graisse qui les entourait. Le nez était étrangement fin, mais écrasé par les joues qui l'encerclaient et qui, le poussant vers le haut, lui opprimaient presque, avec l'aide de ses lèvres charnues, les narines. La bouche avait la forme parfaite de l'arc de Cupidon, mais c'était un arc très épais, peu aisé à manier.

Une fine couche de sueur couvrait son visage et plaquait si fortement ses cheveux fins contre le crâne que Brunetti pensa aux pommades grasses que son père se passait sur les cheveux. « Dottore », réitéra-t-il pour la troisième fois, d'une voix normale cette fois, mais d'un ton peut-être plus insistant.

Les yeux s'ouvrirent : petits, foncés, curieux, puis soudain agrandis sous l'effet de la peur. Avant que Brunetti ne pût ajouter le moindre mot, l'homme s'écarta de son bureau et se leva. Ce n'était ni un bond, ni un saut, même s'il ne fit pas de doute pour Brunetti qu'il bougea aussi vite que sa masse le lui permettait. Il s'appuya contre le mur derrière lui et jeta un coup d'œil vers la porte, de l'autre côté de la pièce, puis regarda tour à tour Brunetti et Vianello, qui lui bloquaient le passage.

« Que voulez-vous ? » demanda-t-il. Il avait un timbre curieusement aigu, à cause de la peur, ou peut-être juste à cause de l'étonnant décalage entre son corps et sa voix.

« Nous aimerions vous parler, dottore », répondit Brunetti d'un ton neutre, décidé à retarder le moment de lui expliquer qui ils étaient, et le but de leur visite. Il regarda Vianello de côté ; en réaction à la peur du vétérinaire, une certaine bestialité jaillit de l'inspecteur. Son corps tout entier était devenu plus compact et était tendu en avant, comme s'il n'attendait plus que l'ordre de s'élancer sur l'homme. Ses mains, recourbées juste sous les poignets, pendillaient près de ses cuisses, comme si elles étaient impatientes qu'on les dote d'armes. Son expression habituelle de bienveillance avait disparu de son visage, remplacée par une bouche qu'il semblait incapable de fermer et par des yeux en quête permanente du point le plus vulnérable de son adversaire.

Le docteur leva les mains, les paumes tournées vers l'extérieur, au niveau de sa poitrine ; il les agita en l'air, comme pour tester si elles étaient assez fortes pour garder ces hommes à distance. Le docteur sourit : Brunetti se souvint de la description qu'il avait lue, une fois, d'une fleur sur un cadavre, ou quelque chose de ce genre. « Il doit y avoir une erreur, messieurs. J'ai fait tout ce que vous m'avez dit de faire. Vous devriez le savoir. »

Tout à coup éclata, de l'autre côté de la porte, le pire des vacarmes. Cela commença par un bruit sourd, un fort rugissement, puis le cri perçant d'une femme. Une chaise tomba, ou fut renversée, une autre femme hurla une obscénité, puis tout fut couvert par un chœur d'aboiements et de grognements hystériques. Ils furent suivis d'une série de jappements, puis tous les bruits d'animaux cessèrent un instant et furent remplacés par des injures, échangées par deux voix tout aussi haut perchées.

Brunetti ouvrit la porte. La vieille femme debout, barricadée derrière la chaise tombée, son vieux chien tremblant dans les bras, traitait de tous les noms d'oiseaux une autre femme, à l'autre bout de la pièce. Cette femme, au visage en lame de couteau et maigre comme un clou, se tenait derrière deux chiens, aux têtes étonnamment larges et carrées, qui aboyaient maintenant frénétiquement. Ils aboyaient avec autant d'hystérie que les deux femmes criaient, mais avec un ton plus grave et de la bave aux lèvres. Pour la première fois de sa carrière, Brunetti eut envie de sortir son pistolet et de tirer un coup en l'air, mais il avait oublié de le prendre et le bruit de la détonation aurait assourdi toutes les créatures présentes dans cette pièce.

Il préféra traverser la pièce, en direction des deux chiens et saisit une des revues au passage. Il la roula en forme de cylindre, puis il se pencha et en frappa un des deux gros chiens sur le museau. Vu la légèreté du coup porté par Brunetti, le chien émit un hurlement disproportionné et il battit rapidement en retraite derrière les jambes de sa maîtresse, geste aussi surprenant qu'ignominieux. Son compère leva les yeux vers Brunetti et commença à montrer les dents, mais la menace d'un coup l'envoya se tapir derrière l'autre chien.

La femme aux joues creuses changea de cible et se mit à proférer des injures à l'encontre de Brunetti, allant jusqu'à le menacer d'appeler la police et de le faire arrêter. Puis elle cessa de crier, sûre d'avoir eu le dessus. Même les deux chiens se détendirent et recommencèrent à grogner, tout en restant bien à l'abri derrière les jambes de la femme.

Vianello, encore dans son rôle de brute, profita de ce moment pour faire son entrée, en brandissant sa plaque de police sous le nez de la femme. « *Je suis* la police, madame, et conformément à la loi du 3 mars 2009, vous avez l'obligation d'avoir des muselières si vous emmenez des chiens dans un lieu public. Et ceci est un lieu public. »

La vieille femme, avec son chien dans les bras, dit : « Monsieur l'agent », mais Vianello la fit taire d'un regard.

« Eh bien ? s'enquit-il de sa plus grosse voix. Vous savez à combien s'élève l'amende ? »

Brunetti était certain que Vianello ne le savait pas, donc il doutait que la femme le sût.

Un des grands chiens commença soudain à gémir ; elle tira violemment sur sa laisse, ce qui le fit cesser immédiatement. « Je sais. Mais je croyais qu'ici, à l'intérieur… » Elle montra vaguement les murs de sa main libre. Sa voix se perdit. Elle se pencha et flatta la tête du premier chien, puis l'autre. Leurs longues queues tapaient contre le mur.

La vue de ce geste automatique et de l'affection avec laquelle les chiens y répondaient machinalement dut désarmer Vianello, qui déclara : « C'est bon pour cette fois, mais soyez vigilante à l'avenir.

— Merci, monsieur l'agent », répliqua-t-elle. Les chiens sortirent de derrière ses jambes, tortillant vers Vianello jusqu'à ce qu'elle les tire en arrière.

« Qu'est-ce que vous pensez de ce qu'elle nous a dit ? demanda instamment la vieille femme.

— Pourquoi ne vous asseyez-vous pas, mesdames, le temps que nous finissions de parler au docteur ? » suggéra Brunetti en retournant au bureau du médecin.

Ils avaient perdu du terrain : Brunetti en eut la certitude dès qu'il vit l'homme obèse, debout près de la fenêtre ouverte, en train de tirer une profonde bouffée sur sa cigarette qu'il tenait dans sa main tachée de nicotine. Dans son regard, on ne voyait plus la crainte mais une profonde aversion. Brunetti soupçonnait qu'elle ne provenait pas de sa gêne, pour avoir fait montre de sa peur, mais du fait qu'il avait découvert qui ils étaient.

Il continua à tirer sur sa cigarette, sans mot dire, jusqu'à ce que le mégot risquât de le brûler. Il le fit glisser jusqu'à l'extrémité des doigts, aspira une dernière longue bouffée et le lança par la fenêtre. Il la ferma, mais resta posté devant.

« Que voulez-vous? demanda-t-il de sa même voix aiguë.

— Nous sommes ici pour parler de votre successeur, le dottor Andrea Nava, répondit Brunetti.

— Alors je ne peux rien pour vous, messieurs, rétorqua Meucci, d'un air indifférent.

— Pourquoi donc, docteur? » s'enquit Brunetti.

On aurait dit que Meucci se força à réprimer un sourire lorsqu'il répondit : « Parce que je ne l'ai jamais rencontré. »

Brunetti, en retour, ne réprima pas sa surprise : « Vous n'aviez rien à lui expliquer : qui étaient les gens à l'abattoir, comment ça se passait, où se trouvait son bureau, les approvisionnements, l'emploi du temps?

— Non. Le directeur et son personnel se sont occupés de tout cela, j'imagine. » Meucci mit la main à la poche gauche de sa veste et en tira un paquet de Gitanes froissé et un briquet en plastique. Il lui donna vie d'un petit geste, alluma sa cigarette, tira une profonde bouffée et retourna ouvrir la fenêtre derrière lui. L'air frais qui pénétra dans la pièce fit flotter la fumée.

« Lui avez-vous laissé des instructions écrites? demanda Brunetti.

— Ce n'était pas de mon ressort », répondit Meucci. Pendant un instant, Brunetti songea que cet homme pouvait ne pas savoir que Nava était mort et avoir donc dit cela au hasard. Mais Meucci le savait forcément – qui à Venise pouvait l'ignorer, surtout quand on a auparavant occupé son poste?

« Je vois, dit Brunetti. Pouvez-vous me dire quelles étaient vos fonctions?

— Pourquoi voulez-vous savoir cela ? s'informa Meucci, sans prendre la peine de cacher son irritation.

— Afin de comprendre ce que faisait le dottor Nava, lui expliqua Brunetti mielleusement.

— On ne vous l'a pas dit, là-bas ?

— Là-bas ? » répéta Brunetti avec douceur et regardant Vianello sur le côté, comme pour lui suggérer de bien se souvenir de la question du docteur.

Meucci essaya de dissimuler son étonnement en tournant le dos pour jeter par la fenêtre sa cigarette fumée à moitié. « À l'abattoir, se força-t-il à répondre, revenant à Brunetti.

— Lorsque nous étions là-bas, vous voulez dire ? reformula Brunetti d'un ton affable.

— N'y êtes-vous pas allés ? fut la seule chose qui vint à l'esprit du docteur.

— Vous le savez sûrement déjà, dottore », affirma Brunetti avec un petit sourire et il sortit son carnet de la poche. Il l'ouvrit et prit une note, puis regarda le médecin, qui avait déjà une autre cigarette allumée à la main.

« Que pouvez-vous me dire au sujet du dottor Nava ?

— Je vous ai dit que je ne l'ai jamais rencontré. » Meucci contrôlait sa colère, mais à peine.

« Ce n'est pas ce que je vous demande, dottore », précisa Brunetti, qui fit un autre tout petit sourire et prit une autre note.

La stratégie de Brunetti semblait marcher, car Meucci déclara : « Après avoir quitté l'abattoir, je n'avais plus rien à voir avec cet endroit.

— Ni aucun contact avec quelqu'un qui y travaille ? » insista Brunetti avec une curiosité mêlée de douceur.

Meucci n'hésita qu'un instant avant de dire « non ».

Brunetti prit note.

Cette fois, le vétérinaire ferma la fenêtre en la claquant après avoir lancé sa cigarette. Revenant à Brunetti, il demanda : « Êtes-vous autorisés à être ici, à me poser ces questions ?

— Autorisés, dottore ? s'enquit Brunetti, en levant ses sourcils.

— Avez-vous une commission rogatoire ? »

Le visage de Brunetti s'imprégna de surprise. « Pourquoi ? Non, dottore, je n'en ai pas. » Puis, avec un sourire tranquille, il ajouta : « Ça ne m'a pas traversé l'esprit. En fait, je considérais le docteur Nava comme un de vos confrères, donc je pensais que vous pourriez me dire bien des choses à son sujet. Mais maintenant que vous avez clairement expliqué qu'il n'y a jamais eu le moindre contact entre vous, je vous laisse à vos patients. » Comme il ne s'était jamais senti assez détendu pour s'asseoir, Brunetti ne put marquer son départ en se levant solennellement. En revanche, il reboucha son stylo et le remit dans sa poche, avec son carnet, remercia le docteur pour le temps qu'il lui avait accordé et sortit du bureau.

Dans la salle d'attente, les gros chiens se levèrent au passage des deux hommes ; le troisième continuait à dormir profondément. Brunetti sortit son carnet de la poche et l'agita en l'air en marchant devant les chiens, mais ils se contentèrent de remuer la queue. Quant aux deux femmes, elles les ignorèrent.

24

« Peut-être qu'il ment mal parce que les animaux ne savent pas reconnaître le mensonge », suggéra Vianello lorsqu'ils se mirent en route pour la questure. Pour clarifier son propos, il ajouta : « Ne font pas la différence si on leur ment ou non, c'est ça que je veux dire. »

Ils marchèrent un moment avant que Brunetti ne dise : « Chiara me dit toujours qu'ils ont d'autres sens et qu'ils peuvent lire dans les pensées. On se sert de chiens même pour détecter des cancers, je crois.

— Ça me paraît bizarre.

— Plus j'avance dans la vie, plus il y a de choses qui me paraissent bizarres, observa Brunetti.

— Qu'est-ce que tu as pensé de lui ? » demanda l'inspecteur, en indiquant furtivement de la tête le bureau de Meucci.

« Il est évident qu'il ment, mais je n'arrive pas à savoir sur quoi.

— C'est un gros menteur », assena Vianello.

Brunetti s'arrêta à ces mots. « Tu ne m'avais pas dit que tu le connaissais. »

Vianello eut l'air surpris que Brunetti le prît autant au sérieux. « Non, dit-il, en recommençant à marcher. Je voulais dire que je connais ce genre de type. Il se ment à lui-même, j'en suis sûr, sur le fait qu'il fume par exemple ; probablement qu'il se dit qu'il ne fume franchement pas beaucoup.

— Et les taches sur ses doigts ?

— C'est les Gitanes. Elles sont connues pour être fortes, donc juste quelques-unes suffisent à tacher les doigts.

— Bien sûr, approuva Brunetti. Sur quel autre point encore est-ce qu'il ment ?

— Il se convainc probablement qu'il ne mange pas beaucoup ; qu'il est gros parce qu'il a un trouble hormonal, ou un problème de thyroïde, ou à cause du dysfonctionnement de certaines glandes que nous avons en commun avec les animaux, et il s'y connaît.

— Tout cela est possible, n'est-ce pas ? s'enquit Brunetti, qui n'y croyait pas une minute.

— Tout est possible, répondit Vianello, en mettant nettement l'accent sur le troisième mot. Mais il est de loin plus probable qu'il soit gros parce qu'il mange trop.

— Et il mentait à propos de Nava ?

— Sur le fait qu'il ne le connaissait pas ?

— Oui. »

Au pied d'un pont, Vianello se tourna vers Brunetti. « Oui. Je crois que oui. » Brunetti garda le silence, ce qui encouragea l'inspecteur à continuer. « Ce n'est pas tant qu'il mentait sur le fait qu'il ne le connaisse pas – même si je pense qu'il le connaissait – que le fait qu'il ait menti sur tout ce qui touchait à l'abattoir. J'ai eu la sensation qu'il voulait s'en démarquer de toutes les manières possibles. »

Brunetti acquiesça. Vianello venait simplement de mettre des mots sur l'impression que lui avait faite cette rencontre avec Meucci.

« Et toi ? demanda Vianello.

— Difficile de croire qu'ils ne se soient jamais rencontrés, confirma Brunetti. Ils sont tous les deux vétérinaires, donc ils doivent aller aux mêmes réunions professionnelles. Et si Nava avait les qualifications voulues pour briguer un emploi de ce genre, ils devaient avoir plus ou moins la même formation. » Lorsque Vianello commença à monter le pont, Brunetti ajouta, derrière lui : « Et Nava devait bien avoir des questions à poser sur son poste. »

Arrivé à la hauteur de l'inspecteur, il lui dit : « Il est évident qu'il était au courant de notre visite à l'abattoir et qu'on a parlé aux gens là-bas. Donc pourquoi est-ce qu'il l'a nié ?

— Il nous prend pour des idiots, ou quoi ? éclata Vianello.

— Probablement pour de grands idiots », rétorqua Brunetti, presque sans réfléchir. Le fait d'être sous-estimé, avait-il appris, si peu flatteur soit-il, présentait toujours un avantage. Si la personne qui sous-estime n'a pas l'intelligence voulue pour se le permettre – et Brunetti avait la sensation que Meucci ne l'avait pas –, ceci renforce encore l'avantage.

Il sortit le téléphone de sa poche et composa le numéro de signorina Elettra : « Je me demandais si votre ami Giorgio pourrait se pencher sur un vétérinaire du nom de Gabriele Meucci. »

Giorgio. Giorgio : l'homme de la Telecom, même si ce n'était sûrement pas celui qui était venu installer le téléphone. Giorgio, qui apparemment n'avait pas de nom de famille, ni d'histoire, ni même aucun trait humain, si ce n'est son besoin servile de satisfaire n'importe quelle lubie de signorina Elettra et sa capacité à retrouver ou à retracer n'importe quel coup de fil sur sa demande, quels que soient le pays d'origine, le nom de l'abonné, ou la destination. Brûlait-on des cierges au nom de Giorgio ? Lui envoyait-on une caisse de champagne à Noël ? Cela n'avait guère d'importance pour Brunetti, qui voulait seulement continuer à croire en l'existence de Giorgio, car douter de son existence revenait à penser que le piratage des enregistrements téléphoniques de simples citoyens et d'administrations, qui avait été effectué pendant plus de dix ans, n'était pas le fait de ce Giorgio, mais, au contraire, de manière détectable et notoirement criminelle, d'un ordinateur affecté au bureau du vice-questeur de la ville de Venise.

« Je dois l'appeler pour autre chose, dit-elle d'un ton affable. Je peux bien sûr lui poser la question.

— C'est très aimable à vous », affirma Brunetti en raccrochant.

Il lança un regard de côté à Vianello et lui vit un air pensif. « Qu'est-ce qu'il y a ? lui demanda Brunetti.

— C'est comme cette histoire de profils psychologiques pour les tueurs en série. »

Ne voulant reconnaître qu'il ne le suivait pas, Brunetti se contenta d'un simple : « Dans quel sens ?

— Les psys disent qu'ils commencent par faire du mal aux animaux, puis qu'ils les tuent, puis qu'ils passent aux incendies et aux coups et blessures, et à l'étape suivante, on apprend qu'ils ont tué trente personnes et qu'ils les ont enterrées dans leur jardin, sans avoir jamais éprouvé le moindre regret ou remords.

— Où tu veux en venir ?

— C'est ce qui nous est arrivé. On a commencé par lui demander de nous trouver un numéro de téléphone, alors qu'elle était censée travailler pour Patta. Puis on lui a demandé un autre numéro, puis des informations sur ces personnes, puis si ces gens avaient appelé un autre numéro. Et maintenant, on lui fait piller les relevés de la Telecom et on lui demande d'aller fouiner dans des comptes bancaires et des déclarations d'impôts. » L'inspecteur fourra ses poings dans les poches de sa veste. « Si je pense à ce qui se passerait si… » Il s'interrompit, préférant ne pas le formuler.

« Et donc ? demanda Brunetti, attendant la comparaison avec les tueurs en série, qui ne s'encombraient certainement pas de scrupules.

— Et on y a pris goût, avoua Vianello. C'est bien ça qui fait peur. »

Brunetti attendit une bonne minute avant que ne se calment les vagues créées par la dernière remarque de Vianello et que l'air autour d'eux ne redevienne parfaitement serein, puis il ajouta : « Je crois qu'on devrait s'arrêter et aller prendre un café avant de retourner travailler. »

Non loin de la questure, ils virent Foa agenouillé sur la proue en bois de la vedette de la police, en train de nettoyer le pare-brise avec une peau de chamois. Vianello le salua amicalement et Foa s'adressa à Brunetti : « J'ai vérifié les tableaux, monsieur. »

Brunetti s'abstint de lui dire qu'il était temps et préféra lui demander : « Et qu'est-ce qu'ils te disent ? Et à nous ? »

Avec l'aisance d'un homme jeune qui a passé la majeure partie de son temps sur un bateau, Foa se leva et, prenant appui de ses mains au sommet du pare-brise, se hissa par-dessus sans effort et atterrit tout droit sur le pont. « Il y avait une marée de morte-eau cette nuit-là, commissaire », dit-il, en sortant une feuille de papier de sa poche.

Brunetti reconnut la carte du quartier autour de l'hôpital Giustinian. En la tendant vers eux, Foa expliqua : « La marée a tourné à trois heures vingt-sept ce matin-là et on l'a trouvé à six heures, donc si le docteur Rizzardi a raison et qu'il est bien resté dans l'eau pendant environ six heures, il n'a pas pu beaucoup s'éloigner de l'endroit où on l'a jeté. À moins qu'il n'ait été ralenti par quelque chose. » Puis, avant qu'ils ne puissent faire le moindre commentaire ou poser la moindre question, il ajouta : « En supposant qu'il soit remonté par le même chemin, ce qui est probablement le cas.

— Et en cas de renverse ?

— La marée de morte-eau est la plus longue, monsieur, donc l'eau a dû rester calme un bon moment », dit Foa. Le conducteur indiqua un point sur la carte. « C'est là qu'on l'a trouvé. » Puis il fit glisser son doigt d'avant en arrière le long du rio del Malpaga. « À mon avis, on a jeté son corps quelque part, d'un côté ou de l'autre, à cette hauteur. » Foa haussa les épaules. « À moins qu'il ne soit resté accroché un moment sur quelque chose, comme je disais : un pont, un câble d'amarrage, un pieu. Si c'est le cas, je suppose qu'il n'a pas été mis à l'eau à plus de cent mètres de là où il a été trouvé. »

Vianello et Brunetti s'échangèrent un regard par-dessus la tête penchée du chauffeur. Une centaine de mètres, songea Brunetti. Combien de portes d'eau pouvait-il y avoir ? Combien de *calli* finissant en cul-de-sac sur un canal ? Combien de coins non éclairés où un bateau pourrait s'arrêter et se débarrasser de sa cargaison ?

« Tu as une petite amie, n'est-ce pas, Foa ?

— Une fiancée[1], monsieur », rectifia promptement Foa.

Brunetti entendit nettement Vianello grincer des dents, se retenant de dire que l'un n'empêche pas l'autre. « Bien. Et tu as toi-même un bateau, n'est-ce pas ?

— Oui, monsieur, un *sandalo.*

— Avec un moteur ?

— Oui, monsieur, confirma Foa, de plus en plus confus.

— Bien, alors ce que je veux que vous fassiez, tous les deux, c'est de prendre un appareil photo et de remonter et redescendre le rio del Malpaga, et de photographier toutes les portes d'eau. » Il tira la carte vers lui et pointa l'endroit que Foa avait indiqué. « Ensuite, retournez-y et marchez le long des maisons – des deux côtés du canal – et repérez les numéros des bâtiments correspondant à ces portes, puis donnez-en la liste à signorina Elettra.

1. En français dans le texte.

— Voulez-vous que je recopie les noms sur les sonnettes, tant que nous y sommes, monsieur ? » proposa Foa qui monta d'un cran dans l'estime de Brunetti.

Brunetti en soupesa l'intérêt. « Non, seulement les numéros des maisons dont vous pensez qu'elles ont une porte d'eau, entendu ?

— Quand, monsieur ? demanda Foa.

— Dès que possible », répliqua Brunetti, puis, en jetant un coup d'œil autour d'eux : « Pouvez-vous le faire cet après-midi ? »

Foa eut du mal à réprimer sa jubilation en se voyant soudain promu à quelque chose qui le rapprochait d'un agent de police. « J'appellerai signorina Elettra et lui dirai qu'elle peut partir. Et toi aussi, Foa. Explique à Battisti que je t'ai confié une mission spéciale.

— Oui, monsieur », et le conducteur le salua d'un geste vif.

Brunetti et Vianello s'éloignèrent du policier tout souriant et entrèrent à la questure. Arrivé en haut des marches, Vianello s'arrêta comme un cheval ayant aperçu quelque chose de dangereux sur son chemin. Il se tourna vers Brunetti, incapable de cacher ses émotions. « Je n'arrête pas de penser à hier. » Il ajouta, avec un sourire gêné : « On a vu bien pire. Quand c'étaient des gens. » Il secoua la tête, face à son état de confusion. « Je ne comprends pas. Et j'ai envie de tout, sauf d'être ici aujourd'hui. »

La simplicité de l'aveu de Vianello frappa Brunetti de plein fouet. Son mouvement instinctif aurait été de prendre son ami par les épaules, mais il se contenta de lui tapoter l'avant-bras en lui disant seulement : « Oui. » Ce mot cristallisa le choc qui le poursuivait lui-même depuis la visite de l'abattoir la veille et son effort présent pour dissimuler sa profonde aversion envers Meucci, mais surtout, il exprimait son ardent désir de retourner à son nid et de sentir autour de lui le réconfort purement animal des êtres qui lui étaient le plus chers.

Il répéta : « Oui. Demain, nous pourrons commencer par le début et en reparler de bout en bout. » Ce n'était pas vraiment une bonne raison pour rentrer chez eux à cette heure, mais Brunetti passa outre, tellement il avait été contaminé par le besoin viscéral de Vianello de partir. Il avait beau se dire que toute odeur persistante était un pur effet de son imagination, il n'en était pas pleinement convaincu. Il avait beau se dire que ce qu'il avait vu à Preganziol était tout simplement la manière dont certaines choses se faisaient, cela n'y changeait rien.

Une heure plus tard, c'était un Brunetti à la peau de bébé, une serviette nouée à la taille après sa seconde douche de la journée, qui se tenait en face du miroir à peine visible à travers la condensation. De temps en temps, il se formait des groupes de gouttelettes qui glissaient à toute vitesse, en dessinant une fente rose sur la surface. Il essuya le miroir de la main, mais la vapeur recouvrait aussitôt l'endroit qu'il avait nettoyé.

Quelqu'un frappa à la porte. « Tout va bien ? lui demanda Paola.

— Oui », la rassura-t-il, et il se tourna pour ouvrir la porte, ce qui fit entrer une soudaine vague de froid, un souffle d'air vif. « Oh, mon Dieu ! » s'écria-t-il, en saisissant son peignoir en flanelle au dos de la porte. Tant qu'il ne se sentit pas enveloppé dedans, complètement à l'abri des regards, il ne laissa pas tomber sa serviette par terre. Au moment où il allait la ramasser, Paola lui dit, depuis le couloir : « Je venais voir si tu n'avais pas commencé à peler. »

Puis, au regard qu'il lui lança, elle avança d'un pas en disant : « Je plaisantais, Guido. » Elle lui prit la serviette et l'étala sur le radiateur : « Si tu passes une demi-heure sous la douche, je te connais assez pour savoir qu'il y a quelque chose qui ne va pas. » Lentement, elle leva le bras et enleva ses cheveux encore mouillés du front, lui passa la main sur la tête et puis la descendit sur ses épaules. « Allez, dit-elle en ouvrant l'armoire à linge et en sortant une serviette plus petite, penche-toi vers moi. »

Il obéit. Elle déplia la serviette et la plaça au-dessus de la tête de son mari. Il leva ses mains pour couvrir les siennes et commença à frotter d'avant en arrière. Le visage caché, il lui demanda : « Tu veux bien mettre les vêtements que je portais hier dans un sac en plastique ? Et la chemise.

— C'est déjà fait », énonça-t-elle, de sa voix la plus aimable.

Pendant un moment, il fut tenté de jouer le grand jeu et de lui proposer de les donner à la Caritas, mais il se souvint combien il aimait cette veste, alors il découvrit son visage et déclara : « Il faudrait tout apporter au pressing. »

Brunetti lui avait révélé, la veille au matin, où il allait avec Vianello, mais elle ne lui avait posé aucune question.

« Tu veux le pull que tu as acheté à Ferrare l'an dernier ?

— L'orange?

— Oui. Il tient chaud; je pensais que tu aurais peut-être envie de le mettre.

— Après que je me suis à moitié cuit, tu veux dire, et que j'ai ouvert tous mes pores?

— En affaiblissant ainsi tout ton système immunitaire face à l'attaque des microbes », continua-t-elle, ornant verbalement la dernière expression de majuscules silencieuses, à l'instar de la mère de Brunetti qui, pendant des décennies entières, n'avait cessé de croire qu'il était dangereux, pour le corps, d'être exposé à toute température excessive, surtout celle provenant d'une eau très chaude.

« Sans parler de l'assaut de ceux qui sont perpétuellement aux aguets derrière les fenêtres ouvertes des trains, si bien qu'ils peuvent attaquer à partir d'un courant d'air », poursuivit-il, en souriant au souvenir de l'insistance avec laquelle sa mère prêchait ces deux évangiles et du bon esprit avec lequel elle avait toujours enduré ses plaisanteries à lui et le scepticisme évident de Paola.

En regagnant le vestibule, elle lui dit : « Une fois que tu seras habillé, viens me raconter tout ça. »

25

Le lendemain matin, Brunetti fut réveillé par une odeur ; ou plutôt, par deux odeurs. La première était celle du printemps, une douce fragrance qui passait par la fenêtre qu'ils avaient laissée ouverte pour la première fois la veille au soir et la seconde, qui domina la première, était l'arôme du café que Paola lui avait apporté. Elle était habillée, prête à sortir, même s'il put remarquer que ses cheveux n'étaient pas encore tout à fait secs.

Elle se tint près du lit jusqu'à ce qu'il s'assît contre son oreiller, alors qu'elle lui tendait la tasse et la soucoupe. « Je me suis dit qu'il fallait te chouchouter après les journées que tu viens de passer », expliqua-t-elle.

« Merci. » Encore engourdi par le sommeil, c'est tout ce qu'il put songer à dire. Il but une gorgée, savourant le mélange d'amertume et de douceur. « Tu m'as sauvé la vie.

— J'y vais, assena-t-elle, indifférente au compliment, en admettant que c'en fût un. J'ai cours à dix heures et après, j'ai la réunion du comité de nomination.

— Il faut vraiment que tu y ailles? demanda-t-il, inquiet des effets sur son déjeuner.

— Tu es si transparent, Guido », répliqua-t-elle en riant.

Il observa le liquide dans sa tasse : elle avait pris le temps de faire mousser le lait qu'elle avait ajouté à son café.

« C'est une réunion à laquelle je veux participer, donc débrouille-toi pour manger. »

Stupéfait, il laissa échapper : « Tu *veux* participer à une réunion de ton département? »

Elle jeta un coup d'œil à sa montre, puis s'assit au bord du lit. « Tu te souviens que je t'ai demandé ce qu'il faut faire, si on sait qu'il va se produire quelque chose d'illégal?

— Oui.

— C'est pour ça que je dois y aller. »

Il finit son café et posa la tasse vide sur la table de nuit. « Je t'écoute, dit-il, soudain complètement réveillé.

— Je dois y aller, comme cela, je pourrai voter contre quelqu'un dont on est en train d'examiner le dossier pour une chaire d'enseignement. »

Brunetti essaya en vain de se figurer la situation : « Je ne comprends pas en quoi ton vote est criminel.

— Ce n'est pas mon vote qui est criminel. C'est la personne qui fait l'objet du vote qui l'est.

— Et alors? l'éperonna-t-il.

— Même s'il ne l'est pas, selon les critères de ce pays. Il a été pris en France et en Allemagne la main dans le sac, en train de voler des livres – et des cartes – dans les bibliothèques des universités. Mais comme il a de bons appuis politiques, il a été décidé de ne pas porter d'accusation contre lui. Mais son poste à Berlin a été supprimé.

— Et il a postulé ici ?

— Il est déjà en train d'enseigner chez nous, mais seulement en tant qu'assistant et ce contrat expire cette année. Il a posé sa candidature pour un poste de titulaire et aujourd'hui le comité responsable des nominations se réunit pour décider soit de le nommer, soit, pour le moins, de lui renouveler son contrat à durée déterminée.

— Pour enseigner la littérature, si j'ai bien compris ?

— Oui, quelque chose qui s'appelle "la sémiotique de l'éthique".

— Et le vol y est au programme ?

— Sans aucun doute.

— Et tu vas voter contre lui ?

— Oui. Et j'ai convaincu deux autres membres du comité de voter comme moi. Cela devrait suffire.

— Tu as dit qu'il avait de bons appuis politiques. Ça ne te fait pas peur ? »

Elle fit ce sourire de requin qu'elle arborait, comme il le savait bien désormais, dans les moments où elle était le plus dangereuse. « Pas du tout. Mon père a de meilleures relations que ses protecteurs, et de loin, donc il ne peut rien me faire.

— Et ceux qui vont voter comme toi ? précisa-t-il, craignant que sa croisade ne puisse exposer les autres à des risques.

— L'une est l'amante de son père, qui l'exècre et il ne peut rien faire contre elle.

— Et l'autre ?

— Quatre de ses ancêtres étaient doges, il a deux palais sur le Grand Canal et une chaîne de supermarchés. »

Brunetti saisit immédiatement de qui elle parlait. « Mais je t'ai toujours entendu dire que c'était un idiot.

— J'ai dit qu'il était nul comme prof. Ce n'est pas la même chose.

— Tu es sûre qu'il va voter comme toi ?

— Je lui ai parlé du vol des livres dans une bibliothèque. Je pense qu'il ne s'en est toujours pas remis.

— Il continue à voler des livres ?

— Il l'a fait un certain temps, mais je suis intervenue.

— Comment ?

— La bibliothèque a changé de système. Pour accéder aux rayonnages, il faut avoir une carte, sauf pour les professeurs titulaires. Il n'a qu'un contrat temporaire, donc il n'a pas de carte et on ne lui en donnera pas. S'il a besoin d'un livre, il doit le demander au bureau principal, et après s'en être servi, les bibliothécaires le gardent, le temps de vérifier l'état du livre.

— L'état du livre ?

— À la bibliothèque de Munich, il arrachait les pages.

— Et cet homme enseigne à l'université ? Et l'éthique, en plus ?

— Mais plus pour longtemps, mon cher », conclut-elle en se levant.

Brunetti flâna - il n'y a pas de meilleur mot - jusqu'à la questure où il entra à onze heures. Il alla directement au bureau de signorina Elettra. « Ah, commissaire, je vous ai appelé deux fois ce matin.

— Retardé par des affaires officielles, s'excusa-t-il avec un sourire.

— J'ai quelques informations pour vous, monsieur », dit-elle, en faisant glisser quelques feuilles de papier vers lui. Cependant, avant qu'il ne les prenne, elle suggéra : « Mais d'abord, vous devriez jeter un coup d'œil sur ceci », et elle actionna quelques touches sur son clavier.

Laissant les papiers de côté, il fit le tour du bureau pour regarder l'écran. Il vit une tête de femme : brune, voluptueuse, avec les cheveux qui lui descendaient en dessous des épaules et débordaient du cadre. Il s'émanait d'elle un léger brin d'insatisfaction et elle avait ce genre de regard qui, dans un aussi joli visage de femme, déclenche chez l'homme l'envie irrépressible d'y remédier. Mais chez une femme moins séduisante, cela apparaîtrait comme un signal d'alarme. Brunetti reconnut immédiatement Giulia Borelli : les cheveux plus longs, plus jeune, mais incontestablement la même.

Il n'entendit pas le soupir qui lui échappa, mais il entendit bien signorina Elettra observer : « Elle était plus jeune quand on a pris cette photo.

— Qu'est-ce que vous avez trouvé ?

— Comme vous l'avez dit, monsieur, elle était employée auparavant par une société appelée Teknomed, où elle travaillait au service comptabilité, jusqu'à ce qu'elle la quitte pour devenir l'assistante du dottor Papetti. C'est la photo de son badge à la société. Je m'occuperai du dottor Papetti cet après-midi. » Brunetti n'eut aucun doute là-dessus.

Elle tapota quelques touches et un document apparut sur l'écran. D'après ce qu'il put comprendre à la lecture, il semblait contenir une autre série de documents internes de Tekknomed, à commencer par un e-mail du directeur financier qui reportait « certaines irrégularités » dans les comptes tenus par signorina Giulia Borelli. Ce message était suivi d'un échange entre le directeur financier et le président de la société, qui finissait par l'ordre de ce dernier de relever immédiatement signorina Borelli de ses fonctions et de lui interdire tout accès à son ordinateur dès réception de son e-mail. Le dernier était la lettre que les ressources humaines lui avaient envoyée, stipulant que son contrat avait été résilié à la date de ce courrier.

« Ils n'ont entamé aucune procédure judiciaire, nota signorina Elettra, donc je ne sais pas ce qu'elle avait l'intention de faire. » Elle pianota un moment et un tableur apparut sur l'écran. « Comme vous pouvez le voir, dit-elle, en pointant une ligne, leur chiffre d'affaires est de dix-sept millions par an.

— Pas mal, les perspectives là-bas, observa Brunetti, puis il demanda : Rien d'autre ? »

En indiquant les papiers d'un signe de tête, elle précisa : « Son contrat avec l'abattoir lui garantit une voiture, six semaines de vacances et un salaire de 40 000 euros, plus de très généreuses notes de frais.

— En qualité d'assistante personnelle ? Je tremble à l'idée de ce que Papetti doit palper. »

Elle leva une main. « Pas avant cet après-midi, commissaire.

— Entendu, puis Brunetti ajouta, en prenant la décision sur le moment : Vianello et moi allons revoir la veuve. Pouvez-vous nous procurer une voiture à Piazzale Roma, dans une demi-heure ?

— Bien sûr, monsieur. Dois-je l'appeler et la prévenir ?

— Oui. Je pense que nous devrions lui faire savoir cette fois que nous arrivons », dit-il et il alla chercher Vianello.

La femme qui leur ouvrit la porte devait être la sœur aînée. On aurait pu le penser, en tout cas, à sa bouche tombante et aux cernes noirs sous ses yeux, ainsi qu'à son pas mesuré de vieille dame sous sédatifs, ou en convalescence après une grave maladie. Signora Doni fit un signe de reconnaissance en voyant les deux hommes. On aurait pu battre plusieurs mesures avant qu'elle ne se décide à leur tendre la main. Puis il lui fallut encore du temps pour leur demander d'entrer. Brunetti remarqua la couche de poussière qui couvrait les verres de ses lunettes.

Ils la suivirent dans la même pièce. La table basse en face du divan était couverte de journaux et il n'y avait pas besoin de trop y prêter attention pour voir qu'ils étaient ouverts aux articles sur le meurtre de son mari. Des tasses jonchaient ces journaux déployés. Tout portait à croire qu'elles avaient contenu du café ; certaines en contenaient encore. Un torchon de vaisselle était posé sur le bras du fauteuil, avec à côté une assiette portant un sandwich qui avait séché.

Elle s'installa sur le divan et elle saisit, le regard absent, le torchon abandonné qu'elle étala sur ses genoux et se mit à plier en trois, dans le sens de la longueur. Elle garda les yeux sur lui, tandis que les deux hommes prenaient place sur les chaises en face d'elle.

Finalement, elle dit : « Vous êtes ici à propos de l'enterrement ?

— Non, signora », répondit Brunetti.

Les yeux toujours baissés, elle semblait avoir épuisé le lot des choses à dire.

« Comment va votre fils, signora ? » finit par demander Brunetti. Elle lui lança un regard direct et fit un geste de la bouche qu'elle prenait sans doute pour un sourire. « Je l'ai envoyé chez ma sœur, pour qu'il soit avec sa tante et ses cousins. » C'était la sœur à laquelle il avait parlé et qui avait confirmé l'alibi de signora Doni la nuit du décès de son mari.

« Comment a-t-il réagi à la nouvelle ? » demanda Brunetti, chassant l'idée qu'on puisse un jour poser la même question à Paola.

Elle fit un geste de la main droite ; le torchon battit l'air, ce qui attira l'attention sur lui. Elle le reposa sur ses genoux et recommença à le plier, puis expliqua enfin : « Je ne sais pas. Je lui ai dit que son père était auprès de Jésus. Je ne le crois pas, mais c'est la seule chose que j'aie trouvée à lui dire. » Elle passa la main le long des deux faux plis du torchon. « Ça l'a aidé, je crois. Mais je ne sais pas ce qu'il pense. » Elle se tourna brusquement et remit le torchon sur le bras du divan.

« Vous êtes venus pour Teodoro ? » s'enquit-elle, dans un état de confusion perceptible dans l'inflexion de sa voix sur le dernier mot.

« En partie, signora. C'est un bon petit et j'ai pensé à lui ces jours-ci. » Au moins cela, Dieu soit loué, était vrai. « Mais nous sommes venus surtout pour vous poser d'autres questions sur votre mari et sur son comportement les derniers mois », précisa-t-il en parvenant à éviter « les mois avant sa mort », même si cela revenait au même.

De nouveau, il y eut un laps de temps plus long que celui qui s'écoule habituellement entre une question et une réponse. « Que voulez-vous dire ?

— Vous avez dit, lorsque nous avons discuté l'autre jour, signora, qu'il semblait préoccupé, peut-être même inquiet. Ce que je voudrais savoir, c'est s'il vous avait donné une idée de la cause de son… son inquiétude. »

Cette fois, elle parvint à ne pas faire virevolter le torchon. Elle tripota à la place son bracelet de montre, l'ouvrit et le referma aussitôt. « Oui, je dirais qu'il était inquiet, mais je lui ai dit que je ne voulais pas savoir – c'est la dernière fois que nous nous sommes parlé –, je crois que je lui ai dit de partir et de lui dire à elle ses problèmes et c'est là qu'il a dit qu'il pensait que c'était elle, son problème. »

C'était une variante du récit qu'elle avait fait la fois précédente. Brunetti ne put résister à l'envie de jeter un coup d'œil du côté de Vianello, qui était assis, impassible. Signora Doni le regarda droit dans les yeux. « C'était bien elle, n'est-ce pas ? Je suppose qu'il pensait que j'allais lui donner la possibilité de choisir entre nous deux, ou elle, ou moi. Mais je ne l'ai pas fait : je lui ai juste dit de partir. » Puis, après une pause : « La première et la dernière fois.

— Cette dernière fois, signora, vous a-t-il parlé de son travail ? »

Elle commença à répondre, mais elle fut prise d'un nouvel accès de léthargie et baissa de nouveau les yeux sur sa montre. Qu'elle fût en train de réapprendre à lire l'heure, ou de réfléchir à la réponse à sa question : Brunetti ne vit aucune raison de la bousculer.

« Il a dit que ça avait été une erreur de prendre cet emploi. Il a dit que ça avait tout gâché. Je suppose qu'il faisait allusion à sa rencontre, là-bas. En tout cas, c'est ce que j'ai pensé quand il a dit ça.

— Se peut-il qu'il ait voulu dire autre chose, signora ? » intervint Vianello.

Elle dut se souvenir du bon flic, parce que cette fois, le mouvement de sa bouche se rapprocha davantage d'un sourire. Après un long moment, elle dit : « Peut-être.

— Une idée de ce que cela pouvait être ? l'encouragea Vianello.

— Une fois, commença-t-elle, en portant son regard au-delà des deux hommes et en évoquant un souvenir absent de cette pièce, ou tout au moins où ils ne figuraient pas, il a dit que ce qu'on faisait là-bas était terrible. »

Brunetti avait juste à se remémorer ce qu'ils avaient vu pour sentir la force et la vérité de ce propos. « Ce que l'on faisait aux animaux ? » demanda-t-il.

Elle le regarda, en agitant le menton : « C'est ce qui est si bizarre. Maintenant, je veux dire. Maintenant que je réfléchis à ce qui s'est passé, je crois qu'il ne pensait pas aux bêtes en disant cela. » Elle se pencha de nouveau sur le côté et caressa le torchon comme si c'était une sorte d'animal domestique. « La première fois qu'il y est allé, nous en avons parlé. Je me devais de lui poser la question parce qu'il aime… il aimait tellement les animaux. Et je me souviens qu'il m'a dit que c'était moins terrible que ce qu'il avait craint. » Elle secoua la tête. « Je ne pouvais pas le croire au début, mais il m'a dit qu'il y était resté une heure ce matin-là pour voir comment cela se passait. Et que c'était moins pire que ce qu'il avait redouté. »

Un profond soupir s'échappa bruyamment de ses lèvres : « Peut-être qu'il mentait pour m'épargner. Je ne sais pas. » Son débit avait sensiblement ralenti.

Brunetti ne savait pas non plus. Il ignorait quelle sorte de mise en scène les équarrisseurs avaient pu préparer pour le premier jour d'inspection du vétérinaire et il ne savait pas non plus si ce dernier devait retourner voir l'abattage des animaux, ou s'il avait juste à inspecter la viande qui en résultait. Il pensait au sens de ces gestes forcenés, aux cris et aux coups qu'ils impliquaient. « Vous souvenez-vous s'il vous a dit autre chose ? » demanda Brunetti.

Malgré la lenteur de ses réactions, on pouvait encore percevoir son hésitation. Elle tripota de nouveau sa montre, et au moment où il crut qu'elle allait la remonter, elle dit, les yeux toujours rivés sur le cadran : « Pas à moi. »

Brunetti s'apprêtait à lui poser la question, quand il songea à une meilleure stratégie et leva le menton vers Vianello.

« À votre fils, signora ? demanda l'inspecteur.

— Oui. À Teo.

— Pourriez-vous nous dire ce qu'il a dit ?

— Un soir où il avait ramené Teo à la maison, il lui a raconté une histoire avant de s'endormir. C'était il y a environ trois semaines. » Elle laissa ces mots flotter quelque temps. « Il le faisait tout le temps lorsqu'ils rentraient à la maison. » Le dernier mot la bloqua.

Elle toussa, puis continua : « C'était toujours une histoire ou un livre sur un animal. Celle-ci – il doit l'avoir inventée parce que nous n'avons pas de livre de ce genre – était à propos d'un chien qui n'était pas bien vaillant. Il avait peur de beaucoup de choses : il avait peur des chats, des autres chiens, aussi. Dans l'histoire, il est kidnappé par des voleurs qui veulent l'instruire pour les aider. Ils le forment pour gagner l'amitié de promeneurs qui suivent un sentier à travers la forêt. Lorsque les promeneurs voient ce gros chien sympathique qui se met à gambader à leurs côtés, ils se sentent en sécurité et s'enfoncent de plus en plus profondément dans la forêt. Les voleurs lui expliquent qu'à un moment donné, il faut qu'il s'échappe, de manière à ce qu'ils puissent, eux, aller piller les gens. Mais même si c'est un lâche, il reste un chien et il ne peut absolument pas tolérer qu'on fasse du mal aux promeneurs. Donc, malgré tout cet entraînement, le chien agit en vrai chien, il se rebiffe contre les voleurs et aboie et leur grogne dessus – il en mord même un, mais pas trop fort – jusqu'à ce que la police arrive et les arrête. Et l'homme qu'ils s'apprêtaient à voler amène le chien dans sa vieille maison et raconte à sa famille quel bon chien il est. Ils l'adoptent, même si ce n'est pas un chien spécialement courageux.

— Pourquoi a-t-il raconté cette histoire, à votre avis, signora ? demanda Vianello gentiment, lorsqu'il comprit qu'elle avait fini.

— Parce que, une fois l'histoire terminée, Andrea a dit à Teo qu'il ne devait jamais plus l'oublier et ne jamais laisser personne faire du mal aux gens, parce que c'est le pire que l'on puisse faire. » Elle s'arrêta et inspira profondément : « Mais après, je suis entrée dans la chambre et il a cessé de parler. »

Elle essaya de rire d'elle-même, mais son rire se transforma en toux. « Je vous en parle parce qu'il avait un air très sérieux pendant qu'il racontait son histoire. Il voulait vraiment que Teo retienne cette leçon : ne jamais laisser faire de mal aux gens, même sous la menace de voleurs. »

Elle céda à la tentation et ressaisit brusquement le torchon. Elle ne chercha plus à le plier ou à l'étirer, mais le tordit entre les mains comme quelque chose qu'elle voulait détruire.

Malgré toute la curiosité que pouvait encore lui susciter cette Borelli, Brunetti savait que ce serait de la folie de poser la moindre question. Il préféra se lever et remercia signora Doni. Elle leur proposa de les raccompagner à la porte, mais il déclina son offre et ils la laissèrent à ses souvenirs en lambeaux.

26

« Quelle impression elle t'a faite ? demanda Brunetti en rejoignant la voiture banalisée garée le long du trottoir.

— À mon avis, elle ne se le pardonnera jamais, ou même si elle y arrive, ça lui prendra beaucoup de temps.

— Quoi donc ?

— De ne pas l'avoir écouté.

— De ne pas l'avoir mis à la porte ? »

Vianello haussa les épaules. « Vu le type de femme, c'est tout ce qu'il méritait. Mais de ne pas l'avoir écouté alors qu'il le lui avait demandé, ça, ça va la hanter longtemps.

— Je dirais que ça la hante déjà, répliqua Brunetti.

— Oui. Et pour le reste ? »

Brunetti s'assit à l'arrière avec Vianello et dit au chauffeur de les ramener à Piazzale Roma.

Lorsque la voiture démarra, il lui précisa : « Tu penses à quand il a dit qu'avoir accepté ce travail a tout gâché ?

— Oui », puis Vianello ajouta : « Je crois qu'il ne faut pas perdre de vue la femme.

— Sans doute, approuva Brunetti, se remémorant sa conversation avec la veuve de Nava.

— Et sinon ?

— Il y a un tas de choses qui peuvent gâcher ta vie professionnelle. Tu peux détester ton patron ou les gens avec qui tu travailles. Ou c'est eux qui te détestent. Ou encore tu détestes ce travail-là, suggéra Brunetti, mais rien de tout cela n'a de sens, par rapport à l'histoire qu'il a racontée à son fils.

— Ça ne pourrait pas être juste une histoire ?

— Tu irais raconter à un de tes enfants une histoire comme ça ? »

Vianello y réfléchit un moment, puis il répondit : « Probablement que non. Ce n'est pas mon fort, les histoires avec une morale.

— Je dirais même qu'en général, ce n'est pas non plus celui des enfants », rétorqua Brunetti.

Cette phrase fit rire Vianello. « Les miens aiment toujours celles où la petite fille modèle finit par être mangée par le lion et où les polissons arrivent à se bâfrer tout le gâteau au chocolat.

— Les miens aussi », renchérit Brunetti. Puis, retournant à ce qui le tracassait : « Donc, pourquoi il serait allé lui raconter une telle histoire ?

— Peut-être parce qu'il savait que sa femme écoutait ?

— Peut-être.

— Et donc ?

— Et donc, il essayait de lui dire quelque chose.

— Sans avoir à le lui dire à elle. »

Brunetti soupira. « Combien de fois on ne l'a pas fait ?

— Et qu'est-ce qu'il essayait de lui dire ?

— Qu'il était dans une situation où on lui disait de faire du mal aux gens et qu'il pensait que ce n'était pas bien et qu'il ne voulait pas le faire.

— Aux gens, pas aux animaux ?

— C'est ce qu'il disait. S'il avait voulu parler d'animaux, il aurait raconté une histoire sur un animal, qui était obligé de faire du mal à d'autres animaux. Les enfants prennent tout au pied de la lettre.

— Tu crois qu'ils en tiennent compte, quand on leur dit de ne pas faire de mal aux gens ? demanda Vianello, sceptique.

— S'ils ont confiance dans la personne qui le leur dit, je pense que oui, affirma Brunetti.

— Alors comment un vétérinaire peut-il faire du mal aux gens, à part en maltraitant leurs animaux ?

— C'est le travail à l'abattoir qui le préoccupait, insista Brunetti.

— Tu les as vus, les bouchers. Plutôt difficile de les faire souffrir. »

Sur ces mots, les deux hommes cessèrent de parler. Ils n'étaient pas encore arrivés ; la voiture prit la route surélevée qui reliait Mestre au pont. Puis ils passèrent le long des fabriques s'alignant sur la droite et laissèrent derrière eux les cheminées qui crachaient Dieu sait quelles substances pour fabriquer des produits propres à la consommation.

Une idée traversa l'esprit de Brunetti, qui dit à haute voix : « Propres à la consommation.

— Quoi ? demanda Vianello, détournant son attention du thermomètre numérique géant installé sur le bâtiment du *Gazzettino*.

— Propres à la consommation, répéta Brunetti. C'est cela qu'il faisait à l'abattoir. Il inspectait les animaux qui y étaient amenés et il inspectait la viande qui en résultait. C'est lui qui décidait de ce que l'on pouvait vendre comme nourriture; c'est lui qui la déclarait propre à la consommation. » Ayant bien présente à l'esprit l'histoire que Nava avait racontée à son fils, il reformula : « Son travail consistait à s'assurer que l'on ne faisait pas de mal aux gens. »

Comme Vianello ne disait rien, Brunetti ajouta : « Pour leur éviter de manger de la viande pourrie. » Vianello ne l'honorant d'aucune réponse, Brunetti demanda : « Combien pèse une vache ? »

Vianello ne répondit toujours pas.

Depuis son siège avant, le chauffeur prit la parole : « Mon beau-frère est paysan, commissaire : une bonne vache peut peser jusqu'à 700 kilos.

— Combien de viande on peut en tirer?

— Je ne sais pas bien, commissaire, mais je suppose environ la moitié.

— Réfléchis-y, Lorenzo, dit Brunetti. S'il refusait ces bêtes, ou les condamnait, ou faisait ce qu'un vétérinaire était censé faire, c'était une perte sèche pour le paysan. »

Face au silence de Vianello, Brunetti demanda au chauffeur : « Combien ils gagnent du kilo?

— Je ne sais pas au juste, commissaire. Mon beau-frère calcule toujours qu'une vache vaut 1 500 euros. Peut-être un peu plus, mais c'est son chiffre de base. »

Se tournant vers Brunetti et en réponse à son manque d'enthousiasme manifeste, Brunetti formula, même s'il se rendait compte combien ça le contrariait : « Nous tenons peut-être le mobile du crime. »

Ce n'est que sur le pont, avec la ville à l'horizon, que Vianello s'autorisa à dire : « Même si Patta n'apprécie pas cette hypothèse, moi je préfère l'idée d'une agression. »

Brunetti prêta de nouveau son attention à l'eau, qui s'étendait du côté droit de la voiture.

Dès que le bateau s'amarra en face de la questure, Brunetti et Vianello montèrent sur le quai et gagnèrent le bâtiment. Ils entrèrent ensemble dans le bureau de signorina Elettra, ce qui sembla dessiner un double plaisir sur son visage.

« Êtes-vous venus pour Papetti ? demanda-t-elle, suggérant par sa question que, si c'était le cas, ils étaient au bon endroit.

— Oui, confirma Brunetti. Nous vous écoutons.

— Le dottor Papetti est marié à la fille de Maurizio De Rivera », information que Vianello agrémenta d'un long sifflement, et Brunetti d'un « Ah » juste murmuré.

« Je vois que vous connaissez le père », fit-elle.

Qui ne le connaissait pas, dans le nord-est de l'Italie ? se demanda Brunetti dans son for intérieur. De Rivera était à la construction ce que Thyssen était à l'acier : il suffisait d'en évoquer le nom pour voir apparaître le produit comme par enchantement, il en était presque synonyme. Sa fille – son seul enfant – à moins que d'autres ne se soient subrepticement introduits dans la famille, mais visiblement on avait dû administrer de lourdes doses de sédatifs aux chroniqueurs mondains – avait notoirement passé une bonne partie de sa jeunesse sous l'influence de différentes substances aussi illégales que nocives.

« Quand a eu lieu l'incendie ? s'enquit Vianello.

— Ça fait dix, onze ans », répondit Brunetti, se référant à l'incendie qui avait éclaté dans l'appartement à Rome où cette fille – dont le nom lui échappait – fut sauvée au prix de la vie de trois pompiers. La presse s'était déchaînée des mois entiers, pendant lesquels la jeune fille avait disparu de la scène, pour resurgir un an plus tard environ comme bénévole dans une soupe populaire ou quelque abri pour démunis, apparemment transformée par le sacrifice de ces trois hommes. Mais elle disparut à nouveau des colonnes des journaux et donc, de l'œil du public.

Aucune prise de conscience, cependant, n'avait transformé son père, ni sa réputation. Il continuait à spéculer et à récolter contrats sur contrats pour des projets immobiliers municipaux et provinciaux, surtout dans le Sud. Et c'est dans cette partie du pays que sa société était souvent la seule à prendre part aux appels d'offres.

Il circulait d'autres rumeurs à son sujet, mais ce n'étaient que des rumeurs.

Après leur avoir laissé le temps de réfléchir à cette information, signorina Elettra continua : « J'ai aussi trouvé une note de service dans laquelle Papetti demande à ce que Giulia Borelli soit embauchée, et à ce salaire-là. » Elle ne se sentait plus de joie.

« Si ce que j'imagine se passer est effectivement en train de se passer, et vu ce qu'on dit de son beau-père, signor Papetti est un homme très courageux, nota Vianello.

— Ou très stupide, contre-attaqua Brunetti.

— Ou les deux, suggéra signorina Elettra.

— De Rivera n'a jamais été reconnu coupable de rien, nota Vianello d'un ton neutre.

— Comme nos nombreux hommes politiques et ministres », précisa signorina Elettra.

Brunetti fut tenté de dire qu'aucun d'entre eux non plus n'avait jamais été déclaré coupable, et qu'est-ce que cela prouvait? Mais il préféra demander : « Ne pourrait-on pas convenir purement et simplement que le beau-père ne voulait pas entendre parler de la relation de Papetti avec signorina Borelli ? » Vianello opina du chef. Signorina Elettra sourit.

« Qu'avez-vous trouvé d'autre sur Papetti ? poursuivit Brunetti.

— Ils ont un très bon niveau de vie, sa femme, leurs enfants et lui.

— Comment elle s'appelle, déjà ? J'ai oublié, coupa Vianello.

— Natasha, répondit signorina Elettra d'un air détaché.

— Bien sûr, fit l'inspecteur. Je savais que ça sonnait faux. »

Comme si Vianello n'avait rien dit, elle continua. « Il a investi au moins deux millions d'euros dans différents secteurs, leur maison vaut au moins cette somme, il roule dans l'une de leurs deux Mercedes sport et ils partent souvent en vacances.

— Ce pourrait être l'argent de De Rivera », insinua Brunetti.

Comme si elle voulait mettre en garde un étudiant trop zélé, signorina Elettra intervint, d'un ton compassé : « Les comptes sont seulement à son nom. Et ils sont à l'étranger.

— Au temps pour moi », dit Brunetti, puis il demanda : « Et signorina Borelli ? Rien d'autre à son sujet ?

— Même si elle touchait moins de 25 000 euros par an à Tekknomed, elle a réussi à s'acheter deux appartements à Venise et un à Mestre. Elle vit dans celui de Mestre et elle loue ceux de Venise aux touristes.

— Et Tekknomed a choisi de ne pas porter plainte contre elle lorsqu'elle est partie, souligna un Brunetti songeur. Elle devait en savoir beaucoup sur leur comptabilité. »

Puis, s'adressant à signorina Elettra : « Et ses comptes en banque ?

— Je suis en train de poursuivre mes recherches, signore, répondit-elle du même ton compassé.

— Y a-t-il une preuve que sa relation avec Papetti soit d'ordre sexuel ? »

Elle s'autorisa à lancer un regard froid. « Il est impossible de trouver ces choses dans les dossiers, monsieur.

— Oui, bien sûr, reconnut Brunetti. Continuez donc vos recherches. » Et se tournant vers Vianello : « Je veux parler à Papetti.

— Tu as le courage de retourner sur le continent ? demanda l'inspecteur avec un sourire.

— Il faut battre le fer tant qu'il est chaud.

— Si tu y vas, il vaut mieux que tu y ailles seul. C'est moins menaçant. » Il s'avança d'un pas vers signorina Elettra et demanda : « Croyez-vous que nous pourrions jeter un coup d'œil aux dossiers de l'abattoir de Preganziol, pendant que le commissaire sera là-bas ? »

Sa réponse fut un chef-d'œuvre de modestie. « Je pourrais essayer. »

Sur ce, Brunetti les quitta, descendit l'escalier et sortit prendre son bateau.

27

Brunetti s'étonna de nouveau que les gens puissent vivre ainsi : aller et venir en voiture, rester bloqués dans des embouteillages derrière de longues colonnes de voitures – éternelles victimes des caprices de la circulation. Pour ne pas parler de l'air, et du bruit, et de la laideur accablante de ce qu'il voyait en passant. Pas surprenant que les chauffeurs soient enclins à la violence : comment pourrait-il en être autrement?

Signorina Elettra avait appelé et fixé un rendez-vous avec le dottor Papetti, expliquant que le commissaire Brunetti était sur le continent ce jour-là et qu'il pourrait aisément faire un saut pour lui parler du dottor Nava : par chance, le dottor Papetti n'avait pas de rendez-vous cet après-midi-là et serait au bureau. Elle expliqua que le commissaire Brunetti connaissait le chemin de l'abattoir.

Bien que le chauffeur prît la même route, Brunetti reconnut peu de choses par rapport à la première fois ; la mémoire des routes comme la dextérité au volant n'étaient pas son fort. Il croyait avoir repéré une des villas, mais à une certaine distance, beaucoup d'entre elles se ressemblaient. Il se souvenait toutefois parfaitement de la petite route de campagne qui menait à l'abattoir et des portails derrière lesquels il se dressait. Et, même si elle semblait maintenant moins forte, Brunetti se souvenait aussi de l'odeur qui lui parvenait depuis l'arrière du bâtiment.

Cette fois, c'est le dottor Papetti qui vint à sa rencontre à la porte. C'était un homme grand, au front dégarni, ce qui accentuait l'étroitesse de son visage et de sa tête. Il avait des yeux ronds et foncés, qu'on aurait mieux vus sur un visage plus joufflu. Ses lèvres minces s'étiraient en un sourire figé. Les épaulettes de son costume n'étaient plus à la mode, mais au moins parvenaient-elles à masquer sa maigreur. Brunetti baissa les yeux et vit qu'il portait des chaussures faites à la main ; il avait les pieds si étroits qu'il lui fallait probablement du sur mesure.

Après avoir surpris Brunetti par la fermeté de sa poignée de main, Papetti suggéra d'aller dans son bureau. Tel un héron désarticulé dans l'eau, la tête posée sur un cou étonnamment long, Papetti penchait en avant à chaque pas. Ni l'un ni l'autre ne parlaient ; des bruits provenaient par intermittence de l'arrière du bâtiment.

Papetti ouvrit la porte de son bureau, puis recula d'un pas : « Commissaire, je vous en prie, asseyez-vous et dites-moi en quoi je puis vous aider. Je suis désolé de ne pas avoir pu être là lors de votre dernière visite. »

Brunetti passa devant lui. « Je suis ravi que vous ayez trouvé le temps de me recevoir aujourd'hui, dottor Papetti. » Une fois que tous deux furent assis,

Brunetti ajouta, d'une voix emplie de gratitude : « Je suis sûr qu'un homme à votre niveau de responsabilités a beaucoup d'obligations. » Papetti lui répondit par un modeste sourire, qui rappela à Brunetti une phrase qu'il avait lue, chez Kafka croyait-il, parlant d'un homme qui avait vu des gens rire et qui « pensa qu'il savait comment s'y prendre ».

« Heureusement, commença Papetti, en fait, heureusement pour vous, deux personnes ont annulé leur rendez-vous cet après-midi, ce qui fait que je me suis retrouvé avec un trou dans mon emploi du temps. » Il tenta un nouveau sourire. « C'est plutôt rare. »

Au début, ces mots lui brouillèrent étrangement le cerveau, puis la mémoire lui revint clairement : l'homme empruntait la voix de Patta. Mais s'agissait-il du Patta le plus cordial, ou le plus retors ?

« Comme ma secrétaire a dû vous le dire, je voudrais vous parler du dottor Nava », déclara Brunetti, du ton d'un bureaucrate accablé d'impératifs, s'adressant à un pair.

Papetti opina du chef et Brunetti continua : « Comme il travaillait pour vous, je pense que vous devriez pouvoir me parler de lui. » Puis, arborant un air d'ouverture et de candeur, il ajouta : « J'ai parlé avec sa veuve, mais elle n'a pas pu me dire grand-chose. Je ne sais pas si vous étiez au courant, mais ils étaient séparés depuis quelques mois. » Il attendit pour voir la réaction de Papetti.

Après une hésitation si brève qu'elle en fut à peine perceptible, il dit : « Non, à vrai dire, je ne le savais pas », en frottant les doigts de sa main gauche contre le dos de la main droite. « Je ne le connaissais que par son travail à l'abattoir, donc j'ignorais sa vie privée.

— Vous saviez cependant qu'il était marié, n'est-ce pas, dottore ? demanda Brunetti de sa voix la plus douce.

— Oh, dit Papetti, en cherchant à faire un geste très ample de la main, j'imagine que je l'ai su, ou tout au moins supposé ; la plupart des hommes de son âge le sont, après tout. Ou peut-être a-t-il mentionné ses enfants. Je suis désolé, mais je ne m'en souviens pas. » Puis, après une très courte pause, et avec un regard censé exprimer la compassion, il dit : « Je vous prie de transmettre mes condoléances à sa veuve, commissaire.

— Bien sûr, je n'y manquerai pas », lui assura Brunetti, avec un signe approuvant les sentiments de Papetti. « Pourriez-vous me dire exactement quelles étaient les attributions du dottor Nava à l'abattoir ? »

La réponse de Papetti fusa si rapidement qu'il semblait s'être préparé à cette question. « Il avait une réelle fonction d'inspecteur. Il veillait à vérifier que les animaux qui arrivaient chez nous étaient propres à l'abattage, et dans un second temps, il inspectait des échantillons de viande prélevés sur ces bêtes.

— Bien sûr, bien sûr », dit Brunetti, puis avec l'avide curiosité d'un novice, il continua : « Votre position vous permet de connaître le mode de fonctionnement de tous les abattoirs, dottore. D'une manière générale, je veux dire. Les animaux arrivent, sont déchargés… » Brunetti accompagna sa pause d'un autre sourire amical et reprit : « Nous n'avons pas bien saisi, en fait. » Essayant de ne pas paraître embarrassé, il énonça : « Mon inspecteur, il… » Il s'arrêta et haussa les épaules, puis enchaîna : « Donc, comprenez bien s'il vous plaît que je parle ici en véritable profane, dottore. Je suis purement et simplement en train d'imaginer comment cela pouvait se passer ; je suis certain que vous en savez bien plus long que moi. » Cherchant à faire de son mieux pour sembler intimidé, Brunetti reprit : « Où en étais-je ? Ah oui, les animaux sont déchargés, ou conduits à l'intérieur, ou y sont amenés, d'une façon ou d'une autre. Et puis, vraisemblablement, le dottor Nava devait les examiner pour voir s'ils étaient en bonne santé, puis ils étaient menés à l'abattoir et tués. » Les gens sots se répètent, Brunetti le savait, et espérait que Papetti tomberait dans le panneau.

Papetti avait l'air de se détendre, voyant que l'on n'entrait toujours pas dans le vif du sujet. « C'est plus ou moins ce qui se passe. Oui.

— Y a-t-il des problèmes que vous pourriez rencontrer, ou que le dottor Nava aurait pu rencontrer ? »

Papetti pinça les lèvres d'un air méditatif, puis expliqua : « Eh bien, en ce qui concerne notre abattoir, la différence éventuelle entre le nombre de bêtes enregistrées et la somme que les paysans en attendent pourrait en être un. Ou s'il y a des retards dans le processus d'abattage, ce qui force les paysans à laisser leurs bêtes sur place plus longtemps que prévu, avec les coûts que cela entraîne, c'en est un autre. »

Il décroisa et recroisa ses jambes, et précisa : « Pour ce qui est du dottor Nava, sa préoccupation majeure serait plutôt toute violation des directives de l'Union européenne.

— Pourriez-vous me donner un exemple, signore ?

— Si les animaux souffrent inutilement, ou si les mesures d'hygiène ne sont pas respectées.

— Ah oui, bien sûr. Tout cela me paraît logique, maintenant. Merci, dottore. » Brunetti était content de l'air qu'il devait dégager, enfin éclairé sur toute cette question.

Comme pour satisfaire la volonté de comprendre de Brunetti, Papetti spécifia : « Nous aimons à penser que nous travaillons avec les paysans pour les aider à obtenir le juste prix pour les bêtes qu'ils ont élevées et amenées chez nous. »

Résistant à l'envie de dire qu'il n'aurait pu être plus précis, Brunetti se contenta de marmonner : « Effectivement. Mais pour en revenir au dottor Nava, si vous permettez, avez-vous jamais entendu quelqu'un à l'abattoir dire du mal de lui ?

— Pas que je me souvienne, fit Papetti immédiatement.

— Et vous étiez satisfait de son travail ?

— Absolument, confirma Papetti avec un autre coup rapide sur le dos de la main. Mais vous devez comprendre que j'ai une fonction avant tout administrative. Mon contact direct avec les gens qui travaillent ici est plutôt limité.

— Vos employés ne vous auraient-ils pas informé s'il y avait eu des irrégularités dans les activités du dottor Nava ? »

Après un temps de réflexion, Papetti répondit : « Je ne sais pas, commissaire. » Puis, esquissant un sourire modeste, il ajouta : « Je doute qu'on aurait fait remonter ce genre d'information jusqu'à moi. » De purs et simples ragots auraient-ils pu filtrer à un aussi haut niveau ?

Du même ton dégagé qu'au début de la conversation, Brunetti demanda : « Croyez-vous qu'ils vous auraient parlé de la liaison de Nava avec votre assistante, signorina Borelli ?

— Comment est-ce que… ? » s'étonna Papetti, qui fit ensuite un geste que Brunetti n'avait jamais vu chez un adulte : il croisa ses deux mains sur sa bouche. La rondeur est un absolu. Donc les yeux de Papetti ne pouvaient s'arrondir davantage ; par contre, ils pouvaient s'élargir. C'est ce qu'ils firent, tandis que son visage blêmissait au fur et à mesure que le sang s'en retirait.

Il tenta un coup de poker. Et Brunetti dut lui en reconnaître le mérite. Papetti imprégna sa voix d'indignation et s'enquit d'une voix ferme : « Comment osez-vous avancer une chose pareille ? », mais la protestation était de pure forme : il avait poussé le jeu trop loin pour changer désormais son fusil d'épaule.

« On vous l'aura dit, dottore ? lâcha Brunetti, se permettant finalement d'arborer un sourire de hyène. Ou vous le tenez peut-être de signorina Borelli ellemême ? »

Au gémissement qu'émit Papetti, Brunetti pensa qu'il était sous le choc, puis il réalisa qu'il luttait pour retenir ses larmes. Papetti était assis, une main sur les yeux, l'autre déployée sur son front dégarni et son crâne chauve, comme s'il essayait de se cacher. Le gémissement persista, puis diminua progressivement, cédant la place à de profonds soupirs.

Au bout d'un moment, Papetti reposa ses mains sur la table. Ses yeux ronds étaient encerclés de taches rouges et deux autres étaient apparues au milieu de ses joues.

Il regarda Brunetti et lui ordonna, la voix tremblante : « Allez-vous-en. »

Brunetti était assis, immobile.

« Allez-vous-en », répéta Papetti.

Lentement, Brunetti se leva, sachant parfaitement qui était le beau-père de cet homme et, de par sa propre expérience familiale, de quoi est capable un père pour défendre sa fille et ses petits-enfants. Il sortit son portefeuille et en tira une de ses cartes. Prenant un stylo sur le bureau de Papetti, il y inscrivit le numéro de son portable, puis la plaça sur la table qui les séparait.

« Voici mon numéro, dottore. Si vous décidez de m'en dire davantage sur cette affaire, appelez-moi quand vous voulez. »

Dehors, Brunetti vit le chauffeur appuyé contre la portière de la voiture, les yeux plissés car il était face au soleil. Il était en train de manger une glace et avait tout l'air de se régaler. Ils rentrèrent à Venise.

28

Pour Brunetti, être allé deux fois sur la « terre ferme » dans la journée – indépendamment de l'inefficacité des entretiens et du fait que des milliers de gens faisaient cette même navette chaque jour que Dieu fait –, c'était plus qu'une journée entière de travail et il estima qu'il n'avait aucune raison de retourner à la questure. Lorsque le chauffeur le laissa à Piazzale Roma, il s'accorda le plaisir de se promener et de rentrer à la maison par le chemin des écoliers, pourvu qu'il fût rentré à temps pour le dîner.

La douceur de la fin d'après-midi l'incita à flâner dans la direction de San Polo, en s'arrêtant au gré du vent. Il avait connu cette partie de la ville il y a des dizaines et des dizaines d'années, lorsqu'il prenait son train quotidien pour Padoue, où il suivait ses cours à l'université et il préférait faire ses allers-retours à la gare à pied afin d'économiser – combien était-ce, déjà, à l'époque ? – les cinquante lires du ticket de bateau. Cela suffisait pour s'offrir un soda ou un café ; il lui revint en mémoire, avec la tendresse dont l'âge enveloppe les faiblesses de la jeunesse, qu'il prenait un café seulement en présence de ses camarades de classe, et qu'il s'adonnait à son goût pour les sodas lorsqu'il était seul et qu'il n'y avait personne pour railler son manque de sophistication.

Il se demanda, un moment, s'il n'allait pas s'en acheter un, en admettant qu'il arrive à se souvenir comment ils s'appelaient. Mais c'était un homme et il avait mis de côté les choses de l'enfance ; il s'arrêta donc pour un café, en souriant tout seul lorsqu'il y ajouta le second sachet de sucre.

Il déboucha sur le campo Santa Margherita, qui, de jour, ressemblait en tout point au *campo* qu'il avait été pendant des siècles avec des étals de fruits et de poissons, un glacier, une pharmacie, des magasins de toutes sortes, avec cette forme étrangement allongée où les enfants se plaisaient tant, car ils pouvaient y courir après leurs chiens ou leurs camarades. Comme il s'était accordé un moment de liberté, Brunetti chassa de son esprit le problème du chaos qui sévissait la nuit dans ce quartier et qui avait conduit des connaissances à vendre leur maison de famille, rien que pour échapper aux nuisances sonores.

Si Gobbetti était encore là, il serait allé y acheter une mousse au chocolat à rapporter à la maison, mais les Gobbetti avaient vendu leur affaire et la pâtisserie, qui les avait remplacés, n'avait pas remplacé la mousse. Le sublime ne se remplace pas.

Des bateaux étaient amarrés de l'autre côté du ponte dei Pugni, l'un pour les fruits et l'autre pour les légumes, et il essaya de se souvenir s'il y eut un temps où ils n'y étaient pas. Vu qu'ils étaient là en permanence, étaient-ce encore – tout au moins au sens philosophique du terme – des bateaux ? Tout en y songeant, il se mit à traverser le campo San Barnaba et, à mi-chemin, l'envie le prit de rentrer à la maison pour jouir du doux repos vespéral sur son balcon. Il passa face à la *calle* qui menait au *palazzo* de ses beaux-parents, sans que l'idée ne l'effleure d'aller leur rendre visite. Tout ce qu'il avait en tête, c'était de rentrer chez lui et c'est bien ce qu'il ferait.

Au grand soulagement de Brunetti, tout le monde était là lorsqu'il arriva, et à son plus grand soulagement encore, après lui avoir dit bonjour et lui avoir fait la bise, ils le laissèrent tous tranquille et allèrent vaquer à leurs affaires. Il se servit un verre de vin blanc et sortit une chaise sur le balcon où il resta assis une heure, à regarder la lumière s'atténuer puis disparaître, en sirotant son vin, le cœur débordant de gratitude de constater que ses êtres les plus chers avaient tous leur vie et leurs occupations, à mille lieues des horribles mensonges et tromperies qui truffaient ses jours.

Le lendemain matin commença par une douce aurore pour Brunetti, même si cette sensation s'affaiblissait au fur et à mesure qu'il approchait de la questure et qu'il imaginait le contenu de sa nouvelle conversation obligée avec Patta. Il n'avait d'autre choix que de dire à son supérieur ce qu'il avait appris et les soupçons qu'avaient éveillés chez lui tous ces faits.

Tel un compositeur d'opéra, il disposait de notes et d'arias, d'une gamme de chanteurs, de l'esquisse d'une intrigue, mais le tout ne formait pas encore un livret cohérent.

« C'est la fille de Maurizio De Rivera, vous pensez en plus que son mari sait des choses sur le meurtre, et qu'il vous les cache ? » éclata Patta après le compte rendu de Brunetti sur sa conversation avec Papetti. Si Brunetti lui avait dit que la liquéfaction du sang de saint Janvier était un canular, Patta n'en aurait pas été davantage indigné.

« Vous savez qui c'est, n'est-ce pas, Brunetti ? » lui demanda instamment son supérieur.

Ignorant cette question, Brunetti dit : « Il se pourrait qu'il veuille savoir à quelle sorte d'homme sa fille est mariée.

— La vérité, c'est la dernière chose qu'il voudra savoir. » Puis, après une pause si longue que Brunetti pressentait le soin que Patta mettait à viser, ce dernier ouvrit le feu : « Je vous croyais plus avisé. »

Brunetti ne put réprimer sa réponse, mais il parvint à la limiter à un regard, qu'il détourna rapidement. Cependant, il fut suffisant pour montrer à Patta que, cette fois, il était allé trop loin, car il ajouta immédiatement, dans une claire tentative de faire machine arrière : « Vous avez une fille, après tout. Vous aimeriez croire qu'elle est mariée à quelqu'un de bien, n'est-ce pas ? »

Le cœur de Brunetti battit la chamade à la pique de Patta, ce qui fait qu'il tarda à trouver une réponse. Il finit par dire : « De Rivera doit avoir des critères de jugement bien à lui, par rapport aux autres pères, monsieur le vice-questeur. Si sa fille ou son mari étaient impliqués d'une manière ou d'une autre dans ce meurtre, il n'hésiterait pas à entraver le déroulement de la justice, à mentir à un commis de l'État dans l'accomplissement de son devoir, voire à soutenir personnellement l'exécution du crime. » Puis, après une pause, il assena : « Après tout, il a été jugé pour les deux premiers.

— Et acquitté », rétorqua Patta rapidement.

Brunetti ignora la remarque et poursuivit : « Nava a reçu des coups de couteau dans le dos et il a été emmené, d'une façon ou d'une autre, à un endroit d'où on pouvait le jeter dans un canal. Ceci laisse entendre la participation de deux personnes. » Brunetti avait retrouvé son calme et contrôlait mieux sa voix.

« Et pourquoi ceci devrait-il impliquer Papetti ? » s'enquit Patta d'un ton hautain.

Brunetti s'abstint de lâcher que c'était simplement parce que c'est ainsi qu'il *sentait* la chose, bien conscient qu'il était que cela ne le mènerait probablement pas très loin. « Pas nécessairement, dottore. Mais il sait quelque chose, ou il sait des choses qu'il ne dit pas. Il était au courant de la liaison entre Nava et Borelli : il était si surpris que je le sache que c'en est bien la preuve. Et comme il a intercédé pour qu'elle devienne son assistante, cela lui a donné une certaine emprise sur lui », affirma Brunetti, écartant toute hypothèse de générosité, un des premiers signes de l'amour.

Patta pinça les lèvres et les arrondit en cul-de-poule, habitude que Brunetti interpréta, avec les années, comme le signe visuel qu'il s'apprêtait à envisager les choses d'une manière raisonnable. Le vice-questeur leva la main droite et observa ses ongles. Brunetti se demandait s'il les voyait réellement, ou si c'était simplement chez lui une autre forme de matérialisation de la pensée.

Patta finit par baisser la main et se détendit. « Qu'est-ce que vous voulez faire ?

— Je veux faire venir ici la Borelli et lui poser quelques questions.

— Du genre ?

— Je ne pourrai pas le savoir tant que je n'aurai pas plus d'informations.

— Quelles informations ?

— Sur les quelques appartements qu'elle possède. Sur Papetti et Nava, et comment elle a obtenu son emploi d'assistante de Papetti. Et comment on a décidé de son salaire. Sur l'abattoir et jusqu'à quel point elle connaît le dottor Meucci, ajouta-t-il, en échafaudant tout un scénario.

— Qui est-ce ? demanda Patta, prouvant qu'il n'avait pas lu les rapports de l'enquête.

— Le prédécesseur de Nava.

— Elle s'est prise de passion pour les vétérinaires, cette Borelli, ou quoi ? »

Brunetti eut envie de sourire à cette question fort intéressante, que Patta avait posée sans prêter garde.

« Aucune idée, monsieur. Cela m'intrigue juste de manière générale.

— De manière générale ? répéta Patta lentement. C'est-à-dire ?

— C'est-à-dire, monsieur, que je n'ai pas encore les idées claires sur les liens entre tous ces individus, ou sur ce qui continue à les lier. Mais il y a quelque chose, parce que personne ne me dit rien. » Et en se parlant davantage à lui-même qu'à Patta, Brunetti résuma : « Tout ce dont j'ai besoin, c'est de tirer sur le bon fil pour démêler la pelote. »

Patta plaqua ses paumes fermement sur le bureau. « Très bien, faites-la venir et voyez ce qu'elle a à dire.

Mais, souvenez-vous-en bien, je veux savoir tout ce que vous aurez appris sur Papetti avant que vous n'entrepreniez la moindre action.

— Bien sûr, monsieur le vice-questeur », dit Brunetti qui se rendit dans l'antichambre du bureau de Patta, où il vit signorina Elettra lever son visage derrière l'écran de son ordinateur.

« J'ai eu accès aux fichiers des services sanitaires de Trévise, monsieur, car ils gardent les mêmes relevés que l'abattoir, c'était même plus facile que d'entrer dans les leurs. » Elle poursuivit, d'un air méditatif : « En outre, au cas où il resterait des traces de ma présence, il vaut toujours mieux les laisser dans une administration qu'au sein d'une société privée. »

Ne voulant pas offenser signorina Elettra, qui s'attendait peut-être à ce qu'il la questionne sur son emploi des mots « accès » ou « toujours », ou peut-être même de « au cas où », Brunetti se limita à un doux « Je vous écoute ».

« J'ai regardé sur les quatre dernières années, monsieur, et pour faciliter la lecture, j'ai fait un graphique. » Elle indiqua l'écran d'un signe de tête.

Elle déplaça la souris, cliqua, cliqua de nouveau, et on vit apparaître une courbe, sur laquelle était écrit Preganziol. Les mois de l'année étaient inscrits au sommet du graphique ; sur le côté figuraient les chiffres allant de 0 à 100.

La courbe, quatre ans plus tôt, commençait à trois en janvier et zigzaguait jusqu'à quatre le mois suivant, puis s'entortillait pour redescendre à trois le mois d'après. Ce schéma se reproduisit les deux années suivantes. La troisième année, elle suivit le même cours irrégulier et atteignit le chiffre cinq avant de revenir à trois, où il se stabilisa jusqu'en novembre, puis il fut catapulté à huit et, augmentant régulièrement, il finit l'année à douze. La courbe fit un bond en janvier et atteignit le chiffre treize, ne bougea pas de tout un mois, puis en mars monta à quatorze. Le tableau prenait fin ce mois-là.

« Donc, quoi que reflètent ces chiffres, constata Brunetti, ils se sont mis brusquement à grimper plus ou moins en concomitance avec l'arrivée de Nava à l'abattoir et ont continué ainsi… » Il se pencha en avant et pointa la fin de la courbe « … jusqu'au mois avant sa mort ».

Signorina Elettra fit défiler la page de haut en bas, ce qui permit à Brunetti de lire la légende : *Pourcentage d'animaux rejetés par les autorités compétentes en tant qu'impropres à l'abattage.*

« Impropres à l'abattage. » Ce qui signifiait probablement la même chose que « Impropres à la consommation ». C'était bien cela. Le chien lâche avait défié les voleurs, mais ce chien lâche n'avait pas réussi à s'attaquer aux voleurs et à sauver qui que soit, et la famille où il avait vécu n'avait pas su le reprendre et l'aimer de nouveau, même s'il n'était toujours pas très vaillant.

« Donc son boulot, il le faisait bien, conclut Brunetti qui ajouta, en décontenançant signorina Elettra, exactement comme le chien. » Mais il précisa rapidement quelque chose qu'elle pouvait parfaitement saisir, vu la clarté du graphique : « Et pas son prédécesseur.

— À moins que nous ne soyons revenus au temps de l'Exode et que les plaies ne se soient déchaînées sur la terre et la vermine sur les troupeaux, le jour où il a commencé à travailler là-bas.

— C'est peu probable », observa Brunetti, puis il demanda : « Autre chose sur signorina Borelli ?

— Outre la liste de ses propriétés, j'ai maintenant quelques informations sur ses investissements et ses comptes en banque.

— Au pluriel ?

— Ici dans Venise même, un à Mestre où son salaire était versé, et un à la poste. » Elle sourit et nota, avec un mépris mal dissimulé : « On dirait que les gens s'imaginent que personne ne pensera à y mettre le nez.

— Et quoi d'autre ? s'enquit-il, la connaissant si bien qu'il savait qu'elle lui réservait d'autres cadeaux dans sa hotte.

— Meucci. Non seulement il a passé trois coups de fil à signorina Borelli sur son portable les deux derniers jours, mais il se trouve qu'il n'est pas du tout vétérinaire.

— Quoi ?

— Il a étudié quatre ans à Padoue, a passé et réussi la plupart de ses examens, mais il ne semble pas avoir passé les quatre derniers et rien ne certifie qu'il ait obtenu son diplôme à cette université, ou qu'il ait réussi les examens d'État, ou même qu'il se soit simplement inscrit pour les passer. »

Brunetti s'apprêtait à lui demander comment il était possible que le département provincial de la santé lui ait confié un poste de vétérinaire dans un abattoir, ou quels moyens il avait mis en œuvre pour ouvrir un cabinet privé, mais il s'arrêta à temps. Il s'écoulait bien peu de semaines entre une révélation et l'autre d'un faux médecin ou d'un faux dentiste ; en quoi la catégorie de patients devrait-elle jouer sur les probabilités de fraude ?

Il n'hésita pas un instant. « Appelez son bureau et voyez s'il est là. Demandez si vous pouvez apporter votre chat ou quelque chose comme ça, juste pour savoir s'il est là. Si oui, envoyez Foa et Pucetti lui demander s'il veut bien venir me parler.

— J'en serais ravie, monsieur », puis elle ajouta : « Jetez un coup d'œil aux documents sur signorina Borelli, je vous prie. »

Brunetti s'empara de la chemise afin d'aller dans son bureau pour parcourir ces documents, mais il se rendit à la salle des policiers pour donner des instructions plus précises à Foa et Pucetti – notamment il dit à Pucetti de bien veiller à s'adresser à Meucci comme « signore » et non pas comme « dottore ». Sur quoi il descendit, son dossier toujours à la main, au bar sur le ponte dei Greci et prit un café avec deux *tramezzini*.

De retour à son bureau, il appela Paola, pour savoir ce qu'il y avait à dîner. Pour lui faire plaisir, il lui demanda comment elle se sentait d'avoir orchestré la non-titularisation de son collègue.

« Comme Lucrèce Borgia », lui répondit-elle avec un éclat de rire.

Brunetti passa un certain temps à chercher un magnétophone, qu'il trouva au fond du tiroir du bas. Il vérifia s'il marchait bien et le posa bien en évidence sur son bureau. Il ouvrit ensuite le dossier et commença à lire. Il en était seulement aux prix que signorina Borelli avait payés pour son appartement à

Mestre et son premier appartement à Venise lorsqu'il entendit un bruit à la porte.

Il leva les yeux : c'étaient Pucetti et Meucci. S'il avait été un pneu, il aurait été dégonflé ; c'était surtout manifeste sur son visage, ses yeux s'étaient élargis. Ses joues s'étaient affaissées et pendaient, mollement, au-dessus de sa petite bouche souple. Il y avait aussi moins de chair tassée contre le mur de soutènement de son col.

Son corps semblait plus petit, mais cette impression était sans doute due à sa veste en laine foncée qui avait remplacé son ample blouse de laboratoire.

Pucetti attendit à la porte que Meucci entrât. La porte se referma ; le seul bruit audible était les pas de l'agent qui se retirait.

« Entrez, signor Meucci », dit Brunetti calmement. Il se pencha sur son bureau et mit en route le magnétophone.

L'homme avança lentement, aussi timide qu'une jeune antilope obligée de se faufiler au milieu d'herbes hautes. Il s'approchait du bureau de Brunetti en regardant autour de lui, à l'affût du danger tapi dans la pièce. Il s'enfonça lentement dans un fauteuil. Brunetti crut que le bruit était un soupir, mais il réalisa ensuite qu'il provenait du frottement de ses vêtements remplis de chair contre les côtés et le dossier de son siège.

Brunetti observa les mains de l'homme, qu'il gardait immobilisées sur les bras du fauteuil. Ses doigts tachés disparaissaient dessous, ce qui fait que les mains semblaient normales, même si elles étaient noyées dans la graisse.

« Comment avez-vous obtenu votre emploi à l'abattoir, signor Meucci ? » demanda Brunetti. Pas de salutations, pas de mots de politesse, une pure et simple question.

Brunetti observait Meucci en train de passer en revue les différentes possibilités, puis l'obèse expliqua : « On avait lancé un avis de recrutement et j'ai posé ma candidature.

— Vous a-t-on demandé d'étayer votre dossier de candidature par des documents, signore ? » Brunetti insista particulièrement sur le dernier mot.

« Oui », répondit Meucci. Comme il ne répondit pas par un « bien sûr » indigné, Brunetti en conclut qu'il n'aurait pas de mal avec cet interrogatoire. Meucci avait perdu la bataille, il voulait juste limiter les dégâts.

« Et votre incapacité à prouver que vous étiez docteur en médecine vétérinaire ne s'est pas révélée un obstacle pour votre recrutement ? » s'enquit Brunetti, en montrant le plus doucereux des intérêts.

Meucci approcha sa main droite de la poche de sa veste, puis la glissa à l'intérieur pour aller y puiser tout le réconfort que pouvait lui apporter le contact avec son paquet de cigarettes. Il secoua la tête.

« Parlez, signore. Vos réponses doivent être audibles, afin que le sténographe puisse les noter.

— Non, répondit Meucci.

— Comment est-ce possible, signore ? »

Brunetti regardait Meucci, qui lui donnait l'étrange sensation d'être en train de fondre. Ce dernier s'enfonça davantage dans son fauteuil, même s'il n'avait fait aucun mouvement suggérant qu'il était en train de se déplacer sur son siège. Sa bouche semblait s'être rétrécie avant de prononcer ce dernier monosyllabe. Sa veste tombait mollement de ses épaules.

« Comment est-ce possible, signore ? » répéta le commissaire.

Brunetti entendit le bruit de papier froissé au moment où la main de Meucci s'empara du paquet de cigarettes. « Personne ne m'a montré de papiers. Je n'ai rien signé vous autorisant à me poser ces questions. » On pouvait percevoir dans sa voix quelque chose proche de la colère.

Brunetti fit un sourire compréhensif. « Bien sûr, signor Meucci. Je comprends. Vous êtes ici de votre plein gré, vous êtes venu aider la police dans ses enquêtes. »

Brunetti ramena le magnétophone vers lui. « Vous êtes libre de partir quand vous voulez. » Il éteignit l'appareil.

Les yeux rivés sur le magnétophone, Meucci demanda, sa colère s'étant volatilisée : « Que se passe-t-il si je m'en vais ? » Il attendait juste une réponse, ce n'était pas une injonction à répondre. Pas d'injonction pour les hommes perdus.

« Dans ce cas, vous ne nous laissez d'autre choix que d'informer la police de Mestre et les services sanitaires et, en prime, la Guardia di Finanza, juste au cas où vous ne vous seriez pas donné la peine de payer vos impôts sur ce qui est probablement – vu votre absence de diplôme de vétérinaire – un exercice illégal. »

Brunetti recula sa chaise et croisa les jambes. Comme il n'était pas ce jour-là d'une humeur spécialement théâtrale, il n'alla pas jusqu'à se pencher en arrière et à croiser les doigts derrière la tête en fixant le plafond. « Voyons ce que mes différents collègues pourraient en tirer. Usurpation d'identité d'un agent de la fonction publique, pour commencer. » Puis, Meucci ouvrant la bouche pour protester, il assena : « Vous servez en tant qu'agent de la fonction publique à l'abattoir, signore, que vous le sachiez ou pas. » Il vit Meucci intégrer le fait.

« Voyons ce que nous avons d'autre, d'accord ? Exercice illégal de la profession. Fraude. Escroquerie. » Brunetti s'autorisa à afficher un sourire menaçant sur son visage. « Et si vous avez prescrit la moindre ordonnance pour le moindre de vos patients, nous serons alors face à une délivrance illégale de médicaments ; et si vous avez fait la moindre piqûre à un animal et que vous avez été payé pour ça, il y a aussi vente et administration illicites de médicaments.

— Mais ce sont des animaux, protesta Meucci.

— Nous sommes bien d'accord, signor Meucci. Votre avocat aura ainsi un argument fort croustillant à présenter à votre procès.

— Procès ? s'enquit Meucci.

— Oui, il est probable qu'on en arrive là, vous ne croyez pas ? Vous serez arrêté, bien sûr, votre cabinet fermé et j'imagine que vos clients – pour ne pas parler de la gestion de l'abattoir – vous poursuivront tous en justice pour récupérer l'argent que vous leur avez soutiré illégalement.

— Mais ils le *savaient*, bêla Meucci.

— Vos clients ? demanda Brunetti, feignant l'étonnement. Mais alors, pourquoi vous amenaient-ils leurs animaux ?

— Non, non, pas eux. Les gens à l'abattoir. Ils savaient. Bien sûr qu'ils savaient. Cela faisait partie du lot. »

Brunetti se pencha en avant et leva la main. « Puis-je allumer le magnétophone avant que nous continuions cette conversation, signor Meucci? »

Meucci sortit les cigarettes de sa poche et serra le paquet dans ses mains. Il opina du chef.

Disposé cette fois à accepter qu'un geste tienne lieu de réponse, Brunetti mit en route l'appareil.

« Vous venez de me dire que les responsables de l'abattoir de Preganziol vous ont embauché même s'ils savaient que vous n'étiez pas vétérinaire. Autrement dit, ils vous employaient comme vétérinaire tout en sachant que vous n'en aviez pas le titre. Est-ce bien cela, signor Meucci?

— Oui.

— Ils savaient que vous n'étiez pas diplômé?

— Oui », soupira Meucci, qui ajouta d'un ton mordant : « Je viens de vous le dire. Combien de fois dois-je vous le répéter?

— Autant de fois que vous voudrez, signor Meucci, dit Brunetti aimablement. L'entendre et le réentendre pourrait servir à vous rappeler qu'un fait aussi intéressant nécessite quelque explication. »

Comme Meucci ne soufflait mot, Brunetti poursuivit : « Vous avez déclaré avoir appris qu'un poste était à pourvoir. Comment l'avez-vous su? »

Ça y est, on y était, Brunetti le sentait : le moment était venu où la personne interrogée commence à soupeser les risques que lui feraient courir de petits mensonges. Oublier quelque chose par-ci, omettre un nom par-là, changer une date ou un chiffre, passer sous silence une rencontre soi-disant insignifiante.

« Signor Meucci, reprit Brunetti, je voudrais vous rappeler combien il est important que vous nous disiez tout ce dont vous vous souvenez : tous les noms, et où et quand vous avez rencontré ces personnes, et ce qui a été dit au cours de vos conversations. Du mieux que vous puissiez.

— Et si je ne me souviens pas ? demanda Meucci, mais Brunetti perçut dans cette question plus de crainte que de sarcasme.

— Alors je vous laisserai le temps de vous souvenir, signor Meucci. »

Meucci hocha de nouveau la tête et, de nouveau, Brunetti tint ce geste pour un assentiment.

« Comment avez-vous su pour l'emploi à l'abattoir ? »

La voix de Meucci ne trahit aucune hésitation : « Celui qui l'occupait avant moi m'a appelé un soir – nous étions amis à l'université –, m'a dit qu'il allait arrêter et m'a demandé si ça m'intéressait de prendre la relève.

— Cet ami savait-il que vous n'aviez pas fini vos études ? »

Voyant Meucci s'apprêter à mentir, Brunetti leva son index droit, comme son professeur de religion avait l'habitude de le faire à l'école primaire.

« Probablement, finit par dire Meucci et Brunetti pensa que c'était tout à son honneur de ne pas vouloir donner un ami.

— Et comment se fait-il que vous l'ayez remplacé ?

— Il a parlé à quelqu'un là-bas, puis je suis allé à l'abattoir un jour pour un entretien. On m'a expliqué ce que je devais faire.

— Ont-ils fait la moindre allusion à votre manque de qualifications ?

— Non.

— Avez-vous dû présenter votre curriculum ? »

Après une infime hésitation, Meucci dit : « Oui.

— Prétendiez-vous, dans ce CV, que vous aviez un diplôme en médecine vétérinaire ? »

D'une voix plus douce, Meucci répéta : « Oui.

— Avez-vous dû en donner des preuves – des photocopies de votre diplôme ?

— On m'a dit que ce n'était pas nécessaire.

— Je vois », dit Brunetti, puis il demanda : « Qui vous a dit cela ? »

Meucci sortit machinalement une cigarette de son paquet et la porta à ses lèvres. Il prit un briquet et l'alluma. Des années plus tôt, Brunetti avait vu un vieil homme descendre d'un train qui s'était arrêté dans une gare, allumer une cigarette, en tirer trois profondes bouffées, puis, au sifflement du conducteur, la pincer pour l'éteindre et la remettre dans son paquet. Le vieil homme remonta dans le train juste au moment où il commençait à s'ébranler, alors qu'une fumée de dragon sortait encore de sa bouche. Assis dans son fauteuil, Brunetti regardait Meucci fumer sa cigarette de bout en bout, d'une manière tout aussi compulsive. Lorsqu'il ne resta plus que l'extrémité du mégot et que le devant de sa veste était tout couvert de cendres éparpillées, Meucci plongea ses yeux dans ceux de Brunetti.

Brunetti ouvrit son tiroir du milieu, en sortit une boîte de Fisherman's Friend et se servit quelques pastilles à la menthe. Il fit glisser la boîte jusqu'à Meucci qui écrasa sa cigarette.

« Qui vous a dit que le diplôme n'était pas nécessaire ?

— Signorina Borelli », répondit Meucci en allumant une autre cigarette.

29

« C'est l'assistante de Papetti, n'est-ce pas ? demanda Brunetti, comme s'il ne la connaissait pas bien.

— Oui, dit Meucci.

— Qui a soulevé la question de votre diplôme ?

— Moi », affirma Meucci, enlevant sa cigarette de la bouche. « En fait, je craignais qu'elle ne s'en aperçoive, même si Rub… » Il s'arrêta avant de prononcer le nom entier de son prédécesseur, comme s'il était trop effaré par ce qui était en train de se passer pour réaliser que son nom serait de toute façon rendu public. « Ma collègue me certifia que cela n'avait aucune espèce d'importance. Mais je ne pouvais le croire. Donc je lui ai demandé si elle avait bien examiné mon dossier et s'il était satisfaisant. » Il lança à Brunetti un regard en quête de compréhension. « J'avais vraiment besoin de m'assurer qu'ils savaient que je n'avais pas l'autorisation à exercer, que cela n'avait pas d'importance et qu'ils ne viendraient pas m'agiter ce spectre à tout bout de champ. »

Meucci détourna son regard de Brunetti et regarda par la fenêtre.

« Et ils n'ont rien fait? » s'enquit Brunetti d'un ton où semblait se lire une véritable préoccupation.

Meucci haussa les épaules, écrasa sa cigarette et allait pour en prendre une autre, quand le regard de Brunetti le bloqua.

« Que voulez-vous dire? demanda Meucci, paralysé.

— Personne n'a jamais essayé de tirer parti de cette information à l'abattoir? »

Brunetti observa de nouveau l'obèse en train d'envisager l'hypothèse de mentir, le vit soupeser les alternatives : quel était le plus gros danger? Qu'est-ce qui lui coûterait le moins cher, la vérité, ou un mensonge?

Tel un ivrogne qui vide une bouteille de whisky dans l'évier de la cuisine, pour prouver ses bonnes résolutions, Meucci plaça son paquet de cigarettes froissé sur le bureau de Brunetti et l'aligna minutieusement à côté du magnétophone. « C'est arrivé pendant ma première semaine, dit-il. Un éleveur de Trévise a amené quelques vaches, je ne me souviens plus très bien combien, peut-être six. Deux d'entre elles étaient plus mortes que vives. L'une semblait mourir d'un cancer, elle avait une plaie ouverte sur le dos. Je ne me suis même pas donné la peine de l'examiner. Cela sautait aux yeux qu'elle était malade, elle n'avait plus que la peau sur les os, et la bave lui coulait de la bouche. L'autre avait une diarrhée virale bovine. »

Meucci regarda ses cigarettes et continua. « J'ai dit à l'équarrisseur, Bianchi, que l'éleveur devait reprendre ces deux vaches et les éliminer. Après tout, c'était mon travail. De les inspecter. » Il s'arrêta et s'agita sur son siège. Était-ce un haussement d'épaules ? Une tentative de se dégager du carcan de son fauteuil ?

« Que s'est-il passé ? poursuivit Brunetti.

— Bianchi m'a dit d'attendre là avec les vaches et il est allé chercher signorina Borelli. Lorsqu'elle est arrivée et qu'elle m'a demandé ce qui se passait, je l'ai priée de regarder les vaches et de me dire si elle pensait qu'elles étaient en assez bonne santé pour être abattues. » Sa voix s'emplit d'un ton sarcastique dont il ne pouvait user avec Brunetti.

« Et comment a-t-elle réagi ?

— Elle les a tout juste regardées. » Meucci, comme Brunetti put le deviner, se revoyait à l'abattoir et revivait cette conversation. « Et elle a dit, commença-t-il, en avançant pour rapprocher sa bouche du magnétophone, elle a dit : “Elles sont aussi irréprochables que votre CV, signor Meucci”. » Il ferma les yeux à ce souvenir. « Elle m'avait toujours appelé dottor Meucci jusque-là. Donc j'ai su qu'elle savait.

— Et puis ? demanda Brunetti après quelque temps.

— Et j'ai su que…

— Que quoi ?

— Que le spectre était revenu me hanter.

— Qu'avez-vous fait de ces vaches ?

— Qu'est-ce que j'ai fait, à votre avis ? demanda Meucci d'un ton indigné. Je les ai certifiées.

— Je vois », dit Brunetti, empêchant les mots « propre à la consommation » de franchir le seuil de ses lèvres. Il se souvint ensuite que la femme de Nava avait affirmé que son mari se nourrissait de fruits et de légumes. « Et après ? reprit-il calmement.

— Après, j'ai fait ce qu'on me disait de faire. Avais-je le choix ?

— Qui vous disait ce que vous deviez faire ?

— C'est Bianchi qui m'a appris que le taux moyen de rejet était à peu près de trois pour cent, c'est celui auquel je me suis tenu : certains mois un peu plus, certains mois un peu moins. » Il marqua une pause pour se hisser sur son siège. « J'essayais de condamner les pires d'entre elles. Mais il y en avait tellement qui étaient malades. Je ne sais pas ce qu'ils leur donnaient à manger, ni quels médicaments ils leur inoculaient, mais certaines d'entre elles étaient vraiment répugnantes. »

S'abstenant de lui faire observer que ceci ne l'avait pas empêché d'autoriser leur entrée dans la chaîne alimentaire, Brunetti observa : « C'est Bianchi qui vous l'a dit, mais il doit bien y avoir quelqu'un qui le lui a dit. » Comme Meucci se taisait, Brunetti l'aiguillonna. « Vous ne croyez pas ?

— Bien sûr », approuva Meucci, en allumant une cigarette. « C'était Borelli qui lui donnait les ordres : c'est évident. Et c'est ce que j'ai fait. Trois pour cent. Parfois un peu plus, parfois un peu moins. Mais toujours autour de cette moyenne. » Cela sonnait, cette fois, comme une incantation.

« Vous êtes-vous jamais demandé qui pouvait avoir donné les ordres à signorina Borelli ? »

Meucci secoua rapidement la tête, puis dit : « Non. Ça ne me regardait pas. »

Brunetti laissa passer un laps de temps avant d'enchaîner : « Pendant combien de temps avez-vous fait cela ?

— Deux ans », répondit Meucci d'un ton sec et Brunetti se demanda combien de kilos cela représentait en viande cancéreuse et malade.

« Jusqu'à quand ?

— Jusqu'à ce que je me sois retrouvé à l'hôpital et qu'ils aient dû embaucher quelqu'un d'autre.

— Pourquoi avez-vous été hospitalisé, signor Meucci ?

— Pour le diabète. J'ai perdu connaissance à la maison, et lorsque je suis revenu à moi, j'étais en soins intensifs ; cela leur a pris une semaine pour comprendre ce que j'avais, puis deux semaines pour stabiliser mon taux de glycémie, et puis une semaine à la maison.

— Je vois. » Brunetti ne pouvait se dire désolé.

« À la fin de la première semaine, ils ont embauché Nava. » Il regarda Brunetti et lança : « Vous ne m'avez pas cru, n'est-ce pas, lorsque je vous ai dit que je ne l'avais jamais rencontré. Mais c'est vrai. Je ne sais pas comment ils l'ont trouvé, ou qui le leur a recommandé. » Meucci prit visiblement plaisir à pouvoir affirmer cela.

« Par contre, vous mentiez lorsque vous disiez que vous ne saviez pas que j'étais allé à l'abattoir, c'est donc un mensonge de dire que vous n'avez gardé aucun contact avec qui que ce soit là-bas. » Il attendit la réponse de Meucci, mais comme elle ne venait pas, Brunetti fit claquer le fouet. « N'est-ce pas ?

— Elle m'a appelé. »

Brunetti pensa qu'il était superflu de lui demander de préciser qui.

« Elle a dit qu'elle voulait que j'aille travailler à Vérone, dit Meucci les yeux baissés. Mais je lui ai dit pour mon diabète et que mon docteur avait dit que je ne pouvais pas travailler tant qu'on n'avait pas stabilisé mon taux de sucre.

— Était-ce vrai ?

— Non, mais cela m'a évité d'aller à Vérone, expliqua-t-il, avec une pointe de satisfaction dans la voix.

— Pour faire la même chose ? s'enquit Brunetti. À Vérone ?

— Oui. » Meucci ouvrit la bouche pour proclamer son refus vertueux, mais à la vue de l'expression de Brunetti, il se tut.

« Est-elle toujours en contact avec vous ? » demanda Brunetti, gardant pour lui le fait qu'il savait que Meucci l'avait appelée.

Meucci fit signe que oui et Brunetti indiqua le magnétophone. « Oui.

— Dans quel but ?

— Elle m'a appelé la semaine dernière et m'a dit que Nava était parti et que je devais y retourner, le temps qu'ils trouvent quelqu'un d'adéquat.

— Qu'est-ce qu'elle entendait par "adéquat", à votre avis ?

— D'après *vous* ? demanda Meucci, en passant finalement au sarcasme.

— C'est moi qui pose les questions, signor Meucci », rétorqua Brunetti froidement.

Meucci fit la moue. « Elle voulait quelqu'un qui maintienne les trois pour cent.

— Quand cette conversation a-t-elle eu lieu ? »

Meucci y réfléchit un instant : « Elle m'a appelé le 1er – je me souviens de la date, parce que c'était l'anniversaire de ma mère.

— Que vous a-t-elle dit ?

— Je n'avais pas trop le choix, n'est-ce pas ? » fit remarquer Meucci avec la pétulance d'un jeune garçon de 16 ans. Et avec la même clarté morale.

« Si elle voulait que vous alliez à Vérone, insinua Brunetti, en essayant d'éclaircir ce point, cela signifie-t-il qu'elle a un pied dans d'autres abattoirs ?

— Bien sûr », répondit Meucci, en lançant un regard à Brunetti suggérant qu'*il* était bien ce jeune garçon de 16 ans. « Il y en a cinq ou six. Deux près d'ici et quatre autres, je crois, autour de Vérone, en tout cas dans la région. Ils appartiennent au beau-père de Papetti. » Puis, ne pouvant se retenir de piquer la curiosité de Brunetti, en lui montrant qu'il savait une chose que lui ignorait, il lâcha : « Sinon, comment Papetti aurait-il pu obtenir ce type d'emploi, à votre avis ? »

Brunetti passa outre à la provocation de Meucci : « Êtes-vous déjà allé dans un de ces abattoirs ?

— Non, mais je sais que Bianchi a travaillé dans deux d'entre eux.

— Comment le savez-vous ? »

Surpris, Meucci déclara : « On s'entendait bien, au travail. Il m'en a parlé et m'a dit qu'il préférait Preganziol parce qu'il connaissait mieux l'équipe.

— Je vois, dit Brunetti d'un ton neutre. Savez-vous si Papetti et elle interviennent dans tous les abattoirs ?

— Ils y font un tour de temps en temps.

— Ensemble ? »

Meucci éclata de rire. « Vous pouvez vous sortir cette idée de la tête, commissaire. » Il rit si longtemps qu'il commença à tousser. Paniqué, il essaya de se lever, mais il resta encastré dans le fauteuil, qu'il finit par soulever du sol dans sa tentative de se mettre debout. Brunetti se leva pour faire le tour du bureau, afin d'essayer de faire quelque chose, mais Meucci s'obligea à se rasseoir. La toux se réduisit à un crépitement. Il se pencha pour prendre une cigarette, l'alluma et fit pénétrer jusqu'au fond des poumons sa fumée vitale.

« Pourquoi cette idée ne devrait-elle pas me passer par la tête, signor Meucci ? »

Les yeux de Meucci se plissèrent et Brunetti y lut son plaisir incoercible de détenir une information qui pourrait lui être utile. Ou à tous les deux. Meucci était peut-être lâche, d'accord, mais pas fou.

Et il n'avait pas non plus envie, semblait-il, de perdre son temps. « Qu'est-ce que vous me donnez en échange ? » proposa-t-il, en écrasant sa cigarette.

Brunetti s'attendait à ce que quelque chose de ce genre arrive sur le tapis : « Je vous laisse tout seul dans votre cabinet et vous ne travaillez plus à l'abattoir. »

Il vit Meucci évaluer son offre et l'accepter. « Il n'y a rien entre eux, affirma-t-il.

— Comment le savez-vous ?

— Elle l'a dit à Bianchi.

— Pardon ?

— Oui, Bianchi. Ils sont amis. Bianchi est homo. Ils s'aiment bien, c'est tout, et ils s'amusent à faire des potins, comme des ados : avec qui ils ont couché, qui ils aimeraient avoir, ce qu'ils ont fait. Elle lui a tout raconté pour Nava et lui a dit comme ç'avait été facile avec lui. Pour elle, c'était comme un jeu, je pense. Dans tous les cas, c'est l'impression que j'ai eue lorsque Bianchi m'en a parlé. »

Brunetti s'assura d'avoir l'air vraiment intéressé par ces propos. « Qu'est-ce qu'il vous a dit d'autre, Bianchi ?

— Qu'elle avait essayé avec Papetti, mais qu'il avait presque fait dans son froc, tellement il avait peur.

— D'elle ?

— Non, bien sûr que non. De son beau-père. S'il s'avisait de baiser avec une autre, le vieux s'arrangerait pour qu'il ne baise jamais plus de sa vie. » Puis, après un temps de réflexion, Meucci ajouta d'un ton jovial : « Après tout, il a fermé les yeux sur la manière dont Papetti a baisé la société pendant des années, donc il est évident que son seul souci, au vieux, c'est sa fille. Elle est amoureuse de Papetti, donc De Rivera lui laisse faire tout ce qu'il veut. Je suppose que pour lui, le jeu en vaut la chandelle. »

Brunetti s'abstint de tout commentaire ; par contre, il demanda : « D'où lui venaient ses problèmes, avec Nava ?

— Toujours pareil. Elle voulait qu'il certifie les bêtes, de manière à toucher leur commission sur les éleveurs. Comme ça se passait avec mon ami.

— Et avec vous », précisa Brunetti, lui rafraîchissant la mémoire.

Meucci ne répondit pas.

« Mais pas avec Nava ? »

À cette pensée, Meucci retrouva sa bonne humeur et dit : « Non, pas avec Nava. Bianchi m'a dit que c'était une hyène. Elle a couché avec lui, elle a même dit à Bianchi comment c'était : pas franchement une affaire au lit. Et après ça, il ne daignait même pas mettre le petit doigt sur la couture du pantalon. Donc elle l'a menacé d'aller tout raconter à sa femme. Mais ça n'a pas marché : il lui a dit qu'elle n'avait qu'à le faire, mais que lui, il ne plierait pas – il disait qu'il ne pouvait pas, vous vous rendez compte?

— Quand l'a-t-elle menacé d'aller trouver sa femme? »

Meucci ferma les yeux pour réfléchir. « Je ne me souviens pas exactement, ça doit faire au minimum deux mois. Elle a dit à Bianchi que ça lui avait pris presque deux mois pour le séduire, donc ça doit être après ça qu'elle lui a demandé de certifier les bêtes malades. »

Brunetti décida de changer de tactique : « Les animaux qui sont amenés à l'abattoir – ceux qui sont malades, je veux dire –, pourquoi signorina Borelli voulait-elle que vous les déclariez sains? »

Meucci le regarda fixement. « Je viens de vous le dire. Vous ne pigez pas?

— J'aimerais mieux que vous me le réexpliquiez, signor Meucci », répondit imperturbablement Brunetti, sachant pertinemment comment il pourrait exploiter cet enregistrement à l'avenir.

Avec un petit reniflement d'incrédulité ou de mépris, Meucci reprit : « Ils la payent, bien sûr. Elle et Papetti touchent une commission sur les bêtes déclarées saines. Et comme elle travaille à l'abattoir, elle sait exactement combien d'argent rentre. » Avant que Brunetti ne pût poser la moindre question, il ajouta : « Je ne sais pas trop, mais d'après ce que j'ai entendu dire, leur enveloppe est de plus ou moins vingt-cinq pour cent. Réfléchissez un peu. Si la bête est rejetée, les propriétaires perdent tout ce qu'ils en auraient tiré, et en plus, ils doivent payer pour la faire abattre et s'en débarrasser. » Avec une expression qu'il voulait vertueuse, Meucci conclut : « Je pense que c'est un bon prix, tout compte fait. »

Après une pause de réflexion, Brunetti approuva : « Certainement », puis il ajouta : « Je ne l'avais pas envisagé de cette façon.

— Eh bien, peut-être que vous devriez », répliqua Meucci du ton de ceux qui veulent toujours avoir le dernier mot.

Brunetti composa le numéro du portable de Pucetti.

Lorsque le jeune homme décrocha, Brunetti dit : « Tu veux bien monter ? Je voudrais que tu descendes avec ce témoin, le temps qu'un sténographe effectue une copie de sa déposition. Quand elle sera prête, fais-la-lui lire et signer, d'accord ? Foa et toi, vous pourrez la déclarer conforme.

— Foa est parti, monsieur. Son équipe a fini il y a une heure et il est rentré chez lui. Mais il m'a donné la liste.

— Quelle liste ? » s'étonna Brunetti, encore perdu dans ces considérations vétérinaires.

« Les adresses des maisons le long du canal, monsieur.

— Ah oui, bien, fit Brunetti. Apporte-la-moi en montant, d'accord ?

— Bien sûr, commissaire », répondit Pucetti et il raccrocha.

30

Après le départ de Pucetti, qui avait emmené Meucci avec lui, Brunetti eut du mal à réprimer son envie de donner tout de suite un coup d'œil à la liste de Foa. Mieux valait commencer par une lecture attentive du dossier que signorina Elettra avait établi sur signorina Borelli. Quatre ans à Tekknomed, une société qu'elle avait quittée brusquement et en état de disgrâce, juste pour aller prendre le plus naturellement du monde un poste nettement mieux rémunéré, en qualité d'assistante du fils de l'avocat de Tekknomed. Bien qu'il récusât ce préjugé chez Patta et qu'il n'avouerait qu'à Paola et encore, seulement sous la torture du bambou, qu'il partageait l'avis du vice-questeur, Brunetti estimait qu'un abattoir était un lieu de travail inconvenant pour une femme, surtout une femme aussi séduisante qu'elle. Comme c'était le cas, il fallait donc examiner les raisons qui avaient pu l'y conduire.

Brunetti tourna une page et étudia les informations sur les biens en sa possession. Ni son salaire à Tekknomed ni celui à l'abattoir n'auraient pu lui permettre d'acheter une seule de ces propriétés, a fortiori les trois. L'appartement au centre de Mestre faisait cent mètres carrés. Les deux appartements à Venise étaient légèrement plus petits, mais, loués aux touristes et bien gérés, ils pouvaient lui rapporter plusieurs milliers d'euros par mois. Dans la mesure où ces entrées n'étaient pas déclarées, la somme totale équivalait à son salaire à l'abattoir, plutôt pas mal comme résultat pour une femme de tout juste 30 ans. Sans oublier l'argent qu'elle gagnait – même si l'emploi de ce verbe dérangeait Brunetti – avec les quelques paysans qui amenaient des bêtes malades à l'abattoir.

Il lui revint à l'esprit le scandale qui avait éclaté en Allemagne, quelques années plus tôt, à propos des œufs chargés en dioxine, résultant de la contamination de la nourriture dispensée en pleine connaissance de cause au bétail. Puis il se souvint d'un dîner qui se tint peu de temps après où la maîtresse de maison, une de ces femmes de la haute dont la naïveté s'aggrave avec l'âge, avait demandé comment les gens pouvaient faire une chose pareille. Au prix d'un énorme effort Brunetti s'était retenu de lui hurler, à l'autre bout de la table : « La cupidité, pauvre idiote. La cupidité. »

Brunetti subodorait depuis toujours que le moteur de la plupart des gens était la cupidité. L'envie ou la jalousie pouvaient inciter à des actions impulsives ou violentes, mais pour expliquer la plupart des crimes, surtout ceux commis après une longue préméditation, la cupidité était le meilleur pari.

Il mit le dossier de côté et prit la liste que Pucetti lui avait donnée, avec les propriétaires des maisons de chaque côté du rio del Malpaga, correspondant aux portes d'eau qu'il avait vues. Trouver leurs noms, supposa Brunetti, avait dû prendre des heures de patiente recherche parmi le chaos des feuilles parcellaires de l'Ufficio Catasto[1].

Il balaya des yeux la première page de haut en bas, sans vraiment savoir ce qu'il était en train de chercher ou, en fait, s'il était véritablement en train de chercher quelque chose. Vers le milieu de la deuxième page, il tomba sur le nom Borelli. Ses cheveux se dressèrent sur la tête et un frisson lui parcourut la chair. Il reposa les papiers tout doucement et passa quelque temps à les aligner sur le bord avant de son bureau. Une fois satisfait de leur disposition, il fixa le mur opposé en déplaçant des bribes d'informations, qu'il intégrait à différents scénarios, en en excluant certaines, ou en les emboîtant à de nouveaux endroits.

Il attrapa le téléphone et composa le numéro écrit sur la chemise posée sur son bureau. Elle répondit à la troisième sonnerie.

« Borelli. » Directe, sans fioriture aucune, à la manière d'un homme.

« Signorina Borelli, je suis le commissaire Brunetti.

— Ah, commissaire, j'espère que vous avez tout vu », dit-elle d'une voix où ne perçait aucune nuance ou suggestion de sous-entendus.

« Oui, nous y sommes restés un moment, répliqua Brunetti, mais je doute que nous ayons vu tout ce qui s'y passe. »

Ceci lui concéda une pause, mais après un moment, elle reprit : « Je ne suis pas sûre de bien vous suivre, commissaire.

1. Bureau du cadastre.

— Je voulais dire que nous n'avons toujours pas une idée complète de tout ce qui se passe à l'abattoir, signorina.

— Oh, fut tout ce qu'elle trouva à répondre.

— Je voudrais que vous veniez à la questure et que nous en parlions.

— Je suis très occupée.

— Je suis sûr que vous trouverez un instant pour discuter, dit Brunetti d'une voix neutre.

— Mais je ne suis pas sûre de pouvoir, signore, insista-t-elle.

— Ce serait plus simple ainsi, suggéra Brunetti.

— Que quoi ?

— Que de demander à un magistrat de vous amener sous la contrainte.

— La contrainte, commissaire ? demanda-t-elle, avec un rire où elle essaya de glisser une note de séduction.

— Contrainte. » Pas de séduction, pas de rire.

Après une pause assez longue pour permettre à Brunetti d'ajouter quelque chose s'il le souhaitait, elle finit par dire : « Vu le ton que vous employez, je me demande si je ne devrais pas venir avec un avocat.

— Comme vous voulez.

— Oh, mon Dieu, tout cela est-il donc si grave ? » dit-elle, mais n'ayant pas le sens de l'ironie, sa question tomba à plat.

Brunetti devinait sans mal le cours que suivraient ses actions. La cupidité. Une cupidité stupide, atavique. Réfléchir à ce qu'allait lui coûter un avocat. Si elle pouvait s'en sortir toute seule par le dialogue, pas besoin d'avocat, n'est-ce pas ? Donc pourquoi aller payer quelqu'un pour l'accompagner ? Elle était sûrement plus futée qu'un pauvre policier qui fait juste son job, non ?

« Quand voudriez-vous que je vienne ? demanda-t-elle, soudainement docile.

— Dès que possible, signorina.

— Dans l'après-midi, concéda-t-elle. Vers seize heures ?

— Très bien. » Brunetti veilla à ne pas la remercier. « Alors je vous attends. »

Il descendit immédiatement au bureau de Patta et lui parla de l'appartement de signorina Borelli qui donnait sur le canal où l'on avait trouvé le cadavre. Se souvenant de la chaussure qui manquait et des éraflures à l'arrière du talon de Nava, Brunetti déclara : « Il se pourrait que les gars de la police scientifique veuillent aller sur place.

— Bien sûr, bien sûr », opina Patta, comme s'il s'apprêtait justement à le suggérer.

Laissant à son supérieur le soin d'obtenir l'ordre du magistrat, Brunetti s'excusa et retourna à son bureau.

Lorsque l'agent en faction l'appela à seize heures dix pour le prévenir qu'il avait de la visite, Brunetti, qui s'était arrangé pour s'assurer de la présence de l'inspecteur pendant leur conversation, répliqua que Vianello descendait à leur rencontre.

Brunetti leva les yeux lorsqu'il les vit à la porte : la baraque et le petit bout de femme. Il s'en était étonné dès l'instant où l'idée lui avait traversé l'esprit. Il avait jeté un autre coup d'œil au compte rendu de Rizzardi et avait vu qu'il y avait des trous dans la chemise de Nava et des traces de fibres de coton dans les blessures. Il ne s'était donc pas agi d'une querelle d'amants, ou tout au moins, pas une qui aurait eu lieu au lit. La trajectoire des blessures – si le mot convenait – allait de bas en haut, donc la personne debout derrière lui était plus petite que lui.

Il se leva, par la force de l'habitude. Il leur dit bonjour et leur désigna les chaises devant lui ; Vianello attendit et une fois que signorina Borelli fut assise, il prit l'autre chaise et sortit son carnet. Elle fixa le magnétophone, puis Brunetti.

Brunetti mit en route l'appareil et dit : « Merci d'être venue, signorina Borelli.

— Vous ne m'avez pas trop laissé le choix, n'est-ce pas commissaire ? » répliqua-t-elle, d'un ton de mi-colère, mi-insouciance.

Brunetti ignora le ton, tout comme il ignora l'idée que cette femme pût avoir le cœur léger : « Je vous ai expliqué les choix dont vous disposiez, signorina.

— Et pensez-vous que j'aie fait le bon ? demanda-t-elle, comme si elle ne pouvait s'empêcher de faire du charme.

— Nous verrons », répondit Brunetti.

Vianello croisa les jambes et feuilleta son carnet de notes.

« Pouvez-vous me dire où vous étiez dimanche soir ?

— J'étais chez moi.

— C'est-à-dire où, signorina ?

— À Mestre, via Mantovani 17.

— Y avait-il quelqu'un avec vous ?

— Non.

— Qu'avez-vous fait ce soir-là ? »

Elle se tourna vers la fenêtre. « Je suis allée au cinéma, à la première séance.

— Quel film était-ce, signorina ?

— *Rome ville ouverte*. C'était dans le cadre d'une rétrospective de Rossellini.

— Y êtes-vous allée avec quelqu'un ?

— Oui. Avec Maria Costantini. C'est une voisine.

— Et après ?

— Je suis rentrée.

— Avec signora Costantini ?

— Non. Maria dînait avec sa sœur, donc je suis rentrée à la maison toute seule. Je me suis préparé quelque chose à manger, puis j'ai regardé la télévision et je me suis couchée tôt. Je commence à travailler tôt : à six heures.

— Avez-vous reçu un coup de fil, ce soir-là ? »

Elle prit la question en considération : « Non, pas que je me souvienne.

— Pourriez-vous me donner une idée de vos attributions à l'abattoir de Preganziol ? » s'enquit Brunetti, comme s'il en avait assez entendu sur ses activités du dimanche soir.

« Je suis l'assistante du dottor Papetti.

— Et vos attributions, signorina ? »

Vianello emplit la pièce du bruit d'une page que l'on tourne.

« J'établis l'emploi du temps des travailleurs, aussi bien des équarrisseurs que de l'équipe de nettoyage ; j'enregistre le nombre de bêtes amenées à l'abattoir, la quantité totale de viande produite chaque jour ; j'informe les éleveurs des directives émanant de Bruxelles.

— Quelles sortes de directives ? la coupa Brunetti.

— Les méthodes d'abattage, de transport des bêtes, où et comment elles doivent être gardées si elles doivent attendre un jour ou plus, avant d'être abattues. » Elle pencha la tête sur le côté, comme pour lui demander si elle devait continuer.

« Pour ce qui est des prix, signorina, ce que vaut un kilo de tel ou tel morceau de viande : qui est-ce qui l'établit ?

— Le marché », répondit-elle d'emblée. « Le marché, la saison, et la quantité de viande disponible à un moment donné.

— Et la qualité ?

— Pardon ?

— La qualité de la viande, signorina, spécifia Brunetti. Si un animal est en bonne santé et peut être abattu. Qui est-ce qui l'établit ?

— Le vétérinaire, dit-elle, pas moi.

— Et sur quels critères juge-t-il l'état de santé de l'animal ? poursuivit Brunetti, tandis que Vianello tournait une autre page.

— C'est bien là le but de ses études vétérinaires, je présume », fit-elle et Brunetti réalisa qu'il l'avait aiguillée, ou s'était rapproché de ce but, surpris d'avoir choisi ce mot.

« Si bien qu'il peut identifier les animaux qui sont trop malades pour être abattus ?

— C'est bien ce que j'espère », énonça-t-elle, mais elle le dit d'un ton si vif que cela sonna faux non seulement aux oreilles de Brunetti, mais, il en aurait juré, même aux siennes.

« Que se passe-t-il s'il juge qu'un animal n'est pas apte à être abattu ?

— Vous voulez dire s'il n'est pas en assez bonne santé ?

— Oui.

— Alors l'animal est restitué à l'éleveur qui l'a amené et il est responsable de sa liquidation.

— Pouvez-vous me dire comment on y procède?
— L'animal doit être abattu et détruit.
— Détruit?
— Inciné ré.
— Combien cela coûte-t-il?
— Je n'ai aucune... » commença-t-elle à dire, puis elle réalisa combien c'était peu crédible et elle changea sa phrase.
« ...aucun moyen de vous donner une somme fixe en la matière. Cela dépend du poids de l'animal.
— Mais, vraisemblablement, il s'agit d'une somme bien rondelette?
— Effectivement », approuva-t-elle. Puis, à contrecœur, elle précisa : « Il faut compter dans les 400 euros.
— Donc il est dans l'intérêt des éleveurs d'amener uniquement des animaux en bonne santé à l'abattoir? » demanda Brunetti sur le ton d'une question, alors que ce n'en était pas une en vérité.
« Oui, bien sûr.
— Dottor Andrea Nava était employé en tant que vétérinaire à l'abattoir, continua Brunetti.
— Est-ce une question? le coupa-t-elle.
— Non, c'est une affirmation. Ma question porte sur le type de relation que vous entreteniez avec lui. »
La question ne sembla pas la surprendre le moins du monde, mais elle marqua une petite pause avant de répondre. « Il était embauché par l'abattoir, comme moi, donc je suppose que nous étions collègues. »
Brunetti joignit soigneusement ses mains sur le bureau devant lui, un geste qu'il avait vu faire par ses professeurs quand un étudiant séchait. Il se souvint, aussi, de la tactique de faire durer le silence, qui presque invariablement s'avérait fructueuse avec les

étudiants les moins sûrs d'eux. Il regarda signorina Borelli, jeta un coup œil à la vue depuis sa fenêtre, puis reporta son regard vers elle.

« Et c'en était la suite logique ? » demanda-t-il.

S'il n'avait fait qu'imaginer sa réaction, face à l'idée de prendre un avocat, il pouvait cette fois l'observer en train de bien prendre en considération tous les tenants et les aboutissants. Elle cherchait des faux-fuyants pour avoir le temps d'évaluer jusqu'où pousser les aveux, même si elle devait bien s'être doutée qu'elle n'échapperait pas à cette question.

Elle finit par hausser les épaules et sourit d'un air canaille. « Eh bien, pas vraiment. Nous avons couché ensemble quelques fois, mais rien de bien sérieux.

— Où ? demanda Brunetti.

— Quoi où ? demanda-t-elle, sincèrement confuse.

— Où est-ce que vous avez couché ensemble ?

— Quelques fois chez lui, au-dessus de son bureau et dans les vestiaires de l'abattoir » Puis elle ajouta, après coup : « Une fois dans mon bureau. » Elle dodelina du menton et donna à la question de Brunetti l'importance qu'elle pensait mériter. « Je crois que c'est tout.

— Combien de temps a duré cette liaison ? »

Elle leva les yeux vers lui, surprise, ou faisant semblant de l'être. « Oh, ce n'était pas une liaison, commissaire. C'était juste une histoire de fesses.

— Je vois, dit Brunetti, prenant acte de cette mise au point. Combien de temps ça a duré ?

— L'histoire a démarré quelques mois après ses débuts à l'abattoir et elle a duré jusqu'à il y a environ trois mois.

— Pourquoi s'est-elle achevée ? »

Elle opposa une fin de non-recevoir, jugeant la question, voire la réponse même, dénuée d'intérêt. « Ça ne m'amusait plus, finit-elle par dire. Je pensais que ça pouvait être une situation confortable pour tous les deux, mais très vite, il s'est mis à parler d'avenir. » Elle secoua la tête à ces mots. « Comme s'il avait oublié qu'il avait une femme et un enfant.

— Vous ne l'aviez pas oublié, vous, signorina? s'enquit Brunetti.

— Bien sûr que non, répondit-elle vivement. C'est la raison pour laquelle les hommes mariés sont si pratiques : chacun peut mettre un terme à la liaison quand il veut, et pas de casse.

— Mais il ne voyait pas la chose comme ça?

— Apparemment non.

— Que voulait-il?

— Aucune idée. Dès qu'il a commencé à faire des projets, je lui ai dit que c'était fini. *Finito. Basta.* » Elle tourna sur sa chaise, comme une poule contrariée, en train de hérisser ses plumes. « Je n'avais pas envie de ça.

— Vous voulez dire, de ses attentions? demanda Brunetti.

— De tout l'ensemble : appelez ça des attentions si vous voulez. Je n'avais pas envie d'entendre ses jérémiades sur sa culpabilité et ses remords sur le fait qu'il trompait sa femme. Et je voulais pouvoir sortir dîner ou aller prendre un verre sans que l'homme avec qui j'étais ne se sente menacé à chaque seconde, comme si c'était un criminel. » Elle semblait véritablement en colère; Brunetti ne douta pas une seconde qu'elle l'était et qu'elle l'avait été, même si ce n'était peut-être pas pour ces raisons.

« Ou comme si vous, vous en étiez une », assena Brunetti.

Cette réflexion la figea. Elle hésita et, comme il était désormais trop tard pour lui demander ce qu'il insinuait, elle se força tout de même à lui dire : « Qu'entendez-vous par là ? »

Ignorant l'interrogation, Brunetti continua. « Vous avez dit qu'une de ses attributions consistait à inspecter les animaux amenés à l'abattoir, pour se prononcer sur leur condition physique. »

Décontenancée par son changement de rythme, elle approuva : « Oui.

— À partir du moment où le dottor Nava a pris son poste de vétérinaire à l'abattoir, on a observé une brusque hausse du nombre d'animaux déclarés inaptes à l'abattage. » Il marqua une pause, et comme elle ne donnait aucun signe d'assentiment, il brisa son silence hésitant : « Avant qu'il ne commence à inspecter les animaux, le taux moyen de rejet était – si je puis l'appeler ainsi – d'environ trois pour cent ; or, dès l'instant où le dottor Nava a commencé, ce taux a triplé, puis quadruplé et est même monté encore plus haut. Comment expliquez-vous cela, signorina ? »

Elle pinça les lèvres, comme si elle y réfléchissait, puis elle répondit : « Je pense que vous devriez poser la question à Bianchi.

— Vous n'étiez pas au courant de cette hausse ? demanda-t-il, feignant la surprise.

— Bien sûr que je le savais, approuva-t-elle, trop contente de pouvoir corriger son propos. Mais j'ignorais, et j'en ignore toujours la cause.

— Avez-vous songé à ce qui pourrait en être à l'origine ? »

Brunetti s'attendait à ce qu'elle essaye de répondre à cette question : ce serait logique, pour quelqu'un dans sa position, de s'interroger à ce propos.

Au bout d'un moment, elle déclara : « Je n'ai pas envie de le dire. » Et elle ne le fit donc pas.

« De dire quoi ? » demanda Brunetti.

Avec une réticence des plus marquées, elle répondit, d'une voix mal assurée : « Un des soupçons qui a couru – je ne me souviens plus de qui il est parti –, c'était que les éleveurs étaient peut-être en train d'essayer de fourguer les animaux malades au nouveau vétérinaire. Qu'ils pensaient tester le nouveau docteur pour voir à quel point il était sévère. » Elle arbora un sourire gêné, comme si elle était embarrassée d'étaler cet exemple de duplicité humaine.

« Le long test que voilà », dit Brunetti d'un air pince-sans-rire. À son regard, il ajouta : « Les chiffres continuaient à augmenter, n'est-ce pas ? » Puis, sans lui laisser le temps de répondre : « En flèche, jusqu'à sa mort. »

Elle leva les sourcils en signe d'ignorance ou d'incompréhension. Mais elle ne souffla mot.

Vianello tourna une autre page. Signorina Borelli et Brunetti se regardaient, chacun attendant que l'autre prenne la parole. Pendant un moment, ni l'un ni l'autre ne le fit.

Mais Brunetti finit par demander, car il voulait l'entendre de sa bouche : « Pourriez-vous me parler de votre relation avec le dottor Papetti ? »

Cette question la surprit. « Relation ? s'enquit-elle.

— Il vous a embauchée comme assistante après qu'on vous a congédiée de votre emploi précédent, vraisemblablement sans recommandation. » Le fait que Brunetti détienne cette information sembla l'étonner davantage encore. « D'où votre relation. »

Elle rit. C'était un rire franc et musical. Lorsqu'elle s'arrêta, elle dit, d'une voix nouée par la colère qu'elle était lassée de réprimer. « Vous, les hommes, vous n'avez qu'une seule et unique chose en tête, n'est-ce pas ? C'était mon patron ; nous travaillions ensemble ; c'est tout.

— Donc il n'y avait pas de relation de type sexuel entre vous, comme c'était le cas avec le dottor Nava ?

— Vous ne l'avez pas vu, commissaire ? Vous croyez vraiment qu'une femme puisse le trouver séduisant ? » Puis, comme pour renchérir : « Désirable ? » Elle se remit à rire et Brunetti comprit enfin la citation biblique : « Et ils se sont moqués de Lui. » Avec une pointe d'acidité, elle enchaîna : « En outre, il sait que s'il s'avisait de regarder une autre femme, le papa de sa petite Natasha lui ferait briser les jambes le jour même. » Elle commença une autre phrase, qui avait peut-être à voir avec ce que pourrait encore lui faire son beau-père, mais elle se contenta d'un simple « voire pire ».

« Donc vous n'avez jamais été amants ?

— Si ces questions vous émoustillent, commissaire, je me vois dans l'obligation de mettre un terme, hélas, à votre plaisir. Non, Alessandro Papetti et moi n'avons jamais été amants. Il a essayé une fois de m'embrasser, mais j'aurais préféré coucher avec un des équarrisseurs. » Elle lui lança un sourire tout sucre et tout miel. « Ai-je répondu à votre question ?

— Merci d'être venue, signorina, conclut Brunetti. Si nous avons d'autres questions, nous vous recontacterons.

— Voulez-vous dire que je peux partir ? » demanda-t-elle, s'apercevant aussitôt de son impair.

Impulsive, pensa Brunetti. Très jolie, et probablement charmante quand elle le veut, ou quand ça sert son objectif. Il regarda son visage séduisant et songea à ce qu'elle avait dit de Nava : l'idée que l'insensibilité qu'elle affichait n'était pas une tentative pour prendre ses distances avec le défunt, mais bien sa nature profonde, lui fit froid dans le dos.

Les deux hommes se levèrent, elle en fit autant. Vianello lui ouvrit la porte. Elle quitta Brunetti en silence et sortit du bureau. Vianello la suivit et Brunetti se mit à la fenêtre.

Il était encore à regarder la place qu'elle avait occupée lorsqu'il entendit Vianello revenir. « Eh bien ? s'enquit l'inspecteur.

— Je crois qu'il est temps qu'on ait un autre entretien avec le dottor Papetti, répondit Brunetti. Mais on le fera ici. Il sera sûrement moins à son aise. »

31

Le lendemain matin, Papetti, à la différence de son bras droit, arriva accompagné de son avocat. Brunetti connaissait maître Torinese, un pénaliste solide, fiable, avec une réputation sans taches. Brunetti, s'attendant à un de ces requins qui rôdent dans les eaux de la justice criminelle de la cité et du vaste monde, fut content de voir Torinese qui, bien qu'intelligent et ingénieux au plan juridique, s'en tenait plus ou moins aux règles ; avec lui, pas de crainte de témoins soudoyés, ou de dossiers médicaux falsifiés.

Les deux hommes s'assirent en face de Brunetti et Vianello sur une chaise en bois, qu'il avait prise près du placard. Une fois de plus, il y avait à la fois le magnétophone et le carnet de notes de Vianello ; puis Torinese sortit un magnétophone de sa mallette et ne le plaça pas très loin de celui de Brunetti.

Brunetti jaugea ses visiteurs : même assis, Papetti dominait son avocat, qui n'était pourtant pas petit. Torinese fit claquer le fermoir de sa mallette et la posa à la gauche de sa chaise. Brunetti et Torinese se penchèrent au même moment et mirent en route leurs appareils.

« Dottor Torinese, commença Brunetti de manière formelle, je voudrais vous remercier, ainsi que votre client, le dottor Papetti, Alessandro Papetti, d'être venus me voir si rapidement. Il y a certains points que je voudrais éclaircir avec vous et je pense que votre client peut m'être utile en cela.

— Et quels sont ces points ? » demanda Torinese. Il avait à peu près l'âge de Brunetti, même s'il faisait plus vieux, avec ses lunettes à monture d'écaille et ses cheveux coiffés en V sur le front et plaqués en arrière. Aucun tailleur à Venise n'avait su lui faire un costume digne de ce nom, et aucun cordonnier s'enorgueillirait de ses chaussures. La pensée de chaussures de prix rappela à Brunetti la question à discuter.

« D'abord, il y a le meurtre du dottor Andrea Nava, qui travaillait à l'abattoir que dirige le dottor Papetti, lui dit-il en préambule. J'en ai déjà parlé au dottor Papetti, mais depuis, je suis entré en possession de nouvelles informations et cela nécessite que je pose de nouvelles questions au dottore. » Brunetti sentait bien qu'il était aux prises avec le démon de la formalité, mais sachant que tout ce qu'ils disaient finirait par être imprimé, signé, daté et inséré dans les rapports officiels, il ne pouvait se comporter autrement.

Torinese s'apprêta à parler, mais Brunetti continua : « Maître, je voudrais, si vous me le permettez, ne pas avoir à passer systématiquement par vous. » Sans laisser le temps à l'avocat de faire la moindre objection, Brunetti ajouta : « Je crois que cela simplifiera les choses à la fois pour moi et pour votre client. Vous pourrez, bien sûr, intervenir chaque fois que vous l'estimerez opportun, mais mieux vaudrait pour votre client – et je ne peux que vous demander de m'accorder votre entière confiance – de me parler directement. »

Tandis que Torinese et Papetti échangèrent un regard, Brunetti laissa vagabonder son esprit et se souvint de l'expression – il se demanda pourquoi ses pensées se tournaient encore vers la Bible – « Tu as été pesé dans la balance[1] ». Les deux hommes allaient-ils le trouver insuffisant ?

Apparemment non, car Papetti, après un bref signe de tête de son avocat, déclara : « Je vais parler avec vous, commissaire. Même si je dois dire que je n'ai pas l'impression de parler à l'homme qui est venu dans mon bureau.

— Je suis le même homme, dottore : je puis vous l'assurer. Je suis simplement mieux armé que je ne l'étais la dernière fois que nous nous sommes parlé.

— Armé par quoi ? demanda Papetti.

— Comme je l'ai dit à maître Torinese, par de nouvelles informations.

— Et armé *pour* quoi ? »

Brunetti tourna son attention vers Torinese et dit : « Je vais donner le ton de cette conversation, en jouant franc-jeu avec vous deux. » Puis à Papetti : « Pour trouver votre degré d'implication dans la mort du dottor Nava. »

Ni l'un ni l'autre ne sembla étonné. Torinese, après des décennies d'expérience où il avait entendu fuser des accusations soudaines de toutes sortes, était probable-

1. Daniel 5 : 27 : « Tu as été pesé dans la balance et trouvé insuffisant. » Ancien Testament. TOB. 1980.

ment immunisé contre la surprise. Papetti, cependant, semblait anxieux et ne parvenait pas à le dissimuler.

Brunetti continua à s'adresser à Papetti, soupçonnant qu'il n'avait pas eu le temps de tout expliquer à Torinese. « Nous sommes au courant de ce qui se passait à l'abattoir. » Brunetti fit une pause pour permettre à Papetti de réclamer une explication, mais ce dernier ne le fit pas.

« Et, vu que nous parlons maintenant de meurtre, les conséquences pour quiconque cherchant à obscurcir la vérité sur des éléments liés à ce meurtre sont beaucoup plus graves, inutile je suppose d'insister là-dessus. Je suis certain que les gens qui travaillent à l'abattoir le comprendront aussi. » Brunetti s'arrêta pour qu'ils puissent l'intégrer. « Donc je suppose, reprit-il, que les gens qui y travaillent, notamment Bianchi, seront disposés à nous dire ce qu'ils savent, sur le meurtre, ou sur les crimes mineurs. » Brunetti prit garde à ne pas nommer ces crimes mineurs, curieux de voir comment Papetti allait réagir.

Torinese, malgré toute sa formation et ses années de carrière, ne put s'empêcher de jeter un coup d'œil en direction de son client. Papetti, cependant, l'ignora et porta son attention sur Brunetti, comme s'il souhaitait obtenir davantage de révélations.

Brunetti fit glisser les papiers près de lui et les étudia un moment, puis il dit : « Je voudrais commencer par vous demander, dottor Papetti, où vous étiez la nuit du 7. » Puis, au cas où Papetti aurait eu du mal à se remémorer cette date, il spécifia : « C'était la nuit entre dimanche et lundi. »

Papetti jeta un regard oblique à Torinese, qui dit : « Mon client était à son domicile, avec sa femme et ses enfants. » Le fait que Torinese fût à même de répondre à cette question signifiait non seulement que Papetti s'y était attendu, mais qu'il en avait évalué l'importance.

« J'en attends les preuves », observa Brunetti avec douceur.

Tous deux hochèrent la tête et Brunetti ne prit pas la peine de s'enquérir de détails.

« Il s'agit, comme vous devez le savoir, précisa-t-il en s'adressant directement à Papetti, de la nuit où le dottor Nava a été tué. » Il leur laissa le temps de comprendre, avant de poursuivre : « Nous pouvons, bien sûr, conforter votre déclaration par un examen des relevés de votre portable.

— Je n'ai appelé personne, répliqua Papetti puis, conscient qu'il avait répondu trop rapidement, il rectifia : Ou tout au moins, je ne me souviens pas d'avoir passé de coups de fil.

— Dès que nous aurons obtenu l'autorisation d'un magistrat, nous pourrons vous aider à recouvrer la mémoire, dottor Papetti. Y compris si vous avez reçu des appels, dit Brunetti avec son plus doux sourire. Les relevés nous diront aussi où était votre téléphone cette nuit-là et s'il a été utilisé ailleurs que chez vous pour une raison ou une autre. » Papetti reçut cette information de plein fouet : la puce placée dans son téléphone laissait un signal géographique qui pouvait être localisé et serait localisé.

« Il est possible que j'aie eu à sortir », dit Papetti ; le regard que lui lança Torinese confirma à Brunetti que l'avocat ignorait ce fait. Et un moment plus tard, le durcissement de son regard lui confirma qu'il l'avait très mal pris.

« À Venise, à tout hasard ? » demanda Brunetti la voix imprégnée d'une légèreté et d'une affabilité telles qu'elle induisait une réponse affirmative, évoquant toute une série de lieux pittoresques et dignes d'intérêt artistique, disséminés à travers la ville.

Papetti sembla se volatiliser un instant. Il fixait les deux magnétophones si intensément que Brunetti crut entendre tourner les rouages de son cerveau, cherchant à s'adapter à cette nouvelle réalité, créée par la trahison de son *telefonino*.

Papetti commença à pleurer, mais n'avait pas l'air de s'en apercevoir. Les larmes lui coulaient le long des joues et du menton et sous le col de sa chemise blanche fraîchement repassée, tandis qu'il continuait à observer les lumières rouges sur les appareils.

Torinese finit par dire : « Alessandro, arrêtez. »

Papetti regarda cet homme qui aurait pu être son père, qui avait peut-être été un collègue de son père et il opina du chef. Il s'essuya le visage du revers de sa manche et avoua : « Elle m'a appelé. Sur mon portable. »

Torinese étonna alors Brunetti en disant : « Tous les relevés téléphoniques indiqueront les moments précis des appels, Alessandro. » La tristesse perceptible dans sa voix fit clairement comprendre à Brunetti qu'il devait être un collègue, peut-être un ami du père de Papetti, voire de son client lui-même.

Papetti tourna de nouveau son attention vers le magnétophone. Comme s'il parlait pour la première fois, il raconta : « J'ai dîné avec un ami à Venise. C'était un dîner d'affaires. Nous étions aux Testiere où ils le connaissent, donc ils se souviendront de nous, que nous y étions ensemble. Après le dîner, mon ami est rentré chez lui et moi je suis allé me promener. »

Il regarda Brunetti droit dans les yeux. « Je sais que ça peut paraître étrange, mais j'aime être dans la ville tout seul, quand il n'y a plus personne, et je voulais être seul. » Sans laisser le temps à Brunetti de poser une question, il ajouta : « J'ai appelé ma femme et lui ai dit comme c'était beau. Cela figurera dans vos relevés, aussi. »

Brunetti fit un signe d'assentiment et Papetti continua. « Elle m'a appelé vers minuit. » Brunetti ne demanda pas à Papetti d'attester s'il parlait bien de signorina Borelli : les relevés s'en chargeraient.

« Elle m'a dit de venir la rejoindre sur le nouveau quai des Zattere, en bas vers San Basilio. Je lui ai demandé ce qu'elle voulait, mais elle n'a pas voulu me le dire.

— Y êtes-vous allé ?

— Bien sûr que oui, rétorqua Papetti violemment. Il faut toujours que je fasse ce qu'elle dit. »

Torinese s'éclaircit la gorge, mais ni Brunetti ni Vianello ne firent de commentaires.

« Lorsque je l'ai retrouvée là-bas, elle m'a amené dans une maison. Je ne sais pas bien où. » Sur quoi, Papetti regarda autour de lui et expliqua : « Je ne suis pas vénitien, donc j'étais perdu. »

Brunetti se permit d'acquiescer.

« Lorsque nous sommes entrés, il y avait une sorte de hall avec des fenêtres à l'arrière et un escalier. Qui descendait, pas qui montait. Elle m'a emmené avec elle et j'ai vu les pieds d'un homme sortir de l'eau, sur les marches : ses pieds et ses jambes. Mais sa tête était dans l'eau. » Papetti regarda par terre.

« Nava ? demanda Brunetti.

— Je ne le savais pas, au début, quand je l'ai vu », répondit Papetti, levant ses yeux vers ceux de Brunetti. Il secoua la tête et ajouta : « Mais je le savais. Je veux dire, je ne le voyais pas, mais je le savais. Qui d'autre cela pouvait-il être ?

— Pourquoi pensiez-vous que ce ne pouvait être que Nava ? »

Torinese était assis tranquillement, le visage dénué de la moindre expression, comme s'il était dans un train, tendant l'oreille pour écouter la conversation qui se tenait sur le siège devant lui.

Papetti répéta d'un air morne : « Qui d'autre cela pouvait-il être ?

— Pourquoi vous a-t-elle appelé ? »

Papetti leva ses mains et les regarda, l'une après l'autre. « Elle voulait le jeter dans le canal, mais elle n'arrivait pas à ouvrir la porte d'eau. C'était… La barre en métal… était bloquée par la rouille. »

Brunetti décida de laisser Papetti décider du moment où il voudrait reprendre la parole. Il s'écoula au moins une minute, pendant laquelle Torinese examina le dos de ses mains, qu'il avait posées sur ses cuisses.

« Elle avait essayé de l'ouvrir en donnant des coups avec le talon de la chaussure de Nava. Mais elle ne voulait pas s'ouvrir. Donc elle m'a appelé.

— Et qu'avez-vous fait ? s'enquit Brunetti au bout d'un long moment d'attente.

— Je l'ai ouverte en tirant. Il a fallu que j'entre dans l'eau pour m'approcher suffisamment près de la porte pour pouvoir l'ouvrir.

— Et ensuite ?

— Ensuite, nous l'avons poussé dans l'eau, puis j'ai fermé la porte et j'ai mis le verrou.

— Et signorina Borelli ? » demanda Brunetti. Un des magnétophones émit un bourdonnement et le signal lumineux rouge clignota avant de s'éteindre. Torinese se pencha en avant et appuya sur une touche : la lumière rouge se ralluma.

« Elle m'a dit de rentrer chez moi et qu'elle, elle rentrait chez elle.

— Vous a-t-elle dit ce qui s'était passé ?

— Non. Rien. Elle m'a demandé d'ouvrir la porte, puis de l'aider à le pousser en bas des marches.

— Et vous l'avez fait.

— Est-ce que j'avais le choix, à votre avis ? » demanda Papetti, en baissant de nouveau les yeux, en silence.

Papetti se lécha les lèvres, les pinça, puis les lécha de nouveau. « Il y a longtemps que nous nous connaissons. »

Calmement, Brunetti demanda : « Et cela lui a donné un tel pouvoir sur vous ? »

Papetti ouvrit la bouche, mais aucun son n'en jaillit. Il toussota et dit : « Une fois, j'ai… Une fois, j'ai commis une indiscrétion. » Puis il s'arrêta.

« Avec signorina Borelli ? demanda Brunetti.

— Oui.

— Avez-vous eu une liaison avec elle ? »

Les yeux de Papetti s'élargirent sous le choc. « Oh, mon Dieu, non.

— Alors que s'est-il passé ? »

Papetti ferma les yeux et dit : « J'ai essayé de l'embrasser. »

Brunetti décocha un regard à Vianello, qui leva les sourcils.

« C'est tout ? » demanda Brunetti.

Papetti le regarda. « Oui, mais ça a suffi.

— Suffi pour quoi ?

— Pour que ça lui vienne à l'esprit. » Comme Brunetti avait du mal à comprendre, Papetti expliqua : « De le dire à mon beau-père. » Puis, après un moment, il précisa : « Ou elle l'avait planifié, et c'est pour cela qu'elle m'avait demandé de la raccompagner à la maison. Elle m'a dit que sa voiture était en révision. » Papetti se passa les deux mains sur le crâne. « Ou c'était vrai. Je ne sais pas. » Puis il ajouta, avec véhémence : « Je ne suis qu'un idiot. »

Brunetti ne souffla mot.

D'une voix tremblante, Papetti affirma : « Il me tuerait. » Puis il demanda : « Qu'est-ce que je pouvais faire d'autre ? »

Brunetti eut la sensation qu'il avait passé toute sa vie à entendre des gens poser cette même question. Une seule fois, une quinzaine d'années plus tôt, un homme qui avait étranglé trois prostituées déclara : « J'aimais les entendre hurler. » Même si ça lui avait glacé le sang à l'époque d'entendre ces mots, et qu'il en était glacé aujourd'hui encore quand il y repensait, au moins l'homme avait dit la vérité.

« Après avoir mis le corps à l'eau, qu'avez-vous fait, signor Papetti ? » demanda-t-il, se disant qu'il n'y avait aucun moyen de prouver si l'histoire de Papetti était vraie ou non. Ce qui était hors de doute, c'était le pouvoir de cette femme sur lui.

« Je suis revenu à Piazzale Roma, j'ai pris ma voiture et je suis rentré.

— Avez-vous vu signorina Borelli depuis ?

— Oui. À l'abattoir.

— En avez-vous reparlé l'un ou l'autre ? »

Perplexe, Papetti demanda : « Non, pour quoi faire ?

— Je vois », répondit Brunetti. Se tournant vers Torinese, Brunetti énonça : « Si vous avez quelque chose à dire à votre client, maître, mon collègue et moi pouvons vous laisser un instant. »

Torinese secoua la tête : « Non, je n'ai rien à dire.

— Alors je voudrais demander à dottor Papetti, continua Brunetti, de me raconter comment les choses se passent à l'abattoir. » Torinese, observa-t-il, marqua un étonnement compréhensible à cette question. Son client venait d'avouer qu'il avait été complice dans la liquidation d'un cadavre et la police lui demandait des renseignements sur son travail. Pour éviter à Papetti de gaspiller son temps et son énergie en feignant la surprise, Brunetti précisa : « Certains soupçons ont été éveillés à propos de l'état de la viande produite ici.

— Soupçon et information, cela fait deux », intervint Torinese, en établissant un de ces distinguos qui rapportent des centaines d'euros de l'heure aux avocats.

« Merci pour cette précision juridique, maître », rétorqua Brunetti.

L'avocat croisa le regard de Brunetti, comme en quête d'élucidation. « Pardonnez ma trivialité, commissaire, mais suis-je en droit de supposer que nous en sommes réduits à être des marchands de tapis ? » Sachant que son geste n'apparaîtrait pas sur la bande magnétique, Brunetti hocha légèrement la tête. « Auquel cas, j'aimerais savoir quelle sorte d'offre vous pourriez faire à mon client en échange de toute information qu'il pourrait vous donner. »

Brunetti ne pouvait que féliciter l'avocat pour l'éloquence dont il agrémentait son flou artistique : « supposer », « j'aimerais », « pourriez », puis « pourrait ». Pendant un instant, il envisagea de décapiter Torinese et de se servir de sa tête embaumée comme serre-livres, tellement il trouvait exquise son attention aux finesses de la langue. Chassant cette pensée de son esprit, il dit : « La seule offre que je puisse faire, c'est que le beau-père de votre client continue à cultiver sa bienveillance. »

À ces mots, ils restèrent interdits. Papetti demeura bouche bée et Brunetti crut qu'il allait se remettre à pleurer. Mais en fait il regarda Torinese, comme s'il attendait qu'il parle, puis revint vers Brunetti. « Je ne sais pas ce que… », commença-t-il à dire.

Torinese jeta un coup d'œil furtif à son client et essaya de reprendre la situation en main. « Si vous pouviez expliciter votre déclaration, commissaire. Mon client et moi en serions assurément ravis. »

Brunetti attendit que Papetti retrouve ses couleurs ; lorsqu'elles lui revinrent, il dit, en s'adressant délibérément à Torinese : « Je suis certain que votre client comprend ce que je veux dire. La dernière chose, mais vraiment la dernière chose que je voudrais, c'est que le beau-père du dottor Papetti se trompe sur la nature de la relation de son gendre avec tout employé à l'abattoir. » Papetti le regarda fixement, le visage dénué de toute expression, la bouche à peine entrouverte.

Brunetti le gratifia tout juste d'un regard et reporta son attention sur l'avocat. « Que le beau-père de Papetti risque de confondre proximité professionnelle avec une proximité d'un autre ordre : c'est ce que je redoute. » Il accompagna d'un sourire son opinion sur l'inconséquence des hommes et sur le fait que certains y soient terriblement enclins. « Un tel malentendu pourrait consterner signor de Riva, pour ne pas parler de sa fille, l'épouse du dottor Papetti, et je ne voudrais, au grand jamais, me sentir responsable des conséquences possibles de cette erreur. » Il se tourna vers Papetti et lui lança un sourire plein d'empathie. « Je ne pourrais plus me regarder dans une glace, si cela devait arriver. »

La main droite de Papetti se leva et se déplaça vers sa tête, mais il l'attrapa à temps et la reposa sur sa cuisse. Ignorant le regard que Torinese lui décocha, il dit : « Elle a entamé une liaison avec dottor Nava après qu'il a commencé à travailler à l'abattoir.

— C'est elle qui l'a entamée ? demanda Brunetti, en mettant l'accent sur le pronom personnel.

— Oui.

— Pourquoi ?

— Pour avoir la mainmise sur Nava. Elle savait qu'il était marié et il était évident que c'était quelqu'un de bien. » Papetti secoua la tête en direction de son avocat pour l'empêcher de parler. « Il fallait que l'on paie ses prédécesseurs ; pas tant que ça, mais quand même. Comme elle voulait économiser de l'argent, elle a entamé cette liaison et puis, une fois qu'elle a été sûre que Nava s'était profondément épris d'elle, expliqua-t-il, laissant les trois autres hommes imaginer la suite, elle lui a dit qu'elle irait dire à sa femme qu'ils étaient amants s'il ne changeait pas son comportement à l'abattoir.

— Le changer de quelle façon ? l'éperonna Brunetti.

— En arrêtant de rejeter autant d'animaux à cause de leur état de santé.

— Pourquoi cela ? »

La tête de Torinese allait de droite et de gauche, comme s'il suivait un match de tennis.

« Parce qu'elle était… », commença Papetti, mais il s'interrompit brusquement sous le regard véhément de Brunetti. « Parce qu'elle et moi, rectifia-t-il, étions payés par les éleveurs pour veiller à ce que la plupart des animaux amenés pour l'abattage soient acceptés. »

Personne ne parla, tous attendaient de voir jusqu'où il pousserait les révélations. « Il y avait en jeu une certaine quantité d'argent. » Avant la moindre question, il précisa : « Beaucoup d'argent.

— Quelle était votre part à tous les deux ? s'informa Brunetti d'une voix douce.

— Vingt-cinq pour cent.

— De ?

— De la somme que les éleveurs touchaient si les animaux malades étaient intégrés au circuit et pouvaient être abattus. »

Même si Torinese essayait de le cacher, Brunetti put voir qu'il était désemparé, peut-être même éprouvait-il quelque chose d'encore plus fort que cela.

« Ces animaux, dottor Papetti, ceux que le dottor Nava rejetait, quelle sorte de maladies avaient-ils ? »

Papetti répondit de manière évasive : « Les maladies habituelles.

— Lesquelles ? s'enquit Torinese, d'un ton soudainement sec.

— La tuberculose, des problèmes de digestion, le cancer, des virus, des vers. La plupart des maladies que peuvent avoir les animaux. Certains d'entre eux avaient l'air d'avoir mangé de la nourriture contaminée.

— Et qu'est-ce qu'il leur arrivait ? poursuivit Torinese, comme s'il ne pouvait s'en empêcher.

— Ils étaient abattus.

— Et ensuite ? De nouveau, ce fut l'avocat qui posa la question.

— On les utilisait.

— Comme quoi ?

— Comme viande de boucherie. »

Torinese regarda longuement son client, puis détourna son attention.

« Et c'était là une affaire rentable pour vous et signorina Borelli ? » demanda Brunetti.

Papetti fit un signe d'assentiment.

« Vous devez formuler verbalement votre réponse, dottore, lui ordonna Brunetti, sinon elle n'apparaîtra pas dans la transcription.

— Oui.

— Dottor Nava était-il d'accord pour cesser de rejeter les animaux ? »

Au bout d'un moment, Papetti finit par dire : « Non.

— Est-ce que signorina Borelli et vous avez discuté des conséquences financières de son refus ?

— Oui.

— Et qu'avez-vous décidé de faire ? »

Papetti réfléchit à ce point avant de répondre. « Je voulais le licencier. Mais Giulia – signorina Borelli, je veux dire – préférait le menacer. Je vous l'ai dit : la liaison qu'elle avait commencée avec lui était pour elle une sorte de police d'assurance au cas où il ne jouerait pas le jeu, c'est pourquoi elle l'a menacé de tout dire à sa femme.

— Que s'est-il passé ? » demanda Brunetti.

Les yeux de Papetti se révulsèrent comme ceux d'un aliéné. « Il l'a dit à sa femme. Ou tout au moins, c'est ce qu'il a dit à Giulia : qu'il était allé chez lui et avait parlé de cette liaison.

— Et qu'est-ce qu'a fait sa femme ? s'informa Brunetti, sur le ton de quelqu'un ignorant tout de l'affaire.

— Elle lui a dit de partir », répondit Papetti, de cette voix dont on reporte les signes et les présages, les prodiges et les miracles.

« Et puis ?

— Il est parti. Et sa femme a entamé une procédure de séparation. » Incapable de réprimer son étonnement, il ajouta : « À cause d'une liaison.

— Et je suis sûr que vous deviez craindre tous deux que Nava n'aille raconter ce qui se passait », dit Brunetti calmement, comme s'il énonçait la chose la plus naturelle du monde.

Papetti pinça les lèvres et les frotta, cherchant la manière adéquate de l'exprimer. « Je ne pensais pas courir un trop grand risque, finit-il par concéder.

— Du fait des relations de votre beau-père ? » Torinese recommença à suivre le match.

Papetti leva les mains et les laissa retomber sur ses cuisses. « Ce n'est pas ce que je dirais. Mais je n'avais pas de quoi m'inquiéter, pas vraiment.

— En cas d'enquête ? »

Papetti opina du chef.

« Protégé par quelqu'un de la santé publique ? » demanda Brunetti.

Papetti fit une grimace crispée. « Je préférerais ne pas en parler.

— Est-ce que signorina Borelli se sentait aussi tranquille que vous en cas d'enquête ? »

Papetti réfléchit un long moment et Brunetti vit à quel instant il réalisa le profit qu'il pouvait en tirer. « Non », dit-il.

Avant que Brunetti ne pût formuler une autre question, Papetti enchaîna : « Elle était en colère – je crois que je pourrais dire très en colère – à cause des pertes.

— Pertes ? intervint Torinese, depuis la ligne de touche.

— Financières, précisa Papetti rapidement et d'un ton impatient. C'est tout ce qui lui importait, en vérité. Gagner de l'argent. Donc, à l'époque de Nava, elle perdait beaucoup d'argent chaque mois.

— Combien ? demanda Brunetti.

— Pas loin de 2 000 euros. Cela dépendait du nombre d'animaux qui étaient amenés.

— Et elle s'est indignée ? »

Papetti se remonta sur son fauteuil avant de faire remarquer : « La plupart des gens l'auraient fait, vous ne croyez pas ?

— Bien sûr », acquiesça Brunetti face à cette remontrance, puis il continua : « Quel accord aviez-vous noué, entre vous ?

— Elle a dit qu'elle essaierait de lui parler encore une fois. Peut-être de le convaincre de démissionner. Ou de lui demander de laisser Bianchi faire certaines des inspections.

— Il savait ce qui se passait, ce Bianchi ? demanda Brunetti, comme s'il en doutait.

— Bien sûr, répliqua Papetti.

— Et vous vous êtes quittés sur cet accord ? Qu'elle lui demanderait ?

— Oui.

— Et est-ce que vous avez fait le rapprochement avec certains de ces faits lorsqu'elle vous a appelé à minuit et qu'elle vous a dit qu'elle devait vous voir ? »

Papetti haussa les épaules. « Je suppose que oui. Mais je n'aurais jamais cru qu'elle en arriverait là.

— Là où, signor Papetti ? » demanda Brunetti.

Papetti se contenta de hausser les épaules.

32

Parfait, pensa Brunetti, nous y sommes. Nous deux et eux deux, et tout est clair, tout au moins pour qui veut bien comprendre. Il observa Torinese : l'avocat recommençait à contempler ses mains, signe suffisamment probant qu'il se faisait maintenant une meilleure idée de l'implication de son client dans l'affaire du dottor Andrea Nava. Brunetti se pencha en avant et éteignit les deux magnétophones ; ni Papetti ni Torinese n'y virent d'objection.

Le silence se répandait et devenait, à chaque instant, plus difficile à briser. Brunetti décida de voir où cela pouvait mener. Vianello, remarqua-t-il, gardait la tête baissée, les yeux rivés sur ses notes. Torinese continuait à étudier ses mains, pendant que Papetti regardait son avocat puis, semblait-il, les pieds du bureau de Brunetti.

Après une éternité, Papetti s'éclaircit la gorge avant d'énoncer : « Commissaire, vous avez évoqué votre préoccupation vis-à-vis de mon beau-père. » Sa voix perdit-elle de sa fermeté en prononçant ce mot ?

Brunetti croisa son regard, mais ne dit rien, en attente.

« Pourriez-vous m'expliquer plus clairement ce que vous entendez par là ? De manière spécifique, je veux dire.

— Je veux dire que votre beau-père, lorsque l'information sur signorina Borelli parviendra à la presse, pourrait conclure hâtivement qu'il y avait autre chose qu'un simple arrangement financier entre vous deux. » Il sourit, de ce petit sourire entendu que se font les hommes lorsqu'ils causent entre eux sur les femmes. « C'est une jeune femme tout à fait séduisante et elle se montre certainement disponible. » Ce mot qui, au sein d'une conversation entre mâles, exhale habituellement le parfum d'une promesse tomba alors dans les oreilles de Papetti comme la menace qu'il constituait.

Papetti se racla de nouveau la gorge. « Mais je n'ai jamais… » Il sourit, comme se souvenant qu'il y avait d'autres gars avec lui et qu'ils se devaient de parler entre eux d'une certaine façon. « En fait, ce n'est pas que je ne voulais pas. Vous vous en doutez bien. Comme vous l'avez dit, c'est une femme séduisante. Mais elle n'est pas mon genre. » Papetti n'avait pas plus tôt fini de parler, et en ces termes, que Brunetti vit l'ombre de son beau-père lui sillonner le visage. Rapidement, Papetti ajouta : « En outre, il est évident qu'elle cause plus de problèmes qu'elle n'en vaut la peine. »

Effectivement, pensa Brunetti, Nava en a plutôt fait les frais, non ? Mais il dit : « Mon inquiétude, dottore, n'est pas tant ce que nous comprenons entre ces quatre murs, et il fit un signe de la main vers les deux autres hommes, qui ne levèrent pas les yeux, que le fait que votre beau-père pourrait tirer une conclusion erronée.

— C'est possible, affirma Papetti, mais cela sonnait davantage comme une supplication que comme une déclaration.

— Je partage pleinement votre inquiétude, dottore, dit Brunetti, en signe de complicité masculine. Mais la presse, comme nous le savons tous, imprime ce qu'elle veut et insinue ce qu'elle souhaite. » Puis il céda à la tentation de provoquer Papetti. « Votre beau-père aurait probablement les moyens d'empêcher ces rapports de sortir », commença Brunetti, qui marqua une pause avant d'ajouter : « Bien qu'il vaille mieux éviter que même le plus infime des soupçons ne lui vienne à l'esprit. » Brunetti eut honte de lui en voyant l'expression sur le visage de Papetti. Quelle est la prochaine étape : tu le mets en cage et tu lui fiches des coups de bâton ?

Papetti secoua la tête et continua à la secouer comme s'il envisageait les conséquences possibles d'un malentendu de la part de son beau-père. Enfin, comme un homme qui avoue pour mettre fin à la torture, il demanda : « Que dois-je faire ? »

Si telle était la saveur de la victoire, elle ne laissa pas un bon goût dans la bouche de Brunetti, qui énonça tout de même : « En présence de votre avocat, vous confirmez et signez la transcription de ce que vous venez de me dire, à savoir que signorina Borelli et vous payiez les vétérinaires à l'abattoir pour qu'ils déclarent sains des animaux qui ne l'étaient pas. Et qu'elle avait commencé une liaison avec le docteur Andrea Nava dans l'espoir de parvenir à le persuader de faire la même chose. » Il donna la possibilité à Papetti de reconnaître qu'il avait bien compris cette déposition, ou qu'elle était conforme à ses dires, mais l'homme resta immobile, le regard vide.

« Vous avez aussi expliqué la décision de signorina Borelli de le menacer de révéler cette liaison à sa femme et la réaction du docteur Nava suite à cela. » Il attendit le hochement de tête de Papetti et enchaîna : « Je veux aussi que vous signiez la transcription de ce que vous m'avez dit sur le coup de fil qu'elle vous a passé et sur le fait que vous l'ayez aidée à faire disparaître le corps du docteur Nava. »

Brunetti s'arrêta et regarda l'avocat de Papetti, qui aurait très bien pu ne pas être là, vu l'attention qu'il semblait prêter à ce qui se passait autour de lui. « Vous signerez ce compte rendu et votre avocat le signera en qualité de témoin. » Le tout parut, pour Brunetti, suffisamment clair.

« Et si elle prétend que nous avions une liaison ? demanda Papetti, la gorge nouée.

— J'ai une déclaration confirmant vos propos sur ce qui se passait à l'abattoir et sur le manque d'attirance sexuelle de signorina Borelli pour votre personne, dit Brunetti, qui vit le choc sur le visage des deux hommes.

« Les journaux pourraient ainsi rapporter que la police a exclu cette possibilité, avança Brunetti, car c'est bien ce que nous avons fait. »

Pris d'un frémissement soudain, Torinese leva la main et demanda : « Pourraient rapporter, ou rapporteront ?

— Rapporteront, lui assura Brunetti.

— Autre chose ? demanda Torinese.

— Pour moi, ou pour vous ? spécifia Brunetti.
— Pour vous. »
Tout ce que voulait Brunetti, c'était inculper signorina Borelli du meurtre du docteur Nava. Tout le reste – la viande malade, les vétérinaires corrompus, les éleveurs et leurs revenus frauduleux –, il le passerait allègrement aux carabinieri, qui jouissaient de la NAS sur ce chapitre : ils étaient mieux placés que lui pour traiter ce dossier. Et les sommes empochées donneraient un os à ronger aux types de la Finance.

« C'est elle que je veux », assena-t-il.

Torinese se tourna vers son client et demanda : « Eh bien ? »

Papetti hocha la tête. « Je leur dirai tout ce qu'ils veulent. »

N'admettant pas l'ambiguïté de cette formulation, Brunetti lança instantanément : « Si vous mentez, en votre faveur, ou à son détriment à elle, je vous balancerai si vite à votre beau-père que vous n'aurez même pas le temps de lever les mains pour vous protéger la figure. »

Vianello releva la tête d'un coup sec au ton de Brunetti, et les deux autres à ces mots.

Torinese se mit debout. « Est-ce tout ? » demanda-t-il. Brunetti opina du chef. Il regarda Brunetti et, au bout d'un moment, l'avocat imita son geste, ce que Brunetti ne sut trop comment interpréter.

« Si vous descendez avec l'inspecteur Vianello, dit Brunetti, il vous remettra la déclaration imprimée dès qu'elle sera prête. Signez-la et vous pourrez partir. »

On entendit des pieds traîner, puis des chaises racler le sol. Mais il n'y eut ni mots ni serrement de mains. Torinese rangea son magnétophone dans sa mallette. Les trois hommes sortirent du bureau ; Brunetti ferma la porte, puis alla à sa table de travail, appela signorina Elettra et lui dit qu'il voulait que Patta se fasse donner, par un magistrat, un mandat d'arrêt à l'encontre de signorina Giulia Borelli.

Dans l'après-midi, Bocchese appela pour dire que la Brigade criminelle avait passé la majeure partie de la matinée dans l'appartement sur le rio del Malpaga. Il n'y avait aucun signe suspect dans l'appartement lui-même qui, selon les dires de Bocchese, ressemblait à ce genre d'endroit qu'on loue à la semaine aux touristes. Mais dans l'entrée, au rez-de-chaussée, où une porte en bois donnait sur le canal, ils avaient trouvé des traces de sang et, sur l'une des marches descendant à l'eau, deux sillons au milieu des algues qui la recouvrent. Oui, avait répondu le technicien, les marques pourraient être celles d'un corps traîné par les pieds jusqu'en bas des marches. Ils allaient analyser les traces laissées dans les sillons, qui pourraient être du cuir ; il avait déjà récupéré la chaussure du docteur Nava dans la salle des preuves et, s'ils trouvaient vraiment des traces de cuir ayant survécu au flux et au reflux des différentes marées, il vérifierait si les marques sur la chaussure coïncidaient avec celles des marches.

Ils étaient en train de draguer le canal juste en face de la porte et un plongeur s'apprêtait à descendre encore plus profond. Autre chose ?

Brunetti le remercia et raccrocha.

À aucun moment il ne vint à l'esprit de Brunetti qu'elle pût tenter de s'enfuir : il se pourrait qu'elle cherche à échapper aux conséquences judiciaires, mais une femme comme elle ne renoncerait jamais à ses biens. Elle possédait trois appartements, avait plusieurs comptes en banque, probablement aussi de l'argent caché quelque part : une femme gouvernée par la cupidité courrait-elle le risque de perdre tout cela, ou d'en perdre le contrôle ? Où pouvait-elle aller ? Rien ne laissait à penser qu'elle parle une autre langue ni qu'elle ait un autre passeport, donc elle ne pouvait pas filer en douce dans un autre pays pour refaire sa vie. Elle allait rester et essayer de tirer son épingle du jeu, même si cela signifiait se ruiner pour sa défense. Brunetti ne douta pas un instant qu'elle essaierait d'embringuer Papetti dans le meurtre. Mais le beau-père de Papetti, pour qui le crime était seulement le meurtre et non pas le crime bien plus abominable de tromper sa fille, n'hésiterait sûrement pas à engager les meilleurs avocats pour défendre son gendre.

Une demi-heure plus tard, alors que Brunetti était encore à la fenêtre, son téléphone sonna.

C'était Bocchese. « Nous avons trouvé un portable sur la dernière marche. Il a dû tomber de sa poche quand on l'a mis à l'eau. Il était parfaitement visible à la lumière du jour, il traînait par terre. » Mais pas la nuit, pensa Brunetti. « Est-ce le sien ? demanda-t-il.

— Probablement.

— Est-ce qu'il marche encore ?

— Bien sûr que non. L'eau a dû tout de suite le mettre hors service, dit Bocchese.

— Est-ce que tu peux récupérer l'heure où c'est arrivé ?

— Non », répondit Bocchese, anéantissant tout espoir chez Brunetti de reconstituer minutieusement la chronologie des événements advenus la nuit du meurtre de Nava.

« Mais…, reprit Bocchese d'une voix qui sembla, aux oreilles de Brunetti, presque enjôleuse.

— Mais quoi ?

— Ce n'est vraiment pas ton truc, hein ?

— Quoi donc ? s'enquit Brunetti, se demandant quelles procédures il aurait pu négliger.

— Tout. » Bocchese ne chercha aucunement à dissimuler son exaspération. « Les ordinateurs, les portables. Tout ça. »

Brunetti s'abstint de répondre.

D'un ton soudain plus accommodant, Bocchese poursuivit : « Alors, laisse-moi t'expliquer. Si son téléphone était connecté à son réseau – et les téléphones le sont – y compris le tien –, sa connexion à ce réseau aurait été coupée dans les trois minutes après que son téléphone s'est retrouvé à l'eau. » Avant que Brunetti ne se sente déçu d'avoir frôlé de si près la vérité, Bocchese continua : « Mais le réseau a dû relever tous les appels qu'il a faits, ou reçus, jusqu'à ce moment-là. »

Il laissa Brunetti y réfléchir un moment, puis demanda : « Ça peut suffire ? »

Brunetti ferma les yeux, inondé de gratitude, même s'il ne savait à qui l'adresser. « Oui, répondit-il. Merci. »

33

Le lendemain de l'arrestation de Giulia Borelli pour le meurtre du docteur Andrea Nava, dont le *telefonino* avait cessé de marcher dix minutes avant que signorina Borelli n'appelle Alessandro Papetti, qui se trouvait à l'autre bout de Venise lorsqu'il répondit à ce coup de fil, Vianello et Brunetti se rendirent à Mestre en voiture pour aller à l'enterrement du docteur Nava. Comme il y avait beaucoup de circulation, Brunetti et Vianello arrivèrent à l'église juste avant le début de la cérémonie. Le chauffeur ralentit et s'arrêta un demi-îlot plus loin. Les deux hommes descendirent, se dirigèrent rapidement vers l'église et se dépêchèrent de gravir l'escalier, sous le regard des saints et des anges qui les fixaient d'en haut. Ils entrèrent, mais il leur fallut quelque temps pour que leur vue s'adapte à la pénombre. À l'avant de l'église, six hommes en costume foncé étaient en train de placer le cercueil sur les tréteaux en bois dressés devant l'autel.

De chaque côté du cercueil étaient accrochées deux énormes couronnes de fleurs rouges et blanches, traversées par un ruban violet portant le nom du donateur et ses sentiments. Les marches qui menaient à l'autel étaient tapissées d'innombrables bouquets de fleurs printanières, de toutes les couleurs possibles. Bien peu semblaient des compositions soignées de fleuristes professionnels. C'étaient plutôt de simples bouquets, du genre de ceux que l'on confectionne avec des fleurs sauvages qui poussent au bord des routes. Beaucoup paraissaient faits maison : les nœuds étaient loin d'être parfaits et on avait ajouté de simples herbes des champs, en guise de verdure, à toutes ces fleurs aux teintes vives.

L'église était bondée et les deux hommes durent se rabattre sur la troisième allée, en partant du fond. Les gens se décalèrent rapidement sur la droite pour leur faire de la place et une vieille femme, assise à côté de Brunetti, sourit et acquiesça d'un signe de tête lorsqu'ils glissèrent vers elle.

Le prêtre fit son entrée par une porte sur la gauche, suivi de trois enfants de chœur, deux filles et un garçon vêtus de blanc. Il avança vers la chaire, repoussa les longues manches de son surplis et tapota deux trois fois le micro. Les *top top top* résonnèrent dans l'église. C'était un homme plutôt jeune, avec une barbe épaisse et quelques mèches grises dans les cheveux. Il parcourut des yeux l'assemblée en deuil, joignit les deux mains en un geste de bienvenue, ou de bénédiction, et commença.

« Mes chers frères et sœurs en Christ, chers amis et compagnons, nous sommes réunis ici aujourd'hui pour dire adieu à notre frère Andrea, qui pour beaucoup d'entre nous, était bien plus qu'un ami. Il savait guérir et soutenir, il nous réconfortait lorsque nous nous inquiétions pour nos proches et il se dévouait, avec amour et abnégation, pour prendre soin d'eux, et de nous, car il avait compris que nous sommes tous les enfants d'un même Dieu, qui aime à voir l'amour que nous nous portons les uns aux autres. Il nous soignait tous, il nous guérissait tous, et il nous soutenait tous, mais quand il n'était pas en son pouvoir de guérir les êtres qui nous étaient chers, alors Andrea nous avertissait que le moment était venu de les aider à entreprendre leur dernier voyage, et il se tenait toujours à nos côtés, de sorte que ni eux ni nous n'étions seuls au seuil de ce long chemin. De même qu'il nous aidait à supporter le chagrin de leur départ, espérons que nos proches nous aideront à supporter le chagrin du sien. »

Brunetti détourna son regard du prêtre et commença à étudier les profils et les nuques des gens placés devant lui. Lorsqu'il s'autorisa à ne plus écouter la voix du prêtre, il fut frappé de constater combien cette foule était bruyante. D'habitude, les églises, quelle que soit leur taille ou la foule présente, sont silencieuses face à la mort et à ses représentations. Mais ce groupe était agité et faisait beaucoup de bruit, en gigotant entre les bancs. Dans ce lieu clos, les grincements du vieux bois s'entendaient trop.

Et quelque part dans l'église, un fidèle devait avoir ravalé ses larmes : impossible de se tromper sur ces grognements et ces bruits étouffés. Brunetti se tourna sur la gauche : vers l'avant de l'église, quelqu'un semblait avoir mis son pull en boule sur les épaules. Mais lorsqu'il y regarda de plus près, Brunetti s'aperçut que c'était un perroquet gris, puis quatre allées derrière, il en remarqua un vert clair, un peu plus petit. Comme si l'attention de Brunetti avait attiré la sienne, le gris ouvrit son bec et dit : « Ciao Laura », puis il répéta à toute vitesse : « Ciao, ciao, ciao ».

Le perroquet vert, entendant cette voix, rétorqua : « *Dammi schei* », comme s'il croyait que les Vénitiens qui étaient là allaient le comprendre et lui obéir en lui donnant de l'argent. Brunetti trouva la présence et les voix des perroquets étonnantes, mais ce qui était plus étonnant encore, c'est que personne, parmi cette nombreuse assemblée, ne semblât surpris ni ne se tournât pour les regarder.

Comme il entendit un bruit à ses pieds, il baissa les yeux et vit la patte noire d'un grand chien qui balayait le sol et écartait tranquillement ses doigts, juste à quelques centimètres de son pied gauche. Un beagle traversa l'allée et sauta sur le banc d'église, posa ses pattes antérieures sur la tête de celui qui était devant lui et se pencha en demi-cercle sur le côté, de manière à pouvoir le fixer dans les yeux.

Il fit écho à la voix du prêtre, qui était alors en train de dire : « … exemples d'amour et d'esprit de Dieu, de nous donner ces beaux compagnons et d'enrichir nos vies de leur amour. Nous sommes tout autant enrichis par l'amour que nous leur donnons, car être capable de les aimer, c'est recevoir soi-même un grand cadeau, tout comme l'amour qu'ils ont pour nous est un don qui vient, en fin de compte, de Dieu, source de tout amour. Et donc, avant de commencer la cérémonie qui rapprochera notre frère Andrea de la maison de Dieu, échangeons le signe de la paix, non seulement les uns les autres, mais aussi avec les patients qu'il a soignés, qui sont venus ici aujourd'hui pour se joindre à nous, qui prions pour l'âme de notre frère Andrea. Ils souhaitent aussi faire leurs derniers adieux à l'ami qui a pris soin d'eux si longtemps et avec tellement de bonté. »

Le prêtre descendit de sa chaire et dépassa l'autel, ses acolytes le suivant de très près. Il se pencha pour embrasser une femme au premier rang et caressa la tête du chat qu'elle portait sur son épaule. Ensuite, il s'accroupit pour flatter l'oreille d'un énorme danois noir, qui se mit debout sur ses pattes au contact des doigts du prêtre et la tête de l'animal dépassait maintenant la sienne. Le claquement de sa queue contre le banc de l'église résonna à travers l'édifice. Le prêtre se leva et traversa l'allée, il prit dans ses bras la veuve de Nava, puis se pencha et embrassa Teo qui tendait son visage vers lui. Comme s'il avait senti le besoin évident de l'enfant, le grand danois franchit l'allée et se pencha vers Teo, qui mit un bras autour du chien et appuya sa tête sur son dos noir.

Le prêtre embrassa quelques autres personnes et taquina quelques autres oreilles, puis retourna à l'autel pour commencer la messe. C'était là une affaire d'une bien grande dignité, où l'on n'entendait que la voix du prêtre et les réponses des fidèles : pas de musique, pas de chants. Le perroquet vert était perché sur l'épaule de son maître, lorsque celui-ci s'approcha de l'autel pour aller communier, et le prêtre ne sembla pas s'en étonner le moins du monde. Brunetti se joignit au chœur qui récitait le Notre Père et fut heureux de serrer la main de la vieille dame et de Vianello, qui était assis de l'autre côté de lui.

Il n'y eut aucun chant jusqu'à la fin de la messe, puis le prêtre fit le tour du cercueil, en balançant l'encensoir et en jetant de l'eau bénite de l'aspersoir. Revenu à l'autel, il regarda la tribune du chœur, puis fit un signe de la main. À ce signe, l'orgue se mit à jouer doucement un air que Brunetti ne reconnut pas et ne trouva aucunement lugubre. L'organiste n'avait joué que quelques notes lorsque, de l'avant de l'église, s'éleva un cri d'angoisse, un hurlement de douleur et de chagrin quasiment insupportable. Il était plus fort que les notes de l'orgue, comme pour rappeler à l'organiste pourquoi ils étaient tous là : non pas pour écouter une jolie musique, mais pour exprimer l'insoutenable atrocité du deuil.

Du même endroit arriva le son brusque d'une voix masculine : « Artù, arrête » et Brunetti, qui était assez grand pour voir au-dessus de la tête des gens, vit un bel homme en costume foncé se pencher puis se relever, en serrant dans ses bras un teckel brun-roux encore plus beau, qui avait eu le courage et l'amour nécessaires pour exprimer la souffrance ressentie par une bonne partie de cette assemblée qui avait perdu ce bon et doux ami.

L'organiste arrêta de jouer, comme s'il convenait que le chien avait effectivement exprimé bien plus clairement les sentiments de l'assistance. Le prêtre, qui semblait apprécier l'interruption de la musique, descendit à nouveau de l'autel, fit le tour du cercueil et s'arrêta devant. Les six hommes en costume foncé quittèrent leurs places au fond de l'église et posèrent le cercueil sur leurs épaules. Suivant le prêtre dans un silence solennel, ils emportaient leur cher frère Andrea qui avait rendu une dernière visite aux patients qu'il avait tant aimés. Derrière lui venaient de vieilles dames avec leurs chats dans des cages, le jeune homme de la clinique vétérinaire avec, dans les bras, son lapin à-une-oreille, le grand danois, Teo qui marchait près de lui, un bras sur son épaule et le chien dénommé Artù, comme Brunetti venait de l'apprendre.

Dehors, les gens étaient agglutinés sur les marches, avec leurs animaux dans les bras ou tenus en laisse, pendant que les hommes descendaient le cercueil qu'ils glissèrent ensuite à l'arrière du corbillard qui attendait devant. Signora Doni et Teo s'arrêtèrent à la portière de la voiture qui le suivrait tout doucement, lorsque arriva un homme de haute stature, qui accrocha une laisse au collier du grand danois.

Teo embrassa la tête du chien et entra dans la voiture. Sa mère le suivit à l'intérieur. D'autres gens montèrent dans leurs autos : Brunetti, dans sa hâte d'entrer à l'église, n'avait pas remarqué qu'elles étaient garées à cet endroit. Le beagle sortit de l'église et, en bas de l'escalier, se positionna juste en face d'Artù : ils se mesurèrent, la queue droite et le corps tendu. Mais, comme s'ils étaient conscients de la situation où ils se trouvaient, aucun des deux n'aboya. Ils se contentèrent de se renifler, puis se calmèrent et s'assirent aimablement l'un à côté de l'autre.

On ferma les portes arrière du corbillard : on ne les fit pas claquer, mais elles firent tout de même un bruit assez fort. Le moteur se mit à tourner, et l'on entendit ceux des autres voitures qui démarraient à leur tour. Il s'écarta lentement du trottoir, suivi des voitures de la famille du docteur Nava et de ses patients. Brunetti nota que les voitures avaient presque toutes des couleurs claires ou vives : grises, blanches et rouges. Pas une n'était noire. Même si Brunetti trouvait ce fait plutôt réconfortant, c'est la vision du perroquet vert, disparaissant de sa vue au fur et à mesure que son maître descendait la rue, donnant le bras à une femme, qui soulagea son cœur et en chassa toute funèbre mélancolie.

Composition réalisée par Belle Page

Achevé d'imprimer par GGP Media GmbH, Pößneck
en août 2017
pour le compte de France Loisirs,
Paris

N° d'éditeur : 89628
Dépôt légal : avril 2017
Imprimé en Allemagne